CLASSIQUES JAUNES

Textes du monde

Les Aventures d'Olivier Twist

Réimpression de l'édition de Paris, 1981.

Charles Dickens

Les Aventures d'Olivier Twist

Traduction et édition critique par Sylvère Monod

PARIS
CLASSIQUES GARNIER
2021

Sylvère Monod est spécialiste de littérature anglaise des XIXe et XXe siècles. Nous lui devons notamment *Dickens romancier*, étude qui fait autorité en France comme aux États-Unis. Traducteur littéraire et éditeur scientifique, il est l'auteur de nombreuses traductions qui ont fait date, comme celles des œuvres de Dickens et de Conrad dans La Pléiade. Il a également été le directeur de la revue *Études anglaises*.

Couverture :
Création dessin numérique inspiré d'une scène du film « Oliver Twist » de Roman Polanski, 2005

ISBN 978-2-8124-1572-2
ISSN 2417-6400

INTRODUCTION

« *Linger your patience on... gentles.* »

« FAITES durer votre patience... doux amis. » *Au seuil d'une édition nouvelle d'*Olivier Twist, *on éprouve le besoin de répéter l'illustre invite du Prologue qui annonce le deuxième acte, dans le* Henry V *de Shakespeare.*

Il ne s'agit pas d'excuser par une feinte humilité les longueurs d'une introduction nécessairement détaillée ; il s'agit du texte de Dickens ; on doit faire appel à la patience du lecteur, et lui demander de ne pas se laisser rebuter par ce que peut avoir d'ingrat le début du roman, assuré qu'il peut être d'en apercevoir et d'en éprouver au bout du compte toute l'authentique grandeur.

Olivier Twist *est une œuvre de jeunesse de Dickens. Mais ce simple fait n'explique pas tout.* Pickwick *est aussi, est même plus encore, une œuvre de jeunesse. Considérons donc un instant la chronologie des premières années du romancier*[1].

Charles John Huffam Dickens naquit le 7 février 1812 *à*

---

1. Ayant déjà publié dans notre Introduction à *David Copperfield* (Classiques Garnier, 1956, tome I, pp. I-XL) le résumé de la vie de Dickens exigé par le caractère fortement autobiographique de cet ouvrage, nous nous contenterons ici de rappeler en quelques mots les faits essentiels qu'il est indispensable de connaître, et de renvoyer les lecteurs curieux d'en savoir plus long, soit à notre édition de *David Copperfield*, soit aux ouvrages indiqués dans la *Note Bibliographique* (cf. pp. XXXIX-XLII).

Portsea. Il était fils d'un modeste employé à la Trésorerie de l'Amirauté, qui exerça ses fonctions à Chatham puis, à partir de 1822, *à Londres, où il connut des difficultés financières et fut emprisonné pour dettes en* 1824. *A la même époque le petit Charles devenait ouvrier dans une fabrique de cirage (où il eut pour compagnon de travail un jeune garçon nommé Bob Fagin). A la fois meurtri et mûri par cette épreuve, Charles Dickens redevint écolier de* 1824 *à* 1827*; puis il fut clerc dans une étude d'avoué pendant dix-huit mois, et ensuite sténographe auprès d'un tribunal, de* 1828 *à* 1832, *date à laquelle il devint sténographe parlementaire. C'était la voie du journalisme, et plus tard de la littérature, qui s'ouvrait à lui.*

C'est en décembre 1833 *que le jeune* reporter *publia sa première œuvre d'imagination, un conte anonyme intitulé* Dîner à Poplar Walk. *Au cours des deux années suivantes, ses petits écrits (esquisses et récits) ne cessèrent de devenir plus nombreux, plus répandus et appréciés, mieux rétribués aussi. Sa situation de journaliste s'affermit en même temps, et il put oublier la blessure d'un premier amour déçu en courtisant Catherine Hogarth, fille aînée d'un distingué rédacteur en chef.*

Au début de 1836, *coup sur coup, Charles Dickens publie deux volumes d'*Esquisses par Boz[1] *et les premières livraisons mensuelles des* Pickwick Papers *(à partir du* 31 *mars). Le* 2 *avril, il épouse Catherine Hogarth.*

Le moment est venu où il nous faut ralentir l'allure de ce récit esquissé à grands traits pour nous pencher sur les origines du roman qui nous intéresse. Et d'abord, quel genre d'homme est le jeune écrivain qui, en cette année 1836, *émerge*

1. Boz est son pseudonyme et le restera pendant quelques mois encore.

vigoureusement de sa chrysalide journalistique, s'il est permis de s'exprimer ainsi ? Charles Dickens aborde sa glorieuse carrière dans une attitude agressive, et même vindicative : il a connu dans son enfance les formes les plus sordides et les plus humiliantes de la pauvreté, prison pour dettes, travail manuel (qu'il a jugé infamant), affronts et désespoir amoureux (car pour le père de sa première fiancée, le banquier Beadnell, les questions financières avaient été déterminantes). Il a senti le danger de voir étouffer dans l'œuf les riches possibilités de son intelligence vive et aiguë, de ses dons d'observation et d'imitation prodigieux, bref, de ses talents multiples, de son génie peut-être. Ainsi, dès le point de départ de sa carrière, le jeune homme, à l'âge où d'autres se cherchent encore, sait déjà ce qu'il veut : il veut une revanche. Aux images ténébreuses, aux labeurs dégradants, à l'insécurité constante d'une enfance mal protégée, doivent succéder, pour les compenser, l'aisance et la gloire. Au service de cette conquête, Charles Dickens place une énergie d'acier, une volonté inflexible.

Au moment où paraît le premier numéro de Pickwick *on peut dire que d'une certaine manière le plus dur est fait ; mais l'auteur ne le sait pas encore ; et cette méconnaissance du succès déjà acquis ou du moins déjà assuré va entraîner une série d'erreurs dont se ressentira* Olivier Twist.

C'est seulement avec le sixième numéro de Pickwick, *publié par Chapman et Hall le* 31 *août* 1836, *que la popularité de l'auteur et de son ouvrage devait prendre figure de triomphe. Mais les éditeurs rivaux ont devancé l'engouement du public ; ils ont senti les premiers que ce Boz était une valeur commerciale sûre. Aussi les offres affluent-elles. En juin* 1836 *c'est Macrone, l'éditeur des* Esquisses par Boz, *qui se fait promettre un roman ; Dickens accepte de le lui livrer six mois plus tard pour la somme de deux cents livres ; en juin également, sous le pseudonyme de Timothy Sparks, Dickens publie une brochure intitulée* Sunday under Three Heads, *et en juillet il écrit une opérette ; en août enfin entre en scène un autre éditeur encore, non moins désireux que Macrone d'arracher à la maison Chapman et Hall le bénéfice d'un talent qui s'affirme. C'est Richard Bentley, qui obtient de Dickens la signature d'un important contrat : en janvier 1837, le jeune écrivain prendra la direction d'un magazine mensuel (aux appointements de vingt livres par mois) où il publiera un roman en feuilleton (pour une bouchée de pain supplémentaire) ; en outre Dickens s'engage à fournir à Bentley un autre roman pour la somme de cinq cents livres ; enfin, quelques semaines plus tard, il en promet un troisième au même prix.*

*Le contrat avec Bentley est signé le 22 août 1836 ; c'est en quelque sorte l'acte de naissance officiel d'*Olivier Twist; *mais le 31 paraît le N° VI de* Pickwick, *et c'est la gloire. On voit donc que le jeune romancier a pris des engagements démesurés à un moment où il ne peut pas encore apprécier sa propre valeur marchande.*

Inutile d'entrer dans le détail des négociations laborieuses, parfois sordides, souvent orageuses, toujours irritantes, qui permettront à Dickens, avec l'aide de son ami John Forster, et de ses plus aimables éditeurs, Chapman et Hall, de se libérer d'un joug si manifestement intolérable, encore qu'il l'eût accepté avec une joyeuse imprudence. Le récit en serait fastidieux, et il a été fait souvent[1]. *Qu'il suffise ici de dire que l'ombre de ces démêlés devait s'étendre sur* Olivier Twist *et, plus encore, sur* Barnabé Rudge. Olivier Twist *était le roman promis à Bentley pour son magazine ; avant d'achever cet ouvrage, l'auteur aura dû verser près de cinq mille livres à Macrone et Bentley pour se retrouver libre de tout engagement envers eux, avec le copyright de tous ses ouvrages passés, présents ou futurs entre ses mains et celles*

1. Cf., par exemple, notre *Dickens Romancier*, pp. 84, 86-87, 118-119, ou E. Johnson, *Charles Dickens...*, pp. 208 sq.

de Chapman et Hall (qui ont, bien entendu, avancé ces sommes colossales).

L'année 1836 *s'achève et l'année* 1837 *commence dans un déploiement continu d'activités multiples : une farce et une opérette de Dickens sont représentées, et l'auteur paie de sa personne pour les préparatifs. Le* 2 *janvier* 1837 *paraît le premier numéro des* Mélanges Bentley (Bentley's Miscellany), *dont il est rédacteur en chef, et où il publiera chaque mois, à partir de février, seize pages d'*Olivier Twist, *et parfois d'autres articles. Le* 6 *janvier naît son premier enfant, Charles, et cette circonstance l'oblige, pour ne pas courir le risque de voir interrompre son travail littéraire, à chercher un nouveau logement. Après avoir encore fait représenter en mars* 1837 *une nouvelle opérette, il quitte au début d'avril les trois pièces qu'il occupait à Furnival's Inn, pour s'installer* 48, *Doughty Street, dans une maison qui est aujourd'hui* The Dickens House, *musée d'histoire dickensienne, siège de la Société Dickens et du périodique* The Dickensian. *Avec les époux Dickens viennent habiter un jeune frère de Monsieur, Frederick, et une jeune sœur de Madame, Mary Hogarth.*

On ne saurait imaginer maisonnée plus gaie et heureuse que celle de Doughty Street au printemps de 1837. *Certes, il y a du travail à faire, un travail surabondant, surhumain même, mais Dickens se sent porté et soutenu par la chaleur d'un foyer enrichi et illuminé (d'une façon qu'*Olivier Twist, *on le verra plus loin, aide à comprendre) au contact d'un être tendre, pur et gracieux, cette jeune belle-sœur de seize ans.*

Mais voici que, le 6 *mai* 1837, *on s'en va au théâtre, tout joyeux comme de coutume et qu'on rentre, pleins de gaîté encore. Chacun regagne sa chambre. Et un instant plus tard, c'est le drame : un cri étouffé s'échappe de la chambre de Mary, soudain terrassée par un mal mystérieux. Frederick court appeler un médecin ; Charles soigne Mary avec une passion angoissée.*

Rien n'y fait; elle meurt dans les bras de son beau-frère le lendemain, 7 *mai* 1837, *jour à jamais mémorable dans l'histoire de Dickens et de son œuvre.*

On voudrait ici, mais pour d'autres raisons que les siennes, imiter l'exemple de Sterne, dans son Tristram Shandy, *et n'imprimer qu'une page noire. Elle rendrait mieux que des mots, mieux que n'importe quels mots, l'anéantissement que fut pour Dickens ce deuil brutal. Pour la deuxième fois de sa vie (la première fois, c'était en entrant à la fabrique) il eut l'impression que son horizon tout entier se recouvrait d'épaisses ténèbres.*

*Il faudra pourtant évoquer plus loin quelques manifestations de ce déchirement intime, et qui put paraître inguérissable... Il l'eût été pour quelqu'un qui eût possédé — mais est-ce concevable? — la même puissance d'affection passionnée sans posséder aussi la même inextinguible vitalité que Charles Dickens. Il l'eût été, même pour lui, sans la ressource d'une expression littéraire — on n'ose dire : d'une exploitation — renouvelée maintes fois d'*Olivier Twist *au* Magasin d'antiquités, *de* Nicolas Nickleby *à* Dombey et Fils, *voire à* David Copperfield.

Ce fut comme la lente traversée d'un obscur tunnel; Pickwick *et* Olivier Twist *cessèrent de paraître pendant deux mois. Mais la vie fut plus forte. Quelques semaines à la campagne, un petit voyage en Belgique, et Dickens se remettait au labeur, encouragé désormais par l'amitié, exigeante et ombrageuse, mais loyale et vigilante, de John Forster, rencontré et éprouvé en ces jours de douleur.*

L'été de 1837, *malgré d'heureuses vacances à Broadstairs, au bord de la mer, fut assombri par les difficultés qui mettaient Dickens aux prises avec Macrone et Bentley. La tension fut même si violente que la publication d'*Olivier Twist *fut une nouvelle fois interrompue en septembre. Pourtant une tâche supplémentaire vint s'ajouter à tant d'autres, et les mémoires* *du clown Grimaldi, revus et présentés par Charles Dickens et son père, furent publiés par Bentley, peu après l'achèvement triomphal, au mois d'octobre, de la parution de* Pickwick *chez Chapman et Hall.*

Quelques mois de répit très relatif, pendant lesquels il n'a plus qu'un seul roman en chantier (Olivier Twist) *et d'autres à l'état de projet ou de négociations, conduisent Dickens jusqu'au lancement de son nouvel ouvrage par livraisons mensuelles :* Nicolas Nickleby, *publié chez Chapman et Hall à partir du* 1er *avril* 1838. *Entre temps, le fils de l'auteur avait été baptisé le* 7 *décembre* 1837 *(il eut pour marraine la richissime et généreuse Miss Burdett-Coutts* [1]*) ; le* 8 *janvier suivant, il publiait les* Sketches of Young Gentlemen, *ouvrage anonyme — et digne de le rester — que Chapman et Hall lui payèrent cent vingt-cinq livres ; au début de février* 1838, *Dickens se rend dans le Yorkshire en voyage d'études pour préparer la rédaction de* Nicolas Nickleby; *il commence ce nouveau travail dès son retour. Le* 6 *mars naît sa première fille, naturellement prénommée Mary, mais plus connue sous le nom de Mamie Dickens.*

A partir de ce moment le travail bat son plein de nouveau dans l'atelier du romancier, qui doit produire chaque mois trente-deux pages de Nickleby *pour Chapman et Hall et seize pages d'*Olivier *pour Bentley. Afin de porter remède à cette situation difficile, Dickens adopte une solution caractéristique de son énergie encore presque intacte, malgré le bouleversement de la cruelle épreuve sentimentale et l'usure des contrats excessifs, cette énergie qui d'ailleurs, nous le verrons,*

---

1. L'histoire de ses relations avec Dickens, du travail social et philanthropique qu'ils accomplirent en commun, est un chapitre intéressant des études dickensiennes. Cf. K.J. Fielding, *Dickens to Miss Burdett-Coutts, Times Literary Supplement*, 2 et 9 mars 1951, et Edgar Johnson, *The Heart of Charles Dickens as revealed in his letters to Angela Burdett-Coutts*, New York, 1952.

ne se démentira jamais jusqu'au jour où elle tuera littéralement le romancier. Oui, sa solution est éminemment caractéristique : il a trop de travail, plus qu'il n'en peut raisonnablement accomplir sous peine de s'essouffler; et c'est alors qu'il double la dose; il décide brusquement qu'il est indispensably necessary, *indispensablement nécessaire*[1] *d'achever* Olivier Twist *six mois plus tôt que la date prévue, et de publier ce roman en trois volumes dès le mois d'octobre* 1838. *Peu importe que les six derniers fragments mensuels se trouvent de la sorte hachés, et déflorés pour le public. Ce surmenage forcené donne des résultats artistiques heureux, des résultats psychologiques excellents. Dickens se prend par la main, se pousse avec exaltation vers le but, s'éperonne sans merci, et gagne la course. Le dernier tiers du récit est composé à cette allure insensée.*

A quel prix? Lui qui a horreur du travail vespéral consacre toutes ses soirées à Olivier *pendant l'été de* 1838, *et va jusqu'à écrire seize pages en une seule journée (soit au moins trois fois plus que sa production moyenne ultérieure). Ainsi ce livre s'achève dans l'enthousiasme; les volumes sont publiés en octobre, et Dickens paraît se désintéresser de la parution des derniers fragments dans* Bentley's Miscellany. *C'est d'ailleurs alors qu'il achève de rompre les derniers liens qui l'attachent à la maison Bentley.*

Imitons-le quelques instants, et considérons que pour nous comme pour lui l'ouvrage est maintenant lancé, et peut poursuivre sa carrière sans que nous nous penchions plus longuement sur l'histoire de sa genèse. Un coup d'œil sur le manuscrit (dans la Forster Collection, *au Musée Victoria et Albert de Londres) montre que l'ouvrage ne se ressent guère de cette publication étalée sur vingt-huit mois au total, et moins encore du rythme discontinu de la rédaction : lisibilité*

1. Cf. *Dickens Romancier*, p. 105.

exceptionnelle, nombre peu élevé des ratures, caractère intelligent et significatif de celles-ci[1], *tout nous confirme que l'auteur a mené à bien sa tâche avec une aisance inentamée par les vicissitudes de sa vie privée et professionnelle au cours de cette longue et tumultueuse période.*

Aisance inentamée? Sans doute. Il reste à voir cependant si cette aisance est de bon aloi, si c'est l'assurance justifiée d'un grand artiste en pleine possession de ses moyens, ou seulement l'aplomb d'un gamin qui a franchi un premier obstacle avec une facilité inespérée et se laisse aller à sous-estimer le second. On attend souvent les jeunes auteurs à leur deuxième livre. Et encore que le deuxième livre de Dickens ait été contemporain de la fin de son premier, puis des débuts de son troisième, il faut bien se résoudre à tenter d'en soupeser les mérites littéraires. Qu'on le veuille ou non.

A vrai dire, on n'en a pas grande envie. Car la tâche, pour passionnante qu'elle soit, ne laisse pas d'être singulièrement délicate, voire ingrate, au seuil d'une édition nouvelle qui, si elle a procuré bien des joies, a aussi coûté déjà beaucoup d'efforts. Le risque est le suivant : notre impression d'ensemble, comme nous l'avons déjà donné à entendre, se ramène à la certitude d'une grandeur et d'une puissance profondes que ne parviennent pas à dissimuler, à étouffer, de nombreuses défaillances superficielles. Mais si nous analysons, comme la plus élémentaire honnêteté critique nous y invite, ces faiblesses, qui sont évidentes, ne risquons-nous pas d'être plus convaincant quand nous parlerons d'elles qu'en essayant ensuite de définir une qualité réelle, mais diffuse, secrète, et presque par nature indéfinissable? N'allons-nous pas décourager le lecteur au lieu de lui faire partager notre conviction intime qu'il a sous les yeux un grand et beau roman?

Impossible de se dérober, néanmoins. Disons donc tout de

1. Cf. *Dickens Romancier*, pp. 116-117.

suite que le style, surtout dans le premier tiers du livre, paraîtra souvent médiocre, entaché d'une ironie incroyablement pesante, et parfois d'une pénible vulgarité (qu'on lise attentivement, de ce point de vue, les deux ou trois premières pages du chapitre VII, ou encore, dans le chapitre XII, la longue analyse — p. 127 — des motifs pour lesquels Charley Bates et le Finaud s'étaient dérobés aux poursuites). Avouons encore que le comique, dans Olivier Twist, *est rarement de la haute qualité qu'on attendrait de la part du prince incontesté de l'humour anglais, auteur déjà de l'inoubliable procès Bardell contre Pickwick ; ici, ce ne sont d'abord que de faibles plaisanteries sur le thème du mariage malheureux, épuisé par quelques millénaires de réitération inlassable ; le lecteur ne partagera sans doute pas de grand cœur la gaîté de l'auteur (chapitre XXIII) évoquant les souvenirs matrimoniaux de Mme Corney ; il sera peut-être irrité par l'abus envahissant des procédés héroï-comiques à propos de la dignité de Bumble ou de la bonté de Fagin ; il se dira que le rire bruyant des personnages, lorsqu'à vingt ou trente reprises dans le roman l'un ou l'autre d'entre eux s'exclame : « Ha ! Ha ! Ha ! », est un pauvre ersatz d'humour, et il leur enviera la facilité avec laquelle ils s'amusent.*

Ne dissimulons pas non plus que les émotions sont sollicitées sans la moindre vergogne, à la fois par les méthodes du pathétique le plus larmoyant, et par celles du mélodrame le plus caricatural. Quand Olivier, au début du chapitre XII, évoque le visage de sa mère aperçue dans un rêve, ou pense un peu plus loin à l'idée de la mort, et surtout chaque fois qu'il est question du petit Dick, le souffreteux camarade du héros, le lecteur d'aujourd'hui est tenté de se révolter contre une manière de chantage sentimental inacceptable[1] *; et si, dans le*

1. Dont le public et les critiques de l'époque victorienne étaient, il est vrai, plus friands que nous : des adieux de Dick à

chapitre XXXII, tous les personnages, Rose et sa mère, Losberne et Olivier, paraissent se livrer à un concours de fadeur, le même lecteur se contentera de leur décerner un premier prix ex-æquo, *et de passer impatiemment à la suite du récit. Ailleurs, quand on sera en compagnie de Fagin, de Sikes, ou de Monks, c'est au contraire la saveur trop relevée du plat qui risque de rebuter le goût moderne : que de grimaces, de rictus, et d'imprécations ! Le personnage de Monks semble appartenir tout entier au domaine du mélodrame. Sans doute Dickens a-t-il fait effort pour l'imprégner d'un « diabolisme » bon teint ; mais il a forcé la dose ; nous ne pouvons guère douter qu'en créant Monks, le romancier ait songé à son prédécesseur, Matthew Gregory Lewis* (1775-1818), *connu sous le surnom de « Monk » Lewis, depuis la publication de son récit fantastique et scandaleux* The Monk (Le Moine, 1795); *quelques traits de Monks sont empruntés à Lewis lui-même (par exemple la possession de terres aux Antilles*[1]), *d'autres à son héros, le moine Ambrosio, en particulier la familiarité avec le diable (voir entre autres les chapitres XXXVII et XXXVIII* d'Olivier Twist). *Il reste qu'à aucun moment Monks ne nous convainc de son authenticité ; il n'existe ni comme personnage, ni comme incarnation de puissances surnaturelles et maléfiques. Sous l'influence probable d'une autre source littéraire, l'*Histoire politique du Diable *de Daniel Defoe, Dickens a étendu à d'autres personnages de son roman les mêmes tendances sataniques, et Fagin est à mainte reprise désigné par l'un des surnoms familiers du*

Olivier (fin du chapitre VII), Th. Powell écrivait : « C'est par des notations de ce genre que M. Dickens se montre tellement supérieur aux autres écrivains contemporains. » (*The Living Authors of England*, New York, 1849, p. 169.)

1. « ...aux Antilles, où », dit à Monks M. Brownlow avec le plus théâtral manque de naturel, « vous vous êtes réfugié, *comme vous ne l'ignorez pas*, à la mort de votre mère » (chap. XLIX).

Malin, The Merry Old Gentleman, *le Joyeux Vieillard*[1] *; et Sikes lui-même, pourtant peu littéraire et peu imaginatif, forge pour Charley Bates au chapitre L une remarquable désignation :* Hell-Babe *(nourrisson de l'enfer) dont il semble n'exister aucun autre exemple dans l'histoire de la langue anglaise.*

Mais c'est peut-être faire beaucoup d'honneur à ces messieurs que de parler de tendances sataniques, A vrai dire, il s'agit tout au plus d'un vocabulaire. Leur diabolisme est à fleur de peau, à fleur de lèvres ; il n'est qu'un accessoire de mélodrame, un oripeau de plus, ténébreux et sanglant à souhait.

Proclamons encore que la psychologie et les idées sont dans Olivier Twist *d'un niveau rudimentaire. Le cas d'Olivier lui-même est malheureusement assez grave : il n'a reçu aucune formation ni aucune information avant son séjour chez les Maylie ; nul ne s'est soucié de son éducation morale, religieuse ou intellectuelle ; et pourtant il parle, il sent avec raffinement ; il prie, il prêche même volontiers ; qu'il soit pur de nature, nous y consentons et sommes même reconnaissant à Dickens d'avoir ainsi incarné en lui un réconfortant optimisme ; mais nous acceptons moins bien qu'il sache et comprenne tout sans avoir rien étudié. Qu'il comprenne tout... entendons-nous : si les nécessités de l'intrigue l'exigent, il fera preuve par deux fois de la plus épaisse inintelligence qui soit quant aux agissements de Fagin et de sa bande ; c'est seulement quand on lui met la main dans le sac qu'il ouvre ses yeux horrifiés, et semble s'écrier : Comment ! N'était-ce donc pas une vertueuse partie de plaisir qu'on avait organisée pour moi ? Cette incohérence du personnage est peut-être moins grave d'ailleurs que l'insignifiance et la fadeur de plusieurs autres (Harry Maylie,*

---

1. Cf. à ce sujet l'intéressante étude de Marie Hamilton Law (voir ci-après *Note Bibliographique*); elle rappelle que Dickens avait acheté et lu d'un seul trait l'ouvrage de Defoe le 2 novembre 1837. On peut noter en outre des rapprochements importants entre *Olivier Twist* et une autre œuvre de Defoe : *Moll Flanders.*

M. Brownlow), ou que les portraits schématiques tracés par Dickens d'un Brittles ou d'un Grimwig, qui n'ont pour fonction dans la vie que de rester enfantins, ou de manger leur tête, jusqu'au cinquante-troisième chapitre, inclusivement.

Dickens veut-il s'élever à l'expression de quelques idées générales qu'il souffre encore d'une pareille indigence : il prêche la bonté ; il invite à respecter les vivants pour ne pas aviver les regrets laissés par un deuil ; il lance ses attaques dans le vague contre les « philosophes » ; vers la fin du chapitre XII, il lui faut près d'une page laborieuse pour dénoncer la démarche digressive des théoriciens ; et cette digression gratuite, et démagogique, reste ennuyeuse, sans force de percussion, sans effet ; de même dans le deuxième paragraphe du chapitre XXXIII, saisi par la même passion de la généralisation creuse et vertueuse, il ne parvient pas à louer la gratitude d'Olivier sans pousser une pointe contre les ingrats, mais ceux-ci restent anonymes et inexistants, et le lecteur excédé est tenté de s'écrier : « Des noms... ou la paix ! »

Comme le dit George Gissing[1] : « Dickens devait payer la première rançon du succès; il avait été tenté d'entreprendre plus de travail qu'il ne lui était possible d'en faire. » *C'est une explication des défauts que nous venons d'énumérer ; ce n'est pas la seule et elle ne s'applique pas à celui dont il nous reste à parler. Pourtant, si* Olivier Twist, *par tous ses moins heureux aspects, ressemble plus aux inégales* Esquisses par Boz *qu'au glorieux* Pickwick, *c'est bien en définitive le succès de ce dernier livre qui en porte la responsabilité. Il semble que le gamin de Londres, le* Cockney *si proche de notre gavroche, ait été grisé par le succès aux proportions imprévisibles qui lui en dissimulèrent la nature. Ce succès s'adressait à* Pickwick, *c'est-à-dire à un chef-d'œuvre de la bonne humeur et du meilleur humour. Il ne signifiait pas que le*

---

1. *The Immortal Dickens*, p. 65 (cf. *Note Bibliographique*).

monde des lecteurs fût devenu et dût rester avide de connaître l'opinion de Boz sur n'importe quel sujet, avide de lire chaque mot tombé de sa plume, prêt à rire ou à s'émouvoir sur commande.

N'exagérons pas : Dickens ne joue pas toute sa partie comme s'il l'avait gagnée d'avance. Il prend soin, en particulier, de choisir un sujet dont la popularité contemporaine soit assurée. Olivier Twist, *dans la mesure où ce roman constitue un récit d'aventures criminelles, n'est pas une œuvre isolée. Notre jeune auteur, au contraire, se laisse porter par le courant de la* Newgate School of Fiction[1] ; *il offre à son public une forte dose de Newgate (la principale prison criminelle de Londres) d'un bout à l'autre du livre, en même temps qu'il prétend dans sa préface être en réaction contre les conclusions implicites des autres romanciers de la même école ou contre les dangers que présentent leurs œuvres, peignant la vie des criminels sous un jour séduisant et prestigieux. En fait, Dickens ne devait naturellement pas anéantir cette forme de littérature, dont il s'exagérait d'ailleurs peut-être les périls : qui ne connaît de respectables Français dont les jeunes années ont été enchantées par les exploits d'Arsène Lupin, voire de ses moins avouables émules ? Il s'agit là d'un goût plus profond que néfaste, sans doute : quand nos enfants jouent aux gendarmes et aux voleurs, conduirons-nous chez le psychiatre tous ceux d'entre eux qui ne choisissent pas par goût le rôle des représentants de l'ordre[2] ?... Mais il ne faut pas attacher trop d'importance aux intentions exprimées dans les préfaces de Dickens, toujours sujettes à caution, car elles sont*

---

1. Cf. *Dickens Romancier*, pp. 110-111. Il s'agit d'un terme inventé par Thackeray, le futur rival de Dickens, pour désigner une série de romans fort populaires entre 1830 et 1840, et qui avaient des criminels pour héros. L'origine de cette forme littéraire est très ancienne en Angleterre.

2. Dickens lui-même devait donner plus tard une charmante et délicate image de cette fort innocente criminalité imaginative dans le *Roman des vacances* (*Holiday Romance*, 1868) dont nous

écrites après coup, et pour répondre à des critiques formulées dans les premiers comptes rendus. Il y a, certes, des intentions didactiques dans Olivier Twist, *et elles ont une valeur réelle : il a voulu dénoncer la* Nouvelle Loi sur les Pauvres *de* 1834, *attaquer le fléau social qu'elle aggrave, lutter contre l'inhumanité sous toutes ses formes. Ces intentions répondent à un irrésistible élan intérieur chez lui. Quant à son souci d'épurer la* Newgate Fiction, *on peut en douter.* Olivier Twist *va bien dans le sens du roman de Newgate, et donne volontiers au lecteur ce qu'il souhaite : des sensations fortes, des crimes, de l'horreur, et du sang.*

Une des exigences du roman de Newgate constitue cependant pour lui une difficulté, car elle l'éloigne de la libre formule pickwickienne ; il faut en effet plus d'organisation intérieure pour rapporter le déroulement de sinistres machinations que pour suivre le vagabondage désœuvré d'un petit groupe d'oisifs. Aucun problème de composition ne se posait à propos de Pickwick. *Ceux d'*Olivier Twist *existent et sont de taille. L'auteur les aborde avec un curieux mélange, ou plutôt une étrange alternance, d'énergique résolution et de hautaine désinvolture. Il a forgé une intrigue savante ; il a posé dès les premiers chapitres (du moins dès le chapitre XII) les jalons des lignes qui mènent au dénouement. Il a pris soin de partager son récit entre deux, puis trois théâtres d'opérations distincts, et de les réunir progressivement par des fils de plus en plus nombreux. A cet égard le livre, qui est en retard ou en retrait sur* Pickwick *de bien des manières, est en avance*[1] *sur* Nickleby (1838-1839), *ou* Le Magasin d'antiquités (1840), *ou encore* Martin Chuzzlewit (1844). *Il faudra*

avons publié une traduction française en 1947 (*Autres Contes de Noël*, Paris, U.B.F., pp. 215-266).

1. Au sens de marche dans une direction déterminée, non de progrès entraînant automatiquement une valeur littéraire supérieure.

presque attendre Bleak House (1853) *pour retrouver chez Dickens un souci comparable de l'agencement intérieur du récit. Mais dans* Olivier Twist *Dickens, après avoir eu trop d'ambition pour son intrigue, a manqué de courage pour aller jusqu'au bout de son effort. Ce n'est pas à dire, croyons-nous, que s'il avait voulu s'en donner la peine, il n'eût pas su achever sa trame et lui donner une forme pleinement satisfaisante pour l'esprit. Il nous semble plutôt qu'il s'en soit désintéressé, et qu'il l'ait jugée, non sans raison, indigne d'une grande dépense d'ingéniosité. Toujours est-il que plusieurs des fils restent décousus ; pour ne citer que quelques exemples : nul ne saura jamais qui était le bossu habitant la maison abandonnée proche de Chertsey, ni par quel procédé miraculeux Fagin et Monks parvinrent à disparaître après avoir aperçu Olivier endormi (chapitres XXXII et XXXV) ; pourtant on est presque tenté de donner sa préférence à de tels épisodes inachevés quand on songe à la façon passablement insultante pour l'intelligence du lecteur dont sont traités les incidents achevés ; en effet, c'est seulement au prix des invraisemblances les plus criantes, accumulation de coïncidences monumentales, et successions rocambolesques, que la trame est tissée et que les fils se rejoignent pour finir. Qu'on se rappelle cette scène du chapitre LI où, en un instant, par le jeu de révélations sensationnelles en cascade :* « un père, une sœur, une mère, se trouvèrent gagnés, et perdus ». *Et qu'on la rapproche, sans autres commentaires, de la lettre écrite à l'acteur Yates, vers le milieu de l'année* 1838 : « Je suis bien convaincu que personne ne peut avoir appris ce que j'ai l'intention de faire des différents personnages à la fin, pour la bonne raison qu'en ce moment, je n'en suis pas trop sûr moi-même[1]. »

---

1. Cf. E. Yates, *His Recollections and Experiences*, Londres, 1884, I, p. 18.

Et pourtant, il faut le redire, même s'il doit rester impossible de le prouver, malgré tant de défauts, le livre dans son ensemble laisse bien une impression de grandeur. On a vu qu'il comporte à la fois des scènes dignes de figurer dans un volume de la Bibliothèque rose, et d'autres qui l'apparentent à la Série Noire. Les chapitres roses, qui ont trait aux Maylie, se placent principalement à la campagne, que Dickens, malgré son bref séjour récent, ne connaît pas, et décrit de seconde main en des termes et avec des sentiments conventionnels. Olivier Twist *donne à cet égard une éclatante illustration de la formule de Sir Arthur Quiller-Couch :* « L'œuvre de Dickens présente une pauvre image caricaturale de l'Angleterre rurale, dépourvue de substance et d'atmosphère[1]. » *Mais les chapitres noirs se situent en terre dickensienne par excellence, c'est-à-dire à Londres, dans les quartiers populaires de Londres. Là le romancier est à son aise parce qu'il est chez lui. Enfant désolé, écolier curieux, saute-ruisseau pétillant, journaliste d'instinct autant que de métier, badaud de génie, il a exploré depuis douze ans tous les recoins de la vaste cité. Il lui a donné son cœur ; en retour, elle a formé son art. Est-ce à dire que l'image de Londres offerte dans les pages d'*Olivier Twist *soit littéralement exacte ? Certes, non.* « Le petit Dickens, *déclare G.K. Chesterton,* avait dickensifié Londres[2]. » *Il l'avait dickensifié pour lui-même d'abord, en l'observant à travers le prisme quelque peu déformant de sa curiosité personnelle. Il l'a dickensifiée aussi pour des générations de lecteurs, pour nous, pour tous ceux qui connaissent la capitale anglaise seulement, ou d'abord, par le truchement de ses livres. Pour Elizabeth Bowen, par exemple, comme pour bien d'autres écrivains :* « Son Londres enfantin était composite, faux géogra-

1. *Charles Dickens and Other Victorians*, p. 72 (cf. *Note Bibliographique*).
2. *Charles Dickens*, p. 48 (cf. *Note Bibliographique*).

phiquement, et intensément vivant, formé de pièces et de morceaux tirés de Dickens[1]... » *Les témoignages abondent ; qu'il nous soit permis d'en citer encore un, aussi récent que prestigieux ; dans un discours prononcé le 24 novembre 1955, Sa Majesté la Reine Mère Elizabeth a voulu comparer le Londres d'aujourd'hui à celui du* XIXe *siècle. Pour la souveraine comme pour ses sujets, le Londres du* XIXe *siècle, c'est d'abord celui que Dickens a peint dans* Olivier Twist[2]. *Enfin, quand il a fallu rédiger les notes et éclaircissements de la présente édition, quelle différence entre ce travail et les recherches exigées par un roman comme* David Copperfield ! *Au lieu d'une Bible, d'un Shakespeare complet et d'une histoire de la chanson anglaise, nos principaux outils étaient cette fois un plan et une histoire de Londres. Du nord au sud et d'est en ouest, le lecteur d'*Olivier Twist *traverse complètement la ville. Au terme de sa lecture il a l'impression de la connaître ; et il la connaît en effet, croyons-nous, mieux que bien des touristes plus ou moins pressés.*

Avoir immortalisé un moment de la vie ou de l'histoire de Londres, c'est déjà un succès qu'il faut porter sans hésiter à l'actif de Dickens dans Olivier Twist. *Mais il ne suffirait sans doute pas à assurer la grandeur du livre. Aussi bien n'est-ce pas le seul.*

Déjà, au travers même de ces pénibles chapitres initiaux du roman, on peut pressentir l'étincelle du génie dickensien, et cela à bien des signes. L'appariteur Bumble est né, il a pris figure dès le chapitre II ; il n'est pas près, plus d'un siècle plus tard, de disparaître de la mémoire des hommes ; peut-

1. *The Writer's London*, dans *Times Literary Supplement*, 2 mars 1956. Cf. aussi G. Gissing, *op. cit.*, p. 80 : « Il enseigna une certaine façon de considérer l'immense cité ; et aujourd'hui, comme il est courant de voir Londres par les yeux de Dickens ! »

2. Discours publié dans *University of London Gazette*, supplément spécial, novembre 1955, p. 6.

être n'égale-t-il pas, dans la galerie des grandes figures comiques créées par Dickens, les triomphales réussites que sont, par exemple, Sam Weller (Pickwick), *Pecksniff ou Mrs Gamp* (Martin Chuzzlewit), *Micawber ou Miss Betsy* (David Copperfield). *Mais il est et restera solidement vivant, et son nom a pris valeur de symbole dans le langage courant des Anglais.*

Également inoubliable, également proverbiale est la scène du même chapitre II où Olivier « redemande » *du gruau. Est-il un seul autre roman de* 1837 *qui ait fourni à la langue anglaise, à la sensibilité anglaise aussi, deux références aussi mémorables ? Nous ne le croyons pas.*

Et c'est aussi dès les premiers chapitres que se révèle l'attitude constante de Dickens, celle qui donne au livre sa valeur fondamentale : une perception aiguë de la souffrance, sous toutes ses formes, mais surtout quand elle est due à l'attitude inhumaine d'autres êtres humains. Olivier et ses camarades sont des enfants, et leurs chagrins pourraient nous paraître puérils. Mais Dickens nous contraint à les prendre au sérieux et même au tragique. Victime d'une tyrannie mesquine (dont l'aspect sadique n'échappe pas à l'auteur, non plus qu'à son lecteur attentif), Olivier, qui a une personnalité si pâle, incarne pourtant en des instants d'intense frémissement toute la souffrance et toute la révolte de Dickens et de l'humanité avec laquelle il est en intime sympathie[1].

---

1. Robert Merle (*Oscar Wilde, ou la destinée de l'homosexuel*, Paris, N.R.F., 1955, p. 173) écrit : « Nul écrivain, certes, n'est plus sensible, plus aimant, plus merveilleusement tendre que Dickens, et pourtant, l'image qu'il donne de la *workhouse* [l'asile] dans *Olivier Twist* étincelle de férocité, brûle de mépris, exsude la haine la plus franche pour ces chrétiens médiocres qui demandent au petit Olivier s'il « prie » pour ses « bienfaiteurs ». » En l'espèce, il n'y a pas contradiction entre la tendresse et la férocité ; c'est la tendresse même de Dickens pour Olivier et ses semblables, pour tous les petits et les faibles, qui rejaillit en attaques féroces contre l'oppresseur et le pharisien.

*L'atmosphère de l'asile est ainsi rendue avec puissance. Chez les voleurs, la situation est plus complexe. Dickens voudrait bien les livrer en pâture à notre exécration justifiée et raisonnable. Mais ils souffrent, eux aussi ; et Dickens nous fait sentir la façon dont la hantise du gibet, la méfiance réciproque, la crainte des dénonciations, de la ruine, de la prison et de la mort, empoisonnent chaque instant de leur vie, et jusqu'à leurs pauvres moments de pauvre joie ou de pauvre plaisir. Pourtant on ne peut voir en eux des persécutés, puisque, au contraire, à l'endroit d'Olivier ils parachèvent eux-mêmes dans le cynisme l'œuvre de persécution commencée dans l'hypocrisie par l'asile. Ils ne sont victimes que de leur propre infamie, sauf dans la mesure où la criminalité est engendrée par des structures sociales injustes, qui ne leur ont pas laissé de chances de se racheter. Ce point de vue, qu'il n'est pas impossible de lire en filigrane dans maint passage d'*Olivier Twist (*cf. les commentaires des domestiques de l'hôtel sur Nancy à la fin du chapitre XXXIX) n'est pourtant pas énoncé explicitement par Dickens.*

Il y a, certes, le cas troublant de Nancy. Il devrait être éclairant, car elle sent douloureusement que le monde des bien-pensants lui est fermé, mais ce cas est faussé par l'intervention d'un ange venu sur terre en la personne de Rose Maylie. C'est une façon un peu déloyale de résoudre le problème ; ce n'est pas la société qui tend une main secourable, mais une forme d'aide surnaturelle. Il reste que Nancy, voleuse et prostituée — le mot paraît dans la préface de 1841 *; il est supprimé ensuite — meurt à genoux, et qu'un bout de prière la sauve, tout comme pourrait être sauvé un personnage de M. Graham Greene, à la dernière seconde*[1].

1. Notons que le seul essai consacré à Dickens par M. Graham Greene, à notre connaissance, est une fort intéressante préface écrite pour une édition d'*Olivier Twist* et réimprimée dans le recueil *The Lost Childhood* (cf. *Note Bibliographique*).

Il faut retenir surtout de son cas, comme de ceux que nous allons examiner ensuite, que Dickens a voulu, dans les meilleurs moments, et surtout à la fin du livre, voir son personnage de l'intérieur. Il n'a pu le faire sans le transformer un peu, sans nuire à la cohérence du portrait. Mais il n'en a pas moins donné une forte preuve de la faculté exceptionnelle qui lui permettait de s'identifier à tout être souffrant, de s'identifier à tout être à partir du moment où il souffre.

Considérons également les deux autres protagonistes de la bande crapuleuse : Fagin et Sikes. Fagin, dont il est curieux et révélateur de noter que le nom, nous l'avons dit, était celui d'un aimable jeune camarade de Dickens au temps de la fabrique de cirage (Bob Fagin), avait pris un excellent départ pour jouer un rôle de premier plan parmi les « diaboliques » du roman. Son surnom familier de Joyeux Vieillard, son physique[1]*, ses rictus, son avarice, les images monstrueuses dont se sert Dickens pour le peindre et l'accabler (voir le troisième paragraphe du chapitre XIX), devaient le classer sans rémission parmi les « méchants » ; on oubliait volontiers son intelligence, ses dons d'acteur (chapitre IX), sa gaîté même, qui n'est pas entièrement factice et sinistre, et d'autant plus appréciable qu'elle est peu répandue dans le roman, pour retenir seulement la vision mélodramatique de ce que l'anglais appellerait* the arch-villain of the piece, *le super-scélérat. Or voici qu'à la fin tout se transforme ; au chapitre L, l'insignifiant Chitling raconte l'arrestation de Fagin ; le lecteur est horrifié tout son saoul ; mais nous ne croyons pas qu'il partage nécessairement la violence haineuse de la foule à l'égard de Fagin ; nous ne croyons pas surtout que Dickens la partage lui-même. L'insistance laborieuse avec laquelle il mon-*

1. Nous laissons de côté la question de sa race, et de la réparation que Dickens crut devoir offrir plus tard au peuple d'Israël pour l'offense commise dans *Olivier Twist*. Cf. *Dickens Romancier*, pp. 368-370.

trera désormais combien cette exécration était unanime et profonde paraît aussi suspecte que les manifestations en sont invraisemblables. C'est que Dickens voit maintenant Fagin de l'intérieur, parce qu'il vit le drame ultime de Fagin. Pourquoi? Parce que Fagin a cessé d'être le cruel oppresseur; il reste cruel, et abject; mais il est maintenant impuissant : il est devenu le faible en face des forts, en face d'une société inexorable; et dès lors Dickens est avec lui : le chapitre LII, si prenant, ne s'explique pas autrement; Dickens se voit dans la salle du tribunal (où il prête même à Fagin certaines de ses réactions personnelles les plus caractéristiques); il se voit dans la cellule du condamné à mort.

De même pour Sikes; et pour lui le retournement s'opère de façon plus saisissante encore. Dickens vit la fin du chapitre XLVII avec Nancy; Sikes est haïssable, hideux et monstrueux à souhait. A l'instant même où meurt Nancy, l'âme de Dickens s'envole avec la sienne; mais au lieu de monter au ciel du même coup d'aile, elle pénètre aussitôt en Sikes. Son crime l'a en quelques secondes exclu de la société. Il est devenu une victime virtuelle. Sa fuite est poignante (chapitre XLVIII); elle ne le serait pas au même degré si elle n'était vécue, encore une fois, de l'intérieur; rejeté par les honnêtes gens, rejeté par son chien, rejeté par ses amis aussi, il est seul, inexorablement seul, et hanté jusqu'à la mort (chapitre L).

Tel nous paraît être le secret de ces dernières scènes et de leur force brutale. Dickens s'identifie à ses personnages de façon complète et vivante. Dans un remarquable essai, qui a eu tout le retentissement mérité, et qui a contribué à rénover les études dickensiennes à un moment où elles en avaient grand besoin, Edmund Wilson a fortement souligné cette tendance; il insiste sur le caractère criminel des personnages avec lesquels Dickens s'identifie le plus facilement (« Il s'identifiait volontiers avec le voleur, et encore plus volontiers avec l'assassin[1] ») ; *il y voit la preuve et surtout la manifestation de l'état de révolte où se serait trouvé Dickens, pouvant aller, virtuellement, jusqu'à l'attitude criminelle qui l'apparenterait à ses personnages*[2].

Nous croyons, pour notre part, qu'il s'agit plutôt d'identification par sympathie (communauté de souffrance), donc par générosité, que d'identification par sentiment d'une commune culpabilité virtuelle, ou même d'une commune révolte. L'amour, et non une même hostilité, en serait le ciment. Ce serait, selon nous, l'effet de ce que Robert Merle *appelle*[3] « le souci de ne pas méconnaître l'homme dans le coupable, la défense du faible contre le fort ». *Dickens nous paraît être toujours du côté de ceux que l'anglais populaire désigne aujourd'hui comme* the underdogs, *ceux qui ont le dessous dans le combat qu'ils livrent, quel que soit ce combat.*

La faculté de sympathie et d'identification dont on vient d'apercevoir les manifestations les plus spectaculaires revêt aussi dans Olivier Twist des formes plus discrètes et délicates. Et c'est ainsi que l'épisode Maylie (Rose *et* Harry) *peut, malgré sa fadeur écœurante, se trouver éclairé d'un jour intéressant. On se souvient que Dickens avait perdu, en mai* 1837, *une jeune belle-sœur tendrement chérie, Mary Hogarth. Que ce deuil ait exercé une influence sur la rédaction d'*Olivier Twist, *et sur la création du personnage de* Rose *Maylie, on n'en peut douter : de nombreux passages du livre l'attestent (chapitre XI, les réflexions de M. Brownlow sur les visages ; chapitre XIX, pénultième paragraphe ; chapitre*

1. *The Wound and the Bow*, 1941, p. 14. Cf. *Note Bibliographique.*

2. Cf. aussi G. H. Ford, *Dickens and his Readers*, p. 39 (voir *Note Bibliographique*) : « Avec Sikes... Dickens s'identifie inconsciemment de façon si intense que le criminel prend parfois figure de héros en désaccord avec les conventions sociales. »

3. *Op. cit.*, p. 161.

XXIV, deuxième paragraphe[1] *; et tout un épisode, celui de la maladie de* Rose, *demeurerait incompréhensible (il ne sert pas l'intrigue, qui marque le pas pendant son déroulement) sans l'épisode analogue de la maladie de Mary Hogarth dans la vie de Dickens. Mary Hogarth prête donc à* Rose *Maylie tout ce que cette dernière a de signification. Mais qu'est-ce à dire ?*

Il paraît inconcevable que Dickens ait pris conscience dès 1837 *de l'incompatibilité d'humeur qui devait l'opposer à sa femme et aboutir en* 1858 *à la rupture de leur ménage ; son cas n'est pas sans parenté avec celui du père d'Olivier, mais il ne le sait pas. Certes, il devait écrire plus tard que cette incompatibilité avait toujours existé, et, pour autant qu'on puisse connaître le caractère de Catherine Dickens à travers les documents contemporains, la chose est assez vraisemblable. Mais nous ne croyons pas que Dickens en ait eu clairement conscience, ni surtout qu'il se soit si tôt avoué la vérité. Il faut au moins l'acquitter de toute intention hostile à l'égard de sa femme quand il plaisante à propos de mariage (entre plusieurs dizaines d'exemples, on pourrait citer le titre, et le contenu, du chapitre* XXXVII*) ; on ne saurait même lui faire reproche de n'avoir pas pensé qu'il ne tenait pas là le langage d'un jeune époux comblé. Car, à vrai dire, il ne pensait pas du tout quand il écrivait de cette manière ; ce ne sont que plaisanteries conventionnelles et, en quelque sorte, machinales. Il nous semble même qu'on peut déceler dans* Olivier

1. Sans compter un paragraphe écrit par Dickens pour figurer en tête de la première description de Rose au chapitre XXIX, et que nous avons eu le bonheur de retrouver au verso d'un feuillet de son manuscrit ; le romancier avait renoncé à publier ce fragment (cf. *Dickens Romancier*, p. 122) dont voici la traduction : « Ah ! Où sont les cœurs qui, devant la description maladroite d'un être jeune et beau, n'évoquent pas une personne aimée que le Temps a cruellement changée, ou que la Mort a réduite en Poussière ! »

Twist *un hommage rendu à Kate Dickens : la force d'âme de Mme Maylie (qui se trouve révélée à elle-même et à son entourage au moment de l'épreuve) semble refléter avec admiration l'impression produite par Kate Dickens en mai* 1837[1].

Pourtant les sentiments de Dickens envers Mary Hogarth avant et après sa mort étaient d'une extrême intensité, et auraient difficilement pu ne pas devenir source de désarroi dans le ménage si elle n'était morte de si bonne heure. Le romancier ne la décrivait jamais sans employer des superlatifs qui marquaient sans ambiguïté sa préférence : « la créature la plus douce et la plus pure qui ait jamais répandu sa clarté sur la terre[2] ». *Après sa mort, il passa à son doigt, pour ne plus s'en défaire, une bague prise sur le corps de la jeune défunte ; il déclara qu'il rêvait d'elle toutes les nuits[3] ; il exigea, avec une insistance presque indécente et puérile, qu'on lui réservât une place dans la tombe à côté de Mary. Aucun doute n'est possible. L'affection et l'admiration de Charles Dickens pour sa jeune belle-sœur présentent tous les caractères d'une véritable passion.*

Ainsi, nous semble-t-il, l'épisode des Maylie dans Olivier Twist *peut-il être interprété avec quelque assurance : le long discours de Harry Maylie au chapitre XXXV, décrivant les angoisses éprouvées pendant la maladie de Rose, est sans valeur littéraire, mais il a une valeur biographique et psychologique infinie. Il nous paraît manifeste que Harry parle ici au nom du romancier, et que, par le jeu d'une transposition subtile et complète dans tous ses détails (encore qu'elle ne soit assurément pas systématique, ni peut-être plus qu'à demi consciente),*

---

1. La fermeté de Mlle Murdstone dans le deuil (*David Copperfield*, chap. IX) est une version satirique de la même attitude.

2. Lettre du 1er janvier 1838, cf. *Dickens Romancier*, p. 85.

3. Il raconte ce phénomène dans un conte de Noël intitulé *L'Auberge de la Branche de Houx ;* cf. notre édition des *Nouveaux Contes de Noël*, Paris, U.B.F., 1946, pp. 49-50.

Dickens peut ici à la fois revivre et fixer pour l'éternité un moment de douleur déchirante (il se torture, se lacère en quelque sorte, mais non sans y prendre aussi un certain plaisir[1]*), et exprimer son sentiment pour Mary en toute liberté. Cette sombre histoire d'amour, et d'amour pour une mourante, qui est en même temps une proche parente (*Rose *s'appelle Maylie comme* Harry*; Mary s'appelait* Hogarth *comme Mrs. Dickens) a fort bien pu jouer pour la sensibilité de Dickens le rôle d'un exutoire et d'une revanche imaginative (car* Rose *ne meurt pas) sur un destin cruel, que le romancier n'avait jamais eu le courage d'accepter vraiment.*

La suite de l'épisode confirme son caractère autobiographique transposé : à la fin du même chapitre XXXV, comme le feront plus tard Agnes Wickfield (David Copperfield) *et Biddy* (Les Grandes Espérances), Rose *prend un amer plaisir à fouler aux pieds son propre cœur aimant, cherchant à réduire à une simple amitié ce qui est amour profond. Dickens fut peut-être toute sa vie à la recherche d'une impossible amitié féminine ; impossible, certes, car l'amitié ne pouvait exister entre un homme et une femme amoureux l'un de l'autre, même s'ils décidaient de se considérer comme frère et sœur. Mary* Hogarth *fut la première incarnation de cette quête, et une autre sœur cadette de Mrs. Dickens, Georgina* Hogarth, *devait plus tard occuper une place analogue dans le foyer et le cœur du romancier, jusqu'au triste jour de* 1858 *où ce fut* Mme *Dickens qui partit, et Georgina qui resta... en tout honneur, empressons-nous de le dire, mais non point sans doute en tout bien.*

Enfin, dernier aspect de cette transposition sentimentale, dernière confirmation de nos conclusions : si les obstacles

1. Comme l'écrit Bernard Darwin dans son excellent petit livre (*Dickens*, Londres, 1933, p. 49) : « Dickens n'oublia jamais Mary Hogarth ; il ne cessait de la pleurer, et peut-être se complut-il quelque peu en son propre chagrin. »

opposés au mariage de Rose et Harry (chapitre XXXV) paraissent à la fois nébuleux et — pour un temps — insurmontables, n'est-ce pas qu'ils sont l'image de l'obstacle insurmontable aussi (et doublement : les liens du mariage, et l'abîme de la mort séparent Charles de Mary) qui s'oppose à la satisfaction d'un désir, sinon indéfinissable, du moins inavouable (même dans le secret de son propre cœur) ? En d'autres termes, ce qui sépare — pour un temps — Rose et Harry amoureux nous paraît être le reflet des impossibilités auxquelles se heurte la tendresse de Dickens pour Mary ; pour un temps seulement, car ici encore il y a à la fois transposition d'une souffrance et revanche sur le sort qui l'impose.

Nous quittons sans regret cet épisode chargé de sens, et d'émotion discrète, mais fort dépourvu des séductions de l'art romanesque. Il fallait l'expliquer et l'éclairer. Mais il est plus agréable d'achever cette étude critique en revenant à la fin du roman, pour dire encore quelle récompense elle apporte à quiconque aura su « faire durer sa patience ». Dès le cambriolage de Chertsey (chapitres XX-XXII), on avait assisté à une accélération temporaire du rythme narratif. Dickens n'atteignait pas le même degré d'intériorité que dans la fin du livre ; le lecteur ne pouvait souhaiter le succès de l'entreprise, puisqu'il souffrait avec Olivier ; mais déjà il était empoigné, entraîné par une main puissante.

A la fin[1]*, à partir du chapitre XLV (et en exceptant seulement quelques longueurs pathétiques du chapitre XLVI, et le laborieux démêlage effectué aux chapitres XLIX et LI), c'est jusqu'au bout que nous serons saisis. Le* tempo *du récit est devenu rapide, haletant ; il fait songer au rythme passionné des premières mesures, dans la quarantième symphonie de Mozart. Le lecteur en arrive presque à être,*

1. C'est-à-dire, rappelons-le, pour la partie du livre qui fut écrite aussi avec plus de fougue et d'entrain que les débuts.

comme Sikes, hanté par une hallucination, et par le sûr pressentiment d'imminentes tragédies.

*Tel est l'intérêt, telle est la grandeur d'*Olivier Twist. *Le livre, on le comprend, fut vite populaire, ce qui n'eut pas uniquement des conséquences heureuses. On en parla beaucoup, et les critiques s'émurent ; ils furent souvent hostiles. Dickens leur répondit avec mauvaise humeur et mauvaise foi dans la préface écrite en* 1841. *Thackeray, lorsqu'il attaqua et parodia le roman de Newgate, à trois reprises (dans* Catherine, *dès* 1839, *puis dans* Barry Lindon *en* 1844 *et dans* George de Barnwell *en* 1847) *prit pour cible de choix* Olivier Twist *et en particulier Nancy et la scène du meurtre*[1] *pour laquelle Dickens lui-même avait, comme on le verra plus loin, une singulière prédilection. D'autres imitations virent le jour pour des motifs plus bassement intéressés : de ces ouvrages « piratés » qui voulaient exploiter la vogue de tous les romans à succès et pouvaient le faire impunément en l'absence d'une efficace protection juridique du copyright. C'est ainsi que parut à Londres en* 1839 *un livre intitulé :* Aventures d'Olivier Twiss, par Bos!

Plus tard, ce furent d'autres ennuis. George Cruikshank (1792-1878), *l'illustrateur choisi par Dickens ou par Bentley pour* Olivier Twist, *répandit une version des origines de ce roman dans laquelle il faisait preuve de beaucoup d'imagination, et de plus de fantaisie que dans ses pénibles gravures*[2].

---

1. Cf. *Dickens Romancier*, p. 110.

2. Elles ont été reproduites dans nombre d'éditions successives. On peut signaler en particulier que les reproductions imprimées dans le *New Oxford Illustrated Dickens* (Cf. *Note Bibliographique*) sont de bonne qualité. Indiquons aussi que, dans une modeste édition scolaire d'extraits du roman (Hachette, 1949) nous avons fait figurer côte à côte trois gravures de Cruikshank et trois photographies tirées de l'excellent film de David Lean (Cineguild, 1948), qui s'en est manifestement inspiré.

Qu'elles aient contribué au succès du roman sous sa forme primitive, il se peut, malgré leur qualité artistique discutable et discutée. Dickens ne devait d'ailleurs plus faire appel à lui pour ses romans ultérieurs. Mais Cruikshank prétendit qu'il était l'inventeur réel du livre, et que ses dessins avaient servi de point de départ à la création imaginative de Dickens. Nous ne croyons pas que cette légende, formellement démentie par l'auteur et par les autres témoins de l'affaire, mérite d'être sérieusement prise en considération. Mais l'incident ne laissait pas d'être irritant pour le romancier.

Et pourtant sa carrière de romancier, à partir de Pickwick *et d'*Olivier Twist, *devait être marquée par une série ininterrompue de succès. Rappelons-en pour finir les grandes étapes ; nous croyons y distinguer deux directions principales. De* 1839 *à* 1850, *c'est une période de bonheur familial relatif, ou du moins de paix au foyer ; c'est aussi une période de fertilité littéraire un peu désordonnée et prodigue, mais soutenue ; malgré sept naissances, des voyages et des séjours aux U.S.A. en France, en Italie, en Suisse, six autres romans virent le jour :* Nicolas Nickleby, Le Magasin d'antiquités, Barnabé Rudge, Martin Chuzzlewit, Dombey et Fils, *et enfin* David Copperfield (1849-1850) *que l'on peut tenir pour son chef-d'œuvre ; d'autres ouvrages (les célèbres* Contes de Noël *en particulier), et d'autres activités sociales, amicales, journalistiques, occupent aussi une part du temps de Dickens. Après* 1850, *et jusqu'à sa mort, ce flot d'activités diverses devient un véritable tourbillon et ne cesse d'augmenter. On dirait que Dickens cherche à s'étourdir de travail et de mouvement, d'abord (jusqu'en* 1858) *pour oublier une tension grandissante à son foyer, en présence de sa femme ; ensuite, quand il l'aura en quelque sorte répudiée, pour oublier peut-être que sa vie privée (il a une maîtresse, l'actrice Ellen Ternan) ne correspond plus en rien à l'enseignement de son œuvre. Dans cette frénésie de besognes et de voyages, la part* *de la création romanesque demeure importante, mais sans doute moins essentielle que pendant la première phase de la carrière ; il publie encore sept romans, ou six et demi :* Bleak House, Les Temps difficiles, La Petite Dorrit, Histoire de deux villes, Les Grandes Espérances (1861, *le sommet de cette deuxième période, comme* David Copperfield *l'est de la première*), L'Ami commun, *et* Le Mystère d'Edwin Drood, *qui demeure inachevé et par conséquent mystérieux à la mort de l'auteur en* 1870. *Mais il est aussi rédacteur en chef de son hebdomadaire personnel, où il publie articles et courts récits, ainsi que d'importants numéros de Noël. En outre il s'occupe de théâtre d'amateurs, et de politique.*

Mais la transformation la plus radicale de sa vie, pendant ses dix dernières années, est constituée par l'entreprise originale des lectures publiques. Dickens avait commencé à lire son Conte de Noël *au bénéfice d'œuvres charitables, peu de temps après la publication de* David Copperfield. *A partir de* 1858, *les lectures sont rétribuées et lui rapportent des sommes colossales. Puisant dans ses contes et ses romans les scènes les plus populaires et les plus sensationnelles, Dickens met au point, après des centaines de répétitions, plusieurs programmes, qu'il donne à Londres, et dans toutes les villes de Grande-Bretagne, puis, en* 1867, *aux Etats-Unis. En plus des voyages incessants que lui impose cette nouvelle activité, et qui deviennent une torture pour lui quand ses forces commencent à décliner, en particulier après le terrible accident de chemin de fer auquel il fut mêlé en* 1865, *les lectures exigent de lui un déploiement d'énergie et de talent comparable à ce que demanderait à un acteur la présentation d'un spectacle entier à une voix. Tous les témoignages contemporains s'accordent à reconnaître l'extraordinaire qualité de ces soirées au cours desquelles il incarnait tout à tour les personnages les plus divers, ses dons prodigieux d'acteur et de mime, la remarquable souplesse de sa voix. Par le contact plus direct avec son public, par le trop-plein qu'elles offraient à son énergie débordante et dévorante, les lectures publiques ont certainement répondu à un besoin profond de Dickens pendant ces dernières années à tant d'égard tourmentées et tragiques.*

Mais elles ont aussi gaspillé cette énergie ; elles ont abîmé une des plus remarquables mécaniques humaines qui aient jamais existé. Elles ont sans conteste abrégé sa vie et diminué ses ressources de création romanesque. La place occupée par Olivier Twist *dans cette œuvre de destruction est significative. De plus en plus acharné à la tâche, après son retour d'Amérique, Dickens ajoute à son répertoire une lecture encore plus sensationnelle que les autres : le meurtre de Nancy par Sikes dans* Olivier Twist. *Son secrétaire, George Dolby, a raconté*[1] *comment ce choix fut fait malgré les conseils des amis, comment, le* 14 *novembre* 1868, *il donna une lecture privée sur invitation de ce qui s'appelait désormais le* « Meurtre » *tout court, comment fut prise la décision définitive de l'inclure en bonne place dans la série des lectures d'adieux à Londres et province ; comment, en effet, le* « Meurtre » *fit sensation partout où il fut lu, comment, dans ses auditoires frappés de terreur, les femmes s'évanouissaient par rangs entiers, comment Dickens lui-même ressortait de telles lectures épuisé, brisé, anéanti, et pourtant de plus en plus enclin, fasciné qu'il était par l'horreur de ce spectacle, à donner le pas au* « Meurtre » *sur toutes les autres lectures de son programme, jusqu'au moment où il en vint à lire le* « Meurtre » *trois fois sur quatre ; comment l'effet néfaste sur sa santé, souligné par les amis, par les médecins, par Dolby, par les plus cruelles évidences physiologiques aussi (la dernière tournée fut plusieurs fois interrompue, et plusieurs lectures annulées, pour raison de santé) ne le détourna pas de*

---

1. *Charles Dickens as I Knew Him*, Londres, 1885, chapitres X, XI, XII. Cf. *Note Bibliographique*.

cette fascination. Le récit de Dolby comporte plus d'un moment pathétique et montre tout l'empire exercé par ce texte puissant sur la vie et sur l'esprit de Dickens. Oui, cette vie en fut sans nul doute raccourcie. Dickens fut en un sens, comme Sikes, hanté et tué par ce « Meurtre » *dont il était l'auteur. Le processus d'identification du romancier à ses personnages, que nous avons décrit ci-dessus, atteignait, trente ans plus tard, son tragique point culminant.*

Quand, au printemps de 1870, *Dickens donna sa dernière lecture publique, il avait décidé de renoncer pour tout de bon à cette activité grisante, mais funeste. Il voulait se consacrer désormais exclusivement à son œuvre littéraire. Il avait entendu, enfin, la voix de la raison ; mais il ne lui restait plus trois mois à vivre. Avec la fatigue des lectures, ajoutée à une existence entière de surmenage allant souvent jusqu'à la frénésie, le* « Meurtre » *avait fait en lui son œuvre de mort. Il s'était arraché enfin à la fascination morbide qu'exerçait sur lui sa propre création romanesque, sous la forme d'une de ses scènes les plus puissantes. Mais il était trop tard.*

On peut puiser un certain réconfort dans la pensée que les dernières semaines de sa vie furent plus paisibles, et qu'il les passa surtout dans sa propriété de Gadshill près de Rochester, *qu'il connut donc aux derniers temps de sa vie les joies saines et simples qu'il avait voulu peindre sans beaucoup les connaître encore, dans les chapitres les plus paisibles d'*Olivier Twist.

Il reste que la dernière lecture publique eut lieu le 15 *mars, et que Dickens mourut le* 9 *juin* 1870.

Sylvère MONOD.

NOTE BIBLIOGRAPHIQUE

Une part considérable de la bibliographie qu'il est utile de consulter à propos d'*Olivier Twist* concerne en même temps *David Copperfield*, et nous l'avons donc signalée déjà dans notre récente édition de ce roman (Classiques Garnier, 1956, 2 volumes, *Note Bibliographique*, pp. XXXVII-XL). Aussi nous bornerons-nous à rappeler d'abord ici le titre des ouvrages généraux les plus importants, et à citer ensuite les études consacrées plus particulièrement à *Olivier Twist.*

I. BIBLIOGRAPHIE DICKENSIENNE

W. MILLER, *The Dickens Student and Collector*, Londres, Chapman et Hall, 1946, XII-351. Deux suppléments parus depuis 1946.

K.J. FIELDING, *Charles Dickens*, 1953, pp. 39-47 (bibliographie sélective et critique).

Edgar JOHNSON, *Charles Dickens...*, 1953, II, pp. XCIX-CXV (liste alphabétique).

S. MONOD, *Dickens Romancier*, 1953, pp. 493-503 (bibliographie sélective et critique).

II. TEXTE ET SOURCES MANUSCRITES

Il n'existe pas encore d'édition critique du texte des romans de Dickens. Les nombreuses éditions publiées de son vivant ont surtout reproduit le texte primitif (avec des modifications non négligeables, semble-t-il, dans le cas d'*Olivier Twist*). Les meilleures éditions posthumes, encore plus nombreuses, ont été calquées sur le texte considéré par l'auteur comme définitif. Citons celle de la collection *Everyman's Library* (éditions Dent), où *Olivier Twist* porte le N° 233, et la série du *New Oxford Illustrated Dickens* (Oxford University Press), qui compte un *Olivier Twist* (1949, introduction par Humphry HOUSE, XXVI-415 p.).

La plus grande partie du manuscrit d'*Olivier Twist* se trouve dans la Collection Forster, au *Victoria and Albert Museum;* on peut en voir aussi quelques pages à la *Dickens House*, 48 Doughty Street, c'est-à-dire dans la maison même où fut écrit le livre.

III. BIOGRAPHIES

Leur nom est légion. Citons la première et la dernière en date des *Vies de Dickens* présentant un réel intérêt : *The Life of Charles Dickens*, de John FORSTER, compagnon, témoin constant et intime de la vie du romancier, Londres, Chapman et Hall, 1872-1874, 3 gros volumes. Il existe une réédition commode de cet ouvrage dans la collection *Everyman's Library* en deux volumes (N°s 781 et 782). Ce livre fondamental, l'un des chefs-d'œuvre de l'art biographique anglais, n'a jamais été traduit en français. Et *Charles Dickens, His Tragedy and Triumph*, d'Edgar JOHNSON, professeur au City College de New York, New York, Simon et Schuster, Londres, V. Gollancz, 1953, 2 volumes, XXII-VIII-1158-CXCVII p.

Ajoutons une précieuse brochure : K.J. FIELDING, *Charles Dickens*, N° 37 de la collection *Writers and Their Work*, Londres, Longmans, Green and C°, 1953, 47 p.

IV. ÉTUDES CRITIQUES GÉNÉRALES

Leur nom est encore légion. Il faut connaître au moins :

George Gissing, *Charles Dickens : a Critical Study*, 1898, et *The Immortal Dickens*, 1925 (ce dernier ouvrage, réimpression de neuf préfaces écrites pour des œuvres de Dickens, comporte une étude d'*Olivier Twist*, pp. 63-87).

Gilbert Keith Chesterton, *Charles Dickens*, 1906 (traduction française publiée en 1909) et *Appreciations and Criticisms of the Works of Dickens*, 1911 (recueil de préfaces; *Olivier Twist*, pp. 38-49)

Sir Arthur Quiller-Couch, *Charles Dickens and Other Victorians*, 1925 (Dickens est étudié aux pp. 1-100).

Edmund Wilson, *The Wound and the Bow*, [1941]-1952 (sept études littéraires dont la première, consacrée à Dickens, pp. 1-93, s'intitule *The Two Scrooges*).

George Orwell, *Critical Essays*, 1946 (contient un essai sur *Charles Dickens*).

S. Monod, *Dickens romancier*, Paris, Hachette, 1953, XXI-520 p. (*Olivier Twist* est étudié pp. 104-126).

S. Monod, *Charles Dickens...*, Paris, Seghers, 1958, 236 p.

J. Butt et K. Tillotson, *Dickens at Work*, Londres, 1957, 238 p.

J. Hillis Miller, *Charles Dickens. The World of his Novels*, Harvard, 1958, 346 p. (*O. T.* étudié pp. 36-84).

V. ÉTUDES PORTANT SUR OLIVIER TWIST

George Dolby, *Charles Dickens As I Knew Him*, Londres, [1885] 1912, XIV-482 p. (les mémoires du secrétaire de Dickens pendant ses tournées de lectures publiques).

Marie Hamilton Law, *Olivier Twist and De Foe's History of the Devil*, P.M.L.A., XL, N° 4, Déc. 1925, pp. 892-897.

Graham GREENE, *The Lost Childhood and Other Essays*, Londres, Eyre et Spottiswoode, 1951, VIII-191 (l'essai intitulé *The Young Dickens*, pp. 51-97, reproduit le texte d'une introduction à *Olivier Twist*).

F. DUBREZ-FAWCETT, *Dickens the Dramatist on Stage, Screen and Radio*..., Londres, Allen, 1952, XIII-278 p. (donne des détails sur le film tiré du roman; sur le même sujet, et à propos des illustrations de G. Cruikshank, cf. aussi *Olivier Twist*, extraits présentés par S. Monod, Paris, Classiques Hachette, 1949, 88 p.).

Arnold KETTLE, *An Introduction to the English Novel*, vol. I, Londres, Hutchinson, 1951, 200 p. (contient une discussion aventureuse, mais intelligente et fructueuse, d'*Olivier Twist*, pp. 123-138).

V. S. PRITCHETT, *Books in General*, Londres, Chatto et Windus, 1953, VIII-258 p. (contient, pp. 191-196, la réimpression d'un article publié à l'occasion de l'édition préfacée par G. Greene).

Emlyn WILLIAMS, *Readings from Dickens, with an Introduction by Bernard Darwin*, Londres, Heinemann, 1954, XX-164 p. (E. Williams est un acteur qui a donné plusieurs séries de lectures imitées de celles de Dickens, avec un succès remarquable).

G.H. FORD, *Dickens and his Readers*, 1955, Princeton U.P., XVII-318 p. (précieuse histoire des réactions critiques à l'œuvre de Dickens).

J. GROSS et G. PEARSON, *Dickens and the Twentieth Century*, Londres, 1962 (contient un essai de John Bayley sur *O. T.*, pp. 49-64).

Philip COLLINS, *Dickens and Crime*, Londres, 1962, 371 p.

SOMMAIRE BIOGRAPHIQUE

1812. — Le 7 février, Charles Dickens naît à Landport, près de Portsmouth. Son père, John Dickens, est un petit employé de la Paierie de l'Amirauté

1817. — John Dickens est nommé à Chatham et va s'installer dans cette ville avec toute sa famille.

1822. — John Dickens est maintenant nommé à Londres, mais le jeune Charles reste à Chatham où il continue à fréquenter l'école dirigée par William Giles.

1823. — Charles va retrouver ses parents à Londres et connaît des conditions d'existence difficiles; ses études sont interrompues.

1824. — La situation financière devenant plus grave, Charles Dickens doit travailler dans une fabrique de cirage, tandis que son père est emprisonné pour dettes. Un petit héritage ayant permis la libération de John Dickens, Charles redevient écolier, cette fois à *Wellington House Academy*.

1827. — Fin des études de Charles, qui entre comme clerc à l'étude d'Ellis et Blackmore.

1828. — Ayant appris la sténographie, Charles trouve un gagne-pain auprès d'un tribunal.

1829. — Dickens tombe amoureux de Maria Beadnell et se fiance secrètement.

1830. — Il envisage de devenir acteur et cherche à compléter sa formation par de longues séances de lecture au *British Museum.*

1832. — Exerçant toujours le métier de sténographe (et devenu virtuose de cet art), Dickens est maintenant reporter des débats parlementaires pour le compte de divers journaux.

1833. — Double tournant dans la vie de Dickens; ses fiançailles sont rompues; il commence à écrire et à publier des « Esquisses ».

1835. — Travaillant désormais au journal *Evening Chronicle,* Dickens fait la connaissance du critique musical George Hogarth et de ses filles; il tombe amoureux de l'aînée, Catherine.

1836. — C'est véritablement l'*Annus Mirabilis* de la vie de Dickens. Le 7 février paraissent les deux volumes de son premier livre, les *Esquisses de Boz.* Le 31 mars il épouse Catherine Hogarth. Le 2 avril paraît la première des dix-neuf livraisons mensuelles des *Pickwick Papers.* Avant la fin de l'année il écrit et fait représenter une comédie et une opérette.

1837. — Le 6 janvier naît Charles, le premier enfant des Dickens. En février commence la publication d'*Olivier Twist* dans le magazine *Bentley's Miscellany* dirigé par Dickens. Un événement tragique : le 7 mai une jeune belle-sœur du romancier, Mary Hogarth, meurt soudain et il en est profondément affecté. La publication de *Pickwick* s'achève avant la fin de l'année.

1838. — Naissance le 6 mars de Mary Dickens. La même année Dickens commence *Nicholas Nickleby* et achève *Olivier Twist.*

1839. — Dickens achève *Nickleby* et s'installe dans une maison plus vaste (Devonshire Terrace), mieux adaptée à la situation d'un romancier populaire et d'un père de famille nombreuse (naissance de Kate le 29 octobre).

1840. — Pour renouveler sa formule littéraire, Dickens fonde un hebdomadaire, *L'Horloge de Maître Humphrey,* où il publie *Le Magasin d'Antiquités.*

1841. — Dickens publie dans son hebdomadaire *Barnabé Rudge;* il visite l'Écosse. Naissance le 8 février de Walter Dickens.

1842. — Dickens et sa femme passent six mois aux États-Unis. A son retour le romancier publie des *Notes américaines* quelque peu désenchantées.

1843. — Année de déceptions financières, tant pour le nouveau roman qu'il entreprend alors *(Martin Chuzzlewit)* que pour son premier *Conte de Noël.*

1844. — Après la naissance de Francis Jeffrey Dickens, la famille va s'installer en Italie pour vivre plus économiquement.

1845. — De retour à Londres en juillet, Dickens s'adonne à sa passion pour le théâtre d'amateur. Naissance d'Alfred le 28 octobre. Dickens prépare le lancement d'un quotidien politique libéral, *The Daily News.*

1846. — Au bout de deux semaines, il abandonne ses fonctions de rédacteur en chef du quotidien nouveau, mais y publiera encore ses *Images d'Italie.* Il quitte l'Angleterre pour s'installer à Lausanne et commence la composition de *Dombey et Fils.* La famille Dickens termine l'année à Paris.

1847. — Rentré en Angleterre au printemps, Dickens continue *Dombey.* La famille s'accroît encore (naissance de Sydney le 18 avril) et le romancier se distrait en s'occupant de théâtre et d'œuvres philanthropiques.

1848. — Dickens achève *Dombey* et publie le dernier de ses contes de Noël (il en avait écrit un tous les ans depuis 1843).

1849. — Naissance de Henry le 15 janvier. En mai commence la publication de *David Copperfield.*

1850. — Le 20 mars paraît le premier numéro d'un nouvel

hebdomadaire, *Household Words*, conçu et dirigé par Dickens. Le 16 août naît Dora Annie Dickens. En octobre s'achève *Copperfield*.

1851. — Après la mort de son père le 31 mars et de la petite Dora Annie le 14 avril, Dickens s'absorbe dans une série de représentations théâtrales. A la fin de l'année il s'installe dans la plus somptueuse de ses résidences londoniennes (Tavistock House).

1852. — Début de *Bleak House* et naissance d'Edward Dickens (13 mars).

1853. — Dickens achève *Bleak House,* ainsi que son *Histoire d'Angleterre pour les enfants,* et voyage (séjour familial à Boulogne-sur-Mer en été; escapade, avec son jeune ami Wilkie Collins, en Suisse et en Italie pendant l'automne).

1854. — Dickens écrit et publie dans *Household Words* le plus bref et le plus « social » de ses romans, *Les Temps difficiles.*

1855. — Dickens voyage de nouveau avec Collins et partage son temps entre le théâtre, la politique et la littérature. A la fin de l'année il s'installe à Paris et commence à publier *La Petite Dorrit.*

1856. — Revenu en Angleterre, Dickens réalise un rêve de sa jeunesse en achetant la belle propriété de Gad's Hill Place, non loin de Chatham.

1857. — Au cours de représentations d'une pièce de W. Collins, Dickens fait la connaissance d'une jeune actrice, Ellen Ternan. Il achève *Little Dorrit,* fait un nouveau voyage avec Collins et écrit un récit en collaboration avec lui.

1858. — C'est une année assez sombre : Dickens se sépare de sa femme, publie une déclaration à ce sujet dans tous les journaux qui veulent bien l'accepter et se brouille avec les rédacteurs et les éditeurs qui la refusent. Il se querelle avec son grand contemporain et rival Thackeray. Il se lance dans la profitable et stimulante entreprise des lectures publiques de ses œuvres.

1859. — Il change le titre de son hebdomadaire, qui s'appellera désormais *All the Year Round* et où il commence la publication de son roman historique sur la Révolution française, *Histoire de deux villes.*

1860. — Tout en écrivant périodiquement les essais du *Voyageur non commercial,* Dickens poursuit ses lectures; il abandonne définitivement Londres pour s'installer à Gad's Hill, et commence à écrire *Les Grandes Espérances,* (roman achevé l'année suivante).

1863. — Après diverses tournées de lectures publiques et, semble-t-il, une intimité grandissante avec Ellen Ternan, Dickens se réconcilie avec Thackeray peu avant la mort de celui-ci. Il perd sa mère.

1864. — Dickens commence la publication de *L'Ami commun* et connaît des ennuis de santé.

1865. — Dickens achève *l'Ami commun.* Voyageant toujours beaucoup, tant pour ses lectures que pour son divertissement, il échappe à la mort dans l'accident de chemin de fer de Staplehurst le 9 juin (probablement en compagnie d'Ellen Ternan); mais cette épreuve contribuera à ébranler ce qui lui reste de santé.

1867. — Dickens écrit peu désormais, consacrant surtout ses forces chancelantes aux lectures publiques. Le 9 novembre il part pour une tournée aux États-Unis.

1868. — Rentré en Angleterre en avril, Dickens connaît la plus grande joie que lui ait donnée un de ses enfants quand son fils Henry entre comme boursier à l'Université de Cambridge.

1870. — Ayant encore poursuivi pendant toute l'année 1869 ses tournées de lectures, malgré l'avis formel de ses médecins et les interruptions provoquées par des accidents de santé, Dickens se résigne à y renoncer et donne sa dernière lecture (la dernière des 423 organisées depuis 1858) le 15 mars. Il commence la publication d'un nouveau roman, le *Mystère d'Edwin Drood*, le 31 mars. Mais ce roman restera inachevé, car Dickens meurt le 9 juin. C'est un véritable deuil national et Dickens est enterré à Westminster Abbey, à côté des plus glorieux écrivains anglais.

1872-1874. — John Forster, ami de Dickens depuis 1837 et spécialiste de biographie, publie la première grande *Vie de Charles Dickens*.

LES
AVENTURES
D'OLIVIER TWIST

PRÉFACE[1]

Il fut naguère jugé[2] vulgaire et choquant que certains des personnages dépeints dans ce livre fussent choisis parmi les membres les plus criminels et les plus vils de la population londonienne.

Ne voyant pas, quand j'écrivis ce livre, pour quelle raison la lie de l'humanité (pourvu que son langage n'offensât pas l'oreille) ne servirait pas un dessein moral tout comme sa crème ou sa fine fleur, je me permis de penser que le « Naguère » en question ne durerait pas « Toujours » ni même bien longtemps. J'avais mainte bonne raison de persévérer. C'est par vingtaines que j'avais lu des histoires de voleurs; c'étaient de séduisants lurons (d'abord agréable, pour la plupart), impeccablement vêtus, la poche bien garnie, connaisseurs en chevaux, dégagés d'allure, heureux en amour, grands chanteurs, buveurs, joueurs de cartes

1. A la fin de cette préface, une phrase semble indiquer qu'elle fut écrite en 1867, mais la plus grande partie de ce texte date, avec quelques remaniements, de 1841; une autre préface encore avait été écrite en 1850 pour la première édition à bon marché. On trouvera en appendice les deux fragments les plus significatifs de la préface primitive, supprimés plus tard par l'auteur.

2. Allusion aux premiers comptes rendus d'*Olivier Twist* dans les périodiques anglais et américains (cf. l'article de Richard Ford dans *The Quarterly Review* en juin 1839, ou les critiques de *The Monthly Review*, janvier 1839). Lord Melbourne, de son côté, aurait dit : « C'est exactement comme *L'Opéra de quatre sous*... Je n'aime pas ce style bas et avilissant. » (Cf. G.H. Ford, *Dickens and his Readers*, pp. 38-42, et F.G. Kitton, *Dickensiana*, pp. 220-225.)

ou de dés, bref, dignes de la compagnie des plus estimables. Mais jamais (sauf chez Hogarth [1]) je n'avais trouvé la pitoyable réalité. Il me sembla qu'en peignant une poignée de ces bandits tels qu'ils existaient réellement; en les montrant dans toute leur hideur, dans tout leur dénuement, dans toute la sordide misère de leur vie; en les présentant tels qu'ils étaient réellement, sans cesse inquiets, terrés le long des chemins les plus repoussants du monde, tandis que toute vue leur est bouchée par la grande ombre noire et sinistre du gibet, de quelque côté qu'ils se tournent; il me sembla qu'en agissant de la sorte, on accomplirait une tentative nécessaire et qui rendrait service à la société. Et c'est ce que je fis de mon mieux.

Dans tous les livres de ma connaissance où l'on traite de personnages de cet ordre, ils sont environnés de séductions et d'attraits. Même dans *L'Opéra de quatre sous* [2], on nous présente les voleurs comme menant une vie plutôt enviable; quant à Macheath, pourvu de tous les prestiges du commandement, adoré par la plus belle fille et la seule personne pure de la pièce, il suscite autant d'admiration et d'esprit d'émulation chez les spectateurs sans défense que tous les beaux messieurs en habit rouge qui ont acheté, selon la formule de Voltaire [3], le droit de commander à quelque deux mille hommes et d'affronter la mort à leur tête. Quand Johnson se demande si un seul homme

---

1. William Hogarth (1697-1764), célèbre peintre et graveur, fut le premier grand réaliste de l'école anglaise; Dickens avait pour lui la plus vive admiration, et nourrit tout d'abord l'ambition de devenir un Hogarth de la plume.

2. *L'Opéra de quatre sous* (*The Beggar's Opera*), drame lyrique écrit et représenté en 1728, est l'œuvre la plus célèbre du poète John Gay (1685-1732). Macheath, Peachum et Lockit, dont il sera question plus loin, sont des personnages de ce drame.

3. Les allusions de Dickens à la littérature française sont rares, mais il semble qu'il ait eu un certain penchant pour Voltaire.

se fera voleur parce que Macheath se voit accorder le sursis[1], cette question me paraît extérieure au problème. Pour moi, je me demande s'il est un seul homme que la condamnation à mort de Macheath et l'existence de Peachum et Lockit détourneront de se faire voleur; et quand je songe à la vie tumultueuse, à la grande apparence, aux énormes succès, et aux avantages sérieux dont jouit le capitaine, je me tiens pour assuré que nul, s'il a un penchant en ce sens, ne puisera un avertissement dans son exemple, ou ne verra dans la pièce autre chose qu'un chemin agréable et fleuri conduisant — au bout du compte — une ambition honorable jusqu'à l'arbre de Tyburn[2].

De fait, la spirituelle satire de Gay contre la société avait un but général, si bien qu'il ne s'est nullement soucié de l'exemple à cet égard, et s'est attaché à d'autres desseins plus vastes. On en peut dire autant de *Paul Clifford*, l'admirable et puissant roman de Sir Edward Bulwer[3], qu'on ne saurait honnêtement considérer comme ayant, de fait ou d'intention, le moindre rapport avec cet aspect de notre sujet, ni dans un sens ni dans l'autre.

Quel est le mode d'existence décrit dans mon livre

1. Samuel Johnson (1709-1784), essayiste, critique, poète et lexicographe, est l'une des figures dominantes du dix-huitième siècle anglais; il écrivit une brève biographie de Gay dans sa série de *Vies des poètes anglais* (10 vol., 1779-1781). La question qu'il y pose est de savoir si quelqu'un s'imaginera, à cause du sursis accordé à Macheath, qu'il peut voler impunément.

2. Tyburn était l'ancien gibet du comté de Middlesex, érigé à l'extrémité ouest d'Oxford Street (emplacement actuel de Marble Arch). La dernière exécution capitale y eut lieu en 1783. Le nom est celui d'un ancien petit affluent de la Tamise. Un quartier élégant de Londres porte le nom de Tyburnia.

3. Sir Edward Bulwer écrivit *Paul Clifford* en 1830. Ce versatile personnage, homme de lettres et d'État, se faisait appeler, au complet, Edward George Earle Lytton-Bulwer, first Lord Lytton. Il fut mainte fois ridiculisé par Thackeray, mais Dickens avait pour lui beaucoup d'admiration et d'amitié.

comme étant la vie quotidienne d'un voleur? Quels charmes offre-t-il aux jeunes dépravés, quelles séductions aux plus obtus des adolescents? On ne trouvera ici ni cavalcades au clair de lune sur la lande, ni festoiements dans les plus confortables des cavernes imaginables, ni aucun des attraits vestimentaires des broderies et des dentelles, des bottes cuissardes et des habits rouges à jabot, ni rien de ce prestige et de cette liberté dont s'est trouvé paré, de temps immémorial, « le grand chemin ». Les rues de Londres à minuit, froides, humides, sans un abri; les tanières sordides et repoussantes, où le vice se trouve entassé à n'en plus pouvoir bouger; les repaires de la faim et de la maladie; les haillons miséreux qui tombent en lambeaux; quel est l'attrait de tout cela?

Il est pourtant des gens d'un naturel si délicat et raffiné qu'il ne peuvent supporter la contemplation de telles horreurs. Ce n'est point à dire que d'instinct ils se détournent du crime; mais que pour être à leur goût, les personnages criminels, tout comme leur viande, doivent paraître sous un déguisement délicat. Un Massaroni en velours vert est un être charmant; mais un Sikes en futaine est intolérable. Une Mme Massaroni, grande dame en jupons courts et robe de fantaisie, est propre à se faire imiter sur les tableaux et lithographier pour illustrer de jolies chansons; mais une Nancy, simple fille en robe de coton avec son pauvre châle, est inconcevable. C'est merveille de voir comme la Vertu se détourne à la vue des bas sales; et comme le Vice, s'il s'allie aux rubans et à quelques gais atours, change de nom, ainsi que font les dames en se mariant, et devient le Romanesque.

Mais comme l'austère vérité, même sous les dehors de cette race tant vantée (dans le roman), faisait partie du dessein de mon livre, je n'ai fait grâce à ces lecteurs, ni d'un seul trou de l'habit du Finaud, ni d'un seul fragment de papillote dans les cheveux défaits de Nancy. La délicatesse qui ne pouvait supporter leur vue ne m'inspirait aucune confiance. Je n'avait nul désir de faire des prosélytes chez ces gens là. Je n'avais nul respect pour leur opinion, bonne ou mauvaise, ne convoitais point leur approbation, et n'écrivais point pour les divertir.

On a déclaré, au sujet de Nancy, que son attachement pour le brutal cambrioleur ne paraît pas naturel. Et, sans reprendre haleine, on a reproché à Sikes — non sans incohérence, me risquerai-je à penser — qu'il est assurément forcé, parce qu'il ne manifeste aucun de ces traits rédempteurs que, chez sa maîtresse, on juge contraires à la nature. A ce dernier reproche je me contenterai de répondre qu'il y a dans le monde, je le crains, des natures insensibles et endurcies, qui finissent bel et bien par devenir absolument et irrémédiablement mauvaises. Quoi qu'il en soit, il est une chose dont je suis certain : c'est qu'il y a des hommes comme Sikes qui, si on les suivait de près pendant le même laps de temps et dans le même enchaînement de circonstances, ne donneraient pas, fût-ce par un geste momentané, le plus léger signe d'un meilleur naturel. Est-ce que tous les plus tendres des sentiments humains sont morts dans des cœurs comme le sien; ou la corde qu'il faudrait toucher s'est-elle seulement rouillée au point d'être difficile à trouver? Je n'ai pas la prétention de le savoir; mais je suis sûr que les faits sont bien tels que je l'affirme.

Il est vain de discuter la question de savoir si la conduite et le caractère de la fille paraissent naturels ou non, probables ou non, justes ou faux. ILS SONT VRAIS. Quiconque a observé ces tristes variétés de l'existence humaine ne peut manquer de savoir qu'il en est ainsi. Depuis la première apparition de la malheureuse jusqu'à l'instant où elle repose sa tête ensanglantée sur la poitrine du voleur, il n'y a pas un seul mot qui soit exagéré ou forcé. C'est là, éminemment, la vérité de Dieu, car c'est la vérité qu'Il laisse demeurer en des cœurs aussi dépravés et misérables; l'espoir qui s'y attarde encore; la dernière goutte d'eau propre au fond d'un puits étouffé par les herbes. Elle concerne les meilleurs et les pires aspects de notre nature; une bonne part de ses couleurs les plus hideuses, mais quelque chose aussi de ce qu'elle a de plus beau; c'est une contradiction, une anomalie, une impossibilité apparente, mais c'est une vérité. Je suis heureux qu'elle ait été mise en doute, car ce fait me fournit l'assurance (s'il m'en fallait une) qu'il était nécessaire de le dire.

En l'an mille huit cent cinquante il fut publiquement déclaré à Londres par un stupéfiant échevin[1], que l'Ile de Jacob n'existait pas et n'avait jamais existé. L'Ile de Jacob continue à exister (en île mal élevée qu'elle est) en l'an mille huit cent soixante-sept, mais elle s'est améliorée et a beaucoup changé.

---

1. Il s'agit de Sir Peter Laurie, que Dickens avait ridiculisé dans *The Chimes* (*Le Carillon*, conte de Noël publié en 1844). Le romancier ayant, en 1850, écrit plusieurs articles dans *Household Words* et prononcé un discours devant l'Association Sanitaire Métropolitaine où il critiquait l'insalubre Ile de Jacob, Sir Peter Laurie répondit par un autre discours affirmant que l'île en question n'existait pas en dehors des pages d'*Olivier Twist*. D'où l'allusion qu'on trouve ici, et dont la violence a été atténuée depuis la préface écrite en 1850 (cf. E. Johnson, *Charles Dickens*... pp. 715-716).

CHAPITRE PREMIER

Traite du lieu où naquit Olivier Twist et des circonstances qui entourèrent sa naissance.

Au nombre des édifices publics d'une certaine ville, qu'il sera pour mainte raison plus prudent de s'abstenir de nommer, et à laquelle je me refuse à donner un nom imaginaire, s'en trouve un que possèdent en commun, depuis fort longtemps, la plupart des villes, petites ou grandes, à savoir : un asile [1]; et dans cet asile naquit, un jour d'une année que je ne prendrai pas la peine de citer, étant donné que cela ne saurait avoir la moindre importance pour le lecteur, du moins au cours de cette première phase des événements, le fragment d'espèce humaine dont le nom est placé en tête du présent chapitre.

Pendant une longue période à partir de l'instant où il fut introduit par le chirurgien municipal dans notre monde de tristesse et de tourments, la question de savoir si l'enfant vivrait assez pour porter un nom quelconque resta l'objet de doutes considérables; dans la négative, il est plus que probable que ce récit

1. L'asile municipal est appelé dans le texte *parish-workhouse*, asile paroissial; mais la paroisse n'est qu'une unité administrative. Dickens attaque ici la *New Poor Law* (nouvelle loi d'assistance) de 1834, qui, pour remédier à un état de choses lamentable, et sous couleur de rendre le séjour à l'asile moins attrayant que le travail à l'extérieur, venait de supprimer les secours à domicile et de décréter la séparation des membres d'une même famille. (cf. G. M. Trevelyan, *English Social History*, p. 538-540).

n'eût jamais été publié; ou que, s'il l'avait été, ne comprenant que deux pages, il eût possédé l'inappréciable mérite d'être l'exemple le plus concis et le plus véridique de l'art biographique de toutes les littératures de tous les temps et de tous les pays.

Sans être enclin à prétendre que le fait de naître dans un asile constitue en soi l'événement le plus heureux et le plus enviable qui puisse échoir à un être humain, je tiens à affirmer que dans ce cas particulier c'était pour Olivier Twist exactement ce qui pouvait lui arriver de mieux. Le fait est qu'on éprouva de sérieuses difficultés pour persuader Olivier d'assumer les fonctions respiratoires : c'est là une pratique bien ennuyeuse, mais que la coutume a rendue nécessaire à l'agrément de notre existence; et pendant quelque temps il resta à suffoquer sur son petit lit de bourre, en équilibre quelque peu instable entre notre monde et l'autre, et penchant assez nettement en faveur de ce dernier. Or, si, au cours de cette brève période, Olivier avait été entouré de grand-mères attentives[1], de tantes inquiètes, d'infirmières expertes et de docteurs pénétrés de science, il eût été fort inévitablement et indubitablement tué en un rien de temps. Mais comme il ne se trouvait là qu'une vieille femme indigente quelque peu embrumée par une ration de bière inusitée, et un médecin municipal qui faisait ce genre de travail à forfait, Olivier et la Nature débattirent la question en tête à tête. Le résultat fut qu'après quelques efforts désordonnés, Olivier respira, éternua, et se mit en devoir d'informer les pensionnaires de l'asile qu'une nouvelle charge venait d'être imposée à la commune, en poussant le plus vigoureux des cris

1. Les premiers chapitres de ce roman furent écrits en décembre 1836 et janvier 1837; le fils aîné de l'auteur, Charles Dickens junior, naquit le 4 janvier 1837. La phrase ci-dessus lui fut peut-être inspirée par son ressentiment personnel : à l'approche de la naissance, sa mère et sa belle-mère étaient venues s'installer dans son appartement de trois pièces!

qu'on pût raisonnablement attendre d'un nouveau-né du sexe masculin pourvu de cet utile accessoire qu'est une voix depuis trois minutes et quart tout au plus.

Quand Olivier donna ce premier témoignage du fonctionnement correct et spontané de ses poumons, le couvre-pied fait de pièces et de morceaux qu'on avait négligemment jeté sur le lit de fer s'agita; le visage pâle d'une jeune femme se souleva faiblement sur l'oreiller; et une voix sourde articula imparfaitement les mots : Je veux voir l'enfant avant de mourir.

Le médecin était assis, le visage tourné vers le feu; il se frottait les mains et les chauffait, alternativement. Quand la jeune femme parla, il se leva, et vint à son chevet en disant, avec plus de douceur qu'on n'en eût attendu de sa part :

— Voyons, ce n'est pas le moment de parler de mourir.

— Juste Ciel, non! dit l'infirmière, qui intervint tout en déposant précipitamment dans sa poche une bouteille verte, dont elle venait de déguster le contenu dans un coin de la pièce avec une satisfaction évidente. Juste Ciel, la chérie, quand elle aura vécu aussi longtemps que moi, monsieur, et qu'elle aura eu treize enfants à elle toute seule et qu'ils seront tous morts sauf deux, et ces deux-là à l'asile avec moi, elle sera trop raisonnable pour se frapper comme ça, la pauvre petite! Pensez un peu à ce que c'est que d'être maman, et vous serez une bonne petite chérie, là.

Apparemment ce consolant aperçu de l'avenir d'une mère ne parvint pas à produire son effet normal. La malade hocha la tête et tendit la main vers l'enfant.

Le médecin le déposa entre ses bras. Elle appliqua ses lèvres pâles et froides avec passion sur le petit front; puis elle se passa les mains sur la figure, jeta un regard égaré autour d'elle, frissonna, retomba en arrière... et mourut. On lui frotta la poitrine, les mains, les tempes; mais son sang avait à jamais cessé de couler. On lui parlait d'espoir et de réconfort. Mais il y avait trop longtemps qu'elle les avait perdus de vue.

— Tout est fini, madame Machin-Chose! dit enfin le médecin.

— Ah, oui, la pauvre petite! dit l'infirmière, en ramassant le bouchon de sa bouteille verte, qui était tombé sur l'oreiller quand elle s'était penchée pour prendre l'enfant. La pauvre petite!

— Ne vous gênez pas pour me faire appeler, si l'enfant crie, infirmière, dit le médecin, en enfilant ses gants avec beaucoup de calme. Il est très probable qu'il va s'agiter. En ce cas, donnez-lui un peu de gruau. Il mit son chapeau, puis, s'arrêtant au chevet du lit avant de gagner la porte, ajouta :

— Et c'était une jolie fille, avec cela; d'où venait-elle ?

— On l'a amenée ici hier soir, répondit la vieille femme, sur l'ordre de l'administrateur. On l'avait trouvée couchée dans la rue. Elle avait dû marcher pas mal, car ses chaussures étaient usées et déchirées; mais d'où elle venait, où elle allait, personne n'en sait rien.

Le médecin se pencha sur le corps, et souleva la main gauche.

— C'est toujours la même histoire, dit-il en hochant la tête, je vois qu'elle n'a pas d'alliance. Enfin ! Bonsoir!

Le membre du corps médical s'en fut dîner; et l'infirmière, après avoir eu recours, une fois encore, à sa bouteille verte, s'assit sur une chaise basse auprès du feu, et se mit en devoir d'habiller l'enfant.

Quelle excellente illustration des vertus de l'habillement nous donne le jeune Olivier Twist! Roulé dans la couverture qui jusqu'alors l'avait seule enveloppé, il aurait pu être l'enfant d'un noble comme d'un mendiant; il eût été difficile au plus altier des visiteurs de hasard de lui attribuer sa place propre dans la société. Mais maintenant qu'il était enveloppé des vieilles robes de calicot jaunies par de longs services analogues, il était marqué et étiqueté, il trouvait tout de suite sa place : enfant de l'assistance, orphelin de l'asile, humble esclave famélique, destiné à traverser la vie parmi les coups et les bousculades, objet du mépris de tous, sans droit à la pitié de personne.

Olivier cria vigoureusement. S'il avait pu savoir qu'il était orphelin, abandonné à la tendre bienveillance des marguilliers et des administrateurs, peut-être eût-il crié encore plus fort.

CHAPITRE II

Traite de la croissance, de l'éducation, et de l'alimentation d'Olivier.

PENDANT les huit ou dix mois qui suivirent, Olivier fut victime de pratiques systématiques de trahison et de duperie. Il fut élevé au biberon. La situation famélique et le dénuement de l'orphelin nouveau-né furent dûment signalés par les autorités de l'asile aux autorités municipales. Les autorités municipales demandèrent en termes choisis aux autorités de l'asile s'il ne se trouvait aucune femme présentement domiciliée dans leur « maison » qui fût en état de procurer à Olivier Twist le soutien et l'alimentation dont il avait besoin. Les autorités de l'asile répondirent avec humilité par la négative. Sur quoi les autorités municipales décidèrent, avec magnanimité et compréhension, qu'Olivier allait être « mis en nourrice », ou, en d'autres termes, qu'on allait l'expédier dans une annexe de l'asile, sise à quelque trois mille de distance, où vingt à trente jouvenceaux en état d'infraction envers la loi sur l'assistance aux pauvres se roulaient par terre toute la journée, sans être gênés par un excès de nourriture ou de vêtement, sous la surveillance maternelle d'une femme âgée, laquelle recevait les coupables moyennant une indemnité de sept pence et demi par semaine et par petite tête. Sept pence et demi par semaine représentent pour un enfant un fort honnête régime alimentaire; pour sept pence et demi on peut avoir beaucoup de choses, bien assez pour lui charger l'estomac et lui donner des malaises. La personne âgée était femme sagace et expérimentée; elle savait ce qui était bon pour les enfants; et elle avait un sens très aigu de ce qui était bon pour elle-même. Elle disposait donc de la plus grande partie du versement hebdomadaire pour son usage personnel, et réduisait la génération montante des pupilles à une portion encore plus maigre que celle qui lui avait été primitivement allouée. C'était trouver un fond plus bas que le fin fond[1] et se révéler éminemment douée pour la philosophie expérimentale.

Tout le monde connaît l'histoire d'un autre philosophe expérimental qui avait une grande théorie selon laquelle un cheval serait capable de vivre sans manger; il en fit si bien la démonstration qu'il réduisit son propre cheval à un brin de paille par jour, et eût sans nul doute fait de lui un animal fort vigoureux et fougueux en le nourrissant de néant, s'il n'était mort vingt-quatre heures avant d'absorber sa première substantielle ration d'air pur. Malheureusement pour la philosophie expérimentale de la personne aux soins protecteurs de laquelle Olivier Twist fut confié, un résultat analogue découlait habituellement du fonctionnement de son système à elle aussi; car à l'instant précis où un enfant avait réussi à subsister grâce à la plus petite portion possible de la nourriture la plus légère possible, il se trouvait malencontreusement, dans huit cas et demi sur dix, soit qu'il dépérît de pénurie et de froid, soit qu'on le laissât tomber dans la cheminée par négligence, soit qu'il fût à demi étouffé par accident; en chacun de ces cas, le malheureux petit être se voyait en général appelé dans un autre monde, pour y être réuni aux ascendants qu'il n'avait jamais connus ici-bas.

Parfois, quand était organisée une enquête d'un intérêt exceptionnel à propos d'un orphelin de la com-

---

1. Allusion inattendue à Milton, *Paradise Lost*, IV, 76-77 (*and in the lower deep a deeper still*).

mune qu'on avait oublié en refermant un lit, ou qu'on avait tué par inadvertance en l'ébouillantant lorsque survenait un jour de lessive (accident peu fréquent car une cérémonie ressemblant de près ou de loin à une lessive était rare dans l'établissement), les jurés[1] s'avisaient de poser des questions embarrassantes, ou bien les citoyens en révolte apposaient leurs signatures au bas d'une protestation. Mais de telles impertinences étaient promptement interrompues par les déclarations du chirurgien, et par le témoignage de l'appariteur; le premier de ces messieurs avait toujours ouvert le corps sans rien trouver à l'intérieur (rien de plus probable en effet) et le second jurait toujours tout ce que voulait la municipalité, ce qui était la marque d'un beau dévouement. De plus, la commission faisait périodiquement des pélerinages à l'annexe, et envoyait toujours l'appariteur la veille, pour annoncer sa venue. Quand la commission se présentait, les enfants étaient bien soignés et propres d'aspect; et que pouvait-on demander de plus?

On ne pouvait guère espérer que ce système de mise en nourrice produisît une récolte bien extraordinaire ni bien luxuriante. Le jour de son neuvième anniversaire, Olivier Twist était devenu un garçon pâle, maigre, plutôt petit, et de tour de taille nettement réduit. Mais la nature, ou l'hérédité, avait planté dans la poitrine d'Olivier un tempérament solide et vigoureux, qui avait eu toute la place nécessaire à son développement, grâce au régime alimentaire modéré de l'établissement; et peut-être doit-on attribuer à cette circonstance le fait qu'il fût parvenu tout de même à son neuvième anniversaire. Toutefois, quoi qu'il en soit, c'était bel et bien son neuvième anniversaire; et il le célébrait dans la cave à charbon, avec un groupe distingué de deux

---

1. Il s'agit de l'enquête immédiate (*inquest*) menée autrefois devant le cadavre par le *coroner* du comté assisté d'au moins douze jurés, pour déterminer la cause d'une mort suspecte.

autres jeunes messieurs, qui, après avoir partagé avec lui une solide correction, s'y étaient vu enfermer pour avoir eu l'indicible audace d'avoir faim. Telle était la situation quand Mme Mann, la brave hôtesse du lieu, fut saisie de stupeur en apercevant soudain M. Bumble, l'appariteur de la commune, qui s'efforçait d'ouvrir la petite porte ménagée dans la grille du jardin.

— Bonté divine! C'est-il donc vous, monsieur Bumble? dit Mme Mann, qui passa la tête à la fenêtre en simulant adroitement des transports de joie. (Suzanne, faites remonter Olivier et les deux autres gamins, et lavez-les immédiatement.) Juste Ciel! monsieur Bumble, ce que je suis contente de vous voir, je vous assure!

Or M. Bumble était un gros homme, et d'humeur colérique; aussi, au lieu de répondre dans le même esprit à ces cordiales salutations, il imprima à la petite porte une terrible secousse, puis lui administra un de ces coups de pied comme seule en pouvait produire la jambe d'un appariteur.

— Ma parole, dit Mme Mann, qui sortit en courant (car maintenant le transfert des trois garçons était opéré), voyez-moi ça! Dire que j'avais oublié que la porte était verrouillée de l'intérieur, à cause des chers petits! Entrez, monsieur; entrez, monsieur Bumble, je vous en prie, monsieur.

Encore que cette invitation s'accompagnât d'une révérence propre à attendrir le cœur d'un marguillier, elle n'apaisa nullement l'appariteur.

— Vous trouvez que c'est une conduite digne et respectueuse, madame Mann, demanda M. Bumble en étreignant sa canne, de faire attendre les fonctionnaires de la commune à votre porte, quand ils viennent pour des affaires monicipales en rapport avec les orphelins monicipaux? Vous vous rendez-t-il compte, madame Mann, que vous êtes, comme qui dirait, déléguée monicipale, et salariée de la commune?

— Je vous assure, monsieur Bumble, que j'étais tout simplement en train de dire à deux ou trois de ces chers petits qui vous aiment tant, que c'était vous qu'arriviez, répondit Mme Mann, avec beaucoup d'humilité.

M. Bumble avait une haute idée de ses ressources d'éloquence et de son prestige. Il avait déployé les unes, et affermi l'autre. Il se radoucit.

— Bon, bon, madame Mann, reprit-il d'une voix plus calme ; vous dites peut-être vrai ; c'est possible. Faites-moi entrer, madame Mann, car je viens à titre officiel, et j'ai quelque chose à vous dire.

Mme Mann introduisit l'appariteur dans un petit salon carrelé, lui avança un siège, et s'empressa de déposer son bicorne et sa canne sur la table devant lui. M. Bumble essuya la transpiration que sa promenade avait fait couler sur son front, jeta un regard complaisant sur son bicorne, et sourit. Oui, il sourit. Un appariteur est un homme, après tout; et M. Bumble sourit.

— N'allez pas vous vexer de ce que je vais vous dire, déclara Mme Mann, avec une suavité enchanteresse. Vous avez fait une longue marche, voyez-vous, sans ça j'en parlerais pas. Alors, vous prendriez bien une petite goutte de quéquechose, monsieur Bumble ?

— Pas une goutte. Pas une goutte, dit M. Bumble, agitant la main droite d'un air digne, mais sans violence.

— Je crois que si, dit Mme Mann, qui avait noté le ton de son refus, et le geste qui l'avait accompagné. Rien qu'une toute petite goutte, avec un peu d'eau froide et un morceau de sucre.

M. Bumble toussota.

— Alors, rien qu'une toute petite goutte, dit Mme Mann sur un ton persuasif.

— Qu'est-ce que c'est ? demanda l'appariteur.

— Ma foi, c'est ce que je suis obligée d'en avoir un peu dans la maison pour mettre dans le sirop de Daffy[1]

1. Il est question ici de l'*Élixir Salutis* inventé par Daffy au XVIIe siècle, et qui était resté populaire comme sirop sédatif pendant plus de deux cents ans.

des chérubins, quand ils sont souffrants, monsieur Bumble, répondit Mme Mann, en ouvrant un placard de coin pour y prendre une bouteille et un verre. C'est du gin. Je ne vous le cacherai pas, monsieur Bumble, c'est du gin.

— Alors vous donnez du Daffy aux enfants, madame Mann? demanda Bumble, en suivant des yeux l'intéressante opération du dosage.

— Ah, les chéris, je pense bien, quoi que ça coûte cher, répondit l'infirmière. Je pourrais pas les voir souffrir sous mes yeux, comprenez-vous, monsieur.

— Non, dit M. Bumble sur un ton approbateur; non, vous pourriez pas. Vous avez bon cœur, madame Mann. (A cet instant elle posa le verre.) Je saisirai la première occasion d'en parler à la commission. (Il l'approcha de lui.) Vous avez des sentiments maternels, madame Mann. (Il remua son gin à l'eau.) Je... je bois avec plaisir à votre santé, madame Mann. (Et d'en avaler la moitié.)

— Et maintenant à nos affaires, dit l'appariteur, en exhibant un portefeuille de cuir. L'enfant qu'on avait à moitié baptisé sous le nom d'Olivier Twist, il a neuf ans aujourd'hui.

— Le chéri! fit Mme Mann, en se frottant l'œil gauche pour le rougir avec le coin de son tablier.

— Et malgré une offre de récompense de dix livres, même qu'elle avait été ensuite portée à vingt. Malgré les efforts les plus prodigieux, et, comme qui dirait, les plus surnaturels de la part de notre commune, dit Bumble, on n'a jamais pu découvrir qui est son père, ni quel était le nom de sa mère, ni sa situation de fortune ou de famille.

Mme Mann leva les bras de stupeur; mais elle ajouta, après un instant de réflexion : Alors, comment que ça se fait qu'il ait un nom quand même?

L'appariteur se rengorgea avec beaucoup de fierté, et dit : C'est moi qui l'a inventé.

— Vous, monsieur Bumble!

— Moi-même, madame Mann. Nous, on nomme nos

enfants trouvés par ordre alphabétique. Le dernier, c'était un S : Swubble, que je l'ai appelé. Lui, c'était un T : Twist, que je l'ai appelé. Le prochain qui viendra, ce sera Unwin, et celui d'après Vilkins. J'ai des noms tout prêts jusqu'à la fin de l'alphabet, et de quoi recommencer encore d'un bout à l'autre quand on arrivera à Z.

— Ma parole, vous êtes un véritable homme de lettres, monsieur! dit Mme Mann.

— Ma foi, ma foi, dit l'appariteur, manifestement enchanté de ce compliment, c'est bien possible. C'est bien possible, madame Mann. (Il finit son gin à l'eau, avant de poursuivre) : Comme Olivier est maintenant trop grand pour rester ici, la commission a décidé de le faire rentrer à l'asile. Je suis venu ici moi-même pour l'y emmener. Alors faites-le moi venir tout de suite.

— Je vais vous le chercher à l'instant, dit Mme Mann, et de quitter la salle à cette fin. Olivier, débarrassé maintenant de l'enduit de crasse qui lui recouvrait la figure et les mains, ou du moins de la partie de cet enduit qu'on pouvait faire disparaître en une seule séance de nettoyage énergique, fut conduit dans la salle par son affectueuse protectrice.

— Fais une révérence au monsieur, Olivier, dit Mme Mann.

Olivier fit une révérence, qu'il partagea entre l'appariteur dans son fauteuil et le bicorne posé sur la table.

— Est-ce que tu veux venir avec moi, Olivier? demanda M. Bumble d'une voix imposante.

Olivier était sur le point de répondre qu'il s'en irait bien volontiers avec n'importe qui, quand il leva les yeux et aperçut Mme Mann : elle s'était placée derrière le fauteuil de l'appariteur et agitait le poing vers lui d'un air furieux. Il saisit l'allusion aussitôt, car ce poing était trop souvent entré en contact avec son corps pour ne pas lui avoir laissé d'ineffaçables souvenirs.

— Est-ce qu'elle vient avec moi, elle? demanda le pauvre Olivier.

— Non, elle peut pas, répondit M. Bumble. Mais elle viendra te voir quelquefois.

Ce n'était pas là une bien grande consolation pour l'enfant. Mais, si jeune qu'il fût, il était pourtant assez avisé pour feindre d'éprouver de grands regrets à l'idée de partir. Il n'était guère difficile au jeune garçon de faire jaillir des larmes de ses yeux. À qui veut pleurer, la faim et les mauvais traitements tout récents sont d'un grand secours; et Olivier pleura avec beaucoup de naturel en vérité. Mme Mann lui donna mille caresses et, ce dont Olivier avait bien plus grand besoin, une tartine beurrée, de peur qu'il ne parût trop affamé quand il arriverait à l'asile. Son morceau de pain à la main, et sa petite casquette d'orphelin en toile brune sur la tête, Olivier fut alors arraché par M. Bumble à la misérable demeure où jamais un mot ni un regard de bonté n'avait illuminé les ténébres de sa première enfance. Et pourtant il fut saisi d'un accès de chagrin enfantin quand la porte de la maisonnette se referma sur lui. Si misérables que fussent les petits compagnons d'infortune qu'il laissait derrière lui, c'étaient les seuls amis qu'il eût jamais connus; et pour la première fois le sentiment de sa solitude dans l'immensité du monde envahit le cœur de l'enfant.

M. Bumble allait à grands pas; le petit Olivier, solidement cramponné à sa manchette brodée d'or, trottinait à son côté, et lui demandait tous les quarts de mille « si on arrivait bientôt ».

A ces questions M. Bumble n'offrait que des réponses très brèves et sèches; car la suavité passagère qu'éveille en certains cœurs le gin à l'eau s'était dissipée maintenant; et il était redevenu appariteur.

Il n'y avait pas un quart d'heure qu'Olivier était dans les murs de l'asile, et il avait à peine terminé la destruction d'une deuxième tranche de pain, quand M. Bumble, qui l'avait remis aux bons soins d'une vieille femme, revint et, lui déclarant qu'il y avait commission ce soir-là, lui apprit que la commission avait dit qu'il devait comparaître devant elle sur-le-champ.

N'ayant pas une idée très clairement définie de ce qu'est une commission en chair et en os, Olivier fut quelque peu surpris par ces nouvelles, et ne sut trop s'il devait rire ou pleurer. Mais il n'eut pas le temps de méditer sur cette question; car M. Bumble lui donna une tape sur la tête, du bout de sa canne, pour le réveiller; puis une autre dans le dos, pour le stimuler; puis, lui donnant l'ordre de le suivre, il le conduisit dans une grande salle badigeonnée à la chaux où huit ou dix gros messieurs étaient assis autour d'une table. Au bout de la table, siégeant dans un fauteuil un peu plus élevé que les autres, se trouvait un personnage particulièrement gros à la figure très ronde et rouge.

— Salue la commission, dit Bumble. Olivier essuya deux ou trois larmes qui lui restaient dans les yeux; et comme il ne voyait aucun autre objet féminin que la table, c'est elle qu'il eut la chance de saluer.

— Comment t'appelles-tu, petit? demanda le personnage au fauteuil surélevé.

Olivier était effrayé à la vue de tant de messieurs, et il en tremblait; et l'appariteur lui donna une nouvelle tape dans le dos, ce qui le fit pleurer. Pour ces deux motifs il répondit d'une voix très faible et hésitante; sur quoi un homme en gilet blanc déclara qu'il était un imbécile. Ce qui était un excellent moyen de le réconforter et de le mettre tout à fait à son aise.

— Petit, dit l'homme au fauteuil surélevé, écoute-moi. Tu sais que tu es orphelin, j'imagine?

— Qu'est-ce que cela veut dire, monsieur? demanda le pauvre Olivier.

— Ce garçon est un imbécile, c'est bien ce que je pensais, dit le personnage au gilet blanc.

— Chut! dit l'homme qui avait parlé le premier. Tu sais que tu n'as pas de papa ni de maman, et que tu as été élevé par la commune, n'est-ce pas?

— Oui, monsieur, répondit Olivier, en pleurant à chaudes larmes.

— Pourquoi pleures-tu? demanda l'homme au gilet blanc. Et certes c'était bien extraordinaire. Pourquoi donc l'enfant pouvait-il bien pleurer?

— J'espère que tu récites tes prières tous les soirs, dit un autre, d'une voix revêche, et que tu pries pour les gens qui te nourrissent, et qui prennent soin de toi... comme un chrétien.

— Oui, monsieur, balbutia l'enfant. Le personnage qui avait parlé le dernier avait dit vrai sans s'en rendre compte. Olivier se serait conduit en vrai chrétien, et en chrétien d'une espèce remarquable encore, s'il avait prié pour les gens qui le nourrissaient et prenaient soin de lui. Mais ce n'était pas le cas, car personne ne lui avait appris à le faire.

— Bon! Tu es venu ici pour recevoir ton éducation et apprendre un métier utile, dit le rougeaud au grand fauteuil.

— Tu commenceras donc à faire de l'étoupe demain à six heures du matin, ajouta le grognon au gilet blanc.

En reconnaissance de l'association de ces deux bienfaits en une seule opération : faire de l'étoupe, Olivier s'inclina très bas sur les instructions de l'appariteur, puis il fut précipitamment conduit dans un vaste dortoir; et là, sur un lit sommaire et dur, il sanglota tant qu'il finit par s'endormir. Quelle belle illustration de la tendresse des lois anglaises! Elles permettent aux indigents de s'endormir.

Le pauvre Olivier se doutait bien peu, tandis qu'il dormait dans une heureuse inconscience de tout ce qui l'entourait, que la commission venait de prendre le jour même une décision qui allait exercer l'influence la plus déterminante sur tout son destin futur. Tel était pourtant le cas. Et telle était cette décision :

Les membres de la commission étaient gens philosophes, fort sages et profonds; et quand leur attention se porta sur l'asile, ils découvrirent du premier coup ce que le commun des mortels n'eût jamais aperçu : que les pauvres l'aimaient! C'était pour les classes pauvres un véritable lieu de plaisir communautaire; une taverne où l'on n'avait rien à payer; déjeuner, dîner, thé et souper tout le long de l'année, en commun; un élysée de briques et de mortier, où tout était plaisir, où rien n'était travail. Ha! ha! avait dit la commission d'un air très entendu, nous sommes de taille à mettre bon ordre à tout cela; nous allons tout changer en un rien de temps. Ces messieurs édictèrent donc une règle selon laquelle tous les pauvres auraient le droit de choisir (car ils n'étaient pas gens à imposer des contraintes à quiconque, non) entre mourir de faim progressivement à l'intérieur de l'asile, et mourir de faim rapidement à l'extérieur. A cet effet, ils conclurent un marché avec la compagnie des eaux pour la fourniture d'une quantité illimitée d'eau; un autre avec un minotier pour la fourniture périodique de petites quantités de farine d'avoine; et ils firent préparer trois repas de gruau léger par jour, avec un oignon deux fois par semaine, et la moitié d'un petit pain le dimanche. Ils prirent un grand nombre d'autres dispositions sagaces et généreuses à l'égard des dames, qu'il n'est point besoin de citer; ils eurent la bonté de se charger du divorce des conjoints pauvres, en raison des frais élevés qu'entraîne un procès au Collège des Docteurs [1]; et, au lieu de contraindre un homme à subvenir aux besoins de sa famille, comme ils l'avaient fait jusqu'alors, ils lui enlevèrent sa famille et firent de lui un célibataire! On ne saurait dire combien de candidats aux secours, à ces deux derniers titres, auraient pu surgir dans toutes les classes de la société, si les secours n'avaient été liés à l'asile; mais les membres de la commission étaient gens pré-

1. Le Collège des Docteurs en Droit Civil (*Doctors' Commons*) dont on trouve la description complète et la critique pertinente dans *David Copperfield* était un tribunal ecclésiastique qui avait à connaître de toutes les questions de divorce, d'homologation de testaments, d'excommunication, et de navigation. C'est là que Dickens avait fait son apprentissage de sténographe. Le Collège fut réformé en 1857.

voyants, et s'étaient pourvus contre cette difficulté. Les secours étaient inséparables de l'asile et du gruau; et les gens étaient retenus par cette crainte.

Pendant les six premiers mois qui suivirent le transfert d'Olivier Twist, le système battit son plein. Il fut d'abord assez onéreux, en raison de l'augmentation des factures des pompes funèbres, et de la nécessité de faire reprendre les vêtements de tous les indigents, qui, au bout d'une ou deux semaines de gruau, flottaient sur leurs corps ravagés et amincis. Mais le nombre des pensionnaires de l'asile s'amenuisa en même temps que les indigents; et la commission connut des transports de joie.

La salle où les garçons prenaient leurs repas était un vaste réfectoire dallé avec une chaudière à un bout, d'où le maître de l'asile, paré d'un tablier pour la circonstance, et aidé d'une ou deux femmes, distribuait le gruau avec une louche à l'heure des repas. De ce mets réjouissant chaque enfant recevait le contenu d'un bol à bouillie, et c'est tout — sauf dans les cas de grandes réjouissances publiques, où il recevait en outre deux onces un quart de pain. Les bols n'avaient jamais besoin d'être lavés. Les garçons les polissaient avec leurs cuillers à les en faire reluire; et quand ils avaient accompli cette opération (qui ne leur demandait jamais beaucoup de temps), car les cuillers étaient presque aussi grandes que les bols, ils regardaient fixement la chaudière, avec des yeux si avides qu'ils semblaient prêts à dévorer jusqu'aux briques dont elle se composait; cependant qu'ils s'occupaient à se sucer les doigts avec grande assiduité, dans l'intention de rattraper toutes les parcelles de gruau qui auraient pu s'y trouver projetées accidentellement. Les jeunes garçons ont en général un excellent appétit. Olivier Twist et ses compagnons endurèrent pendant trois mois les tourments d'une lente famine; ils finirent par devenir si voraces, tenaillés par une faim si violente, que l'un des garçons, qui était grand pour son âge, et n'avait pas été habitué à ce genre d'ennuis (son père avait tenu une petite gargote), lança à ses compagnons de ténébreuses allusions, disant que si on ne lui donnait pas un bol de gruau supplémentaire *per diem*, il croyait qu'il risquait de manger une nuit son voisin de dortoir, un chétif jouvenceau d'âge tendre. Il avait le regard égaré, et famélique; et on le crut sur parole. On tint conseil; on tira au sort le nom de celui qui irait trouver le maître après le souper ce soir-là, pour en redemander; et le sort tomba sur Olivier Twist.

Le soir arriva; les enfants prirent leurs places. Le maître, en uniforme de cuisinier, se posta auprès de la chaudière; ses aides indigents se rangèrent derrière lui; le gruau fut distribué; et un ample bénédicité fut récité sur cette maigre chère. Le gruau disparut; les garçons échangèrent des chuchotements, et firent des clins d'œil à Olivier Twist, cependant que ses plus proches voisins lui donnaient des coups de coude. Tout enfant qu'il était, la faim lui inspirait l'énergie du désespoir, et la misère le rendait insouciant du risque. Il quitta la table, et, s'avançant vers le maître, bol et cuiller en main, lui dit, non sans quelque inquiétude devant sa propre témérité :

— S'il vous plaît, monsieur, j'en voudrais encore.

Le maître était un gros homme, de santé robuste; pourtant il devint tout pâle. Pendant quelques secondes, hébété de stupeur, il contempla le jeune rebelle, puis il se cramponna à la chaudière pour ne pas tomber. Les aides étaient paralysés de surprise, et les enfants de crainte.

— Comment! finit par dire le maître, d'une voix faible.

— S'il vous plaît, monsieur, répondit Olivier, j'en voudrais encore.

Le maître décocha un coup de louche sur la tête d'Olivier; l'enserra de ses deux bras; et appela l'appariteur à grands cris.

La commission siégeait en conclave solennel quand

M. Bumble fit irruption dans la salle, très agité, et s'adressa au personnage qui occupait le grand fauteuil, en disant :

— Monsieur Limbkins, je vous prie de m'excuser, monsieur! Olivier Twist en a redemandé!

Ce fut un sursaut unanime. L'horreur se peignit sur tous les visages.

— Redemandé! dit M. Limbkins. Calmez-vous, Bumble, et répondez-moi distinctement. Dois-je comprendre qu'il a redemandé à manger, après avoir pris le souper prévu à l'ordinaire?

— C'est bien cela, monsieur, répondit Bumble.

— Ce garçon sera pendu, dit l'homme au gilet blanc. Je suis sûr que ce garçon se fera pendre.

Nul ne contredit l'avis prophétiquement exprimé par ce personnage. Une discussion animée eut lieu. Il fut ordonné qu'Olivier fût incarcéré sur-le-champ; et le lendemain matin un avis fut affiché sur la porte, pour offrir une récompense de cinq livres à quiconque accepterait de décharger la commune de la personne d'Olivier Twist. En d'autres termes, cinq livres et Olivier Twist furent offerts à quiconque, homme ou femme, cherchait un apprenti pour n'importe quel commerce, métier ou profession.

— De ma vie je n'ai jamais été plus sûr de rien, dit l'homme au gilet blanc, quand il frappa à la porte et lut cet avis le lendemain matin, de ma vie je n'ai jamais été plus sûr de rien, que je ne le suis de voir ce garçon se faire pendre un jour.

Ayant l'intention de montrer par la suite si l'homme au gilet blanc se trompait ou non, je risquerais de nuire à l'intérêt de mon récit (à supposer qu'il en possède aucun) si je m'aventurais à indiquer discrètement dès maintenant si la vie d'Olivier Twist se termina ou non de si violente façon.

CHAPITRE III

Rapporte comment Olivier faillit bien obtenir un emploi qui n'aurait rien eu d'une sinécure.

PENDANT une semaine après qu'il eut commis le délit impie et sacrilège d'en redemander, Olivier connut une réclusion rigoureuse dans la salle obscure et solitaire qui lui avait été assignée par la sagesse et la clémence de la commission. À première vue, il paraît assez raisonnable de supposer que, s'il avait eu pour les prédictions de l'homme au gilet blanc tout le respect convenable, il aurait assuré à tout jamais la réputation prophétique de ce sagace individu en accrochant un bout de son mouchoir à un piton du mur et en attachant sa propre personne à l'autre bout. A l'accomplissement de cet exploit s'opposait pourtant un obstacle : à savoir que, les mouchoirs étant sans conteste des objets de luxe, le nez des indigents en avait été privé, jusqu'à la fin des temps, sur l'ordre exprès de la commission siégeant en conseil; ordre émis et promulgué en grande pompe sous la signature et le sceau de chacun de ses membres. Il se trouvait un autre obstacle, plus considérable encore, du fait de l'âge d'Olivier et de son caractère enfantin. Il se contenta de pleurer amèrement tout le jour; et quand vint la nuit longue et lugubre, il se cacha les yeux de ses petites mains ouvertes pour exclure les ténèbres, puis, se pelotonnant dans un coin, il essaya de dormir; il s'éveillait de temps à autre en sursaut, tout tremblant, et se serrait de plus en plus contre le mur, comme si le simple contact de sa surface dure et froide était une protection dans l'ombre et la solitude qui l'environnaient.

Que les ennemis du fameux « système » n'aillent pas supposer que pendant la période de son incarcération solitaire Olivier se vit refuser les bienfaits de l'exercice, les plaisirs de la compagnie ou les secours de la religion. En fait d'exercice, le temps étant beau et froid, il avait le droit d'accomplir ses ablutions tous les matins sous la pompe, dans une cour dallée, en présence de M. Bumble qui l'empêchait de prendre froid, et lui assurait une sensation de picotement dans tout le corps, par des contacts répétés avec sa canne. En fait de compagnie, on l'emmenait tous les deux jours dans la salle où dînaient les enfants, et on l'y fouettait aimablement à titre d'avertissement et d'exemple public. Et bien loin de lui refuser les secours de la religion, on le faisait entrer d'un coup de pied dans la même salle tous les soirs à l'heure de la prière, et on lui permettait d'écouter, pour le réconfort de son esprit, une supplication collective des enfants, contenant une clause spéciale, qui y avait été insérée sur l'ordre de la commission, et par laquelle ils demandaient à être rendus sages, vertueux, satisfaits de leur sort et obéissants, et à être préservés des péchés et des vices d'Olivier Twist, car dans cette supplication il était clairement présenté comme le bénéficiaire des faveurs et de la protection exclusive des puissances maléfiques, et comme un objet venu en droite ligne des ateliers du Diable en personne.

Il se trouva un matin, alors que les affaires d'Olivier étaient dans cet état satisfaisant et prometteur, que M. Gamfield, ramoneur, descendait la Grand-Rue en agitant intensément dans son esprit les voies et moyens qui lui permettraient de payer certain arriéré de son loyer que son propriétaire avait commencé à lui réclamer avec beaucoup d'insistance. Quel que fût l'optimisme de M. Gamfield dans l'évaluation de ses ressources, il n'arrivait pas à réduire à moins de cinq livres entières l'écart entre elles et la somme requise; aussi, en proie à une sorte de désespoir arithmétique, torturait-il alternativement sa propre cervelle et le dos de son âne, lorsqu'il passa devant l'asile et que ses yeux tombèrent sur l'avis affiché à la porte.

— Ho-oh! dit M. Gamfield à son âne.

L'âne était dans un état de profonde méditation; il se demandait probablement s'il était destiné à se voir régaler d'un ou deux trognons de chou quand il se serait débarrassé des deux sacs de suie dont était chargée sa petite carriole; aussi, sans prendre garde à l'ordre reçu, poursuivit-il son petit trot.

M. Gamfield grommela une cruelle malédiction qui s'appliquait à toute la personne de l'âne, et plus particulièrement à ses yeux; puis il lui courut après et lui administra un coup sur la tête qui eût inévitablement défoncé tout autre crâne que celui d'un âne. Ensuite, s'emparant de la bride, il infligea une torsion brutale à sa mâchoire, pour lui rappeler discrètement qu'il n'était pas son propre maître; et parvint ainsi à le faire revenir en arrière. Il lui administra alors un autre coup sur la tête, à la seule fin de le laisser dans l'hébétude jusqu'à son retour. Lorsqu'il eut fini de prendre ces dispositions, il s'avança jusqu'à la porte pour lire l'avis.

L'homme au gilet blanc était debout devant la porte, les mains derrière le dos, après avoir émis quelques opinions profondes dans la salle de commission. Comme il avait assisté à la petite querelle entre M. Gamfield et son âne, il eut un sourire joyeux quand ce personnage vint lire l'avis, car il vit tout de suite que M. Gamfield était exactement le genre de maître qu'il fallait à Olivier Twist. M. Gamfield sourit aussi en lisant le document; car cinq livres étaient exactement la somme qu'il avait souhaitée; quant au gamin dont elle était assortie, M. Gamfield, sachant ce qu'était l'ordinaire de l'asile, savait fort bien qu'il serait d'un bon petit format, juste ce qu'il fallait pour les poêles à registre. Il déchiffra donc de nouveau l'avis d'un bout à l'autre; puis, touchant sa casquette fourrée en signe d'humilité, aborda l'homme au gilet blanc.

— Le petit gars, là, monsieur, que la commune, elle veut mettre apprenti, dit M. Gamfield.

— Oui, mon brave, dit l'homme au gilet blanc, avec un sourire condescendant. Alors ?

— Si la commune, elle voulait qu'il apprende un métier vraiment agriable, dans une bonne maison sérieuse de ramonage, dit M. Gamfield, moi, il me faut un apprenti, et je suis prêt à le prendre.

— Entrez, dit l'homme au gilet blanc. M. Gamfield s'attarda un instant pour avertir son âne, au moyen d'un nouveau coup sur la tête et d'une nouvelle torsion de la mâchoire, qu'il ne devait pas se sauver en son absence; puis il suivit l'homme au gilet blanc dans la salle où Olivier avait vu ce dernier pour la première fois.

— C'est un sale métier, dit M. Limbkins, quand Gamfield eut derechef exposé son désir.

— De jeunes garçons étouffés dans des cheminées, cela s'est déjà vu, dit un autre.

— Ça, c'est à cause qu'on avait mouillé la paille avant de la faire brûler dans la cheminée pour les faire redescendre, dit Gamfield; ça fait rien que de la fumée et pas de flammes ; avec ça que la fumée, ça sert à rien du tout pour faire redescendre un gars, vu que ça le fait juste dormir, et que c'est ça qu'il a envie. Les gamins, c'est très ostiné et très faignant, messieurs, et y a rien de tel qu'une bonne flambée bien chaude pour les faire redescendre à toute vitesse. Et c'est humain, avec ça, messieurs, vu que même s'ils sont coincés dans la cheminée, si on leur grille les pieds, ça les oblige à se débattre pour se dégager.

L'homme au gilet blanc parut fort amusé de cette explication; mais un regard de M. Limbkins eut tôt fait de mettre fin à sa gaîté. Les membres de la commission se mirent alors en devoir de converser pendant quelques minutes, mais à voix si basse que seuls les mots « moins de frais », « bonne apparence dans les comptes », et « faire publier un rapport imprimé » s'entendirent. Et s'il se trouva qu'on les entendit, c'est bien parce qu'ils furent très fréquemment répétés avec beaucoup d'insistance.

Finalement les chuchotements prirent fin; et quand les membres de la commission eurent repris leurs sièges et leur air solennel, M. Limbkins déclara :

— Nous avons examiné votre proposition, et nous ne l'approuvons pas.

— Pas du tout, dit l'homme au gilet blanc.

— Absolument pas, ajoutèrent les autres membres.

Comme la réputation de M. Gamfield se trouvait être quelque peu ternie par la rumeur selon laquelle il aurait déjà fait mourir de coups et blessures trois ou quatre jeunes garçons, l'idée lui vint que la commission s'était peut-être mis dans la tête, inexplicable caprice, que cette circonstance extérieure devait avoir une influence sur l'affaire. Si c'était le cas, cela ressemblait fort peu à ses méthodes de travail habituelles; toutefois, comme il n'avait nul désir de remettre cette rumeur en circulation, il se contenta de tortiller sa casquette entre ses mains, et s'éloigna de la table à pas lents.

— Alors, vous voulez pas me le laisser, messieurs? dit M. Gamfield, en s'arrêtant à la porte.

— Non, répondit M. Limbkins; du moins, étant donné que c'est une profession déplaisante, nous estimons que vous devriez accepter une somme inférieure à la prime offerte.

Le visage de M. Gamfield s'éclaira tandis qu'il revenait vers la table d'un pas vif, et disait :

— Qu'est-ce que vous voulez me donner, messieurs? Allons! Ne soyez pas trop durs pour un pauvre homme. Qu'est-ce que vous allez me donner?

— A mon avis, trois livres dix shillings seraient plus que suffisants, dit M. Limbkins.

— C'est dix shillings de trop, dit l'homme au gilet blanc.

— Allons, dit Gamfield, mettez quatre livres, messieurs. Mettez quatre livres, et vous voilà débarrassés de lui pour tout de bon. Voyons!

— Trois livres dix, répéta M. Limbkins avec fermeté.

— Allons ! je veux bien couper la poire en deux, messieurs, reprit Gamfield. Trois livres quinze.

— Pas un farthing de plus, telle fut la ferme réponse de M. Limbkins.

— Vous êtes rudement durs pour moi, messieurs, dit Gamfield, ébranlé.

— Bah! bah! allons donc! dit l'homme au gilet blanc. Ce garçon serait avantageux même sans aucune prime. Prenez-le, sot que vous êtes! Il est fait pour vous. Il a besoin d'une correction de temps en temps; cela lui fera du bien; et vous n'aurez pas à vous ruiner pour le nourrir, parce que, depuis sa naissance, il n'a pas été gavé. Ha! ha! ha!

M. Gamfield lança un regard malicieux sur tous les visages qui entouraient la table, et, remarquant qu'ils souriaient tous, se laissa progressivement aller à sourire lui-même. L'affaire fut conclue. Il fut aussitôt signifié à M. Bumble qu'Olivier Twist et son contrat devaient être présentés chez le magistrat, pour recevoir sa signature et son approbation, dès l'après-midi de ce jour.

Conformément à cette résolution, le petit Olivier, à sa stupeur sans nom, fut relâché de sa captivité, et reçut l'ordre de s'introduire dans une chemise propre. Il venait à peine d'accomplir cet exploit gymnastique fort inusité quand M. Bumble lui apporta de ses propres mains un bol de gruau, et la ration de deux onces un quart de pain réservée aux grandes circonstances. A la vue de ces objets redoutables, Olivier se mit à pleurer à fendre l'âme; car il songea, par une pente assez naturelle, qu'il fallait que la commission eût résolu de le tuer à des fins utilitaires, sans quoi l'on n'eût jamais commencé à l'engraisser de la sorte.

— Au lieu de te rougir les yeux, Olivier, tu ferais mieux de manger ta nourriture et d'être reconnaissant, dit M. Bumble, sur un ton imposant à force d'être pompeux. On va te mettre apprenti, Olivier.

— Apprenti, monsieur! dit l'enfant, tout tremblant.

— Oui, Olivier, dit M. Bumble. Tous ces bons et généreux messieurs qu'est comme des pères pour toi, Olivier, qu'en a pas de vrai, ils vont te mettre apprenti, et ils vont te lancer dans la vie, et faire de toi un homme, malgré que ça fasse des frais de trois livres dix pour la commune! — trois livres dix, Olivier! — soixante-dix shillings — cent quarante fois six pence! — et tout ça pour un vaurien d'orphelin que personne, ils peuvent aimer.

Tandis que M. Bumble s'interrompait pour reprendre haleine, après avoir prononcé cette allocution d'une voix terrifiante, les larmes roulèrent sur les joues du pauvre enfant, qui sanglotait amèrement.

— Allons, dit M. Bumble, un peu pompeusement, car il était flatteur pour sa vanité de noter l'effet produit par son éloquence, allons, Olivier! Essuie-toi les yeux sur les manchettes de ta veste, et pleure pas dans ton gruau; c'est très bête, ça, Olivier. C'était assurément vrai, car il s'y trouvait déjà bien assez d'eau.

En le conduisant chez le magistrat, M. Bumble indiqua à Olivier qu'il n'aurait rien d'autre à faire que de prendre l'air très heureux, et de dire, quand le monsieur lui demanderait s'il avait envie d'être apprenti, que cela lui plairait beaucoup en vérité; à ces deux injonctions Olivier promit d'obéir, d'autant plus volontiers que M. Bumble y inséra une délicate allusion au fait que si Olivier ne donnait pas satisfaction sur l'un ou l'autre de ces deux points, nul ne pouvait prédire ce qui lui arriverait. Quand ils atteignirent le bureau, il fut enfermé tout seul dans une petite pièce, et M. Bumble lui intima l'ordre d'y rester jusqu'au moment où il reviendrait le chercher.

C'est là que le jeune garçon demeura, le cœur battant, pendant une demi-heure. Au bout de ce laps de temps M. Bumble passa la tête à la porte, dépouillé de l'ornement de son bicorne, et dit d'une voix haute :

— Voyons, Olivier, mon cher enfant, viens voir le monsieur. Tout en disant ces mots, M. Bumble arbora une expression rébarbative et menaçante, puis il ajouta à voix basse : Fais attention à ce que je t'ai dit, espèce de petit scélérat!

Olivier dévisagea innocemment M. Bumble en s'entendant interpeller de cette façon quelque peu contradictoire; mais ce dernier l'empêcha de présenter la moindre remarque sur ce sujet en le conduisant aussitôt dans une pièce voisine dont la porte était ouverte. C'était une vaste salle, pourvue d'une grande fenêtre. Derrière un bureau étaient assis deux vieux messieurs aux cheveux poudrés; l'un d'eux lisait le journal; l'autre étudiait, à l'aide d'une paire de lunettes d'écaille, un petit fragment de parchemin posé devant lui. M. Limbkins était debout devant le bureau, d'un côté; et M. Gamfield, le visage partiellement décrassé, de l'autre; cependant que deux ou trois hommes à l'air bourru, en bottes à revers, allaient et venaient d'un air désœuvré.

Le vieil homme aux lunettes s'endormit progressivement sur son petit morceau de parchemin; et il se fit un court silence après qu'Olivier eut été posté par M. Bumble en face du bureau.

— Voilà le gamin, Votre Honneur, dit M. Bumble.

Le vieil homme qui lisait le journal leva la tête un instant, et tira l'autre vieillard par la manche; sur quoi ce dernier s'éveilla.

— Ah, c'est lui le jeune garçon? demanda le vieil homme.

— C'est lui, monsieur, répondit M. Bumble. Salue le magistrat, mon cher enfant.

Olivier reprit ses esprits, et fit sa plus belle révérence. Il était occupé à se demander, les yeux fixés sur les cheveux poudrés des magistrats, si toutes les commissions naissaient avec cette substance blanche sur la tête, et devenaient dès lors des commissions pour ce simple motif.

— Eh bien, dit le vieil homme, je suppose qu'il aime bien le ramonage?

— Il en raffole, Votre Honneur, répondit Bumble, tout en infligeant à Olivier un pincement discret, pour lui donner à entendre qu'il serait mal avisé de dire le contraire.

— Alors il veut être ramoneur, vraiment, n'est-ce pas? demanda le vieil homme.

— Si on voulait le faire entrer dans n'importe quel autre métier demain, il se sauverait simultanieusement, Votre Honneur, répondit Bumble.

— Et cet individu qu'il va avoir pour maître — vous, monsieur — vous le traiterez convenablement, et vous le nourrirez, et tout ce qui s'ensuit, n'est-ce pas? dit le vieil homme.

— Quand c'est que je dis que je ferai une chose, ça veut dire que je la ferai, répondit M. Gamfield d'un ton rogue.

— Vous ne mâchez pas vos mots, mon ami, mais vous m'avez l'air d'un homme honnête et d'un brave cœur, dit le vieillard, tournant ses lunettes du côté du candidat à la prime d'Olivier, dont le visage de scélérat valait un reçu sur papier timbré comme garantie de cruauté. Mais le magistrat était à demi aveugle, à demi gâteux, et on ne pouvait donc raisonnablement attendre de lui qu'il discernât ce que voyaient les autres gens.

— J'espère bien qu'oui, monsieur, dit M. Gamfield avec un hideux rictus.

— Je n'en doute pas, mon ami, répondit le vieillard, en assujettissant ses lunettes sur son nez, et en cherchant du regard son encrier.

Ce fut l'instant critique de la destinée d'Olivier. Si l'encrier avait été là où le croyait le vieillard, celui-ci y eût trempé sa plume, il eût signé le contrat d'apprentissage, et Olivier eût été précipitamment emmené séance tenante. Mais comme l'encrier se trouvait par hasard placé sous son nez, il s'ensuivit tout naturellement qu'il le chercha sans le trouver sur toute la surface de son bureau; et comme il lui advint, au cours de ses recherches, de regarder droit devant lui, ses yeux tombèrent sur le visage pâle et terrifié d'Olivier Twist; ce dernier, malgré tous les regards menaçants et tous les pincements de Bumble, considérait la physionomie repoussante de son futur maître avec une expression mêlée d'horreur et de crainte, trop manifeste pour laisser le moindre doute, même à un magistrat presque aveugle.

Le vieillard s'arrêta, reposa sa plume, et fit aller son regard d'Olivier à M. Limbkins, qui s'efforça de s'administrer une prise d'un air joyeux et dégagé.

— Mon petit! dit le magistrat en se penchant pardessus son bureau. Olivier sursauta en l'entendant. Il n'était pas sans excuse, car ces mots étaient prononcés avec bonté; et tout son inconnu est effrayant. Il trembla violemment, et fondit en larmes.

— Mon petit! dit le vieillard, vous avez l'air pâle et inquiet. Que se passe-t-il?

— Écartez-vous un peu de lui, appariteur, dit l'autre magistrat, qui laissa de côté son journal, et se pencha en avant avec un air d'intérêt. Allons, mon petit, dites-nous ce qui ne va pas; n'ayez aucune crainte.

Olivier se jeta à genoux, et joignant les mains, implora qu'on voulût bien le renvoyer dans la chambre noire — qu'on le fît mourir de faim — qu'on le battît — qu'on le tuât si on voulait — plutôt que de le faire partir avec cet homme épouvantable.

— Eh ben! dit M. Bumble, en levant les bras et les yeux au ciel, d'un air aussi imposant et solennel que possible. Eh ben! de tous les orphelins intrigants et artificieux que j'ai jamais vus, Olivier, t'es un des plus éhontés.

— Tenez votre langue, appariteur, dit le second vieillard, quand M. Bumble eut émis ce superlatif relatif.

— Demande pardon à Votre Honneur, dit M. Bumble, se refusant à croire qu'il avait bien entendu. Votre Honneur, il m'a-t-il parlé?

— Oui. Tenez votre langue.

M. Bumble en fut hébété de stupeur. Ordonner à un appariteur de tenir sa langue! Une véritable révolution morale!

Le vieillard aux lunettes d'écaille regarda son compagnon; celui-ci fit un signe de tête éloquent.

— Nous refusons d'autoriser ce contrat d'apprentissage, dit le vieillard; et tout en parlant il rejeta le morceau de parchemin.

— J'espère, balbutia M. Limbkins, j'espère que messieurs les magistrats ne vont pas concevoir l'opinion que les autorités se sont rendues coupables d'une quelconque défaillance, sur le simple témoignage de quelqu'un qui n'est qu'un enfant.

— Les magistrats ne sont pas appelés à exprimer une opinion quelconque sur ce sujet, dit le second vieillard d'un ton sec. Remmenez cet enfant à l'asile, et traitez-le avec bonté. Il m'a l'air d'en avoir besoin.

Le soir de ce jour, l'homme au gilet blanc affirma de la façon la plus catégorique et la plus tranchée qu'Olivier serait non seulement pendu, mais tiré à quatre chevaux et écartelé par-dessus le marché. M. Bumble hocha la tête d'un air sombre et mystérieux, en disant qu'il souhaitait le voir prendre le bon chemin; sur quoi M. Gamfield répondit qu'il souhaitait le voir venir chez lui; et, encore qu'il tombât d'accord avec l'appariteur sur presque tous les points, ce souhait pouvait paraître de nature tout à fait opposée.

Le lendemain matin, le public fut derechef informé qu'Olivier Twist était de nouveau A Louer, et qu'on verserait cinq livres à quiconque prendrait possession de lui.

CHAPITRE IV

Olivier se voit offrir une autre situation, et fait enfin son entrée dans la vie publique.

DANS les grandes familles, quand on ne peut trouver au jeune homme grandissant une place avantageuse, ni par droit de propriété, ni par droit de retour, ni par réversibilité, ni par espérance d'héritage[1], il est fort habituel d'en faire un marin. La commission, à l'imitation d'un exemple aussi sagace et salutaire, délibéra sur l'avantage qu'il y aurait à expédier Olivier Twist à bord de quelque petit bâtiment de commerce en partance pour un bon port bien insalubre. Cette solution se présentait comme la meilleure qui pût être adoptée à son endroit : car il était tout probable que le capitaine s'amuserait, un jour après dîner, à le faire mourir en le rouant de coups, ou encore lui défoncerait le crâne avec une barre de fer; il est assez universellement connu que ces deux passe-temps sont les divertissements les plus habituels et les plus chers des gens de cette espèce. Plus la commission envisageait la question sous ce jour, et plus nombreux paraissaient les avantages d'une telle mesure; ces messieurs en vinrent donc à la conclusion que le seul moyen de

---

1. On s'aperçoit ici, comme en maint autre endroit du roman, que les connaissances juridiques de Dickens (acquises à l'étude d'Ellis et Blackmore, avoués, en 1827-1828, puis au Collège des Docteurs, 1828-1832 - cf. n. 1, p. 16) étaient étendues et précises.

régler efficacement le sort d'Olivier était de l'embarquer sans délai.

M. Bumble avait été dépêché pour prendre quelques renseignements préalables, dans l'espoir de trouver un quelconque capitaine qui eût besoin d'un mousse seul au monde, et il rentrait à l'asile pour annoncer les résultats de sa mission, quand il rencontra sur le pas de la porte un personnage qui n'était ni plus ni moins que M. Sowerberry[1], l'entrepreneur de pompes funèbres municipal.

M. Sowerberry était un homme de haute taille, décharné, aux articulations proéminentes, vêtu d'un costume noir élimé, avec des bas de coton ravaudés de même teinte, et des souliers assortis. Ses traits n'avaient pas été prévus par la nature pour arborer un aspect souriant, mais il était en général plutôt porté à la jovialité professionnelle. Sa démarche était élastique, et son visage révélait une plaisante humeur quand il s'avança vers M. Bumble et lui serra cordialement la main.

— J'ai pris la mesure des deux femmes qui sont mortes hier soir, monsieur Bumble, dit l'entrepreneur de pompes funèbres.

— Vous allez faire fortune, monsieur Sowerberry, dit l'appariteur, en plongeant le pouce et l'index dans la tabatière que lui offrait son interlocuteur, et qui était l'ingénieuse reproduction en miniature d'un cercueil breveté. Je vous dis que vous allez faire fortune, monsieur Sowerberry, répéta M. Bumble, en donnant un petit coup de canne amical sur l'épaule de l'autre.

— Croyez-vous ? dit l'entrepreneur sur un ton qui reconnaissait à demi, et contestait à demi, qu'un tel événement fût probable. Les sommes versées par la commission sont bien petites, monsieur Bumble.

— Les cercueils aussi, répondit l'appariteur, et

1. Ce nom semble destiné à évoquer les mots *sour berry* (baie sure, baie acide) et il serait tentant de le méridionaliser sous la forme Béasside.

d'émettre un bruit qui ressemblait exactement autant à un rire que pouvait se le permettre un si haut fonctionnaire.

M. Sowerberry en fut fort diverti, comme il était de son devoir de l'être, bien entendu; et il en rit longuement sans interruption. Ma foi, ma foi, monsieur Bumble, finit-il par dire, on ne peut pas nier que, depuis que le nouveau système alimentaire est entré en vigueur, les cercueils sont un rien plus étroits et moins profonds qu'avant; mais il faut bien que nous fassions un petit bénéfice, monsieur Bumble. Le bois bien sec est un matériau onéreux, monsieur; et toutes les poignées de fer nous arrivent de Birmingham par bateau.

— Oui, oui, dit M. Bumble, il y a des inconvénients dans tous les métiers. Naturellement, il n'y a rien à redire à un bénéfice honnête.

— Bien sûr, bien sûr, répondit l'entrepreneur; et quand je ne fais pas de bénéfice sur tel ou tel article en particulier, ma foi, je me rattrape à la longue, comprenez-vous... hi! hi! hi!

— Exactement, dit M. Bumble.

— Pourtant je dois dire une chose, poursuivit M. Sowerberry, reprenant le cours des pensées qu'avait interrompues l'appariteur; pourtant je dois dire une chose, monsieur Bumble, c'est que je souffre d'un très grave inconvénient, du fait que tous les gens corpulents disparaissent plus vite que les autres. Les gens qui avaient connu l'aisance, et qui avaient payé leurs impôts pendant des années, sont les premiers à dépérir quand ils entrent à l'asile; et permettez-moi de vous dire, monsieur Bumble, que trois ou quatre pouces en sus de la dimension prévue font un sérieux trou dans les bénéfices; surtout quand on doit subvenir aux besoins de sa famille, monsieur.

Comme M. Sowerberry avait dit ces mots avec l'indignation propre à un homme victime d'une injustice; et comme M. Bumble avait le sentiment qu'ils tendaient quelque peu à porter atteinte à l'honneur de la commune, il jugea préférable de détourner la conversation. Olivier Twist étant sa principale préoccupation du moment, c'est lui qu'il prit pour thème de ses propos.

— A propos, dit M. Bumble, vous ne connaissez personne qui aurait besoin d'un jeune garçon, des fois ? Un apprenti monicipal, qu'est pour le moment un poids mort; comme qui dirait une meule de moulin attachée au cou de la monicipalité[1] ? Les conditions sont avantageuses, monsieur Sowerberry, très avantageuses ! Et tout en parlant, M. Bumble leva sa canne vers l'avis affiché au-dessus de sa tête, et frappa trois petits coups séparés sur les mots « cinq livres » qui s'y étalaient en capitales d'imprimerie de taille gigantesque.

— Parbleu ! dit l'entrepreneur, en saisissant M. Bumble par le revers bordé d'or de son habit officiel; voilà précisément de quoi je voulais vous parler. Voyez-vous... ma parole, quel élégant bouton vous avez là, monsieur Bumble ! C'est la première fois que je le remarque.

— Oui, je le trouve assez joli, dit l'appariteur, en abaissant un regard orgueilleux sur les gros boutons de cuivre qui ornaient son habit. C'est le même coin que le sceau de la monicipalité : le Bon samaritain en train de soigner l'homme meurtri et blessé. La commission me l'a offert au Premier de l'an, monsieur Sowerberry. Je me rappelle que la première fois que je l'ai mis, c'était pour assister à l'enquête sur le commerçant ruiné qui était mort à minuit sous un porche.

— Je m'en souviens, dit M. Sowerberry. Les jurés avaient rendu comme verdict : « Mort de froid, et d'avoir manqué du simple nécessaire », n'est-ce pas ?

M. Bumble fit un signe de tête affirmatif.

— Et ils avaient voulu attirer l'attention de la justice, je crois, dit M. Sowerberry, en ajoutant quelques

1. Allusion — très significative — au Nouveau Testament (Marc, IX, 42).

phrases, qui disaient en substance que si le responsable de l'Assistance avait...

— Bah! quelles sornettes! dit l'appariteur, l'interrompant. Si ces messieurs de la commission faisaient attention à toutes les bêtises que peuvent dire des jurés ignorants, ils ne manqueraient pas de besogne.

— Assurément, dit l'entrepreneur de pompes funèbres; c'est très vrai.

— Les jurés, dit M. Bumble, étreignant énergiquement sa canne comme il avait coutume de le faire quand la moutarde lui montait au nez; les jurés, c'est des misérables vulgaires, abjects, et qu'ont pas d'éducation.

— C'est très exact, dit M. Sowerberry.

— En fait de philosophie ou d'économie politique, ils en savent pas plus long que ça, dit l'appariteur, en faisant claquer ses doigts d'un air dédaigneux.

— Très juste, acquiesça M. Sowerberry.

— Ils me dégoûtent, dit l'appariteur, s'empourprant violemment.

— Moi aussi, répliqua l'autre.

— Si seulement on pouvait avoir un jury du genre indépendant pendant une semaine ou deux à l'asile, dit l'appariteur, les règlements et les ordres de la commission tarderaient pas à lui rabattre son caquet.

— Pour cela, on pourrait compter dessus, répondit l'entrepreneur. Ce disant, il fit un sourire approbateur pour apaiser la colère croissante du fonctionnaire municipal.

M. Bumble souleva son bicorne; prit un mouchoir dans le fond de ce couvre-chef; essuya de son front la transpiration qu'avait engendrée sa fureur; remit son bicorne en place, puis, se tournant vers son interlocuteur, il lui demanda d'une voix plus calme :

— Alors, et ce gamin?

— Ah, oui! répondit M. Sowerberry; eh bien, vous comprenez, monsieur Bumble, je paie des sommes importantes pour l'assistance aux pauvres.

— Hum! dit M. Bumble. Eh alors?

— Alors, répondit M. Sowerberry, je me disais que si je paie de si grosses sommes de ce côté-là, j'ai le droit d'en tirer tout ce que je peux, monsieur Bumble; alors... alors... je crois que je vais prendre ce jeune garçon moi-même.

M. Bumble saisit le bras de l'entrepreneur de pompes funèbres, et le fit entrer dans l'édifice. M. Sowerberry resta cinq minutes enfermé avec la commission; et il fut décidé qu'Olivier irait chez lui ce soir-là « à l'essai » (formule qui signifie, dans le cas d'un orphelin de l'assistance, que si le maître trouve, après une brève expérience, qu'il peut tirer assez de travail d'un jeune garçon sans lui mettre trop de nourriture dans le corps, il pourra le garder pendant un certain nombre d'années, pour en faire ce qu'il voudra).

Quand le petit Olivier fut conduit ce soir-là devant « ces messieurs »; quand on lui apprit qu'il devait s'en aller ce soir-là, en qualité de commis à tout faire chez un fabricant de cercueils, et que s'il se plaignait de sa situation, ou retombait jamais à la charge de la commune, on l'embarquerait dans l'espoir qu'il mourrait noyé ou assommé, suivant le cas, il manifesta si peu d'émotion, que d'un commun accord ils décrétèrent qu'il était un jeune scélérat endurci, et ordonnèrent à M. Bumble de l'emmener sur-le-champ.

Or, s'il était fort naturel que les membres de la commission, plus que quiconque au monde, se trouvassent dans un état d'intense horreur et de vertueuse indignation en notant le moindre signe de manque de sensibilité chez n'importe qui, ils se trompaient néanmoins quelque peu en la circonstance. La simple vérité était qu'Olivier, bien loin de manquer de sensibilité, en avait plutôt trop; et qu'il était en passe de se trouver réduit, pour le reste de ses jours, à un état d'abrutissement et de mélancolie par les mauvais traitements qu'il avait subis. Il accueillit sans dire un seul mot la nouvelle de sa destination; et, quand on lui eut mis dans la main ses bagages (qui n'étaient guère difficiles à porter, vu qu'ils tenaient tout entiers dans les limites d'un paquet de papier gris, d'environ un demi-pied carré sur trois pouces de haut), il enfonça sa casquette jusqu'aux yeux; puis, s'accrochant encore une fois à la manchette de l'habit de M. Bumble, il fut emmené par ce dignitaire vers un nouveau lieu de souffrance.

Pendant quelque temps, M. Bumble entraîna Olivier sans lui jeter un regard ni un mot; car l'appariteur marchait tête haute, ainsi que le doit toujours faire un appariteur, et, comme il faisait grand vent, le petit Olivier était complètement enseveli dans les basques de l'habit de M. Bumble, chaque fois qu'une bourrasque les soulevait et découvrait de façon flatteuse son gilet à revers et sa culotte de peluche brun foncé. Toutefois, quand ils approchèrent de leur destination, il parut à M. Bumble expédient d'abaisser son regard pour s'assurer que le jeune garçon faisait bonne figure au moment d'être examiné par son nouveau maître; c'est ce qu'il fit par conséquent, avec un air fort digne et approprié de protection condescendante.

— Olivier! dit M. Bumble.

— Oui, monsieur, répondit Olivier, d'une voix faible et tremblante.

— Ne garde pas ta casquette sur les yeux, et relève un peu la tête, mon ami.

Olivier s'exécuta sur-le-champ; et il s'essuya rapidement les yeux avec le dos de sa main restée libre; pourtant il y demeurait une larme quand il les leva vers son guide. Et tandis que M. Bumble le regardait avec sévérité, elle roula sur sa joue. Elle fut suivie d'une autre, puis d'une autre encore. L'enfant fit un effort énergique, mais vain. Retirant son autre main de celle de M. Bumble, il se cacha le visage dans les deux à la fois, et pleura tant que les larmes finirent par jaillir entre son menton et ses doigts décharnés.

— Eh ben! s'écria M. Bumble, en s'arrêtant tout net, et en lançant à son petit protégé un regard d'intense animosité. Eh ben! J'en ai vu pas mal, des gamins ingrats, et qu'avaient un sale caractère, mais alors toi, Olivier, t'es le plus...

— Non, non, monsieur, dit Olivier en sanglotant, et en s'accrochant à la main qui tenait la canne familière; non, non, monsieur, je vais être gentil, je vous assure; oui, oui, monsieur, je vous assure! Je suis encore tout jeune, monsieur; et on se sent tellement... tellement...

— Tellement quoi? demanda M. Bumble avec stupeur.

— Tellement seul, monsieur! Tellement, tellement seul! s'écria l'enfant. Tout le monde me déteste. Oh! monsieur, je vous en prie, ne vous fâchez pas contre moi! L'enfant se frappa la poitrine; et regarda le visage de son compagnon avec des larmes de douleur sincère.

M. Bumble contempla pendant quelques secondes, non sans surprise, la mine pitoyable et innocente d'Olivier; il s'éclaircit la voix deux ou trois fois sur un ton rauque; puis, après avoir grommelé quelques mots sur « cette saleté de toux », il ordonna à Olivier de se sécher les yeux et d'être gentil. Il lui reprit alors la main, et poursuivit sa marche en silence avec lui.

L'entrepreneur de pompes funèbres, qui venait de mettre les volets de sa boutique, prenait des notes sur son registre à la lumière d'une lugubre bougie fort appropriée, quand M. Bumble entra.

— Tiens, tiens! dit M. Sowerberry, levant les yeux de son registre, et s'interrompant au milieu d'un mot, c'est vous, Bumble?

— Moi-même en personne, monsieur Sowerberry, répondit l'appariteur. Voilà! je vous amène le petit. Olivier s'inclina.

— Ah! C'est lui, alors? dit l'entrepreneur de pompes funèbres, en soulevant sa bougie au-dessus de sa tête, pour mieux voir Olivier. Madame Sowerberry, voulez-vous avoir la bonté de venir par ici un instant, ma chérie?

Mme Sowerberry émergea d'une petite pièce située

derrière la boutique, et se présenta sous l'aspect d'une petite femme mince, desséchée et de physionomie acariâtre.

— Ma chérie, dit M. Sowerberry, voici le jeune garçon de l'asile dont je vous ai parlé. Olivier s'inclina derechef.

— Mon Dieu! dit la femme de l'entrepreneur, il est très petit.

— Ma foi, oui, il est assez petit, répondit M. Bumble, en regardant Olivier comme s'il était responsable de sa petite taille; oui, il est petit. On ne peut pas dire le contraire. Mais il va grandir, madame Sowerberry... il va grandir.

— Ah! cela, je n'en doute pas, répondit la dame sur un ton maussade, à manger et à boire à nos frais. Je ne vois pas ce qu'on gagne avec les enfants de la commune, moi; parce que leur entretien coûte toujours plus d'argent qu'ils n'en valent. Mais les hommes se croient toujours plus malins. Allons! Descends vite, petit gringalet. Ce disant, la femme de l'entrepreneur ouvrit une porte latérale, et poussa Olivier dans un escalier très raide qui menait à une sorte de cellule pavée, humide et sombre; cette pièce servait d'antichambre à la cave à charbon, et avait été baptisée « cuisine »; c'est là que se trouvait une fille malpropre dont les chaussures étaient éculées et les bas de laine bleue en fort piteux état.

— Tenez, Charlotte, dit Mme Sowerberry, qui avait suivi Olivier, donnez au petit une partie des restes froids qu'on avait mis de côté pour Trip. Il n'est pas rentré depuis ce matin, alors il pourra s'en passer. Je pense que ce petit n'est pas trop raffiné pour les manger, dis, petit?

Olivier, dont les yeux s'étaient mis à briller quand il avait entendu parler de viande[1], et qui tremblait d'im-

1. Personne n'a parlé de « viande », mais seulement de « restes froids » (*cold bits*).

patience de la dévorer, répondit négativement; et on plaça devant lui une assiettée de restes rebutants.

Je regrette que quelque philosophe repu, dont la nourriture et la boisson se transforment en bile; dont le sang est de glace, et le cœur de fer, n'ait pu voir Olivier se jeter sur les mets délicats que le chien avait dédaignés. Je regrette qu'il n'ait pu contempler l'avidité horrible avec laquelle Olivier déchiquetait les morceaux, avec toute la férocité que donne la famine. Il est une seule chose qui me plairait davantage : et ce serait de voir le Philosophe lui-même faire le même genre de repas, avec autant de plaisir.

— Alors, dit la femme de l'entrepreneur, quand Olivier eut achevé son souper, qu'elle avait contemplé dans un silence horrifié, envahie de sinistres pressentiments quant à son appétit futur, c'est fini?

Comme il ne restait plus rien de comestible à sa portée, Olivier répondit affirmativement.

— Alors viens avec moi, dit Mme Sowerberry, qui prit une lampe sale et terne, et remonta l'escalier devant lui; ton lit est sous le comptoir. J'espère que ça ne te fait rien de dormir avec les cercueils. Mais ça n'a pas beaucoup d'importance que ça te fasse quelque-chose ou non, parce qu'il n'y a pas d'autre endroit où tu puisses coucher. Allons; tu ne vas pas me faire attendre ici toute la nuit!

Olivier ne s'attarda pas plus longtemps, et suivit humblement sa nouvelle maîtresse.

CHAPITRE V

Olivier entre en contact avec de nouvelles relations. Assistant pour la première fois à un enterrement, il se fait une idée défavorable du commerce de son maître.

OLIVIER, resté seul dans la boutique de M. Sowerberry, posa la lampe sur un établi, et promena timidement son regard autour de lui avec un sentiment de crainte et de terreur que bien des gens plus âgés que lui n'auront aucun mal à comprendre. Un cercueil inachevé sur des tréteaux noirs se dressait au milieu de la boutique, et avait un air tellement sinistre et mortuaire qu'un frisson glacial le saisissait chaque fois que ses yeux s'égaraient en direction de cet objet lugubre; car il s'attendait presque à voir une forme hideuse en faire lentement surgir sa tête, pour le rendre fou de terreur. Contre le mur était posée, en ordre régulier, une longue rangée de planches d'orme taillées selon le même dessin; et dans la pénombre, elles avaient l'air de fantômes aux épaules carrées qui mettaient les mains dans les poches de leur culotte. Des plaques de cercueil, des copeaux d'orme, des clous à tête brillante et des lambeaux de drap noir étaient épars sur le sol; et derrière le comptoir le mur s'ornait d'un tableau très vivant qui représentait deux pleureurs parés de cravates très raides, en fonctions devant la porte d'une grande maison particulière, cependant qu'un corbillard tiré par quatre coursiers noirs approchait dans le lointain. L'atmosphère paraissait empoisonnée par l'odeur des cercueils. Le réduit pratiqué sous le comptoir et où l'on avait jeté son matelas de bourre avait l'air d'un tombeau.

Encore n'étaient-ce pas là les seuls sentiments lugubres par lesquels Olivier fût accablé. Il était seul dans un lieu inconnu; et nous savons tous combien déprimés et désolés les plus forts d'entre nous peuvent se sentir en de telles circonstances. Cet enfant n'avait d'amis ni à aimer, ni pour l'aimer. Aucune séparation récente ne laissait en son esprit de regrets tout frais; il n'avait le cœur accablé par l'absence d'aucun visage aimé qui se fût gravé dans son souvenir. Et pourtant il avait le cœur lourd; et quand il se glissa dans son lit étroit, il regretta que ce ne fût pas son cercueil, et qu'il ne pût reposer d'un sommeil paisible et durable dans le sol du cimetière avec de hautes herbes ondulant doucement au-dessus de sa tête, et le son grave de la vieille cloche pour le bercer dans son sommeil.

Olivier fut éveillé le lendemain matin par de violents coups de pied lancés contre l'extérieur de la porte de la boutique : avant qu'il eût le temps d'enfiler pêle-mêle ses vêtements, ces coups se répétèrent quelque vingt-cinq fois, de façon coléreuse et impérieuse. Quand il commença à retirer la chaîne, les jambes se turent, et une voix entra en service.

— Tu vas ouvrir la porte, oui? s'écria la voix qui appartenait aux jambes qui avaient martelé la porte.

— Tout de suite, monsieur, répondit Olivier, décrochant la chaîne et tournant la clef.

— Je pense que t'es le nouveau commis, hein? dit la voix par le trou de la serrure.

— Oui, monsieur, répondit Olivier.

— Quel âge que t'as? demanda la voix.

— Dix ans, monsieur, répondit Olivier.

— Alors je vais te rosser quand je serai rentré, dit la voix; tu vas voir ce que tu vas prendre, je te dis que ça, petite graine d'asile! Puis, sur cette aimable promesse, la voix se mit à siffler.

Olivier avait trop souvent subi le traitement auquel

fait allusion le vocable expressif que nous venons de citer pour douter un seul instant que le détenteur de la voix, quel qu'il fût, tiendrait ses engagements en tout bien tout honneur. Il défit les verrous d'une main tremblante, et ouvrit la porte.

Pendant deux ou trois secondes, Olivier fit aller son regard à un bout de la rue, puis à l'autre, puis en face de lui, convaincu que l'inconnu qui lui avait adressé la parole par le trou de la serrure s'était éloigné de quelques pas pour se réchauffer; car il ne vit personne d'autre qu'un gros garçon en uniforme de pupille de l'assistance[1], qui mangeait une tartine beurrée, assis sur un poteau devant la maison; il coupait son pain en morceaux triangulaires de la taille de sa bouche, à l'aide d'un couteau à cran d'arrêt, avant de les consommer avec beaucoup de dextérité.

— Je vous demande pardon, monsieur, finit par dire Olivier en voyant que nul autre visiteur ne faisait son apparition, est-ce vous qui avez frappé?

— A coups de pied, oui, répondit le pupille de l'assistance.

— Vous voudriez un cercueil, monsieur? demanda innocemment Olivier.

A ces mots le pupille de l'assistance prit un air de redoutable férocité, et déclara que c'est à Olivier qu'il en faudrait un sous peu s'il plaisantait ainsi avec ses supérieurs.

— Tu sais pas qui je suis, j'imagine, hein, l'Asile? demanda ensuite le pupille, de l'assistance, tout en descendant avec une gravité imposante du sommet de son poteau.

— Non, monsieur, répliqua Olivier.

— Je suis mossieur Noé Claypole, dit le pupille,

1. Noé avait été l'élève d'une école gratuite, et à ce titre portait l'uniforme, et en particulier l'inusable culotte de cuir que Dickens devait stigmatiser plus tard dans *Dombey et Fils*, à propos de Rob Toodle, l'élève des *Charitable Grinders*.

et t'es sous mes ordres. Enlève-moi les volets, espèce de sale petit feignant! Sur ce, M. Claypole administra un coup de pied à Olivier, puis entra dans la boutique d'un air digne qui lui faisait grand honneur. Il est toujours difficile à un jeune homme de prendre l'air digne s'il a une grosse tête, de petits yeux, les traits épais et le corps mal bâti; mais la difficulté s'accroît quand viennent s'ajouter à ces séductions personnelles un nez rouge et une culotte courte jaune.

Olivier décrocha les volets, et cassa une vitre en faisant des efforts pour emporter le premier d'entre eux, en chancelant sous son poids, dans une petite cour située sur le côté de la maison et où on les rangeait pendant la journée; après quoi Noé lui accorda gracieusement son concours; en effet, après l'avoir réconforté en l'assurant qu'il allait « prendre quelque chose », il condescendit à l'aider. M. Sowerberry ne tarda pas à descendre. Peu de temps après, Mme Sowerberry apparut. Et quand Olivier eut « pris quelque chose » conformément aux prédictions de Noé, il suivit ce jeune homme au sous-sol pour aller déjeuner.

— Venez près du feu, Noé, dit Charlotte. Je vous ai gardé un fameux petit morceau de bacon sur le déjeuner de Monsieur. Olivier, ferme la porte, là, dans le dos de Monsieur Noé, et prend les petits restes que je t'ai mis sur le couvercle de la huche à pain. V'là ton thé; emporte-le là-bas, sur le coffre, et bois-le dans ton coin, et dépêche-toi, parce qu'on va avoir besoin de toi pour garder la boutique. Tu m'entends?

— T'entends, l'Asile? dit Noé Claypole.

— Mon Dieu, Noé! dit Charlotte, quel drôle de garçon vous faites! Pourquoi que vous le laissez pas tranquille, ce petit?

— Que je le laisse tranquille! dit Noé. Pour ça, y a pas mal de gens qui s'en chargent, de le laisser tranquille. C'est pas son père ni sa mère qui viendront jamais le déranger. Toute sa famille le laisse faire à peu près ce qu'il veut. Pas vrai, Charlotte? Hi! hi! hi!

— Ah, vous en avez de bonnes! dit Charlotte, qui éclata d'un franc rire auquel s'associa Noé; après quoi ils lancèrent tous deux un regard de mépris au pauvre Olivier Twist, qui était assis, tout frissonnant, sur son coffre dans le coin le plus froid de la pièce, et mangeait les morceaux rassis qu'on avait mis de côté exprès pour lui.

Noé était pupille de l'assistance, mais non point orphelin de l'asile. Il n'avait rien d'un enfant trouvé, lui qui pouvait faire remonter sa généalogie très haut, jusqu'à ses propres parents, lesquels habitaient dans le voisinage; sa mère était blanchisseuse, et il avait pour père un ivrogne de soldat, licencié avec une jambe de bois et une pension quotidienne de deux pence et demi plus une fraction infinitésimale. Les garçons de boutique du voisinage avaient depuis longtemps pris l'habitude de flétrir Noé, sur la voie publique, d'appellations aussi ignominieuses que « bas-de-cuir », « assistance » et ainsi de suite; et Noé les avaient subies sans protester. Mais maintenant que le destin avait placé sur son chemin un orphelin sans nom, que tous, même les plus humbles, pouvaient désigner d'un index méprisant, il se payait sur lui avec usure. Cette attitude fournit à la méditation un aliment délectable. Elle nous montre le beau parti qu'on peut tirer de la nature humaine, et avec quelle impartialité les mêmes aimables qualités se développent chez l'aristocrate le plus raffiné comme chez le plus crasseux des pupilles de l'assistance.

Il y avait à peu près trois semaines ou un mois qu'Olivier séjournait chez l'entrepreneur de pompes funèbres. La boutique étant fermée, M. et Mme Sowerberry soupaient dans la petite arrière-boutique, quand M. Sowerberry, après avoir jeté plusieurs regards respectueux à sa femme, dit :

— Ma chérie... Il allait en dire plus long; mais comme Mme Sowerberry levait les yeux d'un air particulièrement rébarbatif, il s'arrêta tout net.

— Quoi? dit Mme Sowerberry, d'un ton sec.

— Rien, ma chérie, rien, dit M. Sowerberry.

— Bah, espèce de brute! dit Mme Sowerberry.

— Mais pas du tout, ma chérie, dit humblement M. Sowerberry. J'ai cru que vous ne vouliez pas m'écouter, ma chérie. J'allais simplement vous dire...

— Oh, inutile de me dire de quoi vous alliez me parler, fit Mme Sowerberry, l'interrompant. Je ne compte pas; ne me consultez pas, je vous en prie. Ce n'est pas moi qui voudrais chercher à me mêler de vos secrets. En disant ces mots, Mme Sowerberry émit un rire nerveux qui laissait prévoir les conséquences les plus violentes.

— Mais, ma chérie, dit Sowerberry, je veux vous demander votre avis.

— Non, non, pas à moi, répondit Mme Sowerberry sur un ton émouvant, demandez plutôt l'avis de quelqu'un d'autre. Ces mots s'accompagnèrent d'un nouvel accès de rire nerveux qui fit grand-peur à M. Sowerberry. C'est là une procédure matrimoniale fort répandue et traditionnelle, qui est souvent très efficace. M. Sowerberry se vit ainsi réduit sur le-champ à implorer comme une faveur toute spéciale qu'il lui fût permis de dire ce que Mme Sowerberry brûlait d'entendre. Au terme d'une brève altercation dont la durée n'excéda pas trois quarts d'heure, la permission lui fut gracieusement accordée.

— Il s'agit tout simplement du jeune Twist, ma chérie, dit M. Sowerberry. C'est un garçon de très bonne apparence, ma chérie.

— Je l'espère; il mange assez pour ça, remarqua la dame.

— Il a sur le visage une expression de mélancolie, ma chérie, reprit M. Sowerberry, qui est très attirante. Il ferait un pleureur exquis, mon trésor.

Mme Sowerberry leva les yeux avec une expression de stupeur intense. Elle n'échappa pas à M. Sowerberry qui, sans laisser le temps à la chère âme de faire la moindre observation, poursuivit.

— Je ne veux pas dire un pleureur ordinaire pour escorter les adultes, ma chérie, mais seulement pour la clientèle enfantine. Ce serait une grande nouveauté d'avoir un pleureur assorti, ma chérie. Vous pouvez être assurée que cela produirait un effet sensationnel.

Mme Sowerberry, qui ne manquait pas de goût pour les affaires de pompes funèbres, fut très frappée par l'originalité de cette idée; mais le reconna tre en de telles circonstances eût porté atteinte à sa dignité; aussi se contenta-t-elle de demander à son mari, sur un ton très cassant, comment une idée aussi évidente ne lui était pas venue plus tôt à l'esprit. M. Sowerberry ne s'y trompa point; il interpréta cette question comme une marque d'acquiescement à sa proposition; il fut donc promptement décidé qu'Olivier allait être initié sans tarder aux mystères de cette profession; et que, pour ce faire, il accompagnerait son maître la prochaine fois qu'on aurait recours aux services de ce dernier.

L'occasion ne tarda pas à se présenter. Le lendemain matin, une demi-heure après le déjeuner, M. Bumble entra dans la boutique; il appuya sa canne contre le comptoir, et exhiba son gros portefeuille de cuir, dont il tira un petit morceau de papier qu'il remit à Sowerberry.

— Tiens, tiens ! dit ce dernier, en examinant le papier d'un air joyeux; c'est une commande de cercueil, n'est-ce pas?

— De cercueil d'abord, et d'enterrement monicipal ensuite, répondit M. Bumble en rattachant la courroie du portefeuille de cuir qui était, comme son propriétaire, très corpulent.

— Bayton, dit l'entrepreneur de pompes funèbres, en faisant aller son regard du papier à M. Bumble. C'est la première fois que j'entends ce nom-là.

Bumble hocha la tête en répondant : C'est des gens ostinés, monsieur Sowerberry, très ostinés. Et fiers, avec ça, j'en ai bien peur, monsieur.

— Fiers, dites-vous? s'exclama M. Sowerberry d'un air ironique. Cela, c'est un peu fort.

— Oh, c'est écœurant, répondit l'appariteur. C'est antimoral[1], monsieur Sowerberry!

— Pour cela, oui, fit l'autre, acquiesçant.

— C'est hier soir qu'on a entendu parler de ces gens-là pour la première fois, dit l'appariteur; et encore, on n'aurait jamais entendu parler d'eux du tout si y avait pas une femme qui loge dans la même maison qu'a fait une demande au comité monicipal pour qu'ils envoient le médecin monicipal voir une femme qu'était très malade. Il était allé dîner en ville; mais son apprenti, un petit gars très à la page, il leur a envoyé un remède dans une bouteille à cirage, et tout de suite.

— Ça, c'est de la rapidité de décision, dit M. Sowerberry.

— De la rapidité en effet! répondit l'appariteur. Mais à quoi que ça a servi; comment qu'ils se sont conduits, ces ingrats, ces révoltés, monsieur? Eh ben, le mari, il a fait répondre que le remède, il convenait pas pour la maladie de sa femme, et qu'alors elle voulait pas le prendre... il a dit qu'elle voulait pas le prendre, monsieur! Un bon remède solide et salubre, même qu'on en avait donné avec beaucoup de succès à deux ouvriers irlandais et à un débardeur, y a pas une semaine de ça; on leur en envoie pour rien, avec une bouteille à cirage par-dessus le marché; et il fait dire qu'elle veut pas en prendre, monsieur!

Quand ces atrocités se présentèrent à l'esprit de M. Bumble dans toute leur horreur, il frappa le comptoir d'un brusque coup de canne, et devint tout congestionné d'indignation.

---

1. Transposition approximative de l'erreur de M. Bumble (antimonial) qui confond *antinomian* (antinomien, hérétique ennemi de la loi morale) et peut-être *antimony* (le métal antimoine).

— Ma parole, dit l'entrepreneur, jamais je n'aurais cru...

— Vous n'auriez jamais cru, monsieur! s'écria l'appariteur. Non! ni vous, ni personne; enfin, maintenant qu'elle est morte, il faut qu'on l'enterre; et vous avez l'adresse; et le plus tôt sera le mieux.

Ce disant, M. Bumble mit son bicorne à l'envers, en proie à une fièvre d'agitation municipale; puis il sortit en coup de vent de la boutique.

— Ma parole, il était tellement en colère, Olivier, qu'il en a même oublié de demander de tes nouvelles! dit M. Sowerberry, en suivant du regard l'appariteur qui descendait la rue à grands pas.

— Oui, monsieur, répondit Olivier, qui avait soigneusement évité de se faire voir pendant cette entrevue; et qui tremblait des pieds à la tête au seul souvenir du son de la voix de M. Bumble. Et pourtant il aurait pu se dispenser de se dérober aux regards de M. Bumble; car ce personnage, à qui les prédictions de l'homme au gilet blanc avaient fait très grande impression, trouvait que, maintenant que l'entrepreneur de pompes funèbres avait pris Olivier à l'essai, il valait mieux n'en dire plus mot jusqu'au jour où il serait solidement lié pour sept ans[1], et où tout danger de le voir retomber à la charge de la commune serait ainsi écartée de façon effective et légale.

— Eh bien, dit M. Sowerberry, en prenant son chapeau, plus tôt ce sera fait, mieux cela vaudra. Noé, garde la boutique. Olivier, mets ta casquette, et viens avec moi. Olivier obéit et suivit son maître dans l'accomplissement de cette mission professionnelle.

Ils marchèrent pendant quelque temps dans la partie la plus encombrée et la plus peuplée de la ville; puis, s'engageant dans une rue étroite qui était encore plus

---

1. Telle était la durée assignée depuis le règne d'Elizabeth Ire à tous les contrats d'apprentissage (qui plaçaient les jeunes gens à la merci de maîtres souvent tyranniques).

sale et misérable que toutes celles qu'ils avaient suivies jusqu'alors, ils s'arrêtèrent pour chercher la maison qui était l'objectif de leur démarche. Des deux côtés de la rue, les maisons étaient grandes et hautes, mais très vieilles et louées à des gens de la classe la plus pauvre, ce que leur aspect négligé eût déjà suffisamment indiqué même sans le témoignage complémentaire apporté par l'allure sordide des rares personnes, hommes et femmes, qui rôdaient dans les parages, les bras croisés, et le corps presque plié en deux. Un grand nombre de ces logements avaient des devantures de boutiques; mais elles étaient délabrées et hermétiquement closes; seuls les étages étaient habités. Quelques maisons, rendues dangereuses par l'âge et la décrépitude, étaient soutenues par d'énormes poutres dressées contre les murs et solidement plantées sur la chaussée, pour les empêcher de tomber dans la rue; pourtant ces repaires branlants eux-mêmes paraissaient avoir été choisis pour refuge nocturne par de misérables sans-logis, car beaucoup des planches grossières qui avaient pris la place des portes et des fenêtres avaient été arrachées de leurs emplacements, pour ménager une ouverture suffisante au passage d'un corp humain. L'eau du caniveau était stagnante et répugnante. Les rats eux-mêmes, dont le cadavre pourrissait de place en place dans cette infection, étaient hideux de maigreur.

Il n'y avait ni marteau ni sonnette à la porte ouverte devant laquelle s'arrêtèrent Olivier et son maître; aussi l'entrepreneur suivit-il prudemment, à tâtons, l'obscur couloir; puis, disant à Olivier de rester tout près de lui et de ne pas avoir peur, il monta l'escalier jusqu'au premier étage. En arrivant sur le palier, il trébucha contre la porte sur laquelle il frappa alors du doigt.

Elle fut ouverte par une jeune fille de treize ou quatorze ans. L'entrepreneur vit assez clairement du premier coup d'œil le contenu de la pièce pour comprendre que c'était bien là le logement qu'on lui avait indiqué. Il s'avança; et Olivier le suivit.

Il n'y avait pas de feu dans cette chambre; pourtant un homme était accroupi, machinalement, auprès du poêle vide. Une vieille femme, elle aussi, avait approché un tabouret bas de l'âtre sans chaleur, et s'était assise à côté de l'homme. Quelques enfants déguenillés se trouvaient dans un autre coin; et dans un petit renfoncement, en face de la porte, était posé sur le sol un objet caché sous une couverture. Olivier frémit quand son regard se porta de ce côté, et il se serra involontairement tout contre son maître ; car, bien que l'objet fût recouvert, l'enfant comprit que c'était un cadavre.

L'homme avait la figure maigre et très pâle; la barbe et les cheveux grisonnants; les yeux injectés de sang. La vieille avait le visage ridé; les deux dents qui lui restaient faisaient saillie sur sa lèvre inférieure; et elle avait des yeux brillants et perçants. Olivier n'osait regarder ni cette vieille ni l'homme, tant ils ressemblaient aux rats qu'il avait vus dehors.

— Que personne n'approche d'elle, dit l'homme, qui se leva d'un bond furieux, quand M. Sowerberry se dirigea vers le renfoncement. Reculez! Bon sang, reculez, si vous tenez à votre vie!

— Ne dites pas de sottises, mon brave, dit l'entrepreneur de pompes funèbres, qui était passablement habitué au spectacle de la souffrance sous tous ses aspects. Ne dites pas de sottises!

— Je vous dis, fit l'homme, serrant les poings, et frappant furieusement du pied sur le sol, je vous dis que je ne veux pas qu'on la mette en terre. Elle ne s'y reposerait pas. Les vers la tourmenteraient — ils ne la mangeraient pas — elle est trop ravagée.

L'entrepreneur ne fit aucune réponse à ces divagations; mais il tira de sa poche un mètre à ruban et s'agenouilla un instant à côté du corps.

— Oh! fit l'homme qui éclata en sanglots, et se laissa tomber à genoux aux pieds de la morte; agenouillez-vous, agenouillez-vous, agenouillez-vous autour d'elle, vous tous, et écoutez-moi bien! Je vous dis qu'on l'a fait mourir de faim. Je ne m'étais pas du tout douté qu'elle était si mal, avant que la fièvre la prenne; et à ce moment-là les os lui sortaient à travers la peau. Il n'y avait pas de feu ni de bougie; elle est morte dans le noir — dans le noir! Elle n'a même pas pu voir la figure de ses enfants, quoiqu'on l'ait entendu dire leurs noms d'une voix haletante. J'ai mendié pour elle dans les rues; et on m'a mis en prison. Quand j'en suis revenu, elle était mourante; et tout ce que j'avais de sang dans le cœur s'est desséché, parce qu'on l'a fait mourir de faim. Je le jure devant le Dieu qui en est témoin! On l'a fait mourir! Il se tordit les mains dans ses cheveux; puis, poussant un cri violent, il roula sur le sol, de tout son long, les yeux figés, et les lèvres écumantes.

Les enfants terrifiés pleuraient à chaudes larmes; mais la vieille femme, qui était restée jusqu'alors impassible comme si elle était sourde à tout ce qui se passait, les menaça pour les faire taire. Après avoir dénoué la cravate de l'homme qui restait toujours allongé sur le sol, elle s'avança en chancelant vers M. Sowerberry.

— C'était ma fille, dit la vieille, avec un signe de tête en direction du cadavre, et parlant avec une grimace d'idiote, plus affreuse encore que la présence de la mort en tel lieu. Mon Dieu, mon Dieu! Tout de même, c'est drôle que moi qui lui ai donné le jour, et qui étais femme à l'époque, je sois encore en vie et en joie, et elle couchée là, toute froide et raide! Mon Dieu, mon Dieu — quand on pense; c'est une vraie comédie, — oui, une vraie comédie!

Tandis que la misérable vieille marmonnait et gloussait dans sa gaieté hideuse, l'entrepreneur de pompes funèbres se prépara à partir.

— Arrêtez, arrêtez! dit la vieille femme en un aparté fort perceptible. Est-ce qu'on va l'enterrer demain, ou après-demain, ou ce soir? C'est moi qui ai préparé le corps; alors, il faut que j'y aille, vous comprenez. Envoyez-moi une grande cape; une bonne cape bien chaude; parce qu'il fait un froid terrible. Et il faut qu'on prenne du vin et des gâteaux, aussi, avant d'y aller! Tant pis; envoyez-nous du pain, — rien qu'une miche de pain et un bol d'eau. Est-ce qu'on va avoir du pain, mon bon monsieur? demanda-t-elle avidement, en agrippant l'habit de M. Sowerberry qui se dirigeait de nouveau vers la porte.

— Oui, oui, dit ce dernier, bien sûr. Tout ce que vous voudrez! Il se dégagea de l'étreinte de la vieille et, entraînant Olivier derrière lui, s'éloigna précipitamment.

Le lendemain (la famille ayant été secourue dans l'intervalle au moyen d'un pain de deux livres et d'un morceau de fromage, déposés là par M. Bumble lui-même) Olivier et son maître retournèrent dans cette misérable demeure, où M. Bumble était déjà arrivé, accompagné de quatre hommes de l'asile, qui devaient jouer le rôle de croque-morts. On avait jeté sur les haillons de la vieille et de l'homme de vieilles capes noires; et quand le cercueil nu eut été vissé, on le hissa sur les épaules des porteurs et on l'emporta dans la rue.

— Maintenant il va falloir marcher du bon pied, ma vieille! glissa Sowerberry à l'oreille de la femme; nous sommes un peu en retard; et il ne faudrait tout de même pas faire attendre le pasteur. Secouez-vous, les gars — ne vous gênez pas pour marcher vite!

Ayant reçu de telles instructions, les porteurs trottèrent sous leur faible charge; les deux parents firent de leur mieux pour rester derrière eux. M. Bumble et Sowerberry marchaient en tête d'un bon pas vif; et Olivier, qui n'avait pas d'aussi longues jambes que son maître, courait à côté du cortège.

Pourtant il n'était pas aussi impérieusement nécessaire de se dépêcher que M. Sowerberry l'avait cru; car quand le cortège atteignit le coin obscur du cimetière où poussent des orties, et où l'on creuse les tombes municipales, le pasteur n'était pas arrivé; et le sacristain, qui était assis près du feu dans la sacristie, parut juger assez probable qu'il n'arriverait guère avant une heure environ. La bière fut donc déposée au bord de la tombe; et la famille attendit patiemment dans la terre glaise humide, sous une petite pluie froide et pénétrante, cependant que les enfants déguenillés attirés dans le cimetière par ce spectacle jouaient bruyamment à cache-cache parmi les tombeaux, ou, par manière de variété, à sauter par-dessus le cercueil. M. Sowerberry et Bumble, qui étaient des amis personnels du sacristain, s'assirent avec lui au coin du feu pour lire le journal.

Finalement, quand il se fut écoulé un peu plus d'une heure, on vit accourir vers la tombe M. Bumble, Sowerberry et le sacristain. Aussitôt après, le pasteur apparut, mettant son surplis en chemin. M. Bumble rossa alors un ou deux garnements, pour sauver les apparences; et le révérend personnage, après avoir lu toute la partie de l'office funèbre qu'il pouvait faire tenir en quatre minutes, donna son surplis au sacristain et disparut.

— Et maintenant, Bill! dit Sowerberry au fossoyeur. Remplis la fosse.

Ce n'était guère difficile; car la tombe était si pleine que le cercueil du dessus n'était qu'à quelques pieds de la surface. Le fossoyeur poussa la terre avec sa pelle, la foula mollement du pied; prit sa bêche sur son épaule; et s'éloigna, escorté par les gamins qui firent entendre de vives protestations en voyant que les réjouissances prenaient fin si tôt.

— Allons, mon brave! dit Bumble, en donnant une tape dans le dos de l'homme. On veut fermer le cimetière.

L'homme, qui n'avait pas fait le moindre mouvement depuis l'instant où il s'était posté au bord de la tombe, sursauta, leva la tête, dévisagea le personnage qui lui avait adressé la parole, s'avança de quelques pas, et tomba évanoui. La vieille folle était trop occupée à se lamenter sur la perte de sa cape (que M. Sowerberry lui avait enlevée) pour faire le moins du monde attention à lui ; on lui jeta donc un pot d'eau froide sur la tête ; et quand il revint à lui, on s'assura qu'il sortait vraiment du cimetière avant d'en fermer la porte à clef et de se disperser.

— Alors, Olivier, dit Sowerberry, sur le chemin du retour, qu'en penses-tu ?

— Cela ne va pas trop mal, je vous remercie, monsieur, répondit Olivier, non sans beaucoup d'hésitation. Cela ne me plaît pas énormément, monsieur.

— Bah, tu t'y habitueras avec le temps, Olivier, dit Sowerberry. Une fois qu'on y est habitué, ce n'est rien du tout, mon petit.

Olivier se demanda, à part lui, s'il avait fallu très longtemps à M. Sowerberry pour s'y habituer. Mais il jugea préférable de ne pas lui poser la question ; et il revint à la boutique en méditant sur tout ce qu'il avait vu et entendu.

CHAPITRE VI

Olivier, exaspéré par les sarcasmes de Noé, passe à l'action, non sans le surprendre quelque peu.

AU terme de son mois à l'essai, Olivier entra officiellement en apprentissage. Il se trouva précisément que la saison était agréablement insalubre. Selon la formule commerciale, le cercueil donnait ; si bien qu'au bout de quelques semaines, Olivier eut acquis beaucoup d'expérience. Le succès de l'ingénieuse invention de M. Sowerberry dépassa tous ses plus grands espoirs. Les doyens des habitants ne se rappelaient aucune période où la rougeole eût été si répandue ni si meurtrière pour l'existence infantile ; et nombreux furent les cortèges funèbres à la tête desquels marcha le petit Olivier, avec un crêpe qui lui descendait jusqu'aux genoux, suscitant l'admiration et l'émotion indicibles de toutes les mères de la ville. Comme Olivier accompagna en outre son maître dans la plupart de ses expéditions adultes, afin d'acquérir cette équanimité du comportement et cette absolue maîtrise des nerfs qui sont indispensables à la perfection dans les pompes funèbres, il eut mainte occasion d'observer la noble résignation et la bravoure avec lesquelles certaines personnes énergiques supportent leurs épreuves et leurs deuils.

Par exemple, quand Sowerberry recevait commande d'un enterrement pour un vieux monsieur ou une vieille dame riche, entouré d'un grand nombre de neveux et de nièces, lesquels avaient été absolument inconsolables tant qu'avait duré la maladie, et dont le chagrin avait été tout à fait impossible à réprimer même dans les circonstances les plus voyantes, ils se retrouvaient entre eux heureux à souhait, parfaitement contents et joyeux, devisant ensemble avec tout autant d'aisance et de gaîté que si nul événement au monde n'était venu les troubler. Les maris, en outre, supportaient la perte de leurs femmes avec le calme le plus héroïque. Les femmes, de leur côté, prenaient le deuil de leur mari comme si, bien loin de s'affliger sous la livrée de la douleur, elles avaient décidé de la rendre aussi seyante et séduisante que possible. On notait également que les messieurs et les dames qui étaient en proie à un paroxysme de tristesse pendant la cérémonie de l'enterrement se ressaisissaient presque dès l'instant où ils rentraient chez eux, et avaient achevé de reprendre leur calme avant que le thé fût fini. Tout cela était fort agréable et édifiant à voir; et Olivier ne manqua pas d'y assister avec beaucoup d'admiration.

Olivier Twist fut-il porté à la résignation par l'exemple de ces bonnes gens ? Je ne saurais prendre sur moi, tout en étant son biographe, de l'affirmer avec confiance; mais je suis en mesure de dire de façon très formelle que pendant des mois il continua à se soumettre humblement à la tyrannie et aux mauvais traitements de Noé Claypole; ce dernier en usait encore bien plus mal avec lui depuis que sa jalousie était mise en éveil en voyant le nouveau commis promu à la canne noire et au crêpe, tandis que lui, l'ancien, restait confiné à sa casquette en brioche[1] et à ses jambières de cuir. Charlotte le maltraitait pour imiter Noé et Mme Sowerberry était son ennemie déclarée parce que M. Sowerberry était enclin à le traiter en ami; si bien qu'avec ces trois personnages d'un côté, et une

1. Cette casquette fait partie (avec la fameuse culotte de cuir) de l'uniforme dégradant de l'école gratuite. Faite d'un gros tissu de laine, elle a la forme d'une sorte de galette (*muffin*).

indigestion d'enterrements de l'autre, Olivier n'était pas tout à fait aussi heureux que le porc affamé le jour où on l'enferma par erreur dans la réserve de grain d'une brasserie[1].

J'en viens maintenant à un épisode très important de la carrière d'Olivier; car il me faut relater une action, peut-être mince et insignifiante en apparence, mais qui produisit indirectement des changements considérables dans toute l'orientation et le développement de son avenir.

Un jour, Olivier et Noé étaient descendus à la cuisine à l'heure habituelle du dîner pour banqueter autour d'un rôti de mouton (une livre et demie dans la mauvaise partie du collet) quand Charlotte fut appelée ailleurs; il s'ensuivit un bref intervalle de temps, et Noé Claypole, qui avait faim et était de méchante humeur, se dit qu'il ne saurait en faire meilleur usage que s'il taquinait et torturait le jeune Olivier Twist.

Tout à la pensée de cette innocente récréation, Noé mit ses pieds sur la nappe, et tira les cheveux d'Olivier, puis ses oreilles; et se déclara d'avis qu'il était un « cafard »; en outre il lui fit part de son intention de venir le voir pendre, le jour où cet heureux événement aurait lieu; et il aborda divers autres sujets de taquinerie mesquine, en méchant et hargneux pupille de l'assistance qu'il était. Mais, comme aucun de ses sarcasmes n'aboutit à l'effet recherché (faire pleurer Olivier), Noé s'efforça d'être encore plus facétieux, et dans cette intention il fit ce que font parfois, aujourd'hui encore, nombre de petits esprits, bien plus réputés que Noé, lorsqu'ils veulent être drôles. Il s'attaqua à la vie privée.

— Eh, l'Asile, dit Noé, comment qu'elle va, ta mère?

---

1. Cette comparaison saugrenue fait tout l'effet d'un « Wellerisme » (plaisanterie caractéristique d'un type pratiqué par Sam Weller) égaré ici alors que sa place normale eût été dans *Pickwick* (cf. *Dickens Romancier*, pp. 101-102).

— Elle est morte, répondit Olivier; ne me parlez pas d'elle!

Le visage d'Olivier s'empourpra quand il dit ces mots; son souffle devint plus rapide; et sa bouche et ses narines furent agitées d'un mouvement curieux, où M. Claypole vit l'annonce d'une violente crise de larmes imminente. C'est sous l'effet de cette impression qu'il revint à la charge.

— De quoi qu'elle est morte, l'Asile? demanda Noé.

— De chagrin, à ce que m'ont dit deux ou trois de nos vieilles infirmières, répondit Olivier, plutôt comme pour se parler à lui-même que pour répliquer à Noé. Je crois que je comprends ce que cela doit être de mourir de chagrin!

— Tra lalalala, Tra lalalalère, l'Asile, dit Noé, tandis qu'une larme coulait sur la joue d'Olivier. Qu'est-ce qui te fait pleurnicher maintenant?

— Ce n'est pas vous, répondit Olivier, en essuyant précipitamment cette larme. N'allez pas vous figurer cela.

— Ah, c'est pas moi, tiens! fit Noé, ricanant.

— Non, ce n'est pas vous, répondit sèchement Olivier. Là; en voilà assez. Ne me parlez plus d'elle; cela vaudra mieux pour vous!

— Ça vaudra mieux! s'écria Noé. Ma parole! Ça vaudra mieux! Pas d'impudences, l'Asile. Et tout ça pour ta mère, encore! C'était quelqu'un de bien, ta mère. Sapristi! Là-dessus, Noé hocha la tête de façon expressive; et de froncer toute la partie de son petit nez rouge que son énergie musculaire put rassembler à cet effet.

— Tu sais, l'Asile, poursuivit Noé, enhardi par le silence d'Olivier, et parlant sur un ton ironique de fausse pitié (le plus exaspérant de tous les tons possibles); tu sais, l'Asile, on y peut rien maintenant; et bien sûr que c'est pas toi qui y pouvait quelque chose à ce moment-là; et ça me fait beaucoup de peine; et je t'assure que tout le monde est comme moi, et qu'on a drôlement pitié de toi. Mais faut que tu saches, l'Asile, que ta mère, c'était une fameuse pourriture.

— Que dites-vous? demanda Olivier, en levant les yeux avec beaucoup de vivacité.

— Une fameuse pourriture, l'Asile, répondit Noé avec calme. Et ça vaut bien mieux, l'Asile, qu'elle soye morte à ce moment-là, parce que sans ça elle aurait été aux travaux forcés à Bridewell[1], ou en déportation, ou pendue, ce qu'est encore le plus probable, pas vrai?

Empourpré de fureur, Olivier se leva d'un bond, renversa la chaise et la table, prit Noé à la gorge, et, sous l'empire de sa violente colère, le secoua tant que ses dents s'entrechoquèrent dans sa tête; puis, rassemblant toutes ses forces en un seul coup brutal, il le fit tomber de tout son long.

Une minute plus tôt, cet enfant avait l'air d'être la créature calme, humble, abattue, qu'avaient faite de lui les traitements rigoureux. Mais maintenant son énergie était enfin réveillée; cette insulte cruelle à sa mère disparue lui avait échauffé le sang. Sa poitrine se gonflait; il se dressait de toute sa hauteur; il avait les yeux vifs et brillants; toute sa personne avait changé, tandis qu'il abaissait un regard farouche sur le lâche persécuteur qui était maintenant étalé à ses pieds, et le défiait avec une énergie toute nouvelle en lui.

— Il va m'assassiner! fit Noé en pleurnichant. Charlotte! Patronne! Y a le nouveau commis qui m'assassine! Au secours! Au secours! Olivier qu'est devenu fou! Char - lotte!

Aux clameurs de Noé répondirent un cri perçant de Charlotte et un autre, encore plus perçant, de Mme Sowerberry; la première fit irruption dans la cuisine par une porte latérale, tandis que la seconde s'arrêtait dans l'escalier tant qu'elle ne fut pas tout à

---

1. Bridewell est le nom d'un hôpital situé dans le quartier de Blackfriars à Londres, et qui avait jadis servi d'asile et de maison de correction.

fait sûre qu'il n'était pas incompatible avec la préservation de la vie humaine de descendre plus bas.

— Oh, petit misérable! hurla Charlotte, en saisissant Olivier de toutes ses forces, qui équivalaient à celles d'un homme de vigueur moyenne et particulièrement bien entraîné. Ah, petit scélérat, in-grat, a-bo-mi-nable as-sas-sin ! Et après chaque syllabe, Charlotte administrait un coup à Olivier de toutes ses forces, en l'accompagnant d'un hurlement, pour le bénéfice de la compagnie.

Le poing de Charlotte n'était certes pas léger; mais de peur qu'il ne fût insuffisant pour calmer le courroux d'Olivier, Mme Sowerberry plongea dans la cuisine, et, aidant à le maintenir d'une main, lui laboura le visage de l'autre. La situation étant ainsi devenue favorable, Noé se releva, et le bourra de coups par derrière.

Ces exercices étaient un peu trop violents pour durer longtemps. Quand tout le monde fut épuisé, et incapable de frapper ou de lacérer plus longtemps, on traîna Olivier, au milieu de ses cris et de ses efforts pour se débattre, et sans qu'il fût nullement apaisé, dans la cave aux ordures où on le mit sous clef. Cela fait, Mme Sowerberry se laissa tomber sur une chaise et fondit en larmes.

— Mon Dieu, la voilà qui s'évanouit! dit Charlotte. Un verre d'eau, cher Noé. Dépêchez-vous!

— Ah! Charlotte, dit Mme Sowerberry, faisant de son mieux pour parler malgré une insuffisance de souffle et une surabondance d'eau froide (que Noé lui avait déversée sur la tête et sur les épaules). Ah ! Charlotte, quelle miséricorde qu'il ne nous ait pas tous assassinés dans notre lit!

— Ah! pour ça, oui, c'est une miséricorde, madame, lui fut-il répondu. J'espère seulement que ça va apprendre à Monsieur à ne plus engager de ces horreurs-là, qu'est nées pour devenir des voleurs et des assassins au sortir du berceau. Le pauvre Noé! Il était à peu près mort, madame, quand je suis rentrée.

— Le pauvre petit! dit Mme Sowerberry en jetant un regard de pitié sur le pupille de l'assistance.

Noé, qui avait le bouton du haut de son gilet sans doute à peu près au niveau du sommet du crâne d'Olivier, se frotta les yeux avec la face inférieure de ses poignets tandis qu'on lui manifestait tant de commisération, puis il produisit quelques larmes et reniflements émouvants.

— Que faire! s'écria Mme Sowerberry. Votre maître n'est pas là; y a pas d'homme dans la maison, et il va démolir cette porte à coups de pied dans les dix minutes. Les vigoureuses ruades lancées par Olivier contre les planches en question rendaient cet événement fort probable.

— Mon Dieu, mon Dieu ! Je sais pas, madame, dit Charlotte, à moins qu'on enverrait chercher la police.

— Ou les mirlitaires, proposa M. Claypole.

— Non, non, dit Mme Sowerberry, s'avisant qu'Olivier avait un vieil ami. Cours vite chez M. Bumble, Noé, et dis-lui qu'il vienne ici tout de suite, sans perdre une minute : t'occupe pas de ta casquette ! Dépêche-toi ! Tu peux t'appliquer un couteau sur ton œil poché, pendant que tu cours. Cela l'empêchera d'enfler.

Noé ne prit pas le temps de répondre, et fila à toute allure; il surprit grandement les gens qui se promenaient dans la rue, par le spectacle d'un pupille de l'assistance qui fendait l'air comme un fou, tête nue, et un couteau à cran d'arrêt sur l'œil.

CHAPITRE VII

Olivier persiste dans l'insubordination.

NOÉ Claypole courut à toute allure dans les rues, et ne s'arrêta pas un instant pour reprendre haleine avant d'atteindre la porte de l'asile. Après s'y être reposé pendant une minute ou deux, afin de préparer une belle volée de sanglots, et une imposante démonstration de larmes et de terreur, il frappa vigoureusement au guichet, et présenta si triste figure au vieil indigent qui l'ouvrit, que ce dernier, qui pourtant ne voyait autour de lui rien d'autre que de tristes figures dans les moments les plus heureux, en recula de stupeur.

— Ma parole, qu'a donc cet enfant! dit le vieil indigent.

— Monsieur Bumble ! Monsieur Bumble ! cria Noé avec un désarroi habilement simulé et sur un ton si violent et si agité que non seulement il attira l'attention de M. Bumble lui-même (car il se trouvait à proximité) mais encore l'inquiéta au point de le faire apparaître précipitamment dans la cour sans son bicorne : et n'est-ce pas là une circonstance fort curieuse et remarquable ? Car elle tend à montrer qu'un appariteur lui-même, mu par un élan impérieux et soudain, peut être passagèrement victime des atteintes d'une perte de sang-froid, et d'un oubli de sa dignité personnelle.

— Oh, Monsieur Bumble, dit Noé; Olivier, monsieur... monsieur, Olivier, il s'est...

— Comment ? comment ? fit M. Bumble, l'interrompant, avec une lueur de plaisir dans ses yeux métalliques. Il ne s'est pas sauvé; il ne s'est pas sauvé, n'est-ce pas, Noé?

— Non, monsieur, non. Il s'est pas sauvé, monsieur, mais il s'est mis à être méchant, répondit Noé. Il a essayé de m'assassiner, monsieur ; et ensuite il a essayé d'assassiner Charlotte, et ensuite la maîtresse. Ah! ça me fait horriblement mal! C'est une vraie torture, sauf votre respect, monsieur! Ce disant Noé se contorsionna et infligea à son corps une grande variété de postures faites plutôt pour les anguilles; voulant par là donner à entendre à M. Bumble que l'assaut violent et sanguinaire d'Olivier Twist lui avait fait subir de graves atteintes et blessures internes, sous l'effet desquelles il endurait à cet instant les tourments les plus aigus.

Quand Noé vit que les nouvelles dont il était porteur frappaient M. Bumble d'une véritable paralysie, il en accrut l'effet en se lamentant dix fois plus fort qu'avant sur ses terribles plaies; et quand il remarqua qu'un personnage en gilet blanc traversait la cour, il se fit plus tragique que jamais dans ses plaintes; car il lui parut à juste titre fort opportun d'attirer l'attention et de susciter l'indignation du personnage en question.

Cette attention ne tarda pas à être attirée, car il n'avait pas fait trois pas quand il se retourna avec colère et demanda pourquoi ce jeune vaurien hurlait, et pourquoi M. Bumble ne le gratifiait pas d'un traitement qui rendrait involontaire la série d'exclamations vocales à laquelle il faisait allusion.

— C'est un pauvre petit de l'école de charité, monsieur, répondit M. Bumble, qui a failli être assassiné... qui a été presque assassiné, monsieur... par le jeune Twist.

— Par Jupiter! s'écria l'homme au gilet blanc en s'arrêtant tout net. Je le savais bien! J'ai eu dès le début un curieux pressentiment que cet audacieux jeune sauvage serait un jour pendu!

— Il a également essayé, monsieur, d'assassiner la domestique, dit M. Bumble, dont le visage était blanc comme un linge.

— Et sa patronne, ajouta M. Claypole.

— Et son patron aussi, disais-tu, Noé, je crois? ajouta M. Bumble.

— Non! il est sorti, sans ça il l'aurait assassiné aussi, répondit Noé. Il a dit qu'il voulait le faire.

— Tiens! Il a dit qu'il voulait le faire, alors, mon petit? demanda Gilet Blanc.

— Oui, monsieur, répondit Noé. Et sauf votre respect, monsieur, la patronne, elle voudrait savoir si M. Bumble, il pourrait trouver le temps de venir chez nous tout de suite, pour le fouetter — vu que le patron, il est pas là.

— Certainement, mon petit, certainement, dit Gilet Blanc, avec un sourire bienveillant, et en caressant la tête de Noé, située à quelque trois pouces plus haut que la sienne. Tu es un bon petit, un très bon petit. Tiens : voilà un penny. Bumble, rendez-vous donc chez Sowerberry avec votre canne, et vous verrez ce qu'il y a de mieux à faire. Ne l'épargnez pas, Bumble.

— Pour ça, non, monsieur, répondit l'appariteur, en ajustant le fil poissé dont on entourait l'extrémité de sa canne, à des fins de flagellation municipale.

— Dites à Sowerberry de ne pas l'épargner non plus. On ne tirera rien de bon de lui, si on ne veut pas le fouetter et le battre, dit Gilet Blanc.

— J'y veillerai, monsieur, répondit l'appariteur. Et comme le bicorne et la canne étaient maintenant ajustés à la satisfaction de leur propriétaire, M. Bumble et Noé Claypole se rendirent à toute allure chez l'entrepreneur de pompes funèbres.

La situation ne s'y était nullement améliorée. Sowerberry n'était pas encore rentré, et Olivier continuait à lancer des coups de pied, toujours avec la même vigueur, contre la porte du cellier. Les informations relatées par Mme Sowerberry et Charlotte sur sa férocité étaient de nature si effarante que M. Bumble jugea plus prudent de parlementer avant d'ouvrir la porte. A cette fin il donna un coup de pied de l'autre côté par manière de prélude; puis, appliquant ses lèvres contre le trou de la serrure, il dit, d'une voix grave et imposante :

— Olivier!

— Allons, laissez-moi sortir, vous! répondit Olivier de l'intérieur.

— Est-ce que tu reconnais pas cette voix-là, Olivier? demanda M. Bumble.

— Si, répondit Olivier.

— Et est-ce qu'elle te fait pas peur, dis? Est-ce que t'es pas en train de trembler pendant que je te parle, dis? demanda M. Bumble.

— Non! répondit Olivier avec assurance.

Une réponse si éloignée de celle qu'il s'attendait à provoquer, de celle qu'il était habitué à entendre, ne fut pas sans ébranler fortement M. Bumble. Il se retira du trou de la serrure, se redressa de toute sa hauteur, et fit aller son regard de l'un à l'autre des trois spectateurs, muet de stupeur.

— Ah, voyez-vous, monsieur Bumble, il doit être fou, dit Mme Sowerberry. Aucun gamin n'oserait vous parler ainsi s'il avait seulement la moitié de son bon sens.

— C'est pas la Folie, madame, répliqua M. Bumble, au bout de quelques instants de profonde méditation. C'est la Viande.

— Comment? s'écria Mme Sowerberry.

— La viande, madame, c'est la viande, répondit Bumble, avec une énergique sévérité. Vous l'avez suralimenté, madame. Vous avez suscité en lui une âme et un tempérament artificiels, madame, qui conviennent pas du tout aux gens de sa condition : c'est ce que vous dira la commission, madame, qui pratique la philosophie expérimentale. En quoi que ça regarde les indigents, l'âme et l'esprit? C'est bien suffisant qu'on leur permette d'avoir un corps en chair et en os. Si vous aviez laissé le petit au gruau, madame, ça serait jamais arrivé.

— Mon Dieu, mon Dieu! s'exclama Mme Sowerberry, en levant pieusement les yeux au plafond de la cuisine; voilà ce que c'est que d'être généreuse!

La générosité de Mme Sowerberry envers Olivier avait consisté à le faire bénéficier à profusion de tous les sales déchets dont personne d'autre ne voulait; il y avait donc beaucoup d'humilité et d'abnégation dans son attitude quand elle accepta volontairement la grave accusation de M. Bumble. Car, pour lui rendre justice, elle en était totalement innocente, par pensée, par parole et par action.

— Enfin! dit M. Bumble, quand la dame laissa ses yeux redescendre sur terre, la seule chose qu'on puisse faire maintenant, à mon avis, c'est de le laisser dans la cave pendant un ou deux jours, jusqu'à ce qu'il soit un peu calmé par la faim; et ensuite on le fera sortir et on le laissera au gruau pendant tout son apprentissage. Il vient d'une triste famille. Des gens très agités, madame Sowerberry! Le docteur et l'infirmière, ils m'ont dit tous les deux que son espèce de mère, elle était arrivée jusqu'ici au prix de difficultés et de souffrances qu'auraient suffi pour tuer depuis des semaines n'importe quelle femme raisonnable.

Quand le discours de M. Bumble en arriva à ce point, Olivier, qui en avait tout juste entendu assez pour comprendre qu'on venait de faire de nouveau allusion à sa mère, recommença à ruer, avec une violence qui interdisait d'entendre rien d'autre. C'est alors que rentra Sowerberry. Le crime d'Olivier lui fut exposé, avec toutes les exagérations que ces dames crurent propres à attirer sa colère; il ouvrit alors la porte de la cave en un clin d'œil, et en fit sortir son apprenti en révolte, en le prenant au collet.

Les habits d'Olivier s'étaient trouvés déchirés au cours de la rossée qu'il avait subie; il avait la figure meurtrie et égratignée. Mais la rougeur de la colère n'avait pas disparu ; et quand on le tira de sa prison, il lança à Noé un regard de courageuse animosité sans paraître le moins du monde intimidé.

— Eh bien, en voilà des façons d'être gentil, mon petit bonhomme, dis donc, dit Sowerberry, administrant à Olivier une bourrade et un soufflet.

— Il a insulté ma mère, répondit Olivier.

— Alors, et après ? espèce de petit ingrat, vaurien ! dit Mme Sowerberry. Elle méritait ce qu'il a dit, et pire encore.

— Ce n'est pas vrai, dit Olivier.

— Mais si, dit Mme Sowerberry.

— Vous mentez, dit Olivier.

Mme Sowerberry fondit en larmes.

Ce flot de larmes ne laissait pas le choix à M. Sowerberry. S'il avait hésité un seul instant à punir Olivier avec sévérité, il doit être absolument évident pour tout lecteur d'expérience qu'il fût devenu, conformément à tous les précédents établis en fait de dispute conjugale, une brute, un mari dénaturé, un insulteur, une vile caricature d'homme, et eût figuré dans divers autres rôles agréables, trop nombreux pour être énumérés dans les limites de ce chapitre. Il faut dire, pour lui rendre justice, qu'il était dans toute la mesure de ses moyens (mais ceux-ci étaient fort limités) porté à la bienveillance envers l'enfant ; peut-être parce que tel était son intérêt ; peut-être parce que sa femme le détestait. Mais le flot de larmes ne lui laissait pas le choix ; il administra donc sur-le-champ à Olivier une rossée qui satisfit jusqu'à Mme Sowerberry en personne, et rendit assez superflue l'utilisation ultérieure de la canne municipale par M. Bumble. Pendant le reste de la journée, il resta enfermé dans l'arrière-cuisine en compagnie d'une pompe et d'une tranche de pain ; et, le soir, Mme Sowerberry, après avoir proféré, de l'autre côté de la porte, plusieurs remarques qui n'étaient aucunement flatteuses pour la mémoire de sa mère, ouvrit cette porte, et tandis que Noé et Charlotte ricanaient et le montraient du doigt, elle lui ordonna de monter se coucher dans son lit lugubre.

C'est seulement quand il resta seul dans le silence et le calme du sinistre atelier de pompes funèbres qu'Olivier s'abandonna aux sentiments dont on devine qu'une journée de ce traitement ne pouvait manquer de les avoir fait naître chez un pauvre enfant. Il avait écouté les sarcasmes avec un regard de mépris ; il avait subi le fouet sans un cri ; car il avait senti son cœur se gonfler d'un orgueil qui eût retenu ses plaintes jusqu'au bout, l'eût-on même fait griller tout vif. Mais maintenant qu'il n'y avait plus personne pour le voir ou l'entendre, il tomba à genoux sur le sol, et, se cachant le visage entre ses mains, versa des larmes si amères qu'on doit souhaiter, pour l'honneur de la nature humaine, que Dieu ne permette pas que beaucoup d'êtres si jeunes aient eu des raisons d'en déverser de pareilles devant Lui !

Longtemps, Olivier demeura immobile dans cette attitude. La bougie baissait dans sa bobèche quand il se remit sur ses jambes. Après avoir promené autour de lui un regard prudent, et tendu l'oreille, il défit sans bruit les chaînes de sa porte, et regarda au dehors.

La nuit était froide et obscure. Aux yeux de l'enfant, les étoiles parurent plus distantes de la terre qu'il ne les avait encore jamais vues ; il n'y avait pas de vent ; et les ombres ténébreuses portées par les arbres sur le sol avaient un air sépulcral et mortuaire, du fait de leur immobilité totale. Il referma doucement la porte. Après avoir profité de la lumière expirante de sa bougie pour nouer dans son mouchoir les quelques vêtements qu'il possédait, il s'assit sur un établi pour attendre le matin.

Avec le premier rayon de lumière qui se fraya un chemin par les interstices des volets, Olivier se leva, et déverrouilla de nouveau la porte. Un timide regard alentour... un très bref instant d'hésitation... la porte était refermée derrière lui, et il était dans la rue, en liberté.

Il porta son regard à droite, puis à gauche, sans trop savoir de quel côté fuir. Il se rappela qu'il avait vu les charrettes peiner en montant la côte quand elles sortaient de la ville. Il suivit le même itinéraire; et lorsqu'il atteignit un sentier à travers champs, dont il savait qu'il rejoignait la route au bout d'un certain temps, il s'y engagea, et poursuivit son chemin d'un pas vif.

Sur ce même sentier, Olivier se souvenait bien d'avoir trotté aux côtés de M. Bumble, quand celui-ci l'avait pour la première fois emmené de l'annexe rurale à l'asile. Son chemin passait exactement en face de la petite maison. Son cœur battit très fort quand il s'en avisa; et il faillit se décider à rebrousser chemin. Mais il avait déjà beaucoup marché, et, ce faisant, aurait perdu un temps considérable. De plus, il était si tôt qu'il n'avait guère lieu de craindre d'être vu; il poursuivit donc sa marche.

Il arriva à la maison. Apparemment ses habitants n'étaient pas encore debout à cette heure peu avancée. Olivier s'arrêta et plongea son regard dans le jardin. Un enfant désherbait un des petits parterres; quand Olivier s'arrêta, l'enfant leva son pâle visage et révéla les traits d'un de ses compagnons d'autrefois. Olivier fut heureux de le voir avant de partir; car, tout en étant plus jeune que lui-même, cet enfant avait été son petit ami et son camarade de jeu. Mainte et mainte fois, ils avaient été battus, affamés, enfermés ensemble.

— Chut, Dick! dit Olivier, quand l'enfant accourut vers la grille, et avança ses bras maigres entre les barreaux pour l'accueillir. Quelqu'un est-il levé?

— Nul autre que moi, répondit l'enfant.

— Il ne faudra pas dire que tu m'as vu, Dick, dit Olivier. Je me sauve. On me bat et on me maltraite, Dick; et je vais chercher fortune, très loin d'ici. Je ne sais pas où. Que tu es pâle!

— J'ai entendu le docteur dire que j'allais mourir,

répondit l'enfant avec un pâle sourire. Je suis très content de te voir, cher Olivier; mais ne t'arrête pas, ne t'arrête pas!

— Si, si, pour te dire au revoir, répondit Olivier. Je te reverrai Dick. Je le sais. Tu vas être bien portant et heureux!

— Je l'espère, répondit l'enfant. Quand je serai mort, mais pas avant. Je sais que le docteur doit avoir raison, Olivier, parce que je rêve si souvent du Ciel, et des Anges, et de visages aimants comme je n'en vois jamais éveillé. Embrasse-moi, dit l'enfant, grimpant sur la grille basse, et passant ses petits bras autour du cou d'Olivier. Au revoir, cher Olivier! Dieu te bénisse!

Cette bénédiction venait des lèvres d'un enfant, mais c'était la première qu'Olivier eût jamais entendu invoquer sur sa tête; et parmi tous les efforts et toutes les souffrances, tous les ennuis et les changements de sa vie ultérieure, il ne l'oublia pas un seul instant.

CHAPITRE VIII

Olivier se rend à Londres à pied. Il rencontre en route un jeune homme d'un genre curieux.

OLIVIER atteignit l'échallier où se terminait le raccourci, et se retrouva sur la grand-route. Il était maintenant huit heures. Il était déjà à près de cinq milles de la ville, et pourtant, jusqu'à midi, il passa son temps à courir, et à se cacher derrière des haies, tour à tour, car il redoutait d'être poursuivi et rattrapé. Alors il s'assit pour se reposer à côté d'une borne milliaire, et se mit à se demander, pour la première fois, où il devrait bien aller essayer de gagner sa vie.

La borne près de laquelle il s'était assis indiquait en gros caractères qu'il y avait exactement soixante-dix milles de cet endroit jusqu'à Londres. Ce nom éveilla une nouvelle suite d'idées dans l'esprit de l'enfant. Londres!... l'immensité de cette vaste ville!... nul... pas même M. Bumble... ne pourrait jamais l'y retrouver! De plus, il avait souvent entendu les vieillards de l'asile dire qu'un garçon entreprenant ne risquait pas d'être dans le dénuement à Londres; qu'il y avait dans cette vaste cité des moyens d'existence dont on ne pouvait se faire une idée si on avait été élevé dans une région rurale. C'était l'endroit rêvé pour un jeune garçon sans foyer, condamné à mourir dans la rue si personne ne le secourait. Tandis que ces pensées lui traversaient l'esprit, il se leva d'un bond et reprit sa marche.

Il avait encore diminué de quatre autres milles la

distance qui le séparait de Londres quand il songea à tout ce qu'il lui faudrait endurer pour pouvoir espérer atteindre sa destination. Quand cette réflexion s'imposa à lui, il ralentit quelque peu l'allure, et médita sur les moyens qu'il avait d'y parvenir. Il avait dans son paquet un croûton de pain, une pauvre chemise, et deux paires de chaussettes. Il avait encore en poche un penny (cadeau de Sowerberry, à la suite d'un enterrement où il s'était spécialement bien comporté). Une chemise propre, se dit Olivier, c'est très agréable ; deux paires de chaussettes reprisées aussi ; et un penny de même ; mais tout cela est d'un faible secours pour une marche de soixante-cinq mille en hiver. Pourtant les pensées d'Olivier, comme celles de la plupart d'entre nous, tout en étant extrêmement actives et efficaces quand il s'agissait de lui signaler des difficultés, se montraient tout à fait incapables de lui indiquer un moyen possible de les surmonter ; si bien qu'après avoir pas mal réfléchi sans résultat précis, il changea d'épaule son petit paquet, et se mit à cheminer.

Olivier parcourut vingt milles ce jour-là ; et pendant tout ce temps ne prit d'autre nourriture que son croûton de pain sec, et quelques gorgées d'eau qu'il mendia à la porte des maisons sur le bord de la route. Quand vint la nuit il entra dans un pré ; et se blottissant à l'abri d'une meule de foin, il résolut de s'y étendre jusqu'au matin. Il fut d'abord un peu effrayé, car le vent mugissait lugubrement sur les champs déserts, et il avait froid et faim, et se sentait plus seul que jamais auparavant. Mais comme sa marche l'avait épuisé, il ne tarda pas à s'endormir et à oublier ses ennuis.

Quand il se leva le lendemain matin, il se sentait tout raide et il avait froid ; il avait si grand faim qu'il fut obligé d'échanger son penny contre un petit pain dans le premier village qu'il traversa. Il n'avait pas parcouru plus de douze milles quand la nuit tomba de nouveau. Il avait les pieds endoloris et les jambes si faibles qu'elles tremblaient sous lui. Une deuxième nuit passée à l'air humide et glacial fit empirer son état; et quand il se remit en route le lendemain matin, il avait peine à se traîner.

Il attendit au bas d'une forte côte la venue d'une diligence, et implora alors la charité des voyageurs de l'impériale ; mais bien peu nombreux furent ceux d'entre eux qui firent attention à lui ; et ces derniers eux-mêmes lui dirent d'attendre qu'ils fussent arrivés en haut de la côte, car ils verraient alors jusqu'où il pouvait courir pour gagner un demi-penny. Le pauvre Olivier essaya pendant un moment de suivre le train de la diligence, mais n'y réussit pas, en raison de sa fatigue et de ses pieds meurtris. Quand les voyageurs virent cela, ils rempochèrent leurs demi-pence, en déclarant que ce jeune chenapan était un paresseux, et ne méritait rien; et la diligence s'éloigna à grand bruit sans laisser derrière elle autre chose qu'un nuage de poussière.

Dans certains villages, de grands panneaux étaient apposés pour avertir tous ceux qui mendieraient dans le district qu'ils seraient mis en prison. Ces avis effrayaient beaucoup Olivier, qui était content de ressortir de ces villages en toute hâte. Dans d'autres, il se postait dans les cours d'auberge, et regardait tristement tous les passants; cette attitude aboutissait généralement à faire donner par la patronne à l'un des postillons qui traînaient sur les lieux l'ordre de chasser de l'endroit ce jeune inconnu; parce qu'elle était sûre qu'il venait voler quelque chose. S'il mendiait dans une ferme, il y avait dix chances contre une que l'on menaçât de mettre le chien à ses trousses; et quand il montrait le bout du nez dans une boutique, on parlait de l'appariteur — ce qui lui serrait la gorge (et c'était là, bien souvent, pendant des heures d'affilée, la seule obstruction qu'y subît le passage de l'air).

De fait, sans un brave cœur de péager et une vieille dame généreuse, les malheurs d'Olivier se fussent trouvés abrégés par une méthode exactement identique à celle qui avait mis fin aux tourments de sa mère ; en d'autres termes, il serait sans nul doute tombé sans vie sur la chaussée du roi. Mais le péager lui offrit un repas de pain et de fromage ; et la vieille dame, dont un petit-fils, naufragé, errait nu-pieds dans un coin éloigné du monde, eut pitié du pauvre orphelin, et lui donna tout ce que lui permettaient ses faibles moyens, et même davantage, avec des paroles si bonnes et si tendres, et de telles larmes de sympathie et de compassion que ce souvenir s'enfonça plus profondément dans le cœur d'Olivier que toutes les souffrances qu'il eût jamais endurées.

De bonne heure un matin, sept jours après avoir quitté sa ville natale, Olivier entra en boitillant lentement dans la petite bourgade de Barnet[1]. Aux fenêtres les volets étaient clos; la rue était déserte; nul être n'était debout pour vaquer aux affaires de ce jour. Le soleil se levait dans toute sa radieuse beauté; mais sa lumière avait pour seul effet de faire sentir à l'enfant sa propre solitude et son état d'abandon, quand il s'assit sur le seuil d'une maison, les pieds couverts de sang et de poussière.

Peu à peu les volets s'ouvrirent; les stores des boutiques se levèrent, et les gens commencèrent à aller et venir. Un petit nombre d'entre eux s'arrêtaient pour regarder Olivier pendant un ou deux instants, ou se retournaient pour le dévisager en passant d'un pas pressé ; mais personne ne lui vint en aide, ou ne prit la peine de demander comment il se trouvait là. Il n'avait pas le courage de mendier. Il restait au même endroit.

---

1. Petite ville située à 11 milles au nord de Londres, et actuellement absorbée par l'agglomération londonienne. Ce fut le lieu d'une bataille en 1471 pendant la guerre des Deux Roses. On trouve ici la première indication géographique sur la situation de la ville natale d'Olivier. Il entre à Londres par la grande route du nord.

Il y avait quelque temps qu'il était accroupi sur sa marche, s'étonnait du nombre élevé des cafés (à Barnet, une maison sur deux était une taverne, grande ou petite), regardait d'un air morne les diligences qui passaient, en songeant combien il était bizarre qu'elles pussent faire facilement en quelques heures ce qu'il lui avait fallu toute une semaine de courage et d'une résolution au-dessus de son âge pour accomplir; quand il fut tiré de sa rêverie en voyant qu'un jeune garçon, après être passé devant lui d'un air indifférent quelques minutes plus tôt, était revenu et l'examinait sans relâche d'un côté à l'autre de la rue. Il n'y prêta guère attention tout d'abord; mais le garçon resta si longtemps dans la même attitude d'observation intense qu'Olivier leva la tête, et lui rendit son regard fixe. Là-dessus, l'autre traversa la rue, et s'avançant jusqu'à Olivier, lui dit :

— Holà, mon petit pote! Quoi qui va pas?

Le garçon qui posait cette question au jeune voyageur était à peu près de son âge; mais c'était l'un des garçons les plus étranges à voir qu'Olivier eût jamais aperçus. Il avait le nez camus, le front bas, et une tête passablement ordinaire; et c'était un jouvenceau sale à souhait; mais il avait tout à fait l'allure et les manières d'un homme. Il était petit pour son âge, ses jambes étaient un peu cagneuses, et ses yeux petits, perçants et laids. Son chapeau était si légèrement perché sur le haut de sa tête, qu'il menaçait de tomber à chaque instant, et serait tombé plus d'une fois, si son propriétaire n'avait eu l'habitude d'infliger à sa tête de temps à autre une brusque secousse qui le ramenait à sa place primitive. Il portait un habit d'homme, qui lui descendait jusqu'aux talons. Il avait retroussé ses manches jusqu'au milieu du bras, pour en dégager ses mains, cela, semblait-il, en vue de les fourrer finalement dans les poches de son pantalon de velours côtelé; car c'est là qu'il les gardait. C'était dans l'ensemble le jeune monsieur le plus tapageur et le plus effronté qui se fût jamais dressé à quatre pieds six pouces, tout au plus, au-dessus de ses brodequins à la Blucher.

— Holà, mon petit pote! Quoi qui va pas? demanda à Olivier ce curieux jeune monsieur.

— J'ai grand-faim et je suis très fatigué, répondit Olivier, tandis que les larmes lui montaient aux yeux. J'ai beaucoup marché. Il y a sept jours que je marche.

— Y a sept jours que tu marches! dit le petit monsieur. Ah, je vois ce que c'est. Ordre de la rousse, hein? Mais, ajouta-t-il en remarquant l'air surpris d'Olivier, j'imagine que tu sais pas ce que c'est que la rousse, mon jeune filou?

Olivier répondit modestement qu'il avait toujours entendu appliquer le terme en question à une certaine couleur de cheveux.

— Pardon, ce qu'il est jeunet! s'écria le petit monsieur. Voyons, la rousse, c'est la police; et quand on marche sur ordre de la rousse, c'est pas tout droit, ça monte toujours et ça redescend jamais. T'as jamais été au moulin?

— A quel moulin? demanda Olivier.

— Quel moulin? Ben, le moulin[1], quoi — le moulin qu'est si peu encombrant qu'il peut fonctionner à l'intérieur d'une Tôle; celui qui marche toujours mieux quand les gens ont pas le vent dans le dos que quand ils l'ont; pasqu'alors on peut pas trouver d'ouvriers. Enfin, passons, dit le petit monsieur; t'as besoin de manger, et tu vas en avoir. Je suis plutôt à sec de toile, moi aussi, j'ai qu'un shilling et de la mitraille; mais, dans ces limites-là, je veux bien casquer et les allonger.

---

1. Le moulin de discipline est un châtiment qui joint ingénieusement l'utile au désagréable (on en voit une variante en France au Mont-Saint-Michel). Les condamnés étaient placés sur un cylindre qu'ils faisaient tourner en marchant sur place, et qui actionnait, par exemple, une meule ou un treuil. Le moulin de discipline était surnommé par ses usagers « *the everlasting staircase* » (l'escalier sans fin).

Mets-toi sur tes guibolles. Là! Allons-y! et que ça saute!

Aidant Olivier à se lever, le petit monsieur l'emmena dans une petite épicerie du voisinage, où il acheta une bonne quantité de jambon préparé et un pain de deux livres, ou, comme il le dit lui-même, « un tas de son à quatre pence »; le jambon fut préservé de la saleté et de la poussière grâce à l'ingénieux expédient qui consistait à faire un trou dans le pain en en extrayant une partie de la mie pour l'y fourrer. Prenant le pain sous son bras, le petit monsieur entra dans un café, et précéda Olivier en direction d'une buvette située dans le fond du local. Là, un pot de bière fut apporté sur l'ordre du mystérieux jouvenceau ; et Olivier, que son nouvel ami pria d'attaquer, fit de bon appétit un repas prolongé, pendant le déroulement duquel le curieux gamin le dévisagea de temps à autre avec beaucoup d'attention.

— Tu vas à Londres? demanda le curieux gamin, quand Olivier eut enfin terminé.

— Oui.

— T'as un logement?

— Non.

— De l'argent?

— Non.

Le curieux gamin émit un sifflement, et enfouit ses bras dans ses poches, aussi profondément que le lui permettaient les grandes manches de son habit.

— Habitez-vous à Londres? demanda Olivier.

— Oui. Du moins quand je suis chez moi, répondit l'autre. J'imagine que t'aimerais trouver un endroit où coucher ce soir, pas vrai?

— Oui, bien sûr, répondit Olivier. Je n'ai pas couché sous un toit depuis que j'ai quitté la province.

— T'as pas besoin de te faire du mauvais sang pour ça, dit le petit monsieur. Faut que je sois à Londres ce soir; et je connais un vieux monsieur respectable qui y habite, et qui te donnera un logement pour rien, sans te réclamer la monnaie... du moins si t'es présenté par un monsieur qu'il connaît. Et alors là, moi, il me connaît pas ? Tu parles ! Pas du tout ! Absolument pas ! Je te jure que non!

Le jeune monsieur fit un sourire, comme pour indiquer que les dernières bribes de son discours étaient un amusement ironique; ce faisant, il finit la bière.

Cette offre inattendue d'un abri était trop tentante pour être repoussée; d'autant plus qu'elle fut aussitôt suivie de l'assurance que le vieux monsieur susnommé procurerait sans nul doute à Olivier un emploi agréable dans les plus brefs délais. Ces propos entraînèrent un dialogue plus amical et plus intime, au cours duquel Olivier découvrit que son ami s'appelait Jack Dawkins, et qu'il était le favori et le protégé de l'homme âgé dont il avait été question.

L'apparence de M. Dawkins ne portait guère à penser grand bien des agréments que l'influence de son protecteur procurait à ceux qu'il prenait sous son patronage; mais comme ce jeune homme avait des façons de s'exprimer un peu fantaisistes et dissolues, et comme il avoua en outre que parmi ses intimes il était plus connu sous le pseudonyme de « Petit Finaud », Olivier en conclut qu'étant d'un tempérament dissipé et insouciant, il avait jusqu'alors négligé l'enseignement moral de son bienfaiteur. Ayant cette impression, il résolut à part lui de cultiver le plus tôt possible l'estime du vieillard; et si le Finaud se révélait incorrigible, comme il était fort enclin à le présumer, de décliner l'honneur de relations plus poussées avec lui.

Comme John Dawkins se refusait à entrer à Londres avant la tombée de la nuit, il était près d'onze heures quand ils arrivèrent à la barrière de péage d'Islington. De l'Ange, ils gagnèrent St. John's Road, empruntèrent la petite rue qui aboutit au Théâtre de Sadler's Wells, longèrent Exmouth Street et Coppice Row, suivirent la petite allée qui longe l'asile, traversèrent le terrain classique qui porta jadis le nom de Hockey-in-the-Hole;

passèrent de là à Saffron Hill le Petit, et, tout naturellement, à Saffron Hill le Grand[1], où le Finaud fila à vive allure, en priant Olivier de le suivre de très près.

Encore qu'Olivier eût son attention assez absorbée par la nécessité de ne pas perdre de vue son conducteur, il ne put s'empêcher de jeter au passage de rapides coups d'œil à droite et gauche[2]. Jamais il n'avait vu d'endroit plus sale ni plus misérable. La rue était fort étroite et boueuse, et l'air était imprégné d'odeurs repoussantes. Il y avait bon nombre de petites boutiques; mais la seule marchandise paraissait être constituée par des masses d'enfants qui, malgré l'heure tardive de la nuit, entraient et sortaient furtivement par les portes, ou hurlaient à l'intérieur. Les seuls lieux qui parussent prospères au milieu de la désolation universelle du lieu étaient les cafés; là, les Irlandais du plus bas étage se querellaient de toutes leurs forces. Des passages couverts et des cours qui se détachaient çà et là de la rue principale laissaient voir de petits groupes de maisons, où des hommes et des femmes ivres se vautraient littéralement dans l'ordure; et de plusieurs portes on voyait émerger avec précaution de grands gaillards louches, qui paraissaient, selon toute vraisem-

---

1. L'itinéraire suivi par John Dawkins et Olivier est facile à retrouver, aujourd'hui encore; c'est celui qui conduit des faubourgs nord au quartier de Holborn (centre-est) de Londres. L'Ange d'Islington est une fameuse taverne devenue de nos jours un établissement de la firme Lyons; St John's Road s'appelle aujourd'hui St John's Street; tout le monde connaît le théâtre de Sadler's Wells et la troupe de ballet qui porte aujourd'hui ce nom; Hockley-in-the-Hole (qui s'appelait Ray Street depuis 1774) disparut avec ses taudis innommables en 1856-1857 quand furent tracées Clerkenwell Road et Roseberry Avenue; enfin Field Lane était une partie de Great Saffron Hill (de Charles Street à Holborn) qui fut démolie pour la construction du viaduc de Holborn (1863-1869).

2. Dickens prête à Olivier ses propres réactions de badaud et de journaliste, curieux et doué d'un exceptionnel esprit d'observation.

blance, être en partance pour des expéditions fort peu aimables et fort peu innocentes.

Olivier était précisément en train de se demander s'il ne ferait pas mieux de s'enfuir quand ils arrivèrent en bas de la côte. Son conducteur, lui prenant le bras, ouvrit d'une poussée la porte d'une maison proche de Field Lane; puis, l'attirant dans le couloir, il referma la porte derrière eux.

— Alors, quoi! cria une voix venue d'en bas, en réponse à un coup de sifflet du Finaud.

— Chouette et chelem! fut-il répondu.

Cette formule devait être une sorte de mot de passe ou de signal indiquant que tout allait bien; car la lueur d'une faible bougie apparut sur le mur à l'extrémité du couloir; et une tête d'homme se montra prudemment, à un endroit où la balustrade d'un vieil escalier de cuisine avait été rompue.

— Vous êtes deux, dit l'homme, en avançant sa bougie, et en s'abritant les yeux avec sa main. Qui que c'est, l'autre?

— Un nouveau copain, répondit Jack Dawkins[1], en tirant Olivier en avant.

— D'où qu'il vient?

— De Naïveterre. Il est là-haut, Fagin?

— Oui, il trie les tire-jus. Grimpez! La bougie se retira, et le visage disparut.

Olivier, cherchant son chemin à tâtons d'une main, et l'autre restant fermement étreinte par son compagnon, eut beaucoup de peine à gravir les marches obscures et délabrées, tandis que son conducteur en faisait l'ascension avec une aisance et une promptitude montrant qu'il les connaissait bien. Il ouvrit brusquement la porte d'une pièce sur cour, et y fit entrer Olivier avec lui.

1. Le Finaud est appelé indifféremment John (son prénom) ou Jack (diminutif usuel de ce prénom). Au français Jacques, c'est *James* et ses diminutifs Jim, Jimmy, etc., qui correspondraient.

Les murs et le plafond de cette pièce étaient absolument noircis par l'âge et la saleté. Il y avait une table en bois blanc devant le feu, sur laquelle étaient posés une bougie, fichée dans une bouteille à bière de gingembre, deux ou trois pots d'étain, un pain avec du beurre, et une assiette. Dans une poêle, installée audessus du feu, et attachée par une ficelle à la cheminée, des saucisses cuisaient[1] ; debout à côté de ce plat, une fourchette à rôties à la main, se tenait un vieux Juif tout ratatiné, dont la figure repoussante et l'air de scélératesse se cachaient derrière une masse de cheveux roux emmêlés. Il était vêtu d'une robe de chambre de flanelle graisseuse, qui lui découvrait la gorge; et il semblait partager son attention entre la poêle à frire et un séchoir à linge auquel étaient accrochés de très nombreux mouchoirs de soie. Plusieurs lits grossiers, faits dans de vieux sacs à pommes de terre, étaient posés par terre vaille que vaille, les uns à côté des autres. Trois ou quatre garçons, tous aussi jeunes que le Finaud, étaient assis autour d'une table, et fumaient de longues pipes en terre, et buvaient de l'alcool avec des attitudes d'hommes mûrs. Ils se pressèrent tous autour de leur camarade quand celui-ci glissa quelques mots à l'oreille du Juif, puis ils se retournèrent vers Olivier avec un large sourire. C'est ce que fit aussi le Juif en personne, fourchette en main.

— C'est lui, Fagin, dit Jack Dawkins ; c'est mon ami Olivier Twist.

Le Juif fit un grand sourire; puis il s'inclina très bas à l'adresse d'Olivier, le prit par la main, et exprima l'espoir qu'il aurait l'honneur de devenir de ses intimes. Sur quoi les petits messieurs aux pipes vinrent autour de lui, et lui serrèrent les deux mains avec beaucoup

1. On remarquera que le menu de chaque repas est donné par l'auteur dans le plus grand détail. Son héros et lui-même ont connu d'assez près les réalités de la misère et de la faim pour porter un vif intérêt à de telles réalités.

d'énergie, surtout celle qui tenait son petit paquet. Un de ces petits messieurs désirait vivement le dispenser d'accrocher sa casquette; et un autre eut l'obligeance de plonger les mains dans les poches d'Olivier, pour que celui-ci, étant très fatigué, n'eût pas la peine de les vider lui-même avant de se coucher. Il est probable que ces civilités eussent été poussées beaucoup plus loin, si le Juif n'avait généreusement usé de sa fourchette à rôties au bénéfice de la tête et des épaules des tendres jouvenceaux qui s'y adonnaient.

— Nous sommes très contents de te voir, Olivier, très contents, dit le Juif. Finaud, retire les saucisses du feu; et approche un baquet de la cheminée pour Olivier. Ah, tu regardes tous les mouchoirs, hein, mon petit! Y en a pas mal, pas vrai? On vient de les trier pour préparer la lessive; c'est tout, Olivier. C'est tout. Ha! ha! ha!

La dernière partie de ce discours fut saluée par une clameur retentissante de tous les disciples engageants du joyeux vieillard. Au milieu de ces cris, on se mit à table.

Olivier mangea sa part, puis le Juif lui prépara un verre de grog au gin, en lui disant qu'il devait le boire tout de suite, parce qu'on avait besoin du verre pour un autre de ces messieurs. Olivier s'exécuta. Aussitôt après il sentit qu'on le soulevait avec douceur pour le déposer sur un des sacs; puis il sombra dans un profond sommeil.

CHAPITRE IX

Qui contient de nouveaux détails concernant l'aimable vieillard et ses disciples d'avenir.

IL était tard le lendemain matin quand Olivier s'éveilla d'un sommeil profond et prolongé. Il n'y avait personne d'autre dans la pièce que le vieux Juif, qui faisait chauffer du café dans une casserole pour le déjeuner, et sifflotait doucement tout seul tout en le remuant avec une cuiller en fer. Il s'interrompait de temps à autre pour tendre l'oreille quand il entendait le moindre bruit au rez-de-chaussée ; quand il était rassuré, il recommençait à siffler et à remuer comme avant.

Tout en ayant secoué sa torpeur, Olivier n'était pas encore complètement éveillé. Il existe un état d'engourdissement, entre le sommeil et la veille, où l'on rêve davantage en cinq minutes, les yeux mi-clos, et l'esprit à demi conscient de tout ce qui se passe alentour, qu'en cinq nuits passées les yeux hermétiquement clos, et les sens noyés dans une inconscience totale. En de tels instants, un mortel en sait tout juste assez sur ce que devient son esprit pour concevoir, comme une lueur intermittente, l'idée de ce que peut être sa vaste puissance, sa façon de quitter la terre d'un bond et de rejeter le temps et l'espace, quand il est libéré des contraintes de son compagnon corporel.

Tel était précisément l'état d'Olivier. Il voyait le Juif entre ses yeux mi-clos; il entendait son petit sifflement; il reconnaissait le bruit de sa cuiller grattant les bords de la casserole ; et pourtant sa vue et son ouïe étaient mentalement occupés, au même instant, à des actions ininterrompues en compagnie de presque tous les gens qu'il eût jamais connus.

Quand le café fut prêt, le Juif poussa la casserole sur le côté de foyer. Puis il resta quelques minutes dans une attitude irrésolue, comme s'il ne savait trop à quoi s'occuper, se retourna et regarda Olivier, et l'appela par son nom. L'enfant ne répondit pas; selon toute apparence il dormait.

Après s'être ainsi rassuré sur ce point, le Juif avança sans bruit jusqu'à la porte qu'il verrouilla. Puis il tira, d'une trappe pratiquée dans le plancher, sembla-t-il à Olivier, une petite caisse qu'il posa soigneusement sur la table. Ses yeux étincelèrent quand il en souleva le couvercle et y plongea le regard. Il approcha une vieille chaise de la table, et s'assit; il en tira une magnifique montre en or, toute scintillante de pierres précieuses.

— Ah, ah! fit le Juif, haussant les épaules et défigurant tous les traits de son visage dans un hideux rictus. Les malins! les malins! Ils ont tenu jusqu'au bout! Ils ont jamais dit au vieux pasteur[1] où ils étaient. Ils ont jamais mouchardé le vieux Fagin! A quoi bon? Ça n'aurait pas desserré le nœud, ni retardé d'une minute l'ouverture de la trappe. Non, non, non! Les braves gars! les braves gars!

Tout en marmonnant ces réflexions, ainsi que d'autres du même genre, le Juif replaça la montre dans sa cachette. Il en tira au moins une demi-douzaine d'autres, une par une, de la même caisse, et les contempla avec autant de plaisir; outre des bagues, des broches, des bracelets, et autres bijoux, faits de matériaux si magnifiques et si somptueusement ouvragés qu'Olivier n'aurait pas même su dire comment on les appelait.

Après avoir rangé ces babioles, le Juif en prit une autre; elle était si petite qu'elle tenait sur la paume de sa

1. L'aumônier de la prison avait la réputation de « confesser » les accusés de multiples façons (cf. aussi n. 1, p. 520).

main. Il semblait qu'elle portât une minuscule inscription; car le Juif la posa à plat sur la table, et, l'abritant de sa main, resta penché dessus, longuement et attentivement. Finalement il la remit en place, comme s'il désespérait de réussir; et, se rejetant en arrière sur sa chaise, il murmura :

— Que c'est beau, la peine capitale! Les morts ne se repentent pas; les morts ne déterrent pas d'histoires désagréables. Ah, quelle belle invention pour notre métier! Ça en fait cinq d'affilée qui se font cravater, et il en reste pas un seul pour manger le morceau, ou pour avoir les foies!

Tandis que le Juif proférait ces paroles, ses yeux noirs et brillants qui regardaient distraitement devant lui tombèrent sur le visage d'Olivier; l'enfant avait les yeux fixés sur lui avec une expression de muette curiosité; et bien que leurs regards ne se fussent rencontrés qu'un instant — pendant le plus bref espace de temps qui se puisse concevoir — cet instant suffit à montrer au vieillard qu'il avait été observé. Il referma le couvercle de la caisse à grand fracas; puis, mettant la main sur un couteau à pain posé sur la table, il se leva d'un bond, furieux. Pourtant il tremblait très fort; car, en dépit de sa terreur, Olivier put voir que le couteau frémissait en l'air.

— Qu'est-ce que ça veut dire? demanda le Juif. Pourquoi me surveilles-tu? Pourquoi es-tu réveillé? Qu'as-tu vu? Parle franchement, petit! Et vite... vite! si tu tiens à ta vie!

— Je n'arrivais plus à dormir, monsieur, répondit humblement Olivier. Je suis désolé de vous avoir dérangé, monsieur.

— Tu n'étais pas réveillé il y a une heure? demanda le Juif, en lançant à l'enfant un regard de colère féroce.

— Non! Non, je vous assure! répondit Olivier.

— En es-tu sûr? cria le Juif, avec un regard encore plus féroce qu'avant, et une attitude menaçante.

— Je vous donne ma parole que non, répondit Olivier avec ferveur. Je n'étais pas éveillé, en vérité, monsieur.

— Bah, bah, mon petit! dit le Juif, revenant brusquement à ses manières familières, et jouant un instant avec le couteau avant de le reposer, comme pour donner à croire qu'il l'avait saisi simplement pour s'amuser. Bien sûr que je le sais, mon petit. J'ai seulement voulu te faire peur. Tu es un brave petit. Ha ! ha ! tu es un brave petit, Olivier ! Le Juif se frotta les mains en gloussant de joie, mais non sans jeter un regard inquiet vers sa caisse.

— As-tu vu quelques-unes de ces jolies choses, mon petit ? demanda le Juif au bout d'un court silence en posant sa main dessus.

— Oui, monsieur, répondit Olivier.

— Ah! dit le Juif, qui pâlit un peu. C'est... c'est à moi, Olivier; c'est mes petites affaires. C'est tout ce que j'ai pour vivre dans ma vieillesse. On me traite d'avare, mon petit. D'avare, seulement; c'est tout.

Olivier songea qu'il fallait que le vieillard fût un avare fieffé pour vivre dans un endroit si sale, alors qu'il possédait tant de montres; mais, se disant que son affection pour le Finaud et les autres garçons lui coûtait peut-être beaucoup d'argent, il se contenta de jeter un regard déférent au Juif, et lui demanda s'il pouvait se lever.

— Certainement, mon petit, certainement, répondit le vieillard. Attends. Il y a un broc d'eau dans le coin près de la porte. Apporte-le ici. Et je vais te donner une cuvette pour te laver, mon petit.

Olivier se leva, traversa la pièce, et se baissa un instant pour soulever le broc. Quand il se retourna, la caisse avait disparu.

Il avait à peine fini de se laver, et de tout remettre en ordre, en vidant la cuvette par la fenêtre conformément aux instructions du Juif, quand rentra le Finaud, accompagné d'un jeune ami fort dégourdi, qu'Olivier avait vu fumer la veille, et qui lui fut maintenant officiellement présenté sous le nom de Charley Bates. Ils se mirent à table tous quatre pour déjeuner de café, et de petits pains chauds avec du jambon que le Finaud avait rapportés dans le fond de son chapeau.

— Alors, dit le Juif, en jetant un regard malicieux du côté d'Olivier, mais en s'adressant au Finaud, j'espère que vous avez travaillé ce matin, mes petits ?

— On a travaillé dur, répondit le Finaud.

— Comme fer, ajouta Charley Bates.

— Mes bons petits, mes bons petits ! dit le Juif. Qu'est-ce que tu apportes, toi, Finaud ?

— Deux portefeuilles, répondit le jeune monsieur.

— Avec de la doublure ? demanda le Juif d'un air avide.

— Pas trop mal, répondit le Finaud, en exhibant deux portefeuilles, l'un vert, et l'autre rouge.

— Ils pourraient être plus lourds, dit le Juif, après en avoir soigneusement examiné l'intérieur ; mais ils sont très élégants et très bien faits. C'est un habile travailleur, pas vrai, Olivier ?

— Très habile vraiment, monsieur, dit Olivier. Sur quoi M. Charles Bates fut pris d'un rire fort bruyant, non sans grandement surprendre Olivier, qui ne voyait rien de risible dans tout ce qui venait de se passer.

— Et toi, mon petit, qu'apportes-tu ? dit Fagin à Charley Bates.

— Des tire-jus, répondit le jeune M. Bates, en même temps qu'il exhibait quatre mouchoirs.

— Ma foi, dit le Juif, en les examinant de près ; ce sont de bons mouchoirs, de très bons mouchoirs. Mais tu t'es trompé en les marquant, Charley ; alors il va falloir enlever les marques avec une aiguille, et on va apprendre à Olivier comment on fait. Pas vrai, Olivier, dis ? Ha ! ha ! ha !

— Si vous voulez, monsieur, dit Olivier.

— Tu voudrais bien être capable de faire des mouchoirs aussi facilement que Charley Bates, hein, mon petit ? dit le Juif.

— J'aimerais beaucoup, vraiment, si vous voulez bien m'apprendre, monsieur, répondit Olivier.

Le jeune M. Bates vit dans cette réponse un trait d'humour si raffiné qu'il eut un nouvel accès de rire; et ce rire, arrivant à la rencontre du café qu'il buvait, et lui faisant emprunter un mauvais canal, faillit bien se terminer par une suffocation prématurée.

— C'est qu'il est drôlement pas affranchi! dit Charley quand il se ressaisit, afin de s'excuser auprès de la société de sa conduite discourtoise.

Le Finaud ne dit mot, mais rabattit les cheveux d'Olivier sur ses yeux, en disant qu'il s'y mettrait bientôt; là-dessus le vieillard, remarquant qu'Olivier s'empourprait, fit dévier la conversation en demandant s'il y avait eu grande foule ce matin-là à l'exécution. Cette question accrut encore l'étonnement d'Olivier; car les réponses des deux garçons montrèrent clairement qu'ils y avaient assisté tous deux; et Olivier se demanda tout naturellement comment ils avaient pu trouver le temps d'être si diligents.

Quand le déjeuner fut desservi, le joyeux vieillard et les deux garçons jouèrent à un jeu très curieux et extraordinaire, qui se déroulait de la façon suivante. Le joyeux vieillard, plaçant une tabatière dans une poche de son pantalon, un porte-billets dans l'autre, et une montre dans son gousset, avec une chaîne de montre passée autour du cou, piqua une épingle en imitation de diamant dans sa cravate; puis il boutonna hermétiquement son habit, et, mettant dans ses poches son étui à lunettes et son mouchoir, il se mit à trotter de ci de là dans la pièce, en imitant la façon dont on peut voir marcher de vieilles gens dans la rue à toute heure du jour. Parfois il s'arrêtait devant la cheminée, et parfois devant la porte, en feignant d'examiner des vitrines. A ces moments-là il regardait constamment autour de lui, de crainte des voleurs, et ne cessait de donner des tapes sur toutes ses poches tour à tour, pour s'assurer qu'il n'avait rien perdu, et cela de façon si drôle et si naturelle, qu'Olivier en riait aux larmes. Pendant tout ce temps les deux garçons ne le quittaient pas d'une semelle; ils se dérobaient à ses regards avec tant d'agilité, chaque fois qu'il se retournait, qu'il était impossible de suivre leurs mouvements. Pour finir le Finaud lui marchait sur les pieds, ou heurtait accidentellement sa chaussure, tandis que Charley Bates se cognait contre lui par derrière; alors en un seul instant ils lui prenaient avec la plus extraordinaire rapidité, tabatière, portefeuille, montre et chaîne, épingle de cravate, mouchoir, et jusqu'à l'étui à lunettes. Si le vieillard sentait une main dans l'une de ses poches, il criait à quel endroit c'était; et le jeu reprenait alors depuis le début.

Quand on eut joué à ce jeu un grand nombre de fois, deux jeunes personnes vinrent rendre visite aux petits messieurs; l'une s'appelait Bet, et l'autre Nancy. Elles avaient les cheveux très longs et médiocrement arrangés sur la nuque, et elles n'étaient pas très proprement mises quant aux souliers et aux bas. Peut-être n'étaient-elles pas exactement jolies; mais elles avaient la figure très colorée, et l'air tout à fait robuste et jovial. Comme leurs manières étaient remarquablement aimables et dégagées, elles parurent à Olivier vraiment très gentilles. Et elles l'étaient, sans nul doute.

Leur visite dura longtemps. Des boissons furent mises sur la table, quand l'une des jeunes personnes se plaignit d'avoir froid à l'intérieur du corps; et la conversation prit un tour fort sociable et édifiant. Finalement Charley Bates se déclara d'avis qu'il était temps de mettre les bouts. Olivier se dit que cette expression devait signifier dans une langue étrangère sortir, car, aussitôt après, le Finaud, et Charley, et les deux jeunes personnes partirent ensemble, non sans avoir été aimablement pourvus d'argent de poche par l'excellent vieux Juif.

— Alors, mon petit, dit Fagin. C'est une vie agréable, n'est-ce pas? Ils s'en vont pour le reste de la journée.

— Ont-ils fait tout leur travail, monsieur ? demanda Olivier.

— Oui, dit le Juif; c'est-à-dire, sauf s'ils en trouvent à l'improviste pendant qu'ils seront dehors; dans ce cas-là, ils y penseront, mon petit, tu peux en être sûr. Prends-les pour modèles, mon petit. Prends-les pour modèles (et de frapper avec la pelle à feu sur l'âtre pour donner plus de force à ses propos) et fais tout ce qu'ils te diront, suis leurs conseils en tout... surtout ceux du Finaud, mon petit. Il va devenir un grand homme lui-même, et il t'aidera à faire comme lui si tu suis son exemple... Est-ce que mon mouchoir dépasse de ma poche, mon petit ? demanda le Juif, en s'interrompant brusquement.

— Oui, monsieur, dit Olivier.

— Vois si tu peux l'enlever sans que je m'en aperçoive, comme tu as vu les autres faire quand nous avons joué ce matin.

Olivier retint d'une main le fond de la poche, comme il l'avait vu faire au Finaud, et de l'autre il tira tout doucement le mouchoir.

— Il est parti ? cria le Juif.

— Le voilà, monsieur, dit Olivier, en le lui montrant dans sa main.

— Tu es très adroit, mon petit, dit le plaisant vieillard, en caressant d'un air approbateur la tête d'Olivier. Je n'ai jamais vu de garçon si malin. Voilà un shilling pour toi. Si tu continues comme ça, tu seras le plus grand homme de notre époque. Et maintenant viens ici, et je vais t'apprendre à enlever les marques des mouchoirs.

Olivier se demanda quel rapport pouvait exister entre le fait de jouer au pickpocket avec le vieillard et ses chances d'être un grand homme. Mais il se dit que le Juif, qui était tellement plus vieux, devait être mieux informé, et il le suivit sans bruit jusqu'à la table où il fut bientôt profondément absorbé dans ses nouvelles études.

CHAPITRE X

Olivier apprend à connaître la nature de ses nouveaux compagnons, et paie très cher l'expérience qu'il acquiert. Ce chapitre sera court, mais très important pour notre récit.

PENDANT plusieurs jours, Olivier resta dans la chambre du Juif, à enlever les marques des mouchoirs (dont un grand nombre lui furent apportés) et à prendre part, de temps en temps, au jeu que nous avons déjà décrit, et auxquels jouaient régulièrement tous les matins les deux garçons et le Juif. A la longue, il commença à manquer d'air pur, et saisit mainte occasion de prier instamment le vieillard de lui permettre de sortir pour aller travailler avec ses deux compagnons.

Olivier était d'autant plus impatient de s'employer activement qu'il avait pu voir à quel point le vieillard était un austère moraliste. Chaque fois que le Finaud ou Charley rentraient le soir les mains vides, il faisait un discours très véhément sur le malheur de ceux qui ont des habitudes d'oisiveté et de paresse; et leur faisait sentir la nécessité d'une vie active en les envoyant se coucher sans souper. Un soir, à vrai dire, il alla jusqu'à les faire tomber tous les deux par l'escalier à l'étage inférieur; mais c'était là pousser ses vertueux principes à un degré exceptionnel.

Enfin, un matin, Olivier obtint la permission qu'il avait si ardemment sollicitée. Il y avait deux ou trois jours qu'on manquait de mouchoirs pour travailler, et que les dîners étaient un peu maigres. Telles furent peut-être les raisons pour lesquelles le vieillard donna son consentement; mais toujours est-il qu'il dit à Olivier qu'il pouvait sortir, et le plaça sous la tutelle conjointe de Charley Bates et de son ami le Finaud.

Les trois jeunes garçons se mirent en route; le Finaud avait ses manches retroussées, et le chapeau en bataille, comme d'habitude; M. Bates allait avec insouciance, les mains dans les poches; et Olivier marchait entre eux, en se demandant où ils allaient et à quelle branche de l'industrie il allait être initié en premier lieu.

L'allure à laquelle ils avançaient était si paresseuse, si nonchalante, et faisait si mauvaise impression qu'Olivier commença à penser que ses compagnons voulaient duper le vieillard en n'allant pas travailler du tout. De plus le Finaud avait la méchante habitude d'arracher la casquette des petits garçons pour la jeter dans la courette[1] des maisons; cependant que Charley Bates révélait ses idées très confuses sur le droit de propriété en dérobant quelques pommes et oignons aux étalages installés le long des caniveaux; il les fourrait dans des poches de capacité si surprenante qu'elles paraissaient former des galeries de mine sous tout son habillement. Ces faits étaient si inquiétants qu'Olivier fut sur le point de proclamer son intention de revenir tant bien que mal en arrière, quand ses pensées prirent soudain un autre cours à la vue d'un mystérieux changement de conduite chez le Finaud.

Ils venaient d'émerger d'une étroite ruelle non loin de l'espace découvert de Clerkenwell qu'on appelle, par un étrange abus de langage, le Pré[2], quand le Finaud

1. Il s'agit ici d'un aspect particulier de l'architecture londonienne. Les maisons sont pourvues d'une entrée surélevée pour les visiteurs, mais un étroit escalier descend à une minuscule courette constituant l'entrée de service et donnant accès à la redoutable cuisine en sous-sol (*basement*).

2. Place qui existe encore, près du croisement de Clerkenwell Road avec Farringdon Road. Le petit quartier de Clerkenwell figure dans plusieurs romans de Dickens et joue un rôle important dans *Barnabé Rudge* et *L'Ami commun*.

s'arrêta brusquement, posa un doigt sur ses lèvres, et tira ses compagnons en arrière de la façon la plus prudente et circonspecte.

— Que se passe-t-il? demanda Olivier.

— Chut! répondit le Finaud. Tu vois le vieux zigue devant la librairie?

— Le vieux monsieur qui est de l'autre côté de la rue? dit Olivier. Oui, je le vois.

— Il fait l'affaire, dit le Finaud.

— Il est de première, déclara M. Charley Bates.

Olivier fit aller son regard de l'un à l'autre avec la plus grande surprise; mais il n'eut pas la permission de poser de questions; car les deux garçons traversèrent furtivement la rue, et se glissèrent juste derrière le vieux monsieur sur lequel ils avaient attiré son attention. Olivier fit quelques pas pour les suivre; puis ne sachant trop s'il devait avancer ou reculer, resta sur place et les regarda, muet de stupeur.

Le vieil homme était un personnage d'aspect fort respectable, avec des cheveux poudrés et des lunettes en or. Il portait un habit vert bouteille à col de velours noir; il avait sous le bras une élégante canne de bambou. Il avait pris un livre sur l'étal, et il restait immobile, à lire assidûment, tout aussi absorbé que s'il s'était trouvé dans le fauteuil de son bureau. Il est fort possible qu'il ait cru y être, d'ailleurs, car il était manifeste, tant il était absorbé, qu'il ne voyait ni l'étal, ni la rue, ni les enfants, ni rien d'autre, bref, que le livre lui-même, dont il faisait une lecture continue, tournant la page quand il arrivait au bas d'une feuille, reprenant au haut de la suivante, et poursuivant régulièrement sa lecture, avec un intérêt et une avidité extrêmes.

Quelles ne furent pas l'horreur et l'inquiétude d'Olivier, quand, debout à quelques pas de là, et les regardant avec ses paupières écarquillées au maximum, il vit le Finaud plonger la main dans la poche du vieil homme et en tirer un mouchoir, le passer à Charley

Bates, et fuir à toute allure jusqu'à l'encoignure, en sa compagnie.

En un instant tout le mystère des mouchoirs, et des montres, et des bijoux, et du Juif, emplit l'esprit de l'enfant. Il resta un instant frappé d'une terreur telle que le sang lui bourdonna dans les veines, et qu'il se sentit comme en proie à un feu dévorant; puis, effrayé et affolé, il prit la fuite, et, sans savoir ce qu'il faisait, s'éloigna de toute la vitesse de ses jambes.

Tout cela ne dura que quelques secondes. A l'instant même où Olivier se mettait à courir, le vieil homme, portant la main à sa poche, et constatant la disparition de son mouchoir, se retourna brusquement. Voyant l'enfant qui s'enfuyait à si vive allure, il en conclut tout naturellement que c'était lui le pillard; aussi, criant à tue-tête : « Au voleur ! » se mit-il à sa poursuite, livre en main.

Mais le vieil homme ne fut pas le seul à donner l'alerte. Le Finaud et le jeune M. Bates, peu soucieux d'attirer l'attention en courant sur la voie publique, s'étaient contentés de se retirer sous le premier porche venu, au coin de la rue. Ils n'eurent pas plutôt entendu le cri et vu courir Olivier que, devinant exactement ce qui se passait, ils s'empressèrent de sortir de leur cachette; puis, criant aussi : « Au voleur! », ils prirent part à la poursuite en bons citoyens.

Bien qu'Olivier eût été élevé par des philosophes, il n'avait pas encore appris la théorie de l'axiome édifiant selon lequel la première loi de la nature est l'instinct de conservation. S'il l'avait connu, peut-être se fût-il attendu à un tel incident. Mais comme il ne s'y était pas attendu, il en fut d'autant plus inquiet; il fila donc comme le vent, tandis que le vieil homme et les deux gamins criaient et hurlaient à ses trousses.

« Au voleur! Au voleur! » Ce cri possède un pouvoir magique. Le commerçant abandonne son comptoir, et le livreur sa carriole; le boucher pose précipitamment son plateau, le boulanger son panier, le laitier son seau, le garçon de courses ses paquets, l'écolier ses billes, le terrassier sa pioche, l'enfant sa raquette de volant. Et les voilà tous courant, pêle-mêle, vaille que vaille, tête baissée : fonçant, criant, hurlant, renversant les passants au coin des rues, excitant les chiens, et stupéfiant les volailles; les rues, les places et les ruelles renvoient leur clameur à tous les échos.

« Au voleur! Au voleur! » Ce cri est repris par mille voix, et la foule grossit à tous les tournants. On file, la boue jaillit, les pieds claquent sur les trottoirs, les fenêtres se lèvent[1], on se rue au dehors, la populace pousse de l'avant, tous les spectateurs délaissent Guignol au plus fort de l'histoire et, se joignant à la masse en mouvement, font enfler la clameur, et redonnent de la vigueur au cri : « Au voleur! Au voleur! »

« Au voleur! Au voleur! » C'est qu'il existe, au plus profond du cœur humain, la passion de chasser, de chasser n'importe quel objet. Un malheureux enfant essoufflé, tout pantois d'épuisement; l'air terrifié; les yeux empreints de souffrance; de grosses gouttes de sueur coulant sur son visage; il bande tous ses muscles pour gagner du terrain sur ses poursuivants; et tandis qu'ils le talonnent, plus près d'instant en instants, ils saluent de cris encore plus violents ses forces déclinantes, et glapissent et hurlent de joie. « Au voleur! Arrêtez-le! » Oui, arrêtez-le, pour l'amour de Dieu, ne fût-ce que par pitié!

Enfin, on l'a arrêté! Le coup était bien appliqué. Il est abattu sur le trottoir; et la foule s'assemble avidement autour de lui; tous les nouveaux venus se bousculent et se querellent pour l'apercevoir. Poussez-vous! Donnez-lui un peu d'air! C'est idiot! il n'en mérite pas tant. Où est le monsieur? Le voilà qui arrive. Laissez approcher le monsieur! Est-ce bien ce petit, monsieur? Oui.

---

1. Il s'agit ici, bien entendu, de fenêtres à guillotine (il en sera de même au chapitre L).

Olivier était à terre, couvert de boue et de poussière, la bouche en sang, et regardant d'un air égaré la masse des visages qui l'entouraient, quand le vieil homme fut obligeamment tiré et poussé jusqu'au milieu du cercle par les meneurs de la poursuite.

— Oui, dit-il, c'est bien ce petit, je le crains.

— Il le craint! murmura la foule. Elle est bien bonne!

— Le pauvre! dit l'homme, il s'est fait mal.

— C'est moi qui y ai fait ça, monsieur, dit un grand gaillard massif en s'avançant; et comment que je me suis écorché les articulations sur sa bouche! C'est moi qui l'ai arrêté, monsieur.

Le garçon porta la main à son chapeau avec un grand sourire, car il s'attendait à être payé de sa peine; mais le vieil homme, après l'avoir dévisagé avec une expression d'animosité, fit aller son regard inquiet tout autour de lui, comme s'il envisageait de fuir à son tour; et il n'est nullement impossible qu'il eût tenté de le faire, donnant lieu ainsi à une nouvelle poursuite, si un agent de police (qui est en général le dernier à arriver dans ce genre de circonstance) ne s'était à cet instant précis frayé un chemin à travers la foule, et n'avait saisi Olivier au collet.

— Allons, debout, fit cet homme d'un ton rogue.

— Ce n'était pas moi, monsieur, je vous assure. Je vous assure que c'était deux autres garçons, dit Olivier, joignant frénétiquement les mains, et regardant autour de lui. Ils sont ici quelque part.

— Mais non, ils y sont pas, dit l'agent. Cette remarque était destinée à être ironique, mais elle était en outre vraie; car le Finaud et Charley Bates avaient filé par la première ruelle commode qu'ils avaient trouvée. Allons, debout!

— Ne lui faites pas de mal, dit le vieil homme avec compassion.

— Mais non, on va pas y faire de mal, répondit l'agent, en lui arrachant la moitié de sa jaquette, à titre de démonstration. Allons, on te connaît; ça prend pas.

Vas-tu te mettre sur tes jambes, espèce de petit démon ?

Olivier, qui avait peine à tenir debout, parvint à se soulever, et fut aussitôt brutalement entraîné par le collet dans les rues, à vive allure. Le monsieur les accompagna, marchant à côté de l'agent; et tous les membres de la foule qui parvinrent à accomplir cet exploit coururent un peu en avant, pour se retourner de temps à autre et contempler Olivier. Les gamins poussèrent un cri de triomphe; et le cortège alla de l'avant.

CHAPITRE XI

Traite de M. Croc[1], *le commissaire de police ; et fournit un bref échantillon de sa façon de rendre la justice.*

Le délit avait été commis sur le territoire, et même à proximité immédiate, d'un commissariat de police londonien jouissant d'une fâcheuse réputation. La foule n'eut d'autre satisfaction que celle d'escorter Olivier au long de deux ou trois rues, de descendre avec lui une pente appelée Mutton Hill[2], avant qu'il fût introduit, en passant sous une voûte basse et en suivant une ruelle sale, dans ce dispensaire de justice expéditive, par l'entrée de derrière. C'est dans une petite cour pavée qu'ils entrèrent; et ils y rencontrèrent un gros homme qui avait une poignée de barbe sur la figure, et une poignée de clefs à la main.

— Qu'est-ce que c'est que ça? demanda l'homme avec indifférence.

— Un jeune chasseur de tire-jus, répondit l'homme qui avait arrêté Olivier.

— Êtes-vous la victime du vol, monsieur? demanda l'homme aux clefs.

---

1. Le nom anglais de ce personnage est Fang (mot qui signifie : croc). On sait que Dickens a voulu représenter en lui un magistrat du nom d'Allan Stewart Laing, fort connu pour sa tyrannique brutalité (signalée déjà par des rapports datant de 1834!) Dickens avait tenu à le voir à l'œuvre avant de le dépeindre (cf. E. Johnson, *Charles Dickens*, p. 207). Laing fut déplacé après la publication du roman.

2. Ou Mutton Lane, nom ancien d'une partie de Vine Street (toujours dans le quartier de Holborn).

— Oui, répondit le vieil homme; mais je ne suis pas sûr que cet enfant ait vraiment pris le mouchoir. Je... j'aimerais mieux ne pas poursuivre l'affaire.

— Maintenant faut qu'il passe devant le commissaire, monsieur, répondit l'homme. Son Honneur va être libre dans trente secondes. Allons, graine de gibet !

Ces mots invitaient Olivier à entrer par une porte que l'homme avait ouverte tout en parlant et qui donnait sur une cellule dallée. C'est là qu'il fut fouillé; on ne trouva rien sur lui, et il fut enfermé.

Cette cellule avait à peu près la forme et les dimensions d'un cellier sur courette, sans être toutefois aussi claire. Elle était d'une saleté absolument intolérable; car c'était un lundi matin; et elle avait été habitée par six ivrognes (qu'on venait d'enfermer ailleurs) depuis le samedi soir. Mais ce n'est rien encore. Dans nos postes de police, des hommes et des femmes se trouvent emprisonnés tous les soirs en vertu d'accusations (mot qui n'a aucune portée) des plus insignifiantes dans des oubliettes en comparaison desquelles celles de Newgate [1], qu'occupent les criminels les plus abominables, après avoir été jugés, reconnus coupables et condamnés à mort, sont des palais. Quiconque met en doute cette affirmation n'a qu'à comparer les deux.

Le vieil homme eut l'air presque aussi désolé qu'Olivier quand la clef grinça dans la serrure. Il revint avec un soupir à son livre, qui avait été la cause innocente de toute cette agitation.

---

1. Prison fondée sous le règne d'Henry Ier (vers 1207). Détruite par l'incendie de Londres en 1666, reconstruite en 1770, et détruite à nouveau au cours des émeutes de 1780 (on trouvera le récit de ces émeutes et de l'incendie de Newgate dans *Barnabé Rudge*), reconstruite en 1782, puis en 1857, la prison devait être désaffectée en 1877 et démolie en 1903-1904 pour être remplacée par le Tribunal Criminel Central. Dickens, passionnément intéressé, toute sa vie durant, par les prisons, connaissait bien Newgate, qu'il décrit avec compétence dans les *Esquisses par Boz*, et à plusieurs reprises encore jusqu'aux *Grandes Espérances* (1861).

— Il y a je ne sais quoi dans la figure de cet enfant, se dit le vieil homme tout en s'éloignant à pas lents, et en se donnant de petites tapes sur le menton avec la couverture du livre, d'un air pensif, quelque chose qui me touche et m'attire. Se peut-il vraiment qu'il soit innocent? Il ressemblait à... Tiens, s'écria le vieil homme en s'arrêtant très soudainement, et en levant les yeux au ciel. Sapristi! où donc ai-je déjà vu quelque chose qui ressemblait à son air?

Après avoir réfléchi pendant quelques minutes, le vieil homme entra, avec la même expression méditative, dans une arrière-salle d'attente qui donnait sur la cour; et là, il se retira dans un coin, et évoqua devant l'œil de son esprit une immense assemblée de visages sur lesquels un rideau de ténèbres était tombé depuis bien des années. Non, dit le vieil homme en hochant la tête; ce doit être une idée que je me fais.

Il les parcourut encore une fois. Il les avait appelés pour les passer en revue, et il n'était pas facile de remettre en place le linceul qui les avait si longuement dissimulés. C'étaient les visages d'amis, et d'ennemis, et d'êtres qu'il avait à peine connus, se détachant curieusement de la foule; c'étaient les visages de jeunes filles épanouies devenues maintenant de vieilles femmes; c'étaient des visages que la tombe avait altérés en se refermant sur eux, mais que l'esprit, plus puissant qu'elle, parait encore de toute leur fraîcheur et de toute leur beauté d'antan, faisant revivre l'éclat des yeux, la lumière du sourire, le rayonnement de l'âme à travers son masque d'argile, et murmurant qu'il est une beauté par delà la tombe, changée mais surtout rehaussée, enlevée à la terre, mais pour être placée comme une lampe qui répand une lueur douce et paisible sur le chemin du Ciel.

Mais le vieil homme ne put retrouver le souvenir d'un seul visage dont les traits d'Olivier portassent la trace. Il poussa donc un soupir à la pensée des souvenirs qu'il venait de réveiller; puis, comme il était, heureusement pour lui, distrait, il les enfouit à nouveau dans les pages du livre moisi.

Il fut tiré de sa lecture par une main qui se posa sur son épaule, et la voix de l'homme aux clefs qui l'invitait à le suivre dans le bureau. Il s'empressa de fermer son livre, et fut aussitôt introduit en présence de l'imposant et célèbre M. Croc.

Ce bureau se trouvait en façade et avait un mur lambrissé. M. Croc siégeait au haut bout de la pièce, derrière une barre ; et d'un côté de la porte il y avait une sorte de compartiment de bois où l'on avait déjà déposé le pauvre petit Olivier, qui tremblait très fort devant cet appareil redoutable.

M. Croc était un homme maigre, de taille moyenne, mais qui avait le buste allongé et le cou raide ; il n'avait guère de cheveux et ceux qu'il avait poussaient sur les côtés et l'arrière de sa tête. Son visage était sévère et très empourpré. Si véritablement il n'avait pas l'habitude de boire un peu plus que de raison, il aurait pu intenter à sa physionomie un procès en diffamation et se faire verser d'importants dommages-intérêts.

Le vieil homme s'inclina respectueusement; puis, s'avançant jusqu'au pupitre du magistrat, il lui dit, en joignant le geste à la parole : Voici mon nom et mon adresse, monsieur. Il recula alors de deux ou trois pas, et, après avoir de nouveau incliné la tête de façon courtoise et distinguée, attendit d'être interrogé.

Or il se trouva que M. Croc était à cet instant occupé à lire l'éditorial d'un journal du matin, qui commentait une de ses récentes décisions, et le recommandait, pour la trois cent cinquantième fois, à l'attention toute spéciale du ministre de l'Intérieur. Il était de mauvaise humeur; et il leva la tête avec un regard furieux.

— Qui êtes-vous ? dit M. Croc.

Le vieil homme, non sans surprise, montra sa carte.

— Sergent ! dit M. Croc, en rejetant d'un air méprisant la carte en même temps que son journal. Qui est cet individu ?

— Je m'appelle, monsieur, dit le vieil homme, parlant en véritable homme de bien, je m'appelle, monsieur, Brownlow. Permettez-moi de demander comment s'appelle le magistrat qui inflige une insulte gratuite, sans aucune provocation, à un citoyen respectable, sous le couvert de ses fonctions. Ce disant, M. Brownlow parut chercher du regard dans le bureau quelqu'un qui pût lui donner le renseignement demandé.

— Sergent! dit M. Croc, en poussant son journal de côté, de quoi cet individu est-il accusé?

— Il n'est pas accusé du tout, Votre Honneur, répondit le policier. Il vient déposer contre le gamin, Votre Honneur.

Son Honneur était parfaitement au courant; mais c'était là une bonne forme de persécution, et sans danger.

— Déposer contre le gamin, vraiment? dit Croc, en examinant dédaigneusement M. Brownlow de la tête aux pieds. Faites-lui prêter serment!

— Avant de prêter serment, il faut que je demande la permission de dire un mot, fit M. Brownlow; et c'est que jamais, si je n'avais eu directement connaissance du fait, je n'aurais pu croire...

— Tenez votre langue, monsieur! dit M. Croc, sur un ton péremptoire.

— Je refuse, monsieur! répondit le vieil homme.

— Tenez votre langue sur-le-champ, ou je vous fais chasser de ce bureau! dit M. Croc. Vous êtes un insolent et un impertinent. Comment avez-vous l'audace d'essayer d'intimider un magistrat?

— Quoi! s'écria le vieil homme, et de s'empourprer.

— Faites prêter serment à cet individu! dit Croc au secrétaire. Je refuse d'écouter un mot de plus. Qu'il prête serment.

L'indignation de M. Brownlow était très vive; mais en réfléchissant que peut-être risquait-il de nuire surtout au jeune garçon s'il lui donnait libre cours, il se contint, et se résigna à prêter serment aussitôt.

— Alors, dit Croc. Quelle est l'accusation contre cet enfant ? Qu'avez-vous à dire, monsieur ?

— Je me trouvais devant un bouquiniste..., commença M. Brownlow.

— Tenez votre langue, monsieur, dit M. Croc. L'agent! Où est l'agent ? Allons, faites prêter serment à cet agent. Alors, mon brave, de quoi s'agit-il ?

L'agent, avec toute l'humilité voulue, raconta comment il avait arrêté l'accusé, comment il avait fouillé Olivier, sans rien trouver sur sa personne ; et ajouta que c'était tout ce qu'il savait de l'affaire.

— Y a-t-il des témoins ? demanda M. Croc.

— Pas un seul, Votre Honneur, répondit l'agent.

M. Croc garda le silence pendant quelques minutes, puis, se tournant vers le plaignant, il lui dit, au comble de la colère.

— Allez-vous nous dire ce que vous reprochez à ce gamin, l'homme, oui ou non ? Vous avez prêté serment. Alors, si vous restez là, à refuser de faire votre déposition, je vais vous punir pour outrage à magistrat ; mais oui, nom de...

Nom de quoi, ou de qui, nul ne le sait, car le secrétaire et le gardien furent pris tous deux d'une toux violente, exactement au bon moment ; en outre le premier laissa tomber un gros livre par terre, accidentellement, bien entendu, et empêcha ainsi le mot d'être entendu.

Malgré de nombreuses interruptions, et des insultes réitérées, M. Brownlow parvint à exposer son affaire ; il déclara que, sous le coup de la surprise, il avait poursuivi le gamin parce qu'il le voyait s'enfuir ; et il exprima l'espoir que, si le magistrat croyait tenir en lui, sinon le voleur à proprement parler, du moins le complice des voleurs, il en userait envers lui avec autant de clémence que le permettait la justice.

— Il a déjà été blessé, dit le vieil homme pour finir. Et je crains, ajouta-t-il avec beaucoup d'énergie, en regardant du côté de la barre, je crains vraiment qu'il ne soit malade.

— Oui, oui, certainement! dit M. Croc, en ricanant. Allons, pas de ces simagrées-là ici, espèce de petit vaurien; cela ne prend pas. Comment t'appelles-tu?

Olivier essaya de répondre, mais la voix lui manqua. Il était pâle comme la mort; et toute la salle lui faisait l'effet de tourner en rond.

— Comment t'appelles-tu, espèce de scélérat endurci? demanda M. Croc. Sergent, comment s'appelle-t-il?

Cette question s'adressait à un rude gaillard en gilet rayé qui était debout à côté de la barre. Il se pencha vers Olivier et répéta la question; mais il s'aperçut qu'il était véritablement hors d'état de la comprendre; et sachant qu'en ne répondant pas il ne ferait qu'accroître la fureur du magistrat, et rendre plus sévère sa sentence, il se fia à la chance.

— Il dit qu'il s'appelle Tom White, Votre Honneur, dit ce brave cœur de chasseur de gredins.

— Ah, il ne veut pas parler plus fort, alors? dit Croc. Très bien, très bien. Où habite-t-il?

— Où il peut, Votre Honneur, répondit le sergent, feignant encore de recueillir la réponse d'Olivier.

— A-t-il des parents? demanda M. Croc.

— Il dit qu'il les a perdus dans sa petite enfance, Votre Honneur, répondit le sergent, s'aventurant à faire la réponse la plus classique.

A cet instant de l'interrogatoire, Olivier releva la tête; et, jetant autour de lui un regard suppliant, implora d'une voix faible qu'on lui donnât une gorgée d'eau.

— Assez de balivernes! dit M. Croc. N'essaye pas de te moquer de moi.

— Je crois vraiment qu'il est malade, Votre Honneur, dit le sergent, protestant.

— Je sais à quoi m'en tenir, dit M. Croc.

— Faites attention à lui, sergent, dit le vieil homme en levant instinctivement les mains; il va tomber.

— Écartez-vous, sergent, s'écria Croc; qu'il tombe, si cela lui fait plaisir.

Olivier profita de cette aimable permission, et tomba évanoui sur le plancher. Les fonctionnaires du bureau s'entre-regardèrent, mais aucun n'osa bouger.

— Je savais bien qu'il jouait la comédie, dit Croc, comme si l'incident venait de lui en apporter la preuve irréfutable. Qu'il y reste; il en aura vite assez.

— Comment avez-vous l'intention de régler cette affaire, monsieur? lui demanda le secrétaire à voix basse.

— De façon expéditive, répondit M. Croc. Il est condamné à trois mois de... travaux forcés, bien entendu. Débarrassez-moi le plancher.

La porte fut ouverte dans cette intention, et deux hommes se préparaient à transporter l'enfant inanimé dans sa cellule, quand un homme d'un certain âge, d'aspect convenable mais pauvre, vêtu d'un vieux costume noir, fit brusquement irruption dans le bureau, et s'avança vers le tribunal.

— Arrêtez, arrêtez! Ne l'emmenez pas! Pour l'amour du Ciel attendez un instant! s'écria le nouveau venu, tout essoufflé de s'être tant pressé.

Bien que les Génies tutélaires d'un bureau de ce genre exercent un pouvoir arbitraire et expéditif à l'encontre des libertés, de la réputation, du bon renom et presque de la vie des sujets de Sa Majesté, en particulier des plus pauvres d'entre eux; et bien qu'entre ces murs se jouent chaque jour assez de tours pour que les anges en aient les yeux noyés de larmes [1], ces bureaux sont fermés au public sauf par le canal de la

1. Allusion à un fameux passage de Shakespeare (*Mesure pour mesure*, II, 2, 117) décrivant les incartades de tout homme revêtu d'autorité : elles sont propres à faire pleurer les anges (*as make the angels weep*). Dickens ajoute l'idée d'aveuglement (*make the angels blind with weeping*) pour renforcer l'image.

presse quotidienne [1]. M. Croc ne fut donc pas peu indigné de voir un nouveau venu faire son entrée de façon si désordonnée et si peu respectueuse sans y avoir été invité.

— Qu'est-ce que cela signifie? Qui est-ce? Chassez-moi cet homme! Débarrassez-moi le bureau! s'écria M. Croc.

— Je veux parler, s'écria l'homme. Je refuse de me laisser chasser. J'ai tout vu. C'est moi le bouquiniste. J'exige qu'on me fasse prêter serment. Je refuse de me laisser réduire au silence. Monsieur Croc, vous êtes obligé de m'écouter, monsieur. Vous n'avez pas le droit de refuser, monsieur.

Cet homme était dans son droit. Il avait l'air résolu; et l'affaire prenait une tournure trop grave pour être étouffée.

— Que l'homme prête serment, grommela M. Croc, de fort mauvaise grâce. Alors, l'homme, qu'avez-vous à dire?

— Voici, dit l'homme; j'ai vu trois garçons : l'accusé ici présent et deux autres; ils flânaient sur le trottoir d'en face pendant que ce monsieur lisait. Le vol a été commis par un des deux autres garçons. Je l'ai vu faire, et j'ai vu que celui-ci était absolument stupéfait et abasourdi à ce spectacle. Ayant alors quelque peu retrouvé son souffle, l'estimable bouquiniste se mit en devoir de relater, de façon plus cohérente, les circonstances exactes du vol.

— Pourquoi n'êtes-vous pas venu ici plus tôt? demanda Croc après un silence.

— Je n'avais pas un chat pour garder la boutique, répondit l'homme. Tous les gens qui auraient pu m'aider prenaient part à la poursuite. Il y a tout juste cinq

1. *Du moins l'étaient-ils virtuellement à l'époque.* (Note de l'auteur.) Rappelons que, comme représentant de la presse quotidienne, Dickens ne manquait pas d'expérience des commissariats de police.

minutes que j'ai pu trouver quelqu'un; et j'ai couru tout le long du chemin.

— Le plaignant lisait, n'est-ce pas? demanda Croc après un nouveau silence.

— Oui, répondit l'homme. Précisément le livre qu'il tient à la main.

— Ah, ce livre-là, tiens? dit Croc. L'a-t-il payé?

— Non, répondit l'homme avec un sourire.

— Juste ciel, j'avais complètement oublié! s'écria innocemment le vieux distrait.

— Joli bonhomme, pour aller porter plainte contre un pauvre petit! dit Croc, qui fit un effort ridicule pour se donner un air humanitaire. Je considère, monsieur, que vous êtes entré en possession de ce livre dans des circonstances très suspectes et peu honorables; et vous pouvez vous estimer heureux que le propriétaire de cet objet consente à ne pas vous poursuivre. Que ce soit une leçon pour vous, mon brave, sans quoi la loi saura vous retrouver. Le garçon est mis en liberté. Évacuez le bureau.

— Bon sang! s'écria le vieil homme, laissant éclater la fureur qu'il avait si longtemps contenue, bon sang! Je vais...

— Évacuez le bureau! dit le magistrat. Sergents, vous m'entendez? Faites évacuer le bureau!

Il fut obéi à ce mandement; et M. Brownlow, tout indigné, fut conduit dehors, tenant le livre d'une main et sa canne de bambou dans l'autre, en proie à un accès de fureur et de défi absolument frénétiques. Il arriva dans la cour, et sa colère se dissipa en un instant. Le petit Olivier Twist était étendu le dos sur le trottoir, la chemise ouverte, et les tempes baignées d'eau; sa figure était d'une pâleur de mort; et des frissons lui secouaient tout le corps.

— Le pauvre petit, le pauvre petit! dit M. Brownlow en se penchant au-dessus de lui. Que quelqu'un appelle un fiacre, s'il vous plaît. Tout de suite!

Un fiacre arriva, et quand Olivier eut été soigneusement déposé sur une des banquettes, le vieil homme monta et s'assit sur l'autre.

— Puis-je vous accompagner? demanda le bouquiniste, qui passa la tête à l'intérieur de la voiture.

— Mon Dieu, oui, mon cher monsieur, dit M. Brownlow avec vivacité. Je vous avais oublié. Diable, diable! Et j'ai toujours ce malheureux livre! Dépêchez-vous de monter. Le pauvre enfant! Il n'y a pas de temps à perdre.

Le bouquiniste monta dans le fiacre; et l'équipage s'ébranla.

CHAPITRE XII

Où Olivier reçoit des soins plus attentifs que jamais auparavant. Et où le récit revient au joyeux vieillard et à ses juvéniles amis.

Le fiacre s'éloigna à grand bruit, et parcourut à peu près l'itinéraire qu'avait suivi Olivier le jour où il était pour la première fois entré à Londres en compagnie du Finaud; puis, prenant un autre chemin en arrivant à l'Ange d'Islington, il finit par s'arrêter devant une coquette maison, dans une rue paisible et ombragée du quartier de Pentonville [1]. Un lit fut alors apprêté sans délai, où M. Brownlow s'assura que son jeune protégé était déposé avec soin et avec ménagement; et c'est là qu'il fut soigné avec une bonté et une sollicitude sans bornes.

Mais pendant des jours et des jours, Olivier resta inconscient de toute la bonté de ses nouveaux amis. Le soleil se leva, et se coucha, et se leva et se coucha encore, et recommença encore bien des fois; et l'enfant était toujours sur son lit, agité, et dépérissant sous le feu dévastateur et desséchant de la fièvre. Nul ver n'accomplit sa besogne sur un cadavre plus sûrement que cet incendie lent et insidieux sur le corps vivant.

Faible, maigre et pâle, il finit par s'éveiller de ce qui semblait avoir été un rêve long et agité. Se soulevant

---

1. Jadis agréable localité de banlieue, habitée par des gens aisés, Pentonville (à faible distance de Holborn, au nord-est) est aujourd'hui presque au cœur de la capitale.

légèrement sur son lit, la tête appuyée sur son bras tremblant, il jeta un regard inquiet autour de lui.

— Quelle est cette pièce ? Où m'a-t-on amené ? dit Olivier. Ce n'est pas l'endroit où je m'étais endormi.

Il prononça ces paroles d'une voix sourde, car il était très affaibli et sans force; pourtant elles furent entendues aussitôt. Une main tira précipitamment le rideau à la tête du lit, et une vieille dame à l'air maternel, vêtue de façon très propre et soignée, se leva au même moment, laissant l'ouvrage auquel elle travaillait dans un fauteuil tout proche.

— Chut, mon chéri, dit la vieille dame avec douceur. Il faut rester tout à fait tranquille, sans quoi vous serez malade de nouveau; et vous avez été très mal... on ne peut plus mal, même, ou guère. Allongez-vous, vous serez bien gentil ! Ce disant, la vieille dame posa très délicatement la tête d'Olivier sur l'oreiller; et, lui lissant les cheveux pour lui dégager le front, elle regarda son visage avec tant de bonté et d'affection qu'il ne put s'empêcher de placer sa petite main desséchée dans celle de la dame pour l'attirer autour de son cou.

— Juste ciel ! dit la vieille dame, les larmes aux yeux. Comme il est reconnaissant, ce petit chéri. Le joli trésor ! Qu'est-ce qu'elle dirait sa maman, si elle avait pu le veiller comme je l'ai fait, et si elle le voyait maintenant !

— Peut-être qu'elle me voit, murmura Olivier en joignant les mains; peut-être qu'elle m'a réellement veillé. J'ai un peu l'impression qu'elle l'a fait.

— C'était la fièvre, mon chéri, dit la vieille dame avec douceur.

— Je le crois, répondit Olivier, puisque le ciel est si loin; et les gens y sont trop heureux pour venir au chevet d'un enfant pauvre. Mais si elle savait que j'étais malade, elle a dû avoir pitié de moi, même là-haut; parce qu'elle a été très malade elle-même avant de mourir. Tout de même, ce n'est pas possible qu'elle sache ce que je deviens, ajouta Olivier après un instant de silence. Si elle m'avait vu souffrir, cela l'aurait attristée; et son visage était toujours paisible et heureux, chaque fois que j'ai rêvé d'elle.

A ces mots la vieille dame ne fit pas de réponse ; mais elle essuya d'abord ses yeux, puis ses lunettes qu'elle avait posées sur l'édredon, comme si elles faisaient partie intégrante des organes en question, et apporta à Olivier une boisson fraîche; puis elle lui caressa la joue en lui disant qu'il fallait qu'il reste très tranquille, sans quoi il serait encore malade.

Olivier resta donc tout à fait silencieux; en partie parce qu'il était très dêsireux d'obéir en tout à la vieille dame; en partie aussi, à vrai dire, parce qu'il était absolument épuisé par ce qu'il avait déjà dit. Il sombra bientôt dans un léger assoupissement d'où il fut tiré par la lumière d'une bougie; quand elle fut approchée du lit, elle lui montra un homme qui tenait une très grosse et très bruyante montre en or à la main, qui lui tâtait le pouls et déclarait qu'il allait beaucoup mieux.

— Tu vas beaucoup mieux vraiment, n'est-ce pas, mon petit? dit ce personnage.

— Oui, monsieur, je vous remercie, répondit Olivier.

— Oui, je le sais, dit le personnage. Et tu as faim, aussi, n'est-ce pas?

— Non, monsieur, répondit Olivier.

— Hum! fit le personnage. Non, je sais que tu n'as pas faim. Il n'a pas faim, madame Bedwin, dit le personnage, en prenant un air très savant.

La vieille dame inclina la tête avec respect, comme pour dire qu'elle trouvait le docteur très intelligent. Le docteur lui-même paraissait être assez de cet avis.

— Tu as sommeil, n'est-ce pas, mon petit? dit le docteur.

— Non, monsieur, répondit Olivier.

— Non, dit le docteur, d'un air très pénétrant et

très satisfait. Tu n'as pas sommeil. Ni soif, n'est-ce pas ?

— Si, monsieur, j'ai un peu soif, répondit Olivier.

— C'est exactement ce que je prévoyais, madame Bedwin, dit le docteur. Il est fort naturel qu'il ait soif. Vous pouvez lui donner un peu de thé, madame, et un morceau de rôtie pas trop fraîche, sans beurre. Ne le couvrez pas trop, madame; mais veillez à ne pas le laisser prendre froid; puis-je compter sur vous ?

La vieille dame s'inclina. Le médecin, après avoir goûté la boisson fraîche, et marqué son approbation en termes réservés, s'empressa de partir; ses souliers craquèrent avec un bruit fort opulent et respectable quand il descendit l'escalier.

Olivier s'assoupit à nouveau, peu de temps après; quand il s'éveilla, il était près de minuit. La vieille dame ne tarda pas alors à lui dire bonsoir avec tendresse, et le laissa sous la garde d'une grosse vieille qui venait d'arriver, et qui avait apporté un petit paquet contenant un petit Livre de Prière [1] et un immense bonnet de nuit. Posant ce dernier objet sur sa tête et le premier sur la table, la vieille, après avoir dit à Olivier qu'elle était venue pour veiller à son chevet, tira son fauteuil près du feu et se lança dans une série de petits sommes, entrecoupés fréquemment de menues chutes en avant ainsi que de divers gémissements et bruits de gorge étouffés. Mais ces petits incidents étaient sans gravité, ayant pour seul effet de l'amener à se frotter le nez très vigoureusement avant de se rendormir.

C'est ainsi que la nuit s'écoula avec lenteur. Olivier resta quelque temps éveillé à compter les petits cercles de lumière que projetait au plafond l'abat-jour de la

1. Il s'agit assurément du *Book of Common Prayer*, promulgué dans l'Église d'Angleterre sous le règne d'Édouard VI en 1549 et revisé en 1552, puis en 1559, par ses successeurs, Mary, puis Elizabeth. Il est encore utilisé aujourd'hui, car le Parlement s'est opposé aux efforts de renouvellement tentés par l'Église d'Angleterre.

veilleuse en moelle de jonc [1], ou à suivre d'un œil nonchalant le motif compliqué du papier qui tapissait le mur. L'obscurité et le silence profond de la pièce étaient fort solennels; quand ils firent venir à l'esprit de l'enfant la pensée que la mort avait plané sur ce lieu pendant bien des jours et des nuits, et risquait encore de l'emplir des ténèbres et des terreurs de sa redoutable présence, il détourna la tête sur l'oreiller et adressa au Ciel une prière fervente.

Petit à petit, il sombra dans ce sommeil paisible et profond que seule procure la disparition de souffrances récentes; ce repos calme et tranquille dont il est douloureux de s'éveiller. Qui, si telle était la mort, souhaiterait en sortir pour retrouver tous les combats et toute l'agitation de la vie; tous ses soucis dans le présent, ses inquiétudes pour l'avenir, et, par-dessus tout, ses souvenirs accablants du passé?

Il y avait plusieurs heures qu'il faisait grand jour quand Olivier ouvrit les yeux; il se sentit gai et heureux. La phase critique de sa maladie avait été surmontée. Il appartenait de nouveau à ce monde.

Au bout de trois jours il fut en état de rester assis dans un fauteuil, bien étayé par des oreillers; et, comme il était encore trop faible pour marcher, Mme Bedwin le fit transporter au rez-de-chaussée dans le petit salon de l'intendante, qui était son domaine personnel. Après l'avoir installé dans cette pièce au coin du feu, la bonne vieille dame s'assit aussi; et, comme elle était dans un état de joie intense en le voyant si près d'être guéri, elle se mit aussitôt à pleurer avec beaucoup de véhémence.

— Ne vous inquiétez pas de moi, mon petit, dit la vieille dame. Je m'offre tout simplement une bonne

---

1. Les chandelles de moelle de jonc étaient employées comme veilleuses au dix-neuvième siècle. Un exemple illustre de cette utilisation se rencontre dans les *Pickwick Papers* (chapitre XXII).

crise de larmes. Là; c'est fini maintenant; et je suis tout à fait heureuse.

— Vous êtes très, très bonne pour moi, madame, dit Olivier.

— Allons, ne vous occupez donc pas de cela, mon petit, dit la vieille dame, cela n'a rien à voir avec votre bouillon; et il est grand temps que vous le preniez; car le docteur a permis à M. Brownlow de venir vous voir ce matin; il faut donc que nous ayons notre plus belle apparence, car plus notre apparence sera belle, et plus il sera content. Et sur ce la vieille dame s'appliqua à faire chauffer dans une petite casserole le contenu d'un bol de bouillon, d'un bouillon assez fort, songea Olivier, pour fournir le dîner de trois cent cinquante pauvres au bas mot, si on le réduisait à la concentration réglementaire.

— Aimez-vous les tableaux, mon chéri? demanda la vieille dame, en voyant que les yeux d'Olivier s'étaient fixés avec intensité sur un portrait accroché au mur juste en face de son fauteuil.

— Je ne sais pas, madame, dit Olivier sans détacher son regard de la toile; j'en ai vu si peu, que je ne sais pas exactement. Que la figure de cette dame est belle et douce!

— Bah! dit la vieille dame, les peintres font toujours les femmes plus belles qu'elles ne sont, sans quoi ils ne trouveraient pas de clients, mon enfant. L'homme qui a inventé la machine à reproduire les visages [1] aurait bien pu se douter qu'une chose comme celle-là ne réussirait jamais; c'est bien trop honnête. Bien trop honnête, dit la vieille dame, en riant de grand cœur de sa propre pénétration.

— Est-ce... est-ce un visage reproduit, madame? demanda Olivier.

1. Sans doute Mme Bedwin fait-elle allusion ici aux premières expériences de Niepce (1814) ou de Wedgwood et Davy (1802); mais le daguerréotype ne devait faire son apparition qu'en 1839, après *Olivier Twist*.

— Oui, dit la vieille dame, en levant un instant les yeux du bouillon; c'est un portrait.

— De qui, madame? demanda Olivier.

— Ma foi, mon chéri, je n'en sais vraiment rien, répondit la vieille dame avec bonhomie. En tout cas ce n'est pas le portrait de quelqu'un que vous connaissiez, ni moi non plus, j'imagine. Il a l'air de vous plaire beaucoup, mon chéri.

— Il est tellement joli, répondit Olivier.

— Voyons, il ne vous fait pas peur, tout de même? dit la vieille dame, en remarquant non sans beaucoup de surprise le regard de crainte avec lequel l'enfant considérait le tableau.

— Oh, non, non, répondit précipitamment Olivier; mais ces yeux paraissent si tristes; et là où je suis, ils ont l'air de se poser sur moi. Cela me fait battre le cœur, ajouta Olivier d'une voix sourde, comme si ce portrait était vivant, et voulait me parler, mais sans y réussir.

— Doux Jésus! s'écria la vieille dame avec un sursaut. Ne parlez pas comme cela, mon petit. Vous êtes nerveux et affaibli après votre maladie. Attendez que je vous retourne votre fauteuil dans l'autre sens; comme cela vous ne le verrez plus. Voilà! dit la vieille dame, en joignant le geste à la parole; en tout cas, vous ne le voyez plus maintenant.

En fait, Olivier continuait à le voir en esprit tout aussi clairement que s'il n'avait pas changé de position; mais il jugea préférable de ne pas tourmenter la vieille dame; il lui sourit donc avec gentillesse quand elle le regarda; et Mme Bedwin, convaincue qu'il était calmé, mit dans le bouillon du sel et de petits morceaux de rôtie beurrée, avec toute l'agitation qu'exigeaient des préparatifs aussi solennels. Olivier en vint à bout avec une extraordinaire promptitude. Il avait à peine avalé la dernière cuillerée quand on entendit frapper doucement à la porte. Entrez, dit la vieille dame; et M. Brownlow entra.

Or le vieil homme entra avec toute la vivacité souhaitable; mais il n'eut pas plus tôt relevé ses lunettes sur son front, et fourré les mains sous les pans de sa robe de chambre pour pouvoir regarder Olivier pendant un bon moment, que son visage passa par une très grande variété de contorsions bizarres. Olivier avait l'air très fatigué et affaibli par sa maladie, et il fit une vaine tentative pour se lever par respect pour son bienfaiteur, n'aboutissant qu'à retomber sur le fauteuil; et le fait est, s'il faut dire toute la vérité, que le cœur de M. Brownlow, qui valait à peu près celui de six vieillards généreux de dimensions ordinaires, lui fit venir aux yeux une quantité de larmes, par quelque procédé hydraulique [1] que nous ne sommes pas assez savant pour être en mesure d'expliquer.

— Pauvre petit, pauvre petit! dit M. Brownlow en s'éclaircissant la voix. Je suis un peu enroué ce matin, madame Bedwin. J'ai peur d'avoir pris froid.

— J'espère qu'il n'en est rien, dit Mme Bedwin. Toutes vos affaires ont été bien séchées, monsieur.

— Je n'en suis pas sûr, Bedwin. Je n'en suis pas sûr, dit M. Brownlow. Il me semble bien que j'ai eu une serviette de table humide pour le dîner hier; mais peu importe. Comment te sens-tu, mon petit?

— Je suis très heureux, monsieur, répondit Olivier. Et très reconnaissant, je vous assure, monsieur, de toute votre bonté pour moi.

— Brave petit, dit M. Brownlow avec énergie. Lui avez-vous donné à manger, Bedwin? De la lavasse, je suppose?

— Il vient de prendre un bol d'un excellent bouillon concentré, monsieur, répondit Mme Bedwin, non sans se redresser un peu, et accentuer fortement le mot

---

1. L'humour pédant de cette formule a peut-être pour objet et pour excuse de tempérer l'émotion, ou le sentimentalisme du passage.

« bouillon », pour donner à entendre qu'entre la lavasse et un bouillon bien composé, il n'existe aucune affinité ni aucun rapport quelconque.

— Pouah! dit M. Brownlow avec un petit frisson; deux verres de porto lui auraient fait beaucoup plus de bien. N'est-ce pas, Tom White, dis?

— Je m'appelle Olivier, monsieur, répondit le petit malade, d'un air très surpris.

— Olivier, dit M. Brownlow; Olivier comment? Olivier White, alors?

— Non, monsieur, Twist, Olivier Twist.

— Drôle de nom, dit le vieil homme. Et qu'est-ce qui t'a fait dire au magistrat que tu t'appelais White?

— Je ne lui ai rien dit de pareil, monsieur, répondit Olivier avec stupeur.

Ces mots ressemblaient si fort à un mensonge que le vieil homme regarda Olivier non sans sévérité. Il était impossible de mettre en doute sa parole; la sincérité se peignait sur tous les traits de son visage creusé et aminci.

— C'est une erreur, dit M. Brownlow. Mais, encore qu'il n'eût plus de raison de regarder fixement Olivier, sa première idée d'une ressemblance entre cette physionomie et quelque visage familier l'envahit avec tant de force qu'il ne put détourner son regard.

— J'espère que vous n'êtes pas fâché contre moi, monsieur, dit Olivier en levant les yeux d'un air suppliant.

— Non, non, répondit le vieil homme. Ma parole! Qu'est-ce là? Bedwin, regardez!

Tout en parlant, il montra rapidement du doigt le tableau placé au-dessus de la tête d'Olivier, puis le visage de l'enfant. C'en était la copie vivante. Les yeux, la forme de la tête, la bouche, tous les traits étaient semblables. Et l'expression était à cet instant tellement identique que les détails les plus menus paraissaient avoir été reproduits avec une précision stupéfiante!

Olivier ne sut pas quelle était la cause de cette soudaine exclamation; car, trop faible pour supporter l'émotion qu'elle lui causa, il s'évanouit. Et cette défaillance du jeune garçon offre au récit l'occasion de tirer le lecteur de l'incertitude où il est resté touchant les deux disciples du Joyeux Vieillard, et de rapporter...

...Que quand le Finaud et son talentueux ami le jeune M. Bates s'associèrent aux clameurs de poursuite qui se déclenchaient aux trousses d'Olivier, en conséquence de l'opération illégale de transfert des biens personnels de M. Brownlow qu'ils avaient effectuée, ainsi que nous l'avons précédemment décrit, ils étaient animés par un respect fort estimable et fort convenable de leur propre personne; et, étant donné que la liberté des sujets et des individus figure parmi les premiers et les plus précieux des titres de gloire de tout Anglais bien né, je n'ai donc guère besoin d'inviter le lecteur à noter que ce geste devrait tendre à les faire monter dans l'estime de tous les bons citoyens, de tous les patriotes, à peu près dans la mesure même où cette forte preuve de leur attachement à leur sauvegarde et à leur sécurité personnelles peut corroborer et confirmer le petit code des lois de la Nature où certains philosophes profonds et de jugement rassis voient le ressort de toutes ses démarches et de toutes ses actions; les susdits philosophes font très sagement de tous les mouvements de Dame Nature une question de maximes et de théories, et, rendant à sa haute sagacité, à son intelligence, un compliment fort gracieux et bien tourné, font entièrement disparaître toutes les considérations de cœur, d'élan ou de sentiment généreux. Car ce sont là des réalités fort indignes d'une dame qui se trouve, la chose est universellement reconnue, hors d'atteinte des nombreuses petites faiblesses et défaillances de son sexe.

S'il me fallait encore une preuve de la nature rigoureusement philosophique de la conduite de ces jeunes messieurs, dans leur situation fort délicate, je la trouverais aussitôt dans le fait (également relaté plus haut dans notre récit) qu'ils abandonnèrent la poursuite dès que l'attention générale se fut portée sur Olivier; et se dirigèrent immédiatement vers leur domicile par les voies les plus courtes. Encore qu'il n'entre pas dans mes intentions d'affirmer que les sages et érudits réputés aient pour coutume d'abréger la route menant à une conclusion d'importance (en vérité leur méthode consiste plutôt à allonger la distance, par diverses circonlocutions et vacillations discursives, semblables à celles auxquelles sont enclins à s'adonner les hommes ivres, sous la pression d'un flot d'idées trop impétueux); cependant, je désire dire, et je dis nettement, que nombre de philosophes éminents ont pour pratique invariable, dans la mise en œuvre de leurs théories, de montrer beaucoup de sagesse et de prudence en se gardant contre toutes les contingences possibles dont on peut penser qu'elles aient la moindre chance de les affecter personnellement. C'est ainsi que pour accomplir un grand bien, on pourra perpétrer une petite faute; et l'on pourra recourir à tous les moyens que justifiera le but à atteindre; le degré du bien, et le degré du mal, et d'ailleurs aussi la distinction entre l'un et l'autre, seront entièrement abandonnés au philosophe en question, afin d'être réglés et déterminés par les vues claires, vastes et impartiales qu'il a sur son propre cas.

C'est seulement quand les deux garçons eurent parcouru à toute allure un dédale fort complexe de rues étroites et de ruelles, qu'ils se risquèrent à s'arrêter sous un porche bas et obscur. Après y être demeuré silencieux juste assez longtemps pour reprendre son souffle et retrouver la parole, le jeune M. Bates poussa une exclamation d'amusement et de plaisir; puis, en proie à un accès de rire irrésistible, il se jeta sur le seuil d'une maison, et se roula sur le sol dans un transport de gaîté.

— Qu'est-ce qu'il y a? demanda le Finaud.

— Ha! ha! ha! rugit Charley Bates.

— La ferme, fit le Finaud, qui protestait en jetant un regard prudent alentour. T'as envie de te faire pincer, idiot?

— C'est plus fort que moi, dit Charley, c'est plus fort que moi! Quand on l'a vu se tailler à cette allure, et prendre ses virages à la corde, et buter contre les réverbères, et repartir comme s'il était en fer comme eux, et moi qu'avais le tire-jus dans ma poche, et qui brâillais après lui... ah, nom d'un chien! La vive imagination du jeune M. Bates lui représenta le spectacle sous des couleurs trop riches. En arrivant à cette exclamation, il roula derechef sur la marche, et se prit à rire encore plus fort que la première fois.

— Qu'est-ce qu'il va dire, Fagin? demanda le Finaud, en profitant du premier moment où son compagnon fut réduit au silence par l'essoufflement pour lui poser la question.

— Quoi? répéta Charley Bates.

— Ouais, quoi? dit le Finaud.

— Ben, qu'est-ce que tu veux qu'il dise? demanda Charley, mettant un terme un peu brusque à sa gaîté; car le ton du Finaud était imposant. Qu'est-ce que tu veux qu'il dise?

M. Dawkins sifflota pendant deux minutes; puis il ôta son chapeau, se gratta la tête, et la hocha à trois reprises.

— Qu'est-ce que tu veux dire? fit Charley.

— Tralalalalère, des blagues et des mystères, grenouille si tu veux pas [1], et tradéridéra, dit le

1. Allusion savante au premier vers d'une chanson (*A Frog he would a-wooing go*, citée également par Dickens dans *Pickwick*, chapitre XXXII) rendue populaire au début du dix-neuvième siècle par Grimaldi (dont Dickens publiait les mémoires à l'époque où il écrivait *Olivier Twist*) mais qui a une origine très ancienne; on en connaît des versions remontant à 1549 (cf. I. et P. Opie, *Oxford Dictionary of Nursery Rhymes*, 1951, pp. 177-181).

Finaud, non sans qu'une grimace ironique parût sur son visage d'intellectuel.

Sa réponse était explicative, mais insuffisante. Telle fut l'impression du jeune M. Bates; aussi répéta-t-il : Qu'est-ce que tu veux dire?

Le Finaud ne dit mot; mais remettant son chapeau, et relevant les basques de son habit sous son bras, il se planta la langue dans la joue, se frappa l'arête du nez une demi-douzaine de fois de façon familière, mais expressive, et tournant les talons, suivit la ruelle à pas feutrés. Le jeune M. Bates le suivit d'un air pensif.

Quelques minutes après le déroulement de cette conversation, le craquement de l'escalier sous des pas fit sursauter le joyeux vieillard qui était assis devant son feu avec un cervelas et un petit pain dans la main gauche, un canif dans la main droite, et un pot d'étain sur le trépied. Il y eut un sourire de scélératesse sur son visage blême quand il se retourna, lança un regard aigu sous ses épais sourcils roux, tendit l'oreille vers la porte, et écouta.

— Tiens, comment ça se fait-il? murmura le Juif, en changeant de visage, deux seulement? Où est le troisième? C'est pas possible qu'ils aient eu des ennuis. Écoutons!

Les pas se rapprochèrent; ils atteignirent le palier. La porte s'ouvrit lentement; et le Finaud et Charley Bates entrèrent en la refermant derrière eux.

CHAPITRE XIII

De nouvelles connaissances sont présentées à notre intelligent lecteur ; et diverses circonstances plaisantes sont évoquées à leur sujet, qui concernent notre récit.

— Où est Olivier? demanda le Juif, qui se leva d'un air menaçant. Où est le petit?

Les jeunes voleurs jetèrent un coup d'œil sur leur précepteur comme si sa violence les inquiétait; puis ils s'entre-regardèrent avec embarras. Mais ils ne dirent mot.

— Qu'est devenu le petit? dit le Juif, en saisissant fermement le Finaud par le collet, et en le menaçant avec d'horribles imprécations. Parle, ou je t'étrangle!

M. Fagin paraissait tellement résolu que Charley Bates, qui jugeait en toute circonstance plus prudent de prendre ses précautions, et à qui il ne semblait nullement improbable que son tour d'être étranglé vînt en second, se laissa tomber à genoux, et poussa une clameur énergique, soutenue, et ininterrompue, intermédiaire entre le beuglement d'un taureau enragé et le bruit d'un porte-voix.

— Vas-tu parler? fit le Juif d'une voix de tonnerre en secouant le Finaud au point que c'était un véritable miracle qu'il restât un instant de plus dans son immense habit.

— Eh ben, les cognes l'ont attrapé, et voilà tout, dit le Finaud d'un ton rogue. Allons, lâchez-moi, dites donc! Puis, se dégageant d'une secousse du grand habit qu'il laissa entre les mains du Juif, le Finaud s'empara précipitamment de la fourchette à rôties, et lança une botte en direction du gilet du joyeux vieillard; si elle avait été suivie d'effet, elle aurait fait sortir de lui une quantité de joyeuseté qu'il n'eût guère été facile de remplacer.

Devant ce danger le Juif battit en retraite avec plus d'agilité qu'on n'en eût attendu chez un homme aussi décrépit qu'il semblait l'être; puis, saisissant le pot d'étain, s'apprêta à le jeter à la tête de son assaillant. Mais Charley Bates, à cet instant, attira son attention par un hurlement absolument épouvantable; aussi en changea-t-il brusquement la destination, et le lança-t-il contre ce jeune homme.

— Alors, bon sang, qu'est-ce qui se passe maintenant! grommela une voix de basse. Qui c'est qui m'a lancé ce truc-là? Heureusement que c'est la bière, et pas le pot, qui m'a touché, sans ça j'aurais réglé son compte à quelqu'un. J'aurais pu me douter qu'il fallait que ce soit une saleté de vieux Juif, un bandit riche et dégoûtant, pour se permettre de jeter une boisson autre que de l'eau... et encore, pour l'eau, faudrait qu'il roule la Compagnie du Réservoir [1] tous les trimestres. Qu'est-ce que ça veut dire, tout ça, Fagin? Bon D..., voilà que mon foulard est tout couvert de bière! Entre, espèce de saleté de vermine; pourquoi que tu restes dehors comme si t'avais honte de ton maître! Entre!

L'homme qui grommelait ces mots était un solide gaillard de trente-cinq ans environ, vêtu d'un habit de velours côtelé noir, d'une culotte brune tachée, de bottines à lacets et de bas de coton gris qui enserraient deux jambes volumineuses aux mollets gros et ren-

1. Le texte porte : *River Company*; en effet, l'eau devait être fournie au quartier de Holborn par le réservoir de Clerkenwell, alimenté par la New River (canal creusé en 1609-1620). C'est seulement en 1904 que cette compagnie et sept autres furent absorbées par le Metropolitan Water Board.

flés; de ces jambes qui, dans un costume comme celui-là, font toujours l'effet d'un tableau inachevé et incomplet tant qu'elles ne sont pas garnies de fers. Il avait sur la tête un chapeau brun, et autour du cou un foulard multicolore sale, avec les extrémités pendantes et effrangées duquel il essuyait la bière sur sa figure tout en parlant. Quand il eut fini, il découvrit aux regards une grosse figure épaisse, avec une barbe de trois jours, et deux yeux furibonds; l'un de ces derniers exhibait plusieurs indices bicolores de dommages récemment infligés par un coup de poing.

— Rentre, tu m'entends ? grommela cette séduisante crapule.

Un chien blanc à poil rude, qui avait la tête écorchée et égratignée en vingt endroits, se glissa furtivement dans la pièce.

— Pourquoi que t'es pas rentré tout de suite ? dit l'homme. Tu deviens trop fier pour te montrer avec moi dans le monde, pas vrai ? Couché !

Cet ordre s'accompagna d'un coup de pied qui envoya l'animal à l'autre bout de la pièce. Mais il avait l'air d'y être assez habitué; car il se mit en boule très calmement dans un coin, sans faire le moindre bruit ; puis, clignant vingt fois par minute ses yeux de sinistre apparence, il parut s'occuper à passer en revue le contenu de la pièce.

— Qu'est-ce que vous êtes encore en train de faire ? De maltraiter les enfants, espèce de vieux receleur envieux, avare et insatiable ? fit l'homme en s'asseyant d'un air décidé. Ça m'étonne qu'ils vous assassinent pas ! C'est ce que je ferais si j'étais eux. Si j'étais votre apprenti; il y a longtemps que je l'aurais fait, et... non, j'aurais pas pu vous vendre ensuite, parce que vous êtes bon à rien d'autre qu'à mettre dans un bocal pour une collection d'horreurs, et je crois pas qu'on fabrique des bocaux assez grands.

— Chut ! Chut ! Monsieur Sikes, dit le Juif en tremblant ; ne parlez pas si fort.

— Pas la peine de me donner du « monsieur », répondit le bandit; quand ça vous prend, vous avez toujours de mauvaises intentions. Vous savez comment je m'appelle : dites mon nom! Le jour venu, c'est pas moi qui le déshonorerai.

— Bon, bon, Bill Sikes, alors, dit le Juif, avec une humilité dégradante. Vous n'avez pas l'air de bonne humeur, Bill.

— Ça se peut, répondit Sikes; j'aurais cru que c'était vous qu'étiez pas très en forme, à moins que vous n'entendiez pas plus malice quand vous faites voltiger les pots d'étain que quand vous allez manger le morceau et...

— Etes-vous fou? dit le Juif, en saisissant l'autre par la manche, et en montrant du doigt les gamins.

M. Sikes se contenta de former un nœud imaginaire sous son oreille gauche et de laisser retomber brusquement sa tête sur l'épaule droite, pantomime [1] que le Juif parut comprendre parfaitement. Puis, s'exprimant à l'aide de termes d'argot dont tout son parler était abondamment émaillé, mais qui seraient tout à fait inintelligibles si nous les rapportions ici, il demanda à boire.

— Et tâchez de pas m'empoisonner, dit M. Sikes en posant son chapeau sur la table.

Ce n'était qu'une plaisanterie; mais si son auteur avait pu voir la grimace malveillante avec laquelle le Juif mordit sa lèvre pâle en se retournant vers le placard, il aurait pu se dire que l'avertissement n'était pas absolument superflu, ou du moins que le désir de perfectionner l'art du distillateur n'était pas tellement éloigné du cœur joyeux de ce vieillard.

Après avoir avalé deux ou trois verres d'alcool, M. Sikes condescendit à s'intéresser quelque peu aux

1. Dickens considéra toujours avec admiration l'art de la pantomime, même sous ses formes les plus rudimentaires ou les plus vulgaires.

jeunes messieurs; sa bonne grâce permit d'engager une conversation au cours de laquelle la cause et les circonstances de la capture d'Olivier furent relatées avec force détails, non sans les modifications et les embellissements que le Finaud jugea les plus appropriés en la circonstance.

— J'ai peur, dit le Juif, qu'il aille dire quelque chose qui puisse nous faire des ennuis.

— C'est très probable, répondit Sikes avec un sourire méchant. Vous êtes brûlé, Fagin.

— Et j'ai peur aussi, ajouta le Juif, qui parlait comme s'il n'avait pas remarqué cette interruption, mais non sans dévisager fixement l'autre tout en parlant, j'ai peur aussi que, si nous étions dans le pétrin, il y ait des tas d'autres gens qui s'y trouvent avec nous, et que ça devienne autrement grave pour vous que pour moi, mon cher.

L'homme sursauta, et se retourna vers le Juif. Mais le vieillard avait les épaules remontées jusqu'aux oreilles, et les yeux perdus dans le vague en direction du mur opposé.

Il se fit un long silence. Tous les membres de cette respectable coterie paraissaient plongés dans leurs réflexions personnelles, y compris le chien qui, à en juger par une certaine façon méchante de se lécher les babines, semblait méditer une attaque contre les jambes du premier passant, homme ou femme, qu'il rencontrerait dans la rue quand il sortirait.

— Il faut que quelqu'un aille voir ce qui s'est passé au commissariat, dit M. Sikes, sur un ton beaucoup plus doux que celui qu'il avait adopté depuis son entrée.

Le Juif acquiesça d'un signe de tête.

— S'il a pas mangé le morceau, et qu'il soye arrêté, y a rien à craindre jusqu'à temps qu'il ressorte, dit M. Sikes, et alors faudra qu'on s'occupe de lui. Faudra que vous trouviez le moyen de lui mettre la main dessus.

Derechef le Juif acquiesça.

Le caractère avisé de cette méthode était, en vérité, évident ; mais, malheureusement, un très fort obstacle s'opposait à son adoption. Il résidait dans le fait que le Finaud et Charley Bates, et Fagin, et M. William Sikes, se trouvaient nourrir les uns et les autres un sentiment d'antipathie violente et invétérée contre l'idée d'approcher d'un commissariat pour quelque raison ou prétexte que ce fût.

Il est difficile de deviner combien de temps ils auraient pu rester à s'entre-regarder dans cet état d'incertitude fort peu agréable. Mais il n'est pas nécessaire de hasarder des conjectures à ce propos; car l'entrée inopinée des deux jeunes personnes qu'Olivier avait vues antérieurement rendit de l'animation à la conversation.

— Voilà ce qu'il nous faut! dit le Juif. Bet va y aller; n'est-ce pas, ma petite?

— Où ça? demanda la jeune personne.

— Chez le commissaire, tout simplement, ma petite, dit le Juif sur un ton enjôleur.

On ferait tort à la jeune personne en prétendant qu'elle affirma explicitement qu'elle n'irait pas, car elle se contenta d'exprimer la conviction énergique et ardente que le diable l'emporterait si elle y allait; c'était là une façon polie et délicate de se dérober à la requête, qui montre combien cette jeune personne possédait la bonne éducation innée qui se refuse à infliger à autrui la douleur d'un refus direct et explicite.

La figure du Juif s'allongea. Il se détourna de cette jeune personne, qui était vêtue avec éclat, pour ne pas dire avec splendeur, d'une robe rouge, de chaussures vertes et de papillotes jaunes, pour s'adresser à sa compagne.

— Nancy, ma chère enfant, dit le Juif sur un ton suave, qu'est-ce que vous en dites, vous?

— Que je marche pas; alors ça sert à rien d'essayer, Fagin, répondit Nancy.

— Qu'est-ce que tu veux dire ? fit M. Sikes, levant les yeux d'un air maussade.

— Ce que je dis, Bill, répondit calmement la dame.

— Voyons, t'es exactement faite pour ça, déclara M. Sikes ; y a personne dans le quartier qui te connaisse.

— Mais comme je veux pas qu'on me connaisse, d'ailleurs, répondit Nancy du même air tranquille, ça serait plutôt non que oui pour moi, Bill.

— Elle va y aller, Fagin, dit Sikes.

— Non, elle ira pas, Fagin, dit Nancy.

— Si, elle ira, Fagin, dit Sikes.

Et M. Sikes avait raison. A force de menaces, de promesses et récompenses alternées, la dame en question finit par se laisser convaincre d'accepter cette mission. A vrai dire, elle n'était pas retenue par les mêmes considérations que son aimable amie ; car, comme il y avait peu de temps qu'elle avait quitté le faubourg lointain, mais distingué, de Ratcliffe [1] pour s'installer dans le voisinage de Fied Lane, elle n'éprouvait pas la même crainte d'être reconnue par quelqu'une de ses nombreuses relations.

En conséquence, avec un tablier blanc tout propre noué par-dessus sa robe, avec ses papillotes relevées sous un chapeau de paille (deux articles vestimentaires qui furent fournis par l'inépuisable réserve du Juif), Mlle Nancy se prépara à partir pour sa mission.

— Attendez une minute, ma chère enfant, dit le Juif, exhibant un petit panier à couvercle. Vous le porterez d'une main. Ça fait plus respectable, ma petite.

— Donnez-lui une grosse clef à tenir de l'autre, Fagin, dit Sikes. Ça fait réaliste, et comme qui dirait authentique.

— Oui, oui, ma petite, c'est vrai, dit le Juif, accro-

---

1. Ratcliffe était un hameau situé à l'est de Londres, dans le quartier de Stepney et Whitechapel, et à proximité de docks importants. Inutile de préciser que l'adjectif *distingué* est ironique.

chant une grande clef de porte d'entrée à l'index droit de la jeune personne. Voilà; très bien! Très bien vraiment, ma petite! dit le Juif en se frottant les mains.

— Oh, mon frère! mon pauvre petit frère chéri, si gentil et si innocent! s'écria Nancy, fondant en larmes, et serrant convulsivement le petit panier et la grosse clef dans ses transports de chagrin. Qu'est-il devenu! Où l'a-t-on emmené! Oh, pitié, je vous en prie, et dites-moi ce qu'on a fait du petit chéri, messieurs; oh, messieurs, je vous en prie, messieurs!

Après avoir prononcé ces mots sur un ton fort lamentable et déchirant, pour la joie sans bornes de ses auditeurs, Mlle Nancy se tut, fit un clin d'œil à la société, adressa à la ronde un signe de tête souriant, et disparut.

— Ah, c'est une maligne, mes amis, dit le Juif, en se retournant vers ses jeunes compagnons, et en hochant la tête d'un air grave, comme pour les inviter silencieusement à suivre l'exemple brillant qu'ils venaient de contempler.

— Elle honore son sexe, dit M. Sikes, en emplissant son verre, et en frappant la table de son énorme poing. A sa santé, et en souhaitant qu'elles deviennent toutes comme elle!

Tandis que ces formules élogieuses, et d'autres encore, étaient décernées à la perfection de Nancy, cette jeune personne gagna au plus vite le commissariat de police, où, malgré un peu de timidité bien naturelle due à sa situation de promeneuse solitaire et sans protection dans les rues, elle ne tarda pas à arriver saine et sauve.

Elle entra par la porte de derrière, frappa délicatement avec sa clef à la porte de l'une des cellules, et tendit l'oreille. Aucun bruit ne vint de l'intérieur; elle toussota et tendit l'oreille à nouveau. Toujours pas de réponse : elle se mit donc à parler.

— Mon petit Olivier? murmura Nancy d'une voix douce. Olivier?

Il n'y avait là personne à l'exception d'un misérable criminel aux pieds nus qui avait été arrêté pour avoir joué de la flûte, et, le délit à l'encontre de la société ayant été clairement établi, avait été fort proprement condamné par M. Croc à un mois de Maison de Correction; condamnation accompagnée de cette remarque adéquate et amusante : Puisque vous avez tant de souffle de reste, vous en ferez un usage plus salubre au moulin de discipline qu'avec un instrument de musique. Il ne répondit pas, car il était occupé à déplorer mentalement la perte de sa flûte qui lui avait été confisquée au profit du comté; Nancy passa donc à la cellule suivante, à la porte de laquelle elle frappa.

— Alors? cria une voix faible et sourde.

— Y a-t-il un petit garçon ici? demanda Nancy, après un sanglot préliminaire.

— Non, répondit la voix; Dieu merci.

C'était la voix d'un vagabond de soixante-cinq ans, qui allait en prison pour n'avoir pas joué de la flûte, ou, en d'autres termes, pour avoir mendié dans les rues, au lieu de faire quelque chose pour gagner sa vie. Dans la cellule d'après se trouvait un autre homme, qu'on envoyait dans la même prison pour avoir vendu des casseroles d'étain de porte à porte, sans licence; c'est-à-dire qu'il faisait quelque chose pour gagner sa vie, au mépris du Bureau de l'Enregistrement.

Mais comme aucun de ces criminels ne répondait au nom d'Olivier, et comme tous ignoraient ce qu'il était devenu, Nancy alla tout droit au sergent bourru en gilet rayé; et, avec les gémissements et les lamentations les plus pitoyables, rendus plus pitoyables encore par la prompte et efficace utilisation de la grande clef et du petit panier, demanda son frère bien-aimé.

— C'est pas moi qui l'ai, ma petite, dit le vieil homme.

— Où est-il? cria Nancy d'un air égaré.

— Ben, c'est le monsieur qui l'a, répondit le sergent.

— Quel monsieur? Ah, juste ciel! Quel monsieur? s'exclama Nancy.

En réponse à cette question incohérente, le vieil homme fit savoir à la sœur éplorée qu'Olivier était tombé malade au commissariat et avait été relaxé après qu'une déposition eût établi que le vol avait été commis par un autre garçon, lequel n'avait pas été arrêté; et que le plaignant l'avait transporté, inanimé, jusqu'à sa résidence personnelle; quant à celle-ci, tout ce qu'en savait l'informateur, c'est qu'elle se trouvait quelque part à Pentonville, car il avait entendu prononcer ce nom dans les instructions données au cocher.

En proie à des doutes et à des inquiétudes épouvantables, la jeune femme angoissée alla en chancelant jusqu'à la porte, puis, changeant sa démarche hésitante en un pas de course rapide, elle revint, par l'itinéraire le plus indirect et le plus compliqué qu'elle put imaginer, au domicile du Juif.

M. Bill Sikes ne l'eut pas plus tôt entendue faire le récit de son expédition, qu'il se dépêcha fort de réveiller son chien blanc, et, mettant son chapeau, il partit en toute hâte, sans gaspiller une seule seconde pour la formalité des adieux à la compagnie.

— Il faut que nous sachions où il est, mes enfants; il faut qu'on le retrouve, dit le Juif, très agité. Charley, tu vas passer tout ton temps à traîner dans les rues jusqu'à ce que tu nous rapportes des nouvelles de lui! Nancy, ma petite, il faut qu'on me le retrouve. Je m'en remets à vous, ma petite, à vous et au Finaud pour tout! Attendez, attendez, ajouta le Juif, en tournant la clef dans la serrure d'un tiroir, d'une main tremblante, voilà de l'argent, mes enfants. Je vais fermer la boutique ce soir. Vous saurez où me trouver! Ne restez pas une minute ici. Pas un instant, mes enfants!

Sur ces mots, il les poussa dehors; puis après avoir donné deux tours de clef et mis la barre à la porte derrière eux, il tira de sa cachette le coffret qu'il avait involontairement laissé voir à Olivier. Puis il se mit précipitamment en devoir de dissimuler les montres et les bijoux sous ses vêtements.

Un coup frappé à la porte le fit sursauter au milieu de ce travail. Qui est là? cria-t-il d'une voix perçante.

— Moi! répondit la voix du Finaud par le trou de la serrure.

— Qu'est-ce qu'il y a encore? cria le Juif avec impatience.

— Nancy demande s'il faut qu'on l'embarque à l'autre planque, dit le Finaud.

— Oui, répondit le Juif, si on lui met la main dessus n'importe où. Trouvez-le, trouvez-le, c'est le principal! Je saurai quoi faire après; ne vous inquiétez pas.

Le jeune garçon indiqua par un murmure qu'il était d'accord; et descendit précipitamment rejoindre ses compagnons.

— Pour l'instant il s'est pas encore mis à table, dit le Juif en reprenant son travail. S'il veut nous moucharder chez ses nouveaux amis, nous arriverons peut-être encore à lui clore le bec.

CHAPITRE XIV

Contient de nouveaux détails sur le séjour d'Olivier chez M. Brownlow, ainsi que la remarquable prophétie émise à son sujet par un certain M. Grimwig[1], quand il alla faire une course.

OLIVIER fut bientôt remis de l'évanouissement causé par la brusque exclamation de M. Brownlow ; alors le sujet du tableau fut soigneusement évité, tant par le vieil homme que par Mme Bedwin, au cours de la conversation qui suivit; à vrai dire leurs propos n'eurent trait ni au passé ni à l'avenir d'Olivier, mais se bornèrent à des thèmes propres à le divertir sans l'agiter. Il était encore trop faible pour se lever avant le déjeuner; mais quand il descendit chez l'intendante le lendemain, son premier geste fut de jeter un regard avide sur le mur, dans l'espoir de revoir le visage de la belle dame. Mais son attente fut déçue, car le tableau avait été enlevé.

— Ah! dit l'intendante, observant la direction du regard d'Olivier. Il est parti, voyez-vous.

— C'est ce que je vois, madame, répondit Olivier. Pourquoi l'a-t-on enlevé ?

— On l'a décroché, mon enfant, parce que M. Brownlow a dit que, comme il avait l'air de vous tourmenter, il risquerait peut-être de vous empêcher de guérir, comprenez-vous, répliqua la vieille dame.

— Oh, non, je vous assure. Il ne me tourmentait

1. Dont le nom signifie approximativement : sinistre perruque, ou perruque décidée.

pas, madame, dit Olivier. Cela me faisait plaisir de le voir. Je l'aimais énormément.

— Bon, bon! dit la vieille dame, avec bonhomie; vous allez guérir aussi vite que vous pourrez, mon chéri, et on le remettra en place. Là! Je vous le promets! Et maintenant, parlons d'autre chose.

Olivier ne put présentement obtenir d'autres renseignements sur le tableau. Comme la vieille dame avait été si bonne pour lui pendant sa maladie, il s'efforça de ne plus penser à ce sujet pour le moment; il prêta donc une oreille attentive à un grand nombre d'histoires qu'elle lui raconta, concernant une aimable et belle personne qui était sa fille, épouse d'un homme aimable et beau, et qui habitait en province; ainsi que son fils, employé chez un négociant aux Antilles, et qui était, lui aussi, un si bon jeune homme, et qui écrivait à sa mère, quatre fois par an, des lettres si convenables qu'elle en avait les larmes aux yeux rien que d'en parler. Quand la vieille dame eut longuement développé les perfections de ses enfants, ainsi que les mérites de son cher et excellent mari (il avait rendu l'âme, le cher homme! depuis vingt-six ans exactement), l'heure du thé arriva. Après le thé elle commença à apprendre le piquet[1] à Olivier, qui l'apprit aussi vite qu'elle était capable de l'enseigner; ils jouèrent à ce jeu avec beaucoup d'intérêt et de gravité jusqu'à ce qu'il fût temps pour le malade de prendre un peu de vin chaud à l'eau, avec une rôtie sans beurre, avant d'aller se coucher bien confortablement.

Ce furent des jours heureux que ceux de la convalescence d'Olivier. Tout était si tranquille, si propre, si ordonné; tout le monde était bon et doux; si bien qu'après le bruit et l'agitation dans lesquels il avait toujours vécu, cela lui fit l'effet d'un véritable Paradis.

1. Nous traduisons ici par *piquet* le mot anglais *cribbage* qui désigne un jeu de cartes en réalité distinct du piquet, mais comme lui susceptible de se jouer à deux, trois ou quatre joueurs.

Dès qu'il fut assez robuste pour s'habiller convenablement, M. Brownlow lui fit faire un costume neuf au grand complet, avec une casquette et des chaussures. Comme on dit à Olivier qu'il pouvait faire ce qu'il voulait de ses vieux vêtements, il les donna à une domestique qui avait été très bonne pour lui, en lui demandant de les vendre à un Juif, et de garder l'argent pour elle. Elle ne se fit pas prier ; et quand Olivier, par la fenêtre du salon, vit le Juif les fourrer dans son sac, et s'éloigner, il fut ravi de penser qu'il en était débarrassé pour tout de bon, et qu'il ne courait plus maintenant aucun risque de devoir jamais les porter à nouveau. A vrai dire, c'étaient de misérables haillons ; et c'était la première fois qu'Olivier avait un costume neuf.

Un soir, une semaine environ après l'incident du tableau, il était en conversation avec Mme Bedwin quand vint un message de M. Brownlow, disant que si Olivier Twist se sentait assez solide, il aimerait le recevoir dans son bureau et lui parler un moment.

— Mon Dieu, Seigneur! Lavez-vous les mains; et il faut que je vous fasse votre raie bien proprement, mon petit, dit Mme Bedwin. Doux Jésus! Si on avait su qu'il allait vous demander, on vous aurait mis un col propre, et on vous aurait fait joli comme un sou neuf!

Olivier fit ce que lui demandait la vieille dame; et bien qu'elle se fût encore lamentée dans l'intervalle, de n'avoir pas même le temps de tuyauter la petite ruche qui bordait le col de sa chemise, il avait l'air si fin et si beau, malgré cette terrible insuffisance matérielle, qu'elle alla jusqu'à dire, en le regardant des pieds à la tête avec un air de grande satisfaction, qu'elle ne croyait vraiment pas qu'il lui eût été possible, même prévenue longtemps à l'avance, d'améliorer sensiblement son apparence.

Encouragé de la sorte, Olivier frappa à la porte du bureau. Recevant de M. Brownlow l'ordre d'entrer, il se trouva dans une petite pièce toute pleine de livres dont la fenêtre ne donnait pas sur la rue, mais sur d'agréables petits jardins. Une table était installée devant la fenêtre, et M. Brownlow s'y était assis pour lire. Quand il vit Olivier il repoussa son livre, et lui dit de s'approcher de la table et de s'asseoir. Olivier s'exécuta, tout en se demandant où l'on pouvait trouver des gens pour lire tant de livres qui paraissaient avoir été écrits pour rendre le monde plus sage. C'est là une question que se posent encore, tous les jours de leur vie, des gens de plus d'expérience qu'Olivier Twist.

— Il y a pas mal de livres ici, n'est-ce pas, mon enfant? dit M. Brownlow, en remarquant la curiosité avec laquelle Olivier examinait les rayons qui montaient du sol jusqu'au plafond.

— Il y en a beaucoup, monsieur, répondit Olivier. Je n'en avais jamais vu autant.

— Tu les liras, si tu es bien sage, dit le vieil homme avec bonté; et tu y prendras encore plus de plaisir qu'à regarder les reliures... tout au moins dans certains cas; car il est vrai qu'il y a des livres dont le dos et la couverture sont de loin ce qu'ils ont de plus précieux.

— Je pense que vous voulez parler de ces gros-là, monsieur, dit Olivier, en désignant de volumineux in-quarto, dont la reliure portait beaucoup de dorures.

— Pas toujours, dit M. Brownlow en caressant la tête d'Oliver avec un sourire; il y en a d'autres qui sont tout aussi pesants sous un format bien plus petit. Cela te plairait-il de devenir très intelligent quand tu seras grand et d'écrire des livres, dis?

— Je crois que j'aimerais mieux en lire, monsieur, répondit Olivier.

— Comment! Tu n'aimerais pas être écrivain? dit le vieil homme.

Olivier réfléchit quelques instants, et finit par dire qu'il lui paraîtrait bien préférable d'être libraire; sur quoi le vieil homme se mit à rire de bon cœur, et lui déclara qu'il avait fait une fort bonne réponse. Olivier en fut heureux, sans pourtant comprendre le moins du monde en quoi elle l'était.

— Allons, allons, dit le vieil homme, en reprenant son sérieux. N'aie pas peur! Nous n'allons pas faire de toi un auteur, tant qu'il restera des métiers honnêtes à apprendre, ou qu'on pourra gagner sa vie comme maçon.

— Merci, monsieur, dit Olivier. Le ton fervent de sa réponse fit de nouveau rire le vieil homme; et d'ajouter quelques mots au sujet d'un étrange instinct, qu'Olivier ne comprit pas; aussi n'y prêta-t-il guère attention.

— Et maintenant, dit M. Brownlow, en parlant avec encore plus de bonté, s'il était possible, mais aussi avec beaucoup plus de sérieux qu'Olivier ne l'avait jusqu'alors entendu faire, je voudrais que tu écoutes très attentivement ce que je vais te dire, mon petit. Je vais te parler sans aucune réserve, parce que je suis certain que tu es tout aussi capable de me comprendre que le seraient bien des gens plus âgés..

— Oh, ne me dites pas que vous allez me renvoyer, monsieur, je vous en prie! s'écria Olivier, alarmé par le ton sérieux de cet exorde. Ne me chassez pas, ne m'envoyez pas courir les rues de nouveau. Permettez-moi de rester ici, comme domestique. Ne me renvoyez pas dans cet endroit misérable où j'étais. Ayez pitié d'un pauvre enfant, monsieur!

— Mon cher petit, dit le vieillard, ému par la brusque ferveur de la supplication que lui adressait Olivier; tu n'as pas lieu de craindre que je t'abandonne, si tu ne me donnes pas de raisons de le faire.

— Jamais je ne vous en donnerai, monsieur, jamais, se récria Olivier.

— Je l'espère, répliqua le vieillard. Je ne crois pas que tu m'en donnes jamais. Il m'est arrivé déjà de me tromper sur les êtres auxquels je voulais faire du bien; et pourtant je suis fortement enclin à te faire confiance;

et j'éprouve envers toi un intérêt qui reste en partie inexplicable, même pour moi. Les êtres auxquels j'avais donné le meilleur de ma tendresse sont au plus profond de la tombe; mais encore que tout le bonheur, toute la joie de ma vie y soient enterrés avec eux, je n'ai pas fait de mon cœur un cercueil, pour le refermer hermétiquement, à tout jamais, sur mes sentiments les plus purs. De profonds chagrins n'ont fait que les affermir et les épurer.

Comme le vieil homme avait dit ces mots d'une voix sourde, plutôt pour lui-même que pour son interlocuteur, et comme il resta ensuite quelques instants silencieux, Olivier ne bougea pas.

— Allons, allons! finit par dire le vieil homme, sur un ton plus gai, c'est seulement parce que ton cœur est jeune que je te dis cela; ainsi, sachant que j'ai enduré des peines et des chagrins très graves, peut-être veilleras-tu d'autant plus soigneusement à ne pas m'en infliger de nouveaux. Tu me dis que tu es orphelin, seul au monde, sans amis; tous les renseignements que j'ai pu recueillir confirment cette déclaration. Raconte-moi ton histoire; dis-moi d'où tu viens, qui t'a élevé, et comment tu t'es trouvé en la compagnie des gens avec qui je t'ai rencontré. Dis la vérité, et, tant que je vivrai, tu auras un ami.

Les sanglots d'Olivier l'empêchèrent de parler pendant quelques minutes; quand il fut sur le point de commencer à raconter comment il avait été élevé à l'annexe de l'asile, puis emmené par M. Bumble, on entendit frapper deux petits coups secs, particulièrement impatients, à la porte d'entrée; et la servante, montant l'escalier en toute hâte, annonça M. Grimwig.

— Va-t-il monter? demanda M. Brownlow.

— Oui, monsieur, répondit la servante. M. Grimwig a demandé s'il y avait des galettes dans la maison; et quand je lui ai répondu affirmativement, M. Grimwig a dit qu'il venait prendre le thé.

M. Brownlow sourit; puis, se tournant vers Olivier, il lui dit que M. Grimwig était de ses vieux amis, et qu'il ne fallait pas s'inquiéter s'il avait des manières un peu brusques; car c'était au fond quelqu'un de très estimable, comme il avait de bonnes raisons de le savoir.

— Faut-il que je m'en aille, monsieur? demanda Olivier.

— Non, répondit M. Brownlow, je préférerais que tu restes ici.

A cet instant entra dans la pièce, appuyé sur une grosse canne, un vieil homme corpulent, qui boitait un peu d'une jambe; il était vêtu d'un habit bleu, d'un gilet rayé, d'une culotte et de guêtres de nankin, et d'un chapeau blanc à larges bords avec des retroussis verts. Un jabot très finement plissé sortait de son gilet; et une très longue chaîne de montre en acier, qui se terminait par une simple clef, pendait mollement au-dessous. Les extrémités de son foulard blanc, enroulées, formaient une boule de la taille d'une orange; quant à la diversité des formes que prenait sa physionomie contorsionnée, elle échappe à la description. Il avait l'habitude de se tordre la tête de côté tout en parlant, et de lancer en même temps un regard du coin de l'œil, qui faisaient irrésistiblement penser à un perroquet. Il se figea dans cette attitude à l'instant même de son entrée; et, tendant à bout de bras un petit morceau de pelure d'orange, il s'écria d'une voix grondante et furieuse :

— Regardez! vous voyez cela! N'est-ce pas absolument stupéfiant et extraordinaire que je ne puisse rendre visite à personne sans trouver dans l'escalier un morceau de cet auxiliaire des médecins pauvres? C'est la pelure d'orange qui m'a un jour estropié, et je sais bien que c'est la pelure d'orange qui me tuera un jour. C'est la vérité, monsieur : et si ce n'est pas la pelure d'orange qui me tue, je suis tout prêt à me manger la tête, monsieur!

Telle était l'offre généreuse au moyen de laquelle M. Grimwig étayait et renforçait presque toutes ses affirmations; elle était particulièrement singulière dans son cas : car, en admettant même, pour la commodité de la discussion, que le progrès scientifique pourrait un jour conduire à un état de choses permettant à un homme de manger sa propre tête si bon lui semblait, celle de M. Grimwig était de dimension si exceptionnelle, que le plus optimiste des mortels n'eût guère pu concevoir l'espérance d'en venir à bout en une seule fois... sans même parler un seul instant de la très épaisse couche de poudre qui la recouvrait.

— A me manger la tête, monsieur, répéta M. Grimwig en donnant un coup de canne par terre. Holà! Qu'est-ce que c'est que cela! ajouta-t-il en regardant Olivier et en reculant de deux ou trois pas.

— C'est le jeune Olivier Twist, dont nous avons parlé, dit M. Brownlow.

Olivier fit une révérence.

— Vous n'allez pas me dire que c'est le jeune garçon qui a eu les fièvres, j'espère? dit M. Grimwig en reculant encore un peu. Attendez, une minute! Pas un mot! Arrêtez..., poursuivit brusquement M. Grimwig, perdant toute crainte de la fièvre dans le triomphe d'une découverte; c'est lui qui a mangé l'orange! Si ce n'est pas cet enfant, monsieur, qui a mangé l'orange, et qui a jeté ce morceau de pelure dans l'escalier, je veux bien me manger la tête, et la sienne avec.

— Non, non, il n'en a pas mangé une seule, dit M. Brownlow en riant. Allons! Posez votre chapeau, et dites un mot à mon jeune ami.

— Je suis particulièrement sensible à cet égard, monsieur, dit l'irritable vieillard en retirant ses gants. Il y a toujours tant soit peu de pelure d'orange sur le trottoir de ma rue; et je sais pertinemment qu'elle y est mise par le commis du chirurgien du coin. Une jeune femme a glissé sur un morceau de pelure hier soir et elle est tombée contre la grille de mon jardin; dès qu'elle s'est relevée, je l'ai vue regarder du côté de son infernale lanterne rouge, en imitation de réverbère. N'allez pas chez lui! ai-je crié par la fenêtre, c'est un assassin, un guet-apens! Et c'est vrai. Ou sans cela... Là-dessus l'irascible vieillard donna un grand coup de canne sur le sol; geste que ses amis interprétaient toujours comme impliquant son offre coutumière chaque fois qu'elle n'était pas verbalement exprimée. Puis, tenant toujours sa canne à la main, il s'assit, et, ouvrant un lorgnon qu'il portait accroché à un gros ruban noir, il dévisagea Olivier; ce dernier, s'apercevant qu'il était soumis à un examen, rougit et s'inclina derechef.

— Alors, c'est lui le garçon? finit par dire M. Grimwig.

— C'est lui le garçon, répondit M. Brownlow.

— Comment allez-vous, mon garçon? dit M. Grimwig.

— Beaucoup mieux, monsieur, je vous remercie, répondit Olivier.

M. Brownlow, craignant apparemment que son original ami ne fût sur le point de dire quelque chose de désagréable, demanda à Olivier de descendre prévenir Mme Bedwin qu'elle pouvait servir le thé; et comme il ne goûtait pas du tout les manières de ce visiteur, il fut très heureux de s'exécuter.

— Il a l'air gentil, n'est-ce pas? demanda M. Brownlow.

— Je n'en sais rien, répondit M. Grimwig, avec mauvaise grâce.

— Vous n'en savez rien?

— Non. Je n'en sais rien. Pour moi les garçons se ressemblent tous. Je n'en connais que deux sortes. Les blafards et les bovins.

— Et comment classez-vous Olivier?

— Blafard. Je connais un ami qui a un fils bovin; c'est ce qu'on appelle un beau petit garçon; il a la tête ronde, des joues rouges, et le regard allumé; il est affreux ; son buste, ses bras, et ses jambes ont l'air de ressortir par toutes les coutures de son costume bleu ; il a une voix de pilote, et un appétit de loup. Je le connais, ce petit misérable !

— Voyons, dit M. Brownlow, telles ne sont pas les caractéristiques du jeune Olivier Twist ; vous n'avez donc pas à vous emporter contre lui.

— En effet, répondit M. Brownlow, les siennes sont peut-être pires.

Sur ce M. Brownlow fit entendre un toussotement d'impatience qui parut procurer à M. Grimwig le plaisir le plus raffiné.

— Les siennes sont peut-être pires, je le répète, déclara M. Grimwig. D'où vient-il ? Qui est-il ? Que vaut-il ? Il a eu la fièvre. Et après ? La fièvre n'est pas l'apanage des braves gens, n'est-ce pas ? Les mauvais ont la fièvre quelquefois ; c'est vrai, n'est-ce pas ? Je connais un homme qu'on a pendu à la Jamaïque pour avoir assassiné son maître. Il avait eu les fièvres six fois ; personne n'a songé à le gracier pour ce motif. Bah ! que de sornettes !

Or la vérité est que, dans les replis les plus secrets de son cœur, M. Grimwig était fort enclin à reconnaître qu'Olivier avait une apparence et des manières exceptionnellement charmantes ; mais il avait un vif appétit de contradiction, aiguisé en la circonstance par la découverte de la pelure d'orange ; et, ayant intérieurement résolu que nul ne lui dicterait son opinion, favorable ou défavorable, sur un enfant, il avait tout de suite décidé de s'opposer à son ami. Quand M. Brownlow reconnut qu'à aucune de ses questions il ne pouvait encore fournir de réponse satisfaisante ; et qu'il avait remis toute recherche sur le passé d'Olivier jusqu'au jour où il jugerait l'enfant assez robuste pour les supporter, M. Grimwig fit entendre un petit rire méchant. Et il demanda ironiquement si l'intendante avait l'habitude de compter l'argenterie le soir, étant donné que, si elle ne s'apercevait pas de l'absence d'une ou deux cuillers à bouche un de ces beaux matins, il serait tout prêt à... et ainsi de suite.

Encore que M. Brownlow fût lui-même quelque peu impétueux, il supporta tous ces propos avec beaucoup de bonhomie, car il connaissait les étrangetés de son ami; et quand, en prenant le thé, M. Grimwig condescendit à exprimer une approbation sans réserve à l'endroit des galettes, tout se passa fort plaisamment; et Olivier, qui était au nombre des convives, commença à se sentir moins mal à son aise qu'auparavant, en présence du rude vieillard.

— Et quand allez-vous entendre le récit complet, sincère et détaillé de la vie et des aventures d'Olivier Twist? demanda Grimwig à M. Brownlow, au terme du repas, avec un regard oblique du côté d'Olivier, quand il se reprit à parler de lui.

— Demain matin, répondit M. Brownlow. Je préférerais qu'il fût seul avec moi à ce moment-là. Tu viendras me voir demain matin à dix heures, mon petit.

— Oui, monsieur, répondit Olivier. Ce n'est pas sans quelque hésitation qu'il avait parlé, car M. Grimwig l'embarrassait en le regardant si fixement.

— Je vais vous dire une chose, glissa ce dernier à l'oreille de M. Brownlow, c'est qu'il ne viendra pas vous voir demain matin. Je l'ai vu hésiter. Il vous trompe, mon bon ami.

— Je jurerais le contraire, répondit M. Brownlow avec chaleur.

— S'il ne ment pas, dit M. Grimwig, je veux bien... et la canne de tomber sur le sol.

— Je réponds sur ma vie de la sincérité de cet enfant! dit M. Brownlow en donnant un coup de poing sur la table.

— Et moi sur ma tête de sa perfidie! répliqua M. Grimwig en frappant la table à son tour.

— C'est ce que nous verrons, dit M. Brownlow en contenant la colère qui montait en lui.

— Mais oui, répondit M. Grimwig, avec un sourire taquin; c'est ce que nous verrons.

Le destin voulut que Mme Bedwin entrât à cet instant avec un petit paquet de livres que M. Brownlow avait achetés le matin même, précisément au bouquiniste qui a déjà figuré dans notre récit; après les avoir posés sur la table, elle se préparait à quitter la pièce.

— Retenez le commis, madame Bedwin, dit M. Brownlow. Il y a quelque chose à renvoyer.

— Il est parti, monsieur, répondit Mme Bedwin.

— Rappelez-le, dit M. Brownlow; c'est important. L'homme est pauvre, et je ne l'avais pas payé. Et j'ai aussi des livres à lui rendre.

La porte d'entrée fut ouverte. Olivier courut d'un côté, et la servante de l'autre; et Mme Bedwin, du seuil de la maison, rappela le commis à grands cris; mais il n'y avait plus de commis à l'horizon. Olivier et la servante revinrent, tout essoufflés, pour annoncer qu'ils n'avaient aucune nouvelle de lui.

— Morbleu, j'en suis très fâché, s'écria M. Brownlow; je tenais beaucoup à ce que ces livres fussent rendus ce soir.

— Envoyez Olivier les porter, dit M. Grimwig avec un sourire ironique; il ne manquera pas de les remettre sans dommages, vous le savez.

— Oh ! oui, permettez-moi de les porter, monsieur, je vous en prie, dit Olivier; je courrai tout le long du chemin, monsieur.

Le vieil homme allait dire qu'Olivier ne devait sortir sous aucun prétexte, quand un toussotement très malveillant de M. Grimwig lui fit résoudre qu'il irait; et qu'en s'acquittant promptement de cette mission il lui démontrerait l'injustice de ses soupçons, sur ce point du moins, sans plus tarder.

— Tu vas y aller, oui, mon petit, dit le vieil homme. Les livres sont posés sur une chaise près de ma table. Va les chercher.

Olivier, ravi de se rendre utile, rapporta les livres

sous son bras avec beaucoup d'animation; puis il attendit, casquette en main, de savoir quel message il avait à transmettre.

— Il faudra dire, dit M. Brownlow, en regardant fixement Grimwig; il faudra dire que tu rapportes ces livres; et que tu es venu payer les quatre livres et demie que je lui dois. Voici un billet de cinq livres, et tu devras donc me rapporter dix shillings de monnaie.

— J'en ai pour moins de dix minutes, monsieur, répondit Olivier avec empressement. Après avoir boutonné la poche de sa jaquette sur le billet de banque, et mis soigneusement les livres sous son bras, il fit une révérence respectueuse et sortit de la pièce. Mme Bedwin le suivit jusqu'à la porte de la maison, lui donna des instructions détaillées quant au chemin le plus court, au nom du libraire, et à celui de la rue; et Olivier déclara qu'il comprenait clairement toutes ces explications. Après lui avoir en outre mainte fois enjoint de faire attention à ne pas prendre froid, la vieille dame finit par le laisser partir.

— Le pauvre petit chéri! dit la vieille dame, en le suivant du regard. Je ne sais pas pourquoi cela me fait gros cœur de le perdre de vue.

A cet instant, Olivier se retourna gaiement, et lui fit un petit signe avant de tourner le coin de la rue. La vieille dame lui rendit son salut avec un sourire, puis, refermant la porte, rentra dans son petit salon.

— Voyons; il sera de retour dans vingt minutes tout au plus, dit M. Brownlow, en tirant sa montre, qu'il posa sur la table. Il fera nuit à ce moment-là.

— Tiens! vous croyez vraiment qu'il va revenir, dites-moi? demanda M. Grimwig.

— Pas vous? demanda M. Brownlow avec un sourire.

L'esprit de contradiction faisait rage dans le cœur de M. Grimwig à cet instant; le sourire confiant de son ami le renforça encore.

— Non, dit-il, en frappant la table du poing, pas

moi. Cet enfant a des vêtements neufs sur le dos, des livres de valeur sous le bras, et un billet de cinq livres en poche. Il va aller retrouver ses vieux amis les voleurs, et se moquer de vous. Si jamais ce petit revient ici, monsieur, je mange ma tête.

Sur ces mots, il approcha encore sa chaise de la table; et c'est ainsi que restèrent les deux amis, dans une attente silencieuse, avec la montre entre eux deux.

Il n'est pas sans intérêt de noter, pour illustrer l'importance que nous attachons à notre propre jugement, et l'orgueil avec lequel nous émettons même nos conclusions les plus téméraires et les plus hâtives, que M. Grimwig, qui n'était pourtant nullement un cœur dur, et qui eût été sincèrement affligé de voir son respectable ami dupé et trompé, espérait cependant avec beaucoup de force et de ferveur à cet instant précis qu'Olivier ne reviendrait pas.

La nuit se fit si noire que les chiffres du cadran devinrent difficiles à distinguer; mais les deux vieillards restèrent là, silencieux, avec la montre entre eux deux.

CHAPITRE XV

Où l'on verra combien le joyeux vieux Juif et Mlle Nancy étaient attachés à Olivier Twist.

Dans l'obscur salon particulier d'un cabaret de bas étage situé dans la partie la plus sordide de Little Saffron Hill, tanière sombre et ténébreuse où la flamme d'un bec de gaz brûlait toute la journée en hiver, et où nul rayon de soleil ne pénétrait même en été, était assis, en contemplation devant une petite mesure d'étain et un. verre de faibles dimensions imprégné d'une forte odeur d'alcool, un homme en habit de velours côtelé, avec une culotte de teinte foncée, et des bottines et des bas, qu'aucun agent de police expérimenté n'aurait hésité à identifier, même à cette lumière incertaine, comme étant M. William Sikes. A ses pieds se trouvait un chien au pelage blanc et aux yeux rouges qui s'occupait alternativement à cligner les deux yeux à la fois en direction de son maître, et à lécher une grande entaille fraîchement ouverte d'un côté de sa gueule et qui paraissait résulter de quelque conflit récent.

— Tiens-toi tranquille, ordure! Tranquille! dit M. Sikes, rompant soudain le silence. Ses méditations étaient-elles intenses au point d'être dérangées par les clignements d'yeux du chien, ou bien ses réflexions causaient-elles un tel tourment à sa sensibilité qu'il avait besoin de tout le soulagement qu'on peut trouver à donner des coups de pied à un animal inoffensif pour se calmer, ce sont là des questions susceptibles d'être examinées et discutées. Quelle que fût la cause, elle eut pour résultat un coup de pied et un juron, simultanément décochés au chien.

Les chiens n'ont pas tendance habituellement à se venger des maux que leur infligent leurs maîtres; mais celui de M. Sikes, qui avait en commun avec son propriétaire certains défauts de caractère, et qui éprouvait peut-être à cet instant une violente sensation de douleur, planta ses dents sans autre forme de procès dans l'une des bottines. Après l'avoir secouée de bon cœur, il se retira en grognant sous un banc, échappant ainsi de justesse au pot d'étain avec lequel M. Sikes lui visait la tête.

— Ah, c'est comme ça! dit Sikes, saisissant le tisonnier d'une main, et ouvrant calmement de l'autre un grand couteau à cran d'arrêt qu'il tira de sa poche. Viens ici, espèce de démon incarné! Viens ici! Tu m'entends?

Le chien l'entendait sans nul doute, car M. Sikes parlait sur le ton le plus rude d'une très rude voix; mais comme il paraissait inexplicablement peu disposé à se faire trancher la gorge, il resta où il était et grogna encore plus furieusement, en même temps qu'il saisissait l'extrémité du tisonnier entre ses dents et la mordait comme une bête sauvage.

Cette résistance ne fit qu'irriter M. Sikes encore davantage; aussi, se jetant à genoux, commença-t-il à attaquer l'animal avec beaucoup de férocité. Le chien sautait de droite et de gauche, faisait mine de mordre, grondait, aboyait; l'homme fourgonnait, jurait, frappait et blasphémait; et le combat allait en arriver à un point critique pour l'un ou l'autre d'entre eux quand, la porte s'ouvrant brusquement, le chien s'élança au dehors et laissa Bill Sikes avec le tisonnier et le couteau à cran d'arrêt entre les mains.

Il faut être deux pour se disputer, dit le vieil adage. M. Sikes, privé de la participation du chien, reporta aussitôt sur le nouveau venu sa part de la dispute.

— Pourquoi diable vous interposez-vous entre moi et mon chien? demanda Sikes avec un geste de fureur.

— Je ne savais pas, cher ami, je ne savais pas, répondit humblement Fagin; car ce nouveau venu n'était autre que le Juif.

— Vous ne saviez pas, espèce de lâche brigand! grommela Sikes. Vous n'entendiez pas le bruit?

— Pas le moins du monde, aussi vrai que je vous parle, Bill, répondit le Juif.

— Non, bien sûr! vous n'entendez jamais rien, vous, répliqua Sikes, avec une ironie furieuse. Toujours à entrer et à sortir sournoisement, sans que personne vous entende aller et venir! Je regrette que vous ayez pas été à la place du chien, Fagin, il y a trente secondes.

— Pourquoi? demanda le Juif avec un sourire contraint.

— Pasque le gouvernement, qui s'intéresse à la vie des gens comme vous, qu'ont pas moitié autant de culot qu'un mâtin, il laisse un homme tuer son chien comme il veut, répondit Sikes, en refermant son couteau avec un regard très expressif; voilà tout.

Le Juif se frotta les mains; puis, s'asseyant à la table, il feignit de rire de la plaisanterie de son ami. Mais il était évident qu'il était fort mal à l'aise.

— Riez tant que vous voudrez, dit Sikes, qui remit le tisonnier en place, et dévisagea l'autre avec un mépris féroce. Riez tant que vous voudrez. C'est pas vous qui rirez le dernier avec moi, tout de même, à moins que ça soye en rêve. C'est moi qui vous tiens, Fagin; et, bon sang, je vous lâche pas. Compris? Si j'y passe, vous y passez aussi; alors méfiez-vous.

— Bon, bon, cher ami, dit le Juif; on le sait, tout ça; nous... nous... avons des intérêts communs, Bill... des intérêts communs.

— Hum, dit Sikes, comme s'il pensait que les intérêts fussent plutôt du côté du Juif que du sien. Alors, qu'est-ce que vous avez à me dire?

— J'ai tout liquidé sans encombre, répondit Fagin,

et voilà votre part. Ça fait un peu plus que ça devrait, cher ami; mais comme je sais que vous me rendrez service une autre fois, et que...

— Gardez votre baragouin pour vous, dit le bandit qui l'interrompit impatiemment. Où est l'argent? Refilez-moi ça!

— Oui, oui, Bill; donnez-moi le temps, donnez-moi le temps, répondit le Juif, sur un ton apaisant. Voilà! Tout y est! Ce disant, il tira de sa poche intérieure un vieux mouchoir de coton, et défaisant un gros nœud dans un coin, il exhiba un petit paquet de papier gris. Sikes le lui arracha des mains et l'ouvrit précipitamment; il se mit alors en devoir de compter les souverains qu'il contenait.

— Et c'est tout, alors? demanda Sikes.

— C'est tout, répondit le Juif.

— Vous n'auriez pas ouvert le paquet en route pour en avaler un ou deux, des fois? demanda Sikes, d'un air soupçonneux. C'est pas la peine de prendre un air offensé quand on vous demande ça; ça serait pas la première fois. Agitez le grelot.

Ces mots, en langage clair, constituaient un ordre de tirer la sonnette. C'est un autre Juif qui répondit à l'appel; il était plus jeune que Fagin, mais d'aspect presque aussi abject et repoussant.

Bill Sikes se contenta de montrer du doigt la mesure vide. Le Juif, comprenant parfaitement l'allusion, se retira pour aller l'emplir, non sans échanger d'abord un curieux regard avec Fagin, qui leva les yeux un instant, comme s'il attendait ce regard, et hocha la tête en réponse, de façon si discrète que c'est à peine si le plus observateur des tiers eût remarqué son geste. Il échappa à Sikes, qui à cet instant était penché pour nouer le lacet de bottine que le chien avait déchiré. Peut-être, s'il avait pu observer ce bref échange de signaux, eût-il pensé qu'il ne présageait rien de bon pour lui.

— Il n'y a personne ici, Barney? demanda Fagin,

qui, maintenant que Sikes le regardait, parlait les yeux rivés au sol.

— Bas un jat, répondit Barney, dont les paroles, qu'elles fussent ou non venues du cœur, passaient par le nez.

— Personne? demanda Fagin sur un ton de surprise, qui signifiait peut-être que Barney avait le droit de dire la vérité.

— Bersode d'audre que Ble Danzy, répliqua Barney [1].

— Nancy! s'exclama Sikes. Où ça? Bon sang de bonsoir, c'est une fille que j'estime, pour tous ses talents naturels.

— Elle fient de bancher un blat de pœuf pouilli à la pufette, répondit Barney.

— Faites-la venir ici, dit Sikes, en versant un verre d'alcool. Faites-la venir ici.

Barney jeta un regard timide à Fagin, comme pour lui en demander la permission; comme le Juif demeurait silencieux, et ne levait pas les yeux, il se retira, et, revenant bientôt, fit entrer Nancy, qui était équipée de son bonnet, de son tablier, de son panier, et de sa clef, au grand complet.

— T'es sur la piste, alors, Nancy? demanda Sikes en lui tendant le verre.

— Oui, Bill, répondit la jeune personne, en en faisant disparaître le contenu; et par-dessus la tête, que j'en ai, d'ailleurs. Le marmot a été malade et il est resté enfermé, au pieu; et...

— Ah, ma pauvre Nancy! dit Fagin, en levant les yeux...

La question de savoir si une contraction inusitée

---

1. Dickens a fait ici un effort aussi étrange qu'intermittent pour transcrire l'accent juif de son personnage. Le résultat est pénible et presque monstreux, dans le texte comme dans la traduction. On songe — un instant — aux transcriptions du langage de Schmucke que Balzac inflige aux lecteurs du *Cousin Pons.*

des sourcils roux du Juif et une demi-fermeture de ses yeux très enfoncés avertirent Mlle Nancy qu'elle inclinait à être trop communicative n'est pas de première importance. Seul, le fait nous intéresse ici; et le fait est qu'elle s'interrompit soudain et, tout en adressant force gracieux sourires à M. Sikes, fit dévier la conversation vers d'autres sujets. Au bout de quelque dix minutes, M. Fagin fut pris d'un accès de toux; sur quoi Nancy ramena son châle sur ses épaules, et déclara qu'il était temps de s'en aller. M. Sikes s'aperçut qu'il devait suivre lui-même une petite partie du même itinéraire, et annonça qu'il avait l'intention de l'accompagner; ils partirent ensemble, suivis de près par le chien, qui sortit furtivement d'une courette dès que son maître ne fut plus en vue.

Le Juif passa la tête à la porte de la salle quand Sikes l'eut quittée; il le suivit du regard tandis qu'il longeait le couloir obscur, secoua son poing serré, grommela une imprécation sentie, puis, avec un horrible rictus, il se rassit devant la table et fut bientôt profondément absorbé par la lecture des pages intéressantes de la *Gazette de Police* [1].

Cependant Olivier Twist, se doutant bien peu qu'il était à si faible distance du joyeux vieillard, se dirigeait vers la librairie. Quand il arriva à Clerkenwell, il s'engagea accidentellement dans une ruelle qui ne faisait pas exactement partie de son chemin; mais comme il ne s'aperçut de son erreur qu'après être arrivé au milieu et comme il savait qu'elle devait le mener dans la bonne direction, il pensa que ce n'était pas la peine de revenir en arrière; il alla donc de l'avant, le plus vite qu'il put, avec les livres sous son bras.

Il allait, en songeant combien il avait de raisons

---

1. Ce journal populaire s'était appelé *Hue and Cry and Police Gazette* (Gazette des proclamations et de la police) depuis le début du dix-neuvième siècle jusqu'en 1829, date où il devint *The Police Gazette or Hue and Cry;* il s'éteignit vers 1834.

d'être gai et heureux, et combien il eût donné pour pouvoir jeter, ne fût-ce qu'un seul regard, sur le pauvre petit Dick, qui, battu et affamé, pleurait peut-être amèrement au même instant, quand il fut surpris d'entendre une jeune femme crier à tue-tête : Ah! mon frère chéri! A peine avait-il eu le temps de lever les yeux, pour voir ce qui se passait, qu'il fut arrêté par deux bras qui lui étreignaient vigoureusement le cou.

— Voyons, s'écria Olivier tout en se débattant. Laissez-moi. Qui êtes-vous? Pourquoi m'arrêtez-vous?

Pour toute réponse à ces questions, il entendit la jeune femme qui l'avait embrassé et qui avait un petit panier et une grande clef à la main, émettre nombre de bruyantes lamentations.

— Ah, mon Dieu! dit la jeune femme, je l'ai retrouvé! Oh, Olivier! Olivier! Oh petit méchant, dire que tu m'as tellement fait souffrir par ta conduite! Rentre à la maison, mon petit, rentre. Ah, je l'ai retrouvé. Bonté divine et juste ciel, je l'ai retrouvé! Au milieu de ces exclamations incohérentes, la jeune femme éclata derechef en sanglots, et devint si dangereusement agitée que deux femmes qui arrivèrent à cet instant demandèrent à un garçon boucher aux cheveux luisants enduits de graisse de bœuf, autre spectateur de la scène, s'il ne croyait pas qu'il devrait aller chercher le docteur à toute vitesse. Sur quoi le garçon boucher, qui paraissait être d'un naturel nonchalant, pour ne pas dire indolent, répondit qu'il n'était pas de cet avis.

— Oh, non, non, non, ne vous inquiétez pas, dit la jeune femme, en saisissant la main d'Olivier; je me sens mieux maintenant. Rentre à la maison tout de suite, méchant gamin! Allons!

— Que se passe-t-il, madame? demanda l'une des femmes.

— Oh, madame, répondit la jeune personne, voilà près d'un mois qu'il s'est sauvé de chez ses parents, qui sont des gens travailleurs et respectables; et il est allé rejoindre une bande de voleurs et de gens de mauvaise réputation; sa maman a failli en mourir de chagrin.

— Petit misérable! dit l'une des femmes.

— Rentre donc chez toi, espèce de petite brute, dit l'autre.

— Ce n'est pas vrai, répondit Olivier, fort inquiet. Je ne la connais pas. Je n'ai pas de sœur, ni de parents d'ailleurs. Je suis orphelin; j'habite à Pentonville.

— Écoutez-le donc, s'il a de l'aplomb! s'écria la jeune personne.

— Mais, c'est Nancy! s'exclama Olivier, qui vit alors son visage pour la première fois, et recula en sursaut, sous l'effet d'une irrésistible surprise.

— Vous voyez qu'il me reconnaît! cria Nancy, prenant les spectateurs à témoin. C'est plus fort que lui. Obligez-le à rentrer chez lui, vous serez bien braves, sans ça il va faire mourir son père et sa mère, et me briser le cœur!

— Qu'est-ce que c'est que ça, bon sang? dit un homme qui surgit d'un café avec un chien blanc sur ses talons; le petit Olivier! Rentre tout de suite chez ta mère, espèce de petit chenapan! Rentre tout de suite.

— Je n'appartiens pas à ces gens-là. Je ne les connais pas. Au secours! Au secours! cria Olivier, qui se débattait sous la poigne robuste de l'homme.

— Au secours! répéta l'homme. Ouais; je m'en vais te secourir, moi, petit scélérat! Qu'est-ce que c'est que ces livres? Tu les as volés, n'est-ce pas? Donne-les-moi. Ce disant, l'homme lui arracha les livres des mains, et lui donna un coup sur la tête.

— Très bien, cria un spectateur, du haut de sa fenêtre mansardée. C'est le seul moyen de le ramener à la raison!

— Exactement! s'écria un charpentier à la mine endormie, en jetant un regard d'approbation vers la fenêtre mansardée.

— Cela va lui faire du bien! dirent les deux femmes.

— Ben il va en avoir, je vous assure! répliqua

l'homme, en administrant un nouveau coup, et en empoignant Olivier par le collet. Avance, espèce de petite crapule! Ici, Œil-de-Taureau, surveille-le, petit! Surveille-le!

Affaibli par sa récente maladie; hébété par les coups et la soudaineté de l'attaque; terrifié par les grondements féroces du chien et la brutalité de l'homme; accablé de voir les spectateurs convaincus qu'il était bien le petit misérable endurci qu'on leur avait dépeint, que pouvait faire un pauvre enfant tout seul? L'obscurité était tombée; c'était un quartier mal fréquenté; il n'y avait pas de secours à proximité; il était vain de résister. Un instant plus tard il se trouvait entraîné dans un labyrinthe de ruelles étroites et sombres, et contraint de les parcourir à une allure qui rendait inintelligibles les quelques cris qu'il osait émettre. Peu importait d'ailleurs qu'ils fussent intelligibles ou non; car il n'y avait là personne pour y prêter attention, même s'ils avaient été parfaitement clairs.

Les becs de gaz étaient allumés; Mme Bedwin attendait anxieusement devant la porte ouverte; la servante avait vingt fois couru d'un bout à l'autre de la rue pour voir s'il n'y avait nulle trace d'Olivier; et les deux vieux messieurs étaient toujours assis avec persévérance, dans le salon obscur, la montre posée entre eux deux.

CHAPITRE XVI

Où l'on verra ce qu'il advint d'Olivier Twist lorsqu'il eut été revendiqué par Nancy.

LES rues et les ruelles étroites finirent par s'achever sur une grande place dégagée où se trouvaient, épars, des parcs et d'autres signes d'un marché à bestiaux. Sikes ralentit l'allure en arrivant à cet endroit, car la jeune fille était absolument hors d'état de soutenir plus longtemps la vitesse à laquelle ils avaient marché jusqu'alors. Se tournant vers Olivier, il lui ordonna brutalement de prendre la main de Nancy.

— Tu m'entends? grommela Sikes en voyant Olivier hésiter et regarder autour de lui.

Ils se trouvaient dans un coin sombre, tout à fait à l'écart de la voie suivie par les passants. Olivier ne comprit que trop clairement combien il serait vain de résister. Il tendit la main, et Nancy l'étreignit fermement.

— Donne-moi l'autre, dit Sikes, en saisissant la main libre d'Olivier. Ici, Œil-de-Taureau!

Le chien leva la tête avec un grognement.

— Regarde un peu, petit! dit Sikes en mettant son autre main sur la gorge d'Olivier; s'il dit un seul mot, même tout bas, tu l'attrapes! Compris?

Le chien grogna de nouveau; puis il se lécha les babines en regardant Olivier comme s'il était impatient de s'accrocher séante tenante à son larynx.

— Il est complaisant comme un chrétien, sapristi de sapristi! dit Sikes, en regardant l'animal avec une sorte d'approbation austère et farouche. Maintenant, mon bonhomme, tu sais ce qui t'attend, alors tu peux appeler tant que tu voudras; le chien aura tôt fait d'y mettre bon ordre. Avance, jeunet!

Œil-de-Taureau agita la queue pour remercier son maître de cette appellation exceptionnellement tendre; puis, laissant échapper encore un grognement menaçant à l'adresse d'Olivier, s'avança en tête du cortège.

C'est le quartier de Smithfield qu'ils traversaient, mais quand bien même eût-ce été celui de Grosvenor Square [1], Olivier ne s'en fût pas trouvé plus avancé. La nuit était sombre et brumeuse. L'éclairage des boutiques avait peine à percer le lourd brouillard, qui s'épaississait d'instant en instant et ensevelissait dans les ténèbres rues et maisons, rendant les lieux encore plus mystérieux aux yeux d'Olivier, et son incertitude encore plus lugubre et accablante.

Ils avaient fait quelques pas à vive allure, quand la cloche d'une église sonna l'heure, de sa voix grave. Au premier coup ses deux guides s'arrêtèrent, et tendirent l'oreille du côté d'où venait ce bruit.

— Huit heures, Bill, dit Nancy quand la cloche se tut.

— A quoi ça sert de me dire ça; j'ai entendu, non! répondit Sikes.

— Je me demande s'ils entendent, eux, dit Nancy.

— Bien sûr qu'ils entendent, répondit Sikes. C'est au moment de la Saint-Barthélemy que j'ai été mis en cage; et y avait pas une seule des petites trompettes de la foire [2] que j'entendais pas faire ses couacs.

1. Smithfield était un quartier populaire de la Cité. Grosvenor Square au contraire est un lieu de résidence aristocratique, proche de Hyde Park, au cœur du West End.

2. La bruyante foire de la Saint-Barthélemy (Bartholomew Fair, ou dans la langue de Sikes, Bartlemy) se tint à West Smithfield le 24 août, à côté du marché de Smithfield (cf. chapitre XXI) de 1133 à 1855. La prison de Newgate était à quelques centaines de mètres au sud de cet emplacement.

Après que j'étais enfermé pour la nuit, le bruit et le tintamarre du dehors faisaient paraître cette saleté de vieille prison tellement silencieuse que j'avais presque envie de me cogner la tête contre les plaques de fer de la porte.

— Les pauvres gars ! dit Nancy, qui avait encore la tête tournée du côté d'où était venu le bruit des cloches. Ah, Bill, quand on pense aux beaux petits gars que c'était !

— Bien sûr, c'est à ça que vous pensez toutes, vous autres femmes, répondit Sikes. Des beaux petits gars ! Ben, ils sont quasiment morts, alors ça n'a pas beaucoup d'importance.

C'est par ces consolations que M. Sikes parut combattre un embryon de tendance à la jalousie ; puis, étreignant plus énergiquement le poignet d'Olivier, il lui enjoignit d'avancer à nouveau.

— Attendez une minute ! dit la jeune fille ; si c'était toi qui devais aller au gibet la prochaine fois que huit heures sonneront, je me presserais pas tant en passant par ici, Bill. Je ferais le tour de la maison jusqu'à ce que j'en puisse plus, même s'il y avait de la neige par terre, et si j'avais pas de châle pour me protéger.

— Et à quoi que ça servirait ? demanda le peu sentimental M. Sikes. Du moment que tu pourrais pas faire passer une lime et vingt mètres de bonne corde épaisse, tu ferais aussi bien de te promener à cinquante milles de distance, ou de pas te promener du tout, pour le bien que ça me ferait. Allons, allons, reste pas à prêcher ici.

La fille éclata de rire, resserra son châle autour d'elle, et ils s'éloignèrent. Mais Olivier sentit que sa main tremblait et, levant les yeux vers son visage quand ils passèrent sous un bec de gaz, s'aperçut qu'elle était maintenant d'une pâleur de mort.

Ils poursuivirent leur marche, par des chemins sales et peu fréquentés, pendant une bonne demi-heure ; ils firent peu de rencontres, et seulement de gens qui avaient tout l'air de jouer dans la société un rôle assez analogue à celui de M. Sikes en personne. Finalement ils prirent une rue étroite et sordide, presque toute occupée par des boutiques de fripiers; le chien se mit à courir devant eux, comme s'il se rendait compte qu'il n'avait plus lieu de monter la garde, et s'arrêta à la porte d'une boutique qui était fermée, et apparemment inoccupée; la maison était délabrée et sur la porte était clouée une pancarte annonçant qu'elle était à louer; cette pancarte avait l'air de se trouver là depuis des années.

— Ça va, dit Sikes, après avoir jeté un regard prudent autour de lui.

Nancy se pencha sous les volets, et Olivier entendit le bruit d'une sonnette. Ils gagnèrent le trottoir d'en face, et restèrent quelques instants sous un réverbère. Un bruit de fenêtre à guillotine levée tout doucement se fit entendre; et peu de temps après, la porte s'ouvrit silencieusement. M. Sikes saisit alors par le collet l'enfant terrifié sans la moindre cérémonie; et tous trois se trouvèrent presque aussitôt à l'intérieur de la maison.

Le couloir était entièrement obscur. Ils attendirent, tandis que celui qui les avait fait entrer mettait la chaîne et la barre à la porte.

— Y a quelqu'un ici? demanda Sikes.

— Non, répondit une voix qui ne parut pas inconnue à Olivier.

— Le vieux est pas ici? demanda le brigand.

— Si, répondit la voix, et il était rien déballé. Comment qu'il va pas être content de vous voir! Pas rien qu'un peu!

Le style de cette réplique ainsi que la voix qui la prononçait parurent familiers aux oreilles d'Olivier; mais dans l'obscurité il était impossible de distinguer ne fût-ce que la silhouette du personnage.

— Passe-nous une pétoche, dit Sikes, sans ça on va se casser le cou, ou marcher sur le chien. Et dans ce cas-là, gare à tes jambes !

— Restez tranquille un moment, et je vais vous en chercher une, répondit la voix; on entendit s'éloigner les pas de son propriétaire, et au bout d'une minute apparut la silhouette de M. John Dawkins, *alias* le Finaud. Il portait dans la main droite une chandelle de suif piquée au bout d'un bâton fendu.

Ce jeune homme ne prit pas le temps d'adresser à Olivier d'autre signe de reconnaissance qu'un large sourire ironique, mais se retourna et invita d'un geste les visiteurs à descendre derrière lui un escalier. Ils traversèrent une cuisine déserte; puis, ouvrant la porte d'une salle basse de plafond qui avait une odeur terreuse, et qui paraissait avoir été bâtie dans une petite arrière-cour, ils furent accueillis par un hurlement de rire.

— Oh, par ma barbe, par ma barbe! s'écria le jeune M. Charles Bates, dont les poumons avaient émis ce rire; le voilà! oh, tonnerre, le voilà! Oh, Fagin, regardez-le! Fagin, regardez-le donc! Je peux plus y tenir; c'est tellement drôle que je peux plus y tenir. Qu'on me soutienne, là, quelqu'un, pendant que je m'en paie une bonne tranche.

Tout en donnant libre cours à cette irrépressible explosion de gaieté, M. Bates s'allongea de tout son long sur le sol, et lança des coups de pied convulsifs pendant cinq minutes, dans ses transports de joie facétieuse. Puis il se mit sur pied d'un bond, arracha le bâton fendu au Finaud, et, s'avançant auprès d'Olivier, il l'examina sous toutes les coutures, cependant que le Juif ôtait son bonnet de nuit et adressait à l'enfant effaré une multitude de salutations très humbles. En même temps, le Finaud, qui était de caractère assez sombre, et ne s'abandonnait guère à la gaieté quand elle risquait de nuire aux affaires sérieuses, pillait les poches d'Olivier avec une assiduité sans défaillance.

— Regardez ses frusques, Fagin! dit Charley, en approchant la lumière de sa jaquette neuve au risque imminent de le brûler vif. Regardez ses frusques! Du drap extra, et comme coupe, tout ce qu'il y a de chic! Ah, bon sang, si c'est drôle! Et ses livres, avec ça! Un vrai homme du monde, Fagin!

— Ravi de vous voir si bonne mine, mon cher, dit le Juif, qui s'inclinait avec une feinte humilité. Le Finaud vous donnera un autre costume, mon cher, pour que vous ne risquiez pas d'abîmer ces habits du dimanche. Pourquoi ne nous avez-vous pas écrit, mon cher, pour annoncer votre venue? On vous aurait fait quelque chose de chaud pour le souper.

A ces mots, le jeune M. Bates se reprit à rugir, avec tant de vigueur que Fagin lui-même se dérida, et que le Finaud en personne sourit; mais comme ce dernier exhiba le billet de cinq livres à cet instant, on ne sait trop si c'est la plaisanterie ou la découverte qui le mit en gaîté.

— Holà! qu'est-ce que c'est? demanda Sikes, en s'avançant au moment où le Juif prenait le billet. C'est à moi, Fagin.

— Non, non, mon cher, dit le Juif. A moi, Bill, à moi. Vous aurez les livres.

— Si ça me revient pas! dit Bill Sikes, mettant son chapeau d'un air résolu, à moi et à Nancy, je veux dire, je remmène le petit.

Le Juif sursauta. Olivier sursauta aussi, mais pour une tout autre raison; car il espérait que la querelle pourrait vraiment aboutir à sa restitution.

— Allons, vous allez me le refiler, hein! fit Sikes.

— Ce n'est pas très juste, Bill; pas très juste, n'est-ce pas, Nancy? demanda le Juif.

— Juste ou pas, répliqua Sikes, vous allez me le refiler, c'est moi qui vous le dis! Est-ce que vous croyez que nous deux Nancy on a rien de mieux à faire de notre bon sang de temps que de le gaspiller à aller attraper et enlever tous les gamins qui se font pincer à cause de vous? Passez-le-moi, espèce de vieux pingre mal fichu, passez-le-moi!

Tout en émettant cette délicate admonestation,

M. Sikes arracha le billet que le Juif tenait entre le pouce et l'index; puis, regardant froidement le vieil homme dans les yeux, il réduisit le billet à un petit format, et le noua dans son foulard.

— Ça, c'est pour le mal qu'on a eu, nous, dit Sikes; et c'est pas moitié assez, d'ailleurs. Vous pouvez garder les livres, si vous aimez la lecture. Sans ça, vous avez qu'à les vendre.

— Ils sont très jolis, dit Charley Bates, qui, avec force grimaces, feignait de lire l'un des volumes en question; c'est bien écrit, pas vrai, Olivier? A la vue du regard désolé qu'Olivier jetait à ses persécuteurs, le jeune M. Bates, qui jouissait d'un vif sens du comique, fut pris de transports encore plus véhéments que les premiers.

— Ils appartiennent au vieux monsieur, dit Olivier en se tordant les mains, à ce cher bon vieux monsieur qui m'a recueilli dans sa maison, et qui m'a soigné quand j'ai failli mourir de la fièvre. Oh, renvoyez-les-lui, je vous en prie; renvoyez-lui les livres et l'argent. Gardez-moi ici toute ma vie durant; mais renvoyez-les-lui, je vous en prie, je vous en supplie. Il va croire que je les ai volés; et la vieille dame, et tous ces gens qui ont été si bons pour moi, ils vont croire que je les ai volés. Oh, ayez pitié de moi, et renvoyez-les-lui!

Sur ces mots, prononcés avec toute l'énergie d'un chagrin poignant, Olivier se jeta à genoux aux pieds du Juif, et se frappa les mains, au comble du désespoir.

— Cet enfant a raison, déclara Fagin, en jetant un regard sournois à la ronde, et en fronçant ses sourcils broussailleux en une seule masse contractée. Tu as raison, Olivier, tu as raison; c'est vrai, ils vont croire que tu les as volés. Ha! ha! gloussa le Juif; ça n'aurait pas pu tomber mieux si nous avions choisi notre moment!

— Bien sûr que non, répondit Sikes; c'est ce que j'ai compris tout de suite, dès que je l'ai vu arriver dans Clerkenwell avec les livres sous le bras. Tout ça, c'est parfait. Ces gens-là, c'est des cœurs tendres de piliers de sacristie, sans ça ils l'auraient pas recueilli du tout; et ils iront pas poser de questions sur lui, parce qu'ils auraient peur d'être obligés de le poursuivre et de le faire coffrer. On peut être à peu près tranquille pour lui.

Olivier fit aller son regard de l'un à l'autre, tandis que ces paroles étaient échangées, comme s'il avait l'esprit égaré, et avait peine à comprendre ce qui se passait; mais quand Bill Sikes se tut, il se mit soudain sur ses pieds d'un bond, et se précipita comme un fou hors de la pièce, en poussant des cris d'appel au secours qui firent résonner la vieille maison abandonnée jusqu'au toit.

— Retiens le chien, Bill! s'écria Nancy, en bondissant devant la porte, qu'elle referma, tandis que le Juif et ses deux élèves s'élançaient à la poursuite d'Olivier. Retiens le chien; il mettrait l'enfant en pièces.

— Bien fait pour lui! s'écria Sikes, en s'efforçant violemment de se dégager de l'étreinte de la fille. Écarte-toi de moi, sans quoi je te fracasse la tête contre le mur.

— Ça m'est égal, Bill, ça m'est égal, hurla la fille, tout en luttant de toutes ses forces contre l'homme; cet enfant ne sera pas déchiqueté par le chien si tu me tues pas d'abord.

— Vraiment! dit Sikes, en serrant les dents. J'aurai tôt fait d'en arriver là, si tu t'écartes pas.

Le cambrioleur repoussa la fille jusqu'à l'autre bout de la pièce, au moment précis où le Juif et les deux jeunes garçons revenaient, traînant Olivier au milieu d'eux.

— Qu'est-ce qui se passe ici? dit Fagin, avec un regard circulaire.

— C'est la fille qu'est devenue folle, je crois, répondit Sikes, sur un ton furieux.

— Non, elle est pas devenue folle, dit Nancy, pâle et essoufflée par l'échauffourée; non, Fagin, elle est pas devenue folle; n'allez pas croire ça.

— Alors tenez-vous tranquille, voulez-vous? dit le Juif, d'un air menaçant.

— Non, ça non plus, j'accepte pas ça, répondit Nancy, d'une voix très forte. Hein! Qu'est-ce que vous en dites?

M. Fagin connaissait assez les manières et les habitudes du groupe humain assez particulier auquel appartenait Nancy pour être à peu près sûr qu'il serait dangereux de prolonger pour le moment la conversation avec elle. Afin de détourner l'attention des personnes présentes, il se retourna vers Olivier.

— Alors tu voulais t'en aller, mon petit, dis-moi? fit le Juif, en ramassant un gourdin noueux et déchiqueté qui était posé dans un coin de la cheminée; hein?

Olivier ne dit mot. Mais il observa les mouvements du Juif, et sa respiration devint plus rapide.

— Tu voulais appeler au secours, faire venir la police, hein? dit le Juif sur un ton sarcastique, en saisissant l'enfant par le bras. On va te guérir de cette maladie-là, mon petit bonhomme.

Le Juif appliqua un rude coup de gourdin sur les épaules d'Olivier; et il levait son instrument pour frapper à nouveau quand la jeune fille, s'élançant en avant, le lui arracha des mains. Elle précipita le gourdin dans le feu, avec tant de force, que quelques-uns des charbons ardents vinrent rouler au milieu de la pièce.

— Je ne veux pas qu'on fasse ces choses-là devant moi, Fagin, cria la fille. Vous tenez le petit, et qu'est-ce qu'il vous faut de plus? Laissez-le tranquille... laissez-le tranquille, sans ça je vais laisser sur quelques-uns d'entre vous des traces qui me conduiront au gibet avant mon tour.

La fille frappa violemment du pied sur le sol en émettant cette menace; et, les lèvres comprimées, les poings serrés, elle fit aller son regard du Juif à son complice, le visage entièrement blême sous l'effet de la colère frénétique qu'elle avait progressivement fait monter en elle.

— Voyons, Nancy! dit le Juif sur un ton apaisant,

après un silence pendant lequel M. Sikes et lui s'étaient regardés d'un air penaud; vous êtes... vous êtes plus habile que jamais ce soir. Ha! ha! chère amie, vous jouez magnifiquement votre rôle.

— Vraiment? dit la fille. Tâchez de pas me faire dépasser la mesure. Ça vous ferait des ennuis, Fagin, si ça m'arrivait; alors je vous préviens en temps utile de vous méfier de moi.

Il y a chez une femme en colère (surtout quand s'ajoutent à toutes ses autres violentes passions les élans farouches de l'insouciance et du désespoir), il y a chez une telle femme quelque chose que peu d'hommes se soucient de braver. Le Juif comprit qu'il serait vain de feindre de se méprendre encore sur la réalité du courroux de Mlle Nancy; et, reculant involontairement de quelques pas, il jeta à Sikes un regard mi-suppliant, mi-apeuré, comme pour lui donner à entendre qu'il était tout désigné pour poursuivre ce dialogue.

M. Sikes, recevant cette supplication muette, comprenant peut-être aussi que pour sauvegarder son orgueil personnel et son influence il avait intérêt à réduire immédiatement Mlle Nancy à la raison, émit quelque trente ou quarante jurons et menaces, dont la rapide succession faisait grand honneur à la fertilité de son imagination. Mais comme ils restèrent sans effet visible sur la personne qu'ils prenaient pour objectif, il eut recours à des arguments plus concrets.

— Qu'est-ce que ça veut dire, tout ça? dit Sikes; et d'appuyer cette question par le moyen d'une imprécation fort répandue qui a trait à la plus belle partie du visage humain et qui, si elle était entendue du ciel, ne fût-ce qu'une fois sur cinquante mille cas où elle est prononcée ici-bas, ferait de la cécité une maladie aussi répandue que la rougeole[1], qu'est-ce que ça signifie,

1. L'exclamation de Sikes est : *Strike me blind* (*Que je sois frappé soudain de cécité...*)

ça? Crénom de nom? Est-ce que tu sais qui tu es, et ce que tu es?

— Oh, oui, je le sais bien, répondit la fille, éclatant d'un rire nerveux et hochant la tête de droite et de gauche, dans ses efforts pitoyables pour prendre un air indifférent.

— Eh bien, alors, tiens-toi tranquille, répliqua Sikes, avec un grognement analogue à celui qu'il produisait habituellement pour parler à son chien, sans ça c'est moi qui vais te calmer, et pour longtemps.

La fille se reprit à rire, avec encore moins d'assurance que la première fois; puis, après avoir jeté un regard rapide vers Sikes, elle détourna la tête et se mordit la lèvre jusqu'au sang.

— T'as vraiment l'air douée, ajouta Sikes, en la dévisageant d'un air méprisant, pour prendre le genre humanitaire et distingué! T'es juste ce qu'il faut pour devenir l'amie de cet enfant, comme tu dis!

— Dieu Tout-Puissant me pardonne, c'est vrai! s'écria la fille avec passion; et je regrette de ne pas avoir été foudroyée dans la rue, ou de ne pas avoir changé de place avec ceux près de qui nous sommes passés ce soir, au lieu d'avoir prêté la main aux efforts pour le ramener ici. A partir de ce soir, le voilà devenu voleur, menteur, démon, et tout ce qu'il y a de pire. Est-ce que ça ne peut pas suffire à la vieille crapule, sans y ajouter des coups?

— Allons, allons, Sikes, dit le Juif, s'adressant à lui sur un ton de reproche, et faisant un geste du côté des garçons, passionnément attentifs à tout ce qui se passait; il faut qu'on parle poliment; qu'on parle poliment, Bill.

— Qu'on parle poliment! s'écria la fille, dont la colère était terrible à voir. Qu'on vous parle poliment, scélérat! Oui, vous l'avez bien mérité de ma part. J'ai volé pour votre compte quand j'étais pas moitié aussi vieille que celui-là! (elle désignait Olivier). Et ça fait maintenant douze ans que je suis dans le même métier, et que je fais le même travail. Vous ne le saviez pas? Dites-le voir! Vous ne le saviez pas?

— Voyons, voyons, répondit le Juif, qui faisait une tentative d'apaisement; et après, c'est tout de même votre gagne-pain!

— Pour ça, oui! répondit la fille, qui déversait ses paroles sous forme d'une sorte de hurlement continu et véhément, plutôt qu'elle ne parlait. C'est mon gagne-pain; et les rues froides, humides et sales, c'est mon foyer; et c'est vous le misérable qui m'y a traînée depuis longtemps, et qui me forcera à y rester, nuit et jour, jusqu'à ma mort!

— Je vais faire un malheur! dit le Juif, qui l'interrompit, poussé à bout par ces reproches; je vais vous faire encore bien plus de mal que tout ça, si vous en dites plus long!

La fille ne dit pas un mot de plus; mais, s'arrachant les cheveux et déchirant sa robe dans sa colère frénétique, elle se précipita sur le Juif avec tant de violence qu'elle eût sans nul doute laissé sur lui des marques durables de sa vengeance, si Sikes ne lui avait saisi les poignets au bon moment; sur quoi elle se débattit en vain pendant quelques instants, puis s'évanouit.

— Ça va aller maintenant, dit Sikes en la déposant dans un coin. Elle a une drôle de force dans les bras quand elle est montée comme ça.

Le Juif s'épongea le front, et sourit, comme soulagé de voir la fin de cette agitation; mais ni lui, ni Sikes, ni le chien, ni les enfants, n'avaient l'air de considérer l'incident comme autre chose qu'une circonstance ordinaire de leur vie professionnelle.

— C'est ce qu'y a de pire quand on est obligé d'avoir affaire aux femmes, dit le Juif, en remettant son gourdin en place; mais elles sont intelligentes, et on peut pas se passer d'elles dans le métier. Charley, emmène Olivier se coucher.

— Je pense qu'il vaut mieux pas qu'il porte son

beau costume demain, Fagin, pas vrai? demanda Charley Bates.

— Bien sûr que non, répondit Fagin, en rendant à Charley le large sourire avec lequel celui-ci lui avait posé la question.

Le jeune M. Bates, qui paraissait enchanté de sa mission, prit le bâton fendu, et conduisit Olivier dans une cuisine contiguë où se trouvaient deux ou trois des lits sur lesquels Olivier avait déjà dormi; et là, avec force éclats de rire irrésistibles, il exhiba précisément le même vieux costume qu'Olivier s'était tellement félicité d'abandonner chez M. Brownlow; et c'est quand l'acheteur juif de ce costume l'avait accidentellement présenté à Fagin que ce dernier avait eu la première indication de l'adresse du jeune garçon.

— Enlève tes vêtements chics, dit Charley, et je vais les donner à Fagin pour qu'il en prenne soin. C'est rien drôle!

Le pauvre Olivier s'exécuta à contre-cœur. Le jeune M. Bates prit les vêtements enroulés sous son bras, sortit de la pièce et laissa Olivier dans le noir, en refermant la porte à clef derrière lui.

Le bruit du rire de Charley, et la voix de Mlle Betsy, qui arriva opportunément pour jeter de l'eau froide sur la tête de son amie, et accomplir les autres rites féminins propres à faciliter son rétablissement, auraient pu tenir bien des gens éveillés dans des circonstances plus heureuses que celles où se trouvait Olivier. Mais il était malade et fatigué; et il sombra bientôt dans un profond sommeil.

CHAPITRE XVII

La destinée d'Olivier lui reste défavorable et conduit à Londres un grand homme qui va nuire à sa réputation.

La coutume du théâtre, dans tous les bons mélodrames bien sanglants, veut que l'on présente les scènes tragiques et comiques en une alternance aussi régulière que celle des filets rouges et blancs dans un morceau de porc fumé bien entrelardé. Le héros s'effondre sur son lit de paille, accablé par les fers et les malheurs; à la scène suivante, son écuyer, fidèle mais mal informé, régale les spectateurs d'une chansonnette comique. Nous voyons, le cœur tremblant, l'héroïne livrée au pouvoir d'un baron orgueilleux et impitoyable; sa vertu et sa vie sont pareillement en danger, et lui font tirer sa dague pour préserver la première au prix de la seconde; et à l'instant même où notre attente est portée à son paroxysme, on entend un coup de sifflet, et nous voici transportés sur-le-champ dans la grande salle du château où un sénéchal grisonnant chante en chœur une chanson amusante avec un groupe de vassaux encore plus amusants, qui ont le droit d'entrer dans toutes sortes d'endroits, des cryptes des églises jusqu'aux palais, et se promènent toujours de compagnie, en chantant perpétuellement à cœur joie.

De tels changements semblent absurdes; mais ils ne sont pas aussi contraires à la nature qu'ils le pourraient paraître à première vue. Dans la vie réelle les transitions qui nous font passer d'une table bien garnie à un lit de mort, ou des robes de deuil aux costumes de fête, ne sont absolument pas moins saisissantes; mais, dans ce dernier cas, nous sommes des acteurs diligents, au lieu de n'être que des observateurs passifs, ce qui fait une différence infinie. Les acteurs de cette vie mimée qu'est le théâtre n'ont point d'yeux pour les transitions violentes et les impulsions brutales de la passion ou du sentiment, qui, représentées devant de simples spectateurs, ne manquent pas d'être aussitôt condamnées comme scandaleuses et absurdes.

Puisque de soudains changements de décor et de rapides déplacements dans le temps et l'espace sont non seulement sanctionnés en littérature par une longue pratique, mais encore considérés par beaucoup comme le fin mot de l'art d'écrire (car les critiques de cette école évaluent l'habileté professionnelle d'un auteur principalement en fonction des cruels embarras où il laisse ses personnages à la fin de chaque chapitre), notre brève introduction au présent chapitre sera peut-être jugée superflue. En ce cas, qu'on veuille bien y voir une discrète allusion du narrateur au fait qu'il retourne à la ville où naquit Olivier Twist; le lecteur pouvant se tenir pour assuré qu'il a de bonnes et solides raisons de faire ce voyage, sans quoi il ne serait point convié à entreprendre une telle expédition.

M. Bumble franchit un jour de bon matin la porte de l'asile, et remonta la Grand-Rue d'une allure imposante et d'un pas majestueux. Il était dans tout l'éclat et dans tout l'orgueil de l'apparitariat; son bicorne et son habit étincelaient au soleil du matin; il étreignait sa canne avec la ténacité vigoureuse que donnent la santé et la puissance. M. Bumble marchait toujours la tête haute, mais ce matin-là elle était encore plus haute que de coutume. Il y avait dans ses yeux un air de préoccupation, dans son attitude une dignité, qui auraient pu faire comprendre à un nouveau venu tant soit peu observateur que certaines pensées traversaient l'esprit de l'appariteur, et qu'elles étaient trop grandioses pour être exprimées.

M. Bumble ne s'attarda pas à tenir conversation avec les petits commerçants et les autres personnages qui lui adressèrent la parole avec déférence sur son passage. Il se contenta de leur rendre leur salut d'un large mouvement de la main et ne renonça pas un instant à la dignité de son allure jusqu'au moment où il arriva à l'annexe rurale où Mme Mann s'occupait des indigents en bas âge avec un soin tout municipal.

— Peste soit de l'appariteur! dit Mme Mann, quand elle entendit la grille du jardin se secouer avec un bruit bien connu. Je parierais que c'est lui, et de si bonne heure ce matin! Mon Dieu, monsieur Bumble, c'est-il possible que ça soit vous! Eh bien, ma parole, pour un plaisir, c'en est un! Entrez dans le salon, monsieur, je vous prie.

La première phrase était destinée à Suzanne; et les cris de plaisir s'adressaient à M. Bumble, tandis que la chère âme ouvrait la grille du jardin, puis le faisait entrer dans la maison, avec une déférence et un respect sans bornes.

— Madame Mann, dit M. Bumble, dont on ne peut pas dire qu'il s'asseyait, ou se jetait sur un siège, comme l'eût fait n'importe quel vulgaire malotru; non, il se déposait lentement et progressivement dans un fauteuil, madame Mann, bonjour, madame.

— Ma foi, je vous souhaite le bonjour aussi, monsieur, répondit Mme Mann, toute souriante; et j'espère que vous êtes en bonne santé, monsieur!

— Pas tellement, madame Mann, répondit l'appariteur. Une vie monicipale, c'est pas comme un lit de pétales de rose, Mme Mann.

— Ah, ça, c'est bien vrai, monsieur Bumble, répliqua la dame. Et tous les indigents en bas âge auraient pu reprendre en chœur cette réplique de façon très appropriée s'ils l'eussent entendue.

— Une vie monicipale, madame, poursuivit M. Bumble, en donnant un coup de canne sur la table, c'est une vie de soucis, d'ennuis et d'épreuves; mais on peut bien dire que tous les personnages publics sont soumis à des porsécutions.

Mme Mann, ne sachant trop ce que voulait dire l'appariteur, leva les bras d'un air de commisération, et soupira.

— Ah! il y a de quoi soupirer, madame Mann! dit l'appariteur.

Comprenant qu'elle avait visé juste, Mme Mann soupira derechef, pour la satisfaction manifeste du personnage public, qui, après avoir réprimé un sourire de satisfaction vaniteuse en regardant son bicorne avec sévérité, déclara :

— Madame Mann, je m'en vais à Londres.

— Mon Dieu, monsieur Bumble! s'écria Mme Mann, en reculant de surprise.

— A Londres, madame, reprit l'inflexible appariteur, en diligence. Moi et deux indigents, madame Mann! Il y a un procès qui va passer en jugement, au sujet d'une attribution; et la commission m'a désigné — moi-même, madame Mann — pour déposer sur cette affaire, devant les assises de Clerkinwell. Et je me demande un peu, ajouta M. Bumble en se rengorgeant, si les Assises de Clerkinwell, elles vont pas être un peu gênées aux entournures avant d'en avoir fini avec moi.

— Oh! faudra pas être trop dur avec elles, monsieur! dit Mme Mann, sur un ton caressant.

— Les Assises de Clerkinwell, elles l'auront voulu, madame, répondit M. Bumble; et si les Assises de Clerkinwell s'aperçoivent qu'elles y laissent quelques plumes, elles auront qu'à s'en prendre à elles-mêmes, les Assises de Clerkinwell.

La façon menaçante dont M. Bumble prononça ces paroles exprimait tant de résolution et une telle profondeur de détermination que Mme Mann en parut vivement pénétrée. Elle finit par déclarer :

— Allez-vous donc en diligence, monsieur? Je croyais qu'on avait toujours l'habitude d'envoyer les indigents en charrette?

— C'est quand ils ne sont pas bien portants, madame Mann, dit l'appariteur. Nous mettons les indigents malades dans des charrettes découvertes par temps de pluie, pour qu'ils prennent pas froid.

— Ah! dit Mme Mann.

— C'est la diligence de la nouvelle compagnie qui prend ces deux-là à forfait; et à bon compte, dit M. Bumble. Ils sont tous les deux assez affaiblis, et nous avons calculé que ça nous coûterait deux livres de moins de les transporter que de les enterrer... du moins, si on arrive à les faire passer à la charge d'une autre commune, comme je crois qu'on va y arriver, s'ils meurent pas en route exprès pour nous ennuyer. Ha! ha! ha!

Quand M. Bumble eut ri pendant quelques instants, son regard tomba de nouveau sur son bicorne, et il reprit son sérieux.

— Nous oublions nos affaires, madame; dit l'appariteur; voilà votre indemnité monicipale du mois.

M. Bumble tira de son portefeuille un rouleau de pièces d'argent enveloppé de papier, et demanda un reçu que rédigea Mme Mann.

— J'ai fait beaucoup de taches, monsieur, dit la cultivatrice de jeunes enfants [1] ; mais je pense que les formes y sont. Merci, monsieur Bumble, je vous suis très obligée, monsieur, je vous assure.

M. Bumble fit un signe de tête affable, pour répondre à la révérence de Mme Mann; puis il demanda des nouvelles des enfants.

— Les petits cœurs chéris! dit Mme Mann avec émotion, ils vont aussi bien que possible, les trésors! Sauf, bien sûr, les deux qui sont morts la semaine dernière. Et le petit Dick.

---

1. Le texte porte *farmer of infants*, que nous rendons par « cultivatrice d'enfants ». Il est amusant de noter que l'expression pittoresque de Dickens anticipe sur le terme devenu courant aujourd'hui de « jardinière d'enfants ».

— Il ne va donc pas mieux, cet enfant-là ? demanda M. Bumble.

Mme Mann hocha la tête.

— Ça, c'est ce que j'appelle un mochant, désagriable et malveillant enfant de la monicipalité, dit M. Bumble avec colère. Où est-il ?

— Je vous l'amène dans une minute, monsieur, répondit Mme Mann. Holà, Dick, ici !

Après plusieurs appels, Dick fut retrouvé. On lui mit la tête sous la pompe, on l'essuya sur la robe de Mme Mann, et on le conduisit en présence de l'imposant M. Bumble, appariteur.

Cet enfant était pâle et maigre; il avait les joues creuses et ses yeux étaient agrandis et brillants. Le chiche costume municipal, livrée de sa souffrance, était devenu vague et flottant sur son corps affaibli; et ses jeunes membres s'étaient desséchés comme ceux d'un vieillard.

Tel était le petit être qui se tenait tout tremblant sous le regard de M. Bumble, sans oser détacher ses yeux du sol, et redoutant même d'entendre la voix de l'appariteur.

— Tu ne peux pas regarder le monsieur, petit entêté ? demanda Mme Mann.

L'enfant leva un regard humble, et ses yeux rencontrèrent ceux de M. Bumble.

— Qu'est-ce qui va pas, Dick de la monicipalité ? demanda M. Bumble avec une opportune jovialité.

— Rien, monsieur, répondit l'enfant d'une voix faible.

— Il me semble que non, en effet, dit Mme Mann, qui n'avait pas manqué de rire cordialement de la plaisanterie de M. Bumble. Tu n'as besoin de rien, j'imagine.

— J'aimerais..., balbutia l'enfant.

— Saperlipopette ! s'écria Mme Mann, l'interrompant, tu vas nous dire que tu as besoin de quelque chose maintenant, j'imagine ? Voyons, petit misérable...

— Arrêtez, madame Mann, arrêtez ! dit l'appariteur,

en levant la main en signe d'autorité. Vous aimeriez... quoi, monsieur, dites?

— J'aimerais, balbutia l'enfant, que quelqu'un qui sache écrire mette quelques mots pour moi sur un papier, qu'on plierait et qu'on cachèterait, et qu'on garderait de ma part, une fois que je serai mis en terre.

— Voyons, que veut dire ce petit? s'exclama M. Bumble, à qui l'air intense et le visage famélique de l'enfant avaient fait quelque impression, tout habitué qu'il fût à ce genre de spectacles. Que voulez-vous dire, monsieur?

— Je voudrais, dit l'enfant, je voudrais laisser un message de tendresse au pauvre Olivier Twist; lui dire que je suis souvent resté tout seul à pleurer en pensant à lui quand il errait dans la nuit obscure sans personne pour l'aider. Et je voudrais lui dire, poursuivit l'enfant en joignant ses petites mains, et en parlant avec beaucoup de ferveur, que j'étais content de mourir très jeune; car peut-être, si j'avais vécu jusqu'à l'âge d'homme, et si j'avais vieilli, ma petite sœur qui est au Ciel aurait pu m'oublier, ou devenir différente de moi; et nous serions tellement plus heureux si nous étions tous les deux des enfants là-haut, ensemble!

M. Bumble dévisagea son jeune interlocuteur de la tête aux pieds, avec une indescriptible stupeur; puis, se tournant vers sa compagne, il lui dit : Ils sont tous à mettre dans le même sac, madame Mann. Cet affronté d'Olivier les a tous démojalisés!

— Jamais j'aurais cru ça, monsieur! dit Mme Mann, en levant les bras et en lançant à Dick un regard malveillant. Jamais j'ai vu de petit vaurien aussi endurci!

— Emmenez-le, madame! dit M. Bumble sur un ton impérieux. Il faudra faire part de ces faits à la commission, madame Mann.

— J'espère que ces messieurs comprendront que ce n'est pas ma faute, monsieur? dit Mme Mann, en pleurnichant d'un air pathétique.

— Ils le comprendront, madame; ils vont savoir exactement ce qu'il en est, dit M. Bumble. Allons; emmenez-le; je peux plus le voir.

Dick fut immédiatement emmené, et enfermé dans la cave à charbon. M. Bumble partit peu de temps après pour se préparer en vue de son voyage.

A six heures le lendemain matin M. Bumble, ayant troqué son bicorne pour un chapeau rond, et enserré sa personne dans un pardessus bleu garni d'une pèlerine, prit place sur l'impériale de la diligence en compagnie des deux criminels dont l'attribution était en cause; avec eux, en temps voulu, il arriva à Londres. Il ne subit chemin faisant d'autres épreuves que celles qui résultèrent de la conduite méchante des deux indigents; ceux-ci s'obstinèrent à frissonner et à se plaindre du froid d'une façon qui, déclarait M. Bumble, le faisait claquer des dents et le gênait considérablement, malgré le pardessus qu'il portait.

Après s'être débarrassé de ces deux perfides individus pour la nuit, M. Bumble s'installa dans l'hôtel où s'arrêtait la diligence, et prit un modeste dîner composé de grillades, de sauce aux huîtres, et de bière brune [1]. Posant un verre de grog au gin sur la cheminée, il approcha son fauteuil du feu; puis, l'esprit occupé par diverses réflexions morales sur le crime généralisé que constituent mécontentement et récriminations, il se disposa à lire le journal.

Le tout premier paragraphe qui tomba sous les yeux de M. Bumble fut l'avis suivant :

CINQ GUINÉES DE RÉCOMPENSE

« Un jeune garçon, du nom d'Olivier Twist, s'étant enfui, ou ayant été enlevé, jeudi dernier, en fin de journée, de son domicile de Pentonville, et n'ayant donné aucune

1. Rien ne permet de penser que l'expression « modeste dîner » soit ici particulièrement ironique.

nouvelle depuis lors, la récompense ci-dessus sera versée à toute personne qui donnera des renseignements conduisant à retrouver le sus-nommé Olivier Twist, ou tendant à éclairer tant soit peu l'histoire de son passé, à laquelle l'auteur de cette annonce, pour plusieurs raisons, porte un intérêt chaleureux. »

Suivait une description complète du costume, de l'aspect, et des circonstances de la disparition d'Olivier, ainsi que le nom et l'adresse de M. Brownlow au grand complet.

M. Bumble ouvrit de grands yeux; relut l'annonce, lentement et soigneusement, à trois reprises distinctes; et, au bout de cinq minutes, ou guère davantage, se trouva sur le chemin de Pentonville; tellement agité qu'il en avait même laissé son verre de grog au gin sans y tremper les lèvres.

— M. Brownlow est-il chez lui ? demanda M. Bumble à la jeune fille qui lui ouvrit la porte.

A cette question la jeune fille répondit par la formule banale, mais un peu évasive : Je ne sais pas; c'est à quel sujet?

M. Bumble n'eut pas plus tôt prononcé le nom d'Olivier, pour expliquer le but de sa visite, que Mme Bedwin, qui écoutait de la porte de son petit salon, se précipita dans le couloir, toute essoufflée.

— Entrez, entrez, dit la vieille dame; je savais bien que nous aurions de ses nouvelles. Le pauvre chéri! Je le savais bien! J'en étais sûre. Le pauvre trésor! Je n'ai pas cessé de le dire.

Sur ces mots, la brave vieille dame rentra précipitamment dans son salon, s'assit sur un sofa, et éclata en sanglots. La jeune fille, qui n'avait pas tout à fait la même sensibilité, était montée en courant jusqu'au premier étage, pendant ce temps; elle revint alors et pria M. Bumble de la suivre immédiatement : ce qu'il fit.

Il fut introduit dans le petit bureau donnant sur le

jardin, où étaient assis M. Brownlow et son ami M. Grimwig, avec des verres et des carafes devant eux. Le dernier nommé laissa aussitôt échapper l'exclamation suivante :

— Un appariteur! Si ce n'est pas un appariteur municipal, je me mange la tête.

— N'intervenez pas pour le moment, je vous en prie, dit M. Brownlow. Veuillez vous asseoir.

M. Bumble s'assit, complètement abasourdi par la bizarrerie des manières de M. Grimwig. M. Brownlow déplaça la lampe, afin de ne pas être gêné dans sa contemplation du visage de l'appariteur; puis il dit, non sans quelque impatience.

— Alors, monsieur, vous venez parce que vous avez vu l'annonce?

— Oui, monsieur, dit M. Bumble.

— Et vous êtes bien appariteur, n'est-ce pas? demanda M. Grimwig.

— Je suis appariteur monicipal, messieurs, répliqua M. Bumble avec fierté.

— Bien sûr, déclara M. Grimwig à son ami, en aparté, je le savais bien. Il est appariteur jusqu'au bout des ongles.

M. Brownlow hocha doucement la tête pour imposer silence à son ami, puis il reprit :

— Savez-vous où est actuellement ce pauvre enfant?

— Pas plus que personne, répondit M. Bumble.

— Alors, que savez-vous donc à son sujet? demanda le vieil homme. Parlez franchement, mon brave, si vous avez quelque chose à dire. Que savez-vous donc sur son compte?

— Vous n'auriez pas de bien à dire de lui, par hasard? demanda M. Grimwig sur un ton sarcastique, après avoir attentivement examiné la physionomie de M. Bumble.

M. Bumble, sautant avidement sur l'occasion offerte par cette question, hocha la tête d'un air solennel et grave.

— Vous voyez ? dit M. Grimwig, jetant à M. Brownlow un regard de triomphe.

M. Brownlow regarda avec inquiétude le visage refrogné de M. Bumble ; et lui demanda de faire part le plus succinctement possible de ce qu'il savait au sujet d'Olivier.

M. Bumble posa son chapeau, déboutonna son habit ; inclina la tête d'un air de méditation rétrospective ; puis, après quelques instants de réflexion, aborda son récit.

Ce récit serait fastidieux si nous le reproduisions dans les termes employés par l'appariteur, car il prit à peu près vingt minutes ; mais, en substance et dans l'ensemble, il consista à dire qu'Olivier était un enfant trouvé, né de parents vulgaires et pervers. Que depuis sa naissance il n'avait donné signe d'aucune autre qualité que la perfidie, l'ingratitude et la méchanceté. Que sa brève carrière en sa ville natale avait pris fin le jour où il s'était livré à une attaque lâche et sanguinaire contre un inoffensif gamin, et s'était enfui nuitamment de chez son maître. Pour donner la preuve qu'il était bien celui qu'il prétendait être, M. Bumble posa sur la table les documents qu'il avait apportés à Londres. Il croisa de nouveau les bras, et attendit les déclarations de M. Brownlow.

— Je crains que tout cela ne soit que trop vrai, dit tristement le vieil homme après avoir examiné les papiers. Cette somme n'est pas considérable pour vos renseignements ; mais je vous aurais volontiers donné trois fois plus d'argent s'ils avaient été favorables au petit.

Il n'est guère improbable que si M. Bumble avait eu connaissance de cette précision un peu plus tôt au cours de l'entretien, il eût donné à son petit récit une couleur fort différente. Toutefois il était maintenant trop tard pour revenir en arrière ; il hocha donc la tête d'un air grave, en empochant les cinq guinées, et se retira.

M. Brownlow arpenta la pièce en tous sens pendant plusieurs minutes; il était manifestement si troublé par le récit de l'appariteur que M. Grimwig lui-même s'abstint de le tourmenter davantage.

Il finit par s'arrêter, et sonna violemment.

— Madame Bedwin, dit M. Brownlow, quand parut l'intendante, ce garçon, Olivier, est un imposteur.

— Ce n'est pas possible, monsieur. C'est impossible, dit avec énergie la vieille dame.

— Je vous dis que c'est vrai, répliqua le vieil homme. Que voulez-vous dire en prétendant que c'est impossible? Nous venons d'écouter un récit complet de toute son enfance; et depuis sa naissance il n'a pas cessé un instant d'être un petit scélérat accompli.

— Je n'en croirai jamais rien, monsieur, répondit la vieille dame avec fermeté, jamais!

— Vous autres, vieilles femmes, vous ne croyez jamais à rien d'autre qu'aux charlatans, et autres livres d'histoires mensongères, grommela M. Grimwig. Je le savais depuis le début. Pourquoi n'avez-vous pas suivi mes conseils tout de suite; c'est ce que vous auriez fait s'il n'avait pas eu la fièvre, j'imagine, n'est-ce pas? Il était intéressant, n'est-ce pas? Intéressant! Pouah! Et M. Grimwig fit un moulinet avec le tisonnier avant de secouer le feu.

— C'était un cher petit enfant, doux et reconnaissant, répliqua Mme Bedwin avec indignation. Je connais les enfants, monsieur; et depuis quarante ans; et les gens qui ne peuvent pas en dire autant feraient mieux de ne rien dire à leur sujet. Voilà mon avis!

C'était une attaque directe contre M. Grimwig, qui était célibataire. Comme elle n'arracha à celui-ci qu'un sourire, la vieille dame rejeta la tête en arrière, et lissa son tablier pour se préparer à une autre harangue, mais elle fut arrêtée net par M. Brownlow.

— Silence! dit le vieil homme, en simulant une colère qu'il était loin d'éprouver. Que je n'entende plus jamais le nom de cet enfant. C'est pour vous dire cela que j'ai sonné. Jamais. Jamais, sous aucun prétexte, je vous préviens! Vous pouvez sortir, madame Bedwin. Et souvenez-vous-en! Je parle sérieusement.

Il y eut plus d'un cœur triste chez M. Brownlow ce soir-là.

Quant à celui d'Olivier, il défaillait quand il pensait à ses bons et généreux amis; il était heureux pour lui qu'il ne pût savoir ce qui leur avait été dit, sans quoi son cœur aurait pu se briser du coup.

CHAPITRE XVIII

Comment Olivier passait son temps en l'édifiante compagnie de ses estimables amis.

VERS midi le lendemain, quand le Finaud et le jeune M. Bates furent sortis pour se livrer à leurs occupations coutumières, M. Fagin en profita pour adresser à Olivier un long sermon sur le terrible péché d'ingratitude : il lui démontra clairement qu'il s'en était rendu coupable à un degré exceptionnel en se dérobant volontairement à la société de ses amis inquiets; et, plus encore, en essayant de s'échapper de chez eux alors qu'à si grand'peine et à si grands frais ils avaient réussi à remettre la main sur lui. M. Fagin insista lourdement sur le fait qu'il avait recueilli Olivier, et l'avait traité avec tendresse à un moment où, sans son aide opportune, l'enfant aurait pu périr de faim; et il lui narra l'histoire affligeante et émouvante d'un jeune homme qu'il avait philanthropiquement secouru dans des circonstances analogues, et qui, se révélant indigne de sa confiance, et manifestant le désir d'entrer en communication avec la police, avait eu le malheur de finir pendu un beau matin à l'Old Bailey [1]. M. Fagin ne tenta pas de dissimuler qu'il avait joué un rôle dans cette issue fatale, mais déplora, les larmes aux yeux, que la conduite perfide et l'indocilité du

1. C'est le nom ancien du Tribunal Criminel Central (emprunté à l'une des rues qui longeaient le bâtiment, contigu à la prison de Newgate). Des *Esquisses* aux *Grandes Espérances* ce tribunal est mainte fois décrit dans l'œuvre de Dickens.

jeune individu en question eût rendu inévitable qu'il succombât sous le poids de certains témoignages à charge qui, sans être précisément véridiques, n'en étaient pas moins rigoureusement indispensables à sa sécurité (à lui, Fagin) ainsi qu'à celle de quelques amis choisis. M. Fagin conclut sa harangue en traçant un tableau assez déplaisant des désagréments de la pendaison; puis, sur un ton fort amical et courtois, il exprima le fervent espoir de ne jamais être contraint d'exposer Olivier Twist à un traitement aussi pénible.

Le sang du petit Olivier se gela dans ses veines, quand il prêta l'oreille aux paroles du Juif, et comprit imparfaitement les obscures menaces qu'elles contenaient. Qu'il fût possible à la justice elle-même de confondre innocents et coupables quand ils se trouvaient accidentellement de compagnie, il le savait déjà; et que des plans savants destinés à anéantir des gens malencontreusement informés ou trop communicatifs eussent réellement été conçus et exécutés par le vieux Juif à plus d'une reprise, la chose ne lui parut nullement invraisemblable, quand il songea aux caractéristiques habituelles des altercations entre M. Sikes et lui, altercations qui paraissaient avoir trait à un complot de cet ordre dans le passé. Quand il leva timidement les yeux, et rencontra le regard pénétrant du Juif, il se rendit compte que la pâleur de son visage et le tremblement de ses membres n'échappaient pas au prudent vieillard, qui n'était pas sans y prendre plaisir.

Le Juif, avec un sourire hideux, caressa la tête d'Olivier, et lui dit que s'il était sage, et s'appliquait à bien travailler, il se rendrait compte qu'il n'était pas trop tard pour qu'ils devinssent très bons amis. Puis, prenant son chapeau, et s'enveloppant d'un vieux pardessus rapiécé, il sortit, et ferma la porte à clef derrière lui.

Et c'est ainsi qu'Olivier resta toute cette journée, et pendant la plus grande partie des nombreuses journées qui suivirent, sans voir personne entre le petit matin et minuit, sans autre compagnie tout au long des heures que celle de ses propres pensées. Celles-ci, qui ne manquaient jamais d'en revenir à ses généreux amis, et à l'idée qu'ils avaient dû depuis longtemps se faire sur son compte, étaient en vérité bien tristes.

Au bout d'une semaine environ, le Juif laissa la porte de la salle ouverte; et Olivier eut la possibilité de se promener dans toute la maison.

L'endroit était très sale. Les pièces des étages avaient de hautes et vastes cheminées de bois, et de grandes portes, ainsi que des murs lambrissés et des plafonds à corniches; des corniches qui, tout en étant noircies par la poussière et l'abandon, étaient ornées de diverses manières. De tous ces indices Olivier conclut que bien des années auparavant, avant que le vieux Juif fût né, la maison avait appartenu à des gens de meilleure sorte, et qu'elle avait peut-être été une demeure belle et gaie, si sinistre et si lugubre qu'elle parût désormais.

Des araignées avaient installé leur toile dans les angles des murs et des plafonds; et parfois, quand Olivier traversait une pièce à pas feutrés, des souris détalaient sur le plancher, et rentraient précipitamment dans leurs trous, terrifiées. A ces exceptions près, rien n'indiquait à l'ouïe ou à la vue la présence d'un être vivant; et souvent, quand tombait l'obscurité, et qu'il était las d'errer de pièce en pièce, il se blottissait dans le coin du couloir, à côté de la porte d'entrée, afin d'être le plus près possible des vivants; et il y restait, tendant l'oreille et comptant les heures, jusqu'au retour du Juif ou des garçons.

Dans toutes les pièces, les volets vermoulus étaient hermétiquement clos : les barres qui les retenaient avaient été solidement vissées dans le bois; et la seule lumière qui pût entrer se faufilait par les ouvertures circulaires du haut, ce qui rendait les pièces encore plus ténébreuses et les emplissait d'étranges ombres. Il y avait une fenêtre mansardée sur l'arrière de la maison, garnie de barreaux rouillés à l'extérieur, et qui n'avait pas de volets; par cette fenêtre Olivier regardait souvent dehors pendant des heures d'affilée avec un air de mélancolie; mais de là on n'apercevait rien d'autre qu'une masse dense et confuse de toits, de cheminées noircies et de pignons. Parfois, pourtant, on voyait une tête grisonnante dépasser un instant du parapet élevé sur le toit d'une maison lointaine; mais elle avait tôt fait de disparaître à nouveau; et comme la fenêtre de l'observatoire d'Olivier était condamnée, et rendue presque opaque par les pluies et les fumées de tant d'années, c'est tout juste s'il pouvait discerner la forme des divers objets situés au-delà, sans faire la moindre tentative pour être vu ni entendu (car il n'aurait pas eu plus de chances de succès que s'il avait vécu dans le dôme de la cathédrale St-Paul).

Un après-midi, comme le Finaud et le jeune M. Bates devaient sortir le soir, le premier d'entre eux conçut l'idée de manifester quelque souci de l'ornementation de sa personne (en toute justice il faut reconnaître que ce n'était pas chez lui une faiblesse habituelle); aussi, à cette fin et pour ce motif, il eut la condescendance d'ordonner à Olivier de l'aider sur-le-champ dans sa toilette.

Olivier fut trop heureux de se rendre utile; trop heureux d'avoir des visages, si pervers qu'ils fussent, à regarder; trop désireux de se concilier ceux qui l'entouraient quand il pouvait le faire sans malhonnêteté, pour élever la moindre objection contre cette offre. Il se déclara donc tout prêt, et s'agenouilla par terre, tandis que le Finaud s'asseyait sur la table, de façon à pouvoir poser le pied sur les genoux d'Olivier, qui s'attaqua à l'opération désignée par M. Dawkins sous le nom de « laquer ses étuis à guibolles ». Cette formule, traduite en langage clair, signifie : cirer ses chaussures.

Fut-ce le sentiment de liberté et d'indépendance qu'on peut prêter à un être doué de raison quand il est assis sur une table, dans une attitude nonchalante, la pipe à la bouche, une jambe se balançant négligemment en l'air, tandis que les chaussures se trouvent cirées sans interruption, et sans qu'il ait ni le souvenir d'avoir eu la peine de les retirer, ni la perspective douloureuse de devoir les remettre, pour troubler ses réflexions ? Ou fut-ce la qualité du tabac qui attendrit l'humeur du Finaud ? Ou fut-ce la douce saveur de la bière qui fit fondre ses pensées ? Il fut manifeste que momentanément il se trouvait teinté par un filon d'enthousiasme romanesque fort étranger à sa nature habituelle. Il abaissa son regard sur Olivier, pendant un bref instant; puis, levant la tête, et poussant un tendre soupir, il dit, moitié sans y penser, moitié à l'adresse du jeune M. Bates :

— Quel dommage qu'il soye pas dans la cambriole !

— Oui ! dit le jeune M. Charles Bates; il sait pas ce qu'est bon pour lui.

Le Finaud soupira de nouveau, et reprit sa pipe; Charley Bates fit de même, et tous deux fumèrent en silence pendant quelques secondes.

— J'imagine que tu sais même pas ce que c'est que d'être dans la cambriole ? dit le Finaud sur un ton affligé.

— Si, je crois que je sais, répondit Olivier qui leva les yeux; c'est le métier de v...; vous y êtes, n'est-ce pas ? demanda Olivier, se reprenant.

— Oui, répondit le Finaud. Je suis trop fier pour être dans autre chose. M. Dawkins rejeta son chapeau en arrière d'un air féroce après avoir émis cette déclaration, et regarda le jeune Bates, comme pour indiquer qu'il serait particulièrement heureux de l'entendre dire le contraire.

— Oui, j'y suis, répéta le Finaud. Et Charley aussi. Et Fagin aussi. Et Sikes aussi. Et Nancy aussi. Et Bet aussi. Et nous tous, y compris le chien, qu'est bien le plus astucieux de toute la bande !

— Et c'est celui qui risque le moins de manger le morceau, ajouta Charley Bates.

— Il voudrait même pas aboyer à la barre des témoins, pour pas risquer de se compromettre; non, même si on l'y attachait, et qu'on l'y laisse sans rien à bouffer pendant quinze jours, dit le Finaud.

— Il dirait absolument rien, déclara Charley.

— C'est un drôle de chien. Comment qu'il a pas l'air furieux quand y a un type qu'il connaît pas qui rit ou qui chante quand c'est qu'il est en société! poursuivit le Finaud. Comment qu'il grogne pas quand il entend jouer du violon! Et comment qu'il déteste pas les autres chiens qu'est pas de la même race que lui! Pas rien qu'un peu!

— C'est comme un chrétien cent pour cent, dit Charley.

Cette formule n'était destinée qu'à rendre hommage aux mérites de l'animal, mais elle était appropriée en un autre sens, sans que le jeune M. Bates s'en rendît compte; car il est nombre de dames et de messieurs, qui prétendent être des chrétiens cent pour cent, et qui présentent avec le chien de M. Sikes des ressemblances accentuées et remarquables.

— Allons, allons, dit le Finaud, en revenant à la question dont ils s'étaient écartés, avec cette scrupuleuse attention due à sa profession et qui marquait toutes ses actions. Ça n'a rien à voir avec notre ami Jeunet.

— Ça, c'est vrai, dit Charley. Pourquoi que tu te mets pas au service de Fagin, Olivier?

— Pour faire fortune d'un seul coup? ajouta le Finaud avec un large sourire.

— Comme ça tu pourrais te retirer sur tes terres, et mener la grande vie; c'est ce que j'ai l'intention de faire, pas plus tard que la cinquième année bissextile qui viendra, et le quarante-deuxième jeudi de la semaine de la Trinité, dit Charley Bates.

— Cela ne me plaît pas, répliqua timidement Olivier. Je voudrais qu'on me laisse partir. Je... j'aimerais beaucoup mieux partir.

— Et Fagin, il aime beaucoup mieux que tu restes! répliqua Charley.

Olivier ne le savait que trop bien; mais, songeant qu'il serait peut-être dangereux d'exprimer ses sentiments plus ouvertement, il se contenta de soupirer, et poursuivit le nettoyage des chaussures.

— Partir! s'exclama le Finaud. Voyons, t'as pas plus d'ambition que ça? T'as pas du tout d'amour-propre? Tu voudrais aller vivre à la charge de tes amis?

— Ah, bon sang! dit le jeune M. Bates, tirant de sa poche deux ou trois mouchoirs de soie, qu'il jeta négligemment dans un placard, c'est tout de même moche.

— Moi, je pourrais pas, dit le Finaud d'un air de mépris hautain.

— Oui, mais vous pouvez abandonner vos amis, dit Olivier, en souriant à demi, et les laisser se faire punir à votre place.

— Ça, répliqua le Finaud, en faisant un grand geste avec sa pipe, ça, c'était seulement par égard pour Fagin, à cause que, les cognes, ils savent qu'on travaille ensemble, et ça aurait pu y faire des ennuis si on s'était pas tirés des flûtes; c'était bien ça la combine, pas vrai, Charley?

Le jeune M. Bates acquiesça d'un signe de tête, et s'apprêta à parler; mais le souvenir de la fuite d'Olivier lui revint de façon si soudaine que la fumée qu'il aspirait à cet instant se trouva emmêlée à un accès de rire et lui monta dans le cerveau avant de lui redescendre dans la gorge, ce qui entraîna une séance de toux et de battements de pieds pendant cinq bonnes minutes.

— Regarde un peu! dit le Finaud, tirant de sa poche une poignée de pièces d'un shilling et d'un demi-penny. C'est la bonne vie! Qu'est-ce que ça peut faire d'où que ça vient? Allez, attrape; y en a encore des tas là où qu'on l'a pris. T'en veux bien, hein? Oh, ce que t'es nigaud!

— C'est vilain, hein, Olivier? demanda Charley Bates. Il va se faire cravater, pas vrai?

— Je ne sais pas ce que cela veut dire, répondit Olivier.

— Ça donne à peu près ça, mon petit père, dit Charley. Ce disant, le jeune M. Bates saisit une extrémité de son foulard; puis, la levant droit en l'air, laissa retomber sa tête sur son épaule, et émit brusquement un bruit étrange entre ses dents, indiquant ainsi, par cette pantomime vivante et expressive, qu'il y avait identité entre cravater et pendre.

— Voilà ce que ça veut dire, dit Charley. Regarde s'il ouvre de grands yeux, Jack! J'ai jamais vu un joyeux luron comme ce gars-là; il me fera mourir de rire, ça, j'en suis sûr. Et le jeune M. Charley Bates, après un nouvel accès de franche hilarité, reprit sa pipe, les larmes aux yeux.

— T'as pas reçu une bonne éducation, dit le Finaud en contemplant ses bottes avec beaucoup de satisfaction quand Olivier les eut fait briller. Mais Fagin fera quelque chose de toi, sans ça tu serais le premier qu'il ait eu entre les mains et qu'il aurait pas su utiliser. Tu ferais mieux de commencer tout de suite; parce que tu vas entrer dans le métier plus tôt que tu ne crois; tu fais que perdre ton temps, Olivier.

Le jeune M. Bates appuya ces conseils de plusieurs avertissements moraux de son cru; lorsque ce thème fut épuisé, son ami M. Dawkins et lui se lancèrent dans une description enflammée des innombrables plaisirs propres à la vie qu'ils menaient, description agrémentée de diverses allusions à l'idée qu'Olivier ne saurait mieux faire que de conquérir les faveurs de Fagin sans délai, par les moyens qu'eux-mêmes avaient employés pour se les assurer.

— Et mets-toi toujours bien ça dans le ciboulot, Nolly, dit le Finaud, tandis qu'on entendait le Juif ouvrir la porte au-dessus d'eux, que si tu prends pas les tire-jus et les toquantes...

— A quoi que ça sert d'y causer comme ça? fit le jeune M. Bates, l'interrompant; il sait pas ce que tu veux dire.

— Si tu prends pas les mouchoirs et les montres, dit le Finaud, ramenant ses propos à l'humble niveau des aptitudes d'Olivier, y aura un autre gars qui s'en chargera; alors les gars qui les auront plus, ils y auront tout perdu, et toi aussi, tu y auras tout perdu, et personne y aura rien gagné du tout, sauf les gars qu'auront pris les trucs... et ceux-là, ils y ont pas plus de droits que toi.

— Mais bien sûr, mais bien sûr! dit le Juif qui était entré à l'insu d'Olivier. Tout ça, c'est parfaitement évident, mon cher; parfaitement évident, tu peux en croire le Finaud. Ha! ha! ha! Il connaît son métier sur le bout du doigt.

Le vieil homme se frotta allégrement les mains, tout en corroborant de la sorte le raisonnement du Finaud; et il gloussa de plaisir devant la compétence de son disciple.

La conversation n'alla pas plus loin pour le moment, car le Juif était rentré en compagnie de Mlle Betsy, et d'un personnage qu'Olivier n'avait encore jamais vu, mais que le Finaud salua du nom de Tom Chitling; ce dernier, après s'être un instant attardé dans l'escalier pour échanger quelques paroles galantes avec la dame, fit maintenant son apparition.

M. Chitling était plus avancé en âge que le Finaud, car sans doute avait-il déjà traversé dix-huit hivers; mais il y avait dans son comportement envers ce jeune homme une nuance de déférence qui paraissait indiquer qu'il avait conscience d'une légère infériorité en fait de génie et de capacités professionnelles. Il avait de petits yeux clignotants, et des marques de petite vérole sur la figure; il portait une casquette de fourrure, une jaquette en velours côtelé de couleur sombre, un pantalon de futaine graisseux et une blouse. Sa garde-robe, à vrai dire, était en assez mauvais état; il s'en excusa auprès de la société en déclarant qu'il avait fini, depuis une heure seulement, son « temps », et qu'ayant porté depuis six semaines l'uniforme réglementaire, il n'avait pas pu s'occuper le moins du monde de ses vêtements personnels. M. Chitling ajouta, en donnant des signes de vive irritation, que la nouvelle façon de soumettre les vêtements à des fumigations, là-bas, était diantrement contraire à la constitution, car la chaleur les trouait, et qu'il n'y avait pas moyen de se retourner contre le Comté. Il estimait que les mêmes remarques s'appliquaient à la façon réglementaire de couper les cheveux, qui lui paraissait nettement illégale. M. Chitling conclut ses remarques en déclarant que, depuis quarante-deux longues journées de boulot, il avait pas bu une goutte de quelque chose, et qu'il voulait bien « se faire sauter le caisson si c'était pas vrai qu'il était sec comme un coup de trique »!

— D'où tu crois qu'il vient, le monsieur? demanda le Juif, avec un large sourire, tandis que les autres garçons posaient une bouteille d'alcool sur la table.

— Je... je... ne sais pas, monsieur, répondit Olivier.

— Qui c'est, ça? demanda Tom Chitling, en jetant sur Olivier un regard méprisant.

— Un jeune ami à moi, mon cher, répondit le Juif.

— Alors il a de la veine, dit le jeune homme, en jetant à Fagin un regard chargé de sens. T'occupe pas de savoir d'où je viens, mon petiot; tu trouveras toujours bien assez tôt le chemin qui conduit à cet endroit-là, je parierais une couronne là-dessus!

Ce trait d'esprit fit rire les garçons. Après avoir échangé d'autres plaisanteries sur le même sujet, ils eurent une brève conversation à voix basse avec Fagin, et se retirèrent.

Quand le nouveau venu et Fagin eurent parlé en aparté, ils approchèrent leurs sièges du feu, et Fagin, demandant à Olivier de venir s'asseoir près de lui, conduisit la conversation vers les sujets les plus propres à intéresser ses auditeurs. Il s'agissait des grands avantages du métier, des talents du Finaud, du caractère aimable de Charley Bates, et de la générosité du Juif lui-même. Finalement ces thèmes laissèrent apercevoir leur tendance à se trouver totalement épuisés; et M. Chitling fit de même, car, au bout d'une semaine ou deux, la maison de correction devient fatigante. Mlle Betsy se retira donc, et laissa tout le petit groupe prendre son repos.

A partir de ce jour, Olivier resta rarement seul; il fut mis en relations presque ininterrompues avec les deux garçons, qui jouaient tous les jours avec le Juif à leur jeu familier : était-ce pour se perfectionner ou pour le bien d'Olivier, seul M. Fagin le savait. A d'autres moments, le vieil homme leur racontait des cambriolages qu'il avait commis dans sa jeunesse; il y mêlait tant de détails cocasses et pittoresques qu'Olivier ne pouvait s'empêcher d'en rire de bon cœur, et de laisser voir qu'il était amusé malgré tous ses bons sentiments.

Bref, le rusé vieux Juif tenait l'enfant dans ses rets. Après lui avoir préparé l'esprit, par la solitude et la mélancolie, à préférer n'importe quelle compagnie à la société de ses propres pensées lugubres dans cet endroit sinistre, il faisait maintenant lentement pénétrer dans son âme le poison dont il espérait qu'il allait la noircir et en changer la teinte à tout jamais.

CHAPITRE XIX

Dans lequel se trouve discuté et adopté un projet important.

C'EST par une nuit froide, humide et venteuse que le Juif, enveloppant son corps ratatiné dans un manteau étroitement boutonné, et relevant son col jusqu'aux oreilles au point de dissimuler complètement la partie inférieure de son visage, sortit de sa tanière. Il resta sur le seuil pendant que quelqu'un fermait la porte et mettait la chaîne derrière lui; il tendit l'oreille pendant que les jeunes garçons prenaient toutes ces précautions, et jusqu'au moment où ils se retirèrent et où le bruit de leurs pas cessa d'être perceptible; alors il se glissa dans la rue le plus vite possible.

La maison où avait été transporté Olivier se trouvait dans le quartier de Whitechapel. Le Juif s'immobilisa un instant au coin de la rue; puis, après avoir jeté un regard inquiet autour de lui, il traversa la chaussée, et prit la direction de Spitalfields.

Il y avait une épaisse couche de boue sur les pavés, et une brume noirâtre flottait dans l'air; la pluie tombait nonchalamment et tous les objets donnaient au toucher une impression froide et visqueuse. Cette nuit paraissait être exactement celle qui convenait aux sorties d'une créature telle que le Juif. Tandis qu'il poursuivait sa marche furtive et silencieuse, serrant de près les murs et les portes pour s'abriter, le hideux vieillard avait l'air de quelque détestable reptile, engendré par la boue et les ténèbres à travers lesquelles il se mouvait, un reptile sortant la nuit en quête d'ordures plantureuses pour en faire son repas.

Il continua à aller dans la même direction, passant par des voies étroites et tortueuses, jusqu'au moment où il atteignit Bethnal Green[1]; là, tournant brusquement à gauche, il se trouva bientôt plongé dans le dédales de rues pauvres et sales qui abondent en ce quartier populeux et encombré.

Il était manifeste que le Juif connaissait trop bien les lieux qu'il traversait pour être le moins du monde déconcerté, soit par l'obscurité de la nuit, soit par la complexité du trajet. Il parcourut d'un pas rapide plusieurs rues et ruelles, et finit par en emprunter une qui n'était éclairée que par une unique lampe à l'extrémité opposée. A la porte d'une maison de cette rue, il frappa; et après avoir échangé quelques mots à mi-voix avec la personne qui lui ouvrit, il monta au premier étage.

Un chien grogna quand il toucha la poignée d'une porte, et une voix d'homme demanda qui était là.

— C'est que moi, Bill, c'est que moi, mon cher, dit le Juif, en passant la tête à l'intérieur.

— Alors faites donc rentrer votre corps, dit Sikes. Couché, espèce d'abruti! Tu reconnais donc pas le diable quand il a un manteau?

Apparemment, le chien avait été quelque peu induit en erreur par les dehors vestimentaires de Fagin; en effet, quand le Juif déboutonna son manteau, et le jeta sur le dossier d'une chaise, l'animal retourna dans le coin qu'il venait de quitter, tout en agitant la queue, pour montrer qu'il était aussi satisfait que sa nature le lui permettait.

---

1. Whitechapel est un quartier pauvre de l'est de Londres. Bethnal Green se trouve au nord de Whitechapel, et Spitalfields (qui doit son nom à l'*Hôpital* Saint-Mary, fondé en 1197) à l'ouest de Bethnal Green (localité peuplée à l'origine par des tisserands huguenots).

— Alors? dit Sikes.

— Alors, mon cher, répondit le Juif,... Tiens! Nancy.

Cette dernière salutation fut prononcée avec un rien d'embarras qui suffisait à trahir un doute quant à la façon dont elle allait être reçue; car M. Fagin et sa jeune amie ne s'étaient pas rencontrés depuis le jour où elle était intervenue en faveur d'Olivier. Mais la conduite de la jeune personne eut tôt fait de dissiper tous les doutes qu'il pouvait avoir à ce sujet. Elle ôta ses pieds du garde-feu, recula sa chaise, et invita Fagin à avancer la sienne sans faire de manières, vu que la nuit était froide, pour ça, pas d'erreur.

— C'est vrai qu'il fait froid, ma petite Nancy, dit le Juif, en chauffant au-dessus du feu ses mains décharnées. On a l'impression que ça vous traverse de part en part, ajouta le vieil homme en se touchant la poitrine.

— Il faut qu'il soit drôlement perçant, s'il arrive à vous traverser le cœur à vous, dit M. Sikes. Donne-lui quelque chose à boire, Nancy. Bon sang, dépêche-toi! Y a de quoi vous rendre malade, de voir sa vieille carcasse maigre frissonner comme ça, comme un affreux fantôme à peine sorti du tombeau.

Nancy tira une bouteille d'un placard qui en contenait un grand nombre; et ces bouteilles, à en juger par la diversité de leur aspect, devaient être emplies de plusieurs sortes de liquides. Sikes versa un verre d'eau-de-vie, et ordonna au Juif de le vider.

— C'est tout à fait suffisant, merci, Bill, répondit le Juif, qui reposa son verre après y avoir trempé les lèvres.

— Comment! Vous avez peur de vous faire rouler, hein? demanda Sikes, les yeux fixés sur le Juif. Pouah!

Avec un rauque grognement de mépris, M. Sikes s'empara du verre, et jeta sur la cendre le reste de son contenu, à titre de cérémonie préparatoire, avant de l'emplir à nouveau pour son usage personnel, ce qu'il fit aussitôt.

Le Juif fit aller son regard autour de la pièce, tandis que son compagnon buvait d'un trait le second verre, un regard sans curiosité, car il avait souvent vu les lieux déjà, mais inquiet et soupçonneux, conformément à sa manière habituelle. C'était une pièce pauvrement meublée, où rien, sauf le contenu du placard, ne donnait à penser que son occupant fût autre chose qu'un ouvrier; elle n'offrait au regard rien de plus inquiétant que deux ou trois gros gourdins posés dans un coin, et un « casse-tête » accroché au-dessus de la cheminée.

— Voilà, dit Sikes en faisant claquer sa langue. Maintenant je suis prêt.

— A parler d'affaires? demanda le Juif.

— A parler d'affaires, répondit Sikes, alors dites-moi ce que vous avez à me dire.

— Et cette bicoque de Chertsey [1], Bill? dit le Juif, avançant sa chaise, et parlant à voix très basse.

— Oui. Alors, quoi? demanda Sikes.

— Bah! Vous savez bien ce que je veux dire, mon cher, fit le Juif. Il sait bien ce que je veux dire, Nancy; pas vrai?

— Non, il en sait rien, fit ironiquement M. Sikes. Ou alors, c'est qu'il veut pas comprendre, et ça revient au même. Parlez franchement, et appelez-nous les choses par leur nom, au lieu de rester là à cligner des yeux et à ciller des paupières, et à me parler par allusions, comme si c'était pas vous qui aviez pensé le premier à ce cambriolage. Qu'est-ce que ça signifie ?

— Chut, Bill, chut! dit le Juif, qui avait fait de vains efforts pour interrompre cet accès d'indignation; on va nous entendre, mon cher. On va nous entendre.

— Eh bien, qu'on nous entende! dit Sikes. Je m'en moque. Mais comme M. Sikes ne s'en moquait pas, en réalité, à la réflexion il baissa la voix en disant ces mots, et se calma.

---

1. Ville du comté de Surrey, sur la rive droite de la Tamise à 25 milles ouest-sud-ouest de Londres.

— Là, là, dit le Juif sur un ton de cajolerie. Ma prudence habituelle, tout simplement. Alors, mon cher, pour la bicoque de Chertsey, c'est pour quand, Bill, hein? C'est pour quand? Une de ces argenteries, mon cher, une de ces argenteries! dit le Juif, en se frottant les mains, et en levant les sourcils dans un transport d'attente joyeuse.

— Pour jamais, répondit froidement Sikes.

— Pour jamais! répéta le Juif en écho, tout en se rejetant en arrière sur sa chaise.

— Pour jamais, répondit Sikes. Du moins ça pourra pas être une combine comme on avait espéré.

— Alors c'est qu'on n'a pas fait ce qu'il fallait, dit le Juif, pâlissant de colère. Vous n'allez pas me dire le contraire!

— Mais si, je vais vous le dire, répliqua Sikes. Et pourquoi qu'on vous dirait pas le contraire? Je vous dis que Toby Crackit est resté dans les parages pendant quinze jours, et qu'il arrive pas à mettre un des domestiques dans le coup.

— Vous n'allez pas me dire, Bill, reprit le Juif, qui s'apaisa en voyant que l'autre s'échauffait, qu'on ne peut pas débaucher un des deux bonshommes qui sont dans la maison?

— Mais si, je vais vous le dire, repartit Sikes. Ça fait vingt ans que la vieille les a à son service; et même si on leur donnait cinq cents livres, ils marcheraient pas.

— Mais vous prétendez vraiment, mon cher, fit le Juif, sur un ton de protestation, qu'il y a pas moyen de débaucher les femmes?

— Rien à faire, répondit Sikes.

— Même pour ce beau gosse de Toby Crackit? demanda le Juif, incrédule. Pensez un peu, ce que c'est que les femmes, Bill.

— Non; même pour ce beau gosse de Toby Crackit, répondit Sikes. Il dit qu'il a porté des favoris postiches, et un gilet jaune vif, pendant tout le temps qu'il a traîné là-bas, et que ça n'a servi à rien.

— Il aurait dû essayer de mettre des moustaches et un pantalon de militaire, mon cher, dit le Juif.

— C'est ce qu'il a fait, répliqua Sikes, et ça n'a pas fait plus d'effet que l'autre truc.

Le Juif parut décontenancé par cette annonce. Après avoir médité quelques minutes, le menton abîmé sur sa poitrine, il releva la tête, et dit, avec un profond soupir, que si les renseignements du beau gosse Toby Crackit étaient exacts, il craignait que l'affaire fût dans le lac.

— Et tout de même, dit le vieil homme, en laissant retomber ses mains sur ses genoux, c'est bien triste, mon cher, de perdre tout ça quand on comptait tellement dessus.

— C'est vrai, dit M. Sikes. Pas de veine!

Un long silence s'ensuivit, pendant lequel le Juif resta plongé dans de profondes réflexions, le visage plissé et arborant une expression de scélératesse absolument démoniaque. Sikes lui jetait de temps à autre un regard furtif. Nancy, craignant apparemment d'irriter le cambrioleur, resta assise, les yeux fixés sur le feu, comme si elle n'avait rien entendu des paroles échangées.

— Fagin, dit Sikes, rompant brusquement le silence qui s'était établi, est-ce que ça nous vaudra cinquante livres de rab, si on arrive à faire le coup de l'extérieur, sans dommages?

— Oui, dit le Juif, en se ressaisissant tout aussi soudainement.

— Marché conclu? demanda Sikes.

— Oui, mon cher, oui, répliqua le Juif, les yeux étincelants, et tous les muscles de son visage tressaillant sous l'effet de l'agitation suscitée par cette question.

— Alors, dit Sikes, repoussant la main du Juif d'un geste un peu dédaigneux, alors ça se fera quand vous voudrez. Nous deux Toby, on a fait le mur du jardin avant-hier, pour tâter les panneaux de la porte et des contrevents. Cette bicoque est barricadée la nuit comme une prison, mais y a un coin qu'on peut forcer, sans danger et sans bruit.

— Où est-ce, Bill? demanda avidement le Juif.

— Eh bien, fit Sikes à voix basse, quand vous traversez la pelouse...

— Oui? fit le Juif, la tête penchée en avant et les yeux presque exorbités.

— Bah! s'écria Sikes, et de s'arrêter net, quand la jeune fille, d'un mouvement de tête presque imperceptible, se retourna soudain, et attira un instant l'attention sur la physionomie du Juif. Vous avez pas besoin de savoir où c'est. Je sais bien que vous pouvez pas faire le coup sans moi; mais quand on a affaire à vous, on peut pas prendre trop de précautions.

— Comme vous voudrez, mon cher, comme vous voudrez, répondit le Juif. Il n'y a besoin de personne d'autre que vous et Toby?

— Personne, dit Sikes. Il nous faut seulement une mèche à trois pointes et un gamin. La mèche, on en a une tous les deux; le gamin, faut que vous nous le trouviez.

— Un gamin! s'écria le Juif. Ah! alors c'est un petit panneau, hein?

— Vous occupez pas de ça! répondit Sikes. Il me faut un gamin, et faut pas qu'il soye grand. Bon sang! dit M. Sikes, sur un ton méditatif, si seulement j'avais le petit de Ned, le ramoneur! il l'empêchait de grandir exprès, et il le louait à forfait. Mais voilà que le père se fait pincer; et alors la Société pour l'Enfance Délinquante[1] se ramène, et elle arrache le petit à un métier où il gagnait de l'argent, elle y apprend à lire et à écrire, et ils finissent par le mettre en apprentissage.

1. Société probablement fictive. Une maison destinée à recevoir les *Juvenile offenders* avait été créée en 1788 par la Cité de Londres, et c'est seulement en 1838 qu'une loi fonda l'établissement semi-pénitentiaire de Parkhurst. La législation d'ensemble date de 1854 (*Reformatory School Act*).

Et ça continue comme ça, dit M. Sikes, dont la colère montait à l'évocation de ses griefs, et ça continue comme ça; et s'ils avaient assez d'argent (mais, Dieu merci, c'est pas le cas), il nous resterait plus une demi-douzaine de gamins dans toute la corporation au bout d'un an ou deux.

— Ça c'est bien vrai, acquiesça le Juif, qui avait réfléchi pendant ce discours et n'en avait retenu que la dernière phrase. Bill!

— Quoi? demanda Sikes.

Le Juif fit un signe de tête du côté de Nancy, qui contemplait toujours le feu, et donna à entendre qu'il souhaitait la voir invitée à sortir. Sikes haussa les épaules avec impatience, comme s'il jugeait cette précaution superflue; pourtant il s'exécuta, en priant Mlle Nancy d'aller lui chercher un pot de bière.

— Tu n'as pas besoin de bière, dit Nancy, en croisant les bras et en restant très calmement assise à sa place.

— Je te dis que si! répondit Sikes.

— Ne dis pas de bêtises, répliqua la jeune fille, avec calme. Allez-y, Fagin. Je sais ce qu'il va dire, Bill; il a pas besoin de se gêner pour moi.

Le Juif hésitait encore. Sikes fit aller son regard de l'un à l'autre non sans surprise.

— Voyons, vous ne vous gênez pas pour la petite, dites, Fagin? finit-il par demander. Vous la connaissez depuis assez longtemps pour lui faire confiance, que diable! C'est pas une fille à aller manger le morceau. Pas vrai, Nancy?

— C'est bien ce qu'il me semble! répondit la jeune personne, approchant sa chaise de la table, sur laquelle elle planta ses deux coudes.

— Non, non, ma chère enfant, je sais bien que non, dit le Juif; mais... et le vieil homme de s'interrompre à nouveau.

— Mais quoi? demanda Sikes.

— Je ne savais pas trop si elle ne risquait pas de ne

pas être dans son assiette, comprenez-vous, mon cher, comme l'autre soir, répliqua le Juif.

Cet aveu provoqua chez Mlle Nancy un bruyant éclat de rire; puis, avalant un verre d'eau-de-vie, elle hocha la tête d'un air de défi, en laissant échapper diverses exclamations telles que : « Et que ça saute! » ou : « Faut pas s'en faire! » et ainsi de suite. Ces faits parurent avoir pour conséquence de rassurer les deux messieurs; en effet le Juif hocha la tête d'un air satisfait, et se rassit, tandis que M. Sikes faisait de même.

— Alors, Fagin, dit Nancy en riant. Dites-le à Bill tout de suite, le coup d'Olivier!

— Ha! vous êtes intelligente, ma chère; vous êtes la plus fine mouche que j'aie jamais vue! dit le Juif, en lui passant la main dans le cou. C'est bien d'Olivier que j'allais parler, pour sûr. Ha! ha! ha!

— Pour dire quoi? demanda Sikes.

— C'est le gamin qu'il vous faut, mon cher, répondit le Juif, d'une voix sourde et rauque, en posant un doigt sur le côté de son nez, avec un hideux sourire.

— Lui! s'écria Sikes.

— Prends-le, Bill! dit Nancy. C'est ce que je ferais, moi, à ta place. Il est peut-être pas aussi bien dressé que les autres; mais c'est pas de ça que t'as besoin, s'il s'agit que de t'ouvrir une porte. Tu peux être sûr qu'on peut compter sur lui, Bill.

— Pour ça, aucun doute, répliqua Fagin. Voilà quelques semaines qu'il est à bonne école, et il serait temps qu'il commence à gagner sa croûte. D'ailleurs les autres sont tous trop grands.

— Ma foi, il est juste de la taille que j'ai besoin, dit M. Sikes en réfléchissant.

— Et il fera tout ce que vous voudrez, Bill, mon cher, ajouta le Juif. Il pourra pas faire autrement. Du moins si vous lui faites suffisamment peur.

— Si je lui fais peur! répéta Sikes. Attention! C'est que ça sera pas de la frime. S'il joue pas tout à fait franc jeu une fois qu'on sera au travail, ce sera tout ou rien. Vous le reverrez pas vivant, Fagin. Pensez-y un peu avant de l'envoyer. Notez bien ce que je vous dis! poursuivit le bandit, en soupesant une pince-monseigneur qu'il avait ramassée sous le lit.

— J'ai pensé à tout ça, dit le Juif d'une voix énergique. Je... je l'ai observé de près, mes amis... de très près. Qu'on lui donne une fois le sentiment qu'il est des nôtres, qu'on lui mette une fois dans la tête l'idée qu'il a commis un vol : et il est à nous ! A nous pour la vie. Ho! ho! Ça n'aurait pas pu se trouver mieux! Le vieil homme se croisa les bras sur la poitrine; puis, rentrant la tête et les épaules jusqu'à ne plus former qu'une masse arrondie, il manifesta sa joie en s'administrant littéralement une étreinte à lui-même.

— A nous! dit Sikes. A vous, voulez-vous dire.

— Peut-être bien, mon cher, fit le Juif, en gloussant sur un ton aigu. A moi si vous préférez, Bill.

— Et pourquoi, dit Sikes, en jetant à son aimable ami un regard d'hostilité farouche, pourquoi que vous vous donnez tant de mal pour un seul gamin à la figure enfarinée, quand vous savez qu'il y a vingt garçons qui traînassent à Common Garden[1] tous les soirs, parmi lesquels vous auriez qu'à choisir à votre convenance?

— Parce qu'ils ne peuvent me servir à rien, mon cher, répondit le Juif, non sans quelque confusion, ils ne valent pas la peine qu'on les prenne. Ils ont une tête qui témoigne contre eux quand ils ont des ennuis, et je les perds tous. Avec ce garçon-là, mes amis, si on le prend en mains comme il faut, je peux faire mieux qu'avec vingt des autres. D'ailleurs, ajouta le Juif, en retrouvant son sang-froid, il nous tient pour le moment, si jamais il arrive à nous jouer la fille de l'air encore un coup; et il faut qu'on le mette dans le bain avec nous. Peu importe la façon dont il s'y trouvera

1. *Common Garden* semble être la corruption, dans le langage vulgaire, de Covent Garden (cf. n. 1, p. 483).

embarqué; il me suffit pour l'avoir sous ma coupe qu'il ait été mêlé à un cambriolage; je n'en demande pas davantage. Alors, est-ce que ça vaut pas autrement mieux que d'être obligé de supprimer le pauvre petit chéri... sans compter que ça serait dangereux, et qu'on y perdrait par-dessus le marché?

— C'est pour quand? demanda Nancy, coupant court à une exclamation violente que proférait M. Sikes pour exprimer le dégoût avec lequel il accueillait cette affectation de sentiments humanitaires chez Fagin.

— Oui, en effet, dit le Juif; c'est pour quand, Bill?

— Avec Toby, on avait parlé de la nuit d'après-demain, répliqua Sikes, d'une voix bourrue, s'il recevait pas de contre-ordre de ma part.

— Bon, dit le Juif; il y aura pas de lune.

— Non, répondit Sikes.

— Tout est arrangé pour l'enlèvement de la marchandise, hein? demanda le Juif.

Sikes fit un signe de tête affirmatif.

— Et pour...

— Ah, oui, tout est prévu, reprit Sikes, l'interrompant. Vous occupez pas des détails. Tâchez de m'amener le gamin ici demain soir. Je mets les voiles une heure après le lever du jour. Alors vous avez qu'à tenir votre langue et à préparer le creuset, un point, c'est tout.

Au terme d'une brève discussion, à laquelle tous trois prirent part activement, il fut décidé que Nancy se rendrait chez le Juif le lendemain soir après la tombée de la nuit, et remmènerait Olivier; car Fagin fit astucieusement remarquer que s'il manifestait la moindre répugnance à l'égard de cette besogne, il accompagnerait plus volontiers que quiconque d'autre la jeune fille qui était si récemment intervenue en sa faveur. Il fut aussi solennellement convenu qu'en vue de l'expédition envisagée, Olivier serait remis sans restriction à la garde et aux bons soins de M. William Sikes; et, en outre, que ledit Sikes en userait comme bon lui semblerait avec l'enfant; et ne serait pas tenu pour responsable par le Juif de tout malheur ou accident qui pourrait lui arriver, ni de tous les châtiments qu'il pourrait être nécessaire de lui infliger, mais il fut entendu, pour donner pleine vigueur au contrat, à cet égard, que toutes les allégations faites par M. Sikes à son retour demanderaient à être confirmées et corroborées, sur tous les points importants, par le témoignage du beau gosse, Toby Crackit.

Ces questions préliminaires une fois réglées, M. Sikes se mit en devoir de boire de l'eau-de-vie sur un rythme frénétique, et de brandir sa pince-monseigneur d'inquiétante façon; tout en hurlant des fragments de chansons fort peu musicales, agrémentées de jurons désordonnés. Enfin, saisi d'un accès d'enthousiasme professionnel, il tint à exhiber son coffre à outils de cambrioleur; mais à peine l'eut-il apporté d'un pas chancelant, et ouvert pour expliquer la nature et les vertus des divers éléments de son contenu, qu'il tomba par terre sur son coffre, et s'endormit comme une masse.

— Bonsoir, Nancy, dit le Juif, en s'emmitouflant derechef.

— Bonne nuit.

Les yeux se rencontrèrent, et le Juif la dévisagea attentivement. La fille ne bronchait pas. Elle était aussi sûre et aussi loyale dans cette affaire que pouvait l'être Toby Crackit en personne.

Le Juif lui dit bonsoir encore une fois, puis, après avoir donné un méchant coup de pied au corps inanimé de M. Sikes tandis qu'elle avait le dos tourné, il descendit à tâtons.

— C'est toujours comme ça! grommela le Juif, à part lui, tout en prenant le chemin du logis. Le plus gros ennui, avec ces femmes-là, c'est qu'un tout petit incident suffit à leur rappeler des sentiments oubliés depuis longtemps; mais leur grosse qualité, c'est que ça ne dure jamais. Ha! ha! L'homme contre l'enfant, pour un sac d'or!

Usant de ces agréables réflexions pour faire passer le temps, M. Fagin s'en fut, dans la boue et la saleté, jusqu'à sa sombre demeure; le Finaud y veillait, en attendant impatiemment son retour.

— Olivier est-il couché? Je voudrais lui parler, tels furent ses premiers mots tandis qu'ils descendaient de concerve au sous-sol.

— Depuis plusieurs heures, répondit le Finaud, en ouvrant une porte d'un geste. Le v'là!

L'enfant était couché, profondément endormi, sur un lit grossier, à même le sol; rendu si pâle par l'angoisse et la tristesse, et par sa vie renfermée de prisonnier, qu'il faisait penser à la mort; non point à la mort telle qu'elle apparaît dans le linceul et le cercueil, mais sous les dehors qu'elle revêt quand la vie vient de quitter le corps; quand une âme jeune et tendre vient, depuis un instant seulement, de s'envoler vers le ciel, et que l'air grossier de ce monde n'a pas encore eu le temps de flétrir la poussière périssable que cette âme consacrait par sa présence.

— Pas maintenant, dit le Juif, en se détournant avec douceur. Demain. Demain.

CHAPITRE XX

Dans lequel Olivier est confié à M. William Sikes.

QUAND Olivier s'éveilla le lendemain matin, il ne fut pas peu surpris de s'apercevoir qu'on avait posé à son chevet une paire de chaussures neuves, avec de bonnes semelles épaisses; et que ses vieilles chaussures avaient disparu. Il fut d'abord heureux de cette découverte, espérant qu'elle était peut-être annonciatrice de sa libération; mais ces pensées ne tardèrent pas à se dissiper, quand il s'attabla pour déjeuner avec le Juif qui lui annonça, sur un ton et avec une attitude propres à accroître son inquiétude, qu'il devait être conduit ce soir-là au domicile de Bill Sikes.

— Pour... pour... y rester, monsieur? demanda Olivier avec anxiété.

— Non, non, mon cher petit. Pas pour y rester, répondit le Juif. On voudrait pas te perdre. N'aie pas peur, Olivier, tu nous reviendras. Ha! ha! ha! On n'aura pas la cruauté de te renvoyer, mon petit. Oh, non, non!

Le vieillard, qui était penché au-dessus du feu pour faire griller un morceau de pain, se retourna tout en raillant de la sorte Olivier; puis il gloussa comme pour montrer qu'il savait que l'enfant serait encore très heureux de se sauver s'il en trouvait le moyen.

— J'imagine, dit le Juif, les yeux fixés sur Olivier, que tu voudrais savoir pourquoi tu t'en vas chez Bill... hein, mon petit?

Olivier rougit involontairement en s'apercevant

que le vieux brigand avait lu ses pensées; mais il répondit avec fermeté : Oui, j'aimerais bien le savoir.

— Pourquoi crois-tu que ce soit? demanda Fagin, esquivant la question.

— En vérité je n'en sais rien, monsieur, répondit Olivier.

— Bah! dit le Juif, qui se détourna d'un air déçu après avoir attentivement étudié la physionomie du jeune garçon. Alors tu n'as qu'à attendre que Bill te le dise.

Le Juif parut être fort contrarié qu'Olivier ne se déclarât pas plus curieux sur ce sujet; mais la vérité est que, si Olivier éprouvait en réalité une vive inquiétude, il était trop déconcerté par l'aspect intensément rusé de Fagin, et par ses propres réflexions, pour poser d'autres questions sur le moment. Il n'eut pas d'autre occasion de le faire, car le Juif demeura fort maussade et silencieux jusqu'au soir; alors il se prépara à sortir.

— Tu as le droit d'allumer une bougie, dit le Juif en en posant une sur la table. Et voilà un livre que tu pourras lire jusqu'à ce qu'on vienne te chercher. Bonsoir!

— Bonsoir, monsieur! répondit Olivier d'une voix douce.

Le Juif alla jusqu'à la porte, tout en regardant l'enfant par-dessus son épaule. Soudain il s'arrêta et l'appela par son nom.

Olivier leva les yeux; le Juif, montrant du doigt la bougie, lui fit signe de l'allumer. Il s'exécuta; et, tandis qu'il posait le bougeoir sur la table, il vit que le Juif le contemplait d'un regard fixe, les sourcils froncés et contractés, de l'autre bout de la pièce, plongé dans l'obscurité.

— Prends garde, Olivier! prends garde! dit le vieil homme, en agitant sa main droite devant lui d'un air menaçant. C'est un brutal, et il ne regarde pas à verser le sang quand le sien lui monte à la tête. Quoi qu'il arrive, ne dis rien; et fais ce qu'il te dira. Attention! Après avoir fortement accentué le dernier mot, il laissa ses traits se relâcher et arbora un sourire sinistre, puis, hochant la tête, il sortit de la pièce.

Olivier posa sa tête entre ses mains quand le vieil homme disparut, et médita, le cœur tremblant, sur les paroles qu'il venait d'entendre. Plus il réfléchissait aux avertissements du Juif, et moins il parvenait à en deviner le sens et le but réels. Il ne pouvait concevoir aucun dessein pervers qu'on pût mieux servir en l'envoyant chez Sikes qu'en le laissant tout simplement demeurer chez Fagin; et, après avoir longuement médité, il arriva à la conclusion qu'il avait été désigné pour accomplir auprès du cambrioleur de banales besognes domestiques, en attendant qu'on pût trouver un autre gamin à engager, plus propre à ce dessein. Il était trop habitué à souffrir, il avait trop souffert là où il était, pour déplorer sérieusement la perspective d'un changement. Il resta quelques minutes perdu dans ses pensées; puis, avec un profond soupir, il moucha la bougie, et, prenant le livre que le Juif lui avait laissé, il commença à lire.

Il tourna les pages. D'abord sans y prendre garde; mais, tombant sur un passage qui attira son attention, il se laissa bientôt absorber par ce volume. C'était une histoire de la vie et de la condamnation des grands criminels[1]; les pages en étaient salies et écornées par un long usage. Il y lut le récit de crimes épouvantables qui gelaient le sang dans les veines; de meurtres secrets perpétrés dans la solitude au bord du chemin; de cadavres cachés à l'œil de l'homme au fond de puits et de fosses, qui refusaient de les garder, si profonds qu'ils fussent, mais finissaient par les rendre, au bout de mainte année, spectacle qui faisait perdre la raison aux meurtriers, de sorte que sous l'effet de l'horreur ils avouaient leur faute, et imploraient en hurlant que

1. Il s'agit probablement d'un recueil tel que le *New Newgate Calendar* de 1828 (cf. n. 1, p. 480).

le gibet mît un terme à leurs souffrances. Il y lut aussi l'histoire d'hommes qui, couchés dans leur lit au cœur de la nuit, avaient été tentés (disaient-ils) et entraînés par la perversité de leurs propres pensées, à verser le sang dans des conditions si affreuses qu'on en avait la chair de poule, et les jambes flageolantes, rien que d'y penser. Ces terrifiantes descriptions étaient si réalistes et si vivantes que les pages jaunies semblaient s'empourprer de sang, et que les mots inscrits sur ces pages semblaient retentir aux oreilles, comme si l'esprit des défunts les murmurait d'une voix caverneuse.

Au paroxysme de la crainte, l'enfant referma le livre, et le rejeta loin de lui. Puis, se laissant tomber à genoux, il implora le Ciel de le préserver d'actes de ce genre; et de le destiner plutôt à mourir sur-le-champ que de le garder en vie pour lui faire commettre des crimes aussi terribles et épouvantables. Il se calma petit à petit, et d'une voix faible et brisée, supplia Dieu de le délivrer des dangers où il se trouvait présentement; demandant, si une aide quelconque pouvait être mise en œuvre au profit d'un malheureux paria d'enfant qui n'avait jamais connu l'affection d'amis ou de parents, que cette aide pût lui être accordée maintenant, alors que, isolé et abandonné, il restait seul au milieu de la perversité et du crime.

Il venait d'achever sa prière, mais demeurait la tête enfouie entre ses mains, quand un bruissement le fit sursauter.

— Qu'est-ce que c'est? cria-t-il, se levant soudain, et apercevant une silhouette dressée près de la porte. Qui va là?

— C'est moi. Ce n'est que moi, répondit une voix tremblante.

Olivier éleva la bougie au-dessus de sa tête, et regarda du côté de la porte. C'était Nancy.

— Pose la lumière, lui dit la jeune fille, en détournant la tête. Elle me fait mal aux yeux.

Olivier vit qu'elle était très pâle, et lui demanda avec

douceur si elle était malade. La fille se jeta sur une chaise, en lui tournant le dos, et en se tordant les mains, mais ne lui répondit pas.

— Dieu me pardonne! s'écria-t-elle au bout d'un moment, j'avais pas du tout prévu ça.

— Est-il arrivé quelque chose? demanda Olivier. Puis-je vous rendre service? Je le ferai si je peux. Oui, je le ferai, je vous assure.

Elle inclinait le buste en tous sens, portant les mains à sa gorge; puis, laissant échapper une sorte de râle, elle eut du mal à reprendre son souffle.

— Nancy! s'écria Olivier, qu'y a-t-il?

La jeune fille frappa des mains sur ses genoux, et des pieds sur le sol; soudain elle s'arrêta, ramena son châle sur elle, et se mit à trembler de froid.

Olivier secoua le feu. Elle en approcha alors sa chaise, et resta un moment assise sans parler; mais elle finit par relever la tête et regarda autour d'elle.

— Je ne sais pas ce qui me prend quelquefois, dit-elle, en feignant de s'affairer à remettre sa robe en ordre; je pense que ça doit être cette pièce sale et humide. Alors, Nolly, mon petit, es-tu prêt?

— Dois-je aller avec vous? demanda Olivier.

— Oui. Je viens de chez Bill, répondit la fille. Il faut que tu ailles avec moi.

— Pour quoi faire? demanda Olivier, avec un mouvement de recul.

— Pour quoi faire? répéta la fille, en écho; elle leva les yeux, puis les détourna de nouveau, dès l'instant où ils se posèrent sur le visage de l'enfant. Oh! rien de mal.

— Je ne le crois pas, dit Olivier, qui l'avait observée avec attention.

— Comme tu voudras, répondit la fille, en faisant mine d'en rire. Alors, rien de bien.

Olivier se rendit compte qu'il exerçait une certaine influence sur les bons sentiments de la jeune fille, et songea un instant à faire appel à la compassion que pouvait lui inspirer sa totale impuissance. Mais aussitôt la pensée lui traversa l'esprit qu'il était à peine onze heures, et qu'il y avait encore beaucoup de gens dans les rues, dont il pourrait assurément se trouver quelques-uns qui ajouteraient foi à son récit. Quand cette réflexion lui vint, il s'avança, et dit, non sans empressement, qu'il était prêt.

Ni son bref moment de réflexion, ni l'objet de celle-ci, n'échappèrent à la jeune fille. Elle le dévisagea avec attention tandis qu'il parlait, et lui jeta un regard d'intelligence montrant assez qu'elle devinait ce qui s'était passé dans son esprit.

— Chut! dit-elle, en se penchant vers lui, et en lui montrant la porte non sans regarder d'un air méfiant autour d'elle. Tu n'y peux rien. J'ai essayé de toutes mes forces de t'aider, mais ça n'a servi à rien. Tu es cerné de tous les côtés. Si tu dois un jour t'échapper d'ici, ce n'est en tout cas pas le moment.

Frappé par son air intense, Olivier leva les yeux vers son visage avec beaucoup de surprise. Elle avait l'air de dire la vérité; sa figure était pâle et bouleversée; et elle tremblait d'agitation sincère.

— Je t'ai empêché d'être maltraité une fois, et je le ferai encore, et c'est ce que je fais en ce moment, poursuivit la jeune fille à haute voix; parce que, si ce n'était pas moi qui était venue te chercher, ceux qui seraient venus auraient été beaucoup plus brutaux que moi. J'ai promis que tu te tiendrais tranquille et que tu ne dirais rien; sinon tout ce que tu feras, c'est de te nuire à toi-même, et à moi aussi, et peut-être de causer ma mort. Regarde! C'est pour toi que j'ai déjà subi tout ça, aussi vrai que Dieu me voit te le montrer.

Elle lui fit voir, précipitamment, des meurtrissures livides sur son cou et sur ses bras; puis elle poursuivit, très rapidement :

— Rappelle-toi ça! Et ne m'oblige pas à en supporter davantage à cause de toi, pour le moment. Si je pouvais t'aider, je le ferais; mais je n'en ai pas les moyens. Ils n'ont pas l'intention de te faire du mal; et tout ce qu'ils te feront faire, ce ne sera pas de ta faute. Chut! Pour chaque mot que tu diras, y aura un coup pour moi. Donne-moi la main. Dépêche-toi! Ta main!

Elle saisit la main qu'Olivier plaça instinctivement dans la sienne, puis éteignit la bougie, et entraîna l'enfant dans l'escalier. La porte fut ouverte, promptement, par quelqu'un qui resta enseveli dans l'obscurité, et tout aussi promptement refermée quand ils furent sortis. Un cabriolet de louage attendait dehors; avec autant de véhémence qu'elle en avait mis à l'exhorter, la fille le fit monter avec elle et baissa complètement les rideaux. Le cocher n'avait pas besoin d'instructions, et, sans perdre un instant, il cingla ses chevaux qui partirent à toute allure.

La jeune fille continuait à tenir solidement la main d'Olivier, et à lui déverser dans le creux de l'oreille les avertissements et les assurances dont elle lui avait déjà fait part. Tout fut si rapide et si précipité qu'il eut à peine le temps de se rappeler où il était, et comment il se trouvait qu'il y fût, avant que la voiture s'arrêtât devant la maison où le Juif s'était rendu le soir précédent.

Pendant un bref instant, Olivier jeta un regard rapide dans la rue déserte, et un appel au secours fut sur le point de lui échapper. Mais il avait encore dans l'oreille la voix de la jeune fille le suppliant, sur un tel ton de souffrance, d'avoir égard à elle, que le cœur lui manqua pour crier. Tandis qu'il hésitait, l'occasion disparut; il était déjà dans la maison, et la porte s'était refermée.

— Par ici, dit la fille, lui lâchant la main pour la première fois. Bill!

— Holà! répondit Sikes, qui parut au haut de l'escalier avec une bougie. Ah! tu sais t'y prendre. Allons!

De la part d'une personne ayant un caractère comme celui de M. Sikes, c'était là une expression d'approbation très vive, une formule de bienvenue exceptionnellement cordiale.

— Oeil-de-Taureau est retourné avec Tom, déclara Sikes, en leur éclairant l'escalier. Il nous aurait gênés.

— Bon, répliqua Nancy.

— Alors t'as le petit, dit Sikes, quand ils furent tous arrivés dans la chambre, et tout en refermant la porte.

— Oui, le voilà, répondit Nancy.

— Il est venu tranquillement? demanda Sikes.

— Sage comme une image, repartit Nancy.

— J'en suis bien content, dit Sikes en regardant Olivier d'un air sinistre; à cause de ses jeunes os, qu'auraient pu en souffrir autrement. Arrive ici, petit bonhomme; et viens que je te fasse un sermon, qu'il vaut mieux s'en débarrasser tout de suite.

S'adressant en ces termes à son nouveau disciple, M. Sikes ôta la casquette d'Olivier et la jeta dans un coin; puis, le prenant par l'épaule, il s'assit près de la table, et plaça l'enfant debout en face de lui.

— D'abord : est-ce que tu sais ce que c'est que ça? demanda Sikes, en prenant un pistolet qui était posé sur la table.

Olivier répondit affirmativement.

— Bon, alors, regarde, poursuivit Sikes. Ça, c'est de la poudre; ça, là, c'est une balle; et ça, c'est un petit bout d'un vieux chapeau pour servir de bourre.

Olivier manifesta par un murmure qu'il comprenait la signification des divers articles énumérés; et M. Sikes se mit en devoir de charger le pistolet, avec beaucoup de soin et de sang-froid.

— Maintenant il est chargé, dit M. Sikes, quand il eut fini.

— Oui, c'est ce que je vois, répondit Olivier.

— Bon, dit le bandit, en saisissant le poignet d'Olivier, et en plaçant le canon près de la tempe de l'enfant, à la toucher; à cet instant l'enfant ne put s'empêcher de sursauter; si tu dis un seul mot quand tu seras dehors avec moi, sauf si je te parle, t'auras la charge dans la tête sans préavis. Alors, si tu décides quand même de parler sans permission, dis tes prières d'abord.

Après avoir adressé un regard menaçant à l'objet de cette mise en garde, pour en accroître l'effet, M. Sikes poursuivit :

— Autant que je sache, y aura personne qui risquerait beaucoup de demander de tes nouvelles, si t'étais liquidé; alors j'aurais pas besoin de me donner tout ce bon sang de mal pour t'expliquer la situation, si c'était pas pour ton bien à toi. Tu m'entends?

— Bref, en somme, ce que tu veux dire, déclara Nancy, en parlant avec beaucoup d'intensité, et en adressant à Olivier un léger froncement de sourcils pour l'inviter à prêter grande attention à ses paroles, ce que tu veux dire, c'est que, s'il te met des bâtons dans les roues pour l'affaire que t'as en train, tu l'empêcheras de raconter des histoires ensuite, et pour toujours, en lui mettant une balle dans la tête; et que tu prendras le risque de te faire pendre à cause de ça, comme tu prends le même risque pour des tas d'autres choses, dans ton métier, tous les mois de l'année.

— C'est ça! déclara M. Sikes, avec approbation; les femmes savent toujours dire les choses en peu de mots. Sauf quand elles vous passent un savon; alors, elles allongent la sauce. Et maintenant qu'il est bien affranchi, soupons un brin, et on roupillera un peu avant de partir.

Obéissant à cette injonction, Nancy s'empressa de mettre la nappe; elle disparut quelques minutes, puis revint avec un pot de bière brune et un plat de tête de mouton, ce qui donna lieu à diverses aimables plaisanteries de la part de M. Sikes, fondées sur une étrange coïncidence : le nom de ce plat n'était-il pas applicable, dans l'argot du métier, à un type de personnage familièrement connu de ses congénères? En vérité, le digne homme, peut-être stimulé par la perspective très prochaine de travaux actifs, était d'excellente humeur et plein d'entrain; à l'appui de cette affirmation, on peut observer ici qu'il eut l'amusante idée de boire toute la bière d'un seul trait, et ne proféra, d'après une évaluation approximative, pas plus de quatre-vingts jurons d'un bout à l'autre du repas.

A la fin du souper (on se doutera sans peine qu'Olivier n'avait guère d'appétit) M. Sikes fit disparaître deux verres d'alcool étendu d'eau, et se jeta sur le lit, après avoir ordonné à Nancy, non sans mainte imprécation pour le cas où elle manquerait à ses devoirs, de l'avertir à cinq heures précises. Sur l'ordre des mêmes autorités, Olivier s'étendit, tout habillé, sur un matelas posé par terre; et la fille, après avoir ranimé le feu, s'assit devant, pour être prête à les réveiller à l'heure dite.

Olivier resta longtemps éveillé, se disant qu'il n'était pas impossible que Nancy saisît cette occasion de lui glisser à l'oreille d'autres conseils; mais la jeune fille resta penchée au-dessus du feu, sans bouger, sauf pour moucher la bougie de temps à autre. Épuisé de veilles et d'engoisse, il finit par s'endormir.

Quand il s'éveilla, tout était prêt sur la table pour servir du thé, et Sikes fourrait divers objets dans les poches de son manteau, accroché au dossier d'une chaise. Nancy s'affairait à préparer le déjeuner. Il ne faisait pas encore jour, car la bougie brûlait toujours, et il faisait nuit noire au dehors. En outre, une pluie battante frappait les vitres, et le ciel avait un air sombre et nuageux.

— Alors, alors! grommela Sikes, quand Olivier se dressa en sursaut; cinq heures et demie! Perds pas de temps, sans ça tu te passeras de déjeuner; on est déjà en retard.

Il ne fallut pas longtemps à Olivier pour faire sa toilette; après avoir sommairement déjeuné, il répondit à une question bourrue de Sikes qu'il était tout à fait prêt.

Nancy, sans presque regarder l'enfant, lui jeta un

foulard à se mettre autour du cou; Sikes lui donna une grande cape en tissu grossier pour s'en couvrir les épaules. En cet appareil, il donna la main au bandit, qui, après avoir pris seulement le temps de lui montrer d'un geste menaçant qu'il avait toujours le même pistolet dans la poche de côté de son manteau, la prit fermement dans la sienne, puis, après avoir dit adieu à Nancy, l'entraîna.

Olivier se retourna en arrivant à la porte, dans l'espoir de rencontrer le regard de la jeune fille. Mais elle avait repris son siège habituel devant le feu, et elle était absolument immobile.

CHAPITRE XXI

L'expédition.

C'EST un matin sans joie qu'ils trouvèrent dans la rue; il ventait et il pleuvait dru; les nuages avaient un aspect terne et orageux. La nuit avait été très pluvieuse; de grandes flaques d'eau s'étaient formées sur la chaussée, et les caniveaux débordaient. On voyait dans le ciel la pâle lueur du jour prochain; mais elle renforçait l'ombre du tableau plutôt qu'elle ne l'atténuait; cette lumière sinistre ne réussissait qu'à faire pâlir celle qu'offraient les réverbères, sans éclairer de colorations plus chaudes ou plus brillantes les toits mouillés ou les rues lugubres. Il semblait que personne ne fût levé dans ce quartier de la ville ; les maisons avaient toutes leurs fenêtres rigoureusement closes; et les rues qu'ils empruntèrent étaient vides et silencieuses.

Au moment où ils s'engagèrent sur la route de Bethnal Green, le jour avait commencé de poindre pour tout de bon. Nombre de réverbères étaient déjà éteints; quelques charrettes de campagnards peinaient lentement en direction de Londres; de temps à autre une diligence, couverte de boue, passait rapidement et à grand bruit, et le cocher administrait au passage, à titre d'avertissement, un coup de fouet au lourdaud de camionneur qui, en restant du mauvais côté de la route, lui avait fait courir le risque d'arriver au bureau avec quinze secondes de retard. Les cafés étaient déjà ouverts, et les becs de gaz y étaient allumés. Petit à petit, d'autres boutiques commencèrent à s'ouvrir, et quelques personnes isolées se rencontrèrent. Puis vinrent des groupes dispersés d'ouvriers allant à leur travail; puis des hommes et des femmes portant sur la tête des paniers de poisson, des voitures à âne chargées de légumes ; des fourgons emplis de bétail ou de carcasses entières de bêtes tuées pour la boucherie ; des laitières avec leurs seaux ; un afflux ininterrompu de gens qui se dirigeaient tant bien que mal, porteurs d'approvisionnements variés, vers les faubourgs de l'est de Londres. Quand ils approchèrent de la Cité, le bruit et la circulation augmentèrent progressivement ; quand ils se faufilèrent par les rues situées entre Shoreditch et Smithfield, c'était devenu un grand tumulte de bruit et d'agitation. Il faisait maintenant aussi clair qu'il devait faire ce jour-là jusqu'à la tombée de la nuit, et pour la moitié de la population londonienne, une matinée de travail avait commencé.

Empruntant Sun Street et Crown Street, puis traversant Finsbury Square, M. Sikes s'engagea, en passant par Chiswell Street, dans Barbican, puis dans Long Lane, et de là gagna Smithfield [1] ; c'est de ce lieu que s'élevait un tintamarre discordant propre à emplir Olivier Twist de stupeur.

---

1. Il s'agit d'une complète traversée de Londres d'est en ouest qu'il reste possible de suivre pas à pas sur un plan de Londres d'aujourd'hui. Peu d'explications paraissent nécessaires à ce sujet, sinon pour souligner la perfection des connaissances de Dickens en fait de topographie londonienne, et pour signaler quelques détails intéressants. Le marché aux bestiaux de Smithfield, décrit ici, devait être critiqué par Dickens dans l'article intitulé ironiquement *A Monument of French Folly* (un monument de l'imbécillité française); il fut déplacé en 1855, et remplacé en 1867-1868 par le Marché Central de la Viande. Barbican est une artère qui doit ce curieux nom à son ancien voisinage avec une barbacane. L'auberge près de laquelle s'arrêtent Olivier et Sikes, s'appelait et s'appelle encore *The Old Coach and Horses Inn*. Hampton (Middlesex) est situé sur la Tamise, à 15 milles au sud-ouest de Londres; l'endroit est célèbre à cause du palais de Hampton Court. Sunbury est une bourgade du même comté, à deux milles plus loin.

C'était un matin de marché. Le sol était recouvert de saleté et de boue presque à hauteur de cheville; une épaisse vapeur, qui s'élevait sans interruption du corps fumant des bestiaux, et se mêlait au brouillard apparemment posé sur les cheminées, planait lourdement dans l'air. Tous les parcs situés au centre de ce vaste espace, et tous les parcs provisoires qu'on avait pu entasser dans les emplacements disponibles étaient emplis de moutons; attachés aux poteaux, le long du caniveau, étaient alignés des bœufs et d'autres bêtes, sur deux ou trois rangs d'épaisseur. Les paysans, les bouchers, les bouviers, les camelots, les gamins, les voleurs, les badauds et les vauriens de tous les ordres les plus vils, se mêlaient en une seule masse; les coups de sifflet des bouviers, l'aboi des chiens, le meuglement et les coups d'épaule des bœufs, le bêlement des moutons, les grognements et les cris perçants des porcs, les hurlements des camelots, les appels, les jurons et les disputes qui retentissaient de tous côtés; les bruits de sonnettes et les voix tumultueuses qui s'échappaient de tous les cafés; la bousculade, les bourrades, les tiraillements, les coups, les glapissements et les clameurs; le tintamarre hideux et discordant qui se faisait entendre dans tous les coins du marché; et les silhouettes mal rasées, mal lavées, crasseuses et sordides qui .couraient sans cesse de côté et d'autre, faisant irruption dans la foule, puis en ressortant aussi vite; tout cela rendait le spectacle étourdissant et affolant, au point qu'on en avait les sens égarés.

M. Sikes, traînant Olivier à sa suite, se fraya un chemin au plus fort de la foule, et prêta très peu d'attention aux innombrables scènes et bruits qui étonnaient tant l'enfant. Il adressa un signe de tête, une ou deux fois, à un ami qui passait; mais, repoussant un nombre égal d'invitations à prendre une goutte matinale, il alla vigoureusement de l'avant jusqu'au moment où ils furent sortis de la cohue, et eurent gagné Holborn en passant par Hosier Lane.

— Allons, mon bonhomme! dit Sikes en levant les yeux vers l'horloge de l'église Saint-André, il est tout près de sept heures! Faut allonger les compas. Allons, commence pas déjà à traîner derrière, Patte-Molle!

M. Sikes appuya ce discours d'une secousse infligée au poignet de son petit compagnon; Olivier, pressant le pas et se mettant à trottiner, à une allure intermédiaire entre la marche rapide et la course, fit de son mieux pour ne pas se laisser distancer par les rapides enjambées du cambrioleur.

Ils poursuivirent leur route à cette allure jusqu'au moment où ils eurent dépassé Hyde Park Corner et furent sur le chemin de Kensington ; alors Sikes ralentit un peu sa marche, pour se laisser rejoindre par une carriole vide qui était à quelque distance derrière eux. Voyant qu'elle portait l'inscription « Hounslow », il demanda au conducteur, avec toute la courtoisie qu'il put feindre, s'il accepterait de les prendre avec lui jusqu'à Isleworth.

— Montez vite, dit l'homme. C'est votre petit?

— Oui, c'est mon petit, répondit Sikes en regardant fixement Olivier, et en mettant la main, sans avoir l'air d'y penser, dans la poche qui contenait le pistolet.

— Ton papa marche un peu trop vite pour toi, pas vrai, mon bonhomme? demanda le conducteur, en voyant qu'Olivier était essoufflé.

— Pas du tout, fit Sikes, intervenant. Il y est habitué. Là, donne-moi la main, Ned. En voiture!

Tout en adressant ces paroles à Olivier, il l'aida à monter dans la carriole; et le conducteur lui montra du doigt un tas de sacs en lui disant de s'allonger dessus pour se reposer.

En voyant défiler les bornes successives, Olivier se demanda de plus en plus à quel endroit son compagnon avait l'intention de l'emmener. Ils ne s'arrêtèrent ni à Kensington, ni à Hammersmith, ni à Chiswick, ni au Pont de Kew; ni à Brentford; au contraire, ils poursuivaient leur route sans plus d'hésitation que s'ils venaient tout juste de commencer leur voyage. Ils finirent par arriver à un cabaret qui s'appelait « La Diligence et ses Chevaux » et peu après lequel il semblait qu'une nouvelle route se détachât de l'autre. Et c'est là que la carriole s'arrêta.

Sikes descendit fort précipitamment, sans lâcher un instant la main d'Olivier; et après l'avoir aussitôt déposé par terre, il lui lança un regard furieux, et donna un coup de poing sur sa poche de côté, de façon significative.

— Au revoir, mon petit, dit l'homme.

— Il boude, répondit Sikes en le secouant; il boude. C'est un petit chenapan! Vous en faites pas pour lui.

— Moi, pensez-vous! répliqua l'autre, en remontant dans sa voiture. Finalement, il fait beau aujourd'hui. Et de s'éloigner.

Sikes attendit qu'il disparût complètement; puis, disant à Olivier qu'il pouvait regarder autour de lui tant qu'il voudrait, il l'entraîna de nouveau pour la suite du trajet.

Ils tournèrent à gauche, peu après le cabaret; puis, empruntant une route sur leur droite, ils la suivirent longtemps, passant devant nombre de grands jardins et de maisons bourgeoises de part et d'autre du chemin, sans s'arrêter, sauf pour prendre un verre de bière, jusqu'au moment où ils atteignirent une ville. Alors, sur le mur d'une maison, Olivier lut l'inscription : « Hampton », en assez grosses lettres. Ils restèrent quelques heures à traîner dans les champs. Finalement ils entrèrent dans la ville; et, pénétrant dans un vieux café à l'enseigne délavée, commandèrent leur dîner auprès du feu, dans la cuisine.

Cette cuisine était une vieille salle, basse de plafond; une grosse poutre en traversait le milieu, et des bancs à hauts dossiers se trouvaient près de la cheminée; plusieurs rustres en blouse y étaient assis, pour boire et fumer. Ils ne prêtèrent aucune attention à Olivier, et fort peu à Sikes; et comme Sikes leur prêta de son côté fort peu d'attention, son jeune camarade et lui s'assirent tous seuls dans un coin, sans être guère dérangés par leur société.

Ils prirent de la viande froide pour leur dîner, et s'attardèrent si longuement après le repas, tandis que M. Sikes s'offrait trois ou quatre pipes de tabac, qu'Olivier commença à se sentir absolument sûr qu'ils n'iraient pas plus loin. Comme la marche l'avait beaucoup fatigué, ainsi que son lever très matinal, il commença par sommeiller un peu; puis, écrasé de lassitude et accablé par les fumées du tabac, il s'endormit complètement.

Il faisait tout à fait nuit quand une bourrade de Sikes le réveilla. Il se secoua assez énergiquement pour arriver à se mettre sur son séant et à regarder autour de lui, et s'aperçut alors que le digne homme était en conversation familière et amicale avec un ouvrier, devant une pinte de bière.

— Alors vous repartez sur Lower Halliford, comme ça? demanda Sikes.

— Oui, répondit l'homme, qui avait l'air un peu allumé (ou peut-être un peu éteint, plutôt) par la boisson; et ça va pas traîner, d'ailleurs. Mon cheval va pas avoir de charge derrière lui pour s'en retourner comme il en avait une ce matin pour venir; et il lui faudra pas longtemps pour arriver. A sa bonne chance! Morbleu! c'est un bon gars!

— Pourriez-vous nous faire faire un bout de chemin, à mon petit et à moi, jusque là-bas? demanda Sikes, en poussant la bière du côté de son nouvel ami.

— Si vous partez tout de suite, d'accord, répondit l'homme, en regardant par-dessus le pot de bière. Vous allez à Halliford?

— On s'en va à Shepperton, répondit Sikes.

— Je suis votre homme, jusqu'au bout de mon trajet, répondit l'autre. Tout est payé, Becky?

— Oui, Monsieur a payé, répondit la servante.

— Dites donc! fit l'homme avec la gravité d'un ivrogne; c'est pas bien, ça, comprenez-vous.

— Pourquoi pas? répliqua Sikes. Vous allez nous rendre service, et pourquoi que je vous régalerais pas d'une pinte ou deux, à titre de remerciement?

L'inconnu médita sur cet argument, d'un air très profond; après quoi il s'empara de la main de Sikes et lui déclara qu'il était un vrai brave cœur. Sur quoi M. Sikes lui répondit qu'il plaisantait; et, si l'autre avait été à jeun, il y aurait eu de bonnes raisons de penser qu'il en était ainsi.

Après avoir échangé encore quelques compliments, ils dirent bonsoir à la compagnie, et sortirent, tandis que la servante ramassait les pots et les verres, et s'en allait nonchalamment sur le pas de la porte, les mains pleines, pour voir partir le petit groupe.

Le cheval dont la santé avait été portée en son absence était là, dehors, déjà attelé à la carriole. Olivier et Sikes y montèrent sans autre forme de procès; et son propriétaire, après s'être attardé une minute ou deux « pour lui remonter le moral » et pour mettre au défi le garçon d'écurie et le monde entier de lui montrer l'égal de cette bête, monta à son tour. Alors le garçon d'écurie reçut l'ordre de rendre la main au cheval; mais quand sa main lui fut rendue, il en fit un bien mauvais usage, car il s'en servit pour secouer sa tête en l'air avec beaucoup de dédain, et s'élancer dans les fenêtres du salon de la maison d'en face; après avoir accompli ces exploits, et s'être un bref instant tenu sur ses pattes de derrière, il s'en fut à vive allure, et sortit de la ville à grand bruit, et avec beaucoup de style.

La nuit était très sombre. Une brume humide montait du fleuve et du terrain marécageux d'alentour; elle s'étendait sur les champs lugubres. De plus, il faisait un froid perçant; tout était noir et ténébreux. Pas un mot ne fut prononcé; car le cocher commençait à avoir sommeil; et Sikes n'était pas d'humeur à engager la conversation avec lui. Olivier se pelotonnait dans un coin de la carriole, à moitié fou d'inquiétude et de crainte, et croyant voir d'étranges objets dans les arbres dénudés dont les branches s'agitaient sinistrement, comme sous l'effet d'une joie fantasque à la vue de ce spectacle désolé.

Quand ils passèrent devant l'église de Sunbury, l'horloge sonna sept heures. Il y avait une lumière à la fenêtre de la maison du passeur, de l'autre côté; cette lumière se répandait sur la route, et plongeait dans une ombre plus profonde un if noir qui surplombait quelques tombes. On entendait le bruit assourdi d'une chute d'eau à peu de distance; et le feuillage du vieil arbre était doucement agité par le vent nocturne. Ce bruit faisait penser à quelque paisible musique jouée pour le repos des morts.

Sunbury fut traversée, puis ils débouchèrent à nouveau sur la route solitaire. Encore deux ou trois milles, et la voiture s'arrêta. Sikes descendit, prit la main d'Olivier, et ils se remirent à marcher encore une fois. A Shepperton ils n'entrèrent pas dans une maison comme l'avait espéré l'enfant fatigué, mais poursuivirent toujours leur marche, dans la boue et les ténèbres, par des chemins obscurs et par des terrains vagues, découverts et froids, jusqu'au moment où ils arrivèrent en vue des lumières d'une ville assez proche. En tendant ses regards devant lui, Olivier vit que l'eau se trouvait juste au-dessous d'eux, et qu'ils arrivaient au pied d'un pont.

Sikes marcha droit devant lui jusqu'à ce qu'ils fussent tout près du pont; puis il tourna brusquement à gauche le long de la berge.

— L'eau! se dit Olivier, défaillant de crainte. Il m'a amené dans cet endroit solitaire pour m'assassiner!

Il allait se jeter par terre, et livrer un bref combat pour sauver sa jeune existence, quand il vit qu'ils s'étaient arrêtés devant une maison isolée, toute décrépite et délabrée. Il y avait une fenêtre de chaque côté de l'entrée en piteux état; un étage; mais nulle lumière n'apparaissait. La maison était sombre et démantelée, et elle avait tout l'air d'être inhabitée.

Sikes, qui tenait toujours la main d'Olivier, approcha sans bruit du porche bas, et souleva le loquet. La porte céda à sa pression, et ils entrèrent ensemble.

CHAPITRE XXII

Le cambriolage.

HOLA! s'écria une grosse voix rauque, dès qu'ils mirent le pied dans le couloir.

— Fais pas tant de tapage, dit Sikes en verrouillant la porte. Fais-nous voir une pétoche, Toby.

— Ha! ha! mon pote! s'écria la même voix. Une pétoche, Barney, une pétoche! Fais entrer monsieur, Barney; mais réveille-toi d'abord, si ça te dérange pas.

Le possesseur de cette voix dut jeter un tire-botte, ou un objet de ce genre, sur l'individu auquel il s'adressait, afin de le tirer de son assoupissement, car on entendit le bruit d'un morceau de bois qui tombait avec brutalité; puis un grommellement indistinct, comme on en émet entre le sommeil et l'état de veille.

— Tu m'entends? cria la même voix. Y a Bill Sikes qu'est dans le couloir, et personne pour y faire des politesses; et toi qui restes à dormir dans ton coin, comme si t'avais pris du laudanum avec ton repas, et rien de plus alcoolisé. Est-ce que tu te sens plus frais maintenant, ou si tu veux que je t'envoie le bougeoir de fer pour te réveiller complètement?

Deux pieds mal chaussés se traînèrent précipitamment sur le sol nu de la pièce, tandis que ces questions étaient posées; puis on vit émerger d'une porte située sur la droite, d'abord une maigre bougie, puis la silhouette du personnage qui a déjà été décrit précédemment comme affligé d'une infirmité (celle de parler du nez), et comme exerçant les fonctions de garçon dans le café de Saffron Hill [1].

— Bonsieur Sikes! s'exclama Barney, avec une expression de joie sincère ou simulée; endrez, bonsieur; endrez.

— Allons! file devant, dit Sikes, en poussant Olivier devant lui. Plus vite! ou je te marche sur les talons.

Tout en grommelant une imprécation contre sa lenteur, Sikes fit avancer Olivier; et ils entrèrent dans une salle basse de plafond, où se trouvaient un feu enfumé, deux ou trois chaises boiteuses, une table, et un très vieux canapé, sur lequel, les jambes placées beaucoup plus haut que la tête, un homme était étendu de tout son long, et fumait une longue pipe en terre. Il était vêtu d'un élégant habit de couleur tabac à gros boutons de cuivre, d'un foulard orange, d'un gilet vulgaire, voyant, à dessins de cachemire, et d'un pantalon de couleur sombre. M. Crackit (car c'était lui) n'était guère velu, ni quant aux cheveux, ni quant à la barbe; mais ce qu'il avait de système pileux était d'une teinte rougeâtre, et formait de longues boucles tourmentées, en tire-bouchon, dans lesquelles il passait de temps à autre ses doigts très sales ornés de grosses bagues à bon marché. Il était d'une taille un tantinet supérieure à la moyenne, et avait des jambes d'apparence un peu grêle, ce qui ne l'empêchait aucunement d'admirer ses propres bottes à revers, qu'il contemplait, dans leur haute situation, avec une vive satisfaction.

— Bill, mon petit! dit ce personnage, en tournant la tête vers la porte, je suis content de te voir. J'ai eu un peu peur que t'aies abandonné la partie; dans ce cas-là j'aurais fait une tentative à mon compte. Holà!

Après avoir poussé cette exclamation sur un ton de profonde surprise quand ses yeux se posèrent sur Olivier, M. Toby Crackit prit la peine d'adopter la position assise, et demanda qui c'était.

---

1. Cf. *supra*, chapitre XV, p. 159.

— C'est le gamin. C'est que le gamin! répondit Sikes en approchant une chaise de la cheminée.

— Un tes gabins de bonsieur Vagid, s'écria Barney, avec un sourire.

— De Fagin, tiens! s'écria Toby en examinant Olivier. Ça, c'est un gamin qui rendra des services inappréciables, pour visiter la poche des vieilles dames dans les églises. Sa binette, elle y rapportera une fortune.

— Allons... allons, en voilà assez, fit Sikes, intervenant avec impatience; puis, se penchant vers son ami étendu sur le canapé, il lui glissa quelques mots à l'oreille; sur quoi M. Crackit se prit à rire à gorge déployée, et gratifia Olivier d'un long regard de stupeur.

— Alors, dit Sikes en se rasseyant, si tu veux bien nous donner quelque chose à manger et à boire, le temps qu'on attend, ça nous donnera du cœur au ventre; à moi, tout au moins. Assieds-toi près du feu, jeunet, et repose-toi; parce qu'il faut que tu ressortes avec nous ce soir, mais ce sera pas bien loin.

Olivier regarda Sikes d'un air d'interrogation muette et timide; puis il approcha du feu un tabouret, s'assit en posant sa tête endolorie entre ses mains, ne sachant trop où il était, ou ce qui se passait autour de lui.

— Là, dit Toby, tandis que le jeune Juif posait sur la table quelques restes de nourriture et une bouteille. Au succès de la cambriole! Il se leva en l'honneur de ce toast, et, posant avec soin sa pipe vide dans un coin, il s'avança vers la table, emplit un verre d'alcool et en but d'un trait le contenu. M. Sikes fit de même.

— Une rasade pour le petit, dit Toby, emplissant à demi un verre à vin. Avale-moi ça, l'innocent.

— En vérité, dit Olivier, en levant les yeux d'un air pitoyable vers le visage de l'homme; en vérité, je...

— Avale-moi ça! répéta Toby. Est-ce que tu te figures que je sais pas ce qu'est bon pour toi? Dis-lui de boire ça, Bill.

— Ça vaudrait mieux pour lui! dit Sikes, donnant une tape sur sa poche. Bon sang de bon sang, il nous fait plus d'ennuis que toute une famille de Finauds. Bois ça, sale petit démon; bois ça!

Effrayé par les gestes menaçants des deux hommes, Olivier avala précipitamment le contenu du verre, et se mit aussitôt à tousser violemment, ce qui réjouit fort Toby Crackit et Barney, et arracha même un sourire au sombre M. Sikes.

Après quoi, et lorsque Sikes eut apaisé son appétit (Olivier ne put rien manger de plus qu'un croûton de pain qu'ils le forcèrent à avaler) les deux hommes se mirent sur des chaises pour faire un petit somme. Olivier resta sur son tabouret au coin du feu; Barney, enveloppé d'une couverture, s'étendit par terre, tout contre le garde-feu.

Ils dormirent, ou parurent dormir, pendant quelque temps; personne ne bougea, sauf Barney, qui se leva une fois ou deux pour remettre du charbon sur le feu. Olivier sombra dans une somnolence pesante; il se revit vagabondant sur les chemins obscurs, ou errant à travers le cimetière enténébré, ou parcourant à nouveau telle ou telle des scènes de la journée écoulée; il fut réveillé par Toby Crackit qui se leva d'un bond en déclarant qu'il était une heure et demie.

En un instant les deux autres furent debout, et tous se livrèrent à d'actifs préparatifs. Sikes et son camarade s'enveloppèrent le cou et le menton de gros châles sombres, et enfilèrent leurs pardessus; Barney ouvrit un placard, et en tira plusieurs objets, dont il leur emplit précipitamment les poches.

— Des claquoirs pour moi, Barney, dit Toby Crackit.

— Les voilà, répondit Barney, exhibant deux pistolets. C'est vous qui les avez chargés.

— Parfait, répondit Toby en les faisant disparaître. Les séducteurs?

— Je les ai, répondit Sikes.

— Le crêpe, les clefs, les mèches, les sourdingues... on a rien oublié? demanda Toby, tout en attachant une petite pince-monseigneur à un anneau fixé sous le pan de son manteau.

— Tout est paré, répliqua son camarade. Apporte un peu les bouts de bois, Barney. C'est parfait.

Sur ces mots, il prit des mains de Barney un gros gourdin, et celui-ci, après en avoir remis un autre à Toby, s'occupa d'attacher la cape d'Olivier.

— Allons-y! dit Sikes, en tendant la main.

Olivier, complètement hébété par ses efforts physiques inaccoutumés, par le grand air, et par la boisson qu'on lui avait fait prendre, mit machinalement sa main dans celle que lui tendait Sikes à cet effet.

— Prends-lui l'autre main, Toby, dit Sikes. Un coup d'œil dehors, Barney.

L'homme s'en fut à la porte, et revint annoncer que tout était calme. Les deux bandits sortirent avec Olivier entre eux deux. Barney, ayant tout refermé, s'empaqueta comme précédemment, et ne tarda pas à se rendormir.

L'obscurité était maintenant intense. La brume était bien plus épaisse qu'au début de la soirée, et l'atmosphère était si humide, bien qu'il ne tombât pas de pluie, que, quelques minutes après avoir quitté la maison, Olivier avait les cheveux et les sourcils raidis par la moiteur à demi glacée qui flottait dans l'air. Ils traversèrent le pont, et marchèrent en direction des lumières qu'il avait vues précédemment. Elles étaient assez proches; et, comme ils allaient passablement bon train, ils ne tardèrent pas à atteindre Chertsey.

— Prenons tout droit par la ville, murmura Sikes; on rencontrera personne, ce soir, qui puisse nous voir.

Toby acquiesça; et ils filèrent par la grand-rue de la petite ville, entièrement déserte à cette heure tardive. De loin en loin une pâle lumière brillait à la fenêtre d'une chambre; et parfois le rauque aboi d'un chien venait rompre le silence de la nuit. Mais il n'y avait personne dans les rues. Ils ressortirent de la ville, et la cloche de l'église sonna deux heures.

Pressant le pas, ils s'engagèrent à gauche sur une route. Au bout d'un quart de mille environ, ils s'arrêtèrent devant une maison isolée entourée d'un mur, au haut duquel Toby Crackit, sans guère se donner le temps de reprendre haleine, grimpa en un clin d'œil.

— Maintenant, le petit, dit Toby. Hisse-le; je le rattraperai.

Avant qu'Olivier eût le temps de se retourner, Sikes le saisit à bras-le-corps, et trois ou quatre secondes plus tard Toby et lui étaient allongés sur l'herbe de l'autre côté. Sikes les rejoignit aussitôt. Et ils se dirigèrent à pas feutrés vers la maison.

Et c'est alors que, pour la première fois, Olivier, à moitié fou de chagrin et de terreur, comprit que l'effraction et le cambriolage, sinon même le meurtre, étaient les objectifs de l'expédition. Il joignit les mains, et laissa involontairement échapper un faible cri d'horreur. Ses yeux s'embrumèrent; une sueur froide se répandit sur son visage pâle comme un linge; ses jambes défaillirent; et il tomba à genoux.

— Lève-toi! murmura Sikes, tremblant de colère et tirant son pistolet de sa poche; lève-toi, ou j'éparpille ta cervelle sur le gazon.

— Oh! Pour l'amour du Ciel laissez-moi partir! s'écria Olivier; laissez-moi me sauver et aller mourir dans les bois. Jamais je ne m'approcherai de Londres, jamais, jamais! Oh! je vous en prie, ayez pitié de moi, et ne faites pas de moi un voleur. Pour l'amour de tous les anges lumineux qui reposent dans le Ciel, ayez pitié de moi!

L'homme à qui s'adressait cet appel lâcha un horrible juron, et il avait déjà armé le pistolet quand Toby le lui arracha des mains, couvrit la bouche de l'enfant d'une des siennes, et l'entraîna vers la maison.

— Chut! fit l'homme; ici, rien à faire. Si tu dis

encore un mot, je te règle ton compte moi-même d'un coup sur la tête. Ça fait moins de bruit, c'est tout aussi sûr, et c'est moins vulgaire. Allons, Bill, arrache-nous le contrevent. Il va pas manquer de courage maintenant, je te le garantis. J'en ai vu d'autres à son âge qu'avaient plus d'expérience et qu'avaient le même genre de crise, pendant une minute ou deux, par une nuit un peu froide.

Sikes, appelant d'horribles malédictions sur la tête de Fagin pour avoir envoyé Olivier accomplir cette mission, usa de sa pince-monseigneur avec vigueur, mais sans guère de bruit. Au bout de quelque temps, et avec l'aide de Toby, le contrevent en question était ouvert et battait sur ses gonds.

C'était une petite fenêtre treillissée, située à quelque cinq pieds et demi du sol, derrière la maison; elle donnait sur une sorte d'arrière-cuisine, ou de petite buanderie, au bout du couloir d'entrée. C'était une si petite ouverture, que les occupants de la maison n'avaient probablement pas jugé nécessaire de la protéger plus efficacement; mais elle était néanmoins assez grande pour livrer passage à un enfant de la taille d'Olivier. Une très rapide mise en œuvre des talents de M. Sikes suffit pour venir à bout des attaches de la fenêtre, qui ne tarda pas à se trouver bientôt grande ouverte, à son tour.

— Maintenant écoute, petit garnement, dit Sikes à voix basse, tout en tirant de sa poche une lanterne sourde, dont il fit jaillir la lumière en plein dans la figure d'Olivier. Je vais te faire entrer par là. Prends cette lampe; monte sans bruit les marches que tu as juste en face de toi, traverse le petit vestibule, et va à la porte d'entrée; déverrouille-la, et ouvre-nous.

— Y a un verrou dans le haut que tu pourras pas atteindre, dit Toby qui intervint alors. Monte sur une des chaises du vestibule. Y en a trois, Bill, avec une fameuse grande licorne bleue et une fourche d'or dessus; c'est les armes de la vieille.

— Tu peux pas te tenir tranquille, non? répliqua Sikes avec un regard menaçant. La porte de la petite pièce est ouverte, hein?

— En grand, répondit Toby, après avoir jeté un coup d'œil à l'intérieur pour s'en assurer. Ce qu'il y a de rigolo, c'est qu'ils la laissent toujours ouverte, et calée, à cause du chien, qui couche là-dedans, pour qu'il puisse aller et venir dans l'entrée quand il a des insomnies. Ha! ha! Barney l'a fait disparaître hier soir. C'est du travail propre!

Bien que M. Crackit eût parlé à peine assez fort pour être entendu et qu'il eût ri sans bruit, Sikes lui ordonna impérieusement de se taire et de se mettre au travail. Toby s'exécuta, d'abord en exhibant sa lanterne. qu'il posa par terre; puis en se plantant solidement, la tête appuyée au mur sous la fenêtre, et les mains sur les genoux, pour faire une plate-forme de son dos. Ce ne fut pas plus tôt fait que Sikes lui grimpa dessus, et fit tout doucement entrer Olivier par la fenêtre, en commençant par les pieds; puis, sans lui lâcher le collet, il le déposa sain et sauf sur le sol, à l'intérieur.

— Prends cette lanterne, dit Sikes, en avançant la tête par la fenêtre. Tu vois les marches devant toi?

Olivier, plus mort que vif, dit dans un halètement : Oui. Sikes, montrant avec le canon de son pistolet la porte d'entrée, lui conseilla brièvement de se rappeler qu'il serait tout le temps dans son champ de tir; et que s'il hésitait, il tomberait mort à l'instant même.

— Ça va te prendre une minute, dit Sikes, de la même voix basse et sourde. Dès que je te lâche, tu fais ton boulot... Tiens! Écoutez!

— Qu'est-ce qu'il y a? murmura l'autre homme.

Ils tendirent l'oreille.

— Rien, dit Sikes, en lâchant Olivier. Vas-y!

Pendant le bref instant qu'il avait eu pour mettre de l'ordre dans ses pensées, l'enfant avait pris la ferme résolution, qu'elle dût ou non lui coûter la vie, de faire un effort pour s'élancer dans l'escalier quand il serait dans l'entrée, et donner l'alarme à la famille. Animé de cette pensée, il s'avança aussitôt, mais à pas furtifs.

— Reviens! s'écria soudain Sikes d'une voix forte. Reviens! Reviens!

Effrayé par cette soudaine interruption du silence de mort qui planait sur la maison, et par le grand cri qui s'ensuivit, Olivier laissa tomber sa lanterne, et se demanda s'il devait s'avancer ou prendre la fuite.

Le cri se reproduisit... une lumière apparut... une vision de deux hommes à demi vêtus et terrorisés au haut de l'escalier lui passa indistinctement devant les yeux... une lueur rapide... un bruit violent... une fumée... quelque chose qui se cassait quelque part, mais sans qu'il sût où c'était... et il recula en chancelant.

Sikes avait disparu un instant; mais il se releva, et le saisit au collet avant que la fumée se fût dissipée. Il fit lui-même feu de son pistolet sur les deux hommes qui battaient déjà en retraite; et il hissa l'enfant jusqu'à lui.

— Tiens ton bras plus serré, dit Sikes, en le tirant dehors par la fenêtre. Qu'on me donne un châle, là. Ils l'ont touché. Vite! Ce qu'il saigne, ce petit!

Puis vinrent une sonnerie retentissante, mêlée au bruit d'armes à feu, et des cris d'hommes, et la sensation d'être emporté à très vive allure sur un terrain accidenté; puis les bruits s'estompèrent dans le lointain, et une sensation de froideur mortelle envahit le cœur de l'enfant, qui ne vit ni n'entendit rien de plus.

CHAPITRE XXIII

Qui contient la substance d'une aimable conversation entre M. Bumble et une dame ; et montre que pour être Appariteur, on n'en a pas moins ses points sensibles.

Il faisait un froid intense, ce soir-là. Le sol était couvert de neige, que le gel avait transformée en une croûte épaisse et dure, si bien que seuls les amoncellements qui avaient été chassés dans les recoins et les petits chemins subissaient l'influence du vent mordant qui mugissait dans la campagne ; celui-ci, comme pour dépenser un surcroît de fureur sur les rares proies qu'il trouvait, l'enlevait brutalement en nuages et, la faisant tournoyer en mille brumeux tourbillons, la dispersait dans l'air. Par ce temps triste et sombre et ce froid perçant, les gens bien logés et bien nourris n'avaient qu'à s'assembler autour du feu brillant pour rendre grâces à Dieu d'être chez eux; au misérable sans logis famélique, il ne restait qu'à se coucher par terre pour y mourir. Nombre de parias épuisés de faim ferment les yeux dans nos rues inhospitalières en de tels moments, qui, quels qu'aient pu être leurs crimes, ne risquent guère de trouver plus de cruauté quand ils les rouvriront dans l'autre monde.

Telle était la situation à l'extérieur quand Mme Corney, l'intendante de l'hospice avec lequel nos lecteurs ont déjà fait connaissance et où Olivier Twist était né, s'assit devant un feu réconfortant, dans son petit salon personnel, et jeta un regard, non sans beaucoup de satisfaction, sur une petite table ronde, portant un plateau de dimension correspondante, pourvu de tous les matériaux nécessaires au plus agréable des repas que goûtent les intendantes. Bref, Mme Corney était sur le point de s'octroyer le réconfort d'une tasse de thé. Quand elle fit aller son regard de la table à la cheminée, où la plus petite de toutes les bouilloires imaginables chantait une petite chanson de sa petite voix, sa satisfaction intérieure augmenta visiblement... à tel point, même, que Mme Corney se prit à sourire.

— Eh bien! dit l'intendante, en posant son coude sur la table et en regardant le feu d'un air pensif, il me semble que nous avons tous bien des raisons de rendre grâces! Bien des raisons, si nous acceptions seulement de le reconnaître. Ah!

Mme Corney hocha la tête mélancoliquement, comme si elle déplorait la cécité mentale des indigents qui ne s'en rendaient pas compte; puis elle plongea une cuiller d'argent (son bien personnel) dans les profondeurs secrètes d'une boîte à thé de deux onces en étain, et se mit en devoir de faire son thé.

Qu'il suffit de peu de chose pour troubler l'équanimité de nos frêles esprits! La théière noire, qui était très petite, et vite pleine, déborda cependant que Mme Corney moralisait; et l'eau ébouillanta légèrement la main de Mme Corney.

— Saleté de théière! s'exclama la digne intendante, en la reposant précipitamment sur le devant de foyer; c'est une espèce de petite sotte, qui contient tout juste deux tasses! Elle n'est bonne à rien, pour personne! Sauf, dit Mme Corney, s'interrompant un instant, sauf pour une pauvre créature solitaire comme moi. Hélas!

Sur ces mots, l'intendante se laissa tomber sur sa chaise, et, posant derechef son coude sur la table, médita sur son destin solitaire. La petite théière et la tasse unique avaient éveillé dans son esprit le douloureux souvenir de M. Corney (il n'y avait pas plus de vingt-cinq ans qu'il était mort); et elle en était accablée.

— Jamais je ne pourrai en retrouver d'autre! dit

Mme Corney, avec mauvaise humeur; en retrouver d'autre... du même genre.

Cette remarque s'appliquait-elle au mari ou à la théière, on l'ignore. Il pouvait s'agir de cette dernière, car Mme Corney la regardait en parlant, et la reprit ensuite. Elle venait de tremper les lèvres dans sa première tasse quand elle fut dérangée par un coup discrètement frappé à la porte.

— Oh, dépêchez-vous donc d'entrer! dit Mme Corney sur un ton revêche. C'est une des vieilles qui est en train de mourir. j'imagine. Elles meurent toujours pendant mes repas. Ne restez pas là à laisser entrer l'air froid, s'il vous plaît. Alors, qu'est-ce qui ne va pas?

— Rien, madame, rien, répondit une voix masculine.

— Juste ciel! s'écria l'intendante, d'une voix très adoucie, est-ce bien monsieur Bumble?

— A votre service, madame, dit M. Bumble, qui s'était arrêté sur le palier pour s'essuyer les pieds et secouer la neige de son manteau; il fit alors son apparition, portant le bicorne d'une main et un paquet de l'autre. Dois-je refermer la porte, madame?

La dame hésita pudiquement à répondre, craignant qu'il ne fût contraire à la bienséance de poursuivre une conversation avec M. Bumble à huis clos. M. Bumble profita de cette hésitation, et comme il avait grand froid lui-même, il la referma sans permission.

— C'est du mauvais temps, monsieur Bumble, dit l'intendante.

— Bien mauvais, en effet, madame, répondit l'appariteur. C'est du temps anti-monicipal, ça, madame. On a distribué, madame Corney, on a distribué quelque chose comme vingt pains de deux livres et un fromage et demi rien que cette malheureuse après-midi; et avec ça les indigents ne sont pas satisfaits.

— Bien sûr que non. Qu'est-ce qui pourrait les satisfaire, monsieur Bumble? dit l'intendante, en buvant son thé à petites gorgées.

— Qu'est-ce qui pourrait, en effet, madame, répliqua M. Bumble. Tenez, y a un homme qui a reçu, à cause de sa femme et de sa famille nombreuse, un pain de quatre livres et une bonne livre de fromage, bien pesée. Est-ce qu'il est reconnaissant, madame? Est-ce qu'il est reconnaissant? Pas pour un farthing! Qu'est-ce qu'il fait? Il vient demander un peu de charbon, quand ce serait que plein un mouchoir de poche, qu'il dit! Du charbon! Qu'est-ce qu'il en ferait, de son charbon? Il s'en servirait pour faire griller son fromage, et ensuite il viendrait en redemander. Ils sont comme ça, ces gens-là, madame; vous leur remplissez leur tablier de charbon aujourd'hui, et ils reviendront en chercher après-demain, effrontés comme des estatues.

L'intendante se déclara pleinement d'accord avec cette lumineuse comparaison; et l'appariteur poursuivit :

— Jamais, dit M. Bumble, j'avais encore jamais vu ça au point que ça en est arrivé maintenant. Avant-hier, un homme (vous avez été mariée, madame, alors je peux en parler devant vous), un homme qui n'avait presque rien sur le dos (à ce moment, Mme Corney baissa les yeux), il vient frapper à la porte de notre administrateur, qu'avait du monde à dîner; et il dit qu'il faut qu'on le secoure, madame Corney. Comme il a pas voulu partir, et qu'il scandalisait beaucoup les invités, notre administrateur, il lui a fait porter une livre de pommes de terre et une demi-pinte de farine d'avoine. Hélas! qu'il dit, l'ingrat, à quoi ça peut me servir, ça! C'est comme si vous me donniez des lunettes en fer! — Très bien, qu'il dit, notre administrateur, en lui reprenant les affaires, on ne vous donnera rien d'autre ici. — Alors je vais mourir dans les rues! qu'il dit, le vagabond. Mais non, vous n'en ferez rien, que dit notre administrateur.

— Ha! ha! C'était très bien dit! Je reconnais bien là M. Granette, c'est tout à fait lui, n'est-ce pas? dit l'intendante, l'interrompant. Alors, monsieur Bumble?

— Alors, madame, reprit l'appariteur, il est parti; et il a réussi à mourir dans les rues. Vous parlez d'un indigent ostiné!

— C'est plus fort que tout ce qu'on pourrait imaginer, déclara l'intendante avec énergie. Mais vous ne trouvez pas que les secours à domicile[1], c'est très fâcheux, de toute façon, monsieur Bumble? Vous êtes un homme d'expérience, et vous devez savoir à quoi vous en tenir. Dites.

— Madame Corney, dit l'appariteur, souriant du sourire d'un homme qui a conscience d'être mieux renseigné que les autres, les secours à domicile, quand on sait s'y prendre... quand on sait s'y prendre, madame, c'est la sauvegarde de la monicipalité. Le grand principe des secours à domicile, c'est de donner aux indigents exactement ce qu'il leur faut pas, comme ça, ils finissent par se fatiguer de venir demander.

— Pensez donc! s'écria Mme Corney. Eh bien, c'est pas mal dit non plus, ça!

— Oui. De vous à moi, madame, répliqua M. Bumble, c'est là le grand principe; et c'est pour cette raison que si vous regardez les affaires qui paraissent dans ces espèces d'insolents de journaux, vous verrez toujours qu'on a secouru les familles malades en leur donnant des tranchés de fromage. C'est la règle générale maintenant, madame Corney, dans tout le pays. Mais attention, dit l'appariteur, en s'interrompant pour ouvrir son paquet, c'est des secrets officiels, madame; faut pas en parler; sauf entre fonctionnaires monicipaux, comme qui dirait, comme vous et moi. Voilà le porto, madame, que le comité a commandé pour l'infirmerie; c'est du véritable vin de Porto, tout frais et authentique; sorti du tonneau pas plus tard que ce

1. La question des secours à domicile avait été agitée au moment où s'élaborait la nouvelle loi d'assistance (*New Poor Law*) de 1834, et continuait à se poser à l'opinion publique (cf. aussi *supra*, chapitre II, les mesures édictées par la commission).

matin; clair comme de l'eau de roche; et pas de dépôt!

Après avoir soulevé la première bouteille vers la lumière et l'avoir bien agitée pour en mettre les vertus à l'épreuve, M. Bumble les déposa toutes les deux sur le haut d'une commode; il replia le mouchoir dans lequel elles étaient enveloppées, le mit soigneusement dans sa poche, et prit son chapeau, comme s'il allait partir.

— Vous allez avoir bien froid en marchant, monsieur Bumble, dit l'intendante.

— Il fait un vent, madame, dit M. Bumble, en relevant le col de son manteau, un vent à vous couper les oreilles.

L'intendante fit aller ses yeux de la petite bouilloire à l'appariteur, qui se dirigeait vers la porte; et au moment où l'appariteur toussotait pour se préparer à lui souhaiter le bonsoir, elle lui demanda timidement... s'il ne voudrait pas prendre une tasse de thé.

M. Bumble rabaissa immédiatement le col de son manteau; posa son chapeau et sa canne sur une chaise, et approcha de la table une autre chaise. Tout en s'asseyant lentement, il regarda la dame. Elle garda les yeux fixés sur la petite théière. M. Bumble toussota de nouveau, et fit un léger sourire.

Mme Corney se leva pour aller chercher dans le placard une autre tasse et une soucoupe. Quand elle s'assit, son regard rencontra encore une fois celui du galant appariteur; elle rougit et s'adonna avec application à la confection de son thé. Derechef M. Bumble toussota... et cette fois plus fort encore que les deux précédentes.

— Je vous sucre, monsieur Bumble? demanda l'intendante en prenant le sucrier.

— Vous me sucrez infiniment, madame, répondit M. Bumble. Il regarda fixement Mme Corney en disant ces mots; et s'il fut jamais un appariteur à l'air tendre, ce fut bien M. Bumble à cet instant.

Le thé fut fait, et remis sans mot dire à M. Bumble, qui, ayant étalé un mouchoir sur ses genoux pour empêcher les miettes de salir la splendeur de sa culotte courte, commença à manger et à boire; pour varier les plaisirs il poussait de temps à autre un profond soupir; mais cette circonstance ne nuisait aucunement à son appétit, et paraissait au contraire faciliter ses activités sur le front du thé et des rôties.

— Vous avez une chatte, madame, à ce que je vois, dit M. Bumble en posant son regard sur un animal qui, entouré de sa progéniture, se chauffait devant le feu; et aussi des chatons, ma parole!

— Je les aime tellement, monsieur Bumble, vous n'en avez pas idée, répondit l'intendante. Ils sont tellement heureux, tellement fantaisistes, et tellement joyeux, qu'ils me tiennent véritablement compagnie.

— C'est des animaux très gentils, madame, répondit M. Bumble sur un ton approbateur; ils sont tellement familiaux.

— Oh, oui! répondit l'intendante avec enthousiasme, et ils aiment tellement la maison, avec ça, que c'en est un plaisir, je vous assure.

— Madame, dit M. Bumble avec lenteur, et en battant la mesure avec sa cuiller à thé, madame Corney, je vais vous dire une chose : c'est que le chat, ou le chaton, qui serait capable d'habiter chez vous, et de pas aimer sa maison, faudrait que ce soit un âne, madame.

— Oh, monsieur Bumble! s'écria Mme Corney, protestant.

— Ça sert à rien de dire le contraire, madame, dit M. Bumble, en brandissant lentement la cuiller à thé avec une sorte de dignité amoureuse qui le rendait doublement imposant; et j'aurais plaisir à noyer un pareil animal de mes propres mains.

— Alors vous êtes un cruel, dit l'intendante avec vivacité, en tendant la main pour prendre la tasse de l'appariteur, et vous avez un cœur de pierre, avec ça.

— Un cœur de pierre, madame? fit M. Bumble. De pierre? M. Bumble laissa partir sa tasse sans ajouter un seul mot; pinça le petit doigt de Mme Corney quand elle la prit; puis, frappant deux fois son gilet brodé de sa main ouverte, poussa un profond soupir, et écarta sa chaise un tantinet de la cheminée.

La table était ronde; et comme Mme Corney et M. Bumble s'étaient installés face à face, assez près l'un de l'autre, et du côté de la cheminée, on comprendra que M. Bumble, en s'éloignant du feu, et en restant contre la table, accrut la distance qui le séparait de Mme Corney; et il se trouvera sans nul doute des lecteurs sagaces pour admirer cette façon de faire, et pour y voir un geste grandement héroïque de la part de M. Bumble, qui se trouvait en quelque sorte tenté par le moment, le lieu et l'occasion, de donner libre cours à quelques-uns de ces tendres petits riens qui, s'ils conviennent à merveille aux lèvres d'hommes légers et irréfléchis, paraissent incommensurablement inférieurs à la dignité des juges, des membres du Parlement, des ministres, des lords-maires, et autres hauts fonctionnaires, mais plus spécialement inférieurs à la majesté et à la gravité d'un appariteur; ce dernier devant être (le fait est bien connu) le plus austère et le plus inflexible de tous ces grands personnages.

Quelles qu'aient été les intentions de M. Bumble, néanmoins (et nul ne doutera qu'elles n'aient été les meilleures du monde), il se trouvait malencontreusement, comme on l'a déjà fait observer à deux reprises, que la table était ronde; par conséquent M. Bumble, en déplaçant sa chaise petit à petit, commença bientôt à diminuer la distance qui le séparait de l'intendante; puis, poursuivant son mouvement tournant le long du rebord extérieur du cercle, il finit par amener sa chaise tout près de celle où était assise l'intendante. Pour tout dire, les deux chaises entrèrent en contact; et c'est alors que M. Bumble s'arrêta.

Or, si l'intendante avait poussé sa chaise vers la droite, elle eût été grillée par le feu; à gauche, elle fût tombée dans les bras de M. Bumble; c'est pourquoi (étant une intendante avisée, et ayant sans nul doute mesuré d'un coup d'œil les conséquences), elle resta où elle était et remit à M. Bumble une deuxième tasse de thé.

— Un cœur de pierre, madame Corney? dit M. Bumble, en remuant son thé et en levant les yeux vers le visage de l'intendante; et vous, madame Corney, est-ce que vous avez un cœur de pierre?

— Juste ciel! s'écria l'intendante, quelle étrange question, de la part d'un célibataire. Pourquoi donc voulez-vous le savoir, monsieur Bumble?

L'appariteur but son thé jusqu'à la dernière goutte; finit une rôtie; épousseta les miettes restées sur ses genoux; s'essuya les lèvres; et, calmement, embrassa l'intendante.

— Monsieur Bumble! s'écria la personne avisée, à mi-voix; car elle avait si grand-peur qu'elle en avait tout à fait perdu la parole, Monsieur Bumble, je vais pousser des cris! M. Bumble ne répondit pas un mot; mais avec lenteur et dignité passa le bras autour de la taille de l'intendante.

Puisque la dame avait proclamé son intention de pousser des cris, nul doute qu'elle en eût poussé devant ce surcroît d'impudence, si un tel effort n'avait été rendu superflu par des coups frappés précipitamment à la porte; à peine eurent-ils retenti que M. Bumble s'élança avec beaucoup d'agilité sur les bouteilles de vin, et commença à les épousseter avec grande énergie, tandis que l'intendante demandait d'une voix pointue : Qui est là? Il n'est pas sans intérêt de noter, à titre d'exemple curieux de l'efficacité d'une surprise brutale pour lutter contre les effets d'une crainte extrême, que sa voix avait retrouvé toute son âpreté officielle.

— Demande pardon, patronne, dit une vieille indigente toute ridée, d'une laideur hideuse, qui passa la tête dans l'entrebâillement de la porte, y a la vieille Sally qui s'en va à toute vitesse.

— Alors, est-ce que ça me regarde? demanda l'intendante avec colère. Je ne peux pas l'empêcher de mourir, n'est-ce pas?

— Non, non, patronne, répondit la vieille femme, ni vous ni personne; y a longtemps que personne y peut plus rien. J'en ai vu mourir, des gens! Des petits bébés et des hommes vigoureux; et je sais quand la mort approche, je m'y trompe pas. Mais elle a l'esprit agité. Et quand elle est pas en crise (c'est pas souvent, parce que la mort lui laisse pas de répit) elle dit qu'elle a quelque chose à dire, et qu'il faut que vous le sachiez. Elle va pas vouloir mourir tranquillement si vous venez pas, patronne.

A cette nouvelle, l'estimable Mme Corney grommela une série d'imprécations contre les vieilles qui ne sont même pas capables de mourir sans faire exprès d'ennuyer les gens bien; puis, s'emmitouflant d'un gros châle qu'elle attrapa précipitamment, elle pria d'un mot M. Bumble d'attendre son retour, pour le cas où il se passerait quelque chose d'extraordinaire. Elle ordonna à la messagère de marcher vite, et de ne pas passer toute la nuit à clopiner dans les escaliers, et sortit de la pièce derrière elle de fort mauvaise grâce, en la gourmandant sans arrêt.

Le comportement de M. Bumble, resté seul, fut presque inexplicable. Il ouvrit le placard, compta les cuillers à thé, soupesa la pince à sucre, examina minutieusement un pot à lait d'argent pour s'assurer qu'il était en métal authentique, puis, après avoir satisfait sa curiosité sur ces points, il mit son bicorne de travers, et exécuta un pas de danse solennel autour de la table, à quatre reprises. Après s'être livré à cette démonstration fort extraordinaire, il ôta de nouveau son bicorne, et, s'étalant devant la cheminée, le dos au feu, il parut s'occuper à faire un exact inventaire mental du mobilier.

CHAPITRE XXIV

Traite d'un bien pauvre sujet. Mais c'est un chapitre court, et non sans importance, comme on le verra, pour notre récit.

LA personne qui était venue troubler le calme du salon de l'intendante avait les qualités requises d'une messagère de mort. Son corps était courbé par les ans; ses lèvres étaient agitées d'un tremblement paralytique; son visage, défiguré par un rictus sénile, ressemblait davantage aux dessins grotesques d'une plume égarée qu'à l'ouvrage des mains de la Nature.

Hélas! Combien peu nombreux sont les visages créés par la Nature et qui demeurent propres à nous réjouir de leur beauté! Les soucis, les chagrins et les appétits du monde changent les visages en même temps que les cœurs; et c'est seulement quand de telles passions se sont endormies, et ont à tout jamais lâché prise, c'est alors seulement que les nuées orageuses se dissipent, et laissent librement apparaître la surface du Ciel. Il n'est pas rare que le visage des morts, même en cet état rigide et figé, retrouve en s'apaisant l'expression oubliée depuis longtemps du sommeil enfantin, et l'aspect des tout premiers temps de la vie ; il redevient si calme, si tranquille, que ceux qui les avaient connus dans leur enfance heureuse s'agenouillent avec vénération près de leur cercueil, et croient voir un Ange ici-bas.

La vieille commère parcourut d'un pas chancelant les couloirs, et monta l'escalier en grommelant d'indistinctes réponses aux reproches de sa compagne; quand elle finit par être contrainte de s'arrêter pour reprendre son souffle, elle lui remit la bougie, et resta en arrière pour la rejoindre ensuite quand elle le pourrait, cependant que, plus agile, sa supérieure gagnait la salle où reposait la malade.

C'était une mansarde dépouillée, au fond de laquelle brillait une faible lumière. Une autre vieille femme veillait au chevet du lit; et l'apprenti de l'apothicaire municipal était debout devant la cheminée, et transformait une plume d'oie en cure-dent.

— Il fait froid ce soir, madame Corney, dit ce jeune homme quand l'intendante entra.

— Oui, monsieur, grand froid, répondit la maîtresse de l'asile, de sa voix la plus courtoise et tout en faisant une révérence.

— Vous devriez demander de meilleur charbon à vos fournisseurs, dit le représentant de l'apothicaire, en cassant un morceau sur le dessus du feu avec le tisonnier rouillé; ce n'est pas du tout ce qu'il vous faut par temps froid.

— C'est le comité qui l'a choisi, monsieur, répondit l'intendante. Le moins que pourraient faire ces messieurs, ce serait de nous tenir bien au chaud; nous avons assez de mal dans notre métier.

La conversation fut alors interrompue par un gémissement de la malade.

— Ah! dit le jeune homme en se tournant vers le lit, comme s'il se ressouvenait soudain de la patiente, de ce côté-là, madame Corney, les carottes sont cuites.

— Vraiment, monsieur? demanda l'intendante.

— Si elle tient encore deux heures, j'en serai surpris, dit l'apprenti de l'apothicaire, en regardant fixement la pointe de son cure-dent. C'est de l'effondrement général de tout le système. Est-ce qu'elle dort, dites, la vieille?

La garde se pencha sur le lit pour s'en assurer; puis elle fit un signe de tête affirmatif.

— Alors elle va peut-être s'en aller comme cela, si vous ne faites pas trop de tapage, dit le jeune homme. Posez la lumière par terre. Comme cela, elle ne la verra pas.

La garde obtempéra, tout en hochant la tête, pour indiquer que la femme n'allait pas mourir si facilement que cela; après quoi, elle se rassit à côté de l'autre infirmière, qui était maintenant de retour. La maîtresse, d'un air impatient, s'emmitoufla dans son châle, et s'assit au pied du lit.

L'apprenti de l'apothicaire, après avoir achevé la confection du cure-dent, se planta devant le feu, et usa activement de son instrument pendant une dizaine de minutes; puis, commençant apparemment à s'ennuyer, il souhaita à Mme Corney de prendre bien du plaisir dans l'exercice de ses fonctions, et s'éloigna sur la pointe des pieds.

Après être restées silencieuses pendant un certain temps, les deux vieilles femmes quittèrent le chevet du lit, et, s'accroupissant auprès de la cheminée, tendirent leurs mains flétries pour profiter de la chaleur. Les flammes éclairaient leurs visages ratatinés d'une lueur fantomatique, et donnaient un aspect terrible à leur laideur, quand elles commencèrent à converser à mi-voix dans cette posture.

— Est-ce qu'elle a dit autre chose, ma chère Anny, pendant que j'étais partie? demanda la messagère.

— Pas un mot, répondit l'autre. Elle s'est tordu les bras pendant un moment, en essayant de s'écorcher, mais je lui ai tenu les mains, et elle a eu tôt fait d'y renoncer. Il ne lui reste plus beaucoup de force, alors j'ai pas eu de mal à la faire tenir tranquille. Je suis pas tellement affaiblie pour mon âge, bien que je sois nourrie au régime municipal; non, non!

— A-t-elle bu le vin chaud que le docteur avait dit qu'il fallait qu'elle prenne? demanda la première.

— J'ai essayé de lui faire avaler, répliqua l'autre. Mais elle avait les dents serrées, et elle a attrapé la timbale si fort que j'ai déjà eu bien du mal à la lui reprendre. Alors c'est moi qui l'ai bu; et ça m'a fait du bien !

Après avoir jeté un regard inquiet derrière elles, pour s'assurer qu'elles n'étaient pas écoutées, les deux sorcières se pelotonnèrent plus près du feu, et gloussèrent de bon cœur.

— Je me souviens d'un temps, dit la première, où elle aurait fait la même chose, et où elle nous aurait bien fait rire avec son histoire ensuite.

— Ah, ça, c'est vrai, répliqua l'autre; elle avait le cœur joyeux. Il y en a eu de ces corps dont elle a fait la toilette funèbre, tout beaux, tout propres comme des poupées de cire. Je les ai vus de mes yeux, et je les ai touchés de mes mains, par-dessus le marché, car je l'ai aidée, des dizaines et des dizaines de fois.

Tout en parlant, la vieille créature étendit ses doigts tremblants, et les agita avec exultation devant ses yeux; puis elle fouilla dans sa poche, et en tira une vieille tabatière d'étain toute décolorée par l'âge; elle en fit tomber quelques grains dans la paume ouverte de sa compagne, et quelques-uns dans la sienne. Tandis qu'elles s'occupaient de la sorte, l'intendante, qui avait attendu avec impatience le moment où la mourante s'éveillerait de sa torpeur, vint les retrouver devant la cheminée, et leur demanda avec colère combien de temps elle allait devoir attendre.

— Pas longtemps, patronne, répondit la seconde des femmes, en levant les yeux vers sa figure. Y en a pas pour longtemps à attendre la mort, pour personne ici-bas. Patience, patience! Elle arrivera toujours bien assez tôt pour chacune de nous.

— Tenez votre langue, espèce de radoteuse! dit l'intendante avec sévérité. Mais dites-moi, vous, Marthe, est-ce qu'elle a déjà été dans cet état?

— Souvent, répondit la première femme.

— Mais ça ne lui arrivera plus jamais, ajouta la seconde; c'est-à-dire, qu'elle n'en a plus que pour une fois à se réveiller... et attention, patronne, ça sera pas pour longtemps.

— Longtemps ou pas longtemps, dit l'intendante sur un ton cassant, elle ne me trouvera pas ici quand elle s'éveillera; faites bien attention, vous autres, de ne pas recommencer à me déranger pour rien. Ça ne fait pas partie de mes obligations de venir voir mourir toutes les vieilles femmes de la maison, et, qui plus est, je m'y refuse. Notez-le bien, espèces de mégères impudentes. Si vous vous moquez de moi encore une fois, j'aurai tôt fait de vous en faire passer l'envie, je vous le garantis!

Elle s'éloignait d'un pas furieux quand les deux femmes, qui s'étaient retournées vers le lit, lui firent faire demi-tour en poussant un cri. La malade s'était dressée sur son séant, et tendait les bras vers elles.

— Qui est là? s'écria-t-elle d'une voix caverneuse.

— Chut, chut! dit l'une des deux femmes, en se penchant vers elle. Couchez-vous, couchez-vous!

— Jamais plus je ne me recoucherai jusqu'à ma mort! dit la femme en se débattant. Je veux le lui dire! Venez ici! Plus près! Que je puisse vous parler à l'oreille.

Elle agrippa le bras de l'intendante, et l'ayant contrainte à s'asseoir sur une chaise au chevet du lit, elle allait parler, quand, regardant autour d'elle, elle aperçut les deux vieilles qui se penchaient en avant dans une attitude d'ardente attention.

— Chassez-les, dit la vieille femme, d'une voix somnolente; dépêchez-vous! dépêchez-vous!

Les deux vieilles commères firent chorus pour se répandre en pitoyables lamentations, disant que la pauvre créature était en si mauvaise passe qu'elle ne reconnaissait plus ses meilleures amies; elles étaient en train de protester à mainte et mainte reprise de leur intention de ne jamais la quitter, quand leur directrice les jeta dehors, referma la porte, et revint au chevet du lit. En se voyant exclues, les vieilles femmes changèrent de ton, et crièrent par le trou de la serrure que la vieille Sally était ivre; ce qui, à vrai dire, n'était nullement invraisemblable; car, outre une dose raisonnable d'opium qu'avait prescrite l'apothicaire, elle subissait les conséquences d'une ultime ration de gin à l'eau que, dans la générosité de leur cœur, lui avaient administrée secrètement les dignes vieilles elles-mêmes.

— Maintenant écoutez-moi, dit à voix haute la mourante, comme si elle faisait un grand effort pour rendre vie à la moindre étincelle d'énergie latente. Dans cette pièce... dans ce lit même... j'ai jadis soigné une jolie petite femme qu'on avait amenée à l'asile, les pieds meurtris et écorchés par la marche, et tout souillés de poussière et de sang. Elle a donné naissance à un garçon avant de mourir. Voyons... en quelle année était-ce, déjà ?

— Ne vous inquiétez pas de l'année, dit son auditrice avec impatience; alors, cette jeune femme ?

— Ouais, murmura la malade, qui était retombée dans le même état de somnolence, cette jeune femme ?... cette jeune... je sais! s'écria-t-elle, en se soulevant en sursaut d'un air passionné, le visage en feu, je l'ai pillée, c'est ça! Elle était pas encore refroidie... je vous dis qu'elle était pas encore refroidie, quand j'ai volé la chose!

— Volé quelle chose, pour l'amour du Ciel ? s'écria l'intendante, qui fit un geste comme pour appeler à l'aide.

— La chose! répondit la femme, en posant sa main sur les lèvres de l'autre. La seule qu'elle avait. Elle avait pas assez de vêtements pour se tenir chaud, et elle avait rien à manger; mais elle l'avait gardée précieusement, et elle l'avait sur son cœur. C'était en or, que je vous dis! Du bel or, qui aurait pu lui sauver la vie!

— De l'or! répéta l'intendante, en se penchant avidement sur la femme qui était retombée en arrière.

Continuez, continuez... oui... et alors? Qui était la mère? Quand était-ce?

— Elle m'a ordonné de la garder précieusement, répondit la femme avec un gémissement, et elle s'est confiée à moi parce que j'étais la seule femme à me trouver auprès d'elle. J'ai volé la chose en intention la première fois qu'elle me l'a montrée, accrochée autour de son cou; et peut-être que je suis responsable aussi de la mort de l'enfant! On l'aurait mieux traité si on avait tout su!

— Si on avait su quoi? demanda l'autre. Parlez!

— L'enfant s'est mis à ressembler tellement à sa mère en grandissant, dit la femme, qui poursuivait sa divagation, sans prendre garde à la question, que je pouvais jamais l'oublier quand je voyais sa figure. La pauvre fille! la pauvre fille. Et si jeune, avec ça! Un vrai petit agneau! Attendez; j'ai encore quelque chose à vous dire. Je vous ai pas tout dit, n'est-ce pas?

— Non, non, répondit l'intendante, en penchant la tête pour mieux saisir les paroles que la mourante prononçait d'une voix de plus en plus faible. Dépêchez-vous, sans cela il sera peut-être trop tard!

— La mère, dit la femme, en faisant un effort plus violent qu'auparavant; la mère, quand elle a été prise des douleurs de l'agonie, m'a glissé à l'oreille que si son enfant n'était pas mort-né, et s'il survivait, le jour pourrait venir où il ne se trouverait pas tellement déshonoré d'entendre prononcer le nom de sa pauvre jeune maman. Et elle a dit, en joignant ses mains amaigries : Oh, Ciel miséricordieux, que ce soit un garçon ou une fille, suscitez-lui des amis dans ce monde d'infortune, et ayez pitié d'un pauvre enfant seul et sans ressources, abandonné à sa générosité!

— Comment s'appelait l'enfant? demanda l'intendante.

— On lui a donné le nom d'Olivier, répondit la femme d'une voix faible. La chose en or que j'avais volée, c'était...

— Oui, oui... c'était quoi ? s'écria l'autre.

Elle s'était penchée avidement sur la femme pour entendre sa réponse, mais elle recula instinctivement, quand celle-ci se souleva encore une fois, avec lenteur et raideur, pour se mettre sur son séant ; puis, agrippant le couvre-pied des deux mains, laissa échapper du fond de sa gorge quelques sons indistincts, et retomba inanimée sur le lit.

— Raide morte ! dit l'une des vieilles femmes, qui firent irruption dans la pièce dès que la porte s'ouvrit.

— Et finalement, elle n'avait rien à me dire, répliqua l'intendante, en s'éloignant d'un air indifférent.

Les deux commères, apparemment trop absorbées par les préparatifs de leurs funèbres fonctions pour lui répondre un seul mot, restèrent seules, à tourner autour de ce corps.

CHAPITRE XXV

Où notre récit retourne auprès de MM. Fagin et Compagnie.

PENDANT le déroulement de ces faits dans l'asile provincial, M. Fagin était dans son repaire familier (celui-là même où Nancy était venue chercher Olivier) et méditait devant un feu terne et fumeux. Il avait un soufflet sur les genoux, avec lequel il semblait qu'il eût essayé de le stimuler pour lui donner plus d'entrain et d'activité; mais il avait sombré dans une profonde méditation; et les bras croisés sur le soufflet, le menton appuyé sur les pouces, il avait les yeux fixés d'un air absent sur la grille rouillée de l'âtre.

Attablés derrière lui, le Finaud, le jeune M. Charley Bates et M. Chitling étaient tous trois absorbés par une partie de whist, le jeune M. Bates et M. Chitling étant associés contre le Finaud et le mort. Le visage du dernier nommé de ces messieurs, remarquablement intellectuel en toutes circonstances, se parait d'un surcroît de séduction, grâce à la vigilante attention qu'il apportait à la partie, et à l'examen minutieux qu'il faisait subir au jeu de M. Chitling, auquel, de temps à autre, et selon les possibilités du moment, il ne manquait pas de jeter de fréquents regards intéressés, afin de déterminer sagement sa propre attitude d'après le résultat des remarques faites quant aux cartes de son voisin. Le temps étant froid, le Finaud portait son chapeau, ce qui lui arrivait d'ailleurs fréquemment à l'intérieur. En outre, il tenait entre ses dents une pipe en terre, qu'il ne quittait, pour peu d'instants, que lorsqu'il jugeait nécessaire de se rafraîchir en ayant recours à un pot de deux pintes posé sur la table, et plein de gin à l'eau, tout préparé pour la commodité des personnes présentes.

Le jeune M. Bates était lui aussi attentif à la partie; mais comme il avait un tempérament plus impétueux que son remarquable ami, on pouvait observer qu'il recourait plus fréquemment au gin à l'eau, et qu'il s'adonnait en outre à nombre de plaisanteries et de déclarations sans rapport avec le jeu, attitude fort peu digne d'un robre conduit selon les règles de l'art. En vérité le Finaud, s'autorisant de leur intime amitié, saisit mainte occasion de reprendre son compagnon, avec gravité, au sujet de ces inconvenances, et le jeune M. Bates prit en très bonne part toutes ses remontrances; en effet il se contenta d'inviter son ami à aller se faire pendre, ou à se fourrer la tête dans un sac, ou de lui répondre par quelque autre compliment humoristique tout aussi élégamment tourné, et dont le caractère heureusement approprié suscita une vive admiration dans l'esprit de M. Chitling. Il est intéressant de noter que ce dernier et son partenaire perdaient à tous les coups, et que cette circonstance, au lieu d'irriter le jeune M. Bates, paraissait être pour lui la source de la plus vive gaîté, car il se laissait aller à des hurlements de rire à la fin de chaque donne, et déclarait qu'il n'avait jamais vu de partie aussi drôle depuis sa plus tendre enfance.

— Ça fait deux coups doubles [1], et la manche, dit M. Chitling, dont le visage s'allongea considérablement tandis qu'il tirait de son gousset une demi-couronne. J'ai jamais vu un type comme toi, Jack; tu gagnes toujours. Même quand c'est nous qu'avons les bonnes cartes, Charley et moi, on en tire rien.

Soit le contenu, soit le ton de cette déclaration, qui

1. Au jeu de whist un *double* correspond à un total de dix levées à zéro.

fut prononcée d'un air fort contrit, ravit Charley Bates à tel point que l'éclat de rire qui s'ensuivit tira le Juif de sa rêverie, et lui fit demander ce qui se passait.

— Ce qui se passe, Fagin! s'écria Charley. Je regrette que vous ayez pas assisté à la partie. Tommy Chitling a pas gagné un seul point; et je faisais équipe avec lui contre le Finaud et le mort.

— Oui, oui! dit le Juif, avec un sourire qui montrait assez qu'il n'était guère en peine de comprendre le motif de cet état de choses. Fais un autre essai, Tom; fais un autre essai.

— Ça me suffit, Fagin, merci, répondit M. Chitling, j'en ai assez. Ce Finaud-là, il est tellement en veine qu'on peut rien faire contre lui.

— Ha! ha! mon cher ami, répondit le Juif, c'est qu'il faut se lever matin pour gagner contre le Finaud.

— S'il faut se lever matin! dit Charley Bates; il faut mettre ses bottes la veille au soir, et s'appliquer une longue-vue sur chaque œil, et une paire de jumelles entre les deux épaules, si on veut en remontrer à ce gars-là.

M. Dawkins accueillit avec beaucoup de philosophie ce généreux éloge, et offrit à toutes les personnes présentes de jouer à la coupe, à qui tirerait la première figure, à un shilling le coup. Comme personne ne releva ce défi, et que sa pipe était maintenant achevée, il se mit en devoir de dessiner un plan de Newgate sur la table à l'aide du morceau de craie qui lui avait tenu lieu de jetons, tout en sifflant sur un ton suraigu.

— Ce que t'as l'air triste, Tommy, tout de même! dit le Finaud, en s'arrêtant tout net au milieu d'un long silence général pour s'adresser à M. Chitling. A quoi que vous croyez qu'il pense, Fagin?

— Comment veux-tu que je le sache, mon petit? répondit le Juif, qui se retourna sans cesser d'user de son soufflet. A l'argent qu'il a perdu, peut-être; ou à la petite retraite qu'il vient de quitter à la campagne, hein? Ha! ha! C'est bien ça, mon cher ami?

— Absolument pas, répliqua le Finaud, coupant court à tout autre commentaire sur ce sujet au moment où M. Chitling allait répondre. Et toi, Charley, qu'est-ce que t'en dis ?

— Moi, répondit le jeune M. Bates avec un large sourire, je dirai qu'il a un faible prononcé pour Betsy. Regardez comme il rougit ! Ah, nom d'une pipe ! Si y a pas de quoi se tordre ! Tommy Chitling amoureux ! Oh, Fagin, Fagin ! C'est trop drôle !

Complètement bouleversé par l'idée que M. Chitling pût être en proie à de tendres sentiments, le jeune M. Bates se rejeta en arrière sur sa chaise avec tant de violence qu'il en perdit l'équilibre et tomba par terre à la renverse ; il y resta étendu de tout son long, sans que cet incident eût en rien diminué sa gaîté, jusqu'au moment où son accès de rire fut passé, et où il reprit alors sa posture antérieure, et entama un nouvel accès.

— Ne t'occupe pas de lui, mon cher, dit le Juif, avec un clin d'œil à l'adresse de M. Dawkins, et donnant au jeune M. Bates une petite tape de réprobation avec le bout du soufflet. Betsy est une fille bien. Attache-toi à elle, Tom. Attache-toi à elle.

— Je vais vous dire une chose, Fagin, répondit M. Chitling, cramoisi, c'est que ça regarde personne ici.

— Parfaitement exact, répondit le Juif ; Charley est un bavard. T'occupe pas de lui, mon cher ; t'occupe pas de lui. Betsy est une fille bien. Fais ce qu'elle te dira, Tom, et tu feras fortune.

— C'est bien ce que j'ai fait, de faire ce qu'elle m'avait dit, répondit M. Chitling ; j'aurais pas été mis en tôle si j'avais pas suivi ses conseils. Mais ça a bien arrangé vos affaires, pas vrai, Fagin ! Et qu'est-ce que c'est que six semaines ? Faut bien que ça vienne, un jour ou l'autre, alors pourquoi pas en hiver, quand on a pas tellement envie de se promener, hein, Fagin ?

— Mais certainement, mon cher, répondit le Juif.

— Ça te ferait rien de recommencer, pas vrai, Tom, demanda le Finaud avec un clin d'œil du côté de Charley et du Juif, si Bet marchait?

— Justement, je vous dis que ça me ferait rien, répondit Tom avec colère. Alors, quoi? Hein! Qui peut en dire autant, je voudrais bien le savoir; hein, Fagin?

— Personne, mon cher, répondit le Juif; absolument personne, Tom. J'en connais pas un qui en serait capable, sauf toi; pas un, mon cher.

— J'aurais pu me tirer des flûtes, si je l'avais mise dans le bain, pas vrai, Fagin? poursuivit avec colère le pauvre garçon crédule et presque faible d'esprit. Il m'aurait suffi de dire un mot, et ça y était, pas vrai, Fagin?

— Mais bien sûr, mon cher, répliqua le Juif.

— Mais je me suis pas mis à table, hein, Fagin? demanda Tom, posant question sur question avec beaucoup de volubilité.

— Mais non, mais non, en effet, répondit le Juif; t'avais trop de cœur au ventre. Bien trop de cœur au ventre, mon cher!

— C'est bien possible, rétorqua Tom, avec un regard circulaire; et si c'est vrai, qu'est-ce qu'y a de risible là-dedans, hein, Fagin?

Le Juif, se rendant compte que M. Chitling était très monté, s'empressa de l'assurer que personne n'en riait; et pour démontrer que tout le monde était imperturbable, il invoqua le témoignage du jeune M. Bates, le principal délinquant. Malheureusement, Charley, au moment où il ouvrait la bouche pour répondre qu'il n'avait jamais été plus sérieux de sa vie, ne réussit pas à arrêter l'explosion d'un éclat de rire si violent que M. Chitling, ulcéré, se précipita à l'autre bout de la pièce sans autre forme de procès, et lança un coup de poing contre le coupable; ce dernier, expert en l'art de la dérobade, plongea pour l'éviter, et choisit si bien son moment que le coup s'abattit sur la poitrine du joyeux vieillard et le fit reculer en chancelant jusqu'au mur, où il resta tout pantois, tandis que M. Chitling contemplait ce spectacle d'un air fort déconfit.

— Écoutez! s'écria le Finaud à cet instant, j'ai entendu la clochette. Il s'empara de la bougie, et monta l'escalier à pas feutrés.

La sonnette fut agitée de nouveau, non sans impatience, tandis que les autres restaient dans l'obscurité. Après un bref silence, le Finaud reparut, et dit quelque mots, en grand mystère, à l'oreille de Fagin.

— Quoi! s'écria le Juif, tout seul?

Le Finaud fit un signe de tête affirmatif, et, abritant de la main la flamme de la bougie, donna à entendre à Charley Bates, par une discrète pantomime, qu'il ferait mieux de ne pas se montrer trop drolatique pour le moment. Après s'être acquitté de cette tâche amicale, il posa son regard sur le visage du Juif, et attendit ses instructions.

Le vieil homme mordit ses doigts jaunis, et réfléchit pendant quelques secondes, tandis que ses traits se contractaient sous l'effet de l'agitation, comme s'il redoutait quelque chose, et craignait d'apprendre le pire. Il finit par relever la tête.

— Où est-il? demanda-t-il.

Le Finaud montra du doigt l'étage supérieur, et fit un geste comme pour se préparer à sortir de la pièce.

— Oui, dit le Juif, en réponse à cette question silencieuse; fais-le descendre. Chut! Charley, du calme! Tout doux, Tom! Attention, attention!

Cet ordre, compendieusement adressé à Charley Bates et à son adversaire de l'instant précédent, fut exécuté sur-le-champ et en silence. Aucun son ne trahissait plus leur présence quand le Finaud redescendit l'escalier, portant la bougie à la main, et suivi d'un homme en blouse de tissu grossier; ce dernier, après avoir parcouru la pièce d'un regard rapide, ôta un grand châle qui lui dissimulait le bas de la physionomie, et révéla les traits de Toby Crackit le beau gosse, hâve et sale, et non rasé.

— Comment ça va, Faguey? demanda ce personnage, en saluant le Juif de la tête. Fourre-moi ce châle dans mon galure, Finaud, pour que je sache où le trouver quand je me tirerai; c'est parfait! Tu vas faire un fameux petit cambrioleur, et tu vas enfoncer la vieille crapule un de ces jours.

Ce disant, il releva le bas de sa blouse, et, se la nouant autour de la taille, il approcha une chaise de la cheminée et posa les pieds sur le devant de foyer.

— Vous voyez, Fagin, dit-il, en montrant d'un air affligé ses bottes à revers; pas la moindre goutte de Day et Martin[1] depuis ce que vous savez; pas la plus petite miette de cirage, bon sang! Mais faut pas me regarder comme ça, mon bonhomme. Chaque chose en son temps. Je peux pas parler d'affaires tant que j'aurai rien eu à manger et à boire; alors amène les victuailles, et qu'on s'en mette plein la lampe, tranquillement, pour la première fois depuis trois jours.

Le Juif fit signe au Finaud de mettre sur la table ce qu'il y avait comme comestibles; puis, s'asseyant en face du cambrioleur, attendit son bon plaisir.

A en juger sur les apparences, Toby n'était nullement pressé d'entamer la conversation. Au début, le Juif se contenta d'observer patiemment la physionomie de l'autre, comme pour puiser dans son expression un aperçu des nouvelles qu'il apportait; mais ce fut en vain. Il avait l'air las et accablé, pourtant ses traits portaient toujours le même aspect de paisible vanité que d'habitude, et à travers la saleté, la barbe et les favoris brillait encore, intact, le sourire complaisant de Toby Crackit le beau gosse. Aussi le Juif, torturé d'impatience, regarda-t-il chaque bouchée qu'il portait

---

1. Marque de cirage. Rappelons que Dickens avait travaillé dans son enfance (en 1824) pour une autre fabrique, celle de Warren (cf. aussi *Pickwick*, chapitres X et XXXIII).

à ses lèvres, en parcourant la pièce en tous sens, incapable de réprimer son énervement. Rien n'y fit. Toby continua à manger avec la plus parfaite indifférence apparente, jusqu'au moment où il fut hors d'état d'avaler rien de plus ; puis, donnant l'ordre au Finaud de sortir, il referma la porte, prépara un verre d'alcool étendu d'eau, et s'apprêta à parler.

— Commençons par le commencement, Faguey, dit Toby.

— Oui, oui, fit le Juif, l'interrompant, tout en approchant sa chaise.

M. Crackit prit le temps d'avaler une gorgée de gin à l'eau, et de déclarer que l'alcool était excellent; puis, posant les pieds contre le manteau de la cheminée basse, de façon à mettre ses bottes à peu près au même niveau que ses yeux, il reprit posément.

— Pour commencer par le commencement, Faguey, dit le cambrioleur, comment va Bill?

— Quoi! s'écria le Juif, qui se leva en sursaut.

— Comment, vous n'allez pas me dire..., commença Toby, pâlissant.

— Vous dire quoi! s'écria le Juif, frappant du pied sur le sol avec fureur. Où sont-ils? Sikes et le petit! Où sont-ils? Où sont-ils allés? Où se cachent-ils? Pourquoi ne sont-ils pas venus ici?

— Le coup a raté, dit Toby, d'une voix sourde.

— Je le sais, répondit le Juif, tirant brusquement un journal de sa poche pour le lui montrer. Et après?

— Ils ont tiré, et le petit a été touché. On s'est taillé par les champs derrière la maison, avec le petit entre nous deux... on a filé droit devant nous... en coupant à travers les haies et les fossés. Ils nous ont poursuivis. Bon sang! tout le pays était alerté, et ils ont lâché les chiens contre nous.

— Et le petit?

— Bill l'avait sur son dos, et il a filé comme l'éclair. On s'est arrêté pour le porter à deux; il avait la tête pendante, et il était tout froid. Les autres arrivaient sur nos talons; chacun pour soi, et personne pour le gibet! On s'est séparé, et on a laissé le petit couché dans un fossé. Mort ou vif, j'en sais rien.

Le Juif n'attendit pas d'en entendre davantage; mais il poussa un grand cri, et s'arrachant les cheveux, il sortit comme un fou de la pièce et de la maison.

CHAPITRE XXVI

Au cours duquel un mystérieux personnage fait son apparition sur la scène, tandis que nombre d'actions, indissolublement liées à notre récit, sont accomplies et exécutées.

Le vieil homme avait déjà atteint le coin de la rue quand il commença à se remettre de l'effet produit par les nouvelles de Toby Crackit. Son allure exceptionnellement rapide n'avait pas fléchi, et il allait toujours devant lui, de la même façon folle et désordonnée, quand une voiture passa soudain près de lui à toute vitesse; une grande clameur poussée par les piétons qui l'avaient vu courir un danger lui fit chercher refuge sur le trottoir. Évitant dans toute la mesure du possible les grandes artères, et n'empruntant pour échapper aux regards que les rues détournées et les ruelles, il finit par déboucher sur Snow Hill. Il se mit alors à marcher encore plus vite; et ne s'attarda pas avant de s'être à nouveau engagé dans une voie obscure; alors, comme s'il avait le sentiment d'être maintenant dans son élément, il reprit l'allure traînante qui lui était habituelle, et parut respirer plus librement.

Près de l'endroit où se rejoignent Snow Hill et Holborn Hill s'ouvre, sur la droite en venant de la Cité, une venelle étroite et rébarbative qui mène à Saffron Hill[1]. Ses échoppes repoussantes offrent aux acheteurs d'énormes paquets de mouchoirs d'occasion,

1. Holborn Hill disparut en 1867 au moment de la construction du viaduc de Holborn. Snow Hill existe toujours; Field

de toutes tailles et de tous dessins; car c'est là qu'habitent les revendeurs qui les achètent aux voleurs. Par centaines, ces mouchoirs sont pendus à des crochets devant les vitrines ou impudemment exhibés sur les montants de la porte; et à l'intérieur ils s'entassent sur les rayons. Si étroites qu'en soient les limites, Field Lane possède son barbier, son café, son débit de bière et son marchand de poisson frit. C'est toute une petite colonie commerciale, un marché des menus larcins, auquel rendent visite, au petit matin et au crépuscule, de taciturnes négociants, qui traitent leurs affaires dans d'obscures arrière-boutiques, et s'en vont aussi mystérieusement qu'ils sont venus. C'est là que les fripiers, les savetiers et les marchands de chiffons exhibent leurs articles, pour attirer l'attention des voleurs de bas étage; c'est là que des dépôts de ferraille et de vieux os, et des amas de morceaux de tissu de laine ou de linge en décomposition, restent à rouiller ou à pourrir dans d'ignobles caves.

C'est dans cette artère que s'engagea le Juif. Il était familièrement connu des blêmes habitants de cette venelle; car ceux d'entre eux qui étaient à l'affût d'une occasion de vendre ou d'acheter lui faisaient de petits saluts au passage. Il répondait d'un signe de tête à leurs gestes de reconnaissance; mais il ne se livra à aucune manifestation plus précise jusqu'au moment où il atteignit l'autre bout de la venelle; alors il s'arrêta pour parler à un commerçant de petite taille, qui avait inséré dans un fauteuil d'enfant toute la partie de sa personne qui pouvait y tenir et fumait sa pipe à la porte de son entrepôt.

— Eh bien, monsieur Fagin, le plaisir de vous voir suffirait à nous guérir des ophtalmiques! dit ce vénérable négociant, pour remercier le Juif qui lui avait demandé des nouvelles de sa santé.

Lane est la ruelle où se trouvait le premier repaire de Fagin (cf. chapitre VIII).

— Il commençait à faire un peu trop chaud dans le secteur, Levif [1], dit Fagin, en levant les sourcils et en croisant les bras pour poser les mains sur ses épaules.

— Ma foi, j'ai déjà entendu des gens s'en plaindre deux ou trois fois, répondit le négociant; mais ça tarde pas à se rafraîchir; ce n'est pas votre impression?

Fagin acquiesça d'un signe de tête. Puis il montra du doigt la direction de Saffron Hill et demanda s'il y avait du monde là-haut ce soir.

— Aux Estropiés? demanda l'homme.

Nouveau signe d'acquiescement du Juif.

— Voyons, poursuivit le marchand, en réfléchissant. Oui, y en a cinq ou six qui sont entrés, ça, je le sais. Je ne crois pas que votre ami y soit.

— Et Sikes n'y est pas, j'imagine? demanda le Juif, d'un air déçu.

— *Non est venus* [2], comme disent les gens de loi, répondit le petit homme en hochant la tête d'un air extraordinairement rusé. Avez-vous des affaires pour moi ce soir?

— Rien pour le moment, dit le Juif en s'éloignant.

— Est-ce que vous montez aux Estropiés, Fagin? s'écria le petit homme en le rappelant. Attendez! j'aimerais bien aller y boire un petit quelque chose avec vous!

Mais le Juif, se retournant, fit un geste de la main pour indiquer qu'il préférait être seul; et comme, d'autre part, le petit homme avait bien du mal à s'extirper de son fauteuil, l'enseigne des Estropiés fut momentané-

---

1. Dans le texte, ce personnage s'appelle Lively (*lively* signifie : vif) désignation dont l'ironie est plus que transparente.

2. Le texte porte : *non ist wentus*, ce qui représente une forme corrompue et à demi anglicisée (*went* étant le passé du verbe *go*, aller) de l'expression juridique : *non est inventus* (il n'a pas été trouvé) désignant une déclaration par laquelle le shérif fait connaître qu'il n'a pas pu transmettre une assignation à son destinataire.

ment privée du plaisir de voir arriver M. Levif. Avant qu'il eût réussi à se mettre sur ses jambes, le Juif avait disparu; aussi M. Levif, après avoir vainement essayé de se mettre sur la pointe des pieds dans l'espoir de l'apercevoir, s'inséra de nouveau dans son petit fauteuil, et, après avoir échangé un hochement de tête avec la personne qui tenait la boutique d'en face, hochement de tête où se mêlaient clairement le doute et la méfiance, il reprit sa pipe avec un air de gravité.

Les Trois Estropiés, ou plutôt les Estropiés (car tel était le nom sous lequel l'établissement était familièrement connu de ses usagers) étaient l'enseigne du café où l'on a déjà vu paraître M. Sikes et son chien. Se contentant de faire un signe au garçon de comptoir, M. Fagin monta tout droit au premier étage, ouvrit la porte d'une salle, où il se glissa sans bruit, et promena autour de lui un regard inquiet, en s'abritant les yeux avec la main, comme s'il cherchait quelqu'un de précis.

La pièce était éclairée par deux lampes à gaz; des volets barricadés, et des rideaux d'un rouge fané, hermétiquement clos, empêchaient la lueur des lampes d'être visible à l'extérieur. Le plafond avait été peint en noir, pour que la couleur ne risquât pas d'être abîmée par la flamme des lampes; et la pièce était emplie d'un nuage de fumée si dense, qu'à première vue il n'était guère possible d'y distinguer autre chose. Mais petit à petit, quand une partie de la fumée s'échappa par la porte ouverte, un groupe de têtes, confus comme les bruits qui accueillaient l'oreille, apparut; et quand ses yeux s'accoutumèrent à ce spectacle, le visiteur prit conscience, peu à peu, de la présence d'une société nombreuse, d'hommes et de femmes massés autour d'une longue table, au haut bout de laquelle siégeait un président armé du marteau réglementaire, tandis qu'un artiste, avec un nez bleuâtre et un bandage autour de la figure en l'honneur d'une rage de dents, siégeait devant un piano aigrelet dans un coin éloigné.

Au moment où Fagin s'avançait sans bruit, l'artiste, en faisant aller ses doigts sur les touches à titre de prélude, provoqua une clameur unanime pour réclamer une chanson; quand la clameur s'apaisa, une jeune personne se mit en devoir de divertir la société en chantant une ballade en quatre couplets, après chacun desquels l'accompagnateur joua la mélodie d'un bout à l'autre, et de toutes ses forces. Quand ce numéro fut achevé, le président porta un toast, après lequel les artistes placés à sa droite et à sa gauche se déclarèrent volontaires pour un duo, qu'ils chantèrent avec grand succès.

Il était curieux d'observer certains visages qui tranchaient de façon remarquable sur ce groupe. Il y avait le président lui-même (le patron de l'établissement), un gros gaillard rude et solide qui, pendant le chant, faisait aller ses yeux de ci de là, et, tout en ayant l'air de s'abandonner à la jovialité, avait l'œil à tout ce qui se passait, et l'oreille à tout ce qui se disait — un œil et une oreille fort alertes, d'ailleurs. Près de lui se trouvaient les chanteurs, qui accueillaient avec l'indifférence d'artistes professionnels les compliments de la société, et goûtaient tour à tour à une douzaine de verres de gin à l'eau offerts par leurs admirateurs les plus déchaînés; quant à ces derniers, leurs visages portant les traces de presque tous les vices à presque tous leurs degrés, attiraient irrésistiblement l'attention, ne fût-ce que par leur aspect repoussant. La ruse, la férocité, et l'ivrognerie en toutes ses phases, y étaient représentées sous leur jour le plus coloré; les femmes, dont certaines avaient encore une dernière trace de leur fraîcheur d'antan qui s'évanouissait presque à vue d'œil, tandis que d'autres, chez qui s'étaient effacés tous les signes distinctifs, toutes les marques de leur sexe, n'offraient aux regards qu'une hideuse uniformité de débauche et de crime; certaines n'étant que des enfants, d'autres des femmes encore jeunes, aucune n'ayant passé la fleur de l'âge; les femmes, donc, formaient la partie la plus sombre et la plus affligeante de ce lugubre tableau.

Fagin, qui ne s'embarrassait d'aucune émotion sérieuse, fit aller son regard inquiet de visage en visage tandis que se déroulaient ces opérations, mais apparemment sans rencontrer ce qu'il cherchait. Il finit par réussir à attirer l'attention du président de séance, et lui fit un petit signe, avant de quitter la pièce aussi discrètement qu'il y était entré.

— Que peut-on faire pour votre service, monsieur Fagin ? demanda l'homme qui l'avait suivi sur le palier. Vous ne voulez pas vous joindre à nous ? Ils en seraient enchantés, tous tant qu'ils sont.

Le Juif hocha la tête avec impatience, et dit à mi-voix : Est-il là, lui ?

— Non, répondit l'homme.

— Et pas de nouvelles de Barney ? demanda Fagin.

— Aucune, répondit le patron des Estropiés (car c'était lui). Il ne bougera pas avant que le danger soit passé. Vous pouvez être sûr qu'ils sont sur la bonne piste, là-bas ; et que si Barney bougeait, il vendrait la mèche du premier coup. Y a pas à s'inquiéter pour lui, Barney, sans ça j'aurais eu de ses nouvelles. Je jurerais que Barney fait ce qu'il faut pour s'en tirer. Pour ça, on peut compter sur lui.

— Et lui, est-ce qu'il va venir ce soir ? demanda le Juif, en insistant comme la première fois sur le pronom personnel.

— C'est de Monks que vous voulez parler ? demanda le patron, avec hésitation.

— Chut ! dit le Juif. Oui.

— Certainement, répondit l'autre, en tirant de son gousset une montre en or. Je l'attendais ici plus tôt que ça. Si vous voulez bien attendre dix minutes, il va...

— Non, non, s'empressa de dire le Juif, comme si, pour vif qu'eût été son désir de voir la personne en question, il était néanmoins soulagé de son absence.

Dites-lui que je suis venu ici pour le voir, et qu'il faut qu'il vienne chez moi ce soir. Non, dites-lui demain. Puisqu'il n'est pas ici, il sera bien temps demain.

— Bien! dit l'homme. C'est tout?

— C'est absolument tout pour le moment, dit le Juif en descendant l'escalier.

— Dites donc, fit l'autre, en se penchant sur la balustrade, et parlant d'une voix rauque et sourde; ce serait un fameux moment pour une liquidation! J'ai ici Phil Barker; et il est tellement ivre qu'un gamin pourrait s'emparer de lui.

— Ha ha! Mais l'heure de Phil Barker n'est pas encore arrivée, dit le Juif en relevant la tête. Phil a encore quelque chose à faire, avant qu'on puisse se permettre de se débarrasser de lui. Alors retournez auprès de vos invités, mon cher, et dites-leur de mener joyeuse vie... pendant que ça dure. Ha! ha! ha!

Le patron partagea l'hilarité du vieillard, et rentra auprès de ses hôtes. Le Juif ne fut pas plus tôt seul que sa physionomie retrouva son expression d'inquiétude et de réflexion. Après un instant d'hésitation, il appela un cabriolet de louage, et se fit conduire en direction de Bethnal Green. Il renvoya le cocher à un quart de mille environ du domicile de M. Sikes, et parcourut à pied la petite distance qui restait.

— Et maintenant, grommela le Juif en frappant à la porte, s'il y a un coup en dessous dans cette affaire, je vais te le faire dire, ma petite, toute rusée que tu sois.

Nancy était dans sa chambre, lui dit une femme. Fagin monta l'escalier à pas feutrés, et entra sans autre forme de procès. La jeune fille était seule; elle avait la tête posée sur la table, et la figure cachée sous ses cheveux défaits.

— Elle a bu, se dit calmement le Juif, ou peut-être qu'elle se sent seulement malheureuse.

Le vieillard se retourna pour fermer la porte tout en faisant cette réflexion; le bruit de la porte tira la fille de sa torpeur. Elle dévisagea attentivement sa physionomie malicieuse, en lui demandant s'il avait des nouvelles, puis en écoutant le récit qu'il lui fit de l'histoire de Toby. Quand ce fut fini, elle retomba dans son attitude antérieure, mais sans mot dire. Elle repoussa d'un geste impatient la bougie; et deux ou trois fois elle changea fiévreusement de position et déplaça lourdement ses pieds sur le sol, mais ce fut tout.

Pendant ce moment de silence, le Juif, agité, parcourut la pièce du regard, comme pour s'assurer qu'il n'y avait aucun indice d'un retour inavoué de Sikes. Apparemment satisfait de cet examen, il toussota à deux ou trois reprises, et fit aussi quelques efforts pour engager la conversation; mais la fille ne lui accorda pas plus d'attention que si elle avait été de pierre. Il finit par se résoudre à une autre tentative; il se frotta les mains, en disant de son ton le plus conciliant :

— Alors, ma chère amie, où croyez-vous que Bill pourrait être en ce moment?

La fille ne répondit que par un gémissement presque inintelligible [1], pour dire qu'elle n'en savait rien; et, à en juger par les sons étouffés qui lui échappaient, il semblait qu'elle pleurât.

— Et le petit, alors, dit le Juif, en tendant les yeux pour apercevoir son visage. Le pauvre chéri! Resté dans un fossé, Nance; pensez donc!

— L'enfant, dit la fille, qui releva soudain la tête, il est mieux là où il est qu'avec nous; et s'il arrive pas malheur à Bill après cette histoire, j'espère que le petit est mort dans son fossé, et que ses jeunes os y resteront à pourrir.

— Comment! s'écria le Juif, avec stupeur.

— Ouais, parfaitement, répondit la fille, en le

1. Ce gémissement presque inintelligible résulte d'un scrupule de l'auteur. Sur le manuscrit, il avait écrit d'abord : « En enfer, pour autant que je sache, répondit la fille... » Sans doute cet autre gémissement eût-il paru trop intelligible au lecteur victorien (cf. *Dickens Romancier*, p. 117).

regardant en face. Je serai contente de plus l'avoir sous les yeux, et de savoir qu'il peut plus rien y arriver de pire. Je peux pas supporter de l'avoir près de moi. Quand je le vois, je me dégoûte de moi-même, et de vous tous.

— Bah! dit le Juif avec dédain. Vous êtes ivre!

— Ah! je suis ivre? s'écria la fille, sur un ton sarcastique. En tout cas, c'est pas votre faute si je le suis pas. Je serais jamais autrement, si vous pouviez régler les choses à votre guise, sauf ce soir... ce soir, ça ne vous arrange pas, dites?

— Non! répondit le Juif, furieux. Ça ne m'arrange pas.

— Alors, trouvez autre chose! répondit la fille, en riant.

— Que je trouve autre chose! s'exclama le Juif, exaspéré au delà de toute mesure par l'opiniâtreté de la jeune personne, et par les déceptions de la soirée, eh bien, je vais trouver autre chose en effet. Écoutez-moi, espèce de souillon. Écoutez-moi, car d'un mot je peux étrangler Sikes aussi sûrement que si je tenais son cou de taureau entre mes doigts en ce moment. S'il revient et qu'il laisse le petit derrière lui; s'il en réchappe et qu'il ne réussit pas à me le rendre, mort ou vif, alors vous ferez mieux de l'assassiner vous-même si vous voulez pas qu'il tombe aux mains du bourreau[1]. Et faites-le à l'instant même où il entrera dans cette pièce, parce que, sans ça, attention, il sera trop tard!

— Qu'est-ce que ça veut dire, tout ça? s'écria la fille, malgré elle.

— Ce que c'est? poursuivit Fagin, fou de rage.

1. Le texte porte ici : Jack Ketch, nom familièrement employé pour désigner le bourreau depuis que ces fonctions avaient été exercées (de 1663 à 1686) par un personnage de ce nom. Un relent d'humour noir s'attachait à lui depuis qu'en 1683 il avait fort maladroitement massacré Lord Russell. Sa vie avait été racontée par Charles Whitehead en 1834 dans son *Autobiographie de Jack Ketch.*

Quand cet enfant peut me rapporter des centaines de livres, faut-il que je perde ce que le hasard m'a donné la possibilité de gagner sans danger, à cause des caprices d'une bande d'ivrognes dont la vie ne pèse pas ça entre mes mains! Et moi qui ai partie liée, en plus, avec un démon incarné qui aurait les moyens, si seulement il le voulait, de...

Essoufflé, le vieil homme trébucha sur un mot; et à cet instant il refréna le torrent de sa colère, et changea complètement d'attitude. Quelques secondes plus tôt ses poings serrés étreignaient l'air; ses yeux se dilataient, et il avait le visage livide de rage; maintenant, il se recroquevillait sur une chaise, et, ramassé sur lui-même, tremblait de la crainte d'avoir lui-même attiré l'attention sur quelque scélératesse secrète. Après un court silence, il se risqua à tourner les yeux vers sa compagne. Il eut l'air d'être un peu rassuré en la voyant dans la même attitude nonchalante où il l'avait trouvée à son arrivée.

— Ma chère Nancy! dit le Juif, de sa voix geignarde habituelle. M'avez-vous écoutée, ma petite?

— Laissez-moi tranquille pour le moment, Fagin! répondit la fille, en relevant la tête d'un air accablé. Si Bill n'a pas réussi le coup cette fois-ci, il le réussira une autre fois. Il vous a déjà fait pas mal de bonne besogne, et il vous en fera encore quand il pourra; mais quand il peut pas, y a rien à faire; alors n'en parlons plus.

— Au sujet du petit, ma chère? dit le Juif, en se frottant nerveusement la paume des mains.

— Le petit, faut qu'il s'en arrange comme tout le monde, dit Nancy, qui s'empressa de l'interrompre; et je vous répète que j'espère qu'il est mort et qu'il pourra plus y arriver malheur, et que vous pourrez plus rien contre lui... du moins s'il arrive pas malheur à Bill. Et si Toby s'est tiré d'affaire, on peut être à peu près tranquille pour Bill; parce que Bill a toujours valu deux fois plus que Toby.

— Et pour la chose que je vous disais, ma petite? déclara le Juif, en la fixant de son œil luisant.

— Faut que vous la redisiez, si c'est une chose que vous voulez que je fasse, répliqua Nancy; et dans ce cas-là, vous feriez mieux d'attendre jusqu'à demain. Vous m'avez fait sortir de mes gonds une minute; mais maintenant, je suis de nouveau abrutie.

Fagin posa plusieurs autres questions, tendant toutes à déterminer si la jeune fille avait tiré parti de ses imprudentes allusions; mais comme elle lui répondit avec si peu de réticence, et qu'en outre, elle restait complètement impassible sous ses regards pénétrants, il vit se confirmer son impression première, à savoir qu'elle était assez fortement éméchée. A vrai dire, Nancy n'était pas exempte d'une faiblesse fort répandue chez les élèves féminines du Juif; faiblesse qu'il encourageait chez elles, dès leur plus tendre enfance, plutôt qu'il ne la contrecarrait. Sa tenue désordonnée, et les forts relents de genièvre qui envahissaient toute la pièce, confirmaient par leur témoignage sans équivoque que l'hypothèse du Juif était juste; bientôt, après s'être laissée aller à la passagère manifestation de violence décrite ci-dessus, elle retomba, d'abord dans le mutisme, puis dans un mélange de sentiments sous l'influence desquels elle versait des larmes pendant un instant et passait l'instant suivant à lancer diverses exclamations, telles que « Faut pas s'en faire ! » ou « Homme ou femme, la seule chose qui compte, c'est d'être heureux ! » avec des calculs compliqués à l'appui; alors M. Fagin, qui avait eu dans sa jeunesse une longue expérience de ce genre de situation, se rendit compte, à sa vive satisfaction, qu'elle était, en vérité, fort grise.

Comme cette découverte apporta un réconfort à son esprit, et comme il avait atteint son double but, d'annoncer à la fille ce qu'il venait d'apprendre, et de s'assurer de ses propres yeux que Sikes n'était pas rentré, M. Fagin reprit le chemin du logis, et laissa sa jeune amie endormie, la tête sur la table.

Il était onze heures passées. Le temps étant couvert et le froid perçant, il ne fut guère tenté de traîner en chemin. Le vent mordant qui balayait les rues semblait en avoir chassé tous les passants, comme de la poussière ou de la boue, car il y avait peu de gens dehors, et tous avaient l'air de rentrer chez eux au plus vite. Mais pour le Juif, le vent soufflait dans la bonne direction, et, l'ayant dans le dos, il alla droit devant lui, tremblant et frissonnant chaque fois qu'une nouvelle bourrasque le poussait brutalement vers son logis.

Il venait d'atteindre le coin de la rue où il habitait, et il fouillait déjà dans sa poche pour y prendre la clef de la porte d'entrée, quand une silhouette ténébreuse se détacha d'un porche en saillie qui était plongé dans une ombre épaisse, et traversa la rue, pour s'avancer jusqu'à lui sans se faire voir.

— Fagin! murmura une voix dans le creux de son oreille.

— Ah! fit le Juif, en se retournant promptement, c'est vous...

— Oui! fit le nouveau venu, l'interrompant. Cela fait deux heures que je vous attends ici. Où diable étiez-vous?

— Je m'occupais de vos affaires, mon cher, répondit le Juif, en jetant un regard inquiet sur son compagnon, et en ralentissant l'allure tout en parlant. Je m'en suis occupé toute la soirée.

— Ah, bien sûr! fit le nouveau venu avec un ricanement. Alors; et qu'est-ce que cela donne?

— Rien de bon, dit le Juif.

— Rien de mal, j'espère? dit l'autre, qui s'immobilisa tout net, et posa sur son compagnon un regard de stupeur.

Le Juif hocha la tête, et il était sur le point de répondre quand l'autre l'interrompit, et lui montra la maison, devant laquelle ils étaient maintenant arrivés; il lui fit observer qu'il vaudrait mieux se mettre à l'abri pour dire ce qu'il avait à dire; car lui-même avait le sang gelé dans les veines à force d'être resté si longtemps immobile, avec le vent qui le transperçait.

Fagin prit l'air de quelqu'un qui se fût volontiers abstenu d'accueillir un visiteur chez lui à cette heure incommode; et de fait il grommela indistinctement qu'il n'avait pas de feu; mais l'autre réitéra sa requête sur un ton péremptoire, et le Juif ouvrit la porte, et le pria de la refermer sans bruit, tandis qu'il allait chercher de la lumière.

— Il fait noir comme dans un tombeau, dit l'individu, en avançant à tâtons de quelques pas. Dépêchez-vous!

— Fermez la porte, dit à mi-voix Fagin, de l'autre bout du couloir. Il parlait encore quand la porte se ferma à grand bruit.

— Ce n'est pas ma faute, dit l'autre, tâtonnant toujours. C'est le vent qui l'a poussée, ou alors elle s'est refermée toute seule : cela ne peut être que l'un ou l'autre. Dépêchez-vous de nous éclairer, sans quoi je vais me cogner la tête quelque part dans votre satané trou.

Fagin descendit à la cuisine à pas feutrés. Il revint après une courte absence avec une bougie allumée, et annonça que Toby Crackit dormait au sous-sol dans la pièce de derrière et les garçons dans celle de devant. Il fit signe à l'homme de le suivre, et le précéda au premier étage.

— Pour le peu que nous avons à nous dire, nous pouvons nous mettre là-dedans, mon cher, dit le Juif, en ouvrant une porte toute grande; et comme il y a des trous dans les volets, et que nous ne laissons jamais voir de lumière à nos voisins, nous allons mettre la bougie dans l'escalier. Voilà!

Ce disant, le Juif se pencha, et posa la bougie sur les marches de l'étage supérieur, exactement en face de la porte de cette pièce. Puis il y entra le premier; elle était entièrement dépourvue de mobilier, à l'exception d'un fauteuil cassé et d'un vieux canapé ou sofa, tout nu, qui était placé derrière la porte. Sur cet objet, l'inconnu s'assit de l'air d'un homme fatigué; et, le Juif plaçant le fauteuil devant lui, ils se trouvèrent installés face à face. Il ne faisait pas complètement nuit; la porte était entrouverte; et la bougie posée dans l'escalier projetait un faible reflet sur le mur opposé.

Pendant quelque temps ils conversèrent à voix basse. Encore que toute la substance de leur conversation fût impossible à distinguer, à l'exception d'un ou deux mots isolés, de temps à autre, un observateur se serait facilement rendu compte que Fagin avait l'air de se défendre contre les reproches de l'inconnu, et que ce dernier était dans un état de vive irritation. Il y avait peut-être un quart d'heure qu'ils parlaient ainsi, ou un peu plus, quand Monks (car tel est le nom sous lequel le Juif avait à plusieurs reprises désigné l'inconnu au cours de leur entretien) dit en élevant un peu la voix :

— Je vous répète que l'affaire a été mal organisée. Pourquoi ne pas l'avoir gardé ici avec les autres, pour en faire tout de suite un pickpocket hypocrite et pleurnichard ?

— Écoutez-moi ça ! s'écria le Juif, en haussant les épaules.

— Comment, vous n'allez pas me dire que vous n'auriez pas pu si vous l'aviez voulu ? demanda Monks avec sévérité. Est-ce que vous ne l'avez pas fait pour d'autres enfants, des dizaines et des dizaines de fois ? Si vous aviez pu patienter douze mois tout au plus, est-ce que vous n'auriez pas pu le faire condamner, et envoyer bien tranquillement hors d'Angleterre, peut-être à vie ?

— Et qui s'en serait trouvé avantagé, cher ami ? demanda le Juif avec humilité.

— Moi, répondit Monks.

— Mais pas moi, dit le Juif, sur un ton d'humilité. Il aurait pu me devenir utile. Quand on est deux à conclure un marché, il est tout de même raisonnable qu'on tienne compte des intérêts des deux parties; n'est-ce pas, mon bon ami?

— Et alors? demanda Monks.

— J'ai vu qu'il n'était pas facile de le former pour le métier, répondit le Juif; il n'était pas comme sont les autres enfants dans les mêmes circonstances.

— Ah non, le sacripant! grommela l'homme, sans quoi il y a longtemps qu'il serait devenu voleur.

— Je n'avais pas de prise sur lui pour le faire tourner plus mal, poursuivit le Juif, en regardant avidement le visage de son compagnon. Il n'était pas dans le bain. Je n'avais aucun moyen de lui faire peur; et c'est ce qu'il nous faut toujours au début, sans quoi on perd sa peine. Que pouvais-je faire? L'envoyer faire une sortie avec le Finaud et Charley? Une fois nous a suffi, mon cher; j'en ai tremblé pour nous tous.

— Ce n'était pas ma faute, ça, déclara Monks.

— Non, non, mon cher! reprit le Juif. Et je ne me plains pas de cette histoire finalement; parce que, si cela ne s'était pas produit, peut-être que vos yeux ne seraient jamais tombés sur le petit, et si vous ne l'aviez pas remarqué, vous n'auriez peut-être jamais été amené à découvrir que c'était celui que vous cherchiez. Eh bien! j'ai réussi à vous le repincer grâce à notre fille; et voilà qu'elle commence à prendre son parti.

— Elle mériterait d'être étranglée!

— Ma foi, on ne peut pas se permettre d'aller jusque là pour le moment, mon cher, répondit le Juif avec un sourire; et d'ailleurs, c'est pas du tout du travail dans notre genre; sans ça, un de ces jours, je serais peut-être pas mécontent de le faire faire. Je les connais, ces filles, Monks, je les connais bien. Dès que le petit commencera à s'endurcir, elle se souciera pas plus de lui que d'un morceau de bois. Vous voulez qu'on en fasse un voleur. S'il est vivant, je peux en faire un à partir de maintenant, et si... si..., dit le Juif, en se rapprochant de l'autre,... c'est peu probable, remarquez,... mais si le pire devait arriver, et qu'il soit mort...

— Ce ne serait pas ma faute! dit l'autre, l'interrompant avec un air de terreur, en étreignant le bras du Juif d'une main tremblante. Notez-le bien, Fagin! Je n'ai pas trempé dans l'affaire. Tout, sauf sa mort, c'est ce que je vous avais dit dès le début. Je ne veux pas verser de sang; on finit toujours par se faire découvrir, et en outre on en a l'esprit hanté. S'il a été tué d'un coup de feu, ce n'est pas à cause de moi; vous m'entendez? Le diable emporte votre satanée boutique, qu'est-ce que c'est que ça?

— Quoi? s'écria le Juif en saisissant le poltron à bras-le-corps, au moment où il se levait d'un bond. Où donc?

— Là-bas! répondit l'autre, les yeux fixés sur le mur d'en face. Une ombre! J'ai vu l'ombre d'une femme, avec une cape et un bonnet, passer sur la boiserie comme un souffle!

Le Juif lâcha prise, et ils sortirent de la pièce en grande hâte. La bougie, consumée par les courants d'air, était restée à sa place. Elle ne leur montra que l'escalier vide, et leurs propres visages blêmes. Ils tendirent l'oreille : un profond silence régnait dans toute la maison.

— Vous avez rêvé, dit le Juif, qui prit la bougie, en se tournant vers son compagnon.

— Je jurerais que je l'ai vue! répondit Monks en tremblant. Elle était penchée en avant la première fois que j'ai regardé; et quand j'ai parlé elle a filé instantanément.

Le Juif jeta un regard méprisant sur le pâle visage de son complice, et, après lui avoir dit qu'il pouvait le suivre si bon lui semblait, il monta l'escalier. Ils regardèrent dans toutes les pièces; elles étaient froides, nues et vides. Ils descendirent dans l'entrée, puis jusqu'à la cave. Une moiteur verdâtre suintait des murs bas; des traces laissées par des escargots et des limaces luisaient sous la lumière de la bougie; mais tout était d'un calme de mort.

— Qu'en dites-vous maintenant? dit le Juif quand ils furent de retour dans l'entrée. Hormis nous, il n'y a absolument personne dans la maison, sauf Toby et les garçons; et avec eux, pas de danger. Tenez!

A titre de preuve, le Juif tira deux clefs de sa poche, et expliqua qu'au moment de sa première descente au sous-sol, il les avait enfermés à clef, pour ne pas risquer qu'ils interrompissent la conférence.

Ces témoignages accumulés réussirent à ébranler M. Monks. Ses protestations s'étaient faites de moins en moins véhémentes à mesure qu'ils poursuivaient leurs recherches sans rien découvrir; et maintenant il se laissa aller à une série d'éclats de rire fort lugubres, et avoua que ce devait être seulement son imagination troublée. Il refusa cependant de reprendre la conversation ce soir-là, en se rappelant soudain qu'il était plus d'une heure. Et c'est ainsi que les deux aimables compagnons se séparèrent.

CHAPITRE XXVII

Qui répare la discourtoisie d'un chapitre antérieur, lequel avait abandonné une dame de façon très peu cérémonieuse.

COMME il serait fort inconvenant de la part d'un humble auteur de faire attendre un aussi grand personnage qu'un appariteur, le dos au feu, et les pans de son habit retroussés sous les bras, jusqu'au moment où il lui plairait de le délivrer; et comme il serait encore plus indigne de son rang, et de sa galanterie, de traiter avec le même dédain une dame sur laquelle ledit appariteur aurait posé le regard de la tendresse et de l'affection, et dans l'oreille de laquelle il eût glissé des mots aimables, fort propres, venant de si haut, à faire tressaillir le cœur d'une jeune fille comme celui d'une matrone, quelle que puisse être sa condition, aussi le chroniqueur dont la plume trace ces mots (conscient de savoir quel est son rang, et de nourrir tout le respect voulu pour les personnages auxquels est ici-bas déléguée une haute et considérable autorité) s'empresse de leur présenter l'expression du respect qu'exige leur situation, et de les traiter avec tout le cérémonial légitime que demandent de sa part leur rang élevé et (par voie de conséquence) leurs imposantes vertus. C'est à cette fin, en vérité, qu'il avait conçu le dessein d'insérer ici une dissertation sur le droit divin des appariteurs, établissant clairement le principe qu'un appariteur ne peut pas se tromper[1]; dissertation qui n'eût pas manqué de

1. Allusion à la célèbre formule de Sir William Blackstone (1723-1780) dans ses *Commentaires* (III, XVII) : « Le roi ne

contribuer au plaisir et en même temps à l'édification de tous les lecteurs bien pensants, mais qu'il se voit contraint malheureusement, par manque de temps et de place, de remettre à un moment plus favorable et plus approprié; quand ce moment viendra l'auteur sera prêt à démontrer qu'un appariteur normalement constitué (c'est-à-dire un appariteur municipal, attaché à un hospice municipal, et exerçant des fonctions officielles dans l'église de la commune [1]) possède, du seul fait et en vertu de ses fonctions, toutes les perfections et tous les plus grands mérites de l'espèce humaine; mérites auxquels les simples appariteurs des corporations, ou des tribunaux, ou même des chapelles auxiliaires (sauf peut-être ces derniers, et encore à un degré très faible et très inférieur) ne peuvent raisonnablement émettre la moindre prétention.

M. Bumble avait recompté les cuillers à thé, resoupesé la pince à sucre, examiné de plus près le pot à lait, et s'était assuré avec précision de l'état exact du mobilier, jusqu'au crin des coussins de chaise; et il avait répété chacune de ces opérations une bonne demi-douzaine de fois, quand il commença à s'aviser qu'il serait temps que Mme Corney revînt. Une pensée en entraîne une autre; comme aucun bruit n'annonçait l'approche de Mme Corney, l'idée vint à l'esprit de M. Bumble qu'une façon innocente et même vertueuse

peut jamais être dans son tort, c'est un principe nécessaire et fondamental de la constitution anglaise ». Cette formule, appliquée au souverain, est à double tranchant : le roi ne peut être dans son tort, ne peut être tenu pour responsable d'aucune faute, parce qu'il n'en a pas le moyen, n'étant jamais responsable d'aucune décision.

1. Rappelons (cf. n. 1, p. 9) que la *paroisse* (*parish*) est la plus petite unité administrative en Grande-Bretagne (l'équivalent d'une commune); le plus souvent aucune idée religieuse ne s'attache à l'emploi du mot, mais historiquement le centre en était une église. Au dix-neuvième siècle, la plus grande confusion a régné quant à la répartition du territoire en paroisses administratives et ecclésiastiques.

de passer le temps serait de soulager encore davantage sa curiosité en jetant un regard rapide à l'intérieur de la commode de Mme Corney.

Après avoir collé son oreille contre le trou de la serrure, pour s'assurer que personne ne se dirigeait vers la chambre, M. Bumble, en commençant par le bas, se mit en devoir de s'informer sur le contenu des trois grands tiroirs; ils étaient emplis de vêtements divers, de bonne coupe et de bon tissu, soigneusement protégés entre deux couches de vieux journaux, et parsemés de lavande séchée. Quand il finit par en arriver au tiroir du coin de droite (sur lequel se trouvait la clef, et qu'il y aperçut une petite boîte cadenassée qui, secouée, émit un son agréable, évoquant le tintement des pièces d'argent, M. Bumble revint d'un pas majestueux vers la cheminée; il reprit son attitude antérieure, et dit d'un air grave et résolu : « C'est décidé! » Il fit suivre cette remarquable déclaration d'un hochement de tête facétieux qui dura quelque dix minutes, comme s'il se faisait à lui-même le reproche d'être un trop joyeux luron; puis il regarda ses jambes de profil avec un air de vif plaisir et de grand intérêt.

Il était toujours paisiblement occupé par cet examen, quand Mme Corney entra précipitamment dans la pièce, et se jeta sur une chaise au coin du feu, toute essoufflée; elle se couvrit les yeux d'une main, plaça l'autre sur son cœur, et fit effort pour reprendre son souffle.

— Madame Corney, dit M. Bumble, en se penchant vers l'intendante, qu'est-ce que cela signifie, madame? Est-il arrivé quelque chose, madame? Répondez-moi, je vous en prie; je suis sur... (M. Bumble, sous l'effet de l'inquiétude, ne parvint pas à trouver sur-le-champ l'expression « charbons ardents », et lui en substitua une autre)... sur des tessons de bouteille.

— Oh, monsieur Bumble! s'écria la dame, je viens d'être tellement bouleversée!

— Bouleversée, madame! s'exclama M. Bumble;

qui a osé...? je sais! dit M. Bumble, s'interrompant, avec toute sa majesté naturelle, c'est ces coquins d'indigents!

— C'est terrible à penser! dit la dame, en frissonnant.

— Alors faut pas y penser, madame, répliqua M. Bumble.

— Je peux pas m'en empêcher, geignit la dame.

— Alors prenez un petit quelque chose, madame, dit M. Bumble sur un ton apaisant. Une petite goutte de ce porto?

— Pour rien au monde! répondit Mme Corney. Je ne pourrais pas... Oh! Sur la planche du haut dans le coin de droite... oh! En prononçant ces mots, la brave personne montra son placard, d'un air égaré, puis fut victime d'un accès convulsif de spasmes internes. M. Bumble se précipita vers le cagibi; attrapa une bouteille verte d'une pinte sur l'étagère décrite par ces propos incohérents, emplit une tasse à thé de son contenu, et la porta aux lèvres de la dame.

— Je me sens mieux maintenant, dit Mme Corney, qui se laissa retomber en arrière après en avoir bu la moitié.

M. Bumble leva les yeux vers le plafond avec une pieuse gratitude; puis il les abaissa vers le bord de la tasse qu'il porta à son nez.

— C'est de l'alcool de menthe, s'écria Mme Corney, d'une voix faible, en adressant un doux sourire à l'appariteur tout en parlant. Goûtez-le! Il y a un peu de... un peu d'autre chose dedans.

M. Bumble goûta le médicament d'un air inquiet; claqua les lèvres; goûta derechef; et reposa la tasse vide.

— C'est très réconfortant, dit Mme Corney.

— En effet, madame, extrêmement, dit l'appariteur. Tout en parlant, il plaça une chaise près de l'intendante, et lui demanda d'une voix tendre ce qui s'était passé pour la mettre dans cet état.

— Ce n'est rien, répondit Mme Corney, je ne suis

qu'une pauvre créature toute sotte, toute émotive et toute faible.

— Non, madame, pas faible, répliqua M. Bumble, en approchant un peu sa chaise. Êtes-vous une faible criature, madame Corney ?

— Nous sommes tous de faibles créatures, dit Mme Corney, posant un principe général.

— C'est vrai, dit l'appariteur.

Rien ne fut plus dit, de part ni d'autre, pendant une minute ou deux. A l'expiration de ce laps de temps, M. Bumble avait fourni une illustration de ce principe en détachant son bras gauche du dossier de la chaise de Mme Corney où il l'avait d'abord posé, pour le placer sur le cordon du tablier de Mme Corney, autour duquel il se trouva petit à petit enlacé.

— On est tous des faibles criatures, dit M. Bumble.

Mme Corney soupira.

— Faut pas soupirer, madame Corney, dit M. Bumble.

— Je peux pas m'en empêcher, dit Mme Corney. Et elle soupira de nouveau.

— Cette chambre, madame, elle est très confortable, dit M. Bumble en regardant autour de lui. Cette chambre-là, madame, avec une autre, ça serait complet.

— Ce serait trop pour une personne seule, murmura la dame.

— Mais pas pour deux, madame, répliqua M. Bumble, d'un ton suave. Dites, madame Corney ?

Mme Corney laissa tomber la tête en avant, quand l'appariteur dit ces mots; l'appariteur fit de même pour essayer d'apercevoir le visage de Mme Corney. Mme Corney, avec un grand sens des convenances, détourna la tête, et dégagea sa main pour atteindre son mouchoir; mais elle la remit insensiblement dans celle de M. Bumble.

— C'est le comité qui vous fournit en charbon, pas vrai, madame Corney? demanda l'appariteur, en lui étreignant la main avec affection.

— Et en bougies, répondit Mme Corney, en répondant discrètement à son étreinte.

— Chauffée, éclairée, et logée gratuitement, dit M. Bumble. Oh, madame Corney, ce que vous êtes angélique !

La dame n'était pas de taille à résister à cet accès de sentiment. Elle se laissa tomber dans les bras de M. Bumble ; et celui-ci, vivement ému, déposa un baiser ardent sur son chaste nez.

— Quelle perfection monicipale ! s'écria M. Bumble, avec transport. Vous savez que M. Slout va plus mal ce soir, mon ensorceleuse ?

— Oui, répondit timidement Mme Corney.

— Il vivra pas plus d'une semaine, à ce que disent les médecins, poursuivit M. Bumble ; c'est lui le maître de l'établissement ; sa mort, elle va créer une vacance ; cette vacance, il faut qu'elle soye pourvue. Oh, madame Corney, quelles perspectives que ça nous ouvre ! Quelle belle occasion d'unir nos cœurs et nos budgets !

Mme Corney sanglotait.

— Un petit mot ! dit M. Bumble en se penchant sur la timide beauté. Un seul mot, petit, tout petit, ma bien-aimée Corney !

— Ou-u-i ! soupira l'intendante.

— Encore un mot, poursuivit l'appariteur ; calmez votre chère petite émotion pour me dire encore un mot et un seul. C'est pour quand ?

Mme Corney s'efforça de parler à deux reprises, à deux reprises elle échoua. Elle finit par rassembler tout son courage, et passa les bras autour du cou de M. Bumble, en lui disant que cela pourrait être sitôt qu'il le voudrait, vu « qu'on pouvait rien refuser à un caneton comme lui ».

Les affaires étant donc ainsi arrangées de façon amiable et satisfaisante, le contrat fut ratifié en bonne et due forme au moyen d'une nouvelle tasse du composé à base d'alcool de menthe, mesure rendue d'autant plus nécessaire par l'état d'agitation et de bouleversement où se trouvait la dame. Tandis que disparaissait le liquide, elle fit connaître à M. Bumble le décès de la vieille femme.

— Fort bien, dit ce dernier, en buvant son alcool de menthe à petites gorgées; je passerai chez Sowerberry en rentrant, et je lui dirai d'envoyer quelqu'un demain matin. C'est-il ça qui vous a fait peur, mon amour?

— Non, c'était rien de spécial, mon chéri, dit la dame sur un ton évasif.

— Faut bien qu'il y ait eu quelque chose, mon amour, fit M. Bumble, insistant. Vous voulez pas le dire à votre petit B. adoré?

— Pas maintenant, répliqua la dame; un de ces jours. Quand on sera mariés, mon trésor.

— Quand on sera mariés! s'écria M. Bumble. C'est pas des insolences des indigents du sexe masculin qu'auraient...

— Non, non, mon amour! s'empressa de dire la dame, qui l'interrompit.

— Si je croyais que c'était ça, continua M. Bumble; si je croyais qu'un seul d'entre eux aurait osé lever ses yeux vulgaires sur votre physionomie adorable...

— Ils auraient pas osé, mon amour, répondit la dame.

— Ça vaudra mieux pour eux! dit M. Bumble, en serrant les poings. Que je voye un homme, qu'il soye monicipal ou extra-monicipal, et qui se permettrait de faire ça; je peux lui garantir qu'il aurait pas envie de recommencer!

S'ils n'avaient été embellis par aucune gesticulation violente, ces propos auraient pu sembler n'être guère flatteurs pour les charmes de la dame; mais comme M. Bumble appuya sa menace de plusieurs gestes belliqueux, elle fut grandement touchée par une telle preuve de son attachement, et déclara avec beaucoup d'admiration, qu'il était une vraie colombe.

La colombe releva alors le col de son pardessus, et se coiffa de son bicorne; puis, après avoir échangé avec sa future moitié un baiser tendre et prolongé, il brava de nouveau le vent froid de la nuit, en prenant seulement le temps de s'arrêter quelques minutes dans le quartier des hommes indigents, pour les insulter un peu, et se convaincre ainsi qu'il serait capable de remplir les fonctions de directeur de l'asile avec toute l'acerbité voulue. Rassuré sur ses capacités, M. Bumble quitta les lieux d'un cœur léger, en évoquant la vision radieuse de sa promotion future, vision qui eut le mérite de lui meubler l'esprit jusqu'à son arrivée chez l'entrepreneur de pompes funèbres.

Or M. et Mme Sowerberry étaient allés prendre le thé en ville; et comme Noé Claypole n'était jamais enclin à s'infliger des efforts physiques plus rigoureux que ceux qui sont nécessaires pour s'acquitter confortablement des deux fonctions du boire et du manger, la boutique n'était pas encore close bien que l'heure habituelle de la fermeture fût passée. M. Bumble donna plusieurs coups de canne sur le comptoir; mais, n'attirant l'attention de personne, et apercevant de la lumière par la porte vitrée du petit salon situé derrière la boutique, il s'aventura à y jeter un coup d'œil pour voir ce qui se passait; mais quand il vit ce qui se passait en effet, il ne fut pas peu surpris.

La nappe était mise pour le souper; la table était couverte de pain beurré, d'assiettes et de verres; elle portait un pot de bière et une bouteille de vin. Au haut bout de la table, M. Noé Claypole se vautrait nonchalamment dans un fauteuil, les jambes passées sur un bras de ce siège; il avait un couteau à cran d'arrêt ouvert dans une main, et une énorme tartine beurrée dans l'autre. Tout près de lui se tenait Charlotte qui ouvrait des huîtres puisées dans un baril et que M. Claypole condescendait à avaler avec une extraordinaire avidité. Une rougeur exceptionnelle de la zone nasale, et une sorte de clin d'œil permanent du côté droit, donnaient à penser que le jeune homme était quelque peu éméché; symptômes que confirmait l'intense délectation avec laquelle il absorbait ses huîtres; rien d'autre qu'un vif sentiment de leurs vertus rafraîchissantes dans les cas de fièvres internes n'eût pu expliquer de façon satisfaisante son attitude.

— En voilà une bien grasse qu'est délicieuse, mon cher Noé! dit Charlotte; goûte-la, dis; rien que celle-là.

— Ce que c'est délicieux, une huître! déclara M. Claypole après l'avoir avalée. Ce que c'est dommage que ça vous rende malade d'en manger beaucoup, pas vrai, Charlotte?

— C'est vraiment cruel, dit Charlotte.

— Ça, c'est vrai, fit M. Claypole, acquiesçant. T'aimes pas les huîtres, toi?

— Pas tellement, répondit Charlotte. Ça me fait plus de plaisir de te voir en manger, mon cher Noé, que d'en manger moi-même.

— Nom d'une pipe! dit Noé, d'un air méditatif, ce que c'est bizarre!

— Prends-en encore une, dit Charlotte. En voilà une qu'a l'air d'avoir une barbe mignonne et ravissante!

— J'en peux plus, dit Noé. Je suis désolé. Viens ici, Charlotte, que je t'embrasse.

— Comment! dit M. Bumble, faisant irruption dans la pièce. Répétez ces mots, monsieur.

Charlotte poussa un hurlement et se cacha la figure dans son tablier. M. Claypole, sans introduire dans sa posture d'autre changement qu'un mouvement de ses pieds pour rejoindre le sol, regarda fixement l'appariteur avec une terreur d'ivrogne.

— Répétez-le un peu, espèce de misérable, espèce d'imprudent! dit M. Bumble. Comment osez-vous proférer des mots pareils, monsieur! Et vous, petite effrontée, comment osez-vous l'y encourager? L'embrasser! s'écria M. Bumble, vivement indigné. Pouah!

— Je voulais pas! dit Noé en pleurnichant. Elle est tout le temps à m'embrasser, que je le veuille ou non.

— Oh, Noé, s'écria Charlotte, sur un ton de reproche.

— C'est vrai; vous le savez bien, que c'est vrai! répliqua Noé. Elle arrête pas, monsieur Bumble : elle me prend par le menton, monsieur, sauf votre respect, monsieur, et elle me fait des tas de mamours!

— Silence! cria M. Bumble, d'une voix sévère. Disparaissez au sous-sol, mademoiselle. Noé, vous allez fermer la boutique; si vous dites encore un seul mot avant le retour de votre maître, ce sera à vos risques et périls; et quand il rentrera, dites-lui que M. Bumble a dit qu'il fallait qu'il envoye un cercueil métallique pour une vieille bonne femme demain matin de bonne heure. Vous m'entendez, monsieur? Embrasser! s'écria M. Bumble, en levant les bras. La perversité et la débauche des classes inférieures dans notre district, c'est quelque chose d'effrayant! Si le parlement s'occupe pas de leur conduite abominable, le pays est perdu, et la réputation de nos campagnes ruinée à tout jamais! Sur ces mots, l'appariteur s'éloigna à grands pas, d'un air majestueux et sombre, de la boutique de l'entrepreneur de pompes funèbres.

Et maintenant que nous l'avons accompagné jusqu'à ce point sur le chemin de son logis, et que nous avons fait tous les préparatifs nécessaires à l'enterrement de la vieille femme, organisons une petite enquête au sujet du jeune Olivier Twist, et essayons de savoir s'il est toujours couché dans le fossé où Toby Crackit l'a laissé.

CHAPITRE XXVIII

Qui s'occupe d'Olivier, et de la suite de ses aventures.

- Puissent les loups vous arracher la gorge! grommela Sikes, en grinçant des dents. Je voudrais bien être avec quelques-uns d'entre vous; je vous ferais un peu changer le ton de vos hurlements.

Tout en lançant cette imprécation dans un grognement, avec la férocité la plus implacable dont fût capable son implacable nature, il posa le corps de l'enfant blessé sur son genou fléchi, et tourna un instant la tête pour regarder ceux qui le poursuivaient.

Il n'était pas possible de discerner grand-chose dans la brume et l'obscurité; mais les cris retentissants des hommes vibraient dans l'air, et l'aboi des chiens du voisinage, éveillés par le bruit de la sonnette d'alarme, résonnait de tous côtés.

— Arrête, espèce de chenapan et de poltron! s'écria le cambrioleur en rappelant d'un cri Toby Crackit qui, faisant le meilleur usage possible de ses longues jambes, était déjà loin en avant. Arrête!

La réitération de cet ordre arrêta net Toby. Car il n'était pas absolument sûr d'être hors de portée de pistolet; et Sikes n'était pas d'humeur à badiner.

— Aide-moi à porter le petit, s'écria Sikes, en adressant à son associé des signes frénétiques. Reviens!

Toby fit mine de revenir sur ses pas; mais il se risqua à insinuer, d'une voix basse et entrecoupée par l'essoufflement, que c'était avec beaucoup de répugnance qu'il revenait, à pas lents.

— Plus vite! cria Sikes, en posant l'enfant au sec dans un fossé à ses pieds et en tirant un pistolet de sa poche. N'essaie pas de te payer ma tête.

A cet instant le bruit devint plus fort. Sikes, se retournant une nouvelle fois, s'aperçut que deux des hommes qui s'étaient lancés à ses trousses escaladaient déjà la barrière du champ où il se trouvait; et que deux chiens étaient à quelques pas devant eux.

— Tout est perdu, Bill! s'écria Toby; laisse tomber le lardon, et détale. Après lui avoir donné cet ultime conseil, M. Crackit, préférant le risque de recevoir un coup de feu de son ami à la certitude d'être capturé par ses ennemis, tourna franchement les talons, et fila à toute vitesse. Sikes serra les dents; jeta un coup d'œil autour de lui; posa sur le corps inanimé d'Olivier la cape dont il s'était enveloppé en toute hâte; courut jusqu'au bout de la haie, comme pour détourner l'attention de ses poursuivants de l'endroit où l'enfant était resté; s'arrêta une seconde devant une autre haie qui coupait la première à angle droit; puis, faisant tournoyer son pistolet bien au-dessus de sa tête, franchit la haie d'un bond et disparut.

— Ho! là! ho! là! cria une voix tremblante, derrière lui. Filou! Neptune! Ici, ici!

Les chiens qui, tout comme leurs maîtres, paraissaient prendre fort peu de plaisir à la chasse qu'ils avaient entreprise, répondirent promptement à cet ordre. Trois hommes, qui s'étaient maintenant avancés jusqu'au milieu du champ, s'arrêtèrent pour délibérer.

— Mon avis, ou plutôt, devrais-je dire, ma décision, dit le plus corpulent des membres du groupe, c'est qu'on devrait rentrer immédiatement.

— Tout ce qui convient à M. Giles me convient, dit un autre, plus petit, qui n'était pas particulièrement mince, et qui avait le visage très pâle, et la voix très polie, comme c'est souvent le cas des gens qui ont peur.

— Je voudrais pas faire le mal élevé, messieurs, dit

le troisième, celui qui avait rappelé les chiens, et c'est M. Giles qui s'y connaît le mieux.

— Assurément, répondit le plus petit des trois hommes; et M. Giles peut dire tout ce qu'il veut, c'est pas à nous de le contredire. Non, non! Je sais me tenir à ma place! Grâce au ciel, je sais me tenir à ma place. Et à vrai dire, le petit homme avait l'air en effet de savoir parfaitement à quoi s'en tenir sur sa place, et de savoir à merveille que ce n'était pas une place bien enviable; car il claquait des dents tout en parlant.

— Brittles, vous avez peur, dit M. Giles.

— C'est pas vrai, dit Brittles.

— Si, dit Giles.

— Monsieur Giles, vous dites une contre-vérité, dit Brittles.

— Brittles, vous mentez, dit M. Giles.

Or ces quatre répliques provenaient du sarcasme de M. Giles; et le sarcasme de M. Giles provenait de l'indignation qu'il éprouvait à voir mettre à son compte, sous couleur de compliment, la responsabilité du retour immédiat. Le troisième homme mit un terme à la querelle avec beaucoup de philosophie.

— Je vais vous dire la vérité, messieurs, fit-il, c'est que nous avons tous peur.

— Parlez pour vous, monsieur, dit M. Giles, qui était le plus pâle des trois.

— C'est ce que je fais, dit l'homme. Il est normal et naturel d'avoir peur en de telles circonstances. Et moi, j'ai peur.

— Moi aussi, dit Brittles; seulement y pas besoin d'aller le reprocher aux gens avec tant de rudoyesse.

Des aveux aussi francs apaisèrent M. Giles, qui reconnut aussitôt qu'il avait peur lui-même; sur quoi tous trois tournèrent casaque, et rentrèrent au pas de course avec la plus parfaite unanimité du monde, jusqu'au moment où M. Giles (qui avait le souffle le plus court des trois, et se trouvait embarrassé d'une fourche) tint avec beaucoup de générosité à s'arrêter, pour s'excuser de la vivacité de ses paroles.

— C'est tout de même extraordinaire, dit M. Giles lorsqu'il se fut expliqué, ce qu'on se laisse aller à faire, quand on est remonté. J'aurais commis un meurtre, cela, j'en suis sûr, si nous avions attrapé un de ces scélérats.

Comme les deux autres étaient habités par un pressentiment analogue; et comme, après s'être laissé remonter, ils étaient redescendus au même niveau que lui, une discussion s'ensuivit sur les motifs de ce soudain changement d'humeur.

— Je sais ce que c'était, dit M. Giles; c'était la barrière.

— Ça ne m'étonnerait pas, s'exclama Brittles, qui sauta sur cette idée.

— Vous pouvez être sûrs, dit Giles, que c'est cette barrière qui a arrêté le cours de notre emportement. Pour moi, j'ai senti le mien qui s'en allait tout d'un coup, pendant que je l'escaladais.

Il se trouva, étrange coïncidence, que chacun des deux autres avait éprouvé la même pénible sensation au même instant précis. Il était donc manifeste que la barrière était responsable; d'autant qu'aucun doute ne pouvait subsister quant au moment où le changement s'était produit, puisque chacun des trois se souvenait qu'ils arrivaient en vue des bandits à l'instant de ce phénomène.

Ce dialogue se déroulait entre les deux hommes qui avaient surpris les cambrioleurs, et un rétameur ambulant qui avait passé la nuit dans les communs, et qu'on avait réveillé, ainsi que ses deux chiens métis, pour prendre part à la poursuite. M. Giles exerçait les doubles fonctions de majordome et d'intendant auprès de la vieille dame à qui appartenait la maison; Brittles était un valet à toutes mains; comme il était entré à son service encore enfant, on le traitait toujours comme un garçonnet plein d'avenir, bien qu'il eût dépassé la trentaine.

En se réconfortant mutuellement par des propos de ce genre, mais en restant tout près les uns des autres cependant, et en promenant autour d'eux des regards inquiets, chaque fois qu'un nouveau souffle de vent faisait bruisser les branches, les trois hommes regagnèrent précipitamment l'abri d'un arbre au pied duquel ils avaient laissé leur lanterne, de peur que sa lumière n'indiquât aux voleurs dans quelle direction tirer. Ils reprirent la lanterne, et regagnèrent la maison sans perdre un instant, en trottant à une bonne petite allure; et longtemps après qu'il fut devenu impossible de distinguer leurs silhouettes sombres, on aurait pu voir clignoter et danser la lampe dans le lointain, semblable à quelque exhalaison de l'atmosphère ténébreuse et humide qu'on lui faisait traverser si vite.

L'air devint plus froid à mesure qu'approchait lentement le jour; et la brume se traînait le long du sol comme un épais nuage de fumée. L'herbe était mouillée; les chemins et les creux étaient tout emplis de boue et d'eau; l'haleine humide d'un vent malsain passait nonchalamment, avec un sourd gémissement. Et Olivier restait toujours immobile et inanimé à l'endroit où Sikes l'avait laissé.

Le matin allait bientôt arriver. L'air se faisait plus âpre et mordant tandis que sa première pâle lueur (mort de la nuit plutôt que naissance du jour) se mit à trembloter faiblement dans le ciel. Les objets qui avaient eu un air obscur et inquiétant dans la nuit devinrent de plus en plus distincts et reprirent progressivement leur forme familière. La pluie tomba, en gouttes drues et pressées, crépitant à grand bruit parmi les arbustes sans feuilles. Mais Olivier ne sentit rien, quand elle vint lui frapper le visage; car il restait toujours étendu, inconscient et sans force, sur son lit de glaise.

Enfin, un faible cri de douleur rompit le silence qui régnait en ce lieu, et en poussant ce cri l'enfant s'éveilla. Son bras gauche, grossièrement pansé à l'aide d'un châle, était allongé, pesant et inutile, à son côté; le pansement était imprégné de sang. Il était si faible qu'il eut grand-peine à se dresser sur son séant; quand il y parvint, il chercha du secours en promenant un regard débile autour de lui, et poussa un gémissement de douleur. Tremblant de tous ses membres, sous l'effet du froid et de l'épuisement, il fit un effort pour se mettre debout; mais, frissonnant de la tête aux pieds, il retomba de tout son long sur le sol.

Après une brève rechute dans l'hébétude où il était resté si longtemps plongé, Olivier, animé par une sensation douloureuse qui lui envahissait le cœur, et qui paraissait l'avertir que, s'il restait étendu là, il mourrait à coup sûr, se mit sur ses jambes, et s'efforça de marcher. Il avait des vertiges et titubait comme un homme ivre. Mais il tint bon néanmoins, et la tête affalée sur la poitrine, sans force, il alla devant lui d'un pas chancelant, sans savoir où il allait.

Et c'est alors qu'une foule d'idées déconcertantes et confuses lui envahirent l'esprit. Il avait l'impression d'être encore en train de marcher entre Sikes et Crackit, qui discutaient avec colère... car les mots exacts qu'ils employaient retentissaient à ses oreilles; et lorsqu'il réussit, pour ainsi dire, à attirer sa propre attention sur lui-même, en faisant un violent effort pour s'empêcher de tomber, il s'aperçut qu'il était en train de leur parler. Puis il se trouva seul avec Sikes, peinant sur la route comme la veille; et, tandis que des silhouettes fantomatiques passaient près d'eux, il sentit sur son poignet l'étreinte du bandit. Soudain il recula brusquement en entendant la détonation d'armes à feu; des cris violents et des clameurs s'élevèrent dans les airs; des lumières surgirent sous ses yeux; tout n'était que bruit et que tumulte, et une main invisible l'emportait à vive allure. Et pendant toutes ces visions précipitées, une sensation indéfinie et inquiétante de douleur persistait à le tourmenter et à le miner sans cesse.

C'est ainsi qu'il poursuivit son chemin, d'un pas

chancelant, en se glissant presque machinalement entre les rondins des barrières ou par les brèches des haies quand il en trouvait devant lui, jusqu'au moment où il atteignit une route. C'est alors que la pluie commença à tomber si fort qu'elle le tira de sa torpeur.

Il regarda autour de lui, et vit que non loin de lui se trouvait une maison qu'il pourrait peut-être atteindre. Émus par son état, les gens le prendraient peut-être en pitié; et sinon, il vaudrait mieux, se dit-il, mourir auprès d'êtres humains, qu'à découvert dans la solitude des champs. Il rassembla toutes ses forces pour une dernière tentative, et porta ses pas chancelants vers la maison.

En s'en approchant, il fut envahi par le sentiment qu'il l'avait déjà vue. Il ne se souvenait d'aucun détail; mais la forme et l'aspect général de l'édifice lui firent une impression familière.

Le mur du jardin! Sur la pelouse, de l'autre côté, il était tombé à genoux cette nuit-là pour implorer la miséricorde des deux hommes. C'était précisément la maison qu'ils avaient essayé de cambrioler.

Olivier se sentit envahi par une telle crainte en reconnaissant les lieux qu'il en oublia un instant la souffrance de sa blessure, et ne pensa plus qu'à s'enfuir! S'enfuir! Il tenait à peine debout; et quand bien même il eût été en pleine possession de toutes les ressources de son corps grêle et juvénile, où pouvait-il s'enfuir? Il s'appuya contre la porte du jardin; elle n'était pas fermée à clef, et, tournant sur ses gonds, elle s'ouvrit. Il traversa la pelouse en titubant; gravit les marches; frappa faiblement à la porte, puis, abandonné soudain par toute son énergie, il s'effondra contre l'un des piliers du petit portique.

Il se trouva qu'à cet instant M. Giles, Brittles et le rétameur réparaient leurs forces, éprouvées par les fatigues et les terreurs de la nuit, en absorbant du thé et d'autres ingrédients dans la cuisine. Non que M. Giles eût l'habitude d'autoriser les domestiques de bas étage à se montrer trop familiers avec lui; car envers eux, il avait plutôt coutume de se conduire avec une affabilité hautaine qui, tout en leur faisant plaisir, ne pouvait manquer de leur rappeler la place plus haute qu'il occupait dans la société. Mais devant la mort, les incendies et les cambriolages, tous les hommes sont égaux; aussi M. Giles s'était-il installé, les jambes allongées devant le garde-feu de la cuisine, le bras gauche appuyé sur la table, tandis que son bras droit illustrait un récit détaillé et circonstancié du cambriolage, récit écouté avec un intérêt haletant par tous ses auditeurs (mais surtout par la cuisinière et la femme de chambre, qui étaient du nombre).

— Il était à peu près deux heures et demie, dit M. Giles, mais je ne jurerais pas qu'il n'était pas un peu plus près de trois heures, quand je me suis réveillé, et, en me retournant dans mon lit, mettons, comme ça (sur ce M. Giles se retourna sur sa chaise, et ramena le coin de la nappe au-dessus de lui pour représenter les couvertures), j'ai cru entendre un bruit.

A ce moment du récit la cuisinière pâlit et demanda à la femme de chambre de fermer la porte; celle-ci le demanda à Brittles, qui le demanda au rétameur, qui fit semblant de ne pas entendre.

— ... entendre un bruit, poursuivit M. Giles. Je me suis dit, d'abord : C'est une illusion; et je m'apprêtais à me rendormir, quand j'entends le bruit de nouveau, et distinctement.

— Quelle sorte de bruit? demanda la cuisinière.

— Une sorte de bruit de craquement, répondit M. Giles en promenant un regard autour de lui.

— Plutôt comme le bruit d'une barre de fer qu'on frotterait sur une râpe à muscade, proposa Brittles.

— C'était comme ça quand vous l'avez entendu, vous, répliqua M. Giles. Mais, à ce moment-là, c'était un bruit de craquement. J'ai repoussé les couvertures, poursuivit Giles, en rabattant la nappe; je me suis dressé dans mon lit; et j'ai tendu l'oreille.

D'une même voix, la cuisinière et la femme de chambre s'exclamèrent : Doux Jésus ! et de rapprocher leurs chaises l'une contre l'autre.

— Et maintenant, je l'entendais, tout ce qu'il y a de plus visible, reprit M. Giles. Y a quelqu'un, que je me dis, quelqu'un qui force une porte ou une fenêtre. Que faire ? je vais faire lever ce pauvre petit Brittles, pour qu'il ne risque pas d'être assassiné dans son lit; sans ça, que je me suis dit, il risque d'avoir la gorge tranchée d'une oreille jusqu'à l'autre sans se douter de rien.

Là-dessus, tous les yeux se tournèrent vers Brittles, qui avait les siens fixés sur l'orateur, et le contemplait, bouche bée, avec une expression de terreur sans mélange.

— J'ai rejeté mes couvertures, dit Giles, en laissant tomber la nappe, et en regardant fixement la cuisinière et la femme de chambre, je me suis levé tout doucement ; j'ai enfilé une...

— Y a des dames ici, monsieur Giles, murmura le rétameur.

— ... une paire de chaussures, monsieur, dit Giles, en se tournant vers lui, et en articulant ces mots avec beaucoup d'énergie; j'ai attrapé le pistolet chargé qu'on monte toujours avec le panier d'argenterie, et je suis allé dans sa chambre sur la pointe des pieds. Brittles, que je lui ai dit, une fois qu'il a été réveillé, n'ayez pas peur !

— C'est exact, déclara Brittles, d'une voix sourde.

— Je crois que nous sommes morts, Brittles, que je lui ai dit, poursuivit Giles, mais n'ayez pas peur.

— Et est-ce qu'il avait peur ? demanda la cuisinière.

— Absolument pas, répondit M. Giles. Il était ferme comme... tenez ! à peu près aussi ferme que moi.

— Je suis sûre que j'en serais morte sur le coup si ç'avait été moi, déclara la femme de chambre.

— C'est que vous êtes une femme, répliqua Brittles, en reprenant un peu d'assurance.

— Brittles a raison, dit M. Giles, avec un signe de tête approbateur; de la part d'une femme, il y avait rien de mieux à espérer. Mais nous, comme on est des hommes, on a pris une lanterne sourde qui était posée sur le devant de foyer chez Brittles, et on est descendus à tâtons, dans l'obscurité complète... à peu près comme ça.

M. Giles s'était levé, et il avait fait deux pas les yeux fermés, pour illustrer sa description de gestes appropriés, quand il sursauta vivement ainsi que toutes les autres personnes présentes, et s'empressa de regagner son siège. La cuisinière et la femme de chambre poussèrent un hurlement.

— On a frappé, dit M. Giles, avec une affectation de parfaite sérénité. Que quelqu'un ouvre la porte.

Personne ne bougea.

— Cela paraît assez bizarre qu'on frappe de si bonne heure le matin, dit M. Giles, avec un coup d'œil sur les visages livides qui l'entouraient, et arborant lui-même un air fort penaud; mais il faut tout de même ouvrir la porte. Est-ce que quelqu'un m'a entendu?

M. Giles avait regardé Brittles en parlant; mais ce jeune homme, étant d'un naturel modeste, considéra probablement qu'il n'était pas quelqu'un, et que par conséquent la question ne pouvait pas le concerner; toujours est-il qu'il ne proféra aucune réponse. M. Giles lança un regard suppliant au rétameur; mais celui-ci s'était endormi tout à coup. Quant aux femmes, il n'en était pas question.

— Si Brittles préfère ouvrir la porte en présence de témoins, dit M. Giles au bout d'un court silence, j'en suis.

— Moi aussi, dit le rétameur, en s'éveillant tout aussi soudainement qu'il s'était endormi.

Brittles capitula à ces conditions; et chacun étant un peu rassuré en découvrant (comme on le fit en ouvrant les volets) qu'il faisait maintenant grand jour, tout le monde monta l'escalier, à la suite des chiens.

Les deux femmes, qui avaient peur de rester seules au sous-sol, formaient l'arrière-garde. Sur le conseil de M. Giles, tout le monde parlait très fort, pour faire comprendre à toute personne animée de mauvaises intentions qui aurait pu se trouver dehors qu'on arrivait en force; et, grâce à un chef-d'œuvre de stratégie dû au cerveau du même ingénieux personnage, on pinça la queue des chiens en traversant le vestibule pour les faire aboyer férocement.

Ces précautions ayant été prises, M. Giles s'accrocha solidement au bras du rétameur (pour l'empêcher de prendre la fuite, déclara-t-il plaisamment) et donna l'ordre d'ouvrir la porte. Brittles s'exécuta; et les assistants, jetant de timides regards par-dessus les épaules les uns des autres, n'aperçurent rien de plus alarmant que le pauvre petit Olivier Twist, muet et épuisé, qui leva ses yeux appesantis, et implora silencieusement leur compassion.

— Un enfant! s'écria M. Giles, en repoussant vaillamment le rétameur à l'arrière-plan. Qu'est-ce qu'il a, ce... hein?... Comment... Brittles... regardez-moi ça!... vous ne comprenez pas?

Brittles, qui s'était glissé derrière la porte en l'ouvrant, n'eut pas plus tôt aperçu Olivier qu'il poussa un cri prolongé. M. Giles, attrapant l'enfant par une jambe et un bras (heureusement pas celui qui était cassé) le traîna aussitôt dans le vestibule, où il le déposa de tout son long sur le plancher.

— Le voilà! hurla Giles, très agité, en poussant des cris vers le haut de l'escalier; voilà un des voleurs, madame! Voilà un voleur, mademoiselle! Il est blessé, mademoiselle! C'est moi qui l'ai touché, mademoiselle; et Brittles qui tenait la lampe.

— ... C'était une lanterne, mademoiselle, s'écria Brittles, en appliquant une main au coin de ses lèvres, pour permettre à sa voix de porter plus loin.

Les deux servantes montèrent en courant pour annoncer que M. Giles avait capturé un bandit; et le rétameur lui-même s'affaira à essayer de ranimer Olivier, de peur qu'il ne mourût avant d'être pendu. Au milieu de tout ce bruit et de toute cette agitation, on entendit une douce voix féminine qui y mit fin sur-le-champ.

— Giles! dit cette voix, tout doucement, du haut de l'escalier.

— Je suis là, mademoiselle, répondit M. Giles. N'ayez pas peur, mademoiselle; il ne m'a pas fait bien mal. Il n'a pas vraiment résisté comme un forcené, mademoiselle! J'ai eu tôt fait de le mettre à la raison.

— Chut! répondit la jeune personne; vous faites autant de peur à ma tante que les voleurs tout à l'heure. Le pauvre homme est-il grièvement atteint?

— Des blessures, quelque chose d'épouvantable, répondit Giles, avec une indicible vanité.

— On dirait qu'il va rendre l'âme, mademoiselle, hurla Brittles, toujours sur le même ton. Vous voudriez pas venir le voir, mademoiselle, des fois qu'il irait mourir!

— Chut, je vous en prie, vous serez bien brave! répliqua la demoiselle. Attendez-moi calmement un instant, pendant que je parle à ma tante.

D'un pas aussi doux et aussi léger que sa voix, la jeune fille s'éloigna sans bruit. Elle revint bientôt et donna pour instructions de transporter le blessé, délicatement, dans la chambre de M. Giles; quant à Brittles, il devait seller le poney, et se rendre instantanément à Chertsey; de là, il devrait envoyer sans perdre un instant un gendarme et un docteur.

— Mais vous voulez pas jeter un coup d'œil sur lui d'abord, mademoiselle? demanda M. Giles, avec autant de fierté que si Olivier eût été quelque oiseau au plumage rarissime, abattu grâce à son adresse. Rien qu'un petit coup d'œil, mademoiselle?

— Pas maintenant, pour rien au monde, répondit la jeune fille. Le pauvre! Oh! traitez-le avec bonté, Giles, pour me faire plaisir!

Le vieux domestique leva les yeux vers elle, tandis qu'elle s'éloignait, avec un regard de fierté et d'admiration aussi totales que s'il se fût agi de son propre enfant. Puis il se pencha sur Olivier et aida à le porter au premier étage, avec autant de soin et de sollicitude qu'une femme.

CHAPITRE XXIX

Contient une présentation des habitants de la maison où s'était réfugié Olivier.

DANS une salle de belle apparence, encore que son mobilier évoquât plutôt l'aspect confortable du bon vieux temps que l'élégance moderne, deux dames étaient assises devant une table bien garnie pour prendre leur déjeuner. M. Giles, vêtu avec un soin méticuleux d'une livrée noire au grand complet, faisait le service. Il s'était posté à peu près à mi-distance de la desserte et de la table, et, le corps dressé de tout son haut, la tête rejetée en arrière et un tantinet penchée sur le côté, la jambe gauche avancée, et la main droite enfoncée dans son gilet, tandis que la gauche était pendante à son côté et étreignait un plateau, il avait l'air d'un homme fort agréablement pénétré de ses mérites et de son importance.

Des deux dames, l'une était d'un âge avancé; pourtant le haut dossier de la chaise de chêne sur laquelle elle était assise n'était pas plus droit qu'elle. Elle était vêtue avec un soin et une rigueur extrêmes, et son costume mêlait curieusement aux modes du temps passé quelques petites concessions au goût du jour, qui avaient plutôt pour effet de rehausser le style d'antan que d'en amoindrir le prestige; elle avait une attitude majestueuse, et ses mains croisées étaient posées sur la table devant elle. Ses yeux (dont l'âge n'avait guère atténué l'éclat) regardaient attentivement sa jeune compagne.

La jeune fille était au printemps de la vie et dans le

charmant épanouissement de la beauté féminine[1]; son âge était celui où, s'il est vrai que les anges de Dieu pour servir Ses nobles desseins peuvent s'incarner dans des formes humaines, on peut supposer sans impiété qu'ils vont habiter un corps comme le sien.

Elle n'avait pas plus de dix-sept ans. Elle avait été coulée dans un moule si délicat et raffiné; elle était si douce et tranquille, si pure et si belle, que la terre paraissait n'être pas son élément naturel, ni les grossières créatures, dignes de lui tenir compagnie. Il n'est pas jusqu'à l'intelligence qui brillait dans la profondeur de ses yeux bleus et marquait son noble front qui ne parût peu faite pour son âge, ou pour notre monde; et cependant l'expression changeante de douceur et de bonne humeur, les mille lueurs qui se jouaient sur son visage sans y laisser subsister aucune ombre, et surtout, son sourire, son sourire heureux et joyeux, tout cela était fait pour le Foyer, pour répandre la paix et le bonheur au coin de l'âtre.

Elle s'occupait activement des petites besognes de la table. Il se trouva qu'elle leva les yeux tandis que la vieille dame la regardait, et elle rejeta en arrière d'un air mutin les cheveux qu'elle portait en nattes toutes simples sur le front; et elle exprima, par son regard radieux, tant d'affection et de charme innocent, que sa vue eût pu faire sourire de célestes esprits.

— Y a-t-il donc plus d'une heure que Brittles est parti? demanda la vieille dame, après un instant de silence.

— Une heure et douze minutes, madame, répondit M. Giles, en consultant une montre d'argent qu'il tira lentement par son ruban noir.

— Il est toujours lent, déclara la vieille dame.

— Brittles a toujours été un garçon lent, madame,

1. Tout porte à croire que nous avons ici un portrait attendri et idéalisé de Mary Hogarth, la défunte belle-sœur de l'auteur (cf. Introduction, pp. XI-XII et XXX-XXXIII).

répondit le serviteur. Et de fait, puisque Brittles était un garçon lent depuis trente ans, il ne semblait guère probable qu'il pût jamais devenir un garçon rapide.

— J'ai l'impression qu'il ne fait aucun progrès, au contraire, dit la vieille dame.

— Ce ne serait guère excusable de sa part de s'attarder à jouer avec d'autres jeunes garçons, dit la jeune fille avec un sourire.

M. Giles se demandait apparemment s'il conviendrait qu'il se laissât lui-même aller à faire un sourire respectueux, quand un cabriolet s'arrêta devant la porte du jardin; un gros homme en descendit d'un bond et courut tout droit jusqu'à la porte; puis, ayant rapidement pénétré dans la maison par quelque mystérieuse méthode, il fit irruption dans la pièce et faillit renverser tout à la fois M. Giles et la table.

— C'est la première fois que j'entends parler d'une chose pareille! s'écria le gros homme. Ma chère madame Maylie... ma parole... et dans le silence de la nuit, avec ça... oui, c'est bien la première fois!

Après avoir ainsi exprimé ses condoléances, le gros homme serra la main aux deux dames, et, prenant une chaise, leur demanda comment elles se sentaient.

— Vous devez être mortes, littéralement mortes de peur, dit le gros homme. Pourquoi ne pas avoir appelé? Ma parole, mon valet serait venu en une minute; et moi aussi; et mon assistant aurait été enchanté; comme n'importe qui, bien sûr, en de telles circonstances. Mon Dieu, mon Dieu! C'était tellement inattendu! Et dans le silence de la nuit encore !

Le docteur semblait particulièrement ému par le caractère inattendu du cambriolage, et par le fait que la tentative eût eu lieu nuitamment; comme si les professionnels de l'effraction avaient pour habitude invariable de vaquer à leurs affaires en plein midi, en prenant rendez-vous par lettre un ou deux jours d'avance.

— Et vous, mademoiselle Rose, dit le docteur, en se tournant vers la jeune fille, je...

— Oh! tout à fait, certainement, dit Rose qui l'interrompit; mais nous avons là-haut un pauvre gaillard, et ma tante voudrait que vous alliez le voir.

— Ah! bien sûr, répondit le docteur, c'est vrai. J'ai cru comprendre que c'était votre travail, Giles.

M. Giles, qui s'affairait fiévreusement à ranger les tasses à thé, devint cramoisi, et déclara qu'il avait eu cet honneur.

— Cet honneur, hein? dit le docteur; ma foi, je n'en sais rien; peut-être est-il aussi honorable de toucher un voleur dans une arrière-cuisine que de toucher son homme à douze pas. Imaginez-vous qu'il avait tiré en l'air, et que vous vous êtes battu en duel, Giles.

M. Giles, qui voyait dans cette façon de traiter l'affaire à la légère un effort pour ternir injustement sa gloire, répondit avec respect qu'il n'appartenait pas aux gens de sa condition de trancher la question; mais qu'il lui semblait que pour son adversaire il n'y avait pas de quoi rire.

— Parbleu, vous avez raison! dit le docteur, Où est-il? Montrez-moi le chemin. Je repasserai par ici en redescendant, madame Maylie. C'est la petite fenêtre par laquelle il est entré, tiens! Eh bien, je n'aurais jamais cru ça!

Sans cesser un instant de parler, il suivit M. Giles à l'étage supérieur; et pendant qu'il monte l'escalier, on peut faire connaître au lecteur que M. Losberne, praticien du voisinage, que tout le monde appelait « le docteur » à dix milles à la ronde, avait grossi plutôt sous l'effet de la bonne humeur que de la bonne chère, et faisait le vieux garçon le plus généreux et le plus jovial, en même temps que le plus excentrique, que puisse découvrir dans un espace cinq fois plus vaste le meilleur explorateur du monde.

Le docteur resta absent beaucoup plus longtemps qu'il ne s'y attendait, ainsi que les dames. Il fit prendre dans son cabriolet une grande boîte plate; la sonnette d'une chambre fut agitée un grand nombre de fois ; et les domestiques ne cessèrent de monter et de descendre les escaliers en courant ; tous ces indices permirent de conclure avec raison qu'il se passait quelque chose d'important là-haut. Enfin il revint ; et, pour toute réponse aux questions inquiètes qu'on lui posait sur l'état de son malade, il prit un air de grand mystère et referma soigneusement la porte.

— Voilà qui est fort extraordinaire, madame Maylie, dit le docteur, s'adossant à la porte comme pour s'opposer à son ouverture.

— Il n'est pas en danger, j'espère ? dit la vieille dame.

— Ma foi, il n'y aurait rien d'extraordinaire là-dedans, en de telles circonstances, répondit le docteur ; mais je ne crois pas qu'il soit en danger. Avez-vous vu le bandit ?

— Non, répondit la vieille dame.

— Et on ne vous a rien dit à son sujet ?

— Non.

— Je demande pardon à madame, dit M. Giles, intervenant ; mais j'allais parler de lui à Madame quand le docteur Losberne est arrivé.

La vérité, c'est que M. Giles n'avait pu tout d'abord se résoudre à avouer qu'il avait seulement tiré sur un petit garçon. De tels éloges avaient été décernés à sa bravoure que pour rien au monde il n'eût pu se tenir de retarder de quelques délectables minutes cette explication ; minutes pendant lesquelles il s'était épanoui, à l'apogée d'une éphémère réputation d'indomptable courage.

— Rose désirait voir cet homme, dit Mme Maylie, mais je n'ai pas voulu en entendre parler.

— Hum ! répliqua le docteur. Il n'y a rien de très inquiétant dans son aspect. Cela vous ennuierait-il de le voir en ma présence ?

— Assurément non, répondit la vieille dame, si c'est nécessaire.

— Alors je crois que c'est nécessaire, dit le docteur; en tout cas je suis absolument sûr que si vous remettiez cette visite à plus tard, vous le regretteriez fort. Il est tout à fait calme et paisible pour le moment. Si vous voulez bien... mademoiselle Rose, me permettrez-vous? Il n'y a absolument rien à craindre, je vous en donne ma parole d'honneur!

CHAPITRE XXX

Rapporte l'opinion qu'inspira Olivier à ses nouveaux visiteurs.

LES assurant à mainte reprise que l'aspect du criminel allait leur causer une agréable surprise, le loquace docteur passa un bras sous celui de la jeune fille, et tendit à Mme Maylie sa main restée libre; puis il les conduisit, avec beaucoup de majesté et de dignité, à l'étage supérieur.

— Et maintenant, dit le docteur à mi-voix, tout en tournant sans bruit la poignée d'une porte, voyons ce que vous allez penser de lui. Il y a un certain temps qu'il ne s'est pas rasé, mais il n'a tout de même pas l'air tellement féroce. Un instant, cependant! Permettez-moi de m'assurer d'abord qu'il est prêt à recevoir des visites.

S'avançant le premier, il jeta un coup d'œil dans la chambre. Il leur fit signe de le suivre, et referma la porte quand elles furent entrées; puis il tira tout doucement les rideaux du lit. Au lieu du gredin têtu et sombre d'aspect qu'elles s'étaient attendues à y voir, c'est un enfant qui y était étendu; épuisé de fatigue et de douleur, il avait sombré dans un profond sommeil. Son bras blessé, pansé et mis en attelle, reposait en travers de sa poitrine; sa tête était appuyée sur l'autre bras, qui était presque caché par ses longs cheveux, tout défaits sur l'oreiller.

Le brave homme garda le rideau à la main, et resta une minute environ en contemplation silencieuse.

Tandis qu'il examinait son malade de la sorte, la jeune fille se glissa délicatement près de lui, et, s'asseyant sur une chaise au chevet du lit, dégagea les cheveux qui cachaient le visage d'Olivier. Pendant qu'elle était penchée sur lui, ses larmes tombèrent sur le front de l'enfant.

Le petit remua, et fit un sourire tout en dormant, comme si ces marques de pitié et de compassion avaient éveillé en lui le rêve délicieux d'une tendresse et d'une affection qu'il n'avait jamais connues. C'est ainsi qu'un air de musique douce, ou de clapotis de l'eau dans un endroit silencieux, ou l'odeur d'une fleur, ou le son d'un mot familier, font parfois surgir tout à coup le souvenir confus de scènes qui n'ont jamais existé en ce monde; elles disparaissent ensuite comme un souffle; elles semblent avoir été suscitées par le souvenir passager d'une existence plus heureuse, dans un passé lointain, et nul effort volontaire de l'esprit ne peut jamais plus les faire revivre.

— Qu'est-ce que cela signifie? s'écria la vieille dame. Il est absolument impossible que ce malheureux enfant ait été l'élève de bandits!

— Le vice, dit le médecin avec un soupir en refermant le rideau, le vice s'établit dans des temples bien divers; et qui peut affirmer que de beaux dehors ne cachent pas sa demeure?

— Mais il est d'âge si tendre! dit Rose.

— Ma chère jeune amie, répliqua le médecin, en hochant tristement la tête, le crime, comme la mort, n'est pas l'apanage des êtres vieux et flétris. Les plus jeunes, les plus beaux, sont souvent pour lui des victimes de choix.

— Mais pouvez-vous... oh! pouvez-vous vraiment croire que cet enfant délicat a été le complice volontaire des pires rebuts de la société? demanda Rose.

Le médecin hocha la tête comme pour donner à penser qu'il craignait que ce ne fût fort possible; puis, faisant remarquer qu'ils risquaient de déranger le malade, il conduisit les dames dans une pièce contiguë.

— Mais en admettant même qu'il ait été perverti, poursuivit Rose, songez combien il est jeune; dites-vous qu'il n'a peut-être jamais connu la tendresse d'une mère ou l'atmosphère accueillante d'un foyer; que les mauvais traitements et les coups, ou le manque de pain, ont pu le conduire à frayer avec des hommes qui l'ont contraint de devenir criminel. Ma tante, ma chère tante, pour l'amour du ciel, pensez à tout cela avant de permettre qu'on traîne en prison cet enfant malade, alors que la prison serait à coup sûr le tombeau de tous ses espoirs de redressement. Oh! vous qui m'aimez, vous qui savez que grâce à votre bonté et à votre affection je n'ai jamais souffert de l'absence de parents, mais que tel aurait pu être mon cas, et que j'aurais pu me trouver tout aussi dépourvue de ressources et de protection que ce pauvre enfant, prenez pitié de lui avant qu'il soit trop tard!

— Ma bien-aimée, dit la vieille dame, en pressant la jeune fille en pleurs contre son cœur, crois-tu que je voudrais faire du mal à un seul de ses cheveux?

— Oh, non! répondit promptement Rose.

— Non, bien sûr, dit la vieille dame; ma vie touche à sa fin; que la miséricorde me soit accordée comme je l'aurai accordée à mon prochain! Que peut-on faire pour le sauver, monsieur?

— Il faut y réfléchir, madame, dit le docteur; voyons.

M. Losberne mit les mains dans ses poches, et se prit à marcher de long en large dans la pièce; il s'arrêtait fréquemment, et se balançait sur la pointe des pieds en fronçant le sourcil de terrible façon. Après s'être exclamé plusieurs fois : « Ça y est, j'ai trouvé », puis : « Non, ça n'y est pas », et avoir chaque fois repris sa promenade et ses froncements de sourcil, il finit par s'arrêter pour tout de bon, et parla de la sorte :

— Je crois que si vous me donnez carte blanche pour houspiller Giles et ce gamin de Brittles, je peux m'en tirer. Je sais bien que Giles est un vieux et fidèle serviteur; mais vous aurez mille moyens de lui offrir des compensations, et de le récompenser pour son adresse au tir, par-dessus le marché. Vous n'y voyez pas d'inconvénients ?

— A moins qu'il n'y ait un autre moyen de sauvegarder l'enfant, répondit Mme Maylie.

— Il n'y en a pas d'autre, dit le docteur. Aucun autre, je vous en donne ma parole.

— Alors ma tante vous délègue tous pouvoirs, dit Rose, en souriant à travers ses larmes; mais je vous en prie, ne soyez pas plus dur pour ces pauvres garçons qu'il ne sera rigoureusement nécessaire.

— Vous avez l'air de croire, rétorqua le docteur, qu'aujourd'hui tout le monde, sauf vous, est enclin à la dureté de cœur, mademoiselle Rose. Je vous souhaite seulement, dans l'intérêt des membres masculins de la génération montante, de vous trouver d'humeur aussi tendre et vulnérable la première fois qu'un jeune garçon convenable fera appel à votre compassion; et je regrette de n'être pas moi-même le jeune gaillard en question pour profiter sur-le-champ d'une occasion aussi favorable que le moment présent.

— Vous êtes un grand gamin, tout comme Brittles en personne, répondit Rose en rougissant.

— Ma foi, dit le docteur, en riant de bon cœur, ce n'est guère difficile. Mais revenons-en au petit. Nous n'avons pas encore parlé de l'article essentiel de notre accord. Il va s'éveiller, j'imagine, dans une heure ou deux; certes, j'ai dit à cette espèce de lourdaud de gendarme qui est au sous-sol qu'il ne faut ni le transporter ni lui parler, sous peine de le tuer, mais je crois que nous pouvons causer avec lui sans danger. Or je stipule expressément que je vais l'interroger en votre présence, et que si, d'après ses propos, nous estimons (ou si je peux démontrer de façon à convaincre votre jugement rassis et raisonnable) qu'il est vraiment et entièrement mauvais (ce qui est fort possible) il sera abandonné à son destin, sans autre intervention de ma part, en tout cas.

— Oh, non, ma tante, fit Rose, suppliante.

— Oh si, ma tante! dit le docteur. Marché conclu?

— Il est impossible qu'il soit endurci dans le vice, dit Rose. C'est inconcevable.

— Fort bien, rétorqua le docteur; alors vous avez d'autant plus de raisons d'accepter ma proposition.

Finalement le traité fut conclu; et les parties contractantes s'assirent pour attendre, non sans impatience, le réveil d'Olivier.

La patience de ces dames était destinée à subir une épreuve plus longue que ne le leur avait fait prévoir M. Losberne; car les heures passaient interminablement, et Olivier sommeillait toujours profondément. De fait, c'est seulement vers le soir que le bon docteur vint leur annoncer qu'il avait enfin suffisamment repris conscience pour qu'on pût lui parler. L'enfant était fort malade, leur dit-il, et affaibli par le sang qu'il avait perdu; mais il avait l'esprit tellement agité par le vif désir de révéler quelque chose qu'il jugeait préférable de lui en donner la possibilité, plutôt que d'exiger le repos jusqu'au lendemain matin, comme il l'eût fait sans cela.

La conférence fut longue. Olivier leur raconta toute sa simple histoire, et fut mainte fois obligé de s'interrompre, à cause de ses souffrances et de sa faiblesse. Combien il était imposant d'entendre, dans la pénombre de la chambre, la faible voix de l'enfant malade énumérer le pénible catalogue des maux et des malheurs que la dureté des hommes lui avait infligés. Ah! si, à l'heure où nous opprimons et exploitons nos semblables, nous accordions, ne fût-ce qu'une pensée aux sombres témoignages des erreurs humaines, qui, comme d'épais et pesants nuages, montent, lentement il est vrai, mais d'autant plus sûrement, vers le Ciel, pour déverser plus tard sur nos têtes leur vengeance; si nous entendions en imagination, ne fût-ce qu'un instant, la sourde déposition de la voix des morts, que nulle puissance ne peut étouffer, que nul orgueil ne peut exclure; alors, où seraient les torts et l'injustice, les souffrances, la misère, la cruauté et les maux que chaque jour de notre vie apporte avec lui!

Ce soir-là, l'oreiller d'Olivier fut installé par de douces mains, et son sommeil veillé par la beauté et la vertu. Il se sentait calme et heureux, et il serait mort sans se plaindre.

A peine cette entrevue capitale fut-elle achevée et Olivier de nouveau endormi, que le docteur, après s'être essuyé les yeux, et avoir condamné leur soudaine faiblesse, descendit pour attaquer sans tarder M. Giles. Et ne trouvant personne dans les salons, il eut l'idée qu'il pouvait peut-être entamer les opérations de façon efficace dans la cuisine; c'est donc dans la cuisine qu'il se rendit.

En cette chambre basse du parlement domestique se trouvaient réunis les servantes, M. Brittles, M. Giles, le rétameur (qui avait fait l'objet d'une pressante invitation à rester jusqu'au soir pour se faire choyer, en remerciement de ses services) et le gendarme. Ce dernier avait un gros bâton [1], une grosse tête, de gros traits, et de grosses demi-bottes; et il avait tout l'air d'avoir absorbé une ration de bière en proportion... ce qui était le cas.

Les aventures de la nuit précédente étaient encore en cours de discussion; car M. Giles discourait sur sa présence d'esprit quand le docteur entra; M. Brittles, un pot de bière à la main, corroborait chaque phrase avant qu'elle eût été prononcée par son supérieur.

— Restez assis! dit le docteur, avec un grand geste de la main.

— Merci, monsieur, dit M. Giles. Madame avait

1. Le bâton du gendarme (*constable*) est à la fois l'insigne de sa fonction (cf. *Pickwick*, chapitre XXIV) et la seule arme qu'il ait le droit de porter sur lui.

demandé qu'on fasse une distribution de bière; et comme je n'avais pas envie de rester dans ma petite salle personnelle, et que j'avais envie de me trouver en société, je suis venu boire la mienne ici, avec eux autres.

Brittles prit l'initiative d'un sourd murmure, par lequel ces messieurs et dames donnèrent à entendre unanimement que la condescendance de M. Giles leur faisait un vif plaisir. M. Giles regarda autour de lui d'un air protecteur, comme pour dire que, tant qu'ils se conduiraient convenablement, ce n'est pas lui qui les laisserait tomber.

— Comment va votre patient ce soir, monsieur? demanda Giles.

— Comme ci comme ça, répondit le docteur. Vous vous êtes mis dans de mauvais draps, monsieur Giles, j'en ai bien peur.

— J'espère, monsieur, dit M. Giles en tremblant, que vous ne voulez pas dire qu'il va mourir. Si je devais le penser, jamais plus je ne pourrais être heureux. Je ne voudrais pas supprimer un gamin; non, pas même Brittles ici présent, non, pas pour toute l'argenterie du comté, monsieur.

— Là n'est pas la question, dit le docteur d'un air de mystère. Monsieur Giles, êtes-vous protestant?

— Oui, monsieur, j'espère bien, balbutia M. Giles qui était devenu tout pâle.

— Et vous, mon petit, qu'est-ce que vous êtes? dit le docteur, en se tournant brusquement vers Brittles.

— Dieu me pardonne, monsieur! répondit Brittles, qui sursauta vivement; je suis... je suis comme M. Giles, monsieur.

— Alors vous allez me dire une chose, fit le docteur, tous les deux! Etes-vous prêts à prendre la responsabilité de jurer que l'enfant que nous avons là-haut est l'enfant qu'on a fait entrer par la petite fenêtre la nuit dernière? Oui ou non! Allons! On attend que vous vous décidiez!

Le docteur, qui était unanimement considéré comme l'un des hommes les plus aimables du monde, posa cette question sur un ton de colère si terrible que Giles et Brittles, fort troublés par la bière et l'agitation, s'entre-regardèrent avec stupeur.

— Veuillez noter leur réponse, gendarme! dit le docteur, en agitant l'index d'un air très solennel, puis en se donnant de petits coups sur le dos du nez, pour inviter ce digne personnage à mettre en jeu toute sa sagacité. Nous allons peut-être arriver à quelque chose sous peu.

Le gendarme prit un air aussi profond que possible, et s'empara de son bâton officiel, qu'il avait laissé indolemment appuyé contre le coin de la cheminée.

— C'est une simple question d'identité, notez-le bien, dit le docteur.

— C'est ça même, monsieur, répondit le gendarme, en toussant avec beaucoup de vigueur, car il avait fini sa bière précipitamment et une partie du liquide avait emprunté le mauvais chemin.

— Vous avez une maison où on entre par effraction, dit le docteur, et deux hommes aperçoivent pendant un instant un enfant, au milieu de la fumée des armes à feu, et dans tout le bouleversement de la crainte et de l'obscurité. Vous avez un enfant qui arrive dans la même maison le lendemain matin, et parce qu'il a le bras bandé, les deux hommes portent la main sur lui avec violence, ce qui a pour effet de mettre sa vie en grand danger, et jurent que c'est lui le voleur. Alors la question qui se pose est la suivante : ces hommes sont-ils justifiés par les faits; sinon, dans quelle situation se mettent-ils?

Le gendarme fit un signe de tête méditatif. Il déclara, que si ce n'était pas là du langage juridique, il voudrait bien savoir ce que c'était.

— Je vous le demande encore une fois, fit le docteur

d'une voix tonnante, êtes-vous en mesure, sous la foi d'un serment solennel, d'identifier cet enfant?

Brittles regarda M. Giles d'un air de doute; M. Giles regarda Brittles d'un air de doute; le gendarme se mit une main derrière l'oreille pour mieux saisir la réponse; les deux femmes et le rétameur se penchèrent en avant pour l'écouter; le docteur jeta un regard perçant tout autour de lui; mais soudain quelqu'un sonna à la porte, et au même moment on entendit un bruit de roues.

— C'est les sergents! s'écria Brittles, apparemment fort soulagé.

— Les quoi? s'exclama le docteur, stupéfait à son tour.

— Les sergents de Bow Street[1], monsieur, répondit Brittles en prenant une bougie; moi et M. Giles on les a fait demander ce matin.

— Comment? cria le docteur.

— Oui, répondit Brittles. J'ai fait faire la commission par le cocher de la diligence, même que ça m'étonnait qu'ils soient pas arrivés plus tôt, monsieur.

— Vous avez fait cela, tiens? Alors, le diable emporte tous ces lourdauds de... de cochers que vous avez par ici; un point, c'est tout, dit le docteur, en s'éloignant.

1. Connus sous le nom de Rouges-Gorges, à cause du gilet écarlate que comportait leur uniforme, ces policiers étaient attachés au tribunal central de police; ils étaient peu nombreux, et il n'exista pas d'autres détectives en Angleterre jusqu'en 1829 (fondation du service des Recherches Criminelles).

CHAPITRE XXXI

Où la situation est critique.

– Qui est là ? demanda Brittles, entrouvrant la porte sans enlever la chaîne, et jetant un coup d'œil dehors en abritant la bougie avec sa main.

— Ouvrez la porte, répondit une voix de l'extérieur; on est les agents de Bow Street, qu'on a fait appeler aujourd'hui.

Grandement réconforté par cette assurance, Brittles ouvrit la porte toute grande, et se trouva en face d'un homme corpulent en pardessus, qui entra sans mot dire, et s'essuya les pieds sur le paillasson avec autant d'aplomb que s'il habitait la maison.

— Envoyez donc quelqu'un prendre la relève de mon camarade, voulez-vous, jeune homme? dit l'officier; il est resté dans la voiture pour surveiller le canasson. Est-ce que vous auriez une remise ici, où vous pourriez la ranger, pendant cinq à dix minutes?

Brittles répondit affirmativement, et quand il lui eut indiqué le bâtiment en question, l'homme corpulent s'en retourna vers la porte du jardin et aida son compagnon à remiser la voiture, tandis que Brittles les éclairait, éperdu d'admiration. Après quoi ils s'en revinrent à la maison, où, introduits dans un petit salon, ils ôtèrent pardessus et chapeaux, et apparurent sous leur vrai jour.

Celui qui avait frappé à la porte était un gros personnage de taille moyenne, âgé de cinquante ans environ; il avait des cheveux noirs luisants, coupés assez court; des favoris jusqu'à mi-joue, une figure ronde, et des yeux vifs. L'autre était un homme décharné, roux, en bottes à revers; il avait un visage assez rébarbatif, et un nez retroussé de sinistre apparence.

— Dites à votre patron que Blathers et Duff, ils sont là, hein? dit le plus gros des deux, en lissant ses cheveux et en posant sur la table une paire de menottes. Ah! bonsoir, patron. On peut-il vous dire un ou deux mots en particulier, s'il vous plaît?

Ces propos s'adressaient à M. Losberne, qui venait de faire son apparition; il fit signe à Brittles de se retirer, fit entrer les deux dames, et referma la porte.

— Voici la maîtresse de maison, dit M. Losberne, avec un geste en direction de Mme Maylie.

M. Blathers s'inclina. Invité à s'asseoir, il posa son chapeau par terre, et, prenant un siège, il fit signe à Duff de l'imiter. Ce dernier, qui ne semblait pas jouir d'une égale habitude du grand monde, ni s'y trouver également à son aise (bref, pour l'un ou l'autre de ces motifs) s'assit, après avoir enduré dans tous ses membres diverses affections musculaires, et s'enfonça dans la bouche le pommeau de sa canne, non sans embarras.

— Alors, pour le vol en question, patron, dit Blathers. Ça s'est passé comment?

M. Losberne, qui paraissait désireux de gagner du temps, leur raconta longuement l'affaire avec force circonlocutions. MM. Blathers et Duff, pendant ce récit, prirent un air fort entendu, et échangèrent de temps à autre un signe de tête.

— Je peux rien dire de sûr tant que j'ai pas vu l'ouvrage, bien entendu, dit Blathers; mais à première vue — je veux bien m'avancer jusque-là — m'est avis que ça n'a pas été fait par un glaiseux; pas vrai, Duff?

— Certainement pas, répondit Duff.

— Ainsi, si je traduis le mot glaiseux pour le bénéfice de ces dames, je crois comprendre que vous voulez dire que la tentative n'a pas été faite par un paysan? dit M. Losberne avec un sourire.

— Tout juste, patron, répondit Blathers. Pour le vol, y a rien d'autre, alors?

— Non, c'est tout, répondit le docteur.

— Alors, qu'est-ce que c'est que cette histoire de gamin que les domestiques, ils en causent? dit Blathers.

— Ce n'est rien du tout, répondit le docteur. Un des domestiques, pris de peur, s'est mis dans la tête qu'il avait quelque chose à voir avec cette tentative d'effraction; mais c'est stupide, c'est tout simplement absurde.

— Dans ce cas, ce sera facile à régler, déclara Duff.

— C'est très juste, ce qu'il dit, fit remarquer Blathers, en hochant la tête à titre de confirmation, tout en jouant négligemment avec les menottes comme avec une paire de castagnettes. Qui est cet enfant? Quels renseignements donne-t-il sur son propre compte? D'où vient-il? Il n'est pas tombé des nues, dites donc, patron?

— Bien sûr que non, répondit le docteur, en jetant un regard inquiet aux dames. Je connais toute son histoire; mais nous pourrons en parler tout à l'heure. J'imagine que vous voudriez d'abord voir l'endroit où les voleurs ont fait leur tentative.

— Certainement, répliqua M. Blathers. On doit d'abord examiner les lieux, et ensuite interroger les domestiques. C'est comme ça qu'on a l'habitude de travailler.

On alla chercher des bougies; et MM. Blathers et Duff, escortés par le gendarme du cru, Brittles, Giles, bref, par tout le monde, s'en furent dans la petite pièce, au bout du couloir d'entrée, et regardèrent dehors par la fenêtre; puis ils firent le tour par la pelouse et regardèrent à l'intérieur par la fenêtre; après quoi ils se firent passer une bougie au dehors pour examiner le contrevent, puis une lanterne pour étudier les traces de pas; puis une fourche pour sonder les buissons. Cela fait, au milieu de l'intérêt ardent de tous les spectateurs, ils rentrèrent; et M. Giles et Brittles furent invités à exécuter une représentation mélodramatique de la part qu'ils avaient prise aux aventures de la nuit précédente, représentation qu'ils donnèrent à quelque six reprises différentes sans se contredire sur plus d'un point important la première fois, ni sur plus de douze la dernière. Ce résultat ayant été obtenu, Blathers et Duff firent évacuer la pièce, et délibérèrent longuement, avec un degré de mystère et de solennité en comparaison duquel une consultation de médecins éminents sur la plus épineuse question de leur art ne serait qu'un jeu d'enfant.

Pendant ce temps, le docteur faisait les cent pas dans la pièce voisine, en proie à une vive agitation; et Mme Maylie et Rose le regardaient avec une expression d'inquiétude.

— Ma parole, dit-il en s'immobilisant au terme d'un nombre élevé d'évolutions fort rapides, je ne sais trop que faire.

— Assurément, dit Rose, l'histoire de ce pauvre enfant, si on la rapporte honnêtement à ces hommes, suffira pour l'innocenter.

— J'en doute, ma chère jeune amie, dit le docteur en hochant la tête. Je crois qu'elle ne peut l'innocenter ni aux yeux de ces hommes, ni à ceux de magistrats de plus haut rang. Qu'est-il donc après tout, nous demanderait-on? Un vagabond. Jugée à la lumière de considérations et de probabilités temporelles, son histoire est fort suspecte.

— Mais vous y croyez, assurément, dit Rose en l'interrompant.

— Personnellement, si bizarre que cela paraisse, j'y crois; et peut-être ne suis-je qu'un vieil imbécile d'y ajouter foi, répliqua le docteur; pourtant je ne crois pas que ce soit exactement le récit qui convienne à un détective d'expérience.

— Pourquoi cela ? demanda Rose.

— Eh bien, gracieuse interrogatrice, répondit le docteur, parce que, de leur point de vue, elle contient nombre de points qui ont vilaine allure ; il ne peut fournir la preuve que des parties défavorables, et ne peut rien prouver de ce qui est à son avantage. Ces diables de gaillards ! il leur faut absolument le pourquoi et le comment, et ils n'acceptent rien sans preuves. De son propre aveu, comprenez-vous, il vit depuis quelque temps en compagnie de voleurs ; il a été conduit dans un commissariat de police, accusé d'avoir dévalisé un promeneur ; il a été enlevé, de force, de chez ce monsieur, et emmené dans un endroit qu'il est incapable de décrire ou d'indiquer, sans avoir la moindre idée de son emplacement. Il a été conduit à Chertsey par des hommes qui avaient l'air de s'être passionnément attachés à lui, qu'il le veuille ou non ; on l'a fait entrer dans une maison par la fenêtre afin de la cambrioler ; et alors, au moment précis où il allait donner l'alarme aux occupants de la maison, et faire ainsi la seule chose qui aurait pu montrer son innocence, voilà qu'intervient précipitamment un gros lourdaud de majordome mal élevé qui lui tire dessus ! Comme s'il voulait faire exprès de l'empêcher par tous les moyens de servir sa propre cause ! Ne comprenez-vous pas tout cela ?

— Mais si, bien sûr, je le comprends, répondit Rose, en souriant de l'impétuosité du docteur ; mais, tout de même, je ne comprends pas comment il peut y avoir là-dedans rien qui établisse la culpabilité du malheureux enfant.

— Non, répondit le docteur, bien sûr que non ! Que Dieu pardonne aux yeux des jolies femmes ! Elles sont incapables de voir, en bien ou en mal, plus d'un aspect à la fois de n'importe quelle question ; et c'est toujours celui qui leur vient à l'esprit le premier.

Après avoir ainsi fait part du résultat de ses observations, le docteur mit les mains dans ses poches, et reprit sa promenade de long en large dans la pièce, avec encore plus de rapidité que précédemment.

— Plus j'y réfléchis, dit le docteur, plus je me rends compte que nous nous exposons à des ennuis et à des difficultés sans nombre si nous communiquons à ces hommes la véritable histoire de l'enfant. Je suis sûr qu'ils n'y croiront pas; et que même s'ils ne peuvent rien contre lui en fin de compte, le seul fait de la mettre au grand jour, et de rendre publics les doutes qu'elle suscitera, contrecarrera dangereusement votre généreuse intention de sauver l'enfant de sa misère.

— Oh! Que faire? s'écria Rose. Hélas! hélas! pourquoi a-t-on fait venir ces gens?

— Oui, pourquoi! s'exclama Mme Maylie. J'aurais donné n'importe quoi pour les empêcher de venir ici.

— Tout ce que je sais, finit par dire M. Losberne, en s'asseyant avec le calme qui naît d'une résolution désespérée, c'est qu'il faut que nous tentions de nous en tirer sans trop de scrupules. Notre objectif est bon, et cela nous servira d'excuse. Le petit a de nets symptômes de fièvre, et il n'est plus en état de soutenir une conversation; c'est déjà un réconfort. Il faut en tirer le meilleur parti possible, et si ce meilleur parti n'est pas très fameux, ce n'est pas notre faute. Entrez!

— Eh bien, patron, dit Blathers, qui entra, suivi de son collègue, et referma hermétiquement la porte avant de dire un mot de plus. C'est pas un coup monté.

— Et que diable entendez-vous par un coup monté? demanda le docteur avec impatience.

— Un vol s'appelle un coup monté, mesdames, dit Blathers en se tournant vers elles, comme si leur ignorance lui inspirait de la pitié, mais celle du docteur du mépris, quand il y a des domestiques dans le coup.

— Mais personne ne les a soupçonnés dans cette affaire, dit Mme Maylie.

— Très probable que non, madame, répondit Blathers, mais ils auraient très bien pu être dans le coup quand même.

— C'était même d'autant plus probable à cause de ça, dit Duff.

— On pense que c'est un expert de Londres, dit Blathers, poursuivant son rapport, vu que le travail a été fait dans un style remarquable.

— Oui, c'est quelque chose de très joliment fait, déclara Duff, à mi-voix.

— Ils étaient à deux, poursuivit Blathers; et ils avaient un gamin avec eux; c'est évident, vu la dimension de la fenêtre. C'est tout ce qu'on peut dire pour le moment. On va aller voir tout de suite le petit que vous avez là-haut, s'il vous plaît.

— Peut-être ces messieurs voudraient-ils boire d'abord un petit quelque chose, madame Maylie, dit le docteur, dont le visage s'éclaira comme si une idée nouvelle lui était venue à l'esprit.

— Oh! bien sûr! s'écria Rose avec empressement. Vous pouvez vous rafraîchir immédiatement, si vous voulez.

— Ma foi, mademoiselle, merci bien! dit Blathers, en passant sur ses lèvres la manche de son habit; ce genre de travail-là, ça donne soif. Ce que vous aurez sous la main, mademoiselle; faut pas vous déranger pour nous.

— Que voudriez-vous? demanda le docteur, en accompagnant la jeune fille vers la desserte.

— Une petite goutte d'alcool, patron, si ça vous est égal, répondit Blathers. On a pas eu chaud en venant de Londres, madame; et j'ai toujours trouvé qu'il y a rien de tel que l'alcool pour vous réchauffer le cœur.

Cette intéressante déclaration s'adressait à Mme Maylie, qui l'accueillit avec beaucoup de bonne grâce. Pendant qu'elle était en cours, le docteur sortit discrètement.

— Ah! dit M. Blathers, qui souleva son verre à vin, non pas en le tenant par la partie effilée, mais en étreignant la partie plate du pied entre le pouce et l'index de la main gauche, et en le plaçant devant sa poitrine; j'ai vu pas mal d'affaires comme celle-là depuis ma jeunesse, mesdames.

— La cambriole qu'avait eu lieu par l'entrée de service à Edmonton, Blathers, dit M. Duff, pour rafraîchir la mémoire de son collègue.

— C'était un peu dans le même genre qu'ici, pas vrai ? répliqua M. Blathers ; c'était du travail à Chickweed Gros-Blair, ça.

— Tu y as toujours attribué ce coup-là, répondit Duff. Je te dis que c'était le Chouchou des Familles. Gros-Blair avait pas plus à voir que moi dans l'histoire.

— Penses-tu ! répliqua M. Blathers ; t'y connais rien ; quand même, tu te rappelles la fois où Gros-Blair s'était fait voler son argent ? Tu parles d'une histoire ! Mieux que dans tous les romans que j'ai jamais lus !

— Que s'était-il passé ? demanda Rose, fort désireuse d'encourager tous les symptômes de bonne humeur chez ses visiteurs importuns.

— C'est un vol, mademoiselle, que personne ou presque, ils auraient pu y damer le pion, dit Blathers. Le Chickweed Gros-Blair en question...

— Gros-Blair, madame, ça veut dire Gros-Nez, dit Duff, intervenant.

— Bien sûr que la dame, elle sait ça, tu penses ! déclara M. Blathers. Faut toujours que tu m'interrompes, mon vieux, je t'assure ! Le Chickweed Gros-Blair en question, mademoiselle, il tenait un café quelque part du côté de Battlebridge [1], et il avait une cave où qu'y avait pas mal de jeunes nobles qu'allaient voir des combats de coqs, et des chasses au blaireau [2], et des

1. Il ne s'agit pas de Battlebridge Road (artère proche de la Tamise, dans le quartier de Bermondsey, au sud du fleuve) mais du nom ancien de *King's Cross* (édifice construit en 1830 à l'emplacement d'un pont sur la Fleet où s'était livrée une bataille entre les Romains et les troupes de Boadicée, qui mourut en 61).

2. Ce divertissement (qui fut interdit en 1850) consistait à faire attaquer par des chiens un blaireau placé dans un tonneau ; quand les chiens l'avaient forcé à sortir, l'organisateur du spectacle replaçait l'animal dans le tonneau.

trucs comme ça; et les sports, ils étaient organisés de façon drôlement intellectuelle, parce que j'y ai souvent assisté. Il faisait pas encore partie de la corporation à cette époque-là; et un soir on y a volé trois cent vingt-sept guinées dans un sac de toile, qu'a été pris dans sa chambre au cœur de la nuit, par un grand bonhomme avec un bandeau sur l'œil, qui s'était caché sous le lit et qui a sauté tout de suite après le vol par la fenêtre, qu'était seulement au premier étage. Il a pas perdu de temps. Mais Gros-Blair, il en a pas perdu non plus; parce qu'il a été réveillé par le bruit, et il s'est levé d'un bond, et il a tiré sur lui avec une escopette, et il a donné l'alerte à tout le quartier. Ils ont organisé aussitôt une poursuite, et quand ils ont commencé à regarder ce qui se passait, ils ont vu que Gros-Blair avait touché le voleur, vu qu'y avait des traces de sang tout le long du chemin jusqu'à une palissade assez éloignée; et là on perdait la piste. En tout cas, il avait filé avec la braise; et par conséquent, le nom de M. Chickweed, débitant patenté, fut publié dans la *Gazette*[1] avec ceux des autres faillis; et y a eu toutes sortes de souscriptions et de collectes, et je sais pas quoi encore, d'organisées pour le pauvre homme, qu'était très abattu par cette perte, et qu'a passé trois ou quatre jours à se promener dans les rues en s'arrachant les cheveux d'un air si désespéré que beaucoup de gens ont commencé à avoir peur qu'il allait se supprimer. Un jour il vient au commissariat en toute hâte, et il a un entretien particulier avec le commissaire; et, après une longue conversation, le commissaire, il sonne et il fait appeler Jem Spyers[2] (Jem qu'était un sergent très remuant) et il lui dit d'aller aider M. Chickweed à appréhender l'homme qu'avait volé chez lui. « Je l'ai vu, Spyers, dit Chick-

1. La *Gazette de Londres* (fondée en 1665 et paraissant deux fois par semaine) est le Journal Officiel de l'Angleterre. Elle publie les nominations officielles et les listes de faillites.

2. Le nom de ce personnage est dérivé de *spy* : espion.

weed, passer devant chez moi hier matin. — Pourquoi que vous lui avez pas sauté dessus pour y mettre la main au collet, qu'il dit Spyers. — J'en étais tellement estomaqué, que vous auriez pu me faire une fracture du crâne avec un cure-dents, que dit le pauvre homme, mais on peut être sûr qu'on l'aura, parce qu'il est repassé entre dix et onze heures du soir. » Spyers, il a pas plus tôt entendu ça qu'il met dans sa poche une chemise de rechange et un peigne, des fois qu'il serait obligé de rester un jour ou deux; et le voilà qui s'en va, et qui s'installe à une des fenêtres de la salle de café, derrière les petits rideaux rouges, chapeau sur la tête, tout près à filer dehors sans guère de préavis. Le soir, tard, il fumait sa pipe à cet endroit-là quand tout à coup Chickweed, il se met à hurler : « Le voilà! Au voleur! Arrêtez-le! Au meurtre! » Jem Spyers, il bondit dans la rue; et il voit Chickweed qui court à toute vitesse. Voilà Spyers qui s'élance, Chickweed qui continue; les gens qui se retournent; tout le monde qui hurle : « Au voleur! » et Chickweed lui-même qui continue à crier sans s'arrêter, comme un fou. Spyers le perd de vue une minute quand il tourne le coin de la rue; il file pour le rejoindre; il voit un petit attroupement; il fonce : « Votre homme, c'est lequel? — Nom de D... ! que dit Chickweed, je l'ai de nouveau laissé échapper! » Ça se trouvait assez curieusement, mais on le voyait nulle part, alors ils sont retournés au café. Le lendemain matin, Spyers s'est remis au même poste, et il a cherché à voir, à l'abri du rideau, un grand bonhomme avec un bandeau noir sur l'œil; à la fin il en avait mal à ses deux yeux à lui. Finalement il a pas pu s'empêcher de les fermer, pour les soulager une minute; et à l'instant même il entend Chickweed qui hurle : « Le voilà! » Il repart encore une fois, avec Chickweed qu'avait une demi-rue d'avance sur lui; et voilà qu'après une course deux fois plus longue que celle de la veille, le bonhomme est de nouveau perdu de vue! Ça a encore recommencé une ou deux fois, et à la fin la moitié des voisins de M. Chickweed ils insinuaient qu'il avait été volé par le diable, qui s'amusait maintenant à lui jouer des tours; et l'autre moitié, ils disaient que le pauvre M. Chickweed, il était devenu fou de chagrin.

— Et qu'en disait Jem Spyers? demanda le docteur, qui était rentré dans la salle peu après le début de ce récit.

— Jem Spyers, reprit le policier, pendant longtemps il a rien dit du tout, et il a écouté tout ce qu'on disait sans en avoir l'air, ce qui prouve qu'il connaissait son métier. Mais, un matin, il entre dans la buvette, il prend sa tabatière, et il dit : « Chickweed, j'ai trouvé qui c'est qu'a commis le vol en question. — Vraiment? qu'il dit, Chickweed. Ah, mon cher Spyers, si je peux seulement me venger, je mourrai content! Ah, mon cher Spyers, où est ce scélérat? — Allons, dit Spyers, en lui offrant une prise de tabac, pas de blagues! C'est vous qu'avez fait le coup. » Et c'était vrai; même que ça y avait rapporté un bon petit paquet; et personne y aurait jamais vu que du feu, s'il s'était pas donné comme ça un mal de chien pour sauver les apparences! dit M. Blathers en reposant son verre et en faisant cliqueter les menottes.

— C'est vraiment très curieux, déclara le docteur. Et maintenant, s'il vous plaît, vous pouvez monter.

— C'est comme vous voudrez, monsieur, répliqua M. Blathers. Suivant de près M. Losberne les deux policiers montèrent à la chambre d'Olivier, où M. Giles précéda le groupe de visiteurs, portant une bougie allumée.

Olivier avait fait un somme; mais il avait l'air plus mal en point, et sa fièvre avait monté. Avec l'aide du docteur, il réussit à s'asseoir sur son lit pendant une minute environ; et il regarda les inconnus sans rien comprendre à ce qui se passait, et sans même avoir l'air de se rappeler où il était et à la suite de quels événements.

— Eh bien, dit M. Losberne, qui parlait d'une voix

douce, mais avec beaucoup de véhémence néanmoins, voici l'enfant qui, après avoir été accidentellement blessé par un piège à fusil en pénétrant sans autorisation, comme un enfant qu'il est, dans la propriété de M. Je-ne-sais-plus-qui, pas très loin d'ici, est venu chercher secours ici; aussitôt il a été saisi et malmené par l'ingénieux individu qui tient la bougie, et qui a fait courir de graves dangers à sa vie, comme je peux vous le certifier, à titre médical.

MM. Blathers et Duff regardèrent M. Giles sur qui se trouvait ainsi attirée leur attention. Le majordome, effaré, fit aller son regard des policiers à Olivier, et d'Olivier à M. Losberne, avec un mélange fort cocasse de crainte et de perplexité.

— Vous n'allez tout de même pas le nier, j'imagine? dit le docteur, en replaçant Olivier avec douceur dans la position allongée.

— On a cru... on a cru bien faire, monsieur, répondit Giles. Je vous assure que j'ai cru que c'était le même enfant, sans cela je ne l'aurais pas touché. Je n'ai pas un caractère inhumain, monsieur.

— Vous avez cru que c'était quel enfant? demanda le policier supérieur.

— Le gamin des bandits, monsieur! répondit Giles. Ils... ils avaient sûrement un gamin.

— Eh bien? Qu'en pensez-vous maintenant? demanda Blathers.

— Ce que je pense de quoi, maintenant? répondit Giles, en regardant son questionneur d'un air absent.

— Si vous pensez que c'est le même enfant, Tête-de-Pioche? répliqua Blathers avec impatience.

— Je n'en sais rien; je n'en sais vraiment rien, dit Giles, d'un air contrit. Je ne pourrais pas en jurer.

— Qu'en pensez-vous? demanda M. Blathers.

— Je ne sais que penser, répondit le pauvre Giles. Je ne crois pas que ce soit lui; à vrai dire, je suis presque sûr que ce n'est pas lui. Vous savez bien que ce n'est pas possible.

— Est-ce que cet homme a bu, monsieur ? demanda Blathers en se tournant vers le docteur.

— Ce que vous pouvez avoir la tête embrouillée, tout de même ! dit Duff à l'adresse de M. Giles, d'un air de souverain mépris.

Pendant ce court dialogue, M. Losberne avait pris le pouls de son patient ; mais il quitta alors la chaise placée au chevet du lit, et déclara que si les policiers avaient le moindre doute sur ce point, ils seraient peut-être contents de passer dans la pièce voisine et d'y faire comparaître Brittles devant eux.

Ils se conformèrent à cette suggestion, et se rendirent dans une salle toute proche, où M. Brittles, ayant été appelé, réussit à s'empêtrer, ainsi que son chef vénéré, dans un si extraordinaire labyrinthe de contradictions et d'impossibilités, que sa déposition ne pouvait projeter de lumière précise sur aucun fait, à l'exception de l'état d'extrême désarroi où il se trouvait lui-même ; ajoutons aussi qu'il déclara qu'il n'aurait pas su reconnaître le véritable gamin si on l'avait amené devant lui à cet instant ; que s'il avait pris Olivier pour ce dernier, c'est parce que M. Giles le lui avait dit ; et que M. Giles venait de dire dans la cuisine, cinq minutes plus tôt, qu'il commençait à craindre fort de s'être un peu trop pressé.

Entre autres conjectures ingénieuses, la question fut alors posée de savoir si M. Giles avait vraiment touché quelqu'un ; et en examinant l'autre pistolet de la paire à laquelle appartenait celui de M. Giles, on découvrit qu'il contenait, pour toute charge destructrice, de la poudre et du papier gris ; découverte qui fit grande impression sur tout le monde, à l'exception du docteur, qui en avait extrait la balle quelque dix minutes plus tôt. Mais personne n'en éprouva une impression plus profonde que M. Giles lui-même ; car après avoir enduré, pendant quelques heures, la crainte d'avoir mortellement blessé son semblable, il se jeta avidement sur cette idée nouvelle, et l'appuya de toutes ses forces.

Finalement les policiers, sans guère se soucier d'Olivier, laissèrent le gendarme de Chertsey dans la maison et s'en allèrent passer la nuit à la ville, en promettant de revenir le lendemain.

Avec le matin vint une rumeur selon laquelle deux hommes et un gamin étaient en cage à Kingston [1], ayant été appréhendés pendant la nuit dans des circonstances suspectes; aussi MM. Blathers et Duff firent-ils le voyage de Kingston. Toutefois il se révéla après enquête que les circonstances suspectes se ramenaient au fait unique qu'on les eût trouvés endormis au pied d'une meule de foin; c'est là, certes, un grand crime, mais il n'est passible que de la prison, et, aux yeux de la miséricordieuse loi anglaise qui étend son amour à tous les sujets du roi, il ne peut être tenu pour preuve suffisante, en l'absence de tout autre indice, que le dormeur ou les dormeurs ont commis une effraction accompagnée d'actes de violence, et se sont ainsi rendus passibles de la peine capitale; MM. Blathers et Duff s'en revinrent donc sans être plus avancés.

Bref, après de nouveaux interrogatoires, et force conversations nouvelles, un magistrat du voisinage [2] consentit volontiers à accepter la double caution de Mme Maylie et de M. Losberne, qui promirent qu'Olivier comparaîtrait si jamais il était appelé; et Blathers et Duff, ayant reçu une récompense de deux guinées, rentrèrent à Londres avec des avis partagés quant au sujet de leur expédition : le second, après avoir mûrement réfléchi à toutes les circonstances, inclinait à penser que la tentative de cambriolage était le fait du Chouchou des Familles; et le premier était tout aussi

1. Kingston-upon-Thames est une petite ville du Surrey, située à onze milles au sud-ouest de Londres.

2. Il s'agit d'un *Justice of the Peace*; les *Justices of the Peace* sont des magistrats dont le titre date de 1360, et qui exercèrent longtemps des pouvoirs considérables, administratifs aussi bien que judiciaires, sans rétribution aucune.

disposé à en accorder le mérite entier au grand M. Chickweed Gros-Blair.

Cependant Olivier faisait de rapides progrès et retrouvait la santé grâce aux soins combinés de Mme Maylie, de Rose et du brave M. Losberne! Si les prières ferventes, jaillies de cœurs débordants de gratitude sont entendues dans les cieux (et si elles ne le sont, quelles prières le seraient!) les bénédictions que le petit orphelin invoqua sur leur tête durent descendre dans leur âme, et y répandre la paix et le bonheur.

CHAPITRE XXXII

Traite de la vie heureuse qu'Olivier commença à mener chez ses généreux amis.

Les souffrances d'Olivier étaient aussi sérieuses que variées. Outre la douleur et les difficultés causées par une fracture, il avait contracté une fièvre inflammatoire en restant exposé au froid et à l'humidité; cette fièvre persista pendant plusieurs semaines, et l'affaiblit dangereusement. Mais il commença finalement, petit à petit, à reprendre le dessus, et se trouva en état d'exprimer parfois, en quelques mots entrecoupés de larmes, le sentiment profond qu'il avait de la bonté des deux chères dames, et son ardent espoir de pouvoir faire quelque chose pour montrer sa gratitude quand il aurait recouvré force et santé; simplement quelque chose qui leur montrerait l'affection et la reconnaissance dont son cœur était plein; quelque chose qui, même modestement, leur prouverait que leurs tendres bontés ne s'étaient pas employées en pure perte, mais que le pauvre enfant que leur charité avait sauvé de la misère ou de la mort avait l'ardent désir de les servir de tout son cœur et de toute son âme.

— Pauvre petit! dit Rose, un jour où Olivier s'était efforcé faiblement de prononcer les paroles de gratitude qui montaient à ses lèvres pâlies, vous aurez mainte occasion de nous rendre service si vous le voulez. Nous allons partir pour la campagne, et ma tante a l'intention de vous emmener avec nous. En quelques jours la tranquillité de cet endroit, la pureté de l'air, et toutes les beautés et les joies du printemps vous aideront à vous remettre. Nous aurons cent façons de vous occuper, dès que vous serez en état de vous donner du mal!

— Du mal! s'écria Olivier. Oh, chère mademoiselle, si seulement je pouvais travailler pour vous; si je pouvais vous faire plaisir en arrosant vos fleurs, ou en m'occupant de vos oiseaux, ou en courant partout, toute la journée, pour vous rendre heureuse; je donnerais n'importe quoi pour que ce soit possible!

— Vous n'aurez rien à donner du tout, dit Mlle Maylie avec un sourire; en effet, comme je viens de vous le dire, nous vous occuperons de cent manières différentes; et si vous vous donnez pour nous faire plaisir seulement la moitié du mal que vous nous annoncez en ce moment, vous me rendrez très heureuse, je vous assure.

— Heureuse, mademoiselle! s'écria Olivier; que vous êtes bonne de dire cela!

— Vous me rendrez plus heureuse que je ne saurais le dire, répondit la jeune fille. L'idée que ma tante aurait réussi à sauver quelqu'un de la terrible affliction que vous nous avez décrite serait pour moi un indicible plaisir; mais l'assurance que l'objet de sa bonté et de sa compassion serait sincèrement reconnaissant et dévoué pour ce motif me donnerait plus de joie que vous ne pouvez aisément l'imaginer. Me comprenez-vous? demanda-t-elle, en examinant le visage pensif d'Olivier.

— Oh oui, mademoiselle, oui! s'empressa de répondre Olivier; mais j'étais en train de me dire que je me conduis en ingrat en ce moment.

— Envers qui? demanda la jeune fille.

— Envers le monsieur généreux et la chère vieille infirmière qui m'avaient si bien soigné la première fois, répliqua Olivier. S'ils savaient combien je suis heureux, je suis sûr que cela leur ferait plaisir.

— J'en suis sûre, moi aussi, répondit la bienfaitrice

d'Olivier; et M. Losberne a déjà eu la bonté de promettre que, dès que vous serez en état de supporter le voyage, il vous emmènera les voir.

— Est-ce vrai, mademoiselle? s'écria Olivier, dont le visage s'illumina de plaisir. Je ne sais pas ce que je ferai tellement je serai heureux de revoir enfin leurs chères figures!

Au bout de peu de temps Olivier se trouva suffisamment remis pour supporter les fatigues d'une telle expédition. Un matin, il partit donc en compagnie de M. Losberne, dans une petite voiture qui appartenait à Mme Maylie. En atteignant le pont de Chertsey, Olivier pâlit soudain, et poussa un grand cri.

— Qu'a donc cet enfant? s'exclama le docteur, avec son impétuosité habituelle. Est-ce que tu as vu quelque chose, ou entendu quelque chose, ou éprouvé quelque chose, dis?

— Là, monsieur! s'écria Olivier, en tendant la main par la portière. Cette maison!

— Oui; alors, qu'est-ce qu'elle a? Cocher, arrêtez. Rangez-vous ici, s'écria le docteur. Qu'est-ce qu'elle a, cette maison, mon bonhomme, dis?

— Les voleurs... C'est la maison où ils m'ont conduit! murmura Olivier.

— Diantre de maison! s'écria le docteur. Holà, vous! aidez-moi à descendre!

Mais, avant même que le cocher eût le temps de descendre de son siège, le docteur avait réussi à sortir tant bien que mal de la voiture; et, ayant traversé en courant la propriété déserte, il commença à donner des coups de pied dans la porte comme un fou.

— Holà? fit un affreux petit bossu, qui ouvrit la porte avec une telle soudaineté que le docteur faillit tomber la tête la première dans l'entrée, emporté par l'élan de son dernier coup de pied. Qu'est-ce qui se passe ici?

— Ce qui se passe, s'exclama l'autre, en le prenant au collet, sans réfléchir un seul instant. Pas mal de choses. Un vol, d'abord.

— Il va se passer un assassinat par-dessus le marché, répondit le bossu avec calme, si vous ne me lâchez pas. Vous m'entendez ?

— Je vous entends, dit le docteur, en secouant énergiquement son captif. Où est... la peste soit de cet animal, comment s'appelle le scélérat... Sikes, c'est cela. Où est Sikes, espèce de voleur ?

Le bossu ouvrit de grands yeux, comme s'il était au comble de la stupeur et de l'indignation; puis, s'arrachant d'une adroite contorsion à la poigne du docteur, il lança une bordée d'horribles jurons et battit en retraite dans la maison. Mais avant qu'il pût refermer la porte, le docteur avait pénétré dans le salon, sans perdre une seconde à parlementer. Il regarda avidement autour de lui; pas un des meubles, pas un vestige quelconque, d'objets animés ou inanimés, pas même la position des placards, rien ne répondait à la description d'Olivier !

— Alors ! dit le bossu, qui l'avait observé d'un œil perçant; qu'est-ce que ça veut dire, cette façon d'entrer chez moi de force ? Est-ce que vous voulez me voler, ou m'assassiner ? C'est l'un ou c'est l'autre ?

— Avez-vous jamais vu quelqu'un venir avec des intentions pareilles en voiture particulière à deux chevaux, espèce de grotesque vieux vampire ? dit l'irascible docteur.

— Alors, qu'est-ce que vous me voulez ! demanda le bossu. Allez-vous déguerpir avant que je vous abîme le portrait ? Bon sang !

— Dès que je le jugerai bon, dit M. Losberne, en jetant un coup d'œil dans l'autre salon, qui, comme le premier, était dépourvu de toute ressemblance avec la description d'Olivier. Je vous retrouverai un de ces jours, mon ami.

— Vraiment ? fit l'infirme malotru, avec un ricanement. Si vous avez besoin de moi, je suis ici. Vous ne me faites pas peur, à moi qui habite ici, fou et solitaire, depuis vingt-cinq ans. Vous me le paierez; vous me le paierez. Ce disant, le petit démon difforme poussa un grand cri, et se mit à sautiller sur place, comme s'il était enragé.

— C'est assez bête, tout cela, grommela le docteur, à part lui; le petit a dû se tromper. Là! Mettez ça dans votre poche, et rentrez dans votre cage. Ce disant il lança une pièce d'argent au bossu, et revint à la voiture.

L'homme le suivit jusqu'à la portière de la voiture, sans cesser un instant de déverser les imprécations et les jurons les plus violents; mais tandis que M. Losberne avait le dos tourné pour parler au cocher, il plongea son regard dans la voiture et, l'espace d'un instant il dévisagea Olivier d'un œil perçant et cruel en même temps que furieux et vindicatif; l'enfant devait être hanté par ce regard pendant plusieurs mois, à l'état de veille comme dans son sommeil. Il continua à pousser les imprécations les plus effroyables, jusqu'au moment où le cocher fut remonté sur son siège; et quand ils se furent remis en route, ils purent le voir à une certaine distance derrière eux : il frappait du pied sur le sol, et s'arrachait les cheveux, dans des transports de fureur sincère ou affectée.

— Je suis un âne! dit le docteur, après un long silence. Tu ne le savais pas encore, Olivier?

— Non, monsieur.

— Alors, ne l'oublie pas une autre fois.

— Un âne, répéta le docteur, au bout de quelques minutes de silence. Même si cette maison avait été la bonne, et si j'y avais bien trouvé les gaillards en question, qu'aurais-je pu faire à moi tout seul? Et si j'avais eu de l'aide, je ne vois pas ce que j'aurais pu faire de propre, si ce n'est que j'aurais été obligé de me démasquer, et d'avouer inévitablement de quelle manière j'ai étouffé cette affaire. C'est tout ce que je méritais, d'ailleurs. Je suis tout le temps en train de m'attirer des ennuis à force de céder à mes impulsions. Cela m'aurait fait du bien.

Or la vérité est que l'excellent docteur n'avait jamais

fait autre chose que céder à ses impulsions depuis sa naissance; et les impulsions qui le gouvernaient seront plus justement appréciées si l'on songe que, bien loin de lui avoir causé des ennuis ou des malheurs extraordinaires, elles lui avaient gagné le respect et l'estime chaleureuse de tous ceux qui le connaissaient. A vrai dire, il fut de méchante humeur pendant une minute ou deux, parce qu'il avait été déçu de ne pas réussir à se procurer des preuves corroborant le récit d'Olivier, dès la première fois où l'occasion lui était offerte d'en trouver. Il eut tôt fait de prendre le dessus, néanmoins; et constatant que les réponses d'Olivier à ses questions restaient toujours aussi nettes et cohérentes, et qu'il les prononçait toujours avec autant de sincérité et de franchise, il résolut d'y attacher foi sans réserve désormais.

Comme Olivier connaissait le nom de la rue où habitait M. Brownlow, ils purent s'y rendre tout droit. Quand la voiture s'y engagea, son cœur se mit à battre si fort qu'il en avait le souffle presque coupé.

— Alors, mon petit, c'est quelle maison? demanda M. Losberne.

— Celle-là! Celle-là! répondit Olivier, en tendant précipitamment la main par la portière. La maison blanche. Oh! dépêchez-vous! Vite, je vous en prie! J'ai l'impression que je vais mourir, tant j'en tremble.

— Allons, allons, dit le brave docteur, en lui donnant de petites tapes sur l'épaule. Tu vas les revoir tout de suite, et ils vont être ravis de voir que tu es sain et sauf.

— Oh! je l'espère! s'écria Olivier. Ils ont été si bons pour moi; ils ont été tellement, tellement bons pour moi.

La voiture roulait toujours. Elle s'arrêta. Non; ce n'était pas là. La porte à côté. Elle fit encore quelques mètres, et s'arrêta de nouveau. Olivier leva les yeux vers les fenêtres, le visage inondé de larmes d'espérance joyeuse.

Hélas! la maison blanche était vide, et portait un écriteau : « A Louer ».

— Frappez à la porte d'à côté, s'écria M. Losberne, en prenant le bras d'Olivier sous le sien. Savez-vous ce qu'est devenu M. Brownlow, qui habitait la maison d'à côté ?

La domestique n'en savait rien, mais elle allait demander. Elle revint bientôt et annonça que M. Brownlow avait vendu ses biens, et qu'il était parti depuis six semaines pour les Indes Occidentales. Olivier joignit les mains, et retomba en arrière, sans force.

— Son intendante est-elle partie aussi ? demanda M. Losberne, après un instant de silence.

— Oui, monsieur, répondit la servante. Le vieux monsieur, l'intendante, et un monsieur qui était l'ami de M. Brownlow, ils sont partis tous les trois ensemble.

— Alors nous n'avons qu'à rentrer, dit M. Losberne au cocher ; et ne vous arrêtez pas pour donner à manger aux chevaux avant que nous soyons sortis de cette infernale ville de Londres !

— Le bouquiniste, monsieur ? dit Olivier. Je connais le chemin. Allez le voir, je vous en prie. Oh, oui, allez le voir. !

— Mon pauvre enfant, nous avons eu assez de déceptions pour aujourd'hui, dit le docteur, bien assez pour nous deux. Si nous allons chez le bouquiniste, nous pouvons être certains que nous allons le trouver mort, ou qu'il aura mis le feu à sa boutique ou pris la fuite. Non ; rentrons tout droit à la maison ! Et, conformément à l'impulsion du docteur, ils s'en retournèrent.

Cette cruelle désillusion causa beaucoup de tristesse et de chagrin à Olivier, au cœur même de son bonheur ; car mainte fois au cours de sa maladie, il s'était réjoui à la pensée de tout ce que M. Brownlow et Mme Bedwin auraient à lui dire, du plaisir qu'il aurait lui-même à leur raconter combien de jours et de nuits il avait passés à méditer sur ce qu'ils avaient fait pour lui, et à déplorer d'avoir été cruellement séparé d'eux. De plus, l'espoir de se disculper auprès d'eux, et de leur expliquer comment il avait été enlevé de force, cet espoir l'avait soutenu et animé au cours de plusieurs de ses récentes épreuves; et maintenant, la pensée qu'ils s'en fussent allés si loin, emportant avec eux l'idée qu'il était un imposteur et un voleur (idée qui risquait de n'être jamais démentie jusqu'à sa mort) cette pensée lui était presque intolérable.

Toutefois ces circonstances n'entraînèrent aucun changement dans l'attitude de ses bienfaiteurs. Quinze jours plus tard, quand le temps fut vraiment devenu beau et chaud, quand tous les arbres et toutes les plantes lancèrent leurs jeunes feuilles et leurs fleurs opulentes, on fit des préparatifs en vue de quitter la maison de Chertsey pour quelques mois. L'argenterie qui avait tant excité la cupidité de Fagin fut envoyée à la banque; Giles et un autre domestique restèrent pour garder la maison; et l'on partit pour une maisonnette située à la campagne, à quelque distance de là, en emmenant Olivier.

Qui peut décrire les plaisirs et les charmes, la paix de l'esprit, la douce tranquillité que goûta l'enfant dans l'air embaumé, et parmi les verts coteaux et les bois somptueux d'un village rustique! Qui dira combien ce spectacle de paix et de tranquillité pénètre l'esprit d'hommes usés par la peine, habitants de villes encombrées et bruyantes, et imprègne leurs cœurs las d'une fraîcheur égale à celle du paysage! Les gens qui ont passé une vie entière de labeur dans des rues populeuses sans horizon, et n'ont jamais souhaité de changement; ces gens, pour qui l'habitude est bel et bien devenue une seconde nature, et qui en sont presque arrivés à aimer chacune des pierres et chacune des briques qui formaient les étroites limites de leurs promenades quotidiennes; même ces gens-là, quand la main de la mort s'est étendue sur eux, on les a vus finir par appeler de leurs vœux ne fût-ce qu'un bref aperçu du visage de la Nature, et, transportés loin du lieu et de leurs peines et de leurs plaisirs familiers, on les a vus se transformer apparemment de façon soudaine et complète. Ils se sont traînés dehors, jour après jour, pour gagner un coin de verdure ensoleillée, et ils ont eu de tels souvenirs réveillés en eux par la vue du ciel, du coteau et de la plaine, et de l'eau miroitante, que leur rapide déclin semble s'être trouvé adouci par un véritable avant-goût du ciel, et qu'ils sont descendus au tombeau aussi paisiblement que le soleil (dont ils avaient contemplé le coucher par la fenêtre de leur chambre solitaire quelques heures seulement auparavant) avait disparu à leurs yeux affaiblis et embrumés! Les souvenirs qu'éveillent de paisibles paysages rustiques ne sont pas de ce monde et n'ont rien à voir avec ses pensées et ses espoirs. Leur tendre influence peut nous apprendre à tresser de nouvelles guirlandes pour la tombe de ceux que nous avons aimés; elle peut purifier nos pensées et faire fléchir devant elle l'inimitié et la haine invétérées; mais au fond de tout cela, pour un esprit tant soit peu réfléchi, subsiste l'impression vague et indistincte d'avoir éprouvé jadis de tels sentiments dans un passé lointain et reculé, qui évoque la pensée solennelle d'un lointain avenir, et fait plier sous son poids l'orgueil et les vues intéressées.

C'est dans un endroit charmant qu'ils s'étaient rendus. Olivier, dont toute la vie s'était passée au milieu de foules sordides, dans le bruit et les querelles, eut l'impression d'y entamer une nouvelle existence. Rosiers et chèvrefeuille grimpaient sur les murs de la maisonnette; le lierre enserrait le tronc des arbres; et les fleurs du jardin embaumaient l'air de senteurs délicieuses. Tout près de là se trouvait un petit cimetière; il n'était pas envahi de hautes pierres tombales rébarbatives, mais plein d'humbles monticules tout recouverts de gazon et de mousse fraîche, sous lesquels reposaient les habitants du village. Olivier allait souvent s'y promener; et parfois, songeant à la misérable tombe où reposait sa mère, il s'asseyait pour pleurer à l'insu de tous, mais, quand il levait les yeux vers l'immensité du ciel au-dessus de sa tête, il cessait de penser à elle comme à un corps enfoui sous la terre, et pleurait en l'évoquant, avec gravité, mais sans douleur.

Ce furent d'heureux moments. Les jours tout de paix et de sérénité; les nuits ne lui apportaient ni crainte ni souci; il ne s'agissait plus de dépérir dans une prison misérable, ni de tenir compagnie à des misérables; tout n'était que pensées heureuses et plaisantes. Tous les matins il allait chez un vieil homme à cheveux blancs, qui habitait près de la petite église; il lui apprenait à mieux savoir lire, et à écrire; il lui parlait avec tant de bonté, et se donnait tant de peine qu'Olivier ne se lassait jamais d'essayer de lui donner satisfaction. Puis il se promenait avec Mme Maylie et Rose, et les écoutait parler de leurs lectures; ou bien il s'asseyait auprès d'elles, en quelque endroit ombreux, pour entendre la jeune fille faire la lecture, occupation à laquelle il se fût volontiers adonné jusqu'à ce qu'il fît trop sombre pour voir les lettres. Puis il avait à préparer ses petites leçons pour le lendemain; et il y travaillait avec acharnement, dans une petite pièce qui donnait sur le jardin, jusqu'au moment où le soir descendait tout doucement, et où les dames sortaient encore une fois, et lui avec elles, écoutant avec un vif plaisir tout ce qu'elles disaient; il n'était jamais aussi heureux que si elles avaient envie d'une fleur et qu'il pouvait grimper pour aller la cueillir, ou si elles avaient oublié quelque chose et qu'il pouvait aller la leur chercher en courant; il n'allait jamais assez vite à son goût. Quand la nuit était vraiment tombée, et que les promeneurs rentraient, la jeune fille se mettait au piano pour jouer un air gracieux, ou pour chanter d'une voix grave et douce une vieille chanson que sa tante avait plaisir à entendre. A de tels moments on n'allumait pas de bougies, et Olivier restait près d'une fenêtre et écoutait cette chère musique au comble du ravissement.

Et quand arrivait le dimanche, quelle différence avec toutes les façons qu'il avait connues jusqu'alors de passer ce jour! et quel bonheur encore, comme tous les autres jours de cette bienheureuse période! Il y avait la petite église, le matin, avec les feuilles vertes qui bruissaient sous ses fenêtres et les oiseaux qui chantaient dehors, et l'air embaumé qui entrait par le porche bas et emplissait tout le modeste édifice de son parfum. Les pauvres gens étaient si propres et soignés dans leur mise, ils s'agenouillaient pour prier avec tant de ferveur, qu'ils avaient l'air de s'assembler en ce lieu pour leur plaisir, et non pour remplir un ennuyeux devoir; et si les chants n'étaient peut-être pas très raffinés, ils étaient authentiques, et, aux oreilles d'Olivier du moins, ils paraissaient plus harmonieux que tout ce qu'il avait jusqu'alors entendu dans les églises. Puis venaient les promenades comme d'habitude, et nombre de visites aux maisons proprettes des travailleurs; et le soir, Olivier lisait dans la Bible un ou deux chapitres qu'il avait étudiés toute la semaine, et l'accomplissement de ce devoir lui procurait plus de fierté et de plaisir que s'il avait été le pasteur en personne.

Le matin, Olivier était debout à six heures, parcourant les champs et pillant les haies pour rassembler des bouquets de fleurs sauvages, dont il rentrait tout chargé; et il lui fallait beaucoup de soin et de réflexion pour les disposer de la façon la plus avantageuse afin d'en décorer la table du déjeuner. Et il y avait aussi le seneçon frais pour les oiseaux de Mlle Maylie, dont Olivier (après avoir étudié la question sous la direction compétente du clerc de village) ornait les cages selon les principes les plus classiques. Une fois que les oiseaux étaient bien propres et pimpants pour la journée, il y avait en général une petite expédition de charité à exécuter au village; ou, à défaut de cela, il y avait parfois sur le pré communal d'admirables parties de cricket; ou encore, il y avait toujours quelque chose à faire dans le jardin, ou pour les plantes dont Olivier (ayant étudié également cette science, sous la direction du même maître, qui était jardinier de son état) s'occupait avec une parfaite bonne volonté jusqu'à l'apparition de Mlle Rose; et alors il fallait décerner mille éloges à tout ce qu'il avait fait.

C'est ainsi que trois mois s'écoulèrent; trois mois qui, même dans la vie du plus heureux et du plus favorisé des mortels, auraient été de félicité sans mélange, et qui, dans celle d'Olivier, furent de vraie béatitude. Avec d'un côté la générosité la plus pure et la plus aimable; de l'autre la gratitude la plus vraie, la plus chaleureuse, la plus fervente : est-il surprenant qu'au bout de cette brève période Olivier se soit trouvé complètement acclimaté auprès de la vieille dame et de sa nièce, et que l'ardente affection de son cœur jeune et sensible se soit trouvée payée de retour par la fierté et l'affection qu'il leur inspirait de son côté?

CHAPITRE XXXIII

Où le bonheur d'Olivier et de ses amis subit une brutale interruption.

LE printemps passa d'un vol rapide, et l'été arriva. Si le village avait été beau dès le début, il était maintenant dans tout l'épanouissement de sa luxuriante opulence. Les grands arbres, qui avaient eu l'air rabougris et dénudés au cours des premiers mois, étaient maintenant débordants de vie robuste et de santé; tendant leurs bras verdoyants au-dessus du sol assoiffé, ils transformaient des endroits découverts et nus en coins de choix, où une ombre épaisse et plaisante permettait de porter ses regards sur le vaste paysage baigné de soleil qui s'étendait au delà. La terre avait revêtu son manteau du vert le plus vif; et répandait à profusion ses parfums les plus riches. C'était pour l'année la fleur de l'âge et de la force; tout était heureux et prospère.

Cependant la même vie tranquille continuait dans la petite maison, et la même sérénité enjouée régnait chez ses habitants. Il y avait longtemps qu'Olivier était devenu solide et vigoureux; mais, malade ou bien portant, rien ne changeait la chaleur de ses sentiments envers ceux qui l'entouraient, même s'il n'en est pas ainsi pour beaucoup d'autres gens. Il restait le même petit être doux, affectueux, aimant, qu'il avait été au temps où la peine et la souffrance usaient ses forces, et où il avait besoin des personnes qui le soignaient pour obtenir la moindre attention ou le moindre réconfort.

Par une belle soirée, ils avaient fait une promenade un peu plus longue que de coutume; car le jour avait été exceptionnellement chaud, et la lune était très brillante, et une légère brise s'était levée, qui était particulièrement rafraîchissante. De plus Rose s'était montrée pleine d'entrain, et ils avaient poursuivi leur marche, en bavardant joyeusement, et ils avaient largement dépassé les limites de leurs sorties ordinaires. Comme Mme Maylie était fatiguée, ils revinrent plus lentement. La jeune fille se contenta d'ôter rapidement son bonnet et se mit au piano comme d'habitude. Après avoir laissé courir ses doigts sur le clavier d'un air distrait pendant quelques minutes, elle commença à jouer un air grave et solennel; et, tandis qu'elle le jouait, on entendit un bruit qui faisait penser à des pleurs.

— Rose, ma chérie! dit la vieille dame.

Rose ne dit mot, mais se mit à jouer un peu plus vite, comme si ces paroles l'avaient arrachée à de tristes pensées.

— Rose, mon trésor! dit Mme Maylie, qui se leva précipitamment, et se pencha sur elle. Qu'est-ce qui se passe? En larmes! Ma chère petite, qu'est-ce qui te fait de la peine?

— Rien, tante, rien, répondit la jeune fille. Je ne sais ce que c'est; je ne puis m'expliquer; mais je me sens...

— Tu n'es pas malade, mon trésor? demanda Mme Maylie, l'interrompant.

— Non, non! Oh! non, je ne suis pas malade! répondit Rose qui frissonna tout en parlant comme si quelque froideur mortelle s'emparait d'elle; j'irai mieux dans un instant. Fermez la fenêtre, je vous prie!

Olivier s'empressa d'exécuter cet ordre. La jeune fille fit un effort pour recouvrer sa gaîté et essaya de jouer un air plus joyeux; mais ses mains retombèrent sans force sur les touches. Elle s'abîma le visage entre les mains et s'effondra sur le sofa, en donnant libre cours aux larmes qu'elle n'arrivait plus à contenir.

— Mon enfant! dit la vieille dame, en la prenant dans ses bras, c'est la première fois que je te vois dans cet état.

— Je n'aurais pas voulu vous inquiéter si j'avais pu faire autrement, répliqua Rose; mais je vous assure que j'ai essayé de toutes mes forces, et que je n'y peux rien. Je crois que je suis malade, en effet, ma tante.

Et c'était exact; car, quand on apporta des bougies, on s'aperçut qu'au cours du bref intervalle qui s'était écoulé depuis leur retour, le teint de son visage était devenu d'une pâleur de marbre. Son expression n'avait rien perdu de sa beauté, mais elle avait changé, et il y avait sur sa tendre figure un air d'inquiétude et d'égarement qu'elle n'avait encore jamais montré. Une minute plus tard, elle s'empourprait d'une vive rougeur, et ses doux yeux bleus se perdaient dans un égarement pesant. Puis cet aspect disparut à son tour, comme l'ombre portée par un nuage passager, et elle fut à nouveau d'une pâleur mortelle.

Olivier, qui regardait avec anxiété la vieille dame, remarqua qu'elle était inquiète à la vue de ces symptômes; lui aussi, d'ailleurs; mais en voyant qu'elle affectait de ne pas y attacher d'importance, il s'efforça de faire de même, et ils y parvinrent dans une certaine mesure, car quand Rose se laissa convaincre par sa tante d'aller se coucher, elle était moins abattue; elle avait même l'air moins malade, et leur déclara qu'elle était sûre de se lever le lendemain matin en parfaite santé.

— J'espère, dit Olivier, quand revint Mme Maylie, qu'il ne se passe rien de grave? Elle n'a pas l'air très bien portante ce soir, mais...

La vieille dame lui fit signe de se taire; puis elle s'assit dans un coin peu éclairé de la pièce et garda le silence pendant quelque temps. Elle finit par dire d'une voix tremblante :

— J'espère que non, Olivier. Voilà des années que je suis très heureuse avec elle; trop heureuse, peut-être.

Le moment est peut-être venu pour moi d'éprouver un malheur; mais j'espère que ce ne sera pas celui-là.

— Lequel? demanda Olivier.

— Le coup terrible, dit la vieille dame, que serait la perte de la chère enfant qui est depuis si longtemps mon réconfort et ma joie.

— Oh! Dieu nous en préserve! s'écria Olivier, précipitamment.

— Je dis Amen à ce vœu, mon enfant! dit la vieille dame, en se tordant les mains.

— Il n'y a sûrement pas lieu de redouter une chose aussi épouvantable, dit Olivier. Elle était en parfaite santé il y a deux heures.

— Et maintenant elle est fort malade, répliqua Mme Maylie, et son état va encore s'aggraver, j'en suis sûre. Ma chère, ma très chère Rose! Oh, que deviendrais-je sans elle?

Elle se laissa aller à un chagrin si violent qu'Olivier, dominant sa propre émotion, se risqua à lui en faire reproche, et à la prier ardemment, dans l'intérêt de la jeune fille elle-même, de se calmer.

— Et réfléchissez, madame, dit Olivier, tandis que les larmes lui montaient aux yeux malgré tous ses efforts pour les retenir, oh! dites-vous bien qu'elle est si jeune et si bonne, et qu'elle donne tant de joie et de réconfort à tous ceux qui l'entourent. Je suis sûr... certain... absolument certain... que pour vous, qui êtes si bonne aussi; et pour elle-même; et pour tous ceux qu'elle rend si heureux, elle sera épargnée. Dieu ne permettra pas qu'elle meure si jeune.

— Taisez-vous! dit Mme Maylie, en posant la main sur la tête d'Olivier. Vous raisonnez comme un enfant, mon pauvre petit. Mais cependant vous m'indiquez quel est mon devoir. Je l'avais oublié un instant, Olivier, mais j'espère qu'il me sera pardonné, car je suis âgée, et j'ai assez d'expérience de la maladie et de la mort pour savoir ce que sont les tortures de la disparition des êtres que nous aimons. J'ai assez d'expérience, aussi, pour savoir que ce ne sont pas toujours les plus jeunes ni les meilleurs qui restent auprès de ceux qui les aiment; mais ces pensées doivent nous servir de réconfort dans notre chagrin; car le Ciel est juste; et de tels événements nous font connaître, de manière imposante, qu'il y a un monde plus lumineux que le nôtre; et que l'on a tôt fait d'y entrer. La volonté de Dieu soit faite! J'aime cette enfant; et Dieu sait à quel point!

Olivier fut surpris de voir qu'en disant ces mots, Mme Maylie refréna ses lamentations comme par un unique effort; elle se redressa tout en parlant, et redevint calme et ferme. Il fut encore plus stupéfait de s'apercevoir que cette fermeté fut durable et qu'au milieu de tous les soins et de toutes les veilles qui s'ensuivirent, Mme Maylie garda toujours l'esprit dispos et de sang-froid, accomplissant tous les devoirs qui lui incombaient avec fermeté, et même, selon toute apparence, avec gaîté. Mais Olivier était jeune et ne savait pas encore de quoi sont capables, à l'heure de l'épreuve, les esprits énergiques. Comment l'eût-il su, alors que les possesseurs de ces esprits s'en rendent si rarement compte eux-mêmes?

Une nuit d'anxiété suivit. Quand vint le matin, les prédictions de Mme Maylie ne furent que trop exactement confirmées. Rose traversait la première phase d'une maladie brutale et dangereuse.

— Il faut que nous nous activions, Olivier, sans nous abandonner à un chagrin stérile, dit Mme Maylie, qui mit un doigt sur ses lèvres en regardant fixement le visage de l'enfant; il faut que cette lettre soit envoyée, en toute hâte, à M. Losberne. Il faut qu'elle soit portée au bourg, qui n'est guère qu'à quatre milles de distance en prenant par le sentier à travers champs; et de là, il faut qu'elle soit immédiatement dépêchée par un exprès, à cheval, tout droit jusqu'à Chertsey. Le personnel de l'hôtel se chargera de la chose; et je sais que je peux compter sur vous pour veiller à ce que ce soit fait.

Olivier ne réussit pas à dire un mot de réponse, mais son regard exprima son vif désir de partir aussitôt.

— Voici une autre lettre, dit Mme Maylie, après un instant de silence et de réflexion; mais je ne sais trop si je dois l'envoyer dès maintenant, ou attendre de voir comment évoluera le cas de Rose. Je ne voudrais la faire parvenir que si je craignais le pire.

— Est-elle aussi à destination de Chertsey, madame? demanda Olivier, impatient d'exécuter sa mission, et tendant une main tremblante pour recevoir la lettre.

— Non, répondit la vieille dame, en la lui remettant machinalement. Olivier y jeta un coup d'œil, et vit qu'elle était adressée à monsieur Harry Maylie, au château de quelque grand seigneur, loin de Londres; mais il ne put voir où.

— Faut-il qu'elle parte, madame? demanda Olivier, qui leva les yeux avec impatience.

— Je ne crois pas, répondit Mme Maylie en la reprenant. J'attendrai demain.

Sur ces mots, elle donna sa bourse à Olivier, et il partit sans plus attendre, de toute la vitesse de ses jambes.

A toute allure il traversa des champs, et suivit les petits sentiers qui les coupaient parfois; tantôt presque caché par les grands blés poussant de part et d'autre, tantôt débouchant à découvert dans un champ où les faucheurs et faneurs travaillaient activement; et pas une fois il ne s'arrêta, sauf de temps à autre pendant quelques secondes pour reprendre haleine, jusqu'au moment où il arriva, tout échauffé, et couvert de poussière, sur la petite place du marché de la bourgade.

Alors il s'arrêta, et chercha l'auberge du regard. Il y avait là une banque blanche, une brasserie rouge, et un hôtel de ville jaune; et dans un coin se trouvait une grande maison, dont toutes les parties de bois étaient peintes en vert, et devant laquelle se trouvait l'enseigne « Au Roi Georges ». C'est là qu'il s'empressa d'aller dès que ses yeux se posèrent sur cette maison.

Il s'adressa à un postillon qui sommeillait sous le porche, et qui, apprenant ce qu'il désirait, le renvoya au palefrenier qui, après avoir écouté à son tour tout ce qu'il avait à dire, le renvoya au patron, qui était un grand individu en foulard bleu, chapeau blanc, culottes de teinte sombre, et bottes à revers assorties, appuyé sur une pompe près de la porte des écuries, où il se nettoyait les dents avec un cure-dents d'argent.

Ce dernier entra très calmement dans la buvette pour préparer la note, qui fut fort longue à préparer ; quand elle fut prête, et payée, il fallut encore seller un cheval, et habiller un courrier, ce qui demanda encore dix bonnes minutes. Pendant ce temps Olivier était dans un état d'impatience et d'inquiétude si frénétique qu'il aurait préféré, croyait-il, sauter lui-même en selle, et s'en aller au grand galop jusqu'à l'étape suivante. Enfin, tout fut prêt ; et quand il eut reçu le petit pli, avec force recommandations et supplications de le remettre promptement, l'homme piqua des deux, et s'en fut à grand bruit sur le pavé inégal de la place du marché ; deux minutes plus tard, il était sorti de la ville et galopait sur la route à péage.

Comme c'était déjà quelque chose d'être sûr que l'appel au secours avait été lancé, et sans perdre un instant, Olivier traversa rapidement la cour de l'auberge, d'un cœur un peu plus léger. Il allait franchir la porte quand il buta malencontreusement contre un homme de haute taille, enveloppé d'une cape, qui sortait au même instant de la maison.

— Ah ! s'écria l'homme, les yeux rivés sur Olivier, avec un soudain mouvement de recul. Que diable se passe-t-il ?

— Je vous demande pardon, monsieur, dit Olivier, j'étais extrêmement pressé de m'en retourner, et je ne vous ai pas vu arriver.

— Mordieu! grommela l'homme, à part lui, en dévisageant l'enfant de ses grands yeux noirs. Qui aurait cru cela! Puisse-t-il être réduit en cendres! Il serait capable de sortir d'un cercueil de pierre pour se dresser sur mon chemin!

— Je suis désolé, balbutia Olivier, abasourdi par l'air égaré de cet homme étrange. J'espère que je ne vous ai pas fait mal!

— Pourriture! murmura l'homme en proie à une effroyable colère, et sans desserrer les dents; si seulement j'avais eu le courage de dire un seul mot, j'aurais pu être débarrassé de lui en l'espace d'une nuit. Que les malédictions soient sur ta tête, et la peste noire sur ton cœur, espèce de petit démon! Que fais-tu ici?

L'homme agita le poing, en prononçant des mots incohérents. Il s'avança vers Olivier, comme s'il voulait le frapper, mais il tomba brutalement sur le sol, où il resta à se contorsionner, la bouche écumante, en pleine crise d'épilepsie.

Olivier contempla un instant les mouvements agités du fou (car il crut que c'en était un); puis il entra précipitamment dans la maison pour demander de l'aide. Après s'être assuré qu'on l'avait transporté en lieu sûr dans l'hôtel, il prit le chemin du retour, en courant de toutes ses forces pour rattraper le temps perdu, mais non sans évoquer avec beaucoup de stupeur et de crainte le comportement extraordinaire de l'individu qu'il venait de quitter.

Mais cet incident ne resta pas longtemps présent à sa mémoire; car, quand il arriva à la maison, il y avait de quoi lui occuper l'esprit, et en chasser complètement tout ce qui touchait à sa propre personne.

L'état de Rose Maylie avait rapidement empiré; avant minuit elle commença à délirer. Un médecin qui s'était installé sur les lieux s'occupait d'elle sans interruption; et après son premier examen de la malade, il avait pris Mme Maylie à part, pour lui déclarer que la maladie était de nature très inquiétante. En fait, avait-il dit, il ne faudrait guère moins qu'un miracle pour qu'elle en guérît.

Que de fois Olivier se leva en sursaut cette nuit-là, et se glissa à pas feutrés jusqu'à l'escalier, pour épier les moindres bruits provenant de la chambre de la malade! Que de fois un tremblement lui agita tout le corps, et des gouttes d'une froide sueur de crainte jaillirent de son front, quand un soudain bruit de pas précipités lui faisait redouter que l'événement trop terrible à imaginer ne se fût produit à l'instant même! Et quelle avait pu être la ferveur de toutes les prières qu'il eût jamais prononcées, en comparaison de celles qu'il déversait maintenant, dans sa supplication ardente et angoissée en faveur de la santé et de la vie de la douce créature qui chancelait au bord du tombeau béant!

Ah! quelle attente, quelle attente anxieuse et poignante, quand on reste inactif tandis que la vie d'un être tendrement aimé oscille dans la balance! Ah! quelles tortures infligent à l'esprit les pensées qui s'y pressent, font battre le cœur à grands coups et rendent le souffle plus court par la force des images qu'elles évoquent; quel désir forcené de faire quelque chose pour atténuer la souffrance, ou pour diminuer le danger, sur lesquels nous ne pouvons rien; quel accablement de l'âme et de l'énergie suscite le triste rappel de notre impuissance; quels tourments peuvent égaler ceux-là; et quelles réflexions ou quels efforts peuvent, en ces moments de fièvre et de forces déchaînées, les apaiser!

Vint le matin; et la petite maison était solitaire et silencieuse. On y parlait à voix basse; de temps à autre, des visages anxieux apparaissaient à la porte du jardin; des femmes et des enfants s'en retournaient en pleurs. Tout le long du jour, et pendant des heures encore, après la tombée de la nuit, Olivier marcha de long en large dans le jardin, sans faire de bruit, et levant à chaque instant les yeux vers la chambre de la malade, frémissant à la vue des rideaux tirés, car ils donnaient l'impression que la mort y était sur sa couche. Vers la fin de la soirée, M. Losberne arriva. C'est cruel, dit le brave docteur, qui détournait la tête en parlant; si jeune... tellement aimée; mais il y a fort peu d'espoir.

Encore un matin. Le soleil brillait d'un vif éclat, d'un éclat aussi vif que s'il n'avait eu à contempler ni malheur, ni souci; ainsi, avec toutes les feuilles et les fleurs qui l'entouraient en plein épanouissement; environnée de tous côtés par la vie, la santé, les sons et les images de la joie, la belle jeune fille restait étendue et dépérissait rapidement. Olivier se glissa dans le vieux cimetière et, assis sur un des verts monticules, il se mit à pleurer et à prier pour elle en silence.

C'était un spectacle si beau et si paisible; le paysage ensoleillé exprimait tant de joie et de lumière; il y avait tant de musique extasiée dans le chant des oiseaux de l'été; tant de liberté dans le vol du corbeau[1] qui filait dans le ciel; tant de vie et de gaieté partout, que quand l'enfant leva ses yeux endoloris et regarda autour de lui, la pensée lui vint instinctivement que ce n'était pas une saison pour mourir; qu'assurément Rose ne pourrait pas mourir alors que d'humbles êtres étaient si gais et heureux; que les tombes convenaient à l'hiver froid et rébarbatif, non point au temps du soleil et des parfums. Il faillit se dire que les linceuls convenaient aux corps âgés et décrépits; et que leurs replis lugubres ne devaient jamais envelopper de formes jeunes et gracieuses.

Un glas sonné par la cloche de l'église vint interrompre brutalement ces réflexions juvéniles. Un autre!

---

1. Le terme *rook* désigne précisément le *freux* ou *grolle* (proche parent du corbeau). Ce n'est ni la première, ni la dernière apparition de ce volatile dans la vie et l'œuvre de Dickens. M. Pickwick assiste à une chasse aux freux mouvementée (ch. VII); un corbeau, Grip, joue un rôle considérable dans *Barnabé Rudge*; Dickens éleva deux corbeaux domestiques du même nom (morts en 1841 et 1845). Enfin David Copperfield naquit et passa son enfance dans une maison appelée *The Rookery* (la colonie de freux, la *Corbeline*).

encore un autre! Elle annonçait un office funèbre. Une modeste famille en deuil entra dans le cimetière; chacun portait une cocarde blanche, car le corps était celui d'un être jeune. Ils se tinrent, tête nue, autour d'une tombe ; et il y avait, dans ce groupe, éploré une mère... une femme qui avait été mère. Pourtant le soleil brillait d'un vif éclat et les oiseaux continuaient à chanter.

Olivier prit le chemin du retour, en songeant à toutes les bontés que la jeune fille avait eues pour lui, et souhaitant que de tels moments revinssent, afin qu'il pût ne jamais cesser de lui manifester toute l'étendue de sa gratitude et de son affection. Il n'avait aucun reproche à se faire sur le chapitre de la négligence, ou du manque d'attentions, car il s'était entièrement dévoué à la servir; pourtant cent petites circonstances surgirent devant lui, où il se figura qu'il aurait pu être plus zélé, plus empressé, et regretta de ne l'avoir pas été. Il nous faut veiller avec soin à la façon dont nous traitons ceux qui nous entourent, puisque toute mort apporte à un petit groupe de survivants la pensée de tant de gestes omis, de si peu de gestes accomplis... de tant de choses qu'on a négligées, et de tant d'autres auxquelles on aurait pu remédier! Il n'est pas de remords plus poignants que ceux qui viennent trop tard ; si nous voulons que nous en soient épargnés les tourments, souvenons-nous-en pendant qu'il en est temps.

Quand il rentra, Mme Maylie était assise dans le petit salon. Le cœur d'Olivier lui manqua à sa vue; car elle n'avait pas quitté un seul instant le chevet de sa nièce; et il se demanda avec terreur quel changement avait pu survenir pour l'en chasser. On lui dit que la malade avait sombré dans un profond sommeil, dont elle s'éveillerait soit pour guérir, et revivre, soit pour leur dire adieu, et mourir.

Ils attendirent, tendant l'oreille, et sans mot dire, pendant des heures. Le repas, auquel ils ne touchèrent pas, fut desservi, et, d'un regard révélant que leurs pensées étaient ailleurs, ils contemplèrent le soleil qui descendit de plus en plus bas, et finit par revêtir le ciel et la terre de ces couleurs éclatantes qui annoncent sa prochaine disparition. Leurs oreilles attentives saisirent un bruit de pas qui se rapprochait. Ils se précipitèrent tous deux, involontairement, vers la porte, au moment où M. Losberne entrait.

— Alors, Rose? s'écria la vieille dame. Répondez-moi tout de suite! Je n'y tiens plus; tout plutôt que l'incertitude! Ah, parlez! Au nom du Ciel!

— Il faut vous dominer, dit le docteur, en la soutenant. Calmez-vous, chère madame, je vous en prie.

— Laissez-moi monter, pour l'amour de Dieu! Mon enfant bien-aimée! Elle est morte! Elle meurt!

— Non! s'écria le docteur, avec passion. Aussi vrai qu'Il est bon et miséricordieux, elle va vivre et sera une bénédiction pour nous tous pendant des années!

Mme Maylie tomba à genoux, et essaya de joindre les mains; mais l'énergie qui l'avait soutenue si longtemps retourna au Ciel avec sa première action de grâces; et elle s'effondra entre les bras amicaux qui se tendaient pour la recevoir.

CHAPITRE XXXIV

Contient la présentation détaillée d'un jeune homme qui fait maintenant son entrée en scène; ainsi qu'une nouvelle aventure dont Olivier fut victime.

Ce bonheur était si grand qu'il était presque intolérable. Olivier se sentit abasourdi et accablé par ces nouvelles inattendues; il ne pouvait ni pleurer, ni parler, ni rester en place. C'est à peine s'il parvint à comprendre rien de ce qui s'était passé jusqu'au moment où, après une longue promenade au grand air paisible du soir, il fut soulagé par une crise de larmes; et c'est alors qu'il eut l'impression de prendre conscience d'un seul coup de l'heureux changement qui était survenu, et du fardeau presque intolérable de l'angoisse qui venait d'être ôté de son cœur.

La nuit s'épaississait rapidement quand il reprit le chemin de la maison, chargé de fleurs qu'il avait choisies avec un soin tout particulier pour en orner la chambre de la malade. Tandis qu'il allait d'un pas vif sur sa route, il entendit derrière lui le bruit d'un véhicule qui approchait à une vitesse folle. Il se retourna et vit que c'était une chaise de poste, menée à toute allure; et comme les chevaux étaient lancés au grand galop et que le chemin était étroit, il s'adossa à une barrière pour laisser passer la voiture.

Au moment où elle filait devant lui, Olivier aperçut un homme en bonnet de nuit blanc dont le visage lui fit l'effet d'être familier, mais il ne le vit que pendant un instant trop court pour pouvoir identifier cette personne. Une ou deux secondes plus tard, le bonnet de nuit jaillit par la portière, et une voix de stentor hurla au cocher l'ordre de s'arrêter, ce qu'il fit, aussitôt qu'il put contenir l'élan de ses chevaux. Alors le bonnet de nuit apparut de nouveau, et la voix appela Olivier par son nom.

— Venez ici! s'écriait la voix. Olivier, quelles nouvelles? Et Mlle Rose! Monsieur O-li-vier!

— Est-ce bien vous, Giles? s'écria Olivier, en s'élançant jusqu'à la portière de la voiture.

Giles avait de nouveau avancé brusquement la tête, pour se préparer à répondre quelques mots, quand il fut soudain tiré en arrière par un jeune homme qui occupait l'autre coin du véhicule, et qui demanda avec vivacité quelles étaient les nouvelles.

— En un mot! s'écria le jeune homme. Va-t-elle mieux ou plus mal?

— Mieux... beaucoup mieux! s'empressa de répondre Olivier.

— Dieu soit loué! s'exclama l'autre. En es-tu sûr?

— Absolument, monsieur. Il n'y a que quelques heures que le changement s'est produit, et M. Losberne a dit que tout danger était écarté.

Le jeune homme ne dit pas un mot de plus, mais ouvrit la portière, descendit d'un saut, et prit rapidement le bras d'Olivier pour l'emmener à l'écart.

— En es-tu tout à fait certain? N'y a-t-il aucune chance que tu te sois mépris, mon petit? demanda le jeune homme d'une voix tremblante. Il ne faudrait pas me tromper, en éveillant en moi des espoirs qui seraient destinés à ne pas se réaliser.

— Pour rien au monde je ne m'y résoudrais, monsieur, répondit Olivier. Je vous assure que vous pouvez me croire. M. Losberne a dit en propres termes qu'elle allait vivre et être une bénédiction pour nous tous pendant des années. Je l'ai entendu.

Olivier avait les larmes aux yeux en évoquant l'instant qui avait marqué le début d'un si grand bonheur;

et le jeune homme détourna la tête et garda le silence pendant quelques minutes. Olivier crut l'entendre sangloter plus d'une fois; mais il craignit de le déranger en disant quoi que ce fût (car il lui était facile de deviner ses sentiments) et resta donc à l'écart, en feignant de s'occuper de son bouquet.

Pendant tout ce temps M. Giles, avec son bonnet de nuit blanc, assis sur le marchepied de la chaise de poste, un coude posé sur chacun de ses genoux, n'avait cessé de se frotter les yeux avec un mouchoir de coton bleu à pois blancs. L'authenticité de l'émotion de ce brave homme fut amplement démontrée par la vive rougeur des yeux qu'il posa sur le jeune homme quand celui-ci se retourna pour lui parler.

— Je trouve que vous devriez aller trouver ma mère en voiture, Giles, lui dit-il. Pour moi, j'aimerais mieux continuer lentement, à pied, pour me donner un peu de temps avant de la revoir. Vous pourrez lui dire que j'arrive.

— Je vous demande pardon, monsieur Harry, dit Giles, en astiquant une dernière fois son visage bouleversé avec son mouchoir; mais si vous vouliez bien que ce soit le postillon qui fasse la commission, je vous serais très obligé. Il ne serait pas convenable que je me montre aux domestiques dans cet état, monsieur; si elles me voyaient ainsi, je n'aurais plus jamais aucune autorité sur elles.

— Bon, dit Harry Maylie, faites à votre guise. Qu'il aille en avant avec les bagages, si vous préférez, et vous, venez avec nous. Mais troquez d'abord votre bonnet de nuit pour un couvre-chef moins incongru, sans quoi l'on nous prendra pour des fous.

M. Giles, prenant conscience de l'inconvenance de sa tenue, ôta précipitamment et mit dans sa poche son bonnet, auquel il substitua un chapeau de forme sobre et austère qu'il prit dans la chaise de poste. Puis le postillon fit avancer les chevaux; Giles, M. Maylie et Olivier suivirent en prenant leur temps.

Tout en marchant, Olivier jeta de temps à autre un coup d'œil sur le nouveau venu avec beaucoup d'intérêt et de curiosité. Il avait l'air d'avoir environ vingt-cinq ans, et il était de taille moyenne; il avait un visage beau et ouvert; et ses manières étaient aisées et engageantes. Malgré la différence entre la jeunesse et le grand âge, il ressemblait tellement à la vieille dame qu'Olivier n'aurait guère eu de peine à deviner leurs liens de parenté, même s'il n'avait pas déjà fait allusion à elle en l'appelant sa mère.

Mme Maylie attendait son fils avec impatience quand ils arrivèrent à la maison. Leur rencontre n'eut pas lieu sans une vive émotion de part et d'autre.

— Mère! dit le jeune homme à mi-voix, pourquoi ne m'avez-vous pas écrit plus tôt?

— Je t'avais écrit, répondit Mme Maylie, mais à la réflexion j'ai décidé de ne pas envoyer ma lettre avant de connaître le diagnostic de M. Losberne.

— Mais pourquoi, dit le jeune homme, pourquoi courir le risque de voir arriver ce qui a bien failli se produire? Si Rose était... je ne puis prononcer ce mot maintenant... si sa maladie s'était terminée autrement, comment auriez-vous jamais pu vous pardonner! Et moi, comment aurais-je jamais pu connaître un seul instant de bonheur?

— Si cela s'était produit, Harry, dit Mme Maylie, ton bonheur aurait été bel et bien anéanti, je le crains, et le fait que tu arrives ici un jour plus tôt ou plus tard n'aurait eu que peu, que fort peu d'importance.

— Et quand cela serait, mère, qui s'en étonnerait? répliqua le jeune homme; ou pourquoi dire « quand cela serait »? Il en est ainsi, c'est vrai... vous le savez, mère... vous ne pouvez pas l'ignorer!

— Je sais qu'elle est digne de l'amour le plus pur et le plus noble que puisse offrir le cœur de l'homme, dit Mme Maylie; je sais que sa nature affectueuse ne peut se contenter d'être payée en retour d'un amour banal, et qu'il lui faut un sentiment profond et durable. Si telle n'était pas ma pensée, et si je ne savais, de surcroît, qu'un changement d'attitude de la part d'un être aimé la ferait mourir de chagrin, je n'éprouverais pas tant de difficulté à accomplir ma tâche, et je n'aurais pas tant de résistances à vaincre dans mon propre cœur, quand j'adopte une ligne de conduite qui me paraît strictement conforme à mon devoir.

— Vous êtes cruelle, mère, dit Harry. Me prenez-vous encore pour un enfant qui ne sait ce qu'il veut, et qui se trompe quant aux élans de son propre cœur?

— Je crois, mon cher fils, répondit Mme Maylie, en lui mettant une main sur l'épaule, que la jeunesse a nombre d'élans généreux qui ne durent pas; et qu'il en est, dans ce nombre, qui deviennent d'autant plus éphémères si l'on y a cédé. Et surtout, dit la vieille dame, les yeux fixés sur le visage de son fils, je crois que si un homme ardent, ambitieux, plein d'enthousiasme, épouse une femme dont le nom est marqué d'une tache sans qu'il y aille le moins du monde de sa faute, mais qui risque de retomber sur elle, et aussi sur leurs enfants, à cause de gens sordides et inhumains; faute qu'on lui jettera au visage exactement dans la mesure où il remportera des succès dans sa carrière, pour en faire l'occasion de sarcasmes contre lui; je crois que cet homme, pour bonne et généreuse que soit sa nature, risque de se repentir un jour d'une union contractée de bonne heure dans la vie. Quant à sa femme, elle risque de souffrir, le jour où elle s'apercevra de tels regrets.

— Mère, dit le jeune homme avec impatience, celui qui agirait de cette façon ne serait qu'une brute égoïste, indigne à la fois du nom d'homme et de la femme que vous évoquez.

— C'est ce que tu penses aujourd'hui, Harry, répondit sa mère.

— C'est ce que je penserai toujours! dit le jeune homme. Les tortures d'esprit que j'endure depuis deux jours m'arrachent la confidence d'une passion qui n'est pas d'hier, comme vous le savez, et que je n'ai pas contractée à la légère. C'est à Rose, à cette chère et délicieuse enfant, qu'appartient mon cœur, et il lui est aussi fermement attaché que le fut jamais à aucune femme le cœur d'aucun homme. En dehors d'elle, je n'ai nulle pensée, nul objectif, nul espoir dans la vie; et si vous vous opposez à ma conquête de cet immense enjeu, c'est comme si vous preniez entre vos mains ma paix et mon bonheur, pour les faire voler au vent. Mère, réfléchissez-y encore, songez à moi, et n'oubliez pas ce bonheur auquel vous paraissez attacher si peu de prix.

— Harry, dit Mme Maylie, c'est parce que je me préoccupe tellement des cœurs chaleureux et sensibles que je voudrais leur épargner des blessures. Mais nous en avons assez dit, largement, sur ce sujet pour le moment.

— Que la décision appartienne à Rose, dit Harry, insistant. Vous n'allez pas mettre en avant vos vues excessives, au point de faire obstacle à mes projets?

— Non, répliqua Mme Maylie; mais je voudrais que tu réfléchisses.

— J'ai déjà réfléchi! lui fut-il répondu avec impatience; mère, il y a des années que j'y réfléchis. J'y réfléchis depuis le premier instant où j'ai été capable de penser sérieusement. Mes sentiments restent inchangés, et le resteront toujours; et pourquoi endurerais-je la souffrance d'attendre pour les exprimer, alors qu'aucun bienfait quelconque ne peut résulter de l'attente? Non! Avant que je reparte d'ici, Rose m'aura entendu.

— Si tu le veux, dit Mme Maylie.

— Vous semblez presque donner à entendre par votre attitude, mère, qu'elle m'écoutera avec froideur.

— Non pas avec froideur, répliqua la vieille dame, loin de là.

— Alors, comment? dit le jeune homme, insistant. Elle n'a pas contracté d'autres liens?

— Certes non, répondit sa mère; si je ne me trompe, tu n'as déjà sur son cœur que trop d'empire. Ce que je voulais dire, reprit la vieille dame, interrompant son fils au moment où il allait parler, c'est ceci : avant de tout miser sur cette chance; avant de te laisser élever au faîte de l'espérance, réfléchis quelques instants, mon cher petit, au passé de Rose, et demande-toi quel effet la conscience de sa naissance douteuse risque d'avoir sur sa décision; compte tenu de son attachement envers nous, de toute l'intensité de sa noblesse d'âme, et de cet esprit d'abnégation totale, qui, en toutes choses, grandes ou petites, a toujours été son trait distinctif.

— Que voulez-vous dire?

— Il t'appartiendra de le découvrir, répondit Mme Maylie. Il faut que je retourne auprès d'elle. Dieu te bénisse!

— Vous reverrai-je ce soir? demanda avidement le jeune homme.

— Tout à l'heure, répondit sa mère, quand je quitterai Rose.

— Allez-vous lui dire que je suis ici? demanda Harry.

— Bien sûr, répondit Mme Maylie.

— Alors dites-lui combien j'ai été anxieux, combien j'ai souffert et combien je suis impatient de la voir. Vous n'allez pas refuser cette commission, mère?

— Non, dit la vieille dame, je vais tout lui dire. Puis, étreignant avec affection la main de son fils, elle se hâta de quitter la pièce.

M. Losberne et Olivier étaient restés à l'autre bout de la pièce pendant qu'avait lieu cette rapide conversation. Le premier nommé tendit alors la main à Harry Maylie, et les deux hommes échangèrent de cordiales salutations. Le docteur fit ensuite part à son jeune ami, en réponse à ses innombrables questions, d'informations précises sur l'état de sa malade; renseignements qui se révélèrent tout aussi réconfortants et tout aussi pleins de promesses que la déclaration d'Olivier le lui avait fait espérer; à tous ces propos M. Giles, tout en feignant de s'affairer autour des bagages, prêta une oreille attentive.

— Alors, Giles, avez-vous fait le coup de feu ces temps derniers? demanda le docteur quand il eut finit son rapport.

— Pas particulièrement, monsieur, répondit M. Giles en rougissant jusque dans le blanc des yeux.

— Et vous n'avez pas attrapé de voleurs, ni identifié de cambrioleurs? demanda le docteur.

— Absolument aucun, monsieur, répondit M. Giles, fort gravement.

— Ma foi, dit le docteur, je suis désolé de vous l'entendre dire, car vous vous y entendez à merveille pour ce genre d'affaires. Dites-moi, comment va Brittles [1]?

— Le gamin va fort bien, monsieur, dit M. Giles, retrouvant son ton habituel et son air protecteur; il vous envoie ses respectueuses civilités, monsieur.

— Bon, bon, dit le docteur. En vous voyant ici, monsieur Giles, je me rappelle tout à coup que, la veille du jour où j'étais appelé de façon si soudaine, j'ai exécuté, à la demande de votre généreuse maîtresse, une petite mission en votre faveur. Voulez-vous venir un instant dans ce petit coin?

M. Giles gagna le petit coin en question d'un air très important, et non sans surprise; il eut l'honneur d'un bref entretien à mi-voix avec le docteur, au terme duquel il s'inclina à plusieurs reprises, et se retira d'un pas exceptionnellement majestueux. Le sujet de l'entretien ne fut pas révélé dans le salon, mais la cuisine fut éclairée sans retard sur ce point; car M. Giles s'y rendit tout droit, demanda un pot de bière, et annonça, d'un air solennel qui fit beaucoup d'effet, que sa maîtresse avait

1. La description (au chapitre XXXII) des dispositions prises pour le départ en vacances donnait à penser que Brittles était du voyage.

eu la bonté, à titre de remerciement pour sa bravoure à l'occasion de la tentative de vol, de déposer à la caisse d'épargne locale une somme de vingt-cinq livres exclusivement destinée à son usage personnel. Sur quoi les deux servantes levèrent les bras et les yeux au ciel, et se demandèrent si M. Giles n'allait pas désormais faire le fier; mais M. Giles, tout en tirant son jabot, répondit : « Non, non »; et il les pria de bien vouloir le prévenir s'il se montrait le moins du monde hautain envers ses inférieurs. Puis il fit un grand nombre d'autres déclarations, qui illustrèrent pareillement son humilité, et furent reçues avec tout autant de faveur et d'enthousiasme; elles étaient d'ailleurs tout aussi originales et appropriées que le sont en général les déclarations des grands hommes.

Aux étages supérieurs, le reste de la soirée se passa joyeusement; car le docteur était d'excellente humeur; et, si fatigué et préoccupé qu'eût pu être tout d'abord Harry Maylie, il n'était pas de taille à résister à la bonhomie de l'excellent homme, qui se manifesta sous forme d'une profusion de traits d'esprit et d'anecdotes professionnelles, ainsi que par nombre de menues plaisanteries qui firent à Olivier l'effet d'être les plus drôles qu'il eût jamais entendues : il en rit donc en conséquence, pour la satisfaction évidente du docteur, qui se divertit lui-même sans mesure, et fit rire Harry presque aussi cordialement, sous le simple effet de la sympathie. Leur petit groupe fut donc aussi plaisamment animé qu'il se pouvait en de telles circonstances; et c'est seulement à une heure avancée qu'ils se retirèrent, le cœur léger et reconnaissant, pour aller prendre le repos dont ils avaient si grand besoin après les angoisses et les incertitudes qu'ils venaient de subir.

Olivier se leva le lendemain avec plus d'entrain et vaqua à ses occupations habituelles du matin avec plus d'espoir et de plaisir qu'il n'en avait connus depuis plusieurs jours. Les oiseaux avaient de nouveau été accrochés à leurs places familières pour y chanter; et les plus odorantes des fleurs sauvages qu'on pût trouver étaient de nouveau cueillies pour réjouir Rose de leur beauté. La mélancolie qui, aux yeux attristés de l'enfant anxieux, avait paru depuis bien des jours s'étendre sur tous les objets, si beaux qu'ils fussent, se dissipa comme par magie. La rosée semblait scintiller avec plus d'éclat sur le vert des feuilles; l'air semblait les faire bruisser d'un souffle plus harmonieux; le ciel lui-même semblait plus clair et plus bleu. Telle est l'influence qu'exerce l'état de nos pensées personnelles sur l'aspect même des objets extérieurs. Les gens qui, regardant la nature et leurs semblables, s'écrient que tout est sombre et obscur, disent vrai; mais ces couleurs de ténèbres ne sont que le reflet de leurs yeux et de leurs cœurs envieux. Les teintes réelles sont délicates, et demandent une vision plus lucide.

Il n'est pas inutile de noter, comme Olivier ne manqua pas de le faire sur le moment, que ses expéditions matinales n'étaient plus solitaires. Dès le lendemain du jour où Harry Maylie rencontra pour la première fois Olivier qui s'en revenait les bras chargés, il fut saisi d'une telle passion pour les fleurs et manifesta tant de goût pour les préparer qu'il surpassa largement son jeune compagnon. Mais si Olivier ne l'emportait pas sur lui à cet égard, il connaissait les meilleurs coins; et chaque matin ils parcouraient la campagne ensemble, et rapportaient les plus belles fleurs qu'on pût trouver. La fenêtre de la chambre de la jeune fille était désormais ouverte, car elle avait plaisir à sentir l'air généreux de l'été inonder sa chambre et lui rendre la vie par sa fraîcheur; mais il y avait toujours, tout auprès de la croisée, dans un peu d'eau, un petit bouquet tout spécial, qui était composé chaque matin avec grand soin. Olivier ne put s'empêcher de remarquer que les fleurs fanées n'étaient jamais jetées, bien que le petit vase fût régulièrement approvisionné; non plus qu'il ne put s'empêcher d'observer que chaque fois que le docteur venait dans le jardin, il ne manquait jamais de lever les yeux dans cette direction précise, et de hocher la tête d'un air fort expressif, avant de partir pour sa promenade matinale. En même temps qu'étaient faites ces observations, les jours s'enfuyaient; et Rose se remettait rapidement.

Quant à Olivier, le temps ne lui pesait guère, bien que la jeune fille n'eût pas encore quitté sa chambre, et qu'il n'y eût pas de promenades le soir, sauf, de temps à autre, un petit tour en compagnie de Mme Maylie. Il redoublait d'assiduité pour profiter de l'enseignement du vieil homme à cheveux blancs, et travaillait si fort qu'il était le premier surpris de la rapidité de ses progrès. C'est pendant qu'il était absorbé par ces occupations qu'il fut grandement surpris et alarmé par le plus inattendu des incidents.

La petite pièce où il avait coutume de s'installer pour se plonger dans ses livres était au rez-de-chaussée, derrière la maison. C'était une salle tout à fait rustique, avec une fenêtre treillissée autour de laquelle se trouvaient des grappes de jasmin et de chèvrefeuille, qui pénétraient à l'intérieur par-dessus le rebord de la fenêtre et remplissaient l'endroit de leur parfum délicieux. Elle donnait sur un jardin, qui communiquait par une sorte de portillon avec un petit enclos; au-delà ne se trouvaient que des bois et de riches prairies. Il n'y avait pas d'autre habitation à proximité de ce côté; et la vue qu'on avait de cette pièce était très étendue.

Par un beau soir, alors que les premières ombres du crépuscule commençaient à s'étendre sur la terre, Olivier était assis devant cette fenêtre, absorbé dans ses livres. Il y avait quelque temps qu'il s'appliquait à les lire; et, comme il avait fait extrêmement lourd ce jour-là, et qu'il s'était donné beaucoup de mal, on ne portera aucun préjudice aux auteurs, quels qu'ils soient, de ces livres, en l'avouant : progressivement et petit à petit, il s'endormit.

Il est une sorte de sommeil qui nous envahit parfois

et qui, tout en gardant le corps prisonnier, ne libère pas l'esprit de toute conscience des objets environnants pour lui permettre de vagabonder à sa guise. Dans toute la mesure où un accablement irrésistible, une faiblesse écrasante, l'impossibilité totale de diriger nos mouvements ou nos pensées méritent le nom de sommeil, c'en est un; et pourtant nous gardons conscience de tout ce qui se passe autour de nous, et si nous rêvons en de tels moments, des paroles réellement prononcées, ou des bruits réellement produits au même instant, s'adaptent avec une surprenante facilité à nos visions, au point que la réalité et l'imagination s'entremêlent étrangement et qu'il soit désormais presque impossible de les distinguer l'une de l'autre. Et ce n'est pas là le plus surprenant des phénomènes qui découlent d'un état de ce genre. C'est un fait incontestable que, si nos sens de la vue et du toucher sont momentanément sans effet, pourtant nos pensées endormies et les scènes imaginaires qui se déroulent devant nous sont influencées, et de façon sensible, par la simple présence silencieuse de tel ou tel objet extérieur, qui pouvait ne pas se trouver près de nous quand nous avons fermé les yeux, et dont nous pouvons ne pas sentir la proximité à l'état de veille.

Olivier savait parfaitement qu'il était dans sa petite salle de travail habituelle; que ses livres étaient posés sur la table devant lui; qu'un souffle d'air embaumé parcourait les plantes grimpantes sous la fenêtre. Et pourtant il était endormi. Soudain le décor changea; l'air était devenu renfermé et étouffant; et il se dit, avec un éclair de terreur, qu'il était de retour dans la maison du Juif. Voilà que le hideux vieillard était assis dans son coin habituel et le montrait du doigt, et parlait à voix basse à un autre homme qui était près de lui, la tête tournée.

— Chut, mon cher ami! crut-il entendre le Juif murmurer; c'est lui, pas de doute. Partons.

— Si c'est lui! parut répondre l'autre; croyez-vous

que je risque de m'y tromper ? Quand bien même une cohorte de fantômes emprunteraient exactement son aspect, et se mettraient tout autour de lui, il y a quelque chose qui me dirait comment le reconnaître. Si vous l'enterriez sous cinquante pieds de terre, et que vous m'emmeniez au-dessus de sa tombe, j'ai l'impression que je m'apercevrais, quand bien même il n'y en aurait aucun signe à la surface, que c'est là qu'il serait enseveli !

L'homme parut dire ces mots avec une haine si atroce qu'Olivier se réveilla sous l'effet de la peur et se redressa en sursaut.

Juste Ciel ! Quelle était cette vue qui fit refluer son sang tumultueusement vers son cœur, qui lui ôta la voix et le pouvoir de bouger ! Là... là... à la fenêtre... tout près de lui... si près qu'il aurait presque pu le toucher avant son brusque mouvement de recul, les yeux plongés dans la pièce et rencontrant son propre regard : le Juif était là ! Et à côté de lui, pâles de colère ou de crainte, ou des deux à la fois, se trouvaient les traits convulsés de l'homme qui l'avait abordé dans la cour d'auberge.

Ce ne fut qu'un instant, un regard, un éclair sous ses yeux ; et ils disparurent. Mais ils l'avaient reconnu, et avaient été reconnus par lui, et leur aspect s'imprima aussi fortement dans sa mémoire que s'il avait été profondément gravé dans la pierre, et qu'il l'eût contemplé depuis sa naissance. Il resta un moment pétrifié ; puis, sautant dans le jardin par la fenêtre, il poussa un grand cri d'appel au secours.

CHAPITRE XXXV

Qui contient la suite décevante de l'aventure d'Olivier, ainsi qu'une conversation non dépourvue d'importance entre Harry Maylie et Rose.

QUAND les habitants de la maison, attirés par les cris d'Olivier, accoururent à l'endroit d'où ils émanaient, ils le trouvèrent, pâle et agité, qui tendait le doigt en direction des prés situés derrière la maison, et parvenait à peine à articuler les mots : Le Juif! Le Juif!

M. Giles n'était pas en mesure de comprendre ce que signifiait cette exclamation; mais Harry Maylie, qui avait l'entendement un tantinet plus vif et connaissait par sa mère l'histoire d'Olivier, en saisit aussitôt le sens.

— Dans quelle direction est-il parti? demanda-t-il, en s'emparant d'un gros gourdin posé dans un coin.

— Par là, répondit Olivier, en indiquant le côté où l'homme s'était dirigé. Je les ai perdus de vue en un instant.

— Alors, c'est qu'ils sont dans le fossé! dit Harry. Suis-moi! Et reste aussi près de moi que tu pourras. Ce disant, il franchit la haie d'un bond, et s'éloigna à une allure qui mettait les autres dans la quasi-impossibilité de ne pas se laisser distancer.

Giles lui emboîta le pas de son mieux; et Olivier le suivit aussi; puis, au bout d'une minute ou deux, M. Losberne, qui venait de rentrer d'une petite promenade, se lança par-dessus la haie à leur suite, et, s'étant ramassé avec plus d'agilité qu'on n'en eût attendu de sa part, il se mit à filer sur le même chemin à une vitesse non négligeable, sans cesser un instant de crier d'une voix prodigieuse pour demander ce qui se passait.

Ils allèrent tous de l'avant, sans s'arrêter une seule fois pour reprendre haleine, jusqu'au moment où leur chef de file, obliquant vers un coin du champ indiqué par Olivier, commença à fouiller minutieusement le fossé et la haie avoisinants, ce qui permit aux autres de le rejoindre, et à Olivier de mettre M. Losberne au courant des circonstances qui avaient donné lieu à cette poursuite énergique.

Toutes les recherches furent vaines. Il ne restait pas même de traces de pas récentes qui fussent visibles. Ils étaient maintenant arrêtés au sommet d'un petit coteau qui surplombait les champs nus à trois ou quatre milles à la ronde. Le village était dans un creux sur leur gauche; mais pour y parvenir, après avoir pris le chemin qu'indiquait Olivier, il aurait fallu que les hommes fissent un parcours à découvert qu'ils n'auraient pas pu accomplir en si peu de temps. D'un autre côté les prés étaient bordés par un bois touffu, mais la même raison interdisait de penser qu'ils eussent pu s'y mettre à couvert.

— Tu as dû rêver, Olivier, dit Harry Maylie.

— Oh, non, monsieur, je vous assure, répondit Olivier, qui se mit à frissonner au simple souvenir du visage de ce vieux fripon; je l'ai vu trop distinctement. Je les ai vus tous deux aussi distinctement que je vous vois en ce moment.

— Qui était l'autre? demandèrent d'une même voix Harry Maylie et M. Losberne.

— C'était encore l'homme dont je vous ai déjà parlé, celui qui avait surgi devant moi si brusquement à l'hôtel, dit Olivier. Nous sommes restés les yeux fixés l'un sur l'autre; et je suis prêt à jurer que c'était bien lui.

— Ils sont partis de ce côté? demanda Harry; en es-tu sûr?

— Aussi sûr que de la présence des deux hommes devant la fenêtre, répondit Olivier, tout en montrant du doigt la haie qui séparait le jardin du pré. Le grand monsieur a sauté par-dessus la haie, à cet endroit exactement; et le Juif, après avoir fait quelques pas en courant vers la droite, s'est glissé par la trouée que vous voyez.

Les deux hommes regardèrent le visage sincère d'Olivier tandis qu'il parlait, puis s'entre-regardèrent, et parurent se convaincre que ce qu'il avait dit était exact. Toutefois, on ne voyait nulle part la moindre trace laissée par des pas d'hommes au cours d'une fuite précipitée. L'herbe était longue; mais nulle part elle n'avait été foulée aux pieds, sauf aux endroits où leurs propres pieds l'avaient écrasée. Les parois et les rebords des fossés étaient en terre glaise moite; mais nulle part on ne pouvait discerner l'empreinte d'une chaussure, ni le plus petit indice permettant de penser que des pas quelconques se fussent posés sur le sol depuis moins de quelques heures.

— Voilà qui est étrange ! dit Harry.

— Si c'est étrange! répéta le docteur. Blathers et Duff en personne n'y comprendraient rien.

Malgré le caractère manifestement inutile de leurs recherches, ils ne les abandonnèrent qu'au moment où la venue de la nuit ne leur permit plus de fonder le moindre espoir sur une prolongation de l'enquête ; encore fut-ce fort à regret qu'ils y renoncèrent. Giles fut dépêché dans les différents cabarets du village, pourvu de la description la plus précise que put donner Olivier de l'aspect et de la mise des inconnus. L'un d'eux, le Juif, à tout le moins, était assez extraordinaire pour qu'on se souvînt de lui, si on l'avait vu boire, ou rôder dans les parages ; mais Giles ne rapporta aucun renseignement qui fût de nature à dissiper ou à atténuer le mystère.

Le lendemain, de nouvelles recherches furent entreprises, et de nouvelles questions posées, mais sans plus de succès. Le jour suivant, Olivier se rendit avec M. Maylie jusqu'au bourg, dans l'espoir d'y recueillir quelque indice ou quelque information sur les deux hommes; mais cet effort n'eut pas plus de succès. Au bout de quelques jours, on commença à oublier toute l'affaire, comme il arrive le plus souvent quand l'intérêt fléchit spontanément, faute d'aliment nouveau pour le nourrir.

Cependant, la guérison de Rose allait bon train. Elle avait quitté sa chambre, elle pouvait sortir, elle prenait de nouveau part à la vie familiale, et mettait de la joie dans tous les cœurs.

Mais, bien que cet heureux changement produisît dans le petit cercle un effet visible, bien que des voix enjouées et des rires joyeux se fissent de nouveau entendre dans la maison, une contrainte inaccoutumée pesait parfois sur plusieurs des habitants, et même sur Rose, comme Olivier ne put manquer de s'en rendre compte. Mme Maylie et son fils passaient souvent de longs moments enfermés ensemble; et plus d'une fois Rose fit son apparition avec des traces de larmes sur le visage. Lorsque M. Losberne eut fixé la date de son départ pour Chertsey, ces symptômes augmentèrent; et il devint évident qu'il se passait quelque chose qui troublait la paix d'esprit de la jeune fille, et aussi de quelqu'un d'autre.

Finalement, un beau matin, alors que Rose était seule dans le petit salon, Harry Maylie entra, et, non sans hésitation, demanda l'autorisation de lui parler quelques instants.

— Il me suffira de peu de temps... de très peu de temps, Rose, dit le jeune homme, en approchant sa chaise de la jeune fille. Ce que j'ai à vous dire vous est sans doute déjà venu à l'esprit ; les espoirs les plus précieux de mon cœur ne vous sont pas inconnus, même si vous ne les avez encore jamais entendu exprimer par mes propres lèvres.

Rose était devenue très pâle à l'instant même où il était entré; mais peut-être était-ce là l'effet de sa récente maladie. Elle se contenta de s'incliner; puis elle se pencha sans mot dire sur des plantes qui étaient posées non loin d'elle, et attendit qu'il reprît la parole.

— Je... j'aurais dû repartir plus tôt, dit Harry.

— Oui, en vérité, répondit Rose. Pardonnez-moi de vous le dire, mais j'aurais préféré cela.

— J'ai été appelé ici, dit le jeune homme, par la plus terrible et la plus torturante de toutes les craintes; la peur de perdre le seul être aimé qui est l'objet de tous mes vœux et de tous mes espoirs. Vous étiez mourante; vous avez oscillé entre le ciel et la terre. On sait que quand les êtres jeunes, beaux et bons sont atteints par la maladie, leur esprit tout de pureté se tourne insensiblement vers la demeure lumineuse de leur éternel repos ; on sait — que le Ciel nous soit en aide ! — que les êtres les meilleurs et les plus nobles de notre espèce se fanent trop souvent en plein épanouissement.

Il y avait des larmes dans les yeux de la tendre enfant, quand elle écouta ces mots; et quand l'une de ces larmes tomba sur la fleur vers laquelle elle se penchait, et en fit miroiter le calice, accroissant sa beauté, on eut l'impression qu'en s'épanchant son cœur jeune et frais proclamait spontanément sa parenté avec les créations les plus adorables de la nature.

— Une créature, poursuivit le jeune homme avec passion, une créature pure et exempte de toute perfidie, à l'égal d'un ange même de Dieu, oscillait entre la vie et la mort. Ah! qui pouvait espérer, alors que le monde lointain auquel elle appartenait s'ouvrait presque à ses regards, qui pouvait espérer qu'elle reviendrait aux tristesses et aux malheurs du nôtre! Rose, Rose, savoir que vous vous en alliez comme une ombre légère projetée sur la terre par la lumière d'en haut; avoir perdu l'espoir que vous puissiez être rendue à ceux qui s'attardent ici-bas; ne guère trouver de bonne raison pour que vous fussiez épargnée; avoir le sentiment que vous apparteniez à cette sphère éclatante où tant d'êtres parmi les plus beaux et les meilleurs se sont prématurément envolés; et prier pourtant, parmi toutes ces pensées consolantes, pour que vous fussiez rendue à ceux qui vous aimaient... ce furent là des tourments presque intolérables. Je les ai éprouvés, nuit et jour; et en même temps j'ai été envahi par un torrent impétueux de craintes, d'appréhensions, d'égoïstes regrets, à la pensée que vous pourriez mourir, et ne jamais savoir de quelle ferveur je vous aimais; ce fut au point que mon intelligence et ma raison faillirent sombrer. Vous avez guéri. Jour après jour, et presque heure après heure, une goutte nouvelle de santé est revenue et, se mêlant au courant de vie affaibli et épuisé qui circulait indolemment en vous, l'a gonflé pour en faire à nouveau un flot fort et puissant. Je vous ai vue passer presque de la mort à la vie, et mes yeux se sont obscurcis sous l'effet de l'ardeur et d'une profonde affection. Ne me dites pas que vous préféreriez que je n'eusse pas connu tout cela; car cette épreuve a rendu mon cœur plus tendre envers tout le genre humain.

— Ce n'est pas ce que je voulais dire, répondit Rose, en pleurant, je regrette seulement que vous ne soyez parti d'ici plus tôt, pour retourner à des occupations nobles et élevées, à des occupations vraiment dignes de vous.

— Il n'est pas d'occupation qui soit plus digne de moi, ou plus digne de la plus noble nature du monde, que l'effort pour conquérir un cœur comme le vôtre, dit le jeune homme en lui prenant la main. Rose! ma chère Rose bien-aimée! Depuis des années... depuis des années je vous aime, j'espère me frayer un chemin jusqu'à la renommée pour revenir ensuite avec fierté vous dire que je l'ai recherchée seulement pour que vous puissiez la partager; et je songeais, dans mes rêveries éveillées, à la façon dont je vous rappellerais en cet heureux instant toutes les preuves silencieuses que je vous avais données de mon affection enfantine, et vous demanderais votre main comme pour exécuter quelque engagement muet contracté de longue date entre nous deux ! Ce moment n'est pas arrivé ; mais aujourd'hui, sans avoir conquis de renommée, sans avoir réalisé les rêves de ma jeunesse, je vous offre le cœur qui est à vous depuis si longtemps, et risque mon va-tout sur les paroles par lesquelles vous allez accueillir mon offre.

— Votre conduite a toujours été noble et généreuse, dit Rose, dominant les émotions qui l'agitaient. Puisque vous croyez vraiment que je ne suis ni insensible ni ingrate, écoutez donc ma réponse.

— Vous allez me dire que je puis m'efforcer de me rendre digne de vous ; c'est bien cela, chère Rose ?

— C'est que vous devez, répondit Rose, vous efforcer de m'oublier ; non pas d'oublier que j'ai été longtemps votre camarade profondément attachée à vous, car cet oubli me meurtrirait gravement ; mais de m'oublier comme objet de votre amour. Portez vos regards dans le monde ; dites-vous qu'il s'y trouve nombre de cœurs que vous seriez fier de conquérir. Confiez-moi, si vous le voulez, quelque autre passion ; je serai pour vous la plus sûre, la plus fervente, la plus loyale des amies.

Il se fit un silence, pendant lequel Rose, qui s'était caché le visage d'une main, donna libre cours à ses larmes. Harry tenait toujours son autre main.

— Et vos raisons, Rose, finit-il par demander d'une voix sourde, quelles sont les raisons de votre décision ?

— Vous avez le droit de les connaître, répliqua Rose. Rien de ce que vous pourrez dire ne changera ma résolution. C'est un devoir qu'il me faut accomplir. Un devoir aussi bien envers autrui qu'envers moi-même.

— Envers vous-même ?

— Oui, Harry. C'est un devoir pour moi, qui suis une fille sans dot et sans relations, portant un nom souillé, de ne pas donner aux vôtres de raisons de croire que j'aurais sordidement cédé à votre première passion, et que je me serais attachée, comme une entrave, à tous vos espoirs et à tous vos projets. C'est un devoir envers vous et envers les autres que de vous empêcher de dresser, par l'ardeur de votre nature généreuse, ce grand obstacle à votre cheminement dans le monde.

— Si vos penchants s'accordent avec votre sentiment du devoir..., commença Harry.

— Il n'en est pas ainsi, répondit Rose, qui rougit vivement.

— Alors c'est que vous partagez mon amour? dit Harry. Dites-le seulement, chère Rose, dites-le seulement; et vous adoucirez la cruauté de cette déception!

— Si c'eût été possible sans infliger de graves torts à celui que j'aimais, répliqua Rose, j'aurais pu...

— Recevoir ma déclaration d'une tout autre manière? dit Harry. Ne me dissimulez pas cela du moins, Rose.

— Oui, j'aurais pu, dit Rose. Arrêtez! ajouta-t-elle en dégageant sa main, pourquoi prolonger cette douloureuse entrevue? Bien douloureuse pour moi, elle m'aura pourtant apporté un bonheur durable; car ce sera un vrai bonheur que de savoir que j'ai un moment tenu dans votre estime le rang élevé que j'y occupe aujourd'hui, et tous les triomphes que vous obtiendrez dans la vie m'inspireront plus de courage et de fermeté. Adieu, Harry! Sur le plan de notre rencontre d'aujourd'hui, nous ne nous rencontrerons plus; mais par des liens autres que ceux que cette conversation voulait créer entre nous, nous pourrons rester longtemps et heureusement unis; et puissent toutes les bénédictions que la prière d'un cœur sincère et fervent sait faire descendre de la source de toute vérité et de toute sincérité vous réconforter et vous rendre prospère!

— Encore un mot, Rose, dit Harry. Donnez-moi vos raisons telles que vous vous les exprimez à vous-même. Que je les entende de vos propres lèvres!

— L'avenir que vous avez devant vous, répondit

Rose, avec fermeté, est brillant. Tous les honneurs qu'un grand talent et des relations puissantes peuvent aider un homme à obtenir dans la vie publique vous attendent. Mais ces relations sont gens orgueilleux; et je refuse à la fois de me mêler à des gens qui pourraient tenir en mépris la mère qui m'a donné le jour, et d'apporter le déshonneur ou l'échec au fils de celle qui a si bien pris la place de ma mère. Bref, dit la jeune fille, en se détournant, car sa fermeté passagère l'abandonnait, il y a sur mon nom une de ces taches que le monde fait retomber sur la tête des innocents. Je refuse de la transmettre à un autre sang que le mien; ainsi le reproche n'en pourra être fait qu'à moi.

— Encore un mot, Rose. Bien-aimée Rose! Encore un! s'écria Harry en se jetant à ses pieds. Si j'avais été moins... moins fortuné aux yeux du monde... si j'avais eu pour destin une vie obscure et paisible... si j'avais été pauvre, malade, abandonné... vous seriez-vous détournée de moi en ce cas? Ou n'est-ce pas la probabilité de me voir gagner des honneurs et des richesses qui a fait naître ce scrupule?

— Ne me pressez pas de vous répondre, répondit Rose. La question ne se pose pas, et ne se posera jamais. Il est injuste, il est presque cruel, de la soulever.

— Si votre réponse est telle que je me prends à l'espérer, répliqua Harry, elle projettera un rayon de bonheur sur mon chemin solitaire, et elle éclairera ma route. Il n'est pas oiseux de faire tant de bien, en prononçant quelques mots rapides, à quelqu'un qui vous aime plus que tout. Ah, Rose! au nom de mon affection ardente et durable; au nom de tout ce que j'ai enduré pour vous, et de tout ce que vous me condamnez à souffrir : répondez à cette unique question!

— Eh bien, si votre sort avait été différent, répliqua Rose; si vous vous étiez trouvé un peu au-dessus de moi, sans l'être à un tel degré; si j'avais pu être pour vous une aide et un réconfort dans n'importe quelle situation humble, paisible et retirée, au lieu d'être une souillure et un obstacle dans des foules ambitieuses et distinguées; alors cette épreuve m'eût été épargnée. J'ai tout lieu d'être heureuse, très heureuse, actuellement; mais j'avoue, Harry, qu'en ce cas j'aurais été encore plus heureuse.

L'esprit de Rose fut envahi tandis qu'elle faisait cet aveu par un fourmillement de souvenirs, ceux d'espoirs passés, nourris dans son enfance, longtemps auparavant; mais les souvenirs amenèrent des larmes avec eux, comme le font toujours les espoirs du passé quand ils reviennent flétris; et ses larmes la soulagèrent.

— Je ne puis rien contre cette défaillance, mais elle renforce mes desseins, dit Rose, en tendant la main. Il faut en vérité que je vous quitte maintenant.

— J'ai une promesse à demander, dit Harry. Une fois encore, une seule fois... mettons dans un an, mais peut-être beaucoup plus tôt... j'aurai le droit de vous parler de nouveau sur ce sujet, pour la dernière fois.

— Que ce ne soit pas pour me presser de revenir sur ma décision, répondit Rose, avec un sourire mélancolique, ce serait en vain.

— Non, dit Harry; pour vous l'entendre répéter si vous le voulez, et répéter sans appel! Je déposerai à vos pieds tout ce que je posséderai comme rang et comme fortune; et si vous restez fidèle à votre résolution présente, je ne dirai pas un mot, ni ne ferai un geste, pour vous en faire changer.

— Alors, à votre guise, répliqua Rose; ce ne sera qu'un moment douloureux de plus, et peut-être à cette époque serai-je plus capable de le supporter.

Elle tendit la main de nouveau. Mais le jeune homme la serra sur son cœur; il déposa un baiser sur son beau front, puis il sortit précipitamment de la pièce.

CHAPITRE XXXVI

Qui sera très court, et pourra sur le moment paraître de peu d'importance. Il faut pourtant le lire, car il fait suite au précédent, et fournira la clef d'un autre qui viendra en son temps.

– Alors vous êtes décidé à partir en ma compagnie ce matin, n'est-ce pas ? dit le docteur, quand Harry Maylie vint s'asseoir avec Olivier et lui pour le petit déjeuner. Voyons, vous changez d'avis et d'intention toutes les demi-heures !

— Vous ne me parlerez plus sur ce ton un de ces jours, dit Harry qui rougit sans motif apparent.

— Je souhaite avoir de bonnes raisons de changer de ton, répondit M. Losberne, mais je vous avoue que je n'en crois rien. Pas plus tard qu'hier matin, vous aviez décidé précipitamment que vous resteriez ici, et que vous accompagneriez votre mère, comme un fils dévoué, au bord de la mer. Avant midi, vous m'annonciez que vous me feriez l'honneur de m'accompagner jusqu'au bout de mon voyage, avant de continuer sur Londres. Et hier soir, vous m'avez prié, en grand mystère, de partir avant le lever de ces dames ; le résultat, c'est que notre jeune ami Olivier se trouve devant son déjeuner alors qu'il devrait être en train de parcourir les prés en quête de toutes sortes de phénomènes botaniques. C'est trop fort, n'est-ce pas, Olivier ?

— J'aurais vivement regretté de ne pas être là pour assister à votre départ et à celui de M. Maylie, monsieur, répliqua Olivier.

— Tu es un brave garçon, dit le docteur; tu viendras me voir quand tu seras rentré. Mais parlons sérieusement, Harry, est-ce un message des nobles aristos qui a provoqué chez vous ce vif désir de vous en aller?

— Les nobles aristos, répondit Harry, terme qui, j'imagine, recouvre dans votre esprit la très digne personne de mon oncle, ne m'ont pas envoyé le moindre message depuis que je suis arrivé ici; il est d'ailleurs peu vraisemblable qu'à cette époque de l'année, il se produise quelque chose qui rende immédiatement nécessaire ma présence parmi eux.

— Ma foi, dit le docteur, vous êtes un curieux personnage. Mais bien entendu on vous fera entrer au Parlement au moment des élections de décembre, et tous ces changements soudains et ces revirements sont une assez bonne préparation à la vie de politicien. Ce n'est pas une si mauvaise idée. Un bon entraînement est toujours désirable, que la compétition concerne un poste, une coupe ou un sweepstake.

Harry Maylie eut l'air de se dire qu'il aurait pu ajouter à ce bref dialogue deux ou trois déclarations qui n'auraient pas peu abasourdi le docteur; mais il se contenta de dire : « C'est ce que nous verrons », et ne poursuivit pas plus avant cet entretien. La chaise de poste se rangea devant la porte peu de temps après; et quand Giles entra pour s'occuper des bagages, le brave docteur sortit d'un air affairé, pour surveiller l'arrimage.

— Olivier, dit Harry Maylie, à mi-voix, il faut que je te dise un petit mot.

Olivier s'en fut devant la fenêtre où M. Maylie lui faisait signe de venir, fort surpris par le mélange de tristesse et d'entrain exubérant que révélait toute son attitude.

— Tu sais bien écrire maintenant? demanda Harry, en lui posant une main sur le bras.

— Oui, monsieur, j'espère, répondit Olivier.

— Je ne vais plus revenir d'ici quelque temps sans

doute; je voudrais que tu m'écrives... mettons tous les quinze jours; le lundi, une fois sur deux; aux bons soins du Bureau de Poste Central de Londres. Acceptes-tu?

— Oh, bien sûr, monsieur; j'en serai fier, s'écria Olivier, ravi de cette mission.

— Je serai content de savoir comment... comment vont ma mère et Mlle Maylie, dit le jeune homme; et tu pourras remplir ta feuille en me racontant les promenades que tu feras, et vos conversations, et en me disant si elle a l'air... je veux dire si elles ont l'air d'être tout à fait heureuses et bien portantes. Me comprends-tu?

— Oh! oui, monsieur, parfaitement, répondit Olivier.

— J'aimerais plutôt mieux que tu ne leur en parles pas, dit Harry, d'un ton pressé, parce que cela pourrait donner envie à ma mère de m'écrire plus souvent, ce qui est pour elle un souci et une charge. Ce sera donc un secret, de toi à moi; et n'oublie pas de tout me dire! Je compte sur toi.

Olivier, fort exalté et honoré par le sentiment de sa propre importance, promit loyalement de garder le secret et d'envoyer des missives explicites. M. Maylie prit congé de lui, en l'assurant à maintes reprises de son estime et de son appui.

Le docteur était dans la voiture; Giles (il avait été décidé qu'il resterait à la campagne) tenait la portière ouverte d'une main; et les servantes étaient dans le jardin, en spectatrices. Harry jeta un bref regard vers la fenêtre treillissée, et sauta dans la voiture.

— En avant! s'écria-t-il, vite, très vite, au grand galop! Aujourd'hui il faut que nous nous envolions pour que l'allure convienne à mon humeur!

— Holà! cria le docteur, en s'empressant de baisser la glace de devant pour donner ses ordres tonitruants au postillon; pour que l'allure convienne à mon humeur à moi, il n'est pas du tout nécessaire que nous nous envolions. Vous m'entendez?

Dans un grand fracas de roues et de sabots, jusqu'au moment où la distance ne permit plus d'entendre le bruit, et où l'œil put seul suivre sa marche, le véhicule s'éloigna sur la route sinueuse, presque dissimulé par un nuage de poussière; tantôt il disparaissait complètement, tantôt il redevenait visible, selon les possibilités offertes par les objets interposés, ou par le dessin complexe du chemin. C'est seulement quand le nuage de poussière lui-même fut devenu invisible que les spectateurs se dispersèrent.

Et il resta un témoin qui demeura les yeux fixés sur l'endroit où avait disparu la voiture, alors qu'elle était déjà à plusieurs milles de distances; car, derrière le rideau blanc qui l'avait dissimulée aux regards quand Harry avait levé les yeux vers la fenêtre, était assise Rose en personne.

— Il a l'air heureux et plein d'entrain, finit-elle par dire. J'avais craint un instant qu'il n'en allât autrement. Je me trompais. J'en suis contente, très contente.

Les larmes sont signe de joie aussi bien que de tristesse; mais celles qui coulèrent sur le visage de Rose, pensivement assise devant la fenêtre, les yeux toujours tournés dans la même direction, paraissaient annoncer plus de chagrin que de bonheur.

CHAPITRE XXXVII

Où le lecteur prendra conscience d'un contraste assez fréquent dans les affaires matrimoniales.

M. Bumble était assis dans le salon de l'asile, les yeux fixés d'un air sombre sur la grille sans joie de l'âtre; c'était l'été, et il n'en émanait pas de lueur plus joyeuse que le pâle reflet de quelques rayons de soleil renvoyés par sa surface froide et luisante. Un piège à mouches en papier était accroché au plafond, et de temps à autre, absorbé par ses sombres pensées, il levait les yeux de ce côté; et, voyant les insectes étourdis tournoyer autour des entrelacs aux couleurs chatoyantes, M. Bumble poussait un profond soupir et sa physionomie s'assombrissait encore davantage. M. Bumble méditait; peut-être la vue des insectes lui remettait-elle en mémoire tel ou tel incident douloureux de son propre passé.

Encore l'humeur sombre de M. Bumble n'était-elle pas le seul fait qui fût de nature à engendrer dans le cœur d'un spectateur une douce mélancolie. Il ne manquait pas d'autres signes, fort étroitement associés à son apparence personnelle, pour annoncer que de grands changements étaient survenus dans sa situation. L'habit brodé, et le bicorne : où étaient-ils ? Il portait toujours une culotte courte, et des bas de coton noir sur ses membres inférieurs; mais ce n'était plus la culotte par excellence. Son habit avait des basques larges, et sur ce point ressemblait à l'habit par excellence, mais quelle différence ! L'imposant bicorne était remplacé par un modeste chapeau rond. M. Bumble n'était plus appariteur.

Il est des situations éminentes qui, indépendamment des rémunérations plus substantielles qu'elles offrent, prennent un surcroît de valeur et de dignité du fait des habits et des gilets qui s'y attachent. Un maréchal a son uniforme; un évêque son tablier de soie [1]; un conseiller sa robe de soie; un appariteur son bicorne. Enlevez à l'évêque son tablier, ou à l'appariteur son chapeau et ses broderies, et que reste-t-il d'eux? Des hommes. Rien que des hommes. La dignité, voire parfois la sainteté, dépendent plus de l'habit et du gilet que certains ne se l'imaginent.

M. Bumble avait épousé Mme Corney, et il était devenu maître de l'asile. Un autre appariteur avait pris le pouvoir. C'est à lui qu'étaient passés tout à la fois le bicorne, l'habit brodé d'or, et le bâton.

— Et ça fera deux mois demain! dit M. Bumble, avec un soupir. On dirait d'un siècle.

M. Bumble aurait pu vouloir dire qu'il avait concentré en cette brève période de huit semaines toute une vie de bonheur; mais ce soupir... ce soupir était plein de signification.

— Je me suis vendu, dit M. Bumble, poursuivant ses réflexions sur le même thème, pour six cuillers à thé, une pince à sucre, et un pot à lait; avec un peu de mobilier usagé, et vingt livres en liquide. Le prix n'était pas excessif. A bas prix, à vil prix!

— A bas prix! s'écria une voix perçante à l'oreille de M. Bumble; vous auriez été cher à n'importe quel prix; et j'ai payé bien assez cher pour vous avoir, le Ciel m'en est témoin!

M. Bumble se retourna, et se trouva face à face avec sa séduisante compagne : elle avait mal compris les

---

1. Dans l'Église anglicane, on appelle tablier de l'évêque (*bishop's apron*) un vêtement de soie noire réservé aux évêques, doyens et archidiacres.

quelques mots de lamentation qu'elle avait surpris, et elle s'était lancée à tout hasard dans la déclaration ci-dessus.

— Madame Bumble, je vous en prie! dit M. Bumble, sur un ton de sentimentalité austère.

— Quoi! s'écria la dame.

— Ayez la bonté de me regarder, dit M. Bumble, les yeux fixés sur elle. (Si elle résiste à un coup d'œil comme celui-là, s'était dit M. Bumble, c'est qu'elle peut résister à n'importe quoi. C'est un coup d'œil qu'a jamais manqué son effet avec les indigents. Si ça marche pas avec elle, j'ai plus rien à espérer.)

Est-ce qu'une très faible ouverture de l'œil suffit à anéantir les indigents, qui, étant mal nourris, sont en piètre condition, ou l'ex-Mme Corney était-elle exceptionnellement armée contre ce regard d'aigle? C'est affaire d'opinion. Toujours est-il que l'intendante ne fut nullement intimidée par le regard furieux de M. Bumble, et le traita au contraire avec grand mépris; elle réussit même à en rire, sur un ton qui donnait l'impression de l'authenticité.

En entendant ces sons fort inattendus, M. Bumble prit un air incrédule d'abord, puis un air stupéfait. Ensuite il en revint à son attitude antérieure, et ne bougea plus jusqu'au moment où son attention fut derechef attirée par la voix de sa compagne.

— Allez-vous rester à ronfler ici toute la journée? demanda Mme Bumble.

— Je resterai ici, madame, aussi longtemps que je le jugerai bon, répliqua M. Bumble; et, bien que n'ayant pas ronflé tout à l'heure, je ronflerai, bâillerai, éternuerai, rirai ou pleurerai à ma guise, car telle est ma prérogative.

— Votre prérogative, à vous! fit Mme Bumble, sur un ton de sarcasme indiciblement dédaigneux.

— C'est bien le mot que j'ai employé, madame, dit M. Bumble. La prérogative de l'homme est de commander.

— Et quelle est la prérogative de la femme, pour l'amour du Ciel ? s'écria la veuve de feu M. Corney.

— D'obéir, madame, tonna M. Bumble. Votre malheureux mari disparu aurait dû vous l'apprendre; peut-être en ce cas serait-il encore en vie. Et je regrette qu'il n'y soit pas, le pauvre !

Mme Bumble vit d'un seul coup d'œil que le moment critique était maintenant arrivé, et qu'un coup frappé pour assurer la domination à un camp ou à l'autre serait nécessairement décisif et définitif; aussi n'eut-elle pas plus tôt entendu cette allusion au regretté défunt qu'elle se laissa tomber sur une chaise et, hurlant d'une voix perçante que M. Bumble était une brute et un sans-cœur, elle se laissa aller à une crise de larmes frénétique.

Mais les larmes n'étaient pas de nature à toucher l'âme de M. Bumble, qui avait le cœur imperméable. Semblables aux chapeaux en poil de castor que la pluie embellit, ses nerfs étaient rendus plus robustes et vigoureux par des torrents de larmes; il y voyait une preuve de faiblesse, et par conséquent la reconnaissance tacite de sa propre puissance, et elles l'exaltaient et lui faisaient plaisir. Il dévisagea sa chère moitié d'un air fort satisfait, et la pria, sur un ton encourageant, de pleurer tout son soûl, exercice considéré par la Faculté comme des plus salubres.

— Ça élargit les poumons, ça nettoie la figure, ça donne de l'exercice aux yeux, et ça adoucit le tempérament, dit M. Bumble. Alors pleurez tant que vous voudrez.

Tout en émettant cette plaisanterie, M. Bumble prit son chapeau sur une patère, et s'en coiffa de façon assez coquine, en le mettant sur le côté, en homme qui avait l'impression d'avoir affirmé sa supériorité comme il convenait; il fourra les mains dans ses poches, et se dirigea vers la porte sans se presser, en exprimant dans toute son attitude beaucoup d'aisance et d'humeur facétieuse.

Or l'ancienne Mme Corney avait essayé de jouer des larmes parce qu'elles lui donnaient moins de mal que les violences physiques; mais elle était toute prête à recourir à cette dernière façon de procéder, comme M. Bumble ne tarda pas à s'en apercevoir.

La première preuve qui fut portée à sa connaissance consista en un bruit sourd, après lequel son chapeau s'envola immédiatement à l'autre bout de la pièce. Lorsque cette opération préliminaire lui eut mis la tête à nu, l'experte dame, l'empoignant par la gorge d'une main ferme, lui infligea de l'autre une avalanche de coups (administrés avec une remarquable vigueur et beaucoup de dextérité). Après quoi elle varia les plaisirs en lui égratignant le visage et en lui arrachant les cheveux; puis, estimant qu'elle l'avait assez puni pour ses crimes, elle le fit basculer par-dessus une chaise qui se trouvait heureusement placée à cet effet, et le mit au défi de parler encore de sa prérogative, s'il l'osait.

— Debout! dit Mme Bumble d'une voix impérieuse. Et ôtez-vous de là, si vous ne voulez pas que je vous fasse quelque chose d'épouvantable.

M. Bumble se leva d'un air fort contrit, non sans se demander ce que pouvait bien être « quelque chose d'épouvantable ». Il ramassa son chapeau et lorgna du côté de la porte.

— Vous allez partir? demanda Mme Bumble.

— Certainement, ma chérie, certainement, répliqua M. Bumble, en gagnant la porte d'un geste précipité. Je n'avais pas l'intention de... je m'en vais, ma chérie! Vous êtes tellement violente qu'en vérité je...

A cet instant, Mme Bumble s'avança brusquement pour remettre en place le tapis qui s'était trouvé soulevé au cours de l'altercation. M. Bumble quitta aussitôt la pièce comme un dard, sans penser une seconde de plus à sa phrase inachevée, et laissant l'ex-Mme Corney maîtresse incontestée du champ de bataille.

M. Bumble avait été bel et bien pris par surprise, et

bel et bien battu. Il avait un penchant accusé à la tyrannie, il tirait de l'exercice de menues cruautés un plaisir non négligeable; il était par conséquent (inutile de le dire) un lâche. Cette constatation ne porte aucunement atteinte à sa réputation; car nombre de personnages officiels, tenus en grand respect et en haute admiration, souffrent d'infirmités analogues. En vérité nos observations sont faites plutôt en sa faveur, et afin de communiquer au lecteur un juste sentiment des qualités qu'il avait pour remplir ses fonctions.

Pourtant la mesure de sa disgrâce n'était pas encore pleine. Après avoir fait le tour de la maison, en songeant pour la première fois que les lois d'assistance étaient vraiment trop dures pour les pauvres gens, et que les hommes qui décampaient en laissant leur femme à la charge de la commune ne devaient en toute justice être frappés d'aucun châtiment, mais au contraire traités en individus qui avaient beaucoup souffert, et méritaient d'être récompensés; c'est alors que M. Bumble approcha d'une salle où quelques-unes des indigentes étaient habituellement occupées à laver le linge de la commune, et d'où provenait à cet instant un bruit de voix en conversation.

— Hum! se dit M. Bumble, en rassemblant toute sa dignité naturelle. Voici du moins des femmes qui vont continuer à respecter la prérogative. Holà, holà! Que signifie tout ce bruit là-dedans, espèces de mégères.

En disant ces mots, M. Bumble ouvrit la porte et entra d'un pas très courroucé et impétueux, qui se changea aussitôt en un air fort humilié et craintif quand ses yeux se posèrent inopinément sur la silhouette de son épouse.

— Ma chérie, dit M. Bumble, je ne savais pas que vous étiez ici.

— Vous ne saviez pas que j'étais ici! répéta Mme Bumble. Et vous, que venez-vous faire ici?

— Il me semblait que ces femmes parlaient un peu trop pour faire convenablement leur travail, ma chérie, répondit M. Bumble, en jetant un coup d'œil égaré sur deux vieilles femmes qui, devant leur baquet, échangeaient leurs impressions admiratives sur l'humilité du maître de l'asile.

— Il vous semblait qu'elles parlaient trop, tiens? dit Mme Bumble. Est-ce que ça vous regarde?

— Eh bien, ma chérie, commença M. Bumble, d'un ton soumis.

— Est-ce que ça vous regarde? répéta Mme Bumble.

— Vous avez tout à fait raison, c'est vous qui êtes l'intendante, ma chérie, reconnut M. Bumble; mais je me disais que vous n'étiez peut-être pas dans les parages pour l'instant.

— Je vais vous dire une chose, monsieur Bumble, répliqua la dame. C'est que nous n'avons pas besoin que vous vous mêliez de nos affaires. Vous aimez beaucoup trop venir fourrer votre nez dans des choses qui ne vous regardent pas, et vous faites rire de vous tous les pensionnaires de l'asile dès que vous avez le dos tourné, et ça vous donne l'air d'un imbécile du matin au soir. Dehors, et tout de suite!

M. Bumble, torturé à la vue de la joie des deux vieilles indigentes, qui gloussaient ensemble d'un air extasié, hésita un instant. Mme Bumble, trop impatiente pour tolérer le moindre retard, s'empara d'une casserole d'eau savonneuse, et lui montra la porte du doigt, en lui ordonnant de partir instantanément, sous peine d'en recevoir le contenu sur son imposante personne.

Que pouvait faire M. Bumble? Il promena autour de lui un regard découragé et sortit, tout penaud; et quand il atteignit la porte, les gloussements des indigentes se muèrent en cris aigus de joie irrésistible. Il ne manquait plus que cela. Il était déshonoré à leurs yeux; il avait perdu son rang et son prestige devant les indigentes elles-mêmes; il était tombé du haut de la majesté impérieuse de l'apparitorat jusqu'au tréfonds des avanies conjugales les plus tyranniques.

— Et tout ça en deux mois! songea M. Bumble,

empli de pensées lugubres. Deux mois! Il y a seulement deux mois, j'étais encore, non seulement mon propre maître, mais encore celui de tout le monde, pour tout ce qui touchait à l'asile monicipal; et maintenant!...

C'en était trop. M. Bumble souffleta le gamin qui lui ouvrit la porte (car, tout en rêvassant, il avait atteint la sortie), et s'éloigna, d'un air absorbé, dans la rue.

Il suivit une rue, puis une autre, jusqu'au moment où l'exercice eût atténué les premiers transports de sa douleur; c'est alors qu'un soudain revirement de ses sentiments lui donna soif. Il passa devant un grand nombre de cafés, et finit par s'arrêter devant un établissement situé dans une rue écartée et dont il vit (en jetant un coup d'œil rapide par-dessus les stores) que la salle était déserte, à l'exception d'un unique client. A cet instant, il commençait à pleuvoir à grosses gouttes. Cette circonstance le décida. M. Bumble entra, commanda à boire en passant devant le comptoir, et pénétra dans la salle où il avait plongé son regard quand il était dans la rue.

L'homme qui y était installé était de haute taille, avec des cheveux noirs, et portait une grande cape. Il avait l'air d'un étranger à la ville ; et son apparence un peu défaite, ainsi que des taches poussiéreuses sur ses vêtements, donnaient à penser qu'il avait fait un assez long voyage. Il jeta un regard oblique à Bumble au moment de son entrée, mais c'est à peine s'il daigna incliner la tête en réponse à ses salutations.

M. Bumble avait amplement assez de dignité pour deux, même au cas où l'inconnu se fût montré plus familier; il but donc son grog au gin en silence, et lut le journal d'un air ostensiblement majestueux et appliqué.

Pourtant il se trouva, comme il se trouve bien souvent quand des gens sont réunis par un hasard de ce genre, que M. Bumble éprouva de temps à autre la tentation puissante et irrésistible de couler un regard en direction de l'inconnu; et chaque fois que cela lui arrivait, il était obligé de détourner les yeux, non sans confusion, en s'apercevant qu'au même instant l'inconnu coulait un regard vers lui. L'embarras de M. Bumble était accru par l'expression fort extraordinaire de l'œil de l'inconnu, qui était perçant et lumineux, mais assombri par une obscure nuance de défiance et de soupçon, différente de tout ce qu'il lui eût jamais été donné d'observer, et répugnante à voir.

Quand leurs regards se furent rencontrés plusieurs fois de la sorte, l'inconnu rompit le silence d'une voix grave et âpre.

— Est-ce que vous me cherchiez, dit-il, quand vous avez regardé par la fenêtre?

— Pas que je sache, à moins que vous soyez Monsieur... Et M. Bumble de s'arrêter tout net; car il était curieux de savoir le nom de l'inconnu, et pensait que par impatience celui-ci pourrait compléter la phrase.

— Je vois que non, dit l'inconnu, avec une expression froidement sarcastique qui se jouait sur ses lèvres, sans quoi vous auriez su mon nom. Vous ne le connaissez pas. Je ne vous conseille pas de me le demander.

— C'était sans mauvaises intentions, jeune homme, déclara M. Bumble, d'un air majestueux.

— Et ce sera sans rancune, dit l'inconnu.

Un nouveau silence suivit ce bref dialogue, et fut de nouveau rompu par l'inconnu.

— Je crois que je vous ai déjà vu, dit-il. Vous portiez un autre costume à l'époque, et je n'ai fait que vous rencontrer dans la rue, mais je suis sûr de vous reconnaître. Vous avez été appariteur de cette ville à un certain moment, n'est-ce pas?

— C'est vrai, dit M. Bumble, un peu surpris, appariteur monicipal.

— Exactement, répliqua l'autre, en inclinant la tête. C'est dans ces fonctions que je vous ai vu. Et maintenant, qu'êtes-vous?

— Maître de l'asile, répliqua M. Bumble, d'une voix lente et solennelle, pour couper court à toutes les familiarités injustifiées que l'inconnu aurait pu se permettre sans cela. Maître de l'asile, jeune homme.

— Vous avez toujours le même attachement à vos intérêts personnels, sans aucun doute ? reprit l'inconnu, en plongeant un regard pénétrant dans les yeux de M. Bumble, qui les avait levés, stupéfait de cette question. Ne vous faites pas scrupule de me répondre sincèrement, mon brave. Vous voyez que je ne vous connais pas tellement mal.

— Il me semble, répondit M. Bumble, en s'abritant les yeux d'une main, et en examinant l'inconnu de la tête aux pieds avec une perplexité évidente, qu'un homme marié ne rechigne pas plus qu'un célibataire à gagner honnêtement un petit quelque chose. Les fonctionnaires monicipaux sont pas tellement bien payés qu'ils puissent se permettre de refuser un petit extra, quand on le leur offre d'une façon polie et convenable.

L'inconnu sourit, et inclina la tête à nouveau, comme pour dire qu'il ne s'était pas trompé sur le compte de l'autre; puis il sonna.

— Remplissez ce verre, dit-il, en remettant au propriétaire celui de M. Bumble. Quelque chose de fort et de bien chaud. C'est ce que vous aimez, j'imagine ?

— Pas trop fort, répondit M. Bumble, en toussotant modestement.

— Vous comprenez ce que cela veut dire, patron! dit sèchement l'inconnu.

L'hôte sourit, disparut, et revint bientôt avec un bol de liquide fumant, dont la première gorgée fit venir les larmes aux yeux de M. Bumble.

— Et maintenant, dit l'inconnu, après avoir refermé la porte et la fenêtre, écoutez-moi. Je suis venu ici aujourd'hui pour me mettre à votre recherche; et, par un de ces hasards comme le diable en place parfois sur le chemin de ceux qu'il aime, vous êtes entré précisément dans la pièce où j'étais au moment où vous occupiez la première place dans mes pensées. J'ai des renseignements à vous demander. Je ne vous les demande pas pour rien, bien qu'ils soient de peu d'importance. Mettez cela dans votre poche pour commencer.

Tout en parlant, il fit glisser sur la table, vers son interlocuteur, deux pièces d'un souverain; il le fit avec précaution, comme s'il craignait qu'on n'entendît de l'extérieur le tintement de l'argent. Quand M. Bumble eût soumis les pièces à un examen scrupuleux pour s'assurer de leur authenticité, et les eut ensuite déposées, avec beaucoup de satisfaction, dans son gousset, il poursuivit :

— Reportez-vous en arrière de... voyons, cela fait douze ans depuis l'hiver dernier.

— C'est loin, dit M. Bumble. Bon. Ça y est.

— Décor : l'asile.

— Bon!

— C'est la nuit.

— Oui.

— Et la scène se passe dans l'espèce de trou infect, qui se trouve je ne sais où, et où de misérables souillons donnaient la vie et la santé qui leur avaient si souvent été refusées à elles-mêmes... bref, où elles mettaient au monde des enfants braillards, à charge pour la commune de les élever; et cachaient leur déshonneur, les diablesses, dans la tombe!

— Il s'agit de la salle d'accouchement, je pense? dit M. Bumble, qui avait quelque difficulté à suivre la description enflammée de l'inconnu.

— Oui, dit l'inconnu. Un garçon est né dans cet endroit.

— Il y est né pas mal de garçons, déclara M. Bumble, avec un hochement de tête découragé.

— La peste soit de tous ces jeunes démons! s'écria l'inconnu. C'est d'un seul que je veux parler; un garçon à l'air doux et au visage pâle, qui est entré en apprentissage ici, chez un fabricant de cercueils — je regrette qu'il ne lui ait pas fabriqué son cercueil à lui, et ne l'y ait pas enfermé sous un couvercle bien vissé — et qui ensuite s'est sauvé à Londres, croit-on.

— Mais, c'est d'Olivier que vous voulez parler! du jeune Twist! dit M. Bumble. Bien sûr que je me souviens de lui. Y a jamais eu de petit scélérat plus invétéré...

— Ce n'est pas de lui que je veux que vous me parliez; j'ai assez entendu parler de lui, dit l'inconnu, arrêtant net M. Bumble au début d'une harangue sur les vices du pauvre Olivier. C'est d'une femme, la sorcière qui a soigné sa mère. Où est-elle?

— Où qu'elle est? dit M. Bumble, que son grog au gin rendait facétieux. C'est pas facile à dire. Je crois pas qu'on ait besoin de sages-femmes, là où qu'elle est; alors je pense qu'en tout cas elle est en chômage.

— Que voulez-vous dire? demanda l'inconnu d'un air sévère.

— Qu'elle est morte l'hiver dernier, répliqua M. Bumble.

L'homme le regarda fixement quand il lui eut communiqué ce renseignement; ensuite il ne détourna pas aussitôt les yeux, mais son regard devint peu à peu absent et distrait, et il parut se perdre dans ses pensées. Pendant quelque temps, il sembla qu'il se demandait s'il devait être soulagé ou déçu de cette nouvelle; mais il finit par respirer plus librement; il détourna les yeux, et déclara que cela n'avait pas beaucoup d'importance. Là-dessus il se leva comme pour partir.

Mais M. Bumble ne manquait pas d'astuce; et il vit tout de suite qu'une occasion était offerte de négocier avantageusement un secret détenu par sa tendre moitié. Il se souvenait bien de la soirée où était morte la vieille Sally, car les incidents survenus ce jour-là lui donnaient de bonnes raisons de se le remémorer, puisque c'était le jour où il avait présenté une demande en mariage à Mme Corney; et, si la dame en question ne lui avait jamais confié les révélations dont elle avait été l'unique témoin, il en avait entendu assez pour savoir qu'elles se rapportaient à un événement survenu pendant que la vieille femme soignait, en qualité d'infirmière, la jeune mère d'Olivier Twist. Cette circonstance lui revenant aussitôt à l'esprit, il informa l'inconnu, en grand mystère, qu'une femme était restée enfermée avec la vieille harpie quelques instants avant sa mort; et qu'elle pourrait, du moins avait-il tout lieu de le penser, éclairer quelque peu le sujet de son enquête.

— Comment puis-je trouver cette femme? demanda l'inconnu, pris au dépourvu, et laissant clairement voir que toutes ses craintes (quelle qu'en fût la nature) renaissaient à cette annonce.

— Seulement par mon intermédiaire, répliqua M. Bumble.

— Quand? s'écria précipitamment l'inconnu.

— Demain, répliqua Bumble.

— A neuf heures du soir, dit l'inconnu, en tirant de sa poche un morceau de papier sur lequel il inscrivit l'adresse mystérieuse d'une maison située au bord de la rivière, d'une écriture qui trahissait son émotion, à neuf heures du soir, amenez-la-moi à cet endroit. Je n'ai pas besoin de vous dire de garder le secret. C'est votre intérêt.

Sur ces mots, il se dirigea le premier vers la porte, après avoir pris le temps de payer les consommations. Il déclara en peu de mots qu'il n'allait pas du même côté que M. Bumble, et s'en fut, sans autre formule de politesse qu'un énergique rappel de l'heure du rendez-vous pour le lendemain soir.

En examinant l'adresse, le fonctionnaire municipal s'aperçut qu'aucun nom n'était indiqué. L'inconnu n'était pas loin, aussi le rejoignit-il pour lui poser la question.

— Que me voulez-vous? s'écria l'homme en se

retournant promptement quand Bumble lui toucha le bras. Vous me filez?

— J'ai qu'une question à vous poser, dit l'autre, en montrant le papier. Qui faudra-t-il demander?

— Monks! répliqua l'homme, et de s'éloigner rapidement, à grands pas.

CHAPITRE XXXVIII

Contient le récit de ce qui se passa entre M. et Mme Bumble et M. Monks, au cours de leur entrevue nocturne.

Le temps était gris, couvert, étouffant par ce soir d'été. Les nuages, qui avaient eu l'air menaçant toute la journée, étirés en une masse de vapeur dense et indolente, commençaient déjà à produire de grosses gouttes de pluie, et semblaient annoncer un violent orage au moment où M. et Mme Bumble, quittant la grand-rue de la ville, prirent la direction d'une petite colonie de maisons éparses et délabrées, distante d'un mille et demi environ, et établie dans un terrain bas, marécageux et malsain, tout au bord de la rivière.

Ils s'étaient tous deux enveloppés dans de vieux manteaux élimés, qui servaient peut-être à la fois à protéger leur corps de la pluie, et à les dérober aux regards. L'homme portait une lanterne, dont n'émanait pour le moment nul rayon de lumière; il marchait pesamment et précédait sa compagne de quelques pas sur ce chemin boueux, comme pour lui donner l'avantage de poser les pieds dans les traces profondes laissées par les siens. Ils avançaient en grand silence; de temps à autre, M. Bumble ralentissait le pas et tournait la tête comme pour s'assurer que sa moitié le suivait; quand il s'apercevait qu'il l'avait sur les talons, il forçait l'allure, et poursuivait sa route, d'une démarche considérablement accélérée, vers leur destination.

La réputation de cet endroit était fort loin d'être douteuse, car on savait depuis longtemps qu'elle servait de résidence uniquement à des vauriens de bas étage qui, sous prétexte de vivre de menus travaux, tiraient surtout leur subsistance du pillage et du crime. Ce n'était qu'un groupe de cabanes : les unes bâties à la hâte en briques de démolition; d'autres en bois rongé des vers et provenant de vieux bateaux; elles s'étaient entassées pêle-mêle, sans aucun effort d'ordre ou d'organisation, et s'étaient plantées, pour la plupart, à quelques pieds de la rive. Quelques barques percées, échouées à sec sur la vase, et attachées au mur nain qui faisait le tour de l'établissement, avec çà et là un aviron ou un rouleau de cordage, paraissaient à première vue indiquer que les habitants de ces misérables baraques exerçaient une activité sur la rivière; mais un simple coup d'œil sur l'état de délabrement qui rendait inutilisables les objets exposés de la sorte aurait conduit le passant à se douter sans trop de mal qu'ils avaient été mis là plutôt pour sauvegarder les apparences qu'en vue d'être réellement employés.

Au cœur même de cet amas de cahutes s'élevait une grande bâtisse qui avait jadis servi plus ou moins de fabrique; elle longeait la rivière, que surplombaient ses étages supérieurs. Sans doute, en son temps, avait-elle fourni du travail aux habitants des logements avoisinants. Mais il y avait longtemps qu'elle tombait en ruine. Les rats, les vers et l'action de l'humidité avaient miné et pourri les piles qui la soutenaient; et une part importante de l'édifice s'était déjà effondrée dans l'eau; tandis que ce qui en restait, branlant et penché sur le sombre cours d'eau, paraissait n'attendre qu'une occasion favorable pour rejoindre sa compagne de naguère, et s'abandonner au même sort.

C'est devant cet édifice croulant que s'immobilisa l'estimable ménage, au moment où retentissaient dans l'air les premiers grondements lointains du tonnerre, et où la pluie commençait à tomber à seaux.

— Ça doit être quelque part par ici, dit Bumble, en consultant un papier qu'il tenait à la main.

— Holà! s'écria une voix, du haut de la maison.

Au son de cette voix, M. Bumble leva la tête, et aperçut un homme qui penchait tout le buste par une porte, au deuxième étage.

— Ne bougez pas, une minute, cria la voix, j'arrive toute de suite. Sur ce la tête disparut et la porte se referma.

— Est-ce lui ? demanda la chère épouse de M. Bumble.

M. Bumble fit un signe de tête affirmatif.

— Alors, rappelez-vous ce que je vous ai dit, déclara l'intendante; et tâchez d'en dire le moins possible, sans quoi vous allez nous trahir tout de suite.

M. Bumble, qui avait examiné le bâtiment d'un air fort affligé, était apparemment sur le point d'émettre des doutes quant à l'opportunité d'aller plus loin dans cette affaire pour le moment, quand il en fut empêché par l'apparition de Monks : celui-ci ouvrit une porte, près de laquelle ils se tenaient, et leur fit signe d'entrer.

— Entrez! s'écria-t-il avec impatience, en tapant du pied par terre. Ne me faites pas attendre ici!

La dame, qui avait commencé par hésiter, entra résolument, sans autre invitation. M. Bumble, qui avait honte, ou peur, de rester en arrière, la suivit, manifestement fort mal à l'aise et fort dépourvu de cette éminente dignité qui était en général son trait distinctif.

— Pourquoi diable restiez-vous à traîner dehors sous la pluie ? dit Monks, qui se retourna pour s'adresser à Bumble, après avoir verrouillé la porte derrière lui.

— On... on voulait se rafraîchir, tout simplement, balbutia Bumble, en jetant autour de lui un regard apeuré.

— Vous vouliez vous rafraîchir! rétorqua Monks. Il ne suffirait pas de toute la pluie qui est jamais tombée, ou qui tombera jamais, pour éteindre la parcelle de feu infernal que porte avec lui un seul homme. Ne vous figurez pas que vous pourrez vous rafraîchir si facilement!

En proférant ces aimables propos, Monks se tourna brusquement vers l'intendante, et la fixa du regard, jusqu'au moment où elle fut obligée, elle qui pourtant n'était pas facilement décontenancée, de détourner les yeux, et de regarder le sol.

— C'est elle, la femme ? demanda Monks.

— Hum ! Oui, c'est elle, répondit M. Bumble, qui se souvenait de l'avertissement de sa femme.

— Vous vous figurez peut-être que les femmes sont incapables de garder un secret ? demanda l'intendante, qui intervint alors, et, tout en parlant, soutint le regard pénétrant de Monks.

— Je sais bien qu'il y en a un qu'elles gardent jusqu'à ce qu'on le découvre, dit Monks.

— Et quel peut être ce secret ? demanda l'intendante.

— La perte de leur honneur, répondit Monks. D'ailleurs, en vertu du même principe, si une femme a connaissance d'un secret qui lui fait courir le risque d'être pendue ou déportée, je ne crains pas qu'elle aille jamais le raconter ; non ! Vous me comprenez, ma bonne dame ?

— Non, répliqua l'intendante, non sans rougir un peu.

— Bien sûr ! dit Monks. Comment pourriez-vous comprendre ?

L'homme adressa à ses deux compagnons une grimace qui tenait à la fois du sourire et du froncement de sourcils, puis il leur fit de nouveau signe de le suivre, et traversa rapidement la pièce, qui était vaste, mais basse de plafond. Il se préparait à gravir une sorte d'escalier raide, ou plutôt d'échelle, menant à un autre étage de magasins situé au-dessus, quand un éclair brillant illumina l'ouverture, suivi par un roulement de tonnerre, qui fit trembler l'édifice branlant jusqu'en son centre.

— Écoutez-le ! s'écria-t-il avec un mouvement de recul. Écoutez-le qui roule à grand fracas comme si son écho se répercutait par mille cavernes où les diables se cachent pour lui échapper. J'ai ce bruit en horreur !

Il garda le silence quelques instants ; puis, écartant soudain les mains dont il s'était couvert le visage, leur fit voir, ce qui troubla grandement M. Bumble, qu'il était livide et contorsionné.

— J'ai des crises de ce genre, de temps à autre, dit Monks, en remarquant son air inquiet ; et le tonnerre les provoque quelquefois. Ne vous inquiétez pas pour moi maintenant ; c'est fini pour cette fois.

Ce disant, il monta le premier par l'échelle ; il ferma précipitamment le volet de la pièce où ils pénétrèrent, abaissa une lanterne accrochée au bout d'une corde et reliée par une poulie à l'une des poutres massives du plafond ; elle éclaira faiblement une vieille table et trois chaises disposées sous la lampe.

— Et maintenant, dit Monks, quand ils se furent assis tous les trois, plus tôt nous en viendrons à nos affaires, mieux cela vaudra pour nous tous. Cette femme sait de quoi il s'agit, n'est-ce pas ?

La question était posée à Bumble ; mais sa femme le devança et donna à entendre par sa réponse qu'elle était au courant de tout.

— Est-il vrai, comme il me l'a dit, que vous étiez avec la vieille la nuit de sa mort ; et qu'elle vous a dit quelque chose...

— Sur la mère de l'enfant dont vous avez parlé, répondit l'intendante, l'interrompant. Oui.

— La première question est celle-ci : quelle fut la nature de ses déclarations ? dit Monks.

— Celle-là, c'est la seconde, déclara la dame avec beaucoup de calme. La première, c'est de savoir ce que peuvent valoir ses déclarations.

— Qui diable pourrait le dire, sans savoir quelle en est la nature ? demanda Monks.

— Vous, mieux que quiconque, j'en suis convaincue, répondit Mme Bumble, qui ne manquait pas d'énergie, comme son époux aurait pu en témoigner abondamment.

— Hum! dit Monks, sur un ton expressif, et avec un regard de curiosité avide; il y en a peut-être pour de l'argent, hein?

— Cela se peut, lui fut-il répondu calmement.

— Il lui a été pris quelque chose, dit Monks. Quelque chose qu'elle portait sur elle. Quelque chose que...

— Vous feriez mieux de dire votre prix, fit Mme Bumble, l'interrompant. J'en ai déjà entendu assez pour être sûre que vous êtes bien l'homme à qui il faut que je parle.

M. Bumble, à qui sa chère moitié n'avait encore rien communiqué du secret, hormis ce qu'il savait depuis le début, écoutait ce dialogue en tendant le cou, et en écarquillant les yeux; il se tournait alternativement vers sa femme et vers Monks, avec une stupeur authentique; elle augmenta encore, s'il se pouvait, quand ce dernier demanda d'un air sévère quelle somme on exigeait pour prix des révélations.

— Quelle en est la valeur pour vous? demanda la femme, sans plus de trouble qu'auparavant.

— Peut-être rien du tout; peut-être vingt livres, répondit Monks. Parlez net, que je sache ce qu'il en est.

— Ajoutez cinq livres à la somme que vous avez citée; donnez-moi vingt-cinq livres en pièces d'or, dit la femme, et je vous dirai tout ce que je sais. Pas avant.

— Vingt-cinq livres! s'écria Monks, avec un mouvement de recul.

— J'ai parlé aussi clairement que possible, répondit Mme Bumble, et ce n'est pas cher, d'ailleurs.

— Ce n'est pas cher pour un secret de pacotille, qui se résoudra peut-être à rien du tout quand vous me l'aurez dit! s'écria Monks avec impatience; un secret qui est mort et enterré depuis plus de douze ans!

— Ces choses-là se gardent très bien; c'est comme le bon vin, leur valeur double souvent avec le temps, répondit l'intendante, fidèle à l'attitude d'indifférence résolue qu'elle avait adoptée. Et s'il est mort et enterré, il y en a qui resteront enterrés pendant douze mille années, ou douze millions, pour autant que nous le sachions, vous ou moi, et qui finiront par raconter de drôles d'histoires!

— Et si je paie pour rien? demanda Monks, hésitant.

— Vous pourrez facilement me reprendre l'argent, répondit l'intendante; je ne suis qu'une faible femme; et je suis ici seule et sans protection.

— Non, ma chérie, vous n'êtes pas seule, ni sans protection non plus, dit M. Bumble, intervenant d'une voix tremblante de crainte. Je suis là, moi, ma chérie. D'ailleurs, dit M. Bumble, dont les dents s'entrechoquaient, M. Monks est un monsieur bien trop distingué pour user de violence envers des personnalités monicipales. M. Monks sait bien que je ne suis plus un jeune homme, ma chérie, et aussi que je suis comme qui dirait un peu hors d'usage; mais il a entendu dire, je suis sûr que M. Monks a sans aucun doute entendu dire, que je suis un fonctionnaire très énergique, doué d'une force peu commune, si on m'y pousse. J'ai seulement besoin qu'on me pousse un peu, voilà tout.

Tout en parlant, M. Bumble fit un effort dérisoire pour feindre d'étreindre sa lanterne avec une farouche résolution; et il fit voir, par l'expression inquiète de tous les traits de son visage, qu'il avait besoin en effet d'être un peu poussé, et même poussé assez fort, avant de se livrer à la moindre manifestation belliqueuse, à moins qu'elle ne dût se dérouler, à vrai dire, contre les indigents, ou contre toute autre personne (ou groupe de personnes) spécialement formée à cet usage.

— Vous êtes un imbécile, dit Mme Bumble, pour toute réponse, et vous feriez mieux de tenir votre langue.

— Il aurait surtout mieux fait de se la couper avant de venir, s'il n'est pas capable de parler plus bas, dit Monks sur un ton sinistre. Alors, c'est votre mari? Tiens!

— Lui, mon mari! fit l'intendante, avec un petit rire, pour esquiver la question.

— Je m'en étais douté quand vous êtes entrés, répliqua Monks, qui observa le regard furieux lancé par la dame à son époux tout en parlant. Tant mieux; j'hésite moins à traiter avec deux personnes à la fois quand je vois qu'elles ont les mêmes intérêts. Je parle sérieusement. Voyez!

Il fourra la main dans une poche de son pantalon; il en tira un sac de toile, compta vingt-cinq souverains sur la table, et les poussa du côté de la dame.

— Maintenant, dit-il, ramassez-les; et quand ce satané roulement de tonnerre qui va venir éclater, je le sens, au-dessus de la maison sera passé, vous nous direz votre histoire.

Le tonnerre paraissait en effet beaucoup plus proche; il eut l'air de frissonner et d'éclater juste au-dessus de leurs têtes; quand il s'apaisa, Monks releva la tête qu'il avait posée sur la table, et se pencha en avant pour écouter ce qu'allait dire la femme. Les visages des trois personnages se touchaient presque, car les deux hommes se penchaient sur la petite table dans leur désir de l'entendre, et elle se penchait aussi pour rendre perceptibles les mots qu'elle disait à mi-voix. La lueur débile de la lanterne suspendue tombait en plein sur eux, et accroissait la pâleur de leurs visages qui, environnés par l'ombre et l'obscurité les plus complètes, avaient un aspect absolument spectral.

— Quand mourut cette femme que nous appelions la vieille Sally, commença l'intendante, j'étais seule avec elle.

— N'y avait-il personne à proximité? demanda Monks, de la même voix sourde et étouffée; pas de miséreux ou d'imbécile malade dans un autre lit? Personne qui ait pu entendre, et, éventuellement, comprendre?

— Pas un chat, répondit la femme. Nous étions seules. C'est moi seule qui étais auprès de ce corps quand la mort l'a pris.

— Bon, dit Monks en la regardant attentivement. Continuez.

— Elle m'a parlé d'une jeune créature, reprit l'intendante, qui avait mis un enfant au monde quelques années auparavant; non seulement dans la même salle, mais aussi dans le lit même où elle se mourait alors.

— Ouais? dit Monks, dont la lèvre tremblait, et qui jeta un coup d'œil derrière lui. Palsambleu! Comme cela se trouve!

— L'enfant était celui dont vous avez parlé hier soir à cet homme, dit l'intendante, avec un signe de tête dédaigneux du côté de son mari; quant à la mère, notre infirmière l'avait dépouillée.

— Vivante? demanda Monks.

— Morte, répondit la dame, avec une sorte de frisson. Elle a volé sur le cadavre, qui venait tout juste d'en devenir un, l'objet que la défunte mère l'avait implorée, dans son dernier souffle, de garder dans l'intérêt de l'enfant.

— Elle l'a vendu? s'écria Monks, avec une ardeur passionnée; l'a-t-elle vendu? Où? Quand? A qui? Depuis combien de temps?

— Au moment où elle me disait, non sans beaucoup de difficulté, ce qu'elle avait fait, dit l'intendante, elle est retombée en arrière et elle est morte.

— Sans en dire plus long? s'écria Monks, d'une voix qui paraissait d'autant plus furieuse qu'elle restait contenue. C'est un mensonge! Je ne veux pas qu'on se moque de moi. Elle en a dit plus long. Je vous arracherai la vie à tous les deux s'il le faut, mais je saurai ce que c'était.

— Elle n'a pas prononcé un mot de plus, dit la femme, qui ne semblait pas le moins du monde émue (ce qui n'était pas le cas de M. Bumble, tant s'en faut) par la violence de cet homme étrange; mais elle s'est accrochée à ma robe, avec force, d'une main à demi-refermée, et quand j'ai vu qu'elle était morte, et que j'ai donc ôté sa main de force, je me suis aperçue qu'elle étreignait un morceau de papier sale.

— Qui contenait..., dit Monks, intervenant, et se penchant en avant.

— Rien, répondit la dame; c'était un certificat de dépôt d'un prêteur sur gages.

— Pour quel objet? demanda Monks.

— Je vais vous le dire tout à l'heure, répondit la femme. Je présume qu'elle avait gardé le bibelot pendant quelque temps, dans l'espoir d'en tirer profit; qu'elle l'avait ensuite mis en gage; et qu'elle avait économisé ou ramassé l'argent nécessaire pour payer les intérêts au prêteur, année après année, et éviter la péremption du certificat; afin de pouvoir toujours racheter l'objet si l'occasion se présentait. Aucune occasion ne s'était présentée; et, comme je vous l'ai déjà dit, elle est morte avec son papier, tout usé et déchiqueté, à la main. Le délai expirait deux jours plus tard; je me suis dit à mon tour qu'une occasion intéressante pourrait se présenter; et j'ai donc dégagé l'objet.

— Où est-il en ce moment? demanda aussitôt Monks.

— Ici, répondit la femme. Et, comme si elle était soulagée de s'en défaire, elle jeta précipitamment sur la table un petit sac en chevreau à peine assez grand pour contenir une montre bijou; Monks se jeta dessus, et l'ouvrit brutalement d'une main tremblante. Il contenait un médaillon en or, où se trouvaient deux mèches de cheveux, et une alliance en or massif.

— Il y a le mot « Agnès » gravé à l'intérieur, dit la femme. On avait laissé un blanc pour le nom de famille; ensuite il y a la date, qui se situe moins d'un an avant la naissance de l'enfant. Voilà ce que j'ai trouvé.

— Est-ce tout ? demanda Monks après avoir examiné avec soin et avidité le contenu du petit paquet.

— C'est tout, répondit la femme.

M. Bumble respira profondément, comme s'il était heureux de voir que l'histoire était finie et qu'il n'avait pas été question de reprendre les vingt-cinq livres ; c'est alors qu'il retrouva son courage au point d'essuyer la sueur qui lui avait coulé sur le nez, sans opposition, pendant toute la durée du dialogue précédent.

— Je ne sais rien de cette histoire, en dehors de ce que je peux en deviner, dit sa femme, qui s'adressa à Monks après un bref silence ; et je n'ai envie de rien savoir ; c'est moins dangereux. Mais peut-être puis-je vous poser deux questions, n'est-ce pas ?

— Vous pouvez toujours les poser, dit Monks, non sans montrer quelque surprise ; quant à savoir si j'y répondrai, c'est une autre question.

— Comme ça, ça en fait trois, déclara M. Bumble, pour tâter l'effet d'un trait facétieux.

— Est-ce bien ce que vous attendiez de moi ? demanda l'intendante.

— Oui, répondit Monks. Et l'autre question ?

— Qu'avez-vous l'intention d'en faire ? Risque-t-on de s'en servir contre moi ?

— Jamais, répliqua Monks ; ni contre moi non plus. Voyez ! Mais n'avancez pas d'un pouce, sans quoi votre vie ne vaut pas tripette.

Ce disant, il écarta soudain la table, et, tirant sur un anneau dans le plancher, il souleva une grande trappe qui s'ouvrit aux pieds même de M. Bumble, et fit battre en retraite de plusieurs pas ce personnage, de façon fort précipitée.

— Regardez, dit Monks, en abaissant la lanterne vers l'orifice béant. N'ayez pas peur de moi. J'aurais pu vous faire descendre tranquillement, quand vous étiez assis là-dessus, si c'est à cela que j'avais voulu m'amuser.

Encouragée de la sorte, l'intendante s'approcha

du rebord; et M. Bumble en personne, poussé par la curiosité, s'aventura à faire de même. L'eau trouble, enflée par les grosses pluies, passait à toute allure au-dessous d'eux; et tous les autres sons se perdaient dans le bruit qu'elle faisait en clapotant et en tourbillonnant autour des piles verdies et gluantes. Il y avait jadis eu un moulin à eau là-dessous; le cours d'eau écumant se frottait contre les quelques poteaux pourris et les quelques fragments des machines qui restaient encore, et il avait l'air de foncer en avant, avec un élan renouvelé, quand il s'était dégagé des obstacles qui avaient en vain cherché à contenir sa course impétueuse.

— Si on jetait le corps d'un homme à cet endroit, où serait-il demain matin ? demanda Monks, en balançant sa lanterne dans le puits obscur.

— A douze milles en aval d'ici, et tout déchiqueté, en plus, répondit Bumble, avec un mouvement d'horreur à cette pensée.

Monks tira de son gilet le petit paquet qu'il y avait précipitamment fourré; il l'attacha à un poids de plomb (morceau d'une ancienne poulie, qui se trouvait sur le sol) et le laissa tomber dans le cours d'eau. Il tomba tout droit, sans dévier d'un pouce, fendit l'eau sans presque faire aucun bruit perceptible; et disparut.

Les trois personnages, qui s'entre-regardaient, parurent respirer plus librement.

— Et voilà! dit Monks, en refermant la trappe, qui retomba lourdement dans sa position primitive. S'il est vrai que la mer rend parfois ses cadavres, comme on le dit dans les livres, elle garde pour elle l'or et l'argent, et cette camelote-là avec. Nous n'avons plus rien à nous dire, et nous pouvons lever cette aimable séance.

— Certainement, déclara M. Bumble avec beaucoup d'empressement.

— Vous saurez tenir votre langue, dites ? demanda Monks d'un air menaçant. Avec votre femme, je suis tranquille.

— Vous pouvez compter sur moi, jeune homme, répondit M. Bumble, en se rapprochant progressivement de l'échelle, sans cesser de faire des saluts avec une politesse infinie. Dans l'intérêt de tout le monde, jeune homme; et dans le mien, comprenez-vous, monsieur Monks ?

— Je suis content, pour vous, de vous l'entendre dire, déclara Monks. Allumez votre lanterne! Et partez d'ici aussi vite que vous pourrez.

Il fut heureux que la conversation se terminât à cet instant, sans quoi M. Bumble, qui, toujours saluant, était arrivé à moins de six pouces de l'échelle, se serait infailliblement précipité la tête la première dans la pièce du dessous. Il alluma sa lanterne à celle que Monks avait détachée de la corde et tenait maintenant à la main; puis, sans faire effort pour prolonger l'entretien, descendit en silence, suivi de sa femme. Monks fermait la marche, après s'être immobilisé sur une marche pour s'assurer qu'on n'entendait d'autres sons que le crépitement de la pluie sur les murs et le bruit de l'eau.

Ils traversèrent à pas lents la salle du rez de-chaussée, avec prudence, car Monks sursautait chaque fois qu'il voyait une ombre; et M. Bumble, qui tenait sa lanterne à un pied du sol, marchait non seulement avec beaucoup de précaution, mais encore d'un pas extraordinairement léger pour un homme de sa corpulence; car il cherchait d'un regard inquiet des trappes cachées. La porte par laquelle ils étaient entrés fut déverrouillée et ouverte sans bruit par Monks, puis, se contentant d'échanger un signe de tête avec leur mystérieux ami, les deux époux ressortirent dans la nuit sombre et humide.

Ils ne furent pas plus tôt partis que Monks, paraissant éprouver une invincible répugnance pour la solitude, appela un gamin qui était resté caché quelque part en bas. Il lui ordonna de le précéder et de porter la lampe, et retourna dans la pièce qu'il venait de quitter.

CHAPITRE XXXIX

Met en scène des personnages respectables que le lecteur connaît déjà, et montre dans quelles circonstances l'estimable Monks et l'estimable Juif se concertèrent.

LE lendemain du jour où les trois estimables personnes figurant dans le chapitre précédent réglaient leur petite affaire comme on l'a vu, M. William Sikes, s'éveillant, vers le soir, d'un petit somme, grommela quelques mots d'une voix engourdie, et demanda quelle heure il était.

La pièce où M. Sikes posait cette question n'était pas l'une de celles dont il était locataire avant l'expédition de Chertsey, mais elle se trouvait dans le même quartier et n'était pas très éloignée de son ancien logement. D'après son apparence, ce ne devait pas être une habitation aussi agréable que son ancien repaire, car c'était une pauvre pièce de faibles dimensions et mal meublée; elle n'était éclairée que par une petite fenêtre pratiquée dans la pente du toit, et donnant sur une ruelle étroite et crasseuse. Il ne manquait d'ailleurs pas d'autres indices pour montrer que le digne homme avait subi récemment des revers de fortune; car la grande modicité du mobilier, l'absence totale de commodités, la disparition de tous les menus biens tels que vêtements et linge de rechange, révélaient un état de pauvreté extrême; et si ces symptômes avaient eu le moindre besoin d'être corroborés, l'aspect maigre et affaibli de M. Sikes lui-même les eût amplement confirmés.

Le bandit était couché sur le lit, enveloppé de son pardessus blanc en guise de robe de chambre; il laissait apparaître des traits que n'embellissaient aucunement le teint cadavérique dû à la maladie, ou les ornements complémentaires constitués par un bonnet de nuit sale et une barbe noire et raide d'une semaine. Le chien était près du lit; tantôt il regardait son maître d'un air mélancolique, tantôt il dressait les oreilles, et poussait un sourd grognement quand un bruit dans la rue ou dans le bas de la maison attirait son attention. Assise devant la fenêtre, activement occupée à ravauder un vieux gilet qui faisait partie de la tenue ordinaire du cambrioleur, se trouvait une femme; tellement pâlie et usée par les veilles et les privations qu'on aurait eu bien de la peine à reconnaître en elle la Nancy qui a déjà figuré dans notre récit, s'il n'y avait eu la voix avec laquelle elle répondit à la question de M. Sikes.

— Y a pas longtemps que sept heures ont sonné, dit la fille. Comment te sens-tu ce soir, Bill?

— Faible comme du coton, répondit M. Sikes, en proférant une imprécation contre ses yeux et ses membres. Allons, donne-moi un coup de main, et aide-moi toujours à descendre de cette saleté de lit.

La maladie n'avait pas amélioré l'humeur de M. Sikes; en effet, tandis que la jeune fille l'aidait à se lever et à gagner une chaise, il grommela quelques jurons contre sa maladresse, et lui porta un coup.

— Tu chiâles, dis donc? fit Sikes. Allons. Reste pas à pleurnicher comme ça. Si tu trouves rien de mieux à faire, t'as qu'à te tirer pour de bon. Tu m'entends?

— Je t'entends, répondit la fille, en détournant la tête et en se forçant à rire. Qu'est-ce que c'est que cette idée que tu t'es mise dans la tête à présent?

— Ah! t'as changé d'avis, tiens! grommela Sikes, en observant la larme qui tremblait sous sa paupière. Et c'est tant mieux pour toi.

— Comment, tu vas tout de même pas dire que

tu m'aurais brutalisée ce soir, Bill, dit la fille, en lui mettant une main sur l'épaule.

— Non? s'écria M. Sikes. Et pourquoi pas?

— Quand on pense au nombre de nuits, dit la fille, avec une nuance de tendresse féminine qui donnait un ton presque doux à sa voix, malgré tout, au nombre de nuits que j'ai eu de la patience avec toi, que je t'ai soigné et choyé, comme un petit enfant; et la première fois que je te vois redevenu semblable à toi-même, tu m'aurais pas traitée comme tu viens de le faire, si t'avais pensé à ça, pas vrai? Allons, allons, dis-moi que t'aurais pas fait ça.

— Bon, bon, répliqua M. Sikes, t'as raison. Allons, bon sang, voilà qu'elle se remet à chiâler!

— C'est rien, dit la fille, en se jetant sur une chaise. Fais comme si tu t'apercevais de rien. Ça va passer.

— Qu'est-ce qui va passer? demanda M. Sikes d'une voix furieuse. Qu'est-ce que c'est que cette nouvelle imbécillité que tu fricotes? Debout, et manie-toi, et viens pas m'ennuyer avec tes sornettes de bonne femme.

A tout autre moment, cette remontrance et le ton sur lequel elle était prononcée auraient produit l'effet recherché; mais la fille était vraiment faible et épuisée, sa tête retomba en arrière sur le dossier de la chaise, et elle s'évanouit, avant même que M. Sikes eût le temps d'émettre quelques-uns des jurons appropriés dont il avait coutume, en de telles circonstances, d'agrémenter ses menaces. Ne sachant trop que faire, devant cette difficulté inusitée (car les crises de nerfs de Mlle Nancy étaient habituellement du genre violent, de ces crises dont la patiente se tire grâce à ses propres efforts et sans guère d'aide), M. Sikes tâta de quelques blasphèmes; mais, s'apercevant que ce mode de traitement n'obtenait aucun résultat, il appela à l'aide.

— Qu'est-ce que qui se passe ici, cher ami? demanda Fagin, avançant la tête par la porte.

— Donnez un coup de main à la petite, hein!

répondit Sikes avec impatience, au lieu de rester à bavarder et à me faire des grimaces!

Poussant un cri de surprise, Fagin se précipita au secours de la jeune fille, cependant que M. John Dawkins (*alias* le Finaud), qui était entré derrière son vénérable ami, se hâta de poser sur le sol le paquet dont il était chargé, et arracha une bouteille des mains du jeune M. Charley Bates, qui arrivait sur ses talons; il la déboucha en un clin d'œil avec ses dents, et versa dans la gorge de la malade une partie du contenu, non sans y avoir goûté lui-même, pour éviter toute erreur.

— Donne-z-y une bouffée d'air frais avec le soufflet, Charley, dit M. Dawkins; et vous, Fagin, donnez-y des tapes sur les mains, pendant que Bill, il y desserrera ses jupons.

Cette coalition de reconstituants, administrée avec beaucoup d'énergie (en particulier le chapitre confié au jeune M. Bates qui avait l'air de voir dans sa participation à l'affaire une incomparable plaisanterie) eut tôt fait d'aboutir au résultat cherché. La jeune fille reprit progressivement conscience; et, gagnant d'un pas chancelant une chaise placée près du lit, elle se cacha la figure dans l'oreiller, laissant M. Sikes face à face avec les nouveaux venus, non sans quelque surprise devant leur arrivée inopinée.

— Alors, quel est le mauvais vent qui vous amène ici? demanda-t-il à Fagin.

— Ce n'est pas un mauvais vent du tout, mon cher, car les mauvais vents n'apportent de bien à personne; et moi, je vous apporte quelque chose de bon, qui va vous faire plaisir à voir. Finaud, cher ami, veux-tu ouvrir le paquet, et donne à Bill les petits riens qui nous ont coûté tout notre argent ce matin.

Obéissant aux instructions de M. Fagin, le Finaud dénoua son colis, qui était de grandes dimensions, et constitué par une vieille nappe; il remit à Charley Bates, un à un, les articles qu'il contenait, et ce dernier les posa sur la table, en prononçant un panégyrique coloré de leur qualité rare et excellente.

— Un de ces pâtés de lapin, Bill, s'écria le jeune homme, en dévoilant aux regards une énorme croûte; des petites bêtes si délicates, avec des pattes si tendres, Bill, que leurs os eux-mêmes vous fondent dans la bouche, et qu'y a pas besoin de les enlever; une demi-livre de thé vert à sept shillings six, qu'est drôlement fort, même que si on le met dans l'eau bouillante, il ferait presque sauter le couvercle de la théière; une livre et demie de sucre mou que les nègres ils ont rien trimé pour qu'il soye si tellement fameux... oh, non! Deux pains de son de deux livres; une livre de beurre frais, et du meilleur; un morceau de frometon extra; et pour couronner le tout, comme boisson, tout ce que vous avez jamais lampé de plus superfin!

Tout en proférant ces derniers éloges, le jeune M. Bates tira de l'une de ses vastes poches une bouteille à vin de taille normale, soigneusement bouchée; tandis que M. Dawkins, au même instant, versait un grand verre d'alcool pur avec la bouteille qu'il tenait à la main; le malade vida ce verre d'une seule lampée sans la moindre hésitation.

— Bon! dit Fagin, en se frottant les mains d'un air fort satisfait, ça va aller, Bill; ça va aller maintenant.

— Ça va aller! s'exclama M. Sikes; j'aurais pu m'en aller pour de bon sans que vous bougiez le petit doigt pour m'aider. Qu'est-ce que ça signifie de laisser les gens dans cet état-là pendant plus de trois semaines, espèce de perfide vaurien!

— Non, mais, écoutez-le, les enfants! dit Fagin, en haussant les épaules. Et nous qu'on est venu y apporter toutes ces bonnes choses!

— Les choses sont pas tellement mal dans leur genre, déclara M. Sikes, quelque peu attendri par un regard jeté sur la table; mais qu'est-ce que vous avez à dire pour votre défense, après m'avoir laissé ici, à court de santé, de braise, de moral, et de tout, sans vous intéresser autrement à moi, pendant tout ce fichu temps, que si j'avais été un chien comme celui-là? Fais-le descendre, Charley!

— Jamais vu un chien aussi marrant, s'écria le jeune M. Bates en obtempérant. Il flaire la boustiffe comme une vieille bonne femme qui fait son marché! Il ferait fortune au théâtre, ce chien-là, et par-dessus le marché il redonnerait de la vitalité à l'art dramatique.

— Fais pas tant de boucan, cria Sikes, tandis que le chien se retirait sous le lit, grognant toujours avec colère. Qu'est-ce que vous avez à dire pour vous expliquer, espèce de vieille crapule desséchée, hein?

— J'ai été absent de Londres pendant plus d'une semaine, mon cher, pour une affaire, répondit le Juif.

— Et les autres quinze jours? demanda Sikes. Les autres quinze jours que vous m'avez laissé ici comme un rat malade dans son trou?

— C'était pas ma faute, Bill. Je peux pas entrer dans des explications détaillées devant tout le monde; mais c'était pas ma faute, parole d'honneur.

— Parole de quoi? grommela Sikes, d'un air d'extrême dégoût. Là! Qu'on me coupe un morceau de pâté, les gars, pour m'ôter de la bouche le goût de ce mot-là, ou je meurs étouffé.

— Faut pas vous mettre en colère, mon cher, dit Fagin, sur ton conciliant. Je vous ai pas oublié, Bill; pas un instant.

— Non! Ça, j'en mettrais ma main au feu, répondit Sikes, avec un sourire sarcastique. Vous avez dû faire des conspirations et des complots pendant tout le temps que je suis resté ici, à grelotter ou à brûler de fièvre; et Bill allait faire ci, et Bill allait faire ça, et Bill allait tout faire, pour une bouchée de pain, dès qu'il serait guéri; sa pauvreté, elle faisait rudement bien votre affaire. Sans la fille, j'aurais pu crever.

— Eh bien, Bill, dit le Juif, qui protesta dès qu'il put saisir l'occasion offerte par ces derniers mots. Sans la fille! Qui c'est qui vous a donné le moyen d'avoir une fille si obligeante avec vous, si c'est pas le pauvre vieux Fagin ?

— Là, il a tout de même raison! dit Nancy, qui s'avança précipitamment. Laisse-le tranquille; laisse-le tranquille.

L'apparition de Nancy détourna la conversation; car les jeunes garçons, obéissant à un clin d'œil du rusé vieux Juif, commencèrent à essayer de la faire boire, ce qu'elle fit, pourtant, avec modération; pendant ce temps Fagin, feignant d'être d'excellente humeur, améliora peu à peu celle de M. Sikes, en affectant de considérer ses menaces comme d'aimables petites badineries, et aussi en riant à gorge déployée de deux ou trois grossières plaisanteries qu'il condescendit à faire, après avoir eu recours à plusieurs reprises à la bouteille d'alcool.

— Tout ça, c'est très joli, dit M. Sikes, mais il faut que vous me donniez de la braise ce soir.

— J'ai pas du tout d'argent sur moi, répondit le Juif.

— En tout cas vous en avez des tas chez vous, répliqua Sikes, et il faut que vous m'en donniez sur votre réserve.

— Des tas! s'écria Fagin, en levant les bras au ciel; j'en ai même pas assez pour...

— Je sais pas combien vous en avez, et je parie que vous en savez rien vous-même, vu qu'il vous faudrait pas mal de temps pour le compter, dit Sikes; mais il m'en faut ce soir; c'est clair ?

— Bon, bon, dit Fagin avec un soupir; je vais vous envoyer le Finaud dans un petit moment.

— Je marche pas, rien à faire, répliqua M. Sikes. Le Finaud est bien trop finaud, alors il oublierait de venir, ou il se perdrait en route, ou il se ferait filer par des cognes, et comme ça il serait empêché de venir, ou il trouverait encore une autre excuse, si vous le chargiez de la commission. C'est Nancy qui va aller à la boutique, et qui me le rapportera, pour plus de sûreté; et moi je vais me coucher et roupiller un brin, en l'attendant.

Après force marchandages et discussions, Fagin fit descendre le montant de l'avance demandée, de cinq livres à trois livres et quatre shillings et demi, affirmant, avec toutes sortes de protestations solennelles, qu'ainsi il ne lui resterait plus que dix-huit pence pour les dépenses de la maison ; M. Sikes déclara sur un ton rogue que, si l'on ne pouvait lui en donner davantage, il faudrait bien qu'il se contente de cette somme, et Nancy se prépara à accompagner Fagin chez lui, tandis que le Finaud et le jeune M. Bates rangeaient les vivres dans le placard. Le Juif prit alors congé de son tendre ami, et rentra au logis, escorté de Nancy et des deux garçons ; cependant M. Sikes se jeta sur le lit et s'apprêta à dormir jusqu'au retour de la jeune personne.

Au bout d'un moment, ils arrivèrent au domicile de Fagin, où ils trouvèrent Toby Crackit et M. Chitling absorbés par leur quinzième partie de piquet; il est à peine besoin de préciser que ce fut le dernier nommé qui la perdit, en même temps que sa quinzième et dernière pièce de six pence, au grand amusement de ses jeunes amis. M. Crackit, qui paraissait honteux d'être trouvé en train de se détendre en compagnie d'un individu dont le rang et les ressources intellectuelles étaient tellement inférieurs aux siens, bâilla, et, après avoir demandé des nouvelles de Sikes, prit son chapeau pour s'apprêter à partir.

— Personne est venu, Toby? demanda Fagin.

— Pas la queue d'un chat, répondit M. Crackit en relevant son col; on s'est ennuyé comme des rats morts. Vous devriez m'offrir quelque chose de rupin, Fagin, pour me récompenser d'avoir gardé la baraque si longtemps. Bon sang, ça m'a rendu triste comme un juré [1]; et je me serais endormi d'un sommeil profond

1. Allusion à l'ennui que comportent les fonctions de juré, en particulier dans le système anglais de l'époque, qui prive le juré de tout contact avec l'extérieur, quelle que soit la durée d'un procès.

comme les cachots de Newgate, si j'avais pas eu la bonté de divertir ce jeune homme. Je veux bien être pendu, si je me suis pas ennuyé quelque chose d'atroce!

Après avoir proféré ces exclamations et quelques autres du même ordre, M. Toby Crackit ramassa ses gains, et les entassa dans son gousset d'un air dédaigneux, comme pour montrer que cette menue monnaie était parfaitement indigne de l'attention d'un élégant comme lui; puis il sortit de la pièce avec un air avantageux, d'une démarche si distinguée et si prestigieuse que M. Chitling jeta plus d'un regard admiratif à ses jambes et à ses bottes jusqu'au moment où elles disparurent; il déclara alors aux personnes présentes qu'il considérait le prix de quinze pièces de six pence par entretien comme avantageux pour cultiver de telles relations, et qu'il s'inquiétait de ses pertes comme de sa première chemise.

— T'es un drôle de gars, tout de même, Tom! dit le jeune M. Bates, fort amusé par cette déclaration.

— Pas du tout, répondit M. Chitling, hein, Fagin?

— Tu es un petit malin, mon cher, dit Fagin, en lui donnant une petite tape sur l'épaule, non sans adresser un clin d'œil à ses autres élèves.

— Et c'est vrai que M. Crackit est un type épatant, hein, Fagin? demanda Tom.

— Sans aucun doute, mon cher.

— Et c'est vrai que c'est un honneur de l'avoir dans ses relations, hein, Fagin? poursuivit Tom.

— C'est très juste, en effet, mon cher. Seulement les autres sont jaloux parce qu'il veut pas frayer avec eux.

— Ah! s'écria Tom, d'un air triomphant, c'est bien ça! Il m'a lessivé. Mais j'ai qu'à aller en regagner, de l'argent, quand je voudrai, pas vrai, Fagin?

— Bien sûr, bien sûr, et le plus tôt sera le mieux, Tom; alors va réparer tes pertes tout de suite, sans perdre de temps. Finaud! Charley! Il est temps de vous mettre en chasse. Allons! Il est dix heures, et il n'y a encore rien de fait.

Obéissant à cette suggestion, les jeunes garçons firent un salut à Nancy, prirent leurs chapeaux, et sortirent, non sans que le Finaud et son facétieux ami se livrassent à mainte plaisanterie aux dépens de M. Chitling; pourtant on doit à la vérité de dire qu'il n'y avait rien d'extraordinaire ni de remarquable dans la conduite de ce dernier : car il y a à Londres bon nombre de jeunes élégants non dépourvus de prétentions qui paient un prix beaucoup plus élevé que M. Chitling pour se faire voir en bonne compagnie, et bon nombre de beaux messieurs (constituant la bonne compagnie en question) dont la réputation s'est faite à peu près dans les mêmes conditions que celle de Toby Crackit le beau gosse.

— Maintenant, dit Fagin, quand ils furent sortis, je vais aller vous chercher le liquide, Nancy. Cette clef est tout simplement celle d'un petit placard où je range les petites affaires de rien du tout que me rapportent les gamins, ma chère. Je ne mets jamais mon argent sous clef, parce que je n'en ai pas à mettre sous clef, ma chère... ha! ha! ha!... pas du tout. Dans notre métier on n'est pas riche, Nancy, on ne ramasse que des ennuis; mais ça me fait plaisir d'avoir des jeunes gens autour de moi; alors je supporte tout, je supporte tout. Chut! dit-il en cachant précipitamment la clef sous son habit; qui va là? Écoutez!

La jeune fille, qui était assise devant la table, les bras croisés, parut ne prendre aucun intérêt à cette visite, et ne pas se soucier le moins du monde de savoir si l'inconnu venait ou s'en allait; telle fut son attitude jusqu'au moment où le bruit assourdi d'une voix d'homme parvint à ses oreilles. A l'instant même où elle perçut ce bruit, elle ôta son bonnet et son châle, rapide comme l'éclair, et les fourra sous la table. Quand le Juif se retourna aussitôt après, elle se plaignit confusément de la chaleur, sur un ton langoureux qui formait un contraste saisissant avec la hâte et la violence extrêmes de ses gestes; mais Fagin ne l'avait pas vue faire, car il lui tournait le dos à ce moment-là.

— Bah! fit-il à mi-voix; c'est l'homme que j'attendais tout à l'heure; il descend par ici. Pas un mot sur l'histoire d'argent tant qu'il sera là, Nance. Il va pas rester longtemps. Dix minutes, tout au plus, ma chère.

Portant son index décharné à ses lèvres, le Juif prit une bougie pour aller à la porte, car on entendait le pas de l'homme dans l'escalier. Il atteignit la porte au même instant que le visiteur, qui entra précipitamment dans la pièce et se trouva nez à nez avec la jeune fille avant de s'apercevoir de sa présence.

C'était Monks.

— Ce n'est qu'une de mes jeunes camarades, dit Fagin, en remarquant que Monks avait un mouvement de recul à la vue d'une figure inconnue. Ne bougez pas, Nancy.

La fille se rapprocha de la table, et après avoir jeté sur Monks un regard d'insouciante effronterie, détourna les yeux; mais quand l'autre se retourna vers Fagin, elle le regarda de nouveau, d'un œil si perçant et pénétrant, et si chargé d'intentions, que s'il s'était trouvé un observateur à proximité pour noter cette transformation, il aurait eu peine à croire que les deux regards émanaient bien de la même personne.

— Y a-t-il du nouveau? demanda Fagin.

— Sensationnel.

— Et... et... dans un sens favorable? demanda Fagin, qui hésitait, comme s'il craignait d'indisposer l'autre par un excès d'optimisme.

— Dans un sens qui n'est pas défavorable, en tout cas, répondit Monks avec un sourire. Cette fois je n'ai pas perdu de temps. Il faut que je vous dise un petit mot.

La fille se rapprocha encore de la table, et ne fit pas mine de vouloir quitter la pièce, bien qu'elle vît Monks la montrer du doigt. Le Juif, craignant peut-être qu'elle ne parlât de l'argent s'il essayait de se débarrasser d'elle, indiqua d'un geste l'étage supérieur, et fit sortir Monks de la pièce.

— Pas dans ce trou infernal où nous étions la

dernière fois, entendit-elle l'homme déclarer tandis qu'ils montaient l'escalier. Fagin se mit à rire, et dit quelques mots de réponse qui lui échappèrent; mais, d'après le craquement du plancher, elle eut l'impression qu'il conduisait son compagnon au deuxième étage.

Avant même que le bruit de leurs pas eût cessé de retentir dans la maison, elle avait déjà ôté ses chaussures; elle releva le bas de sa robe et s'en couvrit la tête et s'en emmitoufla les bras; puis elle se mit près de la porte, et tendit l'oreille avidement, en retenant son souffle. A l'instant où le bruit cessa, elle sortit avec précaution de la pièce, gravit l'escalier avec une douceur incroyable, dans un silence absolu, et disparut dans les ténèbres de l'étage supérieur.

La pièce resta déserte pendant au moins un quart d'heure; puis la jeune fille revint du même pas fantomatique; et aussitôt après, on entendit descendre les deux hommes. Monks s'en fut directement dans la rue; et le Juif remonta d'un pas lourd pour aller chercher l'argent. Quand il revint, la fille était en train de remettre son bonnet et son châle, comme pour se préparer à partir.

— Eh bien, Nance, s'écria le Juif, qui sursauta au moment où il reposait la bougie, ce que vous êtes pâle!

— Pâle! répéta la jeune fille, en s'abritant les yeux avec la main, comme pour mieux soutenir son regard.

— C'est affreux. Qu'est-ce qui a bien pu vous arriver?

— Rien du tout, que je sache, si ce n'est de rester pendant je sais pas combien de temps dans ce trou où on étouffe, répondit la fille d'un air insouciant. Allons! Laissez-moi repartir, vous serez bien gentil.

En soupirant chaque fois qu'il lui donnait une pièce, Fagin lui remit l'argent dans la main. Ils se quittèrent sans en dire plus long, sinon pour échanger un banal « Bonsoir ».

Quand la fille émergea au grand air de la rue, elle

s'assit sur le seuil d'une maison, et parut être pendant quelques instants complètement égarée et incapable de poursuivre sa route. Soudain, elle se leva; et, se dépêchant de partir, dans une direction diamétralement opposée à celle où Sikes attendait son retour, elle pressa le pas de plus en plus, jusqu'au moment elle se mit à courir comme une folle. Quand elle fut complètement épuisée, elle s'arrêta pour reprendre haleine, et, comme si elle se ressaisissait tout à coup, et déplorait de ne pouvoir faire quelque chose à quoi elle tenait, elle se tordit les mains et fondit en larmes.

Peut-être ses larmes la soulagèrent-elles, ou peut-être se rendit-elle compte à quel point sa situation offrait peu d'espoir; toujours est-il qu'elle revint sur ses pas, et, marchant presque aussi précipitamment dans le sens opposé (en partie pour rattraper le temps perdu, en partie pour suivre le rythme du courant impétueux de ses propres pensées), elle ne tarda pas à atteindre le logement où elle avait laissé le cambrioleur.

Si elle laissa voir quelque trouble, quand elle se présenta devant M. Sikes, du moins ne s'en aperçut-il pas; car il se contenta de lui demander si elle avait rapporté l'argent, et quand elle répondit affirmativement, il exprima sa satisfaction par un grognement, et reposa sa tête sur l'oreiller pour reprendre le somme interrompu par son arrivée.

Il fut heureux pour elle qu'il se trouvât en possession d'une somme d'argent; car cela lui fournit de l'occupation pour la journée du lendemain, qu'il passa à manger et à boire, et eut par surcroît pour effet bienfaisant d'atténuer les aspérités de son humeur; si bien qu'il n'eut guère le loisir ni l'envie de critiquer son attitude et son comportement. Elle avait l'air nerveux et absorbé de quelqu'un qui est à la veille de faire un geste audacieux et dangereux, et l'œil de lynx de Fagin s'en serait aperçu et n'aurait probablement pas manqué de s'en inquiéter aussitôt; mais M. Sikes n'avait pas un esprit d'observation très subtil; il n'était troublé que par les craintes grossières qui se traduisent par une attitude de rudesse obstinée envers tout le monde; comme, en outre, il était, ainsi qu'on l'a déjà fait remarquer, dans un état d'amabilité exceptionnel, il ne vit rien d'anormal dans la conduite de la jeune fille, et, à vrai dire, se soucia si peu d'elle que, quand bien même son agitation eût été encore dix fois plus visible, il est peu probable qu'elle eût éveillé ses soupçons.

À mesure qu'approchait la fin du jour, l'émotion de la fille allait croissant; et quand vint la nuit, et qu'elle s'installa pour attendre que le cambrioleur s'endormît, abruti de boisson, il y avait sur ses joues une pâleur extraordinaire, et dans ses yeux un éclat que Sikes lui-même remarqua avec stupeur.

M. Sikes, affaibli par la maladie, était dans son lit, et buvait du gin étendu d'eau pour le rendre moins échauffant; il venait de tendre son verre à Nancy pour le faire remplir une troisième ou une quatrième fois, quand ces symptômes attirèrent enfin son attention.

— Mais sacrebleu! dit l'homme, qui se souleva en s'appuyant sur ses mains tout en regardant fixement le visage de la jeune fille. T'as l'air d'un cadavre ressuscité. Qu'est-ce qui va pas?

— Ce qui va pas? répondit la fille. Rien du tout. Pourquoi que tu me regardes fixement comme ça?

— Qu'est-ce que c'est que ces imbécillités? demanda Sikes, en lui empoignant le bras pour la secouer rudement. Qu'est-ce que c'est? Qu'est-ce que ça veut dire? A quoi que tu penses?

— A des tas de choses, Bill, répondit la fille, en frissonnant et en se cachant les yeux avec les mains. Mais, juste ciel! qu'est-ce que ça peut te faire?

Le ton de gaieté affectée sur lequel elle avait prononcé ces derniers mots parut faire plus d'impression à Sikes que l'air égaré et figé des moments précédents.

— Je vais te dire une chose, fit Sikes. Ou bien t'as attrapé la fièvre, et elle va se déclarer tout de suite, ou alors c'est qu'il se trame quelque chose de pas ordinaire, et quelque chose de dangereux, avec ça. Tu vas tout de même pas... Non, bon sang! c'est pas toi qui ferais une chose pareille!

— Pareille à quoi? demanda la fille.

— Non, dit Sikes, les yeux fixés sur elle, et grommelant comme s'il se parlait à lui-même; non, y a pas une fille qu'ait le cœur aussi bien trempé qu'elle, sans ça j'y aurais tranché la gorge depuis trois mois. Elle va avoir la fièvre; y a pas autre chose.

S'étant réconforté par le moyen de ces réflexions rassurantes, Sikes vida son verre d'un seul coup et, avec force grommellements et jurons, réclama sa médecine. La fille fut sur ses jambes d'un bond, avec beaucoup d'empressement. Elle versa rapidement le remède, mais en lui tournant le dos ; puis elle tint le récipient contre ses lèvres pendant qu'il en buvait le contenu.

— Maintenant, dit le bandit, viens t'asseoir près de moi, et reprends ta vraie figure; sans ça c'est moi qui vais te l'arranger et tu pourrais plus la reconnaître quand t'en auras besoin.

La jeune fille s'exécuta. Sikes, serrant sa main dans la sienne, retomba sur l'oreiller, les yeux fixés sur son visage. Ses yeux se fermèrent, se rouvrirent, se refermèrent, se rouvrirent à nouveau. Il changea de position d'un air agité; puis, après avoir sombré dans une série de petits sommes de deux ou trois minutes, pour se redresser chaque fois en sursaut, d'un air apeuré, en regardant autour de lui sans rien voir, il finit par s'enfoncer, soudainement, sembla-t-il, au moment même où il se soulevait, dans un sommeil lourd et profond. L'étreinte de sa main se relâcha; son bras levé retomba inanimé à son côté; et il resta étendu, comme un homme plongé dans un état cataleptique.

— Enfin, murmura la fille, en quittant le chevet du lit, le laudanum a fait son effet. Mais il est peut-être déjà trop tard.

Elle se revêtit hâtivement de son bonnet et de son châle, non sans jeter de temps à autre un regard inquiet derrière elle, comme si, en dépit du somnifère, elle s'attendait à chaque instant à sentir la main pesante de Sikes se poser sur son épaule; puis elle se pencha sans bruit sur le lit, et baisa les lèvres du bandit; alors elle ouvrit et referma la porte de la chambre dans le plus grand silence, et sortit en toute hâte de la maison.

Un veilleur [1] criait neuf heures et demie dans une étroite ruelle par où elle devait passer pour gagner la grande rue.

— Y a-t-il longtemps que la demie est passée? demanda la fille.

— Cela fait bien un quart d'heure, dit l'homme, en soulevant sa lanterne vers le visage de Nancy.

— Et il me faut au moins une heure pour y arriver, murmura Nancy, qui le frôla en le dépassant et s'en fut rapidement vers la rue d'un pas léger.

Nombre de boutiques fermaient déjà leurs portes [2] dans les venelles et les avenues par lesquelles elle allait son chemin pour se rendre de Spitalfields vers les quartiers de l'ouest de Londres [3]. Une horloge sonna dix heures et son impatience s'accrut. Elle filait à toute allure sur l'étroit trottoir, bousculant les passants de droite et de gauche, se précipitant presque sous la tête des chevaux pour traverser des rues encombrées, où

1. Jusqu'à la formation de la police de Londres, en 1829 (cf. n. 1, p. 325) des veilleurs (ou « Charlies ») parcouraient les rues la nuit, annonçant l'heure et les conditions atmosphériques, et s'assurant que tout allait bien.

2. Cette formule sur les boutiques qui « fermaient déjà » à dix heures du soir peut donner une idée des horaires et des conditions de travail dans le commerce londonien au début du dix-neuvième siècle.

3. La pauvre Nancy a en effet une bonne course en perspective (au moins sept kilomètres) pour aller de Spitalfields à Hyde Park, c'est-à-dire pour traverser d'est en ouest toute la partie centrale de l'agglomération londonienne.

des gens étaient massés et attendaient impatiemment une occasion favorable pour faire de même.

— Cette femme est folle! disaient les gens, qui se retournaient pour suivre du regard sa marche impétueuse.

Quand elle arriva dans les quartiers riches de la ville, les rues y étaient relativement moins fréquentées; et là sa démarche forcenée suscita encore plus de curiosité chez les flâneurs qu'elle dépassait dans sa course. Certains pressaient le pas derrière elle, comme pour voir où elle se rendait de cette allure extraordinaire; quelques-uns gagnaient du terrain sur elle, et se retournaient, surpris de voir qu'elle ne ralentissait pas sa marche; mais ils y renoncèrent les uns après les autres; et quand elle approcha du but, elle était seule.

C'était une pension de famille située dans une rue tranquille, mais élégante, près de Hyde Park. Au moment où la vive lueur de la lampe allumée devant la porte lui indiqua l'endroit, l'horloge sonna onze heures. Elle avait marché plus lentement depuis quelques pas, comme si elle était indécise et faisait effort pour se résoudre à avancer; mais le bruit de l'horloge la détermina, et elle entra dans le vestibule. Il n'y avait personne au bureau du portier. Elle regarda autour d'elle d'un air incertain, et s'avança vers l'escalier.

— Holà, la petite! dit une personne pimpante, qui se montra à la porte d'une pièce que Nancy avait dépassée, qui venez-vous voir ici?

— Une dame qui habite dans cette maison, répondit la fille.

— Une dame! lui fut-il répondu avec un regard dédaigneux. Quelle dame?

— Mlle Maylie, dit Nancy.

La jeune personne, qui avait maintenant pris le temps d'observer son apparence, ne répliqua que par un regard de vertu dédaigneuse, et appela un homme pour lui répondre. Nancy réitéra sa requête:

— Qui dois-je annoncer? demanda le garçon.

— Inutile de donner un nom, répondit Nancy.

— Et le motif de la visite? demanda l'homme.

— Inutile aussi, répliqua la fille. Il faut que je voie cette dame.

— Allons! dit l'homme en la repoussant vers la porte. Pas d'histoires. Allez-vous-en.

— Si je m'en vais, il faudra qu'on me jette dehors de force! dit la fille avec véhémence, et je m'arrangerai pour que ça vous donne du mal, même si vous vous y mettez à deux. Est-ce qu'il n'y a personne ici, demanda-t-elle en regardant autour d'elle, qui veuille se charger de transmettre un simple message de la part d'une pauvre misérable comme moi?

Son appel fit impression à un cuisinier d'aspect aimable qui, avec d'autres domestiques, assistait à la scène, et qui s'avança pour intervenir.

— Tu ne peux pas porter son message, Joe, non? dit cet homme.

— A quoi bon? répondit l'autre. Tu ne te figures pas que la dame va recevoir une personne de son espèce, dis?

Cette allusion au caractère suspect de Nancy souleva une grande vague de chaste courroux dans le cœur de quatre femmes de chambre, qui déclarèrent avec beaucoup de ferveur que cette créature était la honte de son sexe, et insistèrent fortement pour qu'elle fût jetée sans pitié dans le ruisseau.

— Faites de moi ce que vous voudrez, dit la fille, en se tournant de nouveau vers les hommes, mais faites d'abord ce que je vous demande, et tout ce que je vous demande, c'est de transmettre ce message pour l'amour de Dieu Tout-Puissant.

Le cuisinier au cœur tendre joignit à cette prière son intercession et il fut ainsi obtenu que l'homme qui était apparu le premier se chargeât du message.

— Quel est le message? demanda l'homme, un pied posé sur la première marche.

— Qu'une jeune femme demande instamment à

voir Mlle Maylie seule à seule, dit Nancy; et que si la demoiselle veut bien écouter seulement le premier mot de ce qu'elle a à dire, elle saura tout de suite si elle doit l'entendre jusqu'au bout ou la faire jeter dehors pour imposture.

— Dites donc, fit l'homme, vous y allez un peu fort!

— Portez mon message, dit la fille avec fermeté, et donnez-moi la réponse.

L'homme monta en courant. Nancy resta sur place, pâle, presque haletante; sa lèvre tremblait quand elle entendit les expressions de mépris émises à profusion, d'une voix assez forte, par les chastes femmes de chambre; expressions qui devinrent encore plus nombreuses quand l'homme revint, et annonça que la jeune personne pouvait monter.

— Cela ne sert à rien d'être convenable dans ce monde, dit la première femme de chambre.

— Le cuivre jaune est plus apprécié que l'or qu'a subi l'épreuve du feu, dit la seconde.

La troisième se contenta de demander « de quoi que les dames, elles peuvent bien être faites »; et la quatrième donna le signal d'un quatuor de « Quelle honte ! » sur quoi les quatre Dianes se turent.

Sans se soucier de tout cela, car elle avait des pensées de plus de poids dans le cœur, Nancy suivit l'homme, toute tremblante, dans une petite antichambre éclairée par une lampe accrochée au plafond. C'est là qu'il la laissa quand il se retira.

CHAPITRE XL

Une étrange entrevue, qui fait suite au chapitre précédent.

La fille avait mené une existence dissipée dans les rues et dans certains des plus répugnants parmi les bouges et les maisons publiques de Londres; et pourtant il restait encore en elle quelque chose de la nature primitive de la femme; et quand elle entendit un pas léger s'approcher d'une porte située en face de celle par laquelle elle était entrée, quand elle songea à l'image contrastée que la petite pièce allait offrir un instant plus tard, elle se sentit accablée par le sentiment de sa profonde honte, et recula comme si la présence de celle à qui elle avait demandé cette entrevue lui était presque intolérable.

Mais contre ces bons sentiments luttait l'orgueil, ce vice qui appartient aux êtres les plus vils et les plus sordides non moins qu'aux plus altiers et aux plus sûrs d'eux-mêmes. La misérable compagne des voleurs et des brigands, rebut des plus abjects repaires, camarade de la lie des prisons et des pontons, vivant sous l'ombre même du gibet... cet être dégradé se sentait pourtant trop fier pour laisser paraître la plus faible lueur du sentiment féminin en lequel elle voyait une faiblesse, et qui pourtant pouvait seul la rattacher à l'humanité dont sa vie dissolue avait effacé tant et tant de traces depuis sa plus tendre enfance.

Elle leva les yeux assez haut pour se rendre compte que la personne qui apparaissait était une jeune fille mince et belle; puis elle abaissa son regard sur le sol, et secoua la tête avec une affectation d'indifférence en disant :

— C'est pas commode d'arriver à vous voir, madame. Si je m'étais vexée, et que je sois partie, comme d'autres l'auraient fait à ma place, vous auriez pu le regretter plus tard, et pour de bonnes raisons, encore.

— Si quelqu'un vous a traitée avec dureté, j'en suis désolée, répondit Rose. N'y pensez plus. Dites-moi pourquoi vous vouliez me voir. Je suis celle que vous avez fait demander.

La fille fut complètement surprise par le ton de bonté sur lequel l'autre avait répondu, par la douceur de sa voix, la délicatesse de ses manières, l'absence de tout accent de dédain ou de mécontentement, et elle fondit en larmes.

— Oh, madame, madame! dit-elle, en joignant les mains avec véhémence devant son visage, s'il y avait plus de gens comme vous, il y en aurait moins de comme moi... c'est vrai... c'est vrai!

— Asseyez-vous, dit Rose, sur un ton de ferveur. Si vous êtes dans la pauvreté ou dans le malheur je serai sincèrement heureuse de vous secourir autant que je le pourrai... je vous assure. Asseyez-vous.

— Laissez-moi rester debout, madame, dit la fille qui pleurait toujours, et ne me parlez pas avec tant de bonté avant de savoir qui je suis. Il se fait tard. Est-ce que... cette porte... est fermée?

— Oui, dit Rose, qui recula de deux ou trois pas, comme pour être mieux en mesure d'appeler à l'aide en cas de nécessité. Pourquoi?

— Parce que je vais remettre ma vie, et celle d'autres personnes, entre vos mains, dit la fille. Je suis la créature qui a ramené de force le petit Olivier chez le vieux Fagin, le soir où il est sorti de la maison de Pentonville.

— C'est vous! dit Rose Maylie.

— C'est moi, madame! répondit la fille. Je suis l'infâme créature dont vous avez entendu parler, celle qui vit avec des voleurs, et jamais, depuis le premier instant où j'ai pris conscience que mes yeux et mes autres sens s'ouvraient dans les rues de Londres, je n'ai connu de vie plus propre, je n'ai entendu de paroles plus aimables que ce que les voleurs m'ont offert, Dieu m'en est témoin! Ne vous gênez pas pour me fuir ouvertement, madame. Je suis plus jeune qu'on ne le penserait à me voir, mais j'y suis bien habituée. Les plus pauvres des femmes s'écartent de moi quand je parcours les trottoirs encombrés.

— Que signifient ces terribles paroles! dit Rose, en s'écartant involontairement de son étrange visiteuse.

— Vous pouvez remercier le Ciel sur vos deux genoux, chère madame, s'écria la fille, d'avoir eu des amis pour s'intéresser à vous et pour vous protéger dans votre enfance, et de n'avoir jamais vécu dans le froid et la faim, dans le désordre et l'ivrognerie, et... et... quelque chose de pire que tout le reste... comme ç'a été mon cas depuis le berceau. Je peux bien parler de berceau, car les impasses et les caniveaux m'en ont tenu lieu, comme ils me tiendront lieu de lit de mort.

— J'ai pitié de vous! dit Rose, d'une voix brisée. Cela me fend le cœur de vous entendre!

— Que le Ciel vous bénisse pour votre bonté! répliqua la fille. Si vous saviez comme je suis quelquefois, alors vous auriez vraiment pitié de moi. Mais je me suis échappée de chez des gens qui n'hésiteraient pas à me tuer s'ils savaient que je suis venue ici, pour vous parler de conversations que j'ai surprises. Connaissez-vous un homme du nom de Monks?

— Non, dit Rose.

— Il vous connaît, lui, répondit la fille; et il sait que vous êtes ici, car c'est après l'avoir entendu donner votre adresse que je vous ai retrouvée.

— C'est la première fois que j'entends ce nom, dit Rose.

— Alors c'est qu'il se fait appeler chez nous d'un faux nom, répliqua la fille, comme je m'en doutais bien déjà. Il y a quelque temps, peu après qu'ils eurent fait entrer Olivier chez vous la nuit du cambriolage, j'ai écouté dans l'obscurité une conversation entre Fagin et cet homme dont je me méfiais. J'ai découvert, d'après ce que j'ai entendu, que Monks... l'homme dont je vous ai parlé, comprenez-vous...

— Oui, dit Rose, je vois.

— ... ce dénommé Monks, poursuivit la fille, l'avait vu en compagnie de deux gamins de la bande le jour où on l'a perdu pour la première fois, et l'avait immédiatement reconnu comme étant l'enfant qu'il recherchait, mais je n'ai pas compris pourquoi. Il a conclu un marché avec Fagin, aux termes duquel, si Olivier était repris, il donnerait une certaine somme au Juif; et il devait lui donner encore plus d'argent si l'enfant devenait voleur, comme le dénommé Monks le souhaitait à des fins personnelles.

— A quelles fins? demanda Rose.

— Il a aperçu mon ombre sur le mur pendant que j'écoutais dans l'espoir de l'apprendre, dit la fille; et y en a pas beaucoup qui auraient pu disparaître de leur chemin comme moi, à temps pour ne pas se faire découvrir. Mais j'ai réussi; et je ne l'ai pas revu jusqu'à hier soir.

— Et que s'est-il passé alors?

— Je vais vous le dire, madame. Hier soir, il est revenu. Ils sont montés de nouveau, et moi, en m'emmitouflant pour que mon ombre ne trahisse pas ma présence, j'ai de nouveau écouté à la porte. Les premiers mots que j'ai entendu Monks dire ont été : « Comme cela les seules preuves de l'identité de l'enfant sont au fond de la rivière, et la vieille sorcière qui les avait reçues de la mère est en train de pourrir dans son cercueil. » Ils ont ri, et ils ont parlé du succès qu'il venait de remporter dans cette affaire; et Monks a continué à parler du petit, et il s'est excité, et il a dit qu'il était tranquille maintenant pour l'argent de ce petit démon, mais qu'il aurait bien préféré l'avoir de l'autre manière; parce que ç'aurait été rudement drôle de lui faire retomber dessus les vanteries contenues dans le testament du père, en le faisant traîner dans toutes les prisons de la ville, et de le faire pendre ensuite pour un délit majeur que Fagin aurait très bien pu arranger, après avoir tiré de lui un sérieux bénéfice par-dessus le marché.

— Que signifie tout cela? dit Rose.

— C'est la vérité, madame, bien que ce soit moi qui parle. Il a dit ensuite, en proférant des jurons assez familiers à mes oreilles, mais qui sont inconnus des vôtres, il a dit que s'il avait pu étancher sa haine en faisant mourir l'enfant sans mettre en péril sa propre vie, c'est ce qu'il aurait fait; mais, comme c'était impossible, il allait se tenir aux aguets, et s'efforcer de le retrouver à tous les tournants de la vie; et si le petit tirait avantage de sa naissance et de son passé, il pourrait bien lui faire encore du mal. « Bref, Fagin, a-t-il dit, tout Juif que vous êtes, jamais vous n'avez tendu de pièges comme ceux que je vais inventer pour mon jeune frère Olivier. »

— Son frère! s'exclama Rose.

— Telles ont été ses paroles, répondit Nancy, en promenant autour d'elle un regard inquiet, comme elle n'avait guère cessé de le faire depuis qu'elle avait commencé à parler, car elle était continuellement hantée par la vision de Sikes. Et ce n'est pas tout. Quand il a parlé de vous et de l'autre dame, il a dit que le Ciel, ou le diable, avait l'air de s'être mis contre lui pour qu'Olivier soit tombé entre vos mains; puis il a ri, et il a ajouté qu'il y avait tout de même un bon côté dans cette rencontre, car vous donneriez sûrement des milliers et des centaines de milliers de livres, si vous les aviez, pour savoir qui est votre épagneul à deux pattes.

— Vous n'allez tout de même pas me dire, déclara Rose, en devenant très pâle, qu'il parlait sérieusement?

— Si jamais un homme a parlé sérieusement, et avec colère et avec dureté, répondit la fille, en hochant la tête, c'est bien lui. C'est un homme ardent quand sa haine est en jeu. Je connais beaucoup de gens dont les actions sont pires; mais j'aimerais mieux les écouter tous une douzaine de fois, plutôt que d'entendre ce dénommé Monks une seule fois. Il se fait tard, et il faut que je rentre sans éveiller de soupçons touchant la mission que j'ai accomplie. Il faut que je m'en aille très vite.

— Mais que puis-je faire? demanda Rose. A quoi peuvent me servir ces révélations sans votre aide? Vous voulez rentrer! Pourquoi souhaitez-vous retourner auprès de compagnons que vous peignez sous un jour si terrible? Si vous répétez ces renseignements à un monsieur qui est dans la pièce voisine et que je peux faire venir à l'instant, vous pourrez être mise en lieu sûr en moins d'une demi-heure.

— Je veux m'en retourner, dit la fille. Il faut que je m'en retourne, parce que... mais comment dire ces choses-là à une personne aussi innocente que vous?... parce qu'il y a, parmi les hommes dont je vous ai parlé, un homme, le plus forcené de tous, que je ne peux quitter pour rien au monde, pas même pour être arrachée à la vie que je mène actuellement.

— Votre première intervention en faveur de ce cher petit, dit Rose; votre venue ici, malgré tant de risques, pour me dire ce que vous aviez appris; votre attitude, qui me fait croire à la sincérité de vos paroles; votre repentir manifeste, et votre sentiment de honte; tout cela me porte à croire qu'il est encore temps pour vous de vous racheter. Ah! dit la jeune fille avec ferveur, en joignant les mains, tandis que les larmes coulaient sur son visage, ne faites pas la sourde oreille aux supplications d'une femme, la première... la première, je le crois en vérité, qui vous ait jamais fait entendre la voix de la pitié et de la compassion. Oui, écoutez mes paroles, et laissez-moi vous sauver, et rendre votre avenir meilleur.

— Madame, s'écria la fille en tombant à genoux, chère, tendre et angélique demoiselle, vous êtes la première en effet qui m'ayez jamais accordé la bénédiction de paroles de ce genre, et si je les avais entendues quelques années plus tôt, elles auraient pu me détourner d'une vie de péché et de chagrin; mais il est trop tard, il est trop tard!

— Il n'est jamais trop tard, dit Rose, pour se repentir et expier.

— Si, s'écria la fille, torturée par ses douloureuses pensées; je ne peux pas le quitter maintenant! Je ne peux pas être la cause de sa mort.

— Et pourquoi en serait-il ainsi? demanda Rose.

— Rien ne pourrait le sauver, s'écria la fille. Si je parlais à d'autres gens de ce que je vous ai dit, et que je les fasse prendre, c'est sûr qu'il mourrait. C'est lui le plus audacieux, et il a commis tellement d'actions cruelles!

— Est-il possible, s'écria Rose, que pour un homme tel que lui, vous soyez capable de renoncer à tous vos espoirs pour l'avenir, et à la certitude d'un secours immédiat? N'est-ce pas de la folie?

— Je ne sais pas ce que c'est, répondit la fille; je sais seulement que c'est comme ça, et pas pour moi seulement, mais aussi pour des centaines d'autres, tout aussi perverses que moi. Il faut que je m'en retourne. Est-ce l'effet de la colère de Dieu pour le mal que j'ai fait, je n'en sais rien; mais je me sens attirée vers cet homme à travers toutes les souffrances et tous les mauvais traitements; et je crois que je le serais encore si je savais que je devais mourir de sa propre main au bout du compte.

— Que dois-je faire? dit Rose. Je ne devrais pas vous laisser me quitter ainsi.

— Si, vous devez me laisser, madame, et je sais que vous allez le faire, répliqua la fille, qui se leva alors. Vous n'allez pas m'empêcher de partir, parce que je me suis fiée à votre bonté et que je ne vous ai pas demandé de promesse, comme j'aurais pu le faire.

— A quoi serviront en ce cas vos révélations? dit

Rose. Il faut qu'on aille au fond de ce mystère, sinon en quoi le fait de m'en avoir parlé servira-t-il la cause d'Olivier, que vous êtes vivement désireuse d'aider?

— Vous avez bien dans votre entourage un homme au cœur bon, qui vous écoutera sous le sceau du secret, et vous conseillera sur l'attitude à adopter, répliqua la fille.

— Mais où pourrai-je vous retrouver quand ce sera nécessaire? demanda Rose. Je ne cherche pas à connaître l'adresse de ces gens épouvantables, mais à quel endroit irez-vous, ou passerez-vous, à un moment déterminé de l'avenir?

— Me promettez-vous que vous veillerez à faire respecter strictement mon secret, et que vous viendrez seule, ou avec l'unique autre personne qui le connaîtra, et que je ne serai ni épiée ni suivie? demanda la fille.

— Je vous le promets solennellement, répondit Rose.

— Tous les dimanches soir, depuis onze heures jusqu'au douzième coup de minuit, dit la fille, sans hésitation, je me promènerai sur le Pont de Londres si je suis encore vivante.

— Attendez encore un instant, s'empressa de dire Rose, au moment où la fille gagnait la porte d'un pas pressé. Réfléchissez à votre situation, et à la chance qui vous est offerte de vous en évader. J'ai des obligations envers vous, non parce que vous êtes venue spontanément m'apporter ces informations, mais parce que vous êtes une femme comme moi, et perdue presque sans espoir de rédemption. Allez-vous retourner vers cette bande de voleurs, et auprès de cet homme, alors que d'un mot vous pouvez être sauvée? Quelle peut être la fascination qui vous ressaisit, et vous attache au mal et à la misère? Ah! N'y a-t-il donc dans votre cœur aucune fibre que je puisse toucher? Ne reste-t-il rien en vous qui puisse entendre mon plaidoyer contre ce redoutable engouement?

— Quand une jeune fille comme vous, bonne et belle comme vous, répondit la fille d'une voix ferme, donne son cœur, l'amour la conduit à toutes les extrémités, oui, même une jeune fille qui a comme vous un foyer, des amis, d'autres admirateurs, pour lui remplir le cœur. Alors quand les femmes de mon espèce, qui n'ont pas d'autre toit assuré que le couvercle de leur cercueil, pas d'autre ami dans la maladie et la mort que l'infirmière de l'hôpital, attachent à un homme leur cœur pourri, et le laissent prendre la place qui est restée vide pendant toute notre chienne de vie, qui peut espérer nous guérir ? Ayez pitié de nous, madame... oui, pitié, s'il nous reste un seul sentiment féminin, et si, par un cruel châtiment, au lieu d'être pour nous une fierté et un réconfort, il devient une nouvelle source de violence et de douleur.

— Du moins, dit Rose, après un silence, accepterez-vous de moi une petite somme qui vous permettra de vivre sans malhonnêteté... au moins jusqu'à notre prochaine rencontre ?

— Pas un penny, répondit la fille, avec un geste de dénégation.

— Ne murez pas votre cœur contre tous mes efforts pour vous aider, dit Rose, en faisant quelques pas en avant, avec douceur. Je désire sincèrement vous rendre service.

— Le plus grand service que vous pourriez me rendre, madame, répondit la fille en se tordant les mains, ce serait de m'ôter la vie tout de suite; car j'ai éprouvé plus de chagrin ce soir, à la pensée de ce que je suis, que jamais auparavant, et ce serait quelque chose de ne pas mourir dans l'enfer où j'ai vécu. Dieu vous bénisse, aimable dame, et qu'Il accumule sur votre tête autant de bonheur que j'ai accumulé de honte sur la mienne !

Ce disant, et tout en sanglotant bruyamment, la malheureuse s'éloigna; cependant que Rose Maylie, accablée par cette entrevue extraordinaire, qui lui faisait plutôt l'effet d'un rêve passager que d'un événement réel, se laissait tomber sur une chaise et essayait de mettre de l'ordre dans ses pensées égarées.

CHAPITRE XLI

Qui contient de nouvelles révélations, et montre qu'une surprise, comme un malheur, n'arrive jamais seule.

ELLE était, à vrai dire, dans une situation extraordinairement angoissante et difficile. Certes, elle avait le désir le plus vif et le plus ardent de percer le mystère qui entourait le passé d'Olivier, mais elle n'avait pas le droit de ne pas tenir pour sacrées les confidences que lui avait faites (parce qu'elle voyait en elle une jeune fille sans détours) la malheureuse femme avec laquelle elle venait de converser. Ses paroles et son attitude avaient touché le cœur de Rose Maylie; et à l'affection qu'elle avait pour son petit protégé se mêlait un autre sentiment à peine moins sincère et fervent : l'ardent désir de ramener la fille perdue au repentir et à l'espoir.

Ils avaient l'intention de rester à Londres trois jours seulement, avant d'aller passer quelques semaines au bord de la mer, loin de la capitale. Il était minuit, et le premier des trois jours était passé. Quelle ligne de conduite pouvait-elle adopter qui pût être mise à exécution en quarante-huit heures? Ou comment pouvait-elle faire remettre le voyage sans éveiller de soupçons?

M. Losberne était avec eux, et devait rester pendant les deux jours; mais Rose connaissait trop bien l'impétuosité de l'excellent homme, et pressentait trop clairement le courroux avec lequel, dans les premiers éclats de son indignation, il considérerait la fille qui avait opéré la capture d'Olivier, pour lui confier le secret, tant que son plaidoyer en faveur de la fille ne pouvait être appuyé par une personne de plus d'expérience. Toutes ces raisons lui imposaient la plus grande prudence et la conduite la plus circonspecte quant à toute communication à Mme Maylie, car le premier élan de cette dernière la porterait immanquablement à entrer en conférence avec l'estimable docteur sur ce sujet. Quant à recourir à un conseiller juridique, même si elle avait su comment s'y prendre, il n'y fallait guère songer, toujours pour les mêmes motifs. Un instant la pensée lui vint de demander l'aide de Harry; mais cette idée lui remit en mémoire le souvenir de leur dernière séparation, et il lui parut qu'elle manquerait à son devoir si elle le rappelait alors que — et ses yeux s'emplirent de larmes quand ses réflexions prirent ce tour — le jeune homme avait peut-être trouvé maintenant le moyen de l'oublier, et d'être plus heureux ailleurs.

Agitée par ces diverses réflexions, penchant tantôt pour une solution, tantôt pour une autre, puis rebutée par toutes à la fois selon les considérations qui lui venaient tour à tour à l'esprit, Rose passa une nuit d'insomnie et d'inquiétude. Après avoir de nouveau réfléchi longuement le lendemain, elle en arriva à la conclusion qu'elle ne pouvait faire autrement que de consulter Harry.

— S'il doit lui être pénible de revenir ici, songea-t-elle, comme ce sera pénible pour moi! Mais peut-être ne viendra-t-il pas; peut-être va-t-il écrire; ou s'il vient en personne, peut-être évitera-t-il soigneusement de me rencontrer... c'est ce qu'il a fait en partant. Je ne m'y attendais guère; mais c'était préférable pour nous deux. Et là-dessus Rose laissa tomber sa plume, et se détourna comme pour cacher ses larmes au simple papier qui devait lui servir de messager.

Elle avait repris la même plume, et l'avait reposée cinquante fois, et elle avait réfléchi à mainte et mainte reprise à la première ligne de sa lettre sans en écrire le premier mot, quand Olivier, qui était allé faire une promenade avec M. Giles pour garde du corps, entra dans la pièce dans un état d'essoufflement, de précipitation et d'agitation violente qui semblait faire présager de nouveaux motifs d'inquiétude.

— Qu'est-ce qui te donne l'air tellement ému? demanda Rose en allant à sa rencontre.

— Je ne sais trop comment cela se fait, j'ai l'impression que je vais m'étrangler, répondit l'enfant. Ah, mon Dieu! Dire que je l'ai enfin retrouvé, et que vous allez savoir que je vous avais dit toute la vérité!

— Je n'ai jamais pensé que tu nous avais dit autre chose que la vérité, dit Rose, essayant de le calmer. Mais de quoi s'agit-il?... De qui parles-tu?

— J'ai vu le monsieur, répondit Olivier, qui articulait les mots à grand-peine, le monsieur qui a été si bon pour moi... M. Brownlow, dont nous avons parlé si souvent.

— Où donc? demanda Rose.

— Il descendait d'une voiture, répondit Olivier, qui versait des larmes de joie, et il entrait dans une maison. Je ne lui ai pas parlé... je n'ai pas pu lui parler, parce qu'il ne m'a pas vu, et je tremblais si fort que je n'ai pas pu l'aborder. Mais Giles a demandé de ma part s'il habitait là, et on lui a répondu oui. Regardez, dit Olivier en dépliant un papier; voici son adresse... j'y vais tout de suite! Ah, mon Dieu, mon Dieu! Que vais-je faire quand je vais le revoir et entendre de nouveau sa voix!

L'attention de Rose fut considérablement dérangée par ces exclamations de joie, et d'autres, non moins incohérentes, mais elle lut l'adresse : Craven Street, dans le Strand[1]. Elle eut tôt fait de se résoudre à tirer parti de cette rencontre.

— Vite! dit-elle. Va demander qu'on nous appelle un fiacre, et tiens-toi prêt à partir avec moi. Je vais t'y

1. Petite rue toute proche du carrefour de Charing Cross.

emmener tout de suite, sans perdre une minute. Je vais seulement dire à ma tante que nous sortons pour une heure, et je serai prête en même temps que toi.

Olivier n'avait pas besoin de recommandations pour se presser, et quelque cinq minutes plus tard, ils se mettaient en route pour Craven Street. Quand ils y arrivèrent, Rose laissa Olivier dans la voiture, sous prétexte qu'il fallait préparer le vieil homme à l'accueillir; elle fit monter sa carte par le valet, en demandant à voir M. Brownlow pour une affaire très urgente. Le valet revint bientôt et la pria de monter; l'ayant suivi dans une pièce du premier étage, Mlle Maylie se trouva en présence d'un homme âgé d'aspect bienveillant, en habit vert bouteille. A une petite distance de lui était assis un autre personnage, en culotte de nankin avec des guêtres; il n'avait pas l'air particulièrement bienveillant, et il avait les mains jointes sur le haut d'un gros gourdin, et le menton appuyé sur les mains.

— Ma parole, dit l'homme à l'habit vert bouteille, qui se leva précipitamment avec beaucoup de politesse, je vous demande pardon, mademoiselle... je m'étais figuré que c'était quelque dame importune qui... je vous prie de bien vouloir m'excuser. Asseyez-vous, je vous prie.

— Monsieur Brownlow, je crois, monsieur? dit Rose, détournant les yeux de l'autre personnage pour regarder celui qui avait parlé.

— Oui, c'est bien mon nom, dit le vieil homme. Et mon ami s'appelle M. Grimwig. Grimwig, voulez-vous nous laisser seuls quelques instants?

— Je crois, dit Mlle Maylie, intervenant alors, qu'au début de notre entretien, je n'ai pas besoin d'infliger à M. Grimwig l'ennui de partir. Si mes renseignements sont exacts, il est au courant de l'affaire dont je voudrais vous parler.

M. Brownlow s'inclina. M. Grimwig, qui s'était incliné après s'être levé avec beaucoup de raideur, s'inclina derechef avec tout autant de raideur et retomba dans son fauteuil.

— Je vais grandement vous surprendre, à n'en pas douter, dit Rose, non sans un embarras bien naturel; mais vous avez naguère témoigné beaucoup de bonté et de bienveillance envers un jeune ami qui m'est très cher, et je suis sûr que vous serez intéressé d'avoir de ses nouvelles.

— Vraiment! dit M. Brownlow.

— C'est sous le nom d'Olivier Twist que vous l'avez connu, répondit Rose.

Dès que ces mots eurent été prononcés, M. Grimwig, qui avait feint de se plonger dans un gros livre posé sur la table, le laissa tomber à grand bruit, puis retomba en arrière dans son fauteuil, chassa de son visage toute autre expression que celle d'une surprise sans mélange, et se laissa aller à lancer un regard fixe et prolongé dans le vague; puis, comme honteux d'avoir manifesté tant d'émotion, il reprit son attitude première par une sorte de secousse convulsive, et regardant droit devant lui, il émit un sifflement grave et prolongé qui fit l'effet, quand il s'acheva, de ne pas être lancé dans le vide de l'air, mais de se perdre dans les recoins secrets de son estomac.

M. Brownlow ne fut pas moins surpris, si sa stupeur s'exprima de façon moins excentrique. Il approcha sa chaise de celle de Mlle Maylie, et dit :

— Ayez la bonté, chère mademoiselle, de laisser complètement de côté la bonté ou la bienveillance dont vous parlez, mais dont personne d'autre n'a connaissance; et si vous avez le moyen d'apporter un témoignage propre à modifier l'opinion défavorable que je me suis jadis laissé entraîner à concevoir au sujet de ce pauvre enfant, pour l'amour du Ciel, faites-m'en part!

— Il est méchant! S'il n'est pas méchant, je mange ma tête, grommela M. Grimwig, parlant un peu selon la méthode des ventriloques, sans remuer un seul muscle de son visage.

— C'est un enfant qui a un naturel noble et un cœur aimant, dit Rose en rougissant; et les Puissances qui ont jugé bon de lui faire subir des épreuves démesurées pour son âge ont enraciné dans sa poitrine des émotions et des sentiments qui feraient honneur à nombre de personnes six fois plus âgées que lui.

— Je n'ai que soixante et un ans, dit M. Grimwig, toujours impassible. Et, puisque Olivier a douze ans au bas mot, si le diable ne s'en mêle, je ne vois pas à qui s'applique cette observation.

— Ne faites pas attention à mon ami, mademoiselle Maylie, dit M. Brownlow; il ne pense pas ce qu'il dit.

— Mais si, grommela M. Grimwig.

— Mais non, dit M. Brownlow, qui était manifestement en train de se mettre en colère.

— Si ce n'est pas vrai, je mange ma tête, grommela M. Grimwig.

— Si c'est vrai, il mérite une volée de coups de poing sur la tête en question, dit M. Brownlow.

— Et il ne serait nullement fâché de voir quelqu'un faire mine de la lui administrer, répondit M. Grimwig, en frappant le sol de son gourdin.

Lorsqu'ils en furent arrivés là, les deux vieillards s'octroyèrent, chacun de son côté, une prise de tabac, puis ils se serrèrent la main, comme ils le faisaient invariablement.

— Eh bien, mademoiselle Maylie, dit M. Brownlow, revenons-en au sujet qui suscite de votre part un intérêt si généreux. Voulez-vous me dire quels renseignements vous avez sur ce pauvre enfant? Mais permettez-moi d'abord de vous faire savoir que j'ai épuisé toutes les ressources possibles pour essayer de le retrouver, et que, depuis que j'ai quitté l'Angleterre, mon impression antérieure, qu'il m'avait dupé et qu'il s'était laissé entraîner par ses anciens compagnons à voler mon argent, s'est trouvée fortement ébranlée.

Rose, qui avait eu le temps de reprendre ses esprits, raconta aussitôt, en quelques phrases simples, tout ce qui était arrivé à Olivier depuis qu'il avait quitté la maison de M. Brownlow, réservant toutefois les révélations de Nancy pour une communication privée à ce dernier; et elle conclut en lui donnant l'assurance que le seul chagrin de l'enfant, depuis plusieurs mois, avait été l'impossibilité de revoir son ami et bienfaiteur d'antan.

— Dieu soit loué! dit le vieil homme. C'est un grand bonheur pour moi, oui, un grand bonheur. Mais vous ne m'avez pas dit où il est en ce moment, mademoiselle Maylie. Pardonnez-moi de vous critiquer... mais pourquoi ne pas l'avoir amené?

— Il attend dans une voiture devant la porte, répondit Rose.

— Devant ma porte! s'écria le vieil homme. Là-dessus il sortit précipitamment de la pièce, et sans dire un mot de plus, descendit l'escalier, sauta sur le marchepied de la voiture, et pénétra dans le véhicule.

Quand la porte se referma derrière lui, M. Grimwig releva la tête, fit pivoter sa chaise sur l'un des pieds de derrière, et décrivit trois cercles successifs en s'appuyant sur sa canne et sur la table sans quitter une seconde la position assise. Après avoir accompli cette démonstration, il se leva, et se mit à boitiller de long en large le plus vite possible, une bonne douzaine de fois; puis il s'immobilisa soudain devant Rose, et l'embrassa sans le moindre préavis.

— Chut! dit-il, en voyant que la jeune fille se levait, passablement inquiète de ses gestes étranges. Ne craignez rien. Je suis assez vieux pour être votre grand-père. Vous êtes très gentille. Vous me plaisez. Les voilà!

De fait, à l'instant même où il regagnait son siège d'un plongeon brusque et adroit, M. Brownlow revint, accompagné d'Olivier, que M. Grimwig accueillit avec beaucoup de bonne grâce; et quand bien même le plaisir éprouvé en cet instant eût été son unique récompense pour tous les soucis et les soins qu'elle avait acceptés en faveur d'Olivier, Rose Maylie se fût estimée bien payée.

— Mais il y a quelqu'un d'autre qu'il ne faut pas oublier, dit M. Brownlow, en tirant une sonnette. Envoyez-nous Mme Bedwin, s'il vous plaît.

La vieille intendante répondit fort promptement à cette convocation; elle fit une révérence sur le pas de la porte, et attendit des ordres.

— Eh bien, Bedwin, vous devenez de plus en plus myope tous les jours, dit M. Brownlow, d'un ton quelque peu mécontent.

— Ma foi, c'est vrai, monsieur, répondit la vieille dame. A mon âge, monsieur, les yeux ne s'améliorent pas en vieillissant.

— Pour cela, je le sais bien, répliqua M. Brownlow; mais mettez donc vos lunettes, et tâchez de voir si vous ne devinez pas pourquoi on vous a fait venir, voulez-vous?

La vieille dame commença à fouiller ses poches pour y prendre ses lunettes. Mais la patience d'Olivier n'était pas assez forte pour résister à cette nouvelle épreuve; il s'abandonna à son instinct, et se jeta dans les bras de la dame.

— Dieu me pardonne! s'écria la vieille dame en l'embrassant; c'est mon petit innocent!

— Ma chère vieille infirmière! s'écria Olivier.

— Je le savais bien, qu'il reviendrait, dit la vieille dame, en le serrant dans ses bras. Qu'il a bonne mine, et comme il a de nouveau l'air d'un petit monsieur, avec ses beaux habits! Qu'es-tu devenu depuis si longtemps? Ah! il a toujours la même figure douce, mais elle est moins pâle; et les mêmes yeux tendres, mais moins tristes. Je ne les ai jamais oubliés, ses yeux, ni son gentil sourire, et j'y ai repensé tous les jours, en même temps qu'à ceux de mes chers enfants à moi, disparus depuis le temps où j'étais une jeune créature toute fraîche. Discourant de la sorte et tantôt tenant Olivier à bout de bras pour admirer sa croissance, tantôt le serrant contre elle, et passant affectueusement les doigts dans les cheveux de l'enfant, la chère âme se mit à rire et à pleurer tour à tour dans le cou d'Olivier.

La laissant échanger à loisir des impressions avec Olivier, M. Brownlow conduisit Rose dans une autre pièce, et écouta le récit détaillé de son entrevue avec Nancy, qui lui causa beaucoup de surprise et d'embarras. Rose lui exposa aussi les raisons pour lesquelles elle ne s'était pas confiée en premier lieu à M. Losberne. Le vieil homme estima qu'elle avait agi prudemment, et accepta volontiers de tenir un conciliabule solennel avec l'estimable docteur lui-même. Pour lui donner la possibilité de mettre ce dessein à exécution le plus tôt possible, il fut décidé qu'il passerait à l'hôtel ce soir-là à huit heures, et que d'ici là Mme Maylie serait mise au courant, non sans précautions, de tout ce qui s'était produit. Ces dispositions préliminaires une fois prises, Rose et Olivier s'en retournèrent.

Rose n'avait aucunement surestimé les proportions que devait prendre le courroux du brave docteur. L'histoire de Nancy ne lui fut pas plus tôt dévoilée qu'il déversa un torrent d'imprécations mêlées de menaces; il décida de l'offrir pour première victime à l'ingéniosité combinée de MM. Blathers et Duff; et il alla jusqu'à mettre son chapeau pour s'apprêter à sortir en vue de s'assurer le concours des deux notables en question. Et il est hors de doute que sous l'impulsion du moment il eût mis à exécution ce projet sans réfléchir une seconde aux conséquences, s'il n'en avait été détourné, en partie par une égale véhémence de la part de M. Brownlow, qui était lui-même d'un tempérament irascible, en partie par les arguments et les raisonnements qui parurent les plus propres à le dissuader de donner suite à ce dessein irréfléchi.

— Alors que diable va-t-on faire? demanda l'impétueux docteur, quand ils furent allés retrouver les deux dames. Faut-il que nous votions une motion de remerciment à l'adresse de toutes ces crapules, hommes et femmes, en les priant d'accepter une centaine de livres par tête, ou quelque chose d'approchant, à titre d'humble témoignage de notre estime, et de modeste expression de gratitude pour leurs bontés envers Olivier?

— Non, pas exactement, répliqua M. Brownlow en riant; mais il faut procéder avec discrétion et avec beaucoup de soin.

— La discrétion et le soin, s'exclama le docteur. Moi, je vous enverrais tout cela au...

— Peu importe où vous les enverriez, dit M. Brownlow, l'interrompant. Mais demandez-vous plutôt si, en les envoyant n'importe où, vous auriez des chances d'atteindre l'objectif que nous avons en vue.

— Quel objectif? demanda le docteur.

— Tout simplement de découvrir les origines familiales d'Olivier, et de recouvrer pour lui l'héritage qui lui a été frauduleusement enlevé, si cette histoire est vraie.

— Ah! dit M. Losberne, en s'éventant avec son mouchoir; j'ai failli oublier cela.

— Voyez-vous, poursuivit M. Brownlow; si nous mettons cette pauvre fille entièrement hors de cause, et à supposer qu'il soit possible de traîner ces scélérats devant les tribunaux sans la compromettre, quel bien voulez-vous que nous puissions faire?

— Nous pourrions en faire pendre quelques-uns, selon toute probabilité, et faire déporter les autres, proposa le docteur.

— Fort bien, répondit M. Brownlow avec un sourire, mais c'est là sans aucun doute un résultat auquel ils aboutiront par leurs propres moyens en temps voulu, et si nous intervenons pour les devancer, il me semble que nous aurons accompli une action fort quichottesque, exactement opposée à nos intérêts personnels... ou du moins à ceux d'Olivier, ce qui revient au même.

— Comment cela? demanda le docteur.

— Écoutez. Il est fort évident que nous allons éprouver les plus grandes difficultés à éclaircir complètement ce mystère, sauf si nous arrivons à tenir le dénommé Monks à notre merci. Nous ne pouvons y parvenir que par stratagème, et en l'attrapant à un moment où il ne sera pas entouré de ces gens. Car, à supposer qu'il fût arrêté, nous n'avons aucune preuve contre lui. Il n'est même pas associé à la bande (autant que nous le sachions, d'après les faits que nous connaissons) dans l'un quelconque des vols. S'il n'était pas acquitté, il est fort peu probable qu'il serait condamné à autre chose qu'une peine de prison pour délit de vagabondage et de friponnerie; et bien entendu il aurait désormais la bouche si hermétiquement cousue que, pour nous, il pourrait tout aussi bien être sourd-muet, aveugle et idiot.

— Alors, dit le docteur avec impétuosité, je vous pose encore une fois la question : croyez-vous qu'il soit raisonnable de considérer que nous sommes liés par la promesse faite à cette fille; faite avec les intentions les meilleures et les plus généreuses, mais réellement...

— Ne discutez pas cette question, chère mademoiselle, je vous en prie, dit M. Brownlow, qui interrompit Rose au moment où elle allait prendre la parole. Cette promesse sera tenue. Je ne crois pas qu'elle nous gênera le moins du monde dans notre entreprise. Mais avant de pouvoir adopter une ligne de conduite plus précise, il va être nécessaire de revoir cette fille; de nous assurer qu'elle accepterait de nous désigner ce Monks, étant entendu que c'est nous qui nous occuperions de son cas, et non la justice; ou bien, s'il lui répugne de faire cela, ou si elle ne peut pas le faire, elle pourrait nous procurer des renseignements sur les lieux qu'il fréquente et une description de son physique, qui nous permettraient de l'identifier. Il n'y a pas moyen de la voir avant dimanche soir; nous sommes mardi. Je propose que d'ici là nous ne bougions absolument pas, et que nous gardions le secret sur cette affaire, même vis-à-vis d'Olivier.

Certes, M. Losberne fit plus d'une grimace en accueillant une proposit on comprenant un délai de cinq jours entiers, mais il fut bien obligé de reconnaître qu'il ne voyait pour le moment aucune méthode préférable; et comme Rose et Mme Maylie se rangèrent toutes deux énergiquement du côté de M. Brownlow, les propositions de ce dernier furent adoptées à l'unanimité.

— J'aimerais, dit-il, recourir à l'aide de mon ami Grimwig. C'est un curieux bonhomme, mais il est avisé, et il pourrait nous être fort utile; j'aurais dû vous dire qu'il a reçu une formation juridique et qu'il a démissionné du Barreau au bout de vingt ans, dégoûté de n'avoir eu à plaider qu'une seule cause et une demande d'ajournement d'office. Mais c'est à vous de décider si ces faits constituent ou non une indication favorable.

— Je ne m'oppose pas à ce que vous fassiez appel à votre ami si je puis faire appel au mien, dit le docteur.

— Il faut que nous votions là-dessus, répondit M. Brownlow; qui est-ce?

— Le fils de Mme Maylie, et pour Mlle Maylie, son... très vieil ami, dit le docteur, avec un geste du côté de Mme Maylie, et, pour finir, un regard fort expressif vers sa nièce.

Rose rougit vivement, mais ne souleva aucune objection contre cette motion (peut-être avait-elle l'impression de constituer une minorité battue d'avance); ainsi Harry Maylie et M. Grimwig furent-ils adjoints au comité.

— Nous restons à Londres, bien entendu, dit Mme Maylie, tant qu'il restera le plus faible espoir de poursuivre cette enquête avec une quelconque chance de succès. Je n'épargnerai ni ma peine, ni mon argent en faveur de l'objectif auquel nous sommes tous passionnément attachés, et je me résignerai à rester ici douze mois s'il le faut, tant que vous me donnerez l'assurance qu'il reste de l'espoir.

— Bon! répliqua M. Brownlow. Et comme je lis sur les visages qui m'entourent le désir de me demander comment il s'est trouvé que j'eusse disparu au moment où j'aurais pu corroborer le récit d'Olivier, comment j'avais quitté l'Angleterre si soudainement, permettez-moi de stipuler qu'on ne me posera pas de questions jusqu'au jour où je jugerai peut-être expédient de les prévenir en racontant spontanément mon histoire. Croyez-moi, j'ai de bonnes raisons pour présenter cette demande, car autrement je risquerais de susciter des espoirs destinés à ne jamais se réaliser, et je ne ferais ainsi qu'accroître le nombre déjà bien suffisant des difficultés et des déceptions. Allons! Le souper vient d'être annoncé, et le jeune Olivier, qui est resté tout seul dans la pièce voisine, doit commencer à se dire maintenant que nous sommes las de sa société, et que nous avons ourdi un sombre complot pour l'envoyer chercher fortune ailleurs.

Ce disant, le vieil homme donna la main à Mme Maylie, et la conduisit à la salle à manger. M. Losberne suivit, donnant le bras à Rose; et le colloque se trouva donc momentanément interrompu pour tout de bon.

CHAPITRE XLII

Un ancien ami d'Olivier, donnant des preuves marquées de son génie, devient un personnage officiel dans la métropole.

Le soir même où Nancy, après avoir incité M. Sikes au sommeil, se hâtait pour accomplir la mission de son choix auprès de Rose Maylie, deux personnes s'avançaient vers Londres par la Grand-Route du Nord [1], deux personnes auxquelles il convient que notre récit s'intéresse un peu.

C'étaient un homme et une femme; ou peut-être les décrirait-on plus précisément en parlant d'un être mâle et d'un être femelle; car le premier était de ces individus aux longues jambes, aux genoux cagneux, à la démarche traînante et au corps décharné, auxquels il est difficile d'attribuer un âge exact, car ils ont l'apparence, quand ils sont encore enfants, d'hommes retardés, et quand ils sont presque des hommes, d'enfants montés en graine. La femme était jeune, mais de constitution robuste et endurante, ce qui n'était pas un luxe pour supporter le poids du gros ballot qui était attaché par des courroies sur ses épaules. Son compagnon n'était guère embarrassé par son bagage, car il avait simplement accroché, au bout d'une canne qu'il portait sur l'épaule, un petit paquet enveloppé d'un mouchoir ordinaire et qui paraissait assez léger.

1. Comme Olivier au chapitre VIII, ses anciens compagnons entrent à Londres par la Grande Route du Nord (Great North Road), appelée aujourd'hui Route A 1.

Cette circonstance, s'ajoutant à l'exceptionnelle étendue de ses jambes, lui permettait de garder sans la moindre peine cinq ou six pas d'avance sur sa compagne, vers laquelle il se retournait de temps à autre, avec un mouvement impatient de la tête, comme pour lui reprocher sa lenteur, et l'inciter à de plus grands efforts.

Ils cheminèrent de la sorte, sur la route poussiéreuse, sans guère prêter attention à rien de ce qu'ils voyaient, sauf quand ils s'arrêtaient pour dégager la voie au passage des diligences qui sortaient de Londres à toute allure, jusqu'au moment où ils passèrent sous l'Arche de Highgate[1]; alors le premier des deux voyageurs s'immobilisa et appela l'autre avec impatience.

— T'arrives, non? Ce que t'es flemmarde, Charlotte.

— C'est que la charge est lourde, je te dis que ça, dit le voyageur femelle, en le rejoignant, le souffle presque coupé par la fatigue.

— Lourde! Qu'est-ce que tu racontes? A quoi que t'es bonne, alors? répliqua le voyageur mâle, tout en faisant passer son petit paquet personnel d'une épaule sur l'autre. Ah, ça y est, voilà que tu te reposes encore! Ma parole, si y a pas de quoi vous pousser à bout, je voudrais bien savoir ce qu'il faudrait pour ça!

— Est-ce que c'est encore loin? demanda la femme, en s'appuyant contre un talus, et en levant les yeux, le visage inondé de sueur.

— Encore loin! Tu y es presque, dit le marcheur aux longues jambes, en tendant la main devant lui. Regarde! c'est les lumières de Londres là-bas.

— Elles sont bien encore à au moins deux milles, dit la femme avec découragement.

---

1. Le passage voûté de Highgate (*Highgate Archway*) était une sorte de viaduc construit en 1813 pour permettre à Hornsey Lane de franchir une partie de la route du Nord. Le viaduc actuel fut construit en 1900.

— T'occupe pas si elles sont à deux milles, ou à vingt, dit Noé Claypole (car c'était lui); mais lève-toi, et avance, sans ça je te colle un coup de pied, alors t'es prévenue.

Comme le nez de Noé rougissait sous l'effet de la colère, et comme il traversa la route en parlant, apparemment tout prêt à mettre sa menace à exécution, la femme se leva sans rien dire de plus, et se remit à marcher péniblement à son côté.

— Où penses-tu t'arrêter pour la nuit, Noé? demanda-t-elle quand ils eurent parcouru quelques centaines de pas.

— Comment tu veux que je le sache? répondit Noé, dont l'humeur avait été sérieusement gâtée par cette marche.

— Pas trop loin d'ici, j'espère, dit Charlotte.

— Si, loin, répondit Noé. Là! Loin; comme ça, t'as compris.

— Pourquoi?

— Quand je te dis que je veux faire une chose, ça suffit, t'as pas besoin du pourquoi et du comment par-dessus le marché, répondit M. Claypole d'un air digne.

— Voyons, t'as pas besoin de te mettre tellement en colère, dit sa compagne.

— Ce serait du joli, hein, si on allait descendre dans le premier café à l'entrée de la ville, et comme ça Sowerberry, s'il nous poursuivait, il pourrait venir y fourrer son vieux nez et nous remmener dans une charrette, les menottes aux mains, dit M. Claypole sur un ton sarcastique. Non! Je veux aller me perdre dans les rues les plus étroites que je pourrai trouver, et ne pas m'arrêter avant d'arriver à la maison la moins en évidence qui me tombera sous les yeux. Baste, tu peux remercier ta bonne étoile que je sois intelligent, parce que, si on était pas d'abord parti exprès par la mauvaise route et revenus ensuite à travers champs, t'aurais été déjà enfermée et mise sous les verroux depuis une semaine, ma bonne. Et ça t'aurait appris à faire l'imbécile.

— Je sais bien que je suis pas aussi maligne que toi, répondit Charlotte, mais c'est pas la peine de rejeter toute la faute sur moi, et de dire que c'est moi qu'aurais été enfermée. Tu y aurais été aussi si j'y avais été, de toute façon.

— C'est toi qu'as pris l'argent dans le tiroir-caisse, tu le sais bien, dit M. Claypole.

— C'est pour toi que je l'ai pris, mon Noé chéri, répliqua Charlotte.

— Est-ce que je l'ai gardé? demanda M. Claypole.

— Non, tu me l'as confié, et tu m'as permis de le porter, comme un amour que t'es, dit la jeune personne, qui lui donna une petite tape sous le menton, puis lui prit le bras.

C'est bien ainsi que les choses s'étaient passées; mais comme il n'était pas dans les habitudes de M. Claypole de faire aveuglément et sottement confiance à qui que ce fût, nous devons lui rendre la justice de dire que s'il s'était fié à Charlotte en la circonstance, c'était afin qu'en cas de poursuites on trouvât l'argent sur elle; cela lui eût permis d'affirmer qu'il était innocent de tout vol, et ses chances de se tirer d'affaire en eussent été considérablement accrues. Naturellement, il ne se livra sur le moment à aucune explication détaillée de ses motifs, et ils poursuivirent leur marche ensemble très tendrement.

Fidèle à son plan de prudence, M. Claypole continua sans s'arrêter, jusqu'au moment où il atteignit l'Ange d'Islington, endroit où il estima judicieusement, d'après la cohue des passants et le nombre des véhicules, que Londres commençait pour de bon. Il ne s'immobilisa qu'un instant, pour examiner les rues qui lui paraissaient les plus encombrées, et par conséquent les moins désirables, s'engagea dans Saint John's Road et s'enfonça bientôt dans l'ombre des voies tortueuses et sales qui, s'étendant entre Gray's

Inn Lane et Smithfield [1], font de ce quartier l'un des plus sordides et des plus affligeants que le progrès ait laissés subsister au cœur de Londres.

Noé Claypole parcourut ces artères, traînant Charlotte derrière lui; tantôt il descendait dans le caniveau pour embrasser d'un coup d'œil tout l'aspect extérieur d'un petit café; tantôt il reprenait sa marche laborieuse, s'il croyait déceler un indice montrant qu'il était trop en vue pour son goût. Il finit par s'arrêter devant un établissement d'aspect plus humble et plus sale que tous ceux qu'il avait vus jusqu'alors; après avoir traversé la rue pour l'examiner du trottoir d'en face, il annonça avec bonne grâce son intention d'y descendre pour la nuit.

— Alors passe-moi le ballot, dit Noé, en le détachant des épaules de la femme, pour en enfiler la courroie sur les siennes; et tâche de rien dire tant qu'on te cause pas. Comment qu'elle s'appelle, la maison... t-r-o... les Trois quoi ?

— Estropiés, dit Charlotte.

— Les Trois Estropiés, répéta Noé, eh bien, c'est une très bonne enseigne. Alors, allons-y! Me quitte pas d'une semelle, et entrons. Après avoir émis ces injonctions, il poussa d'un coup d'épaule la porte branlante, et entra dans la maison, suivi de sa compagne.

Il n'y avait personne dans la buvette à l'exception d'un jeune Juif, qui, les deux coudes posés sur le comptoir, lisait un journal crasseux. Il regarda fixement Noé, qui le regarda non moins fixement.

Si Noé avait été paré de son costume de pupille de l'assistance, le Juif aurait eu quelques raisons pour écarquiller ainsi les yeux; mais comme il s'était défait

---

1. Noé suit à peu près le même itinéraire que le Finaud et Olivier au chapitre VIII (cf. n. 1, p. 88). Gray's Inn Lane est la seule des artères ci-dessus qui n'ait pas encore été citée dans le roman; elle se trouve à l'ouest de Smithfield (et tout près de Doughty Street, où habitait Dickens en 1838).

de son habit et de ses autres insignes, et qu'il avait passé une blouse de paysan par-dessus sa culotte de cuir, il ne semblait pas qu'il y eût de raison particulière pour que son apparence éveillât tant d'attention dans un café.

— C'est ici, les Trois Estropiés? demanda Noé.

— Oui, c'est bien le dom de la baison, répondit le Juif.

— Un monsieur qu'on a rencontré sur la route, en venant à Londres, il nous a conseillé de venir ici, dit Noé, donnant un coup de coude à Charlotte, peut-être pour attirer son attention sur cette façon ingénieuse d'obtenir le respect, peut-être aussi pour la dissuader de manifester sa surprise. On voudrait passer la nuit ici.

— Je suis bas zûr que ce soit boziple, dit Barney, car c'était lui l'esprit préposé au service [1]; mais je fais debander.

— Conduisez-nous à la salle à manger, et donnez-nous un bout de viande froide avec une goutte de bière, le temps que vous allez demander, voulez-vous? dit Noé.

Barney s'exécuta, et les fit entrer dans une petite pièce située derrière la maison où il leur servit les mets demandés; après quoi, il revint annoncer aux voyageurs qu'on pouvait les loger pour la nuit, et laissa l'aimable couple se restaurer.

Or la pièce en question se trouvait exactement derrière la buvette, et un peu en contrebas, si bien que toute personne appartenant à l'établissement pouvait tirer un petit rideau qui dissimulait un simple carreau de verre fixé dans le mur de cette dernière à cinq pieds environ du plancher, ce qui lui permettait non seulement de contempler les hôtes de la petite pièce sans grand risque de se faire voir (car la vitre était placée

1. Allusion probable à Milton, dont le *Comus* (« Masque » représenté en 1634) est présenté par un *Attendant spirit* (le texte parle ici d'un *attendant sprite*).

dans un coin sombre du mur et, pour la voir, il aurait fallu passer la tête entre cet angle et une grande poutre verticale), mais aussi d'appliquer l'oreille contre la cloison, et de connaître assez distinctement le sujet de leur conversation. Il n'y avait pas cinq minutes que le patron de l'établissement avait retiré les yeux de ce poste d'espionnage, et Barney venait de remonter après avoir transmis l'information rapportée ci-dessus, quand Fagin, au cours de ses occupations normales de la soirée, entra dans la buvette pour demander si l'on avait des nouvelles de quelques-uns de ses jeunes disciples.

— Chud! dit Barney; y a des ingodus à gôdé.

— Des inconnus! répéta le vieil homme à mi-voix.

— Oui! Et des chens pizarres, ajouta Barney. Ils viennent de la gambagne, mais si je de be drombe, ils beuvent vous indéresser.

Fagin parut accueillir cette déclaration avec beaucoup de faveur. Il monta sur un tabouret, et appliqua son œil, non sans précaution, contre la vitre; de ce poste secret il vit M. Claypole se servir de bœuf froid dans le plat, et de bière brune dans le pot, en administrant des doses homéopathiques de ces deux denrées à Charlotte, qui attendait patiemment, et ne mangeait ou ne buvait que selon le bon plaisir de l'homme.

— Aha! murmura-t-il, en se retournant vers Barney. La mine de ce gaillard me plaît. Il pourrait nous être utile; il sait déjà faire marcher la fille. Tâchez d'être silencieux comme une souris, mon cher, que je les entende parler... que je les entende.

Il jeta encore un coup d'œil par la vitre, puis il colla l'oreille contre la cloison et écouta attentivement, tandis que son visage prenait un air subtil et avide, qui aurait été fort approprié pour un vieux lutin.

— Alors, comme ça je compte bien devenir un vrai monsieur, dit M. Claypole, qui étendit brusquement les jambes, et poursuivit une conversation dont Fagin avait manqué le début. Plus question de ces satanés cercueils pour moi, Charlotte; ça va être la grande vie; et toi, si tu veux, tu seras une vraie dame.

— Ça me plairait assez, mon chéri, répondit Charlotte; mais on trouve pas tous les jours de tiroir-caisse à vider, et on peut pas passer son temps à se sauver après.

— Au diable les tiroirs-caisses! dit M. Claypole. Y a pas que ça qu'on puisse vider.

— Qu'est-ce que tu veux dire? demanda sa compagne.

— Les poches, les ridicules des dames, les maisons, les diligences, les banques! dit Claypole, stimulé par la bière brune.

— Mais tu sauras faire tout ça, mon chéri? dit Charlotte.

— Je trouverai le moyen de me mettre avec des gens qui savent, répondit Noé. Ils pourront bien utiliser nos services d'une façon ou d'une autre. Voyons, toi, tu vaux cinquante femmes à toi toute seule; j'ai jamais vu de personne qui soye drôlement rusée et trompeuse comme tu sais l'être quand je te laisse faire.

— Oh, ce que ça fait plaisir de te l'entendre dire! s'écria Charlotte; et de déposer un baiser sur sa vilaine figure.

— Bon, ça va; pas trop de mamours, des fois que je me fâcherais contre toi, dit Noé, en se dégageant d'un air très grave. Je voudrais bien être capitaine d'un groupe de bandits, et les rosser, et les suivre partout à leur insu. C'est ça qui m'irait, si ça rapportait assez; et si seulement on pouvait s'aboucher avec des gens de ce genre-là, je trouve que ça vaudrait largement le billet de vingt livres que t'as sur toi... surtout qu'on sait pas trop comment s'en défaire par nos propres moyens.

Après avoir exprimé cet avis, M. Claypole plongea son regard dans le pot de bière brune d'un air de grande sagacité; il en remua soigneusement le contenu, fit un signe de tête condescendant à Charlotte, et en but une gorgée, qui parut le réconforter grandement. Et il méditait de recommencer l'opération quand il fut interrompu par l'ouverture soudaine de la porte et l'apparition d'un inconnu.

Cet inconnu était M. Fagin. Qu'il avait l'air aimable, et comme il sut s'incliner très bas! Puis il s'avança, s'assit à la table voisine, et commanda de quoi boire à un Barney tout souriant.

— Il fait bon ce soir, monsieur, mais un peu froid pour la saison, dit Fagin, en se frottant les mains. Vous venez de la campagne, monsieur, à ce que je vois?

— A quoi que vous voyez ça? demanda Noé Claypole.

— On n'a pas tant de poussière que ça à Londres, répondit Fagin, désignant les chaussures de Noé, puis celles de sa compagne, puis les deux paquets.

— Vous êtes un malin, dit Noé. Ha! ha! tu te rends compte, hein, Charlotte!

— Ma foi, c'est qu'il faut être malin dans cette ville, cher monsieur, répondit le Juif, baissant la voix et parlant sur ton confidentiel; pour ça, y a pas d'erreur.

Fagin appuya sa déclaration de petites tapes administrées sur sa narine avec l'index droit, geste que Noé s'efforça d'imiter, mais sans y parvenir complètement, parce que son nez était un peu trop petit pour s'y prêter. Toutefois, M. Fagin parut interpréter sa tentative comme l'expression d'un accord complet avec ses opinions, et fit circuler la boisson que Barney apportait, de façon très amicale.

— C'est fameux, ce machin-là, déclara M. Claypole, en faisant claquer sa langue.

— C'est cher! dit Fagin. Faudrait qu'on passe son temps à vider des tiroirs-caisses, ou des poches, ou des réticules, ou des maisons, ou des diligences, ou des banques, si on veut en boire régulièrement.

M. Claypole n'eut pas plus tôt entendu cette citation de ses propres déclarations qu'il se rejeta en arrière sur sa chaise, et fit aller son regard du Juif à Charlotte avec un air d'extrême terreur, et le visage pâle comme un linge.

— Ne vous inquiétez pas pour moi, cher ami, dit Fagin, en approchant sa chaise. Ha! ha! quelle chance que ce soit seulement moi qui vous aie entendu par hasard. Quelle chance que ça n'ait été que moi.

— C'est pas moi qui l'ai pris, balbutia Noé, qui n'étalait plus ses jambes à la façon d'un grand personnage, mais les avait repliées le plus loin possible sous sa chaise; c'est elle qu'a tout fait; c'est toi qui l'as en ce moment, Charlotte, tu peux pas dire le contraire.

— Peu importe qui a l'argent, ou qui a fait le coup, mon cher, répondit Fagin, en jetant pourtant un regard d'aigle sur la fille et les deux paquets. Je suis comme ça, moi aussi, et ça me donne de la sympathie pour vous.

— Vous êtes comme quoi? demanda M. Claypole, commençant à se ressaisir.

— Comme les gens qui font ce métier-là, répliqua Fagin, et le personnel de l'établissement aussi. Vous avez mis dans le mille, et vous êtes en lieu sûr, aussi sûr que possible. Y a pas d'endroit plus sûr dans toute la ville que la maison des Estropiés; du moins, quand je veux bien qu'il en soit ainsi. Et vous me plaisez, la jeune femme et vous; alors j'ai passé la consigne, et vous n'avez pas du tout besoin de vous en faire.

Peut-être l'esprit de Noé Claypole cessa-t-il de s'en faire après ces assurances, mais il n'en fut certainement pas de même pour son corps, car il ne cessa de remuer et de se contorsionner, adoptant diverses postures embarrassées, tandis qu'il dévisageait son nouvel ami avec un mélange de crainte et de méfiance.

— Je vais vous dire encore une chose, déclara Fagin, après avoir rassuré la fille au moyen de signes de tête amicaux et d'encouragements prodigués à mi-voix. J'ai un ami qui pourra, je crois, satisfaire votre désir le plus cher, en vous faisant entrer dans le métier; pour commencer vous pourrez prendre la spécialité qui vous paraîtra la plus appropriée pour vous, et vous apprendrez ensuite toutes les autres.

— Vous avez l'air de parler sérieusement, répondit Noé.

— Qu'est-ce que ça me donnerait de parler autrement ? demanda Fagin, en haussant les épaules. Voyons ! Venez par là que je vous dise un petit mot.

— On a pas besoin de se donner la peine de bouger, dit Noé, qui fit progressivement réapparaître ses jambes. Elle va monter les bagages pendant ce temps-là. Charlotte, occupe-toi des ballots !

Cet ordre, qui avait été donné d'un air très majestueux, fut exécuté sans la moindre protestation; et Charlotte s'en fut tant bien que mal avec les paquets, cependant que Noé tenait la porte ouverte et la regardait sortir.

— Elle est passablement bien dressée, pas vrai ? demanda-t-il en se rasseyant, du ton d'un dompteur qui a su mater un animal sauvage.

— C'est absolument parfait, répliqua Fagin, en lui donnant une tape sur l'épaule. Vous avez du génie, mon cher,

— Ma foi, il me semble que si j'en avais pas, je serais pas ici, répondit Noé. Mais dites donc, elle va revenir si on perd notre temps.

— Alors, qu'est-ce que vous en dites ? demanda Fagin. Si mon ami vous plaisait, est-ce que vous voyez mieux à faire que de vous associer à lui ?

— Est-ce que ses affaires marchent bien ? Voilà toute la question ! rétorqua Noé, clignant l'un de ses petits yeux.

— On peut pas trouver mieux; il a une foule de gens à son service; et tout ce qu'il y a de bien dans la profession.

— Des vrais Londoniens ? demanda M. Claypole.

— Y a pas un provincial dans le lot; et je crois qu'il ne vous engagerait pas, même sur ma recommandation, s'il ne se trouvait pas un peu à court d'employés pour le moment, répondit Fagin.

— Est-ce qu'il faudrait casquer? demanda Noé, en donnant une tape sur la poche de sa culotte.

— Pas moyen de faire autrement, répondit Fagin d'un air très décidé.

— Tout de même, vingt livres... c'est une somme!

— Pas quand c'est sous forme d'un billet dont vous ne pouvez pas vous défaire, répliqua Fagin. Le numéro et la date ont été notés, j'imagine? Opposition à la Banque? Bah! ça lui servira pas à grand-chose. Faudra l'envoyer à l'étranger; il n'en tirerait pas grand-chose sur le marché.

— Quand pourrais-je le voir ? demanda Noé d'un air de doute.

— Demain matin.

— Où?

— Ici.

— Hum! dit Noé. Et comme salaire?

— La grande vie — le vivre et le couvert, tabac et boissons gratis — la moitié de tout ce que vous gagnerez, et la moitié de tout ce que gagnera la petite, répondit M. Fagin.

Noé Claypole, dont la rapacité n'était pas peu exigeante, aurait-il donné son accord à des conditions même aussi séduisantes que celles-là s'il avait été entièrement libre de sa décision? Il est permis d'en douter; mais comme il se souvint qu'en cas de refus son nouvel ami avait le pouvoir de le livrer immédiatement à la justice (et on a vu se produire des choses plus extraordinaires), il se détendit peu à peu, et déclara qu'il pensait que la situation lui conviendrait.

— Mais, vous comprenez, remarqua Noé, comme elle pourra en faire pas mal, j'aimerais prendre quelque chose de pas trop dur.

— Un petit ouvrage d'agrément? proposa Fagin.

— Oui! quelque chose comme ça, répondit Noé. Qu'est-ce qui m'irait, à votre avis? Quelque chose qui demande pas trop de force musculaire et qui soye pas trop dangereux, comprenez-vous. Voilà ce que je cherche!

— Je vous avais entendu parler d'un travail dans le genre de l'espionnage de camarades, mon cher, dit Fagin. Mon ami a grand besoin de quelqu'un qui ferait bien ces choses-là.

— Ma foi, c'est vrai que j'en ai parlé, et ça m'ennuierait pas de m'occuper de ça de temps en temps, répondit lentement M. Claypole; mais ça rapporterait rien à soi tout seul, comprenez-vous.

— C'est vrai! déclara le Juif, méditant ou feignant de méditer. En effet, peut-être que ça ne rapporterait rien.

— Alors, qu'est-ce que vous en dites? demanda Noé, qui le regardait avec inquiétude. Quelque chose de très discret, où le profit serait à peu près assuré et où y aurait pas beaucoup plus de risques qu'à rester chez soi.

— Qu'est-ce que vous diriez des vieilles dames? demanda Fagin. On peut se faire des sommes coquettes en leur arrachant leurs sacs et leurs paquets, et en s'enfuyant au coin de la rue.

— Mais est-ce qu'elles poussent pas des tas d'hurlements, et est-ce qu'elles vous égratignent pas, des fois? demanda Noé, en hochant la tête. Je crois pas que ça ferait mon affaire. Y a pas d'autre possibilité?

— Attendez! dit Fagin, posant la main sur le genou de Noé. Le coup du lardon.

— Qu'est-ce que c'est que ça? demanda M. Claypole.

— Les lardons, mon cher, dit Fagin, c'est les petits enfants que leurs mamans envoient faire des commissions, avec des pièces de six pence ou d'un shilling; et le coup en question, ça consiste à leur prendre leur argent (ils le tiennent toujours tout prêt à la main) et à les faire tomber ensuite dans le ruisseau; après quoi y a plus qu'à s'en aller tout doucement, comme s'il s'était rien passé de plus grave qu'un enfant qui se serait fait mal en tombant. Ha! ha! ha!

— Ha! ha! fit M. Claypole, hurlant de joie et lançant des coups de pied en l'air. Parbleu, c'est juste ce qu'il me faut!

— Mais bien sûr, répondit Fagin, et on pourra vous tracer deux ou trois bonnes tournées du côté de Camden Town, et de Battle Bridge [1], et d'autres quartiers du même genre, où ils n'arrêtent pas de faire des courses; vous pouvez y renverser autant de lardons que vous voudrez, à toute heure du jour. Ha! ha! ha!

Ce disant, Fagin donna un coup de coude dans les côtes de M. Claypole, et ils se mirent à rire de concert, longuement et bruyamment.

— Eh bien, c'est parfait! dit Noé, quand il se fut ressaisi après le retour de Charlotte. Demain, quelle heure?

— Dix heures, ça ira? demanda Fagin, qui ajouta, quand M. Claypole eut acquiescé d'un signe de tête, quel nom faudra-t-il donner à mon bon ami?

— M. Bolter [2], répondit Noé, qui avait prévu un cas de ce genre. M. Morris Bolter. Et Mme Bolter.

— Je présente à Mme Bolter mes respects, dit Fagin, qui s'inclina avec une politesse caricaturale. J'espère avoir bientôt le plaisir de faire plus ample connaissance avec elle.

— T'entends ce que dit le monsieur, Charlotte? tonna M. Claypole.

— Oui, mon cher Noé! répondit Mme Bolter en tendant la main.

— Elle m'appelle Noé, comme ça, c'est un petit nom

---

1. Camden Town est un quartier du nord de Londres, assez pauvre à l'époque où Dickens y avait vécu dans son enfance (en 1823). Au sujet de Battlebridge, voir n. 1, p. 333.

2. Le nom d'emprunt de Noé est bien choisi; dérivé du verbe *bolt* (se sauver, filer), il pourrait se rendre par Fuyard ou Filochard.

d'amitié, dit M. Claypole, Morris Bolter successeur, en se tournant vers Fagin. Vous comprenez ?

— Oh, oui, je comprends... parfaitement, répondit Fagin, qui pour une fois disait vrai. Bonsoir ! bonsoir !

Après avoir prodigué ses adieux et ses bons vœux, M. Fagin alla son chemin. Noé Claypole réclama l'attention de son aimable épouse, et se mit en devoir de l'éclairer quant aux dispositions qu'il venait de prendre, avec toute la hauteur et l'air de supériorité convenant, non seulement à un membre du sexe fort, mais encore à un homme qui appréciait à sa juste valeur la dignité conférée par une désignation spéciale pour pratiquer le coup du lardon, à Londres et dans les localités avoisinantes.

CHAPITRE XLIII

Où l'on verra comment le Petit Finaud s'attira des ennuis.

– ALORS, comme ça, votre ami, c'était vous-même? demanda M. Claypole, *alias* Bolter, quand, en vertu du contrat conclu entre eux, il se fut installé le lendemain dans la maison de Fagin. Baste, je m'en étais douté hier soir!

— Chacun peut compter sur sa propre amitié, mon cher, répondit Fagin, avec son sourire le plus engageant. On trouvera nulle part de meilleur ami que celui-là.

— Ça dépend des fois, répondit Morris Bolter, en se donnant l'air d'un homme d'expérience. Il y a des gens qu'ont pas de pire ennemi qu'eux-mêmes [1], comprenez-vous.

— N'en croyez rien, dit Fagin. Quand un homme est son propre ennemi, c'est seulement parce qu'il a trop d'amitié pour lui-même; et pas du tout parce qu'il se soucie de tout le monde en dehors de lui. Bah! Bah! Ces choses-là, c'est pas naturel.

— En tout cas, si ça existe, ça devrait pas exister, répondit M. Bolter.

— C'est évident. Il y des charlatans qui disent que le chiffre magique, c'est le chiffre trois, et d'autres qui disent que c'est le sept. Mais c'est ni l'un ni l'autre,

1. L'idée exprimée par cette formule remonte au moins à Cicéron (*Nihil inimicus quam sibi ipse, Epistolae ad Atticum*, X, 12a, III) mais elle était déjà proverbiale en anglais quand Thomas Adams y fit allusion en 1616 dans *Les maladies de l'âme*.

mon cher ami. Y a que le numéro un qui compte.

— Ha! ha! Vive le numéro un[1].

— Dans une petite communauté comme la nôtre, mon cher, dit Fagin, éprouvant la nécessité de tempérer cette affirmation, nous avons un numéro un collectif; c'est-à-dire que vous pouvez pas vous considérer comme le numéro un sans me considérer de la même façon, ainsi que tous nos jeunes amis.

— Oh, y a des chances! s'exclama M. Bolter.

— Vous comprenez, poursuivit Fagin, feignant de ne pas s'apercevoir de cette interruption, nous sommes tous tellement entremêlés, et nous avons tellement les mêmes intérêts, qu'il le faut bien. Par exemple, vous avez pour but de veiller aux intérêts du numéro un, à savoir, vos intérêts personnels.

— Assurément, répondit M. Bolter. Pour ça, pas d'erreur.

— Bon! Vous pouvez pas veiller à vos intérêts personnels, en qualité de numéro un, sans veiller aux miens aussi, toujours comme numéro un.

— Numéro deux, voulez-vous dire? répliqua M. Bolter, qui avait une bonne dose d'égoïsme.

— Mais non, pas du tout! rétorqua Fagin. J'ai pour vous autant d'importance que vous-même.

— Dites donc, déclara M. Bolter, qui l'interrompit, vous êtes bien gentil, et je vous aime bien; mais on est tout de même pas tellement intimes que ça.

— Réfléchissez un peu, dit Fagin, en haussant les épaules, et en tendant les mains, réfléchissez. Vous avez fait quelque chose de très joli, et qui me donne de l'estime pour vous; mais en même temps, c'est une chose qui pourrait vous mettre autour du cou la cravate qu'est très facile à nouer et très difficile à dénouer... bref, la corde des pendus!

---

1. L'expression anglaise (*Number One*) est usitée depuis le dix-huitième siècle pour souligner l'intérêt que chacun se porte à soi-même.

M. Bolter porta la main à son foulard comme s'il lui faisait l'effet d'être désagréablement serré, et acquiesça d'un murmure, réservé quant à son ton, mais non quant à son contenu.

— Le gibet, poursuivit Fagin, le gibet, mon cher, c'est un bien vilain poteau indicateur, et il montre la direction d'un tournant très brusque et très accusé qui a interrompu plus d'une carrière audacieuse sur les grands chemins. Pour vous l'objectif numéro un, c'est de rester sur la route facile, et à distance du poteau.

— Bien sûr que oui, répondit M. Bolter. Pourquoi que vous parlez de ces histoires-là ?

— Tout simplement pour vous faire bien comprendre ce que je veux dire, répondit le Juif, en haussant les sourcils. Donc, pour y arriver, vous dépendez de moi. Pour faire marcher convenablement mes petites affaires, je dépends de vous. Voilà votre numéro un à vous, et voilà le mien. Plus vous attachez de prix à votre numéro un, plus vous devez vous soucier du mien ; donc nous finissons par en revenir à ce que je vous disais en commençant, que l'attachement au numéro un nous unit tous, et qu'il faut qu'il nous unisse, sans quoi nous tomberions tous ensemble en morceaux !

— C'est vrai, répliqua M. Bolter d'un air pensif. Ah ! vous êtes un drôle de vieux malin !

M. Fagin se rendit compte, non sans plaisir, que cet hommage rendu à ses talents n'était pas un compliment de pure forme, et qu'il avait réellement inspiré à sa recrue le sentiment de sa ruse géniale, sentiment qu'il était fort important de lui voir nourrir à l'aube de leurs relations. Pour fortifier une impression aussi souhaitable, aussi utile, après avoir porté ce coup, il se lança dans une description détaillée de l'étendue et de l'ampleur de ses activités, mêlant la vérité et l'invention au mieux de ses intérêts, et faisant une application si adroite de l'une et de l'autre que le respect de M. Bolter s'accrut visiblement, et se tempéra en même temps, d'une dose de crainte salutaire qu'il était fort désirable de faire naître.

— C'est notre confiance réciproque qui me console des pertes les plus douloureuses, dit Fagin. Mon meilleur collaborateur m'a été enlevé hier matin.

— Vous voulez pas dire qu'il est mort? s'écria M. Bolter.

— Non, non, répondit Fagin, c'est pas si grave que ça. Pas tout à fait si grave.

— Alors, je pense qu'il a été...

— Demandé, dit Fagin, l'interrompant. Oui, il a été demandé.

— D'urgence? demanda M. Bolter.

— Non, répondit Fagin, pas tellement. Il a été accusé de tentative de vol à la tire, et on a trouvé sur lui une tabatière... c'était la sienne, mon cher; c'était la sienne, il prisait lui-même, et il aimait beaucoup ça. On l'a renvoyé à l'audience d'aujourd'hui, parce qu'on croyait connaître le vrai propriétaire. Ah! il en valait cinquante, des tabatières, et je les aurais bien payées pour le ravoir. Si vous aviez connu le Finaud, mon cher, si vous aviez connu le Finaud!

— Mais j'espère bien que je vais faire sa connaissance, vous croyez pas? dit M. Bolter.

— J'en doute, répondit Fagin, avec un soupir. S'ils ne trouvent pas d'autres témoignages, il s'en tirera avec une condamnation en procédure sommaire, et on le reverra dans six semaines à peu près; mais sans ça, il est bon pour mettre les voiles. Il a une réputation de malin; pour lui, ce sera à perpète. Pour le Finaud, ça peut pas être moins qu'à perpète.

— Qu'est-ce que ça veut dire, mettre les voiles et à perpète? demanda M. Bolter. A quoi que ça sert de me causer comme ça; pourquoi que vous me parlez pas de façon que je comprenne?

Fagin était sur le point de traduire ces expressions mystérieuses en langue vulgaire; et, grâce à ses offices d'interprète, M. Bolter eût appris qu'elles représentaient l'association des mots suivants : travaux forcés et déportation à perpétuité; mais l'arrivée de M. Bates coupa court à leur dialogue; ce dernier entra, les mains dans les poches de son pantalon, et le visage contorsionné pour exprimer un chagrin à moitié cocasse.

— Tout est fini, Fagin, dit Charley, quand il eut fait connaissance avec son nouveau camarade.

— Que veux-tu dire?

— Ils ont retrouvé le bonhomme à qui était la tabatière; y en a encore deux ou trois autres qui viennent pour l'identifier; et le Finaud, il est bon pour un billet de croisière, répondit le jeune M. Bates. Va me falloir des habits de grand deuil, Fagin, et un crêpe pour y rendre visite avant qu'il parte en voyage. Dire que Jack Dawkins... Jack le Formid... le Finaud... notre Petit Finaud... va filer pour un banal éternuoir de rien du tout! Jamais j'aurais cru qu'il ferait ça pour moins d'une montre en or, avec chaîne et breloques, au bas mot. Ah, pourquoi qu'il n'est pas allé prendre toutes ses affaires à un vieux rupin; alors il serait parti en grand seigneur, et pas comme un banal chapardeur, sans honneur et sans gloire!

Après avoir ainsi exprimé sa pitié pour son malheureux ami, le jeune M. Bates s'assit sur la première chaise venue d'un air de chagrin et d'abattement.

— Pourquoi dis-tu qu'il n'aura pas de gloire ni d'honneur? s'exclama Fagin, en dardant un regard furieux contre son élève. Est-ce qu'il n'a pas toujours tenu le haut du pavé parmi vous autres! Est-ce qu'il y en a un de vous qui y arrivait à la cheville ou qui le valait dans n'importe quel domaine! Hein?

— Non, personne, répondit le jeune M. Bates, d'une voix que le regret rendait plus rauque, personne.

— Alors de quoi que tu parles? répliqua Fagin avec colère; et qu'est-ce que t'as à pleurnicher?

— Parce que c'est marqué nulle part, tout de même!

dit Charley, se laissant emporter par le flot de ses regrets au point de défier littéralement son vénérable ami; parce que ça pourra pas apparaître dans l'acte d'accusation; parce que personne saura jamais la moitié de ce qu'il a été. Quelle figure qu'il va faire dans le Calendrier de Newgate [1]? Peut-être qu'il y sera pas du tout. Ah, saperlotte, saperlotte, quel malheur!

— Ha! ha! s'écria Fagin, en tendant la main droite, et en se tournant vers M. Bolter avec des gloussements de joie qui le secouaient comme s'il était atteint de paralysie agitante; vous voyez comme ils sont fiers de leur profession, mon cher. C'est pas beau, ça?

M. Bolter acquiesça d'un signe de tête; et Fagin, après avoir contemplé le chagrin de Charley Bates avec une satisfaction évidente, alla trouver le jeune homme et lui caressa l'épaule.

— T'inquiète pas, Charley, dit Fagin sur un ton apaisant. Ça se saura, tu peux être sûr que ça se saura. Tout le monde saura combien il a été malin; il se chargera de le faire voir, et c'est pas lui qui va déshonorer ses vieux copains et ses maîtres. Et pense à son âge, avec ça! Quelle distinction, Charley, de mettre les voiles à son âge!

— Ça, c'est vrai que c'en est un, d'honneur! dit Charley, un peu réconforté.

— Il aura tout ce qu'il lui faut, poursuivit le Juif. Il sera entretenu le temps qu'il sera en tôle, Charley, comme un grand seigneur. Comme un grand seigneur, je te dis! De la bière tous les jours, et de l'argent plein les poches pour jouer à pile ou face, s'il peut pas le dépenser autrement.

— Non, sans blague? s'écria Charley Bates.

— Mais, bien sûr, répondit Fagin, et on va engager

---

1. Publication de Londres qui donnait autrefois le nom des prisonniers de Newgate et le détail de leurs crimes. Une édition a été publiée en 1926 (*The Complete Newgate Calendar*, par J.L. Rayner et G.T. Cook).

un gros bonnet, Charley, un de ceux qu'ont la langue la mieux pendue, pour assurer sa défense; et il fera un discours lui-même, s'il veut; et on lira tout ça dans les journaux... « Le Finaud... hurlements de gaîté... à ce moment le tribunal est pris d'un rire convulsif »... hein, Charley, hein?

— Ha! ha! dit le jeune M. Bates en riant, ce que ça serait marrant, pas vrai, Fagin? Dites donc, il les ennuierait drôlement, hein?

— Les ennuierait? s'écria Fagin. Il les ennuiera, veux-tu dire!

— Ah, bien sûr, il les ennuiera, oui, répéta Charley, en se frottant les mains.

— Je crois le voir en ce moment, cria le Juif, en fixant du regard son élève.

— Moi aussi, s'écria Charley Bates. Ha! ha! ha! moi aussi. Je vois tout ça comme si j'y étais, je vous assure, Fagin. Ce qu'on va rire! Avec tous les gros bonnets qu'essaieront de prendre un air grave, et Jack Dawkins qui leur parlera sur un ton aussi intime et familier que s'il était le propre fils du juge en train de faire un discours à la fin du dîner... ha! ha! ha!

Bref, M. Fagin avait si bien flatté l'humeur excentrique de son jeune ami, que M. Bates, qui s'était d'abord montré enclin à considérer le Finaud dans sa prison un peu comme une victime, voyait maintenant en lui le principal acteur d'une scène de comédie fort extraordinaire et raffinée, et attendait avec une vive impatience le moment où son vieux camarade aurait une occasion si favorable d'exhiber ses talents.

Il faut qu'on trouve un moyen commode de nous renseigner aujourd'hui sur ce qu'il devient, dit Fagin. Voyons.

— Est-ce qu'il faut que j'y aille? demanda Charley.

— Pour rien au monde, répondit Fagin. Es-tu fou, mon cher, complètement fou pour envisager d'aller te fourrer dans l'endroit précis où... Non, Charley, non. Un à la fois, ça me suffit, comme perte.

— Vous ne pensez pas y aller vous-même, j'imagine ? dit Charley avec un rictus ironique.

— Ça ne ferait pas très bien l'affaire, répondit Fagin, en hochant la tête.

— Alors pourquoi que vous envoyez pas le nouveau zigue ? demanda le jeune M. Bates, en posant la main sur le bras de Noé. Personne le connaît.

— Ma foi, si ça l'ennuyait pas..., déclara Fagin.

— Si ça l'ennuyait pas ! dit Charley, l'interrompant. Et qu'est-ce que ça aurait d'ennuyeux pour lui ?

— Rien du tout, en vérité, mon cher, dit Fagin en se tournant vers M. Bolter, rien du tout en vérité.

— Oh, j'ai compris votre histoire, vous savez, déclara Noé, en reculant vers la porte, et en hochant la tête avec une sorte de crainte réfléchie. Non, non, rien à faire. C'est pas mon rayon, ça.

— Qu'est-ce que c'est, son rayon, Fagin ? demanda M. Bates, en examinant d'un air très dégoûté le corps dégingandé de Noé. C'est de se tirer quand y a quelque chose qui va pas, et de manger toute la boustiffe quand tout va bien ; c'est ça, sa spécialité ?

— Ça vous regarde pas, rétorqua M. Bolter ; et tâchez d'être poli avec vos supérieurs, mon petit bonhomme, sans ça vous verrez que vous vous êtes trompé d'adresse.

Le jeune M. Bates fut si vivement amusé par ces menaces imposantes qu'il fallut quelque temps avant que Fagin pût intervenir pour représenter à M. Bolter qu'il n'encourrait aucun danger quelconque en rendant visite au poste de police ; que, comme aucun rapport sur la petite affaire à laquelle il avait été mêlé, ni aucune description de sa personne n'avaient encore été transmis à la métropole, il était fort probable qu'on ne le soupçonnait même pas de s'y être réfugié, et que, s'il était convenablement déguisé, l'endroit n'offrirait pas plus de dangers pour lui que tout autre coin de Londres qu'il pourrait visiter, d'autant plus que ce serait, de tous les lieux possibles, le dernier où l'on irait imaginer qu'il se rendrait de son plein gré.

En partie convaincu par cette argumentation, mais surtout accablé par sa peur de Fagin, M. Bolter finit par consentir, de fort mauvaise grâce, à se charger de l'expédition. Sur les instructions de Fagin, il substitua sur-le-champ à sa tenue personnelle une blouse de charretier, une culotte en velours côtelé et des jambières de cuir, car le Juif avait tous ces articles à portée de la main. Il fut également équipé d'un chapeau de feutre garni de tickets de péage, et d'un fouet de cocher. Ainsi apprêté, il devait entrer d'un air négligent dans la salle, à la manière d'un campagnard venu pour le marché de Covent Garden[1] et qui serait censé vouloir satisfaire sa curiosité; comme il était gauche, disgracieux et décharné à souhait, M. Fagin se tenait pour assuré qu'il jouerait ce rôle à la perfection.

Quand ces dispositions furent prises, il fut informé des signes et des marques nécessaires pour reconnaître le Petit Finaud, après quoi le jeune M. Bates le conduisit par des voies sombres et tortueuses jusqu'à une très faible distance de Bow Street[2]. Il lui décrivit la situation exacte des locaux, qu'il compléta par des instructions touchant la façon dont il devrait aller tout droit jusqu'au fond du couloir, et quand il arriverait dans la cour prendre la porte située en haut de l'escalier de droite, et enlever son chapeau en entrant dans la salle; enfin Charley Bates lui dit de se dépêcher de continuer tout seul, et lui promit d'attendre son retour à l'endroit où ils se séparaient.

Noé Claypole, ou Morris Bolter, comme le lecteur

---

1. Le marché aux fruits, aux légumes et aux fleurs de Covent Garden était et reste le plus important de Londres. Dickens en parle très souvent. Le nom primitif était *Convent Garden* (jardin du couvent). Un théâtre également fameux porte le même nom.

2. Dans Bow Street, tout près du marché de Covent Garden, se trouvait depuis 1749 le principal tribunal de police de Londres. L'édifice fut reconstruit en 1881.

préfère, suivit ponctuellement les instructions qu'il avait reçues, et comme le jeune M. Bates connaissait assez bien l'endroit, elles étaient suffisamment précises pour lui permettre de parvenir en présence de la magistrature sans poser de questions, et sans être arrêté en chemin. Il se trouva brusquement plongé au milieu d'une foule, surtout composée de femmes, qui était entassée dans une salle crasseuse et malodorante, au bout de laquelle se dressait une plate-forme derrière une grille, avec un banc des accusés contre le mur de gauche, une barre des témoins au milieu, et un bureau pour les magistrats à droite; ce dernier endroit imposant était protégé par une cloison qui dissimulait le tribunal aux regards de la plèbe, et laissait le vulgaire se représenter (s'il en était capable) toute la majesté de la justice.

Il n'y avait au banc des accusés que deux femmes, qui faisaient des signes de tête à leurs amies et admiratrices, tandis que le greffier lisait des dépositions à deux agents de police, et à un personnage en civil qui s'appuyait à la table. Un geôlier était adossé à la grille du banc des accusés, et se donnait négligemment de petites tapes sur le nez avec une grosse clef, sauf quand il lui fallait réprimer de regrettables penchants au bavardage chez les oisifs en réclamant le silence, ou quand il levait les yeux d'un air sévère pour ordonner à une femme de sortir avec son enfant, si la gravité de la justice était troublée par les faibles cris, à demi étouffés dans le châle de sa mère, d'un débile nouveau-né. La salle exhalait une odeur malsaine de renfermé; les murs étaient décolorés par la crasse, et le plafond était tout noir. Il y avait sur la cheminée un vieux buste tout enfumé, et au-dessus du banc des accusés une horloge poussiéreuse — le seul de tous les objets présents qui parût faire convenablement sa besogne; car la dépravation, ou la pauvreté, ou le commerce régulier de l'une ou de l'autre, avaient laissé sur tous les êtres animés une souillure à peine moins déplaisante que l'épaisse pellicule de graisse dont étaient couverts tous les objets inanimés qui les contemplaient d'un air maussade.

Noé chercha autour de lui, d'un regard avide, le Finaud; mais s'il y avait là plusieurs femmes qui eussent fait fort bonne figure dans le rôle de la mère ou de la sœur de ce distingué personnage, et plus d'un homme qui pouvait paraître pourvu d'une forte ressemblance avec son père, on ne voyait personne qui répondît le moins du monde à la description qui lui avait été faite de M. Dawkins. Il attendit, dans un état d'impatience et de doute accentué, jusqu'au moment où les femmes, après une décision de renvoi aux assises, sortirent d'un air provocant; il fut alors promptement soulagé de voir apparaître un autre accusé et de se rendre compte aussitôt qu'il ne pouvait pas ne pas s'agir de celui qui justifiait sa présence.

C'était en effet M. Dawkins, qui entra dans la salle d'un pas traînant, les vastes manches de son habit retroussées comme d'habitude, la main gauche dans sa poche, et son chapeau dans la main droite; il s'avança devant le gardien avec une allure dandinante qu'il est impossible de décrire; puis prenant place au banc des accusés, il demanda d'une voix assez forte « pourquoi qu'on le mettait dans cette situation dégradante. »

— Voulez-vous bien tenir votre langue! dit le gardien.

— Je suis anglais, oui ou non? répliqua le Finaud. Et mes prévilèges, qu'est-ce que vous en faites?

— Vos privilèges, on ne va pas tarder à vous les servir, rétorqua le gardien, et avec une sauce au poivre, encore.

— On verra ce qu'il leur dira, le ministre de l'Intérieur, à vos espèces de juges, si on oublie mes prévilèges, répondit M. Dawkins. Alors, quoi? Qu'est-ce que c'est que cette histoire-là? Je serai reconnaissant à Messieurs les magistrats de régler cette petite affaire, et de pas me faire attendre le temps qu'ils lisent les journaux, parce que j'ai un rendez-vous avec un bonhomme à la Cité, et comme je suis homme de parole, et très ponctuel dans les questions commerciales, il va s'en aller si j'arrive pas à l'heure dite, et alors on verra si y aura pas un procès en dommages-intérêts contre ceux qui m'auront empêché d'y aller. Y a des chances, oui!

Arrivé là, le Finaud, affectant de prendre de grandes précautions en vue des poursuites ultérieures, pria le gardien de lui communiquer « les noms des deux bonshommes du tribunal ». Déclaration qui divertit les spectateurs au point de les faire rire presque aussi cordialement que le jeune M. Bates l'eût fait s'il avait pu entendre la requête.

— Silence, là-bas! s'écria le gardien.

— Qu'est-ce que c'est? demanda l'un des magistrats.

— Une affaire de vol à la tire, Votre Honneur.

— Est-ce la première fois que le jeune homme comparaît ici?

— Il aurait dû comparaître plus d'une fois, répondit le gardien. On l'a vu paraître à peu près partout ailleurs. Je le connais bien, moi, Votre Honneur.

— Ah! vous le connaissez, vraiment? s'écria le Finaud, prenant note de cette déclaration. Très bien. Ça, au moins, c'est un exemple de diffamation caractérisée.

Sur quoi on entendit de nouveaux rires, et un nouvel appel au silence.

— Eh bien, où sont donc les témoins? demanda le greffier.

— Oui, parfaitement, ajouta le Finaud. Où qu'ils sont? Je voudrais bien les voir.

Ce vœu fut exaucé sur-le-champ, quand s'avança un agent de police qui avait vu l'accusé mettre la main dans la poche d'un inconnu dans la foule, et même en tirer un mouchoir, mais, comme il était très vieux, l'y replacer calmement, après en avoir essayé l'effet sur sa propre physionomie. C'est pour ce motif qu'il avait appréhendé le Finaud dès qu'il avait réussi à s'approcher de lui, et quand on avait fouillé le susdit Finaud, on avait trouvé sur lui une tabatière en argent avec le nom du propriétaire gravé sur le couvercle. En consultant l'Annuaire de la Bonne Société, on avait retrouvé ce dernier; comme il était présent, il affirma sous la foi du serment que cette tabatière lui appartenait bien, qu'il s'était aperçu de sa disparition la veille, à l'instant même où il s'était dégagé de la foule en question. En outre, il avait remarqué un jeune gaillard dans la cohue, qui s'employait de façon particulièrement énergique à se frayer un chemin, et ce jeune gaillard était l'accusé qu'il avait sous les yeux.

— Avez-vous une question à poser au témoin, mon petit? demanda le magistrat.

— Je voudrais pas m'abaisser à entrer en conversation avec lui, répondit le Finaud.

— Avez-vous d'autres déclarations à faire?

— Vous n'entendez pas Son Honneur qui vous demande si vous avez quelque chose à dire? demanda le gardien, en donnant un coup de coude au Finaud silencieux.

— Demande pardon, dit le Finaud, qui leva la tête d'un air distrait. Vous vous êtes redressé à moi, l'homme?

— Jamais vu un jeune chenapan cent pour cent comme celui-là, Votre Honneur, déclara le policier avec un large sourire. Est-ce que vous voulez dire quelque chose, mon petit bonhomme?

— Non, répondit le Finaud, pas ici, parce que pour la justice, c'est la porte à côté; d'ailleurs mon homme de loi, il déjeune ce matin avec le Vice-Président de la Chambre des Communes [1]; mais ailleurs j'aurai des choses à dire, et lui aussi, et aussi tout un tas de gens très respectables que j'ai dans mes relations et qui feront

1. La Chambre des Communes, en tant que telle (c'est-à-dire quand elle ne siège pas en comité) est présidée par le Speaker et n'a pas de Vice-Président.

regretter à ces espèces de magistrats d'être jamais venus au monde, et de pas avoir plutôt demandé à leurs valets de les accrocher à leurs patères, au lieu de les laisser venir ici ce matin pour essayer de me raconter des histoires. Je...

— Allons! L'accusé est renvoyé aux assises, sans hésitation! dit le greffier, l'interrompant. Qu'on l'emmène!

— Par ici, dit le gardien.

— Bon! bon! on y va, répondit le Finaud, en frottant son chapeau avec la paume de sa main. Allons! (s'adressant à la Cour) pas la peine de prendre l'air terrorisé; j'aurai pas de pitié avec vous, pas un radis. Ça va vous coûter cher, ça, mes petits gars. Je voudrais vraiment pas être à votre place! Et maintenant je refuserais de m'en aller en liberté, même si vous me le demandiez à genoux. Alors, conduisez-moi en prison! Qu'on m'emmène!

Après avoir proféré ces derniers mots, le Finaud se laissa entraîner par le collet; tout en menaçant, jusqu'au moment où il fut dans la cour, d'ameuter le Parlement pour cette affaire; puis il fit un large sourire au nez du policier, d'un air de vive allégresse et de satisfaction vaniteuse.

Après l'avoir vu enfermer tout seul dans une petite cellule, Noé retourna le plus vite possible à l'endroit où il avait laissé le jeune M. Bates. Il attendit quelques instants avant d'y être rejoint par le jeune homme, qui s'était prudemment abstenu de se montrer, tant qu'il n'avait pu s'assurer, en regardant avec soin, du fond d'une retraite invisible, que son nouvel ami n'avait pas été suivi par quelque indiscret.

Les deux camarades rentrèrent de conserve en toute hâte, pour apporter à M. Fagin la nouvelle exaltante que le Finaud faisait grand honneur à son éducation, et était en train de conquérir une réputation glorieuse.

CHAPITRE XLIV

Le moment vient pour Nancy de tenir la promesse faite à Rose Maylie. Elle n'y parvient pas.

Si experte qu'elle fût en ce qui concerne toutes les pratiques de la ruse et de la dissimulation, la pauvre Nancy ne put cacher complètement l'effet que produisait sur son esprit la conscience de la démarche qu'elle avait faite. Elle se rappela que le malicieux Juif aussi bien que le brutal Sikes lui avaient confié des projets qui étaient restés cachés à tous les autres, se tenant pour parfaitement assurés qu'elle était digne de foi et devait rester hors d'atteinte de tout soupçon. Si vils que fussent ces projets, si forcenés qu'en fussent les auteurs, si implacables que fussent ses sentiments envers Fagin (car c'est lui qui l'avait conduite, pas à pas, jusqu'au fond d'un abîme de crime et de misère sans issue possible), pourtant il y avait des moments où, même à l'égard de cet homme, son hostilité faiblissait, avec la crainte que ses révélations ne le livrassent à la poigne de fer qu'il avait si longtemps éludée, et qu'il ne dût finir par succomber (même si un tel sort avait été amplement mérité) à cause d'elle.

Mais ce n'étaient là que les divagations d'un esprit incapable de se détacher complètement des camaraderies et des souvenirs du passé, même s'il avait le pouvoir de se fixer immuablement sur un objectif unique, et restait résolu à ne s'en laisser détourner par aucune considération. Ses craintes pour Sikes l'eussent bien plus efficacement poussée à battre en retraite pendant qu'il en était encore temps; mais n'avait-elle pas stipulé que son secret serait rigoureusement gardé, ne s'était-elle pas abstenue de donner le moindre indice permettant de le retrouver, n'avait-elle pas refusé, pour lui, précisément, de s'évader de toutes les fautes et de toutes les misères qui l'entouraient? Que pouvait-elle faire de plus? Sa résolution était prise.

Si tous ses débats intérieurs aboutissaient à la même conclusion, ils s'imposaient à elle, à mainte et mainte reprise, et n'étaient pas sans laisser de traces. En l'espace de quelques jours elle devint plus pâle et plus maigre. Parfois elle ne prêtait aucune attention à ce qui se passait devant elle, ou ne prenait aucune part à des conversations où, naguère, elle eût été la plus bruyante. A d'autres moments, elle riait sans gaîté, ou menait grand tapage sans cause et sans objet. A d'autres moments encore (et souvent au bout de peu d'instants) elle restait silencieuse et abattue, et méditait, la tête entre les mains; alors, l'effort même qu'elle faisait pour se ressaisir indiquait, plus clairement qu'aucun autre signe, combien elle était troublée, et combien ses pensées étaient absorbées par des questions éloignées et distinctes de celles que ses compagnons étaient en train de discuter.

C'était le dimanche soir, et la cloche de l'église la plus proche sonna l'heure. Sikes et le Juif parlaient, mais ils s'interrompirent pour prêter l'oreille. La fille, pelotonnée sur un siège bas, leva la tête, et tendit l'oreille, elle aussi. Onze heures.

— Il sera minuit dans une heure, dit Sikes, qui leva le store pour regarder dehors, puis revint s'asseoir. Et il fait noir et lourd. Ça serait une fameuse nuit pour le boulot.

— Oui! répondit Fagin. Si c'est pas dommage, mon cher Bill, qu'on ait rien de prêt à faire.

— Vous avez raison pour une fois, répondit Sikes d'un ton rogue. C'est vrai que c'est dommage, surtout que j'étais de l'humeur qu'il fallait.

Fagin soupira, et hocha la tête d'un air accablé.

— Faudra rattraper le temps perdu quand on aura remis les affaires en route. Voilà tout ce que je sais, dit Sikes.

— C'est comme ça qu'il faut parler, mon cher, répondit Fagin, qui se risqua à lui donner une petite tape sur l'épaule. Ça me fait du bien de vous entendre.

— Ça vous fait du bien! s'écria Sikes. Allons, tant mieux!

— Ha! ha! ha! dit Fagin en riant, comme si même cette simple concession le soulageait. Je vous retrouve tout à fait ce soir, Bill! Je vous retrouve tout à fait!

— Mais, moi, je me retrouve plus du tout quand vous me posez sur l'épaule votre vieille patte de crapule, alors ôtez-la, dit Sikes en rejetant la main du Juif.

— Ça vous rend nerveux, Bill... Ça vous donne l'impression que vous vous faites pincer, non? dit Fagin, résolu à ne pas se vexer.

— Ça me donne l'impression que je me fais pincer par le diable, répliqua Sikes. On a jamais vu personne avec une tête comme la vôtre, sauf peut-être votre père, et lui, j'imagine qu'il doit être en train de griller sa barbe rousse et grisonnante à l'heure qu'il est, à moins que vous soyez venu directement de chez le Malin, sans autre père entre vous deux; et ça m'étonnerait pas du tout.

Fagin ne répondit pas un mot à ces gentillesses; mais il prit Sikes par la manche et lui montra du doigt Nancy, qui avait profité de la conversation précédente pour mettre son chapeau, et était en train de quitter la pièce.

— Holà! s'écria Sikes. Nance! Qu'est-ce qu'elle a à sortir à une heure pareille, cette fille?

— Je vais pas loin.

— Est-ce que c'est une réponse, ça? reprit Sikes. Où que tu vas?

— Pas loin, je te dis.

— Et moi je te demande où? répliqua Sikes. Tu m'entends?

— Je sais pas où, répondit la fille.

— Alors, moi, je le sais, dit Sikes, plutôt par esprit de contradiction que par ennui réel de voir la fille aller où bon lui semblait. Ça sera nulle part! Assieds-toi.

— Je suis pas bien, je te l'ai déjà dit, répliqua la fille. J'ai besoin de prendre un peu l'air.

— Mets la tête à la fenêtre, répondit Sikes.

— Y en a pas assez ici, dit la fille. C'est la rue qu'il me faut.

— Alors tu t'en passeras, répondit Sikes. Et sur cette affirmation, il se leva, ferma la porte à clef, ôta la clef, arracha le bonnet que Nancy avait sur la tête, et le jeta sur le haut d'une vieille armoire. Là, dit le bandit. Maintenant tu vas rester tranquillement où t'es, hein?

— C'est pas pour une histoire de bonnet que tu m'empêcheras de sortir, dit la fille en devenant très pâle. Qu'est-ce que ça veut dire, Bill? Est-ce que tu te rends compte de ce que tu fais?

— Est-ce que je me rends compte... Oh! s'écria Sikes en se tournant vers Fagin, elle a perdu la tête, savez-vous, sans quoi elle oserait pas me parler comme ça.

— Tu vas me pousser à bout, murmura la fille, en mettant les deux mains sur sa poitrine, comme pour contenir par la force une explosion de violence. Vas-tu me laisser partir instantanément... tout de suite?

— Non! dit Sikes.

— Dites-lui de me laisser partir, Fagin. Ça vaudra mieux pour lui. Ça vaudra mieux. Vous m'entendez? s'écria Nancy en tapant du pied.

— Si on t'entend? répéta Sikes qui se tourna sur sa chaise, sans se lever, pour la regarder en face. Ouais! Et si on t'entend encore pendant trente secondes, le chien va t'attraper par la gorge et t'arracher une bonne partie de tes hurlements. Qu'est-ce qui te prend, espèce de mégère? Qu'est-ce qu'il y a?

— Laisse-moi partir, dit la fille avec beaucoup de passion; puis elle s'assit par terre devant la porte, et dit : Bill, laisse-moi partir; tu sais pas ce que tu fais. Je t'assure que tu t'en doutes pas. Une heure seulement... si... si!

— Je veux bien qu'on m'écartèle, s'écria Sikes en la saisissant brutalement par un bras, si cette fille me fait pas l'effet d'être complètement folle à lier. Lève-toi!

— Pas avant que tu me laisses partir... pas avant que tu me laisses partir... Jamais! jamais! hurla la fille. Sikes resta une minute à la regarder, en attendant l'occasion favorable, puis il lui saisit brusquement les deux mains, la traîna dans une petite pièce voisine, sans qu'elle cessât un instant de se débattre et de lui résister, puis il s'assit sur un banc, et la jeta sur une chaise où il la maintint de force. Elle passa son temps à lutter et à implorer tour à tour jusqu'au moment où minuit sonna; alors, lasse, épuisée, elle renonça à toute opposition. Sikes lui recommanda, avec force jurons à l'appui, de ne plus faire de tentatives pour sortir ce soir-là, puis il la laissa reprendre ses esprits à loisir, et alla retrouver Fagin.

— Ouf! dit le cambrioleur, en s'épongeant le front, inondé de sueur. Elle est drôlement bizarre, cette fille!

— Ça, vous pouvez bien le dire, Bill, répondit Fagin d'un air pensif. Vous pouvez bien le dire.

— Pourquoi qu'elle s'était mis dans la tête qu'elle allait sortir ce soir? demanda Sikes. Qu'est-ce que vous en dites? Voyons. Vous devez la connaître mieux que moi. Qu'est-ce que ça veut dire?

— Un caprice; un caprice féminin, mon cher, j'imagine.

— Ma foi, c'est ce que je crois aussi, grommela Sikes. Je croyais l'avoir matée, mais elle est toujours aussi désagréable.

— Elle empire, dit Fagin d'un air pensif. Je l'ai

jamais vue se mettre dans un état pareil, pour si peu de chose.

— Moi non plus, dit Sikes. Je pense qu'elle doit avoir attrapé un coup de fièvre qui lui court dans le sang, et qu'arrive pas à se déclarer... hein?

— C'est assez probable.

— Si ça la reprend, dit Sikes, j'y ferai une de ces petites saignées... y aura pas besoin de déranger le docteur.

Fagin montra d'un signe de tête qu'il approuvait ce traitement.

— Elle quittait pas mon chevet de toute la journée, ni de toute la nuit, le temps que je suis resté couché, pendant que vous, espèce de vieux méchant loup que vous êtes, vous vous montriez pas, dit Sikes. Pendant tout ce temps-là, on avait pas du tout d'argent, et je pense que tout ça a dû la travailler et l'énerver; et qu'à force de rester enfermée ici si longtemps, elle devient agitée... hein?

— C'est ça, mon cher, répondit le Juif à mi-voix. Chut!

Au moment où il disait ces mots, la fille elle-même reparut et reprit son siège habituel. Elle avait les yeux rouges et gonflés; elle se balançait sur sa chaise et secouait la tête; au bout de quelques instants, elle éclata de rire.

— Allons bon, voilà qu'elle a viré de bord! s'écria Sikes, en se tournant vers son compagnon d'un air extrêmement surpris.

Fagin lui fit signe de ne pas y prêter autrement attention pour le moment; et, au bout de quelques minutes, la fille avait retrouvé peu à peu son attitude habituelle. Fagin glissa à l'oreille de Sikes qu'il n'avait pas de rechute à craindre, puis il prit son chapeau et lui dit bonsoir. Il s'arrêta en arrivant devant la porte, et se retourna pour demander si quelqu'un voulait bien descendre avec lui pour l'éclairer dans l'escalier.

— Éclaire-le, dit Sikes, qui bourrait sa pipe. Ça

serait dommage qu'il se rompe les os lui-même, au lieu d'offrir le spectacle aux badauds. Allume-lui une bougie.

Nancy accompagna le vieillard au bas de l'escalier, avec une bougie. Quand ils furent dans l'entrée, il mit un doigt sur ses lèvres, et se rapprocha de la fille, pour lui dire à voix basse :

— Qu'est-ce qu'il y a, ma chère Nancy ?

— Que voulez-vous dire ? répondit la fille, sur le même ton.

— La raison de toute cette histoire ? reprit Fagin. Si l'autre (il désignait l'étage supérieur, de son index décharné) si l'autre est tellement méchant avec toi (c'est une brute, Nance, une bête brute) pourquoi ne pas le...

— Quoi ? dit la fille, tandis que Fagin se taisait, la bouche presque collée à son oreille, sans cesser de la regarder dans les yeux [1].

— Laissons ça pour le moment. Nous en reparlerons. Je suis un ami pour toi, Nance ; un ami sûr. J'ai des moyens à ma disposition, des moyens discrets et sans danger. Si tu veux te venger des gens qui te traitent comme un chien... comme un chien ! bien pis que son chien, à qui il passe quelquefois ses caprices, faut venir me trouver. Je te dis de venir me trouver. Lui, c'est un chien bon pour le plaisir d'un jour, mais moi, tu me connais depuis longtemps, Nance.

— Je vous connais bien, répondit la fille, sans laisser transparaître la moindre émotion. Bonsoir.

Elle se déroba quand Fagin fit mine de lui prendre la main, mais réitéra son bonsoir d'une voix assurée, et répondit par un signe d'intelligence au dernier regard du Juif, avant de refermer la porte sur lui.

Fagin rentra chez lui, absorbé par les pensées qui se

---

1. La position décrite ici ne paraît guère facile à adopter (la bouche contre l'oreille et les yeux dans les yeux), mais chacun est libre d'essayer...

développaient dans son esprit. Il avait conçu l'idée, non seulement à cause de ce qui venait de se passer (bien que ces faits tendissent à la confirmer), mais lentement et progressivement, que Nancy, lasse des brutalités du cambrioleur, s'était attachée à un nouvel ami. Le changement de ses manières, ses sorties répétées sans escorte, son indifférence relative aux intérêts de la bande à laquelle elle avait naguère été si dévouée, son désir impatient et forcené de sortir ce soir-là à une heure déterminée, tout cela renforçait son hypothèse et en faisait, du moins à ses yeux, presque une certitude. L'objet de cette affection nouvelle n'était pas au nombre de ses myrmidons. Avec l'aide d'une personne comme Nancy, ce pourrait être une acquisition inappréciable, et il fallait (selon le raisonnement de Fagin) s'en assurer les services sans délai.

Il y avait encore un autre objectif, plus ténébreux, à atteindre. Sikes en savait trop long, et si les blessures infligées par ses sarcasmes grossiers restaient cachées, elles n'en avaient pas moins irrité Fagin. La fille devait bien se douter... disons que si elle se défaisait de lui, elle n'aurait aucun moyen d'échapper à sa fureur, et que celle-ci s'exercerait aux dépens des bras et des jambes, peut-être même de la vie, de l'homme auquel elle était maintenant attachée. « En usant d'un peu de persuasion, se dit Fagin, n'est-il pas infiniment probable qu'elle consentirait à l'empoisonner ? Il est arrivé déjà à d'autres femmes d'en faire autant, ou même pire, pour atteindre un but analogue. Ainsi le dangereux scélérat, l'homme que je hais, disparaîtrait ; je serais assuré d'en avoir un autre à sa place ; et mon influence sur la fille, appuyée par la connaissance de son crime, n'aurait plus de bornes. »

Ces pensées avaient traversé l'esprit de Fagin pendant les brefs instants où il était resté seul dans la chambre du cambrioleur ; et comme elles étaient au premier rang de ses préoccupations, il avait ensuite saisi l'occasion qui lui était offerte de sonder la fille par les quelques allusions fragmentaires qu'il avait lancées au moment du départ. Il n'avait observé aucune expression de surprise, aucune affectation de ne pas comprendre sa pensée. La fille avait clairement saisi ce qu'il voulait dire. Son dernier regard le montrait bien.

Mais peut-être refuserait-elle de participer à un complot contre la vie de Sikes, et c'était là l'un des principaux objectifs à atteindre. Comment pourrais-je, se demanda Fagin en rentrant chez lui, comment pourrais-je augmenter l'influence que j'ai sur elle ? Comment acquérir de nouveaux moyens d'action ?

Les esprits de ce genre sont fertiles en expédients. Si, au lieu de lui extorquer des aveux à elle-même, il la faisait surveiller, découvrait l'objet de ses sentiments nouveaux, et menaçait de révéler toute l'histoire à Sikes (qui inspirait à la fille une crainte extraordinaire) à moins qu'elle ne se prêtât à ses desseins, ne pourrait-il pas obtenir son consentement ?

— J'y arriverai, dit Fagin, presque à voix haute. Elle n'osera plus me refuser en ce cas ! Pour rien au monde, pour rien au monde ! J'y vois clair. J'ai trouvé le moyen, et je vais le mettre en application ! Je t'aurai tout de même !

Il jeta un sombre regard et fit un geste de menace derrière lui, vers l'endroit où il avait laissé l'audacieux scélérat; puis il alla son chemin, tandis que ses mains décharnées s'affairaient dans les plis de ses vêtements en haillons : il les serrait d'une étreinte puissante, comme de haïssables ennemis qu'eût pulvérisés chaque mouvement de ses doigts.

CHAPITRE XLV

Fagin a recours à Noé Claypole pour une mission secrète.

LE vieillard fut tôt levé, le lendemain, et attendit impatiemment l'apparition de son nouveau complice; ce dernier, après un délai interminable, sembla-t-il, finit par se présenter, et se lança dans une attaque vorace contre le déjeuner.

— Bolter, dit Fagin, en prenant une chaise pour s'asseoir en face de Morris Bolter.

— Oui, je suis là, répondit Noé. Qu'est-ce qu'il y a? Pas la peine de me demander de faire quelque chose avant que j'aie fini de manger. C'est ça le gros ennui, chez vous. On a jamais assez de temps pour les repas.

— Vous pouvez causer en mangeant, tout de même? dit Fagin, qui maudissait du fond du cœur la gloutonnerie de son jeune ami.

— Oh oui, je peux causer. Ça marche mieux quand je cause, dit Noé tout en se taillant une monstrueuse tartine. Où est Charlotte?

— Elle est sortie, dit Fagin. Je l'ai fait sortir ce matin avec l'autre petite, parce que je voulais rester seul avec vous.

— Bon! dit Noé. Je regrette que vous lui ayez pas dit de faire d'abord des rôties beurrées. Enfin. Causez, causez. C'est pas ça qui me dérangera.

En effet, il ne semblait pas qu'il fût en grand danger d'être dérangé par quoi que ce fût, car il était évident qu'il s'était attablé dans l'intention de faire du travail sérieux.

— Vous avez fait de la bonne besogne hier, mon cher, dit Fagin. C'est très joli ! Six shillings neuf pence dès le premier jour ! Le coup du lardon va nous rapporter une fortune.

— Faut pas oublier d'ajouter trois pots d'une pinte et une boîte à lait, dit M. Bolter.

— Non, non, mon cher. Les pots d'une pinte, c'étaient des traits de génie, vraiment; quant à la boîte au lait, c'est un véritable chef-d'œuvre.

— Il me semble que c'est pas trop mal pour un débutant, déclara M. Bolter d'un air vaniteux. Les pots, je les ai pris devant des entrées de service, et la boîte au lait, elle était toute seule à la porte d'un café. J'ai eu peur qu'elle rouille sous la pluie, ou qu'elle prenne froid, comprenez-vous. Hein ? Ha ! ha ! ha !

Fagin feignit de rire de grand cœur; et quand la gaîté de M. Bolter fut épuisée, il absorba plusieurs grosses bouchées et vint à bout de sa première tartine; sur quoi il s'en tailla une seconde.

— Bolter, dit Fagin, en se penchant au-dessus de la table, j'ai besoin de vous pour faire un travail qui demande beaucoup de soin et de prudence.

— Dites donc, répliqua Bolter, vous allez pas me fourrer dans des histoires dangereuses, ni me renvoyer encore dans des postes de police. Ça, ça fait pas du tout mon affaire, alors j'aime mieux vous le dire tout de suite.

— Y a pas le moindre danger là-dedans, absolument pas, dit le Juif. Il s'agit seulement de filer une femme.

— Une vieille ? demanda M. Bolter.

— Une jeune, répondit Fagin.

— Ça, je m'y connais pas mal, je vous assure, dit Bolter. Quand j'allais à l'école, j'étais adroit comme pas un pour faire le cafard. Pourquoi qu'il faut que je la file ? C'est pas pour...

— Y aura rien à faire du tout, c'est seulement pour me dire où elle va, qui elle voit et, si possible, ce qu'elle dira; pour vous rappeler le nom de la rue, si c'est dans une rue, le numéro de la maison, si c'est une maison; et pour me rapporter le plus possible de renseignements.

— Qu'est-ce que vous me donnerez? demanda Noé, qui reposa sa tasse, et regarda son patron en face d'un air avide.

— Si vous faites ça bien, mon cher, une livre. Une livre, dit Fagin, qui voulait l'intéresser le plus possible à cette chasse. Et ça, c'est une somme que j'ai encore jamais donnée pour un travail où y avait pas quelque chose de substantiel à gagner.

— Qui est-ce? demanda Noé.

— Elle est des nôtres.

— Bon sang, s'écria Noé en retroussant le nez. Vous avez des soupçons sur elle, dites?

— Elle s'est fait de nouvelles relations, mon cher, et il faut que je sache qui c'est, répondit Fagin.

— Je vois, dit Noé. Rien que pour avoir le plaisir de faire leur connaissance, si c'est des gens respectables, hein? Ha! ha! ha! je suis votre homme.

— Je le savais bien, s'écria Fagin, enchanté du succès de son offre.

— Bien sûr, bien sûr, répondit Noé. Où qu'elle est? Où qu'il faut que je l'attende? Où qu'il faut que j'aille?

— Je vais vous dire tout ça, mon cher. Quand le moment sera venu, je vous la ferai voir, dit Fagin. Tenez-vous prêt, et moi je me charge du reste.

Ce soir-là, et le lendemain, et le surlendemain, l'espion attendit, botté et tout équipé de son costume de charretier, prêt à sortir au premier appel de Fagin. Six soirées s'écoulèrent... six soirées interminables... et chaque fois, Fagin rentra l'air déçu, et donna brièvement à entendre que le moment n'était pas encore venu. Le septième soir, il revint plus tôt, et ne put dissimuler qu'il exultait. C'était le dimanche.

— Elle va sortir ce soir, dit Fagin, et je suis sûr que c'est pour le bon motif; car elle est restée seule toute la journée, et l'homme dont elle a peur ne rentrera guère avant le lever du jour. Venez avec moi. Vite.

Noé se leva d'un bond, sans mot dire; car le Juif était dans un état d'agitation tel qu'il était gagné par la contagion. Ils sortirent furtivement de la maison, et, après avoir parcouru en toute hâte un dédale de rues, ils finirent par arriver devant un café et Noé reconnut celui où il avait passé la nuit de son arrivée à Londres.

Il était onze heures passées, et la porte était close. Elle pivota sans bruit sur ses gonds quand Fagin fit entendre un sifflement discret. Ils entrèrent sans bruit; et la porte se referma derrière eux.

Sans presque oser dire un mot, et substituant la pantomime au langage, Fagin et le jeune Juif qui les avait fait entrer désignèrent à Noé le carreau de verre, et lui firent signe de se hausser pour observer la personne qui se trouvait dans la pièce voisine.

— C'est elle, la femme? demanda-t-il, dans un souffle. Fagin fit oui de la tête.

— Je vois pas bien sa figure, murmura Noé. Elle a la tête baissée, et la bougie est derrière elle.

— Restez là, dit Fagin à voix basse. Il fit un signe à Barney, qui sortit. Un instant après, le garçon entrait dans la salle contiguë, et sous prétexte de moucher la chandelle, il la plaça dans la position voulue; puis, en adressant la parole à la fille, il lui fit lever la tête.

— Je la vois maintenant, s'exclama l'espion.

— Distinctement?

— Je la reconnaîtrais entre mille.

Il se hâta de descendre, car la porte de la salle s'ouvrait et la fille en sortait. Fagin l'entraîna derrière une petite cloison, à l'abri d'un rideau, et ils retinrent leur respiration quand elle passa à quelques pieds de leur cachette, et sortit par la porte qui leur avait livré passage à l'entrée.

— Adenzion! s'écria le jeune homme qui tenait la porte. C'est le bobent.

Noé consulta Fagin du regard, puis s'élança dehors.

— A gauche, lui dit à voix basse le garçon; bredez sur fotre gauche, et resdez sur l'audre drodoir.

C'est ce qu'il fit; et la lumière des réverbères lui montra la silhouette de la fille qui s'éloignait et qui avait déjà un peu d'avance sur lui. Il s'avança aussi près d'elle qu'il le jugea prudent, et resta sur le trottoir opposé, pour mieux observer ses mouvements. Elle se retourna deux ou trois fois d'un air inquiet, et une fois elle s'arrêta pour se laisser dépasser par deux hommes qui la suivaient de près. Elle parut reprendre courage à mesure qu'elle avançait, et marcher d'un pas de plus en plus ferme et assuré. L'espion maintint toujours la même distance entre elle et lui, et la suivit, les yeux fixés sur elle.

CHAPITRE XLVI

Fidèle au rendez-vous.

Les horloges des églises sonnaient onze heures trois quarts au moment où deux silhouettes débouchèrent sur le Pont de Londres [1]. L'une, qui allait d'un pas rapide et pressé, était celle d'une femme qui regardait avidement autour d'elle comme si elle cherchait quelqu'un qu'elle s'attendait à voir; l'autre silhouette était celle d'un homme, qui avançait furtivement dans l'ombre la plus épaisse qu'il pût trouver et réglait son pas sur elle à distance; il s'arrêtait quand elle s'arrêtait; et quand elle repartait, il reprenait sa marche furtive; mais jamais il ne se laissait entraîner par l'ardeur de la poursuite à gagner du terrain sur elle. C'est ainsi qu'ils traversèrent le pont, de la rive gauche à la rive droite, et alors la femme, apparemment déçue par le résultat de l'examen anxieux auquel elle avait soumis les passants, revint sur ses pas. Son mouvement fut soudain; mais celui qui la surveillait ne fut pas pris au dépourvu; car il recula sur l'une des plates-formes en retrait qui surplombent les piles du pont, et se pencha par-dessus le parapet pour mieux dissimuler sa silhouette, pendant qu'il laissait la femme changer de trottoir. Lorsqu'elle eut repris à peu près la même avance que précédemment, il redescendit sans bruit de la plate-forme, et la suivit de nouveau. Arrivée pres-

1. C'est le deuxième pont qu'on trouve en remontant la Tamise (le premier étant Tower Bridge, le pont de la Tour).

que au milieu du pont, elle s'immobilisa. L'homme s'immobilisa aussi.

La nuit était très obscure. La journée n'avait pas été tentante, et il y avait bien peu d'animation à cette heure en un tel endroit. Les quelques personnes qui s'y trouvaient ne faisaient que passer précipitamment, sans voir, très probablement, et assurément sans remarquer ni la femme, ni l'homme qui ne la perdait pas de vue. Leur apparence n'était pas de nature à attirer les importunités des membres indigents de la population londonienne, qui se trouvaient franchir le pont cette nuit-là pour chercher un porche ou une cabane ouverte où ils pourraient prendre leur repos dans le froid; les deux personnages en question restaient silencieux; ils ne disaient rien à personne, et aucun passant ne leur adressait la parole.

Une brume flottait sur le fleuve, assombrissant la lueur rougeâtre des feux allumés à bord des petits bâtiments ancrés le long des différents quais, et rendant plus obscurs, plus indistincts, les ténébreux édifices des rives. Les vieux magasins enfumés se dressaient de part et d'autre et dominaient d'une masse lourde et triste la foule dense des toits et des pignons; ils semblaient abaisser un regard sévère sur une eau trop noire pour refléter, ne fût-ce que leurs pesantes silhouettes. La tour de la vieille église Saint-Sauveur, et la flèche de Saint-Magnus [1], qui ont été depuis si longtemps les deux géants gardiens du pont antique, se détachaient dans l'ombre; mais la forêt des navires amarrés au-dessous du pont, et les clochers massés en si grand nombre au-dessus de lui, étaient presque entièrement dissimulés aux regards.

La fille avait fait quelques trajets dans les deux sens,

1. La vieille église Saint-Sauveur est devenue cathédrale de Southwark en 1905. Saint-Magnus-the-Martyr avait été construite au onzième siècle; brûlée en 1666, elle fut reconstruite par Wren en 1876. Le nombre des églises de la Cité est passé de 126 à 49 entre le douzième et le vingtième siècle.

d'un air agité, et toujours surveillée de près par son observateur invisible, quand la lourde cloche de Saint-Paul annonça la fin d'une journée de plus. Il était minuit sur la ville surpeuplée. Sur les palais, sur les lieux de débauche, sur les prisons, sur les asiles d'aliénés sur les salles de naissance et de mort, de santé et de maladie, sur le visage figé des cadavres et sur le sommeil paisible de l'enfant, minuit s'était étendu partout.

Il n'y avait pas deux minutes que l'heure avait sonné, quand une jeune femme accompagnée d'un homme grisonnant descendit d'un fiacre à peu de distance du pont, et, ayant congédié le cocher, s'en vint droit vers le pont. A peine avaient-ils mis le pied sur le trottoir que la fille sursauta et se dirigea vers eux.

Ils s'avançaient, de l'air de gens nourrissant un très faible espoir, qui avait fort peu de chances de se réaliser, quand cette compagne d'un nouveau genre vint les rejoindre. Ils s'arrêtèrent avec un cri de surprise, qu'ils réprimèrent aussitôt, car un homme habillé en paysan arrivait tout près d'eux, les frôlait même, à cet instant précis.

— Pas ici, dit précipitamment Nancy, j'aurais peur de vous parler ici. Venez... écartons-nous de la voie publique... au bas de l'escalier, par là!

Au moment où elle prononçait ces mots, et indiquait d'un geste la direction qu'elle les invitait à prendre, le paysan se retourna, puis, leur demandant d'un ton rogue pourquoi ils prenaient tout le trottoir, il passa son chemin.

L'escalier que désignait la fille était celui qui permet d'accoster en venant du fleuve, sur la rive droite, du côté de l'église Saint-Sauveur. C'est là que s'empressa d'aller sans se faire voir l'homme qui avait l'air d'un paysan; après avoir examiné l'endroit pendant un instant, il commença à descendre.

Cet escalier fait partie du pont; il se compose de trois

séries de marches. Immédiatement avant la fin de la deuxième, en descendant, le mur de pierre du côté gauche se termine par un pilastre ornemental qui fait face à la Tamise [1]. A cet endroit les marches situées plus bas s'élargissent, si bien qu'une personne ayant contourné cet angle du mur ne peut absolument pas être vue par d'autres gens présents dans l'escalier si ces derniers se trouvent plus haut que lui, ne fût-ce que d'une seule marche. Le paysan regarda précipitamment autour de lui quand il arriva à ce point; et comme il ne semblait pas qu'il y eût de meilleure cachette, et comme d'autre part, la marée étant basse, il y avait beaucoup de place, il se glissa dans le coin, et attendit, adossé au pilastre, à peu près assuré que les autres ne descendraient pas plus bas, et que même s'il n'entendait pas ce qui se dirait, il pourrait du moins les suivre à nouveau, sans danger.

Le temps passait si lentement dans cet endroit désolé, et l'espion était tellement impatient de percer les motifs d'une entrevue si différente de ce qu'on lui avait laissé prévoir, qu'il crut plus d'une fois que tout était perdu, et se persuada que les autres, ou bien s'étaient arrêtés plus haut, ou bien avaient décidé de tenir leur mystérieuse conversation dans un lieu totalement différent. Il allait ressortir de sa cachette, et regagner la chaussée du pont, quand il entendit un bruit de pas et, aussitôt après, de voix qui parlaient presque à son oreille.

Il se redressa pour mieux se coller au mur et, retenant presque son souffle, il écouta attentivement.

— C'est assez loin comme cela, dit une voix, qui était évidemment celle du monsieur. Je ne laisserai pas cette demoiselle descendre plus bas. Il y a bien des

1. Pour comprendre ce passage, il faut se rappeler que les quais de la Tamise à Londres ne ressemblent en rien à ceux de la Seine à Paris; sauf en de rares endroits, ils ne comprennent ni voies de circulation, ni promenades.

gens qui ne vous eussent pas fait confiance au point de venir même jusqu'ici, mais vous voyez que je suis disposé à tenir compte de vos caprices.

— De mes caprices! s'écria la voix de la fille que l'espion avait filée. Vraiment, monsieur, vous êtes trop bon. Mes caprices! Enfin, enfin, peu importe.

— Voyons, dit l'homme sur un ton plus bienveillant, pour quel motif avez-vous pu vouloir nous entraîner dans cet endroit bizarre? Pourquoi ne pas me laisser vous parler là-haut, où il y a de la lumière, et un peu de mouvement, au lieu de nous entraîner dans ce trou sombre et lugubre?

— Je vous l'ai déjà dit, répondit Nancy, ça me faisait peur de vous parler là-haut. Je sais pas comment ça se fait, dit la fille, en frissonnant, mais j'éprouve tellement de peur et de terreur ce soir que j'en suis toute flageolante.

— Peur de quoi? demanda l'homme, qui paraissait prendre pitié d'elle.

— J'en sais trop rien, répondit la fille. Je voudrais bien le savoir. Toute la journée j'ai été hantée par l'idée de la mort, par des linceuls pleins de sang, et une peur qui me brûlait comme un feu dévorant. Ce soir, je lisais un livre pour passer le temps [1], et j'ai vu les mêmes images se mettre sur les pages.

— C'est de l'imagination, dit l'homme, pour la calmer.

— C'est pas de l'imagination, répondit la fille d'une voix rauque. Je vous jure que j'ai vu le mot « cercueil » écrit en grosses lettres noires sur toutes les pages du livre... oui, et ce soir, dans les rues, j'en ai vu un qu'on transportait tout près de moi.

— Il n'y a rien là d'extraordinaire, dit l'homme. J'en ai souvent vu passer.

— Des vrais, répliqua la fille. Le mien l'était pas.

---

1. On peut se demander où Nancy, élevée dans le ruisseau, avait appris à lire.

Il y avait quelque chose de tellement étrange dans ses manières que l'auditeur invisible en eut la chair de poule quand il entendit la fille prononcer ces mots, et que son sang se figea dans ses veines. Jamais il ne s'était senti plus soulagé que quand il entendit la douce voix de la demoiselle qui implorait Nancy de se calmer et de ne pas se laisser envahir par des imaginations aussi terribles.

— Parlez-lui avec bonté, dit la jeune femme à son compagnon. La pauvre enfant! Elle a l'air d'en avoir besoin.

— Les gens pieux et hautains auraient détourné la tête d'un air fier en me voyant dans l'état où je suis ce soir, et ils m'auraient fait un sermon sur les flammes et la vengeance, s'écria la fille. Ah, chère mademoiselle, pourquoi les gens qui se réclament de Dieu [1] ne sont-ils pas doux et bons pour nous autres, pauvres misérables, comme vous, vous qui avez la jeunesse et la beauté, et tout ce qu'ils n'ont plus, eux, vous qu'auriez le droit d'être un peu fière au lieu d'être tellement plus humble qu'eux?

— Ah! dit l'homme. Quand un Turc fait sa prière, il tourne son visage vers l'est après s'être bien lavé; mais nos bonnes gens, après s'être frotté contre le Monde au point de faire disparaître de leur visage toute trace de sourire, se tournent, tout aussi régulièrement, vers le coin le plus sombre du Ciel. S'il faut choisir entre le musulman et le pharisien, je n'hésite pas : je préfère le premier!

Ces paroles paraissaient s'adresser à la jeune demoiselle, et peut-être étaient-elles prononcées afin de laisser à Nancy le temps de se ressaisir. Au bout de peu d'instants, c'est à cette dernière que s'adressa le monsieur.

1. Aux yeux de Dickens, toutes les occasions sont bonnes d'attaquer les formes officielles et figées de la religion, et le pharisaïsme, qu'il a en singulière horreur.

— Vous n'êtes pas venue ici dimanche dernier, dit-il.

— J'ai pas pu, répondit Nancy, on m'en a empêchée par la force.

— Qui ?

— Celui dont j'ai déjà parlé à la demoiselle.

— Vous n'avez pas été soupçonnée, j'espère, d'être entrée en relations avec quelqu'un au sujet de l'affaire qui nous amène ici ce soir ?

— Non, répondit la fille en hochant la tête. Ça m'est pas très commode de le quitter sans qu'il sache pourquoi ; j'aurais pas pu voir la demoiselle l'autre jour, si j'y avais pas fait boire du laudanum avant de partir.

— S'était-il réveillé avant votre retour ? demanda l'homme.

— Non ; et personne m'a soupçonnée, ni lui ni les autres.

— Bon, dit le monsieur. Maintenant, écoutez-moi.

— Je suis prête, répondit la fille, tandis qu'il marquait un temps d'arrêt.

— Ma jeune amie m'a confié, commença le monsieur, ainsi qu'à d'autres personnes dignes d'une confiance totale, ce que vous lui aviez dit il y a près de quinze jours. Je vous avoue que j'ai eu des doutes, tout d'abord, et me suis demandé si je devais ajouter foi sans réserve à vos paroles, mais maintenant je n'ai plus de doutes.

— Vous n'avez pas besoin d'en avoir, dit la fille avec ferveur.

— Je vous répète que je n'en ai plus. Pour vous prouver que je suis enclin à vous faire confiance, je vous déclare sans hésiter que nous nous proposons d'extorquer ce secret, quel qu'il soit, grâce aux craintes du dénommé Monks. Mais si... si..., poursuivit-il, si nous ne pouvons nous assurer de sa personne, ou si nous n'arrivons pas, même ainsi, à obtenir de lui ce que nous voulons, il faudra que vous nous livriez le Juif !

— Fagin!

— Il faudra que cet homme soit livré par vous, dit le monsieur.

— Je ferai pas ça! Je le ferai jamais! répondit la fille. C'est un démon, et avec moi il a été pire qu'un démon, mais je ferai pas ça.

— Vous refusez? dit le monsieur, qui ne paraissait nullement surpris de cette réponse.

— Je le ferai jamais! répliqua la fille.

— Dites-moi pourquoi.

— Y a une raison, répliqua la fille avec fermeté, une raison que la demoiselle connaît, et là elle me soutiendra, j'en suis sûre, parce qu'elle me l'a promis; et y a aussi une autre raison, c'est que si Fagin a fait du mal, moi aussi; on est nombreux à avoir trempé dans les mêmes histoires, et je veux pas me retourner contre ces gens-là, parce qu'ils auraient pu, tous tant qu'ils sont, se retourner contre moi, et ils l'ont pas fait, malgré toute leur méchanceté.

— En ce cas, s'empressa de dire le monsieur, comme si tel était le point où il cherchait à en venir, remettez Monks entre mes mains, et laissez-moi en faire ce que je voudrai.

— Et s'il se retourne contre les autres?

— Je vous promets que dans ce cas, si on lui extorque la vérité, les choses en resteront là; il doit bien y avoir dans la petite histoire d'Olivier des circonstances qu'il serait pénible d'exposer aux regards du public; et si nous arrivons à faire jaillir la vérité, les autres ne seront nullement inquiétés.

— Et si vous n'y arrivez pas? demanda la fille.

— Alors, poursuivit le monsieur, ce Fagin ne sera pas livré à la justice sans votre consentement. En un cas de ce genre, je crois que je pourrais vous donner des raisons qui vous inciteraient à l'accorder.

— Est-ce que la demoiselle me donne sa parole là-dessus? demanda la fille.

— Je vous le promets, répondit Rose. Vous avez ma parole, sans réserve ni réticence.

— Monks n'apprendrait jamais comment vous avez su ce que vous savez? demanda la fille après un court silence.

— Jamais, répondit le monsieur. Ces informations seraient utilisées contre lui de telle sorte qu'il n'en pourrait pas même deviner l'origine.

— J'ai menti, et j'ai vécu chez des menteurs depuis ma petite enfance, dit la fille, après un nouveau moment de silence, mais j'accepte votre parole.

Après avoir reçu de ses deux interlocuteurs l'assurance qu'elle pouvait sans danger se fier à eux, elle se mit en devoir de décrire (d'une voix si basse que l'espion eut souvent du mal à discerner même le sens général de ses propos) le nom et la situation du café où il l'avait prise en chasse ce soir-là. D'après sa façon de s'interrompre de temps à autre, on pouvait penser que le monsieur prenait note rapidement des renseignements donnés par elle. Quand elle eut parfaitement expliqué la position de l'établissement, le meilleur poste de guet qui permettait de l'observer sans éveiller l'attention, ainsi que les heures et les jours où Monks avait l'habitude de le fréquenter le plus régulièrement, elle parut réfléchir quelques instants, comme pour se remettre plus clairement en mémoire les traits et l'apparence de Monks.

— Il est grand, dit la fille, et bien bâti, mais assez mince; il a une démarche hésitante; en marchant, il regarde toujours par-dessus son épaule, d'abord d'un côté, puis de l'autre. N'oubliez pas cela, car il a les yeux profondément enfoncés dans leurs orbites, comme personne d'autre, et vous pourriez presque le reconnaître rien qu'à cela. Il a le teint brun, comme les yeux et les cheveux; il doit pas avoir plus de vingt-sept ou vingt-huit ans, mais il est hâve et ridé. Ses lèvres sont souvent blanches et défigurées par des morsures; car il a des crises terribles, et des fois il va jusqu'à se mordre les mains et à les couvrir de plaies... Pourquoi sursautez-vous ? demanda la fille, en s'arrêtant tout net.

Le monsieur répondit précipitamment qu'il n'avait pas eu l'impression de sursauter, et la pria de poursuivre.

— Il y a une partie de ces renseignements, dit la fille, que j'ai obtenus par des clients du café dont je vous parle; moi, je ne l'ai vu que deux fois, et les deux fois il était emmitouflé dans une grande cape. Je crois que c'est tout ce que je peux vous dire pour vous aider à le reconnaître. Attendez, ajouta-t-elle. Sur la gorge, assez haut pour qu'on en voie une partie sous son foulard quand il se tourne de côté, il y a...

— Une grande marque rouge, comme une cicatrice, ou une brûlure ? s'écria le monsieur.

— Qu'est-ce que ça veut dire ? demanda la fille. Vous le connaissez !

La demoiselle poussa un cri de surprise, et pendant quelques instants ils gardèrent un silence tel que l'espion entendait distinctement leur respiration.

— Je crois le connaître, dit le monsieur, rompant le silence. D'après votre description, il me semble que je le connais. Nous verrons. Il y a beaucoup de gens qui se ressemblent étonnamment. Peut-être n'est-ce pas le même homme.

Tout en s'exprimant de la sorte avec une indifférence affectée, il fit deux ou trois pas en direction de la cachette de l'espion, comme ce dernier s'en rendit compte en l'entendant distinctement qui murmurait : Ce doit être lui !

— Bon, dit-il en revenant (c'est du moins ce que le bruit de sa voix donnait à penser) à l'endroit où il se trouvait précédemment, vous nous avez rendu de grands services, ma fille, et je voudrais que vous en tiriez parti. En quoi puis-je vous être utile ?

— En rien, répondit Nancy.

— Vous n'allez pas persister à dire cela, répliqua le monsieur, d'une voix et avec un accent de bonté qui auraient pu toucher un cœur beaucoup moins tendre et plus endurci. Réfléchissez maintenant. Répondez-moi.

— Rien, monsieur, répliqua la fille en pleurant. Vous ne pouvez m'être utile en rien. Il n'y a plus d'espoir pour moi, je vous assure.

— Vous refusez vous-même tout espoir, dit le monsieur. Certes, pour vous, le passé n'est qu'une étendue désertique d'énergies juvéniles mal employées, et d'inappréciables trésors gaspillés, de ceux que le Créateur donne une fois seulement, et ne peut renouveler, mais pour l'avenir vous pouvez espérer. Je ne dis pas qu'il soit en notre pouvoir de vous offrir la paix du cœur et de l'esprit, car cette paix ne vous viendra que dans la mesure où vous la chercherez; mais pour ce qui est d'un asile tranquille, soit en Angleterre, soit, si vous avez peur d'y demeurer, dans un pays étranger, nous avons non seulement la possibilité, mais aussi le désir le plus ardent de vous le procurer. Avant l'aurore, avant que ce fleuve s'éveille sous les premiers rayons du jour, vous serez placée absolument hors de la portée de vos anciens compagnons, sans laisser la moindre trace derrière vous, exactement comme si vous disparaissiez à cet instant de la surface de la terre. Allons! Je voudrais tant que vous ne retourniez pas échanger une seule parole avec un seul de vos anciens compagnons, ou jeter un seul regard sur un de vos repaires habituels, ou respirer même cet air qui est pour vous comme la peste et la mort. Quittez tout cela, pendant qu'il en est temps et que vous en avez l'occasion.

— Elle va se laisser convaincre maintenant, s'écria la demoiselle. Elle hésite, j'en suis sûr.

— Je crains que non, chère amie, dit le monsieur.

— Non, monsieur, je n'hésite pas, répondit la fille, après un court débat intérieur. Je suis enchaînée à ma vie passée. Je la hais et la déteste maintenant, mais je ne peux pas la quitter. Sans doute suis-je allée trop loin pour pouvoir revenir en arrière... et pourtant, ce n'est pas tellement sûr, car si vous m'aviez parlé ainsi il y a quelque temps, ça m'aurait seulement amusée. Mais, dit-elle, en regardant précipitamment autour d'elle, voilà que mes craintes me reprennent. Il faut que je rentre à la maison.

— A la maison! répéta la demoiselle, en accentuant ce mot.

— A la maison, mademoiselle, répliqua la fille. A la seule maison dont j'aie su me faire un foyer par l'ouvrage de toute ma vie. Quittons-nous. Quelqu'un va me surveiller, ou je vais me faire voir. Partez! Partez! Si vraiment je vous ai rendu service, tout ce que je vous demande, c'est de me quitter, et de me laisser aller mon chemin toute seule.

— Cela ne sert à rien, dit l'homme avec un soupir. Peut-être la mettons-nous en danger si nous restons ici. Peut-être l'avons-nous retenue déjà plus longtemps qu'elle ne l'espérait.

— Oui, oui, dit la fille avec insistance. C'est vrai.

— Mais quel pourra être, s'écria la demoiselle, l'avenir de cette malheureuse?

— Eh bien! reprit la fille. Regardez devant vous, mademoiselle. Regardez ces eaux sombres. Combien de fois avez-vous lu l'histoire de gens comme moi qui ont fait un plongeon dans le courant, sans laisser âme qui vive pour les regretter ou se soucier d'eux. Ce sera peut-être dans quelques années, ce sera peut-être dans quelques mois, mais pour finir faudra que j'en arrive là.

— Ne parlez pas ainsi, je vous en prie, répondit la demoiselle, qui sanglotait.

— Vous en entendrez jamais parler, chère mademoiselle, et Dieu vous préserve d'entendre parler de ces horreurs-là! répondit la fille. Bonsoir, bonsoir!

Le monsieur se détourna.

— Cette bourse, s'écria la demoiselle. Prenez-la pour me faire plaisir, et pour ne pas être sans ressources à l'heure des difficultés et des épreuves.

— Non! répondit la fille. C'est pas pour de l'argent que j'ai fait ça. Permettez-moi de garder cette pensée. Mais... donnez-moi quelque chose que vous avez porté sur vous; j'aimerais bien avoir quelque chose... oh non, pas une bague... vos gants ou votre mouchoir... n'importe quoi, que je pourrai garder en souvenir de vous, bonne demoiselle. Voilà. Dieu vous bénisse ! Dieu vous bénisse. Bonsoir, bonsoir!

La vive émotion de la fille et la crainte de l'exposer à une découverte qui se traduirait pour elle par des violences et des mauvais traitements parurent décider le monsieur à la quitter comme elle le demandait. On entendit un bruit de pas qui s'éloignaient et les voix se turent.

Les silhouettes de la demoiselle et de son compagnon apparurent bientôt sur le pont. Elles s'arrêtèrent au haut de l'escalier.

— Écoutez! s'écria la jeune fille, tendant l'oreille. N'a-t-elle pas appelé? J'ai cru entendre sa voix.

— Non, ma chère enfant, répondit M. Brownlow en regardant derrière lui d'un air triste. Elle n'a pas bougé, et ne bougera pas tant que nous serons là.

Rose Maylie voulait s'attarder, mais le vieil homme lui prit le bras et l'entraîna de force, non sans douceur pourtant. Quand ils disparurent, la fille s'effondra presque de tout son long sur l'une des marches de pierre, et donna libre cours aux larmes amères de son cœur meurtri.

Au bout d'un moment elle se releva, et remonta jusqu'à la rue d'un pas faible et chancelant. L'espion stupéfait resta immobile à son poste pendant quelques minutes de plus; puis, quand il se fut assuré, en jetant autour de lui force regards prudents, qu'il était seul de nouveau, il se glissa lentement hors de sa cachette, et remonta furtivement, dans l'ombre du mur, comme il était descendu.

Parvenu en haut, il jeta encore plus d'un coup d'œil dans la rue, pour être bien sûr de ne pas être observé; puis Noé Claypole s'élança à toute vitesse, et se rendit à la maison du Juif aussi vite que ses jambes voulurent bien l'y porter.

CHAPITRE XLVII

Fatales conséquences.

Deux heures plus tard environ allait poindre l'aurore; c'était le moment qu'à l'automne on peut bien appeler le cœur de la nuit; le moment où les rues sont silencieuses et désertes, où le bruit lui-même paraît s'être assoupi, où la débauche et le désordre sont rentrés chez eux pour rêver; telle était l'heure muette et immobile où Fagin veillait dans sa tanière habituelle, le visage pâle et défiguré, les yeux rouges et injectés de sang, au point qu'il ressemblait moins à un homme qu'à quelque hideux fantôme, tout frais sorti de la tombe et tourmenté par un mauvais esprit.

Il était pelotonné près d'un âtre sans chaleur, enveloppé d'un vieux couvre-pieds en lambeaux, et il avait la tête tournée vers une bougie qui se consumait sur une table près de lui. Sa main droite levée touchait ses lèvres, et tandis qu'il rongeait ses longs ongles noirs, perdu dans ses pensées, il laissait voir parmi ses gencives édentées plusieurs crocs dignes d'un chien ou d'un rat.

Noé Claypole dormait profondément sur un matelas à même le sol. De temps à autre le vieillard portait vers lui ses regards l'espace d'un instant, puis il les ramenait à la bougie, dont la longue mèche noircie presque repliée sur elle-même et les paquets de graisse chaude qui tombaient sur la table montraient clairement que son esprit était ailleurs.

Tel était le cas, en effet. Le poignant regret de voir

anéantir son remarquable projet; sa haine pour la fille qui avait osé s'aboucher avec des inconnus; un refus énergique de croire qu'elle n'eût pas accepté de le livrer; la cruelle déception d'être frustré de sa vengeance contre Sikes; la crainte d'être découvert, ruiné, et mis à mort; une colère implacable et féroce allumée par toutes ces pensées; telles étaient les réflexions passionnées qui traversaient l'esprit de Fagin en un tourbillon rapide et incessant, tandis que son cœur était tenaillé par toutes sortes d'intentions méchantes et de noirs desseins.

Il resta sans changer le moins du monde son attitude, et apparemment sans prêter la moindre attention à l'heure, jusqu'au moment où son oreille exercée sembla être attirée par un bruit de pas dans la rue.

— Enfin, grommela-t-il, en essuyant ses lèvres desséchées et fiévreuses. Enfin!

Au même instant la sonnette retentit discrètement. Il monta furtivement au rez-de-chaussée pour ouvrir la porte, et revint bientôt accompagné d'un homme emmitouflé jusqu'au menton, qui portait un paquet sous son bras. L'homme s'assit, et quand il rabattit le col de son manteau, on put reconnaître la silhouette massive de Sikes.

— Là! dit-il, en posant son paquet sur la table. Vous vous occuperez de ça, et tâchez d'en tirer le plus possible. J'ai eu assez de mal à l'avoir; j'avais cru que j'arriverais trois heures plus tôt.

Fagin fit main basse sur le paquet, et le mit sous clef dans le placard, puis il se rassit sans mot dire. Mais pas un instant, pendant qu'il accomplissait ces gestes, son regard ne quitta le bandit; et maintenant qu'ils se trouvaient assis face à face, il le dévisagea d'un œil fixe, ses lèvres agitées d'un tremblement si violent, et le visage tellement bouleversé par les émotions qui l'étreignaient, que le cambrioleur se rejeta en arrière sur sa chaise, sans le vouloir, et le considéra d'un air de véritable terreur.

— Alors, quoi ? s'écria Sikes. Pourquoi que vous regardez les gens comme ça ?

Fagin leva la main droite, et agita en l'air son index tremblant ; mais sa colère était si grande qu'il en avait momentanément perdu la parole.

— Bon sang ! dit Sikes, fouillant dans sa poche intérieure d'un air inquiet. Il est fou. Va falloir que je veille au grain.

— Non, non, répliqua Fagin, retrouvant le pouvoir de s'exprimer. C'est pas... c'est pas contre vous, Bill. J'ai... j'ai rien à vous reprocher.

— Ah, non, tiens ! dit Sikes, en lui jetant un regard sévère, et en faisant ostensiblement passer son pistolet dans une poche plus accessible. Ça vaut mieux... pour un de nous deux. Pas besoin de dire lequel.

— J'ai une chose à vous dire, Bill, reprit Fagin en rapprochant sa chaise, qui va vous faire encore plus d'effet qu'à moi.

— Ouais ! répliqua le bandit, d'un air incrédule. Parlez donc ! Et dépêchez-vous, ou sans ça Nance va croire que je suis perdu.

— Perdu ! s'écria Fagin. Dans son esprit, la chose est déjà à peu près réglée.

Sikes contempla le visage du Juif avec beaucoup de perplexité apparente, mais, comme il n'y put lire aucune explication satisfaisante de l'énigme, il le prit au collet de sa main puissante, et le secoua énergiquement.

— Vous allez parler, non ? dit-il. Ou sinon, je vous coupe le sifflet. Ouvrez donc la bouche, et dites ce que vous avez à dire en langage clair. Allez, sacré vieux gredin, allez !

— Supposons que le petit qui est couché là... commença Fagin.

Sikes se retourna vers l'endroit où dormait Noé, comme s'il n'avait pas remarqué sa présence jusqu'à cet instant. Alors ? demanda-t-il en reprenant sa posture antérieure.

— Supposons que le petit se mette à table, poursuivit Fagin, qu'il nous vende tous, qu'il commence par aller trouver les gens qu'il faudrait pour ça, et qu'il tienne une réunion avec eux ensuite, dans la rue, pour leur dire à quoi nous ressemblons, leur indiquer tous les signes qui leur permettraient de nous reconnaître, et la planque où ça serait le plus commode de nous attraper. Supposons qu'il fasse tout ça, et que par-dessus le marché il aille dénoncer une combine où on aurait tous trempé, plus ou moins... et spontanément; pas parce qu'il aurait été pincé, pris au piège, jugé, travaillé par l'aumônier [1], et mis au pain sec pour le faire parler... mais spontanément; pour son propre plaisir; qu'il sorte en secret le soir pour aller trouver les gens qu'ont le plus d'intérêt à nous poursuivre, et qu'il nous moucharde auprès d'eux. Vous m'entendez? glapit le Juif, les yeux étincelants de fureur. Supposons qu'il fasse tout ça. . alors?

— Alors! répondit Sikes, avec un épouvantable juron. S'il était encore vivant quand j'arriverais, j'y écraserais la tête sous mon talon de fer, et je la lui pulvériserais en autant de morceaux qu'il a de cheveux sur la tête.

— Et si c'était moi qui faisais ça! cria Fagin, presque en hurlant. Moi, qui sais tant de choses, et qui pourrais faire pendre tant de gens en même temps que moi!

— Je sais pas, répondit Sikes, grinçant des dents, et blêmissant à cette seule hypothèse. Je ferais des choses dans ma cellule qui me feraient mettre aux fers; et, si j'étais jugé en même temps que vous, je vous

1. On peut rapprocher de ce passage la phrase suivante extraite de *Moll Flanders* (1722), roman de Daniel Defoe (1659-1731) : « il (le ministre non conformiste) me dit qu'il ne venait pas comme l'aumônier de la prison, dont la fonction consiste à arracher des aveux aux accusés, et à découvrir ainsi de nouveaux coupables ». On voit en quelle estime étaient tenus les aumôniers anglicans de Newgate. (Cf. aussi n° 1, p. 93.)

tomberais dessus en plein tribunal, et je vous ferais sauter la cervelle à coups de poing devant tout le monde. Ça me donnerait tellement de force, grommela le bandit, en levant son bras musclé, que je pourrais vous écraser la tête comme si une charrette était passée dessus avec son chargement.

— C'est vrai ?

— Si c'est vrai ! dit le cambrioleur. Essayez voir.

— Si c'était Charley, ou le Finaud, ou Bet, ou...

— Que ça soye n'importe qui, répondit Sikes avec impatience. N'importe qui, je les traiterais tous de la même façon.

Fagin regarda fixement le bandit ; puis il lui fit signe de garder le silence, et se pencha sur le lit pour secouer le dormeur et l'éveiller. Sikes inclina le buste sans quitter sa chaise, et resta, les mains posées sur les genoux, à regarder la scène comme s'il se demandait fort où l'autre voulait en venir avec tous ses interrogatoires et ses préparatifs.

— Bolter, Bolter ! Le pauvre petit ! dit Fagin, qui releva la tête avec une expression diabolique de plaisir et d'impatience, et qui parlait d'une voix lente et en articulant avec soin. Il est fatigué... parce qu'il a fallu qu'il la guette si longtemps... qu'il la guette, elle, Bill.

— Qu'est-ce que vous voulez dire ? demanda Sikes, avec un mouvement de recul.

Fagin ne répondit pas, mais, se penchant de nouveau sur le dormeur, il lui souleva le buste et l'assit. Lorsque son pseudonyme eut été répété à plusieurs reprises, Noé se frotta les yeux, et, avec un bâillement prolongé, promena autour de lui un regard endormi.

— Raconte-moi encore ton histoire... encore une fois, pour qu'il l'entende, lui, dit le Juif, qui montrait Sikes du doigt.

— Quelle histoire ? demanda Noé, encore ensommeillé et se secouant d'un air mécontent.

— L'histoire, là... au sujet de Nancy, dit Fagin,

en saisissant le poignet de Sikes, comme pour l'empêcher de sortir de la maison avant d'en avoir entendu assez. Tu l'as filée ?

— Oui.

— Jusqu'au Pont de Londres ?

— Oui.

— Où elle a retrouvé deux personnes ?

— C'est exact.

— Un monsieur et une dame qu'elle était déjà allée trouver une fois, spontanément; et ils lui ont demandé de livrer tous ses copains à commencer par Monks, et elle l'a fait... et de le décrire, et elle l'a fait... et de leur dire quel est le café où nous nous réunissons et que nous fréquentons, et elle l'a dit... et d'où on pouvait le surveiller le plus facilement, et elle l'a dit... et à quelle heure nos gens y vont, et elle l'a dit. Elle a fait tout ça. Elle a tout dit, mot pour mot, sans la moindre menace, sans un murmure... C'est vrai... n'est-ce pas ? s'écria Fagin, presque fou de rage.

— Parfaitement, répondit Noé, en se grattant la tête. Ça c'est passé juste comme ça !

— Qu'est-ce qu'ils ont dit, à propos de dimanche dernier ?

— A propos de dimanche dernier ? répondit Noé, réfléchissant. Mais je vous l'ai déjà raconté.

— Encore. Raconte-le encore ! s'écria Fagin, resserrant son étreinte sur le poignet de Sikes, et brandissant bien haut sa main libre, cependant que ses lèvres se couvraient d'écume.

— Ils y ont demandé, dit Noé, qui paraissait, à mesure que son sommeil se dissipait, commencer à se douter vaguement de l'identité de Sikes, ils y ont demandé pourquoi qu'elle était pas venue dimanche dernier comme elle l'avait promis. Elle a dit qu'elle avait pas pu.

— Pourquoi... pourquoi ? Dis-moi ça.

— Parce qu'elle avait été retenue de force par Bill, l'homme dont elle leur avait déjà parlé, répondit Noé.

— Et ensuite? s'écria Fagin. Toujours au sujet de l'homme dont elle leur avait déjà parlé? Dis-lui ça, dis-lui encore ça.

— Eh ben, elle a dit qu'elle pouvait pas facilement sortir sans qu'il sache où qu'elle allait, dit Noé; et que comme ça la première fois qu'elle était allée voir la dame, elle lui avait... ha! ha! ha! ça m'a fait rire quand elle a dit ça, je vous assure... elle lui avait fait boire du laudanum.

— Enfer et damnation! s'écria Sikes, qui fit lâcher prise au Juif, d'un mouvement forcené, laissez-moi partir!

Il repoussa le vieillard, sortit impétueusement de la pièce, et s'élança jusqu'en haut de l'escalier comme un fou furieux.

— Bill, Bill! cria Fagin, qui l'avait suivi précipitamment. Un mot. Rien qu'un mot.

Ce mot n'aurait pas été prononcé, si le cambrioleur avait réussi à ouvrir la porte; mais il s'acharnait encore contre elle avec force jurons et brutalités inutiles quand le Juif arriva, tout essoufflé.

— Laissez-moi sortir, dit Sikes. Ne me parlez pas, ce serait dangereux. Laissez-moi sortir, je vous dis!

— Écoutez un mot que j'ai à vous dire, répliqua Fagin, en posant la main sur la serrure. Vous n'allez pas...

— Quoi? fit l'autre.

— Vous n'allez pas être... trop... violent, Bill?

Le jour commençait à poindre, et il faisait assez clair pour que chacun des deux hommes pût voir le visage de l'autre. Ils échangèrent un bref regard; ils avaient tous deux dans les yeux une flamme qui ne trompait pas.

— Je veux dire, ajouta Fagin, laissant voir que toute dissimulation lui paraissait désormais superflue, pas trop violent, à cause des risques. De la ruse, Bill, et pas de témérité.

Sikes ne dit mot; il ouvrit brusquement la porte,

dont Fagin avait tiré les verrous, et s'élança dans les rues silencieuses.

Sans s'arrêter une seule fois; sans un instant de réflexion; sans détourner une fois la tête à droite ou à gauche; sans lever les yeux vers le ciel ou les baisser sur le sol; regardant droit devant lui avec une résolution farouche; les dents si fermement serrées que, sous l'effort, la mâchoire paraissait prête à percer la peau tendue; ainsi le bandit poursuivit sa course folle, sans émettre un seul murmure ni relâcher un seul muscle jusqu'au moment où il arriva devant sa porte. Il l'ouvrit sans bruit avec sa clef; monta l'escalier à grands pas silencieux; il entra dans sa chambre, en ferma la porte à double tour, et plaça contre elle une lourde table, puis il tira le rideau du lit.

La fille y était couchée, à demi dévêtue. Il l'avait tirée de son sommeil, car elle se souleva d'un air effaré.

— Lève-toi! dit l'homme.

— Ah, c'est toi, Bill! dit la fille, qui avait l'air contente de le voir revenir.

— Oui, lui fut-il répondu. Lève-toi.

Une bougie était allumée, mais l'homme l'arracha brutalement du bougeoir et la lança dans la cheminée. Voyant la faible lueur du petit jour à l'extérieur, la fille se leva pour aller tirer le rideau.

— Laisse ça tranquille, dit Sikes, tendant le bras pour l'arrêter. Y a assez de lumière pour ce que j'ai à faire.

— Bill, dit la fille, d'une voix assourdie par l'inquiétude, pourquoi me regardes-tu comme ça?

Le bandit resta quelques secondes à la considérer, les narines dilatées, et la poitrine palpitante; puis, l'attrapant par la tête et par la gorge, il la traîna au milieu de la pièce, et, après avoir jeté un regard du côté de la porte, il posa sa grosse main sur les lèvres de la fille.

— Bill, Bill! dit la fille, haletante, en se débattant avec la force de sa crainte mortelle... je... je ne vais pas pleurer ni crier... pas une seule fois... écoute-moi... parle-moi... dis-moi ce que j'ai fait!

— Tu le sais bien, diablesse! répondit le bandit, qui retenait son souffle. On t'a suivie cette nuit; on a entendu tout ce que t'as dit.

— Alors épargne ma vie pour l'amour du Ciel, comme j'ai épargné la tienne, répliqua la fille en s'accrochant à lui. Bill, Bill chéri, tu vas pas avoir le courage de me tuer. Oh! Pense un peu à tout ce que j'ai abandonné, encore cette nuit, pour toi. Il faut que tu prennes le temps de réfléchir, il faut pas te charger d'un pareil crime; je te lâcherai pas, tu peux pas te débarrasser de moi. Bill, Bill, pour l'amour du Bon Dieu, pour toi, pour moi, arrête avant d'avoir fait couler mon sang! Je te suis restée fidèle, je te le jure sur mon âme de pécheresse!

L'homme se débattait violemment pour dégager ses bras; mais ceux de la fille étaient enlacés autour des siens, et il avait beau la secouer, il ne pouvait lui faire lâcher prise.

— Bill, s'écria la fille, en s'efforçant de poser la tête sur sa poitrine, le monsieur et cette chère demoiselle m'ont parlé cette nuit d'un refuge dans un pays étranger où j'aurais pu finir ma vie en paix dans la solitude. Laisse-moi aller les revoir et les supplier à genoux d'avoir autant de bonté et de miséricorde envers toi; et quittons tous deux cet endroit épouvantable, et menons une vie meilleure, complètement séparés; oublions comment nous avons vécu, sauf dans nos prières, et ne nous revoyons plus jamais. Il n'est jamais trop tard pour se repentir. Ils me l'ont dit... je m'en rends compte maintenant... mais il nous faut du temps... un peu de temps, un tout petit peu de temps!

Le cambrioleur dégagea un de ses bras et empoigna son pistolet. La certitude d'être découvert immédiatement s'il faisait feu lui traversa l'esprit comme l'éclair au beau milieu de sa fureur; et il frappa deux fois de son arme, avec toute la force qu'il put mettre en jeu, le visage levé vers lui et qui touchait presque le sien.

Elle chancela et s'effondra, presque aveuglée par le sang qui coulait d'une plaie béante ouverte sur son front; mais elle se souleva, non sans difficulté, se mit à genoux, tira de son sein un mouchoir blanc, celui-là même de Rose Maylie, et l'élevant entre ses mains jointes, aussi haut en direction du Ciel que le lui permettaient ses forces déclinantes, elle exhala une brève prière pour implorer la miséricorde de son Créateur.

C'était un spectacle atroce. L'assassin recula vers le mur d'un pas chancelant, mit une main devant ses yeux pour ne pas la voir, s'empara d'une lourde massue et l'abattit.

CHAPITRE XLVIII

La fuite de Sikes.

De tous les actes néfastes perpétrés sous le couvert des ténèbres dans la vaste enceinte de Londres depuis que la nuit s'était étendue sur elle, c'était celui-là le pire. De toutes les horreurs dont les relents s'élevaient dans l'air du matin, c'était la plus infâme et la plus cruelle.

Le soleil, ce soleil éclatant qui rend à l'homme non point seulement la lumière, mais une vie, une espérance, une fraîcheur toutes nouvelles, le soleil jaillit au-dessus de la populeuse cité dans toute sa clarté et toute sa splendeur. Par les plus riches vitraux comme par les fenêtres aux carreaux de papier, par le dôme de la cathédrale comme par les fissures des murs lézardés, il faisait pénétrer les mêmes rayons. Il illumina la chambre où gisait la femme assassinée. Oui. L'homme essaya de l'en empêcher, mais la lumière entrait à flots néanmoins. Si le spectacle avait été affreux déjà dans la pâleur du matin, qu'en était-il maintenant, au milieu de toute cette lumière éclatante!

L'homme n'avait pas bougé; il avait eu peur de remuer. Il avait perçu un gémissement, un mouvement de la main; et, fou de terreur en même temps que de rage, il avait frappé à mainte et mainte reprise. Un moment, il avait jeté un vieux tapis sur le corps; mais il était encore plus pénible de se représenter les yeux, de les imaginer en train de se poser sur lui, que de les voir fixés sur le plafond comme s'ils y guettaient le reflet de la mare de sang qui miroitait et tremblotait dans le soleil. Il avait enlevé le tapis. Et le corps était là, tout de chair et de sang, sans rien d'autre... mais quelle chair, et que de sang!

Il battit le briquet et alluma du feu, il y jeta sa massue. Il y avait des cheveux au bout du gourdin, qui s'enflammèrent et se réduisirent en cendres légères; emportées par le courant d'air elles s'envolèrent en tourbillonnant dans la cheminée. Tout robuste qu'il était, ce simple incident lui fit peur; mais il tint son arme jusqu'au moment où elle se rompit, et la posa alors sur le tas de charbon pour qu'elle achevât de se consumer et de se pulvériser. Il se lava et brossa ses habits; il y avait des taches qui ne voulaient pas partir, mais il découpa les morceaux de tissu et les fit brûler. Comme les taches étaient éparpillées dans la chambre! Tout, jusqu'aux pattes du chien, était ensanglanté.

Jusqu'alors il n'avait pas une fois tourné le dos au cadavre; non, pas même un instant. Quand ses préparatifs furent achevés, il gagna la porte, à reculons, en entraînant son chien avec lui, de peur qu'il ne se resalît les pattes et n'emportât dans la rue de nouvelles traces du crime. Il referma la porte sans bruit, tourna la clef, l'ôta et sortit de la maison.

Il traversa la rue, et leva les yeux vers la fenêtre, pour s'assurer qu'on ne voyait rien de l'extérieur. Le rideau était toujours fermé, ce rideau qu'elle avait voulu ouvrir pour faire entrer le jour qu'elle ne devait jamais plus revoir. Son corps gisait là, presque au-dessous de la fenêtre. Il le savait bien, lui. Ciel, comme le soleil déversait ses rayons sur cet endroit précis!

Son regard ne dura qu'un instant. Il était soulagé d'avoir quitté la chambre. Il siffla son chien, et s'éloigna d'un pas rapide.

Il traversa Islington; à Highgate, il gravit la butte sur laquelle s'élève le mémorial de Whittington [1];

---

1. Richard Whittington (mort en 1423) est à la fois un personnage historique (mercier, il fut trois fois Lord-Maire

il redescendit vers Highgate Hill, indécis, ne sachant où aller; il bifurqua de nouveau à droite presque aussitôt qu'il se fut engagé dans la descente; prenant le sentier à travers champs, il longea le Bois de Caen, et déboucha ainsi sur Hampstead Heath. Il traversa le creux en longeant le Val de Santé, gravit la pente d'en face, et, après avoir coupé la route qui unit les villages de Hampstead et de Highgate, se dirigea par le prolongement du vaste parc jusqu'aux champs de North End [1]; dans l'un de ces champs il se coucha à l'abri d'une haie et s'endormit.

Il fut bientôt de nouveau sur ses jambes, et repartit... non pour s'enfoncer dans la campagne, mais en direction de Londres par la grand-route... puis revint sur ses pas... puis parcourut une autre partie du trajet qu'il avait déjà accompli... puis alla de-ci de-là dans les champs, en s'étendant au bord des fossés pour se reposer, et repartant en sursaut pour gagner un autre point où il faisait de même, et s'en allait encore au hasard.

En quel endroit pouvait-il aller, qui ne fût ni trop éloigné ni trop fréquenté, pour trouver à boire et à manger? A Hendon. C'était un bon coin, assez proche, mais où la plupart des gens n'ont guère l'occasion de

---

de Londres, en 1397, 1406 et 1419) et le héros d'une légende. Le monument dont il est question ici existe encore; il se réfère à la légende, et marque le lieu où Whittington se serait arrêté dans sa fuite et aurait entendu les cloches de Londres l'inviter à revenir en arrière.

1. Sikes commence par aller vers le nord-est de Londres; passant par Islington et Highgate, il arrive dans le vaste parc de Hampstead Heath (la lande de Hampstead — près de 500 hectares — où se trouve le Bois de Caen, Caen Wood; mais aujourd'hui ce dernier porte officiellement le nom, moins séduisant pour nous, de Kenwood, qui vient de Kent Wood, Bois du Kent); à l'est de Hampstead Heath se trouve North End. Sikes gagnera ensuite Hendon (Middlesex) au nord-est de Hampstead, localité qui ne répond plus à la définition donnée par Sikes!

passer. Il porta ses pas dans cette direction, tantôt en courant, tantôt en traînant avec une étrange perversité, comme une tortue, ou en s'arrêtant complètement pour donner des coups de canne dans les haies sans but précis. Mais quand il atteignit Hendon, tous les gens qu'il rencontrait, et jusqu'aux enfants sur le seuil des maisons, paraissaient le dévisager d'un air soupçonneux. Il revint encore sur ses pas, sans même trouver le courage d'acheter un morceau à manger ou une goutte à boire, quoiqu'il n'eût rien pris depuis plusieurs heures; une fois de plus il revint errer dans Hampstead Heath, sans savoir où aller.

Il parcourut des milles et des milles de terrain, mais il en revenait toujours au même endroit. Le matin et le milieu du jour étaient passés, et l'après-midi allait sur son déclin, et il continuait toujours à errer de-ci de-là, à monter et à descendre, à tourner en rond et à traîner toujours autour du même endroit. Il finit par s'éloigner et par prendre la direction de Hatfield [1].

Il était neuf heures du soir quand l'homme, absolument épuisé, et le chien, traînant la patte et clopinant après tant d'efforts inaccoutumés, descendirent la côte qui longe l'église de ce village paisible, puis, ayant parcouru péniblement la petite rue, se glissèrent dans un modeste café, dont la pauvre lumière les avait guidés. Il y avait du feu dans la buvette, devant lequel quelques journaliers étaient attablés pour boire. Ils se poussèrent pour faire de la place au nouveau venu, mais il préféra s'asseoir dans le coin le plus éloigné d'eux, pour boire et manger tout seul, ou plus exactement avec son chien à qui il jetait un morceau de temps à autre.

La conversation des hommes assemblés en ce lieu roulait sur la vie de la terre avoisinante et sur les fermiers; quand ces thèmes furent épuisés, elle porta

1. Hatfield (ou Bishop's Hatfield), dans le comté de Hertfordshire, est à dix-huit milles au nord de Londres.

sur l'âge d'un homme qui avait été enterré le dimanche précédent; les jeunes gens présents le considéraient comme très vieux, et les vieux déclaraient qu'il était mort très jeune (« Pas plus vieux que moi », déclara un grand-père à cheveux blancs) et qu'il aurait pu vivre au moins dix ou quinze ans de plus s'il avait fait attention; oui, s'il avait fait attention.

Il n'y avait rien là d'extraordinaire ou d'inquiétant. Le bandit, après avoir payé son addition, resta dans son coin, silencieux, sans se faire remarquer, et il était presque endormi, quand il fut à moitié réveillé par l'entrée bruyante d'un nouveau venu.

C'était un gaillard excentrique, mi-colporteur, mi-charlatan, qui parcourait les campagnes à pied pour vendre des pierres à affiler, des rasoirs, des savonnettes rondes, de la graisse de harnais, des remèdes pour chiens et chevaux, des articles de parfumerie à bon marché, des cosmétiques et autres marchandises de ce genre, qu'il portait dans une caissette sur son dos. Son entrée donna le signal de diverses plaisanteries familières échangées avec les paysans et qui ne se ralentirent pas jusqu'à ce qu'il eût fini de souper, et ouvrît sa boîte de trésors : alors il s'arrangea ingénieusement pour combiner le divertissement et les affaires.

— Et ce machin-là, ça serait quoi? Ça se mange, Harry? demanda un paysan au large sourire, en désignant dans un coin des pains d'une sorte de pâte.

— Ça, dit le gaillard, qui exhiba un de ses pains, c'est la pâte infaillible et inappréciable pour enlever toutes les espèces de taches, la rouille, la saleté, la moisissure, les souillures et les souilleries, les traces et les éclaboussures, sur la soie et le satin, la lingerie et la batiste, la toile et le crêpe, les tissus, les tapis, et le mérinos, la mousseline, le bombasin et les lainages. Taches de vin, taches de fruit, taches de bière, taches d'eau, taches de peinture, taches de poix, toutes les taches, elles s'en vont d'un seul coup quand on les frotte avec la pâte infaillible et inappréciable.

Les dames qui ont des taches sur leur honneur, elles n'ont qu'à en avaler un pain, elles sont guéries du premier coup... parce que c'est du poison. Si un de ces messieurs veut en faire l'expérience, il n'a qu'à en avaler un morceau et tout le monde sera convaincu... c'est tout aussi satisfaisant qu'une balle de revolver, et d'un goût bien plus désagréable, et on a donc bien plus de mérite à le prendre. Un penny le morceau. Malgré toutes ses vertus, elle coûte qu'un penny le morceau.

Il se trouva deux acheteurs sur-le-champ, et plusieurs autres assistants hésitaient visiblement. Le vendeur s'en aperçut et redoubla de loquacité.

— On arrive pas à la fabriquer assez vite pour satisfaire la demande, dit le gaillard. Il y a quatorze moulins à eau, six machines à vapeur, et une batterie galvanique [1] qui travaillent sans arrêt, et avec tout ça on n'arrive pas à la fabriquer assez vite, quoique les ouvriers travaillent si fort qu'ils meurent à la tâche, et on verse aussitôt une pension à leurs veuves, avec vingt livres par an et par enfant et une prime de cinquante livres pour des jumeaux. Un penny le morceau! Deux demi-pence, c'est la même chose, et quatre farthings, on les accepte avec reconnaissance. Un penny le morceau! Taches de vin, taches de fruit, taches de bière, taches d'eau, taches de peinture, taches de poix, taches de boue, taches de sang! Tenez, il y a une tache sur le chapeau d'un monsieur ici présent, que je vais vous faire disparaître avant qu'il ait le temps de me faire apporter une pinte de bière.

— Hein! s'écria Sikes, qui se leva d'un bond. Rendez-moi ça.

— Je vais la faire disparaître, monsieur, répondit l'homme, avec un clin d'œil à la ronde, avant que vous

1. La première pile galvanique fut mise au point par Volta dès 1800. L'usage industriel évoqué ici est sans doute prématuré, mais bien dans le ton du camelot qui parle.

ayez pu traverser la salle pour me le reprendre. Messieurs, vous remarquez tous cette tache sur le chapeau de monsieur : elle n'est pas plus large qu'un shilling, mais plus épaisse qu'une demi-couronne. Que ce soit une tache de vin, une tache de fruit, une tache de bière, une tache d'eau, une tache de peinture, une tache de poix, une tache de boue ou une tache de sang...

L'homme ne put aller plus loin, car Sikes, poussant un abominable juron, renversa la table, et lui ayant arraché le chapeau, sortit précipitamment de la maison.

Toujours en proie à ces sentiments illogiques et à cette irrésolution qui l'avaient étreint, malgré lui, toute la journée, l'assassin, quand il s'aperçut qu'il n'était pas poursuivi, et que, selon toute probabilité, on le prenait pour un quelconque ivrogne un peu hargneux, retraversa la ville; il s'était jeté de côté pour se dérober à la lueur des lanternes d'une diligence arrêtée dans la rue, et allait passer son chemin, quand il reconnut la malle de Londres et vit qu'elle était arrêtée devant le petit bureau de poste. Il ne doutait guère de ce qui allait se produire; pourtant il traversa la rue, et tendit l'oreille.

Le conducteur était sur le seuil, attendant le sac de courrier. Un homme habillé en garde-chasse arriva à cet instant, et le conducteur lui remit un panier qui était tout prêt sur le trottoir.

— C'est pour chez vous, dit le conducteur. Allons, dépêchons-nous là-dedans, tout de même. Saleté de sac, il n'était déjà pas prêt avant-hier soir; ça peut pas marcher comme ça, vous savez!

— Y a-t-il quelque chose de neuf en ville? demanda le garde-chasse en reculant jusqu'aux contrevents de la fenêtre pour mieux admirer les chevaux.

— Non, pas que je sache, répondit l'autre, enfilant ses gants. Le blé a monté un brin. Et j'ai entendu parler d'un assassinat aussi, quelque part du côté de Spitalfields, mais j'en suis pas tellement sûr.

— Oh, c'est tout à fait exact, dit un voyageur de

l'intérieur, qui avait passé la tête à la portière. Et c'est un crime atroce.

— Vraiment, monsieur? dit le conducteur en portant la main à son chapeau. Homme ou femme, monsieur, s'il vous plaît?

— C'est une femme, répondit le voyageur. On croit que...

— Alors, Ben, dit le cocher avec impatience.

— C'est cette saleté de sac, dit le conducteur; est-ce que vous vous êtes endormis, là-dedans?

— J'arrive! s'écria le chef du bureau, qui sortait en courant.

— Vous arrivez! grommela le conducteur. Ouais, et vous êtes comme la jeune héritière qui doit tomber amoureuse de moi; elle arrive, mais on sait pas quand. Allons, passez-moi ça. Ça y est.

Quelques coups de trompe joyeux, et la diligence s'en fut.

Sikes resta debout dans la rue, sans paraître ému de ce qu'il venait d'entendre, sans paraître troublé par d'autres sentiments que l'incertitude quant à sa destination. Finalement il rebroussa chemin une nouvelle fois, et prit la route qui mène de Hatfield à Saint-Albans [1].

Il allait avec obstination; mais quand il eut laissé la ville derrière lui et se trouva plongé dans les ténèbres et dans la solitude de la route, il se sentit envahi par une crainte, une terreur qui l'ébranlèrent dans tout son être. Tous les objets qu'il avait devant lui, réels ou imaginaires, mobiles ou immobiles, se mettaient à ressembler à quelque chose de terrible; encore ces craintes n'étaient-elles rien comparées à l'impression qui le hantait d'être talonné par la forme épouvantable vue ce matin-là. Il pouvait en distinguer l'ombre dans les ténèbres, en préciser le contour jusqu'au moindre

1. Saint-Albans est une vieille ville du Hertfordshire, à vingt milles de Londres.

détail, et observer de quel pas raide et solennel elle paraissait s'avancer. Il entendait ses vêtements bruisser dans les feuilles, et chaque souffle de vent lui apportait son dernier cri assourdi. S'il s'arrêtait, la forme s'arrêtait aussi. S'il se mettait à courir, elle le suivait... mais non pas en courant aussi, ce qui l'eût presque soulagé; non, comme un cadavre doué seulement d'une vie mécanique et porté par un vent mélancolique et continu qui jamais ne s'enflait ni ne faiblissait.

Parfois l'homme se retournait, résolu à chasser de force ce fantôme, au risque d'être tué par sa vue ; mais ses cheveux se dressaient sur sa tête et son sang se figeait, car le fantôme avait tourné en même temps que lui, et se trouvait derrière lui à cet instant, comme toujours. Il s'adossa à un talus, et eut l'impression que le fantôme était au-dessus de lui, et se découpait clairement sur le ciel froid de la nuit. Il se jeta par terre, par terre sur le dos. Le fantôme était debout à sa tête, dressé, silencieux, immobile, vivante pierre tombale portant une épitaphe de sang.

Que personne n'aille parler de meurtriers qui échappent à la justice et accuser la Providence de s'endormir. Dans une seule de ces interminables minutes de crainte torturante, il y avait autant de souffrances que dans quatre cents morts violentes.

Il y avait un hangar dans un champ devant lequel il passa, et ce hangar lui offrit un abri pour la nuit. Trois grands peupliers se dressaient devant la porte, et assombrissaient l'intérieur; le vent traversait ces arbres en poussant de lugubres gémissements. Il était absolument hors d'état de poursuivre sa marche jusqu'au retour du jour; il s'allongea donc tout contre le mur... mais ce fut pour endurer de nouvelles tortures.

Car maintenant surgit devant lui une vision aussi constante et plus terrible que celle à laquelle il venait d'échapper. Ces yeux fixes et ouverts tout grands, ces yeux si ternes et vitreux qu'il lui eût été moins pénible de les voir que de les évoquer, apparurent au milieu de l'ombre; clairs eux-mêmes, mais n'éclairant rien d'autre. Ils n'étaient que deux, pourtant il y en avait partout. S'il échappait à cette vue en baissant les paupières, c'était la chambre qui surgissait avec tous les objets familiers (y compris certains qu'il eût oubliés s'il s'était efforcé d'en énumérer le contenu de mémoire) chacun à sa place habituelle. Le corps aussi était à sa place, avec le regard qu'il avait vu au moment de s'enfuir. Il se leva et s'élança au dehors dans le champ. La silhouette était derrière lui. Il rentra dans le hangar, et se recroquevilla de nouveau; avant qu'il se fût complètement allongé, les yeux étaient là.

Il resta dans cet endroit, en proie à une terreur telle que lui seul pouvait la connaître, tremblant de tous ses membres, avec une sueur froide qui jaillissait par tous les pores de sa peau; mais soudain lui parvint, porté par le vent de la nuit, le bruit d'une clameur lointaine et de voix qui criaient de surprise et d'effroi. Entendre des bruits humains dans cet endroit solitaire, bien qu'il y eût de quoi lui inspirer des inquiétudes fondées, lui fut précieux. Il retrouva sa force et son énergie à la pensée d'un danger proche et réel pour lui; il se leva d'un bond et s'élança dehors.

Le vaste horizon paraissait tout embrasé. Des nappes de feu montaient en l'air avec des gerbes d'étincelles, s'enroulant les unes au-dessus des autres; elles illuminaient l'atmosphère à des milles de distance, et poussaient des nuages de fumée du côté où il se trouvait. Les clameurs devinrent plus fortes quand de nouvelles voix vinrent s'y ajouter, et il entendit le cri « Au feu! » mêlé au tocsin, au bruit de lourdes masses qui tombaient et de flammes qui crépitaient quand elles enlaçaient quelque objet nouveau et s'élançaient plus haut, comme réconfortées par cet aliment. Le bruit augmenta tandis qu'il regardait. Il y avait là des gens, des hommes et des femmes, de la lumière, de l'animation. Ce fut pour lui comme une résurrection. Il s'élança, droit devant lui, tête baissée, fonçant à travers les ronces et les fourrés, franchissant barrières et palissades, de bonds aussi fous que ceux de son chien, qui le précédait en gambadant et en donnant de la voix à tue-tête.

Il arriva sur les lieux. On voyait des silhouettes à demi vêtues qui se précipitaient en tous sens; certaines essayaient de faire sortir des écuries les chevaux effrayés, d'autres de chasser les bestiaux de la cour et des dépendances, et d'autres surgissaient toutes chargées, de la bâtisse en feu, sous une pluie d'étincelles, et au milieu des poutres incandescentes qui s'effrondraient. Les ouvertures, où s'étaient trouvées une heure plus tôt les portes et fenêtres, laissaient voir une masse de feu dévorant; les murs oscillaient et s'abattaient dans ce gouffre de feu; le plomb et le fer en fusion se déversaient sur le sol, chauffés à blanc. Des femmes et des enfants hurlaient, des hommes s'encourageaient mutuellement de cris et de clameurs retentissantes. Le bruit métallique des pompes à moteur, le sifflement de l'eau qui jaillissait et retombait sur le bois embrasé, venaient accroître cet effroyable tumulte. Sikes se mit à crier à son tour, à en perdre la voix; et, pour échapper à ses souvenirs et à lui-même, il plongea au plus fort de la mêlée.

Il s'affaira de tous côtés cette nuit-là : tantôt il actionnait les pompes, tantôt il se ruait à travers les flammes et la fumée, mais jamais il ne cessait de travailler à l'endroit où le bruit et l'affluence atteignaient leur paroxysme. Du haut en bas des échelles, sur les toits, sur des planchers qui tremblaient et ployaient sous son poids, sous des avalanches de briques et de pierres, dans toutes les parties de ce grand incendie, il était partout; mais sa vie était protégée par un sortilège [1], et il ne fut ni égratigné ni meurtri, il n'éprouva ni lassitude ni inquiétude jusqu'au moment où revint

---

1. Allusion à Shakespeare, *Macbeth*, V, 8, 12 : « *I bear a charmed life* » (Ma vie est protégée par un charme).

l'aube, et où il ne resta que de la fumée et des ruines noircies.

Quand se dissipa cette agitation frénétique, l'abominable souvenir de son crime lui revint avec une force décuplée. Il regarda autour de lui d'un air soupçonneux, car les hommes échangeaient des propos par petits groupes, et il craignait d'être l'objet de leur conversation. Le chien obéit à un expressif appel de son doigt, et ils s'en furent tous deux ensemble, furtivement. Il passa devant une pompe sur laquelle étaient assis quelques hommes, et ils lui crièrent de venir partager leur collation. Il prit un peu de pain avec de la viande; et tandis qu'il buvait une rasade de bière, il entendit les pompiers, qui étaient de Londres, parler du crime. « Il paraît qu'il est allé à Birmingham », disait l'un d'eux, « mais on l'aura quand même, parce qu'on a envoyé des policiers en reconnaissance, et avant demain soir tout le pays sera en état d'alerte.

Il s'éloigna précipitamment, et marcha jusqu'à en tomber presque de fatigue; il se coucha alors dans un chemin, et fit un somme long, mais entrecoupé et inquiet. Il reprit sa marche errante, indécis et irrésolu, tenaillé par la crainte d'une nouvelle nuit de solitude. Soudain, poussé par l'énergie du désespoir, il décida de rentrer à Londres.

— Au moins, là-bas, j'aurai à qui parler, se dit-il. Et puis, c'est une bonne cachette. On pensera jamais à m'y pincer après s'être lancé sur cette fausse piste de province. Pourquoi que je pourrais pas rester tranquille une semaine ou deux, et, après ça, extorquer de la braise à Fagin, et me sauver en France? Bon sang, je risque le coup.

Il obéit aussitôt à cette impulsion, et choisit les routes les moins fréquentées pour son voyage de retour, résolu à rester caché à faible distance de la capitale et, lorsqu'il y serait entré au crépuscule par une route détournée, à se rendre tout droit dans le quartier qu'il avait choisi pour destination.

Et le chien, tout de même ? Si son signalement avait été publié, on ne devait pas avoir oublié que le chien avait disparu et qu'il était probablement parti avec lui. Il risquait ainsi d'être appréhendé au passage, dans les rues. Il résolut de noyer l'animal, et, tout en marchant, chercha du regard un étang; chemin faisant, il ramassa une grosse pierre et la noua à son mouchoir.

Le chien leva les yeux vers son maître pendant que se déroulaient ces préparatifs; soit qu'il en saisît instinctivement l'objet, au moins en partie, soit que le regard oblique que coulait vers lui le bandit fût plus dur que de coutume, il se prit à traîner plus loin en arrière qu'il ne le faisait d'habitude, et à trembler de peur en s'avançant plus lentement. Quand son maître fit halte au bord d'un étang et se retourna pour l'appeler, il s'arrêta tout net.

— Tu m'entends ? Ici ! s'écria Sikes.

L'animal s'avança par la force de l'habitude; mais quand Sikes se baissa pour lui nouer le mouchoir autour du cou, il poussa un sourd grognement et recula soudain.

— Reviens ! dit le brigand.

Le chien remua la queue, mais sans bouger. Sikes fit un nœud coulant et l'appela de nouveau. Le chien avança, recula, marqua un temps d'arrêt, fit demi-tour et se sauva de toutes ses forces.

L'homme siffla à mainte et mainte reprise, puis il s'assit dans l'espoir que le chien allait revenir. Mais rien ne parut, et l'homme finit par se remettre en route.

CHAPITRE XLIX

Monks et M. Brownlow se rencontrent enfin. Leur conversation et les nouvelles qui y mettent fin.

Le crépuscule commençait à tomber quand M. Brownlow descendit d'un fiacre devant chez lui, et frappa discrètement à sa porte. Quand elle s'ouvrit, un homme robuste sortit de la voiture et se plaça d'un côté du seuil, tandis qu'un autre homme, qui était assis sur le siège du cocher, descendait aussi et se postait de l'autre côté. Sur un signe de M. Brownlow, ils firent sortir un troisième homme, qu'ils mirent entre eux et firent entrer précipitamment dans la maison. Ce dernier n'était autre que Monks.

Ils montèrent l'escalier toujours dans le même ordre et sans mot dire; M. Brownlow, qui les précédait, les fit entrer dans une pièce qui ne donnait pas sur la rue. A la porte de cette chambre, Monks, qui n'était monté qu'à regret, cela se voyait, s'arrêta. Les deux hommes quêtèrent du regard les instructions de M. Brownlow.

— Il sait à quoi il s'expose, dit M. Brownlow. S'il hésite ou s'il remue le petit doigt pour vous désobéir, entraînez-le dans la rue, appelez la police, et faites-le arrêter comme malfaiteur, en mon nom.

— Comment osez-vous dire de pareilles choses sur mon compte? demanda Monks.

— Comment osez-vous m'y contraindre, jeune homme? répondit M. Brownlow, qui le regardait en face d'un œil inflexible. Serez-vous assez insensé pour quitter cette maison ? Lâchez-le. Voilà, monsieur. Vous êtes libre de partir, comme nous le sommes de vous poursuivre. Mais je vous mets en garde, par tout ce qui m'est le plus précieux et le plus sacré : à l'instant même où vous poserez le pied dans la rue, à cet instant même je vous fais appréhender pour vol et pour falsification. Je suis décidé et je resterai inflexible. Si vous êtes résolu de votre côté, que votre sang retombe sur votre propre tête !

— De quel droit ai-je été enlevé dans la rue et conduit ici par ces deux chiens ? demanda Monks, en faisant aller son regard de l'un à l'autre des deux hommes qui l'encadraient.

— C'est sur mon initiative, répondit M. Brownlow. C'est moi qui les dédommage de leur peine. Vous vous plaignez qu'on vous prive de votre liberté, mais vous avez eu l'occasion et la possibilité de la recouvrer en venant; pourtant vous avez jugé préférable de vous tenir tranquille ; donc, je vous le répète, vous pouvez toujours vous en remettre à la protection de la justice. Moi aussi, j'aurai recours à la justice; mais quand vous serez allé trop loin pour reculer, ne venez pas implorer ma clémence, quand le pouvoir de l'exercer sera passé en d'autres mains ; et ne venez pas me reprocher de vous avoir précipité dans l'abîme où vous aurez plongé spontanément.

Monks fut manifestement déconcerté, et inquiet de surcroît. Il hésita.

— Décidez-vous promptement, dit M. Brownlow, sans se départir de son calme et de sa fermeté. Si vous préférez que je formule mes accusations publiquement, vous livrant à un châtiment dont je peux certes prévoir, avec un frisson, l'ampleur, mais qui ne dépend pas de moi, vous savez ce qui vous reste à faire, je vous le répète. Sinon, si vous voulez vous en remettre à mon indulgence, et à la miséricorde des êtres envers qui vous avez de graves torts, asseyez-vous ici, sans mot dire. Ce fauteuil vous attend depuis deux jours entiers.

Monks grommela quelques mots inintelligibles, mais il hésitait toujours.

— Ne perdez pas de temps, dit M. Brownlow. Je n'ai qu'un mot à dire, et vous n'aurez plus le choix, plus jamais.

L'homme restait encore indécis.

— Je ne suis pas disposé à parlementer, dit M. Brownlow; de plus, comme je défends les intérêts les plus précieux d'autres que moi, je n'en ai pas le droit.

— N'y a-t-il pas..., demanda Monks d'une voix balbutiante, n'y a-t-il pas... de solution intermédiaire?

— Aucune.

Monks regarda le vieil homme d'un œil inquiet; mais, ne lisant sur son visage qu'une sévère résolution, il entra dans la pièce et s'assit tout en haussant les épaules.

— Fermez la porte à clef de l'extérieur, dit M. Brownlow aux gardes, et vous viendrez quand je sonnerai.

Les hommes s'exécutèrent, et les deux interlocuteurs restèrent seuls ensemble.

— Est-ce que ce sont des façons, monsieur, dit Monks, en se débarrassant de son chapeau et de sa cape, de traiter le fils de votre plus vieil ami?

— C'est précisément parce que votre père fut mon plus ancien ami, jeune homme, répliqua M. Brownlow; c'est parce qu'il fut étroitement associé aux espoirs et aux vœux des années de jeunesse et de bonheur, ainsi que la gracieuse créature, sa parente par le sang et l'esprit, qui est retournée toute jeune auprès de son Dieu et m'a laissé ici-bas dans la solitude et l'isolement; c'est parce qu'encore enfant il s'est agenouillé près de moi au chevet du lit de mort de son unique sœur au matin du jour qui, si le Ciel n'en avait autrement décidé, eût fait d'elle ma jeune épouse; c'est parce que mon cœur navré s'est attaché à lui à partir de cet instant, et dans toutes ses fautes et ses difficultés, jusqu'à sa mort; c'est parce que j'ai le cœur plein de souvenirs et de pensées du passé, et que votre seule vue le fait revivre en ma mémoire; c'est pour toutes ces raisons que je suis porté à vous traiter avec douceur aujourd'hui... oui, Édouard Leeford, aujourd'hui encore... et à rougir de votre indignité alors que vous portez ce nom.

— Que vient faire ce nom dans l'histoire ? demanda l'autre, après avoir contemplé avec un mélange de mutisme et d'étonnement morose l'émotion de son interlocuteur. Que signifie ce nom pour moi ?

— Rien, répondit M. Brownlow, pour vous, rien. Mais c'est le nom qu'elle portait, elle, et, au bout de tant d'années il me fait éprouver à nouveau, malgré mon grand âge, l'exaltation et la joie bouleversante que je ressentais jadis rien qu'à l'entendre prononcer par un inconnu. Je suis très content que vous en ayez changé... très, très content.

— Tout cela, dit Monks (que nous continuerons à désigner par son nom d'emprunt) au bout d'un long silence, pendant lequel il avait passé son temps à se secouer en tous sens d'un air sombre et provocant, tandis que M. Brownlow restait immobile, en se cachant les yeux avec la main. Tout cela, c'est très joli, mais qu'est-ce que vous me voulez ?

— Vous avez un frère, dit M. Brownlow, en se ressaisissant, vous avez un frère, et quand je vous ai glissé son nom dans le creux de l'oreille, en arrivant derrière vous dans la rue, ce nom a presque suffi, à lui seul, à vous faire venir avec moi jusqu'ici, sous le coup de l'inquiétude et de la surprise.

— Je n'ai pas de frère, répondit Monks. Vous savez que j'étais fils unique. Pourquoi me parlez-vous de frère ? Vous le savez aussi bien que moi.

— Attendez de voir ce que je sais, et que vous ignorez peut-être, dit M. Brownlow. Je ne vais pas tarder à susciter votre intérêt. Je sais bien que du mariage infortuné auquel votre père fut contraint, à peine sorti de l'enfance, par l'orgueil familial, et la plus sordide, la plus bornée des ambitions, vous fûtes l'unique postérité, combien contraire à la nature.

— Peu m'importent les insultes, fit Monks, qui l'interrompit avec un rire sarcastique. Vous reconnaissez le fait, et cela me suffit.

— Mais je connais aussi, poursuivit le vieillard, la souffrance, la lente torture, les supplices interminables que produisit cette union mal assortie. Je sais avec quel accablement, quelle lassitude chacun de ces deux misérables époux traîna la lourde chaîne de ce mariage dans un monde qui avait perdu toute saveur pour eux. Je sais comment aux froideurs du formalisme succédèrent les sarcasmes non déguisés; comment l'indifférence fit place à l'impatience, l'impatience à la haine, et la haine au dégoût, jusqu'au moment où ils rompirent brutalement leurs grinçantes attaches, et se retirèrent loin l'un de l'autre, chacun d'eux en emportant avec soi un fragment qui l'irritait, mais dont rien d'autre que la mort ne pouvait desserrer les rivets, pour le cacher dans un cercle de relations nouvelles sous les dehors les plus gais qu'ils surent affecter [1]. Votre mère y parvint; elle l'eut bientôt oublié. Mais pendant des années votre père en eut le cœur tourmenté et rongé.

— Oui, dit Monks; ils se sont séparés; et après?

— Alors que leur séparation durait déjà depuis quelque temps, répliqua M. Brownlow, et que votre mère, qui s'était complètement abandonnée à la vie frivole du continent, avait totalement oublié ce jeune mari, qui avait bien dix ans de moins qu'elle, et qui était resté en Angleterre sans aucun espoir d'avenir, il entra en relations avec de nouveaux amis. Ce fait, du moins, vous le connaissiez déjà.

— Moi, dit Monks, détournant les yeux et frappant

1. On ne saurait conjecturer qu'en 1838 Dickens ait déjà songé à son cas personnel quand il fait ici une discrète propagande pour le divorce ou la séparation dans les cas d'incompatibilité, mais c'est bien ainsi que devait se trouver rompu son propre mariage vingt ans plus tard.

du pied sur le sol, en homme résolu à tout nier, non; moi, non.

— Votre ton, tout autant que vos gestes, me donne l'assurance que vous ne l'avez jamais oublié, et que vous n'avez pas cessé un instant de vous en souvenir avec amertume, répondit M. Brownlow. Je parle d'il y a quinze ans, alors que vous n'aviez guère plus de onze ans, et votre père trente et un ans seulement... car, je le répète, c'était encore un enfant quand son propre père l'obligea à se marier. Faut-il que je revienne sur des événements qui ternissent la mémoire de votre père, ou préférez-vous l'épargner en me révélant la vérité ?

— Je n'ai rien à révéler, répliqua Monks. Vous pouvez parler tant que vous voudrez.

— Donc ces nouveaux amis, M. Brownlow, étaient un officier de marine en retraite, veuf depuis six mois environ, avec deux enfants; il en avait eu d'autres, mais heureusement, seuls sur le nombre avaient survécu ces deux-là. C'étaient deux filles; l'une était une magnifique créature de dix-neuf ans, et l'autre n'était qu'une enfant de deux ou trois ans.

— Que voulez-vous que cela me fasse ? demanda Monks.

— Ils habitaient, dit M. Brownlow, qui ne parut pas s'apercevoir de cette interruption, dans une région où s'était rendu votre père, dans cette période d'instabilité, et où il venait de se fixer. Ils entrèrent en relations, se lièrent, devinrent amis, tout cela très rapidement. Votre père avait des dons exceptionnels. Il ressemblait à sa sœur par l'âme et par le corps. Le connaissant de mieux en mieux, le vieil officier l'aimait de plus en plus. Plût au Ciel que les choses en fussent restées là. Mais il en fut de même pour sa fille.

Le vieillard se tut; Monks se mordait les lèvres, les yeux fixés sur le sol; ce que voyant il reprit aussitôt :

— Au bout d'un an il se trouvait lié par des engagements, des engagements solennels, à cette jeune fille; il était l'objet du premier et unique amour, ardent et sincère, d'une fille innocente.

— Votre histoire est plutôt longue, déclara Monks, qui s'agitait dans son fauteuil.

— C'est une histoire véridique de douleur, d'épreuves et de chagrins, jeune homme, répliqua M. Brownlow; et les histoires de ce genre sont généralement assez longues; si elle parlait de joie et de bonheur sans mélange, elle serait très brève. Finalement un de ces riches parents auxquels on avait sacrifié votre père pour affermir ses intérêts et sa situation, comme on sacrifie d'autres êtres (le cas n'est pas rare) mourut, et pour réparer le mal qu'il avait contribué à causer, il lui légua le bien qui lui avait servi de panacée pour toutes les afflictions : son Argent. Il était nécessaire que votre père se rendît instantanément à Rome où l'homme s'était enfui pour se soigner, et où il était mort, laissant ses affaires dans le plus grand désordre. Il partit; fut atteint d'une maladie mortelle pendant qu'il y était; fut rejoint, dès l'instant où la nouvelle parvint à Paris, par votre mère, qui vous emmenait avec elle; il mourut le lendemain de son arrivée, sans laisser de testament... sans laisser de testament... de telle sorte que toute la fortune vous revint, à votre mère et à vous.

En écoutant cette partie du récit, Monks retint sa respiration et tendit l'oreille avec une expression d'intense avidité, bien que ses yeux ne fussent pas tournés vers son interlocuteur. Quand M. Brownlow se tut, il changea de position et prit l'air d'un homme qui vient de connaître un brusque soulagement, et épongea son front et ses mains enfiévrés.

— Avant de quitter l'Angleterre, et à son passage à Londres, dit M. Brownlow d'une voix lente, les yeux fixés sur le visage de l'autre, il vint me voir.

— Première nouvelle! fit Monks, l'interrompant sur un ton qui voulait exprimer l'incrédulité, mais qui donnait plutôt une impression de surprise désagréable.

— Il est venu me voir, et m'a laissé, entre autres

choses, un tableau... un portrait qu'il avait peint lui-même... l'image de cette pauvre fille... un tableau qu'il ne voulait pas laisser n'importe où, mais qu'il ne pouvait emporter pour un voyage aussi précipité. Il était rongé d'inquiétude et de chagrin et faisait peine à voir; il parlait d'un air égaré, insensé, de malheurs et de déshonneurs dont il était l'auteur; il me confia son intention de convertir toute sa fortune en argent liquide, à n'importe quel prix, et, après avoir placé à votre nom et à celui de votre mère une partie de son récent héritage, de fuir l'Angleterre (je compris fort bien qu'il ne voulait pas partir seul) pour n'y jamais revenir. Même à moi, son ami éprouvé, son ami des premiers temps, et dont l'attachement solide était enraciné dans la terre qui recouvrait le corps d'un être cher à l'un et à l'autre, même à moi il ne voulut pas faire d'aveux plus détaillés, promettant de tout me dire par lettre, et ensuite de me revoir encore une fois, la dernière en ce monde. Hélas! La dernière fois était déjà venue. Je ne reçus pas de lettre, et ne le revis plus.

— Je me rendis, dit M. Brownlow après un court silence, je me rendis, quand tout fut fini, sur les lieux de ses... (pourquoi ne pas employer l'expression dont le monde n'hésiterait pas à se servir, puisque maintenant la dureté ou les sourires du monde sont également sans effet sur lui)... sur les lieux de ses coupables amours, car j'avais décidé que, si mes craintes étaient justifiées, cette enfant égarée trouverait du moins un cœur et un foyer pour l'accueillir et la prendre en pitié. Le père et ses filles avaient quitté la région depuis une semaine; ils s'étaient fait présenter toutes les petites factures impayées, s'étaient acquittés de leurs dettes, et étaient partis nuitamment. Nul ne peut dire pourquoi, ni où ils allèrent.

Monks respira encore plus librement, et promena un regard triomphal autour de lui.

— Mais quand votre frère, dit M. Brownlow en se rapprochant du fauteuil de l'autre, quand votre frère, cet enfant chétif, négligé, en haillons, fut mis sur mon chemin par une main plus puissante que celle du hasard, et sauvé par moi d'une vie d'infamie et de vice...

— Quoi ? s'écria Monks.

— Oui, dit M. Brownlow, par moi. Je vous avais bien dit que je n'allais pas tarder à susciter votre intérêt. Par moi, vous dis-je... Je vois que votre rusé complice avait caché mon nom, sans pouvoir deviner, cependant, qu'il serait aussi familier à votre oreille. Quand il fut donc sauvé par moi, et que je le vis dans ma maison pendant sa convalescence, je fus frappé de stupeur par sa forte ressemblance avec le portrait dont je vous ai parlé. Déjà quand je l'avais vu pour la première fois dans toute sa misère et sa saleté, il y avait sur son visage un reste d'expression qui m'avait saisi comme la vision passagère d'un ami d'autrefois qu'on aperçoit un instant dans un rêve animé. Je n'ai pas besoin de vous dire qu'un piège lui fut tendu pour me l'enlever avant que je connusse son histoire...

— Pourquoi ? demanda précipitamment Monks.

— Parce que vous le savez bien.

— Moi !

— Inutile de nier, répondit M. Brownlow. Je vais vous prouver que j'en sais autrement long.

— Vous... vous n'avez pas de preuves à fournir contre moi, balbutia Monks. Je vous mets au défi d'en fournir !

— C'est ce que nous verrons, répondit le vieil homme, avec un regard pénétrant. Je perdis la trace de l'enfant, et tous mes efforts pour le retrouver furent vains. Votre mère étant morte, je savais que vous seul aviez des chances de pouvoir éclaircir l'énigme, et comme vous étiez dans votre domaine des Antilles la dernière fois que j'avais eu de vos nouvelles (vous n'ignorez pas que vous vous y étiez réfugié à la mort de votre mère pour vous dérober aux conséquences de votre conduite dépravée en Angleterre) je fis le voyage. Vous en étiez reparti depuis plusieurs mois, et on croyait savoir que vous étiez à Londres, mais personne ne put me dire où. Je revins. Votre homme d'affaires ignorait totalement votre adresse. Vous alliez et veniez, me dit-il, de façon toujours aussi étrange; on vous voyait parfois plusieurs jours de suite, puis on ne vous voyait plus pendant des mois entiers; il y avait tout lieu de penser que vous continuiez à fréquenter les mêmes bouges infâmes et la même bande abjecte avec laquelle vous aviez frayé au temps de votre enfance déréglée et dissolue. Je lassai ses bureaux par mes démarches incessantes. Je parcourais les rues nuit et jour, mais jusqu'à ce jour tous mes efforts étaient restés vains, et je ne vous avais pas vu un seul instant.

— Et maintenant que vous me voyez, dit Monks, qui se leva avec assurance, alors? La falsification et le vol : ce sont là des mots de grand effet... et vous croyez qu'ils sont justifiés par une ressemblance imaginaire entre un jeune chenapan et la quelconque croûte d'un défunt. Un frère! Vous ne savez même pas si un enfant fut mis au monde par ce couple sentimental; vous n'en avez même pas l'assurance.

— Je ne l'avais pas encore, répondit M. Brownlow qui se leva à son tour; mais depuis quinze jours j'ai appris toute la vérité. Vous avez un frère. Vous le savez, et vous le connaissez. Il y avait un testament, que votre mère a détruit, et elle vous a légué le secret en même temps que le profit à sa mort. Ce testament contenait une allusion à l'enfant qui naîtrait probablement de cette infortunée liaison; l'enfant était né, vous l'avez rencontré accidentellement, et vos soupçons ont été tout de suite éveillés par sa ressemblance avec son père. Vous êtes allé dans sa ville natale. Il y avait des preuves (cachées depuis longtemps) de sa naissance et de sa filiation. Ces preuves, vous les avez détruites, et maintenant, selon vos propres paroles adressées à votre complice le Juif, « les seules preuves de l'identité du petit sont au fond de la rivière, et la vieille sorcière à qui la mère les avait confiées pourrit dans son cercueil ». Fils indigne, lâche, menteur, vous qui tenez conciliabule avec des voleurs et des assassins la nuit dans des pièces obscures... vous dont les ruses et les complots ont causé la mort d'un être qui valait des millions de fois mieux que vous... vous qui depuis votre plus tendre enfance avez empli d'amertume et de fiel [1] le cœur de votre propre père, vous chez qui toutes les passions néfastes, les vices et les dissipations se sont envenimés jusqu'au jour où ils se sont donné libre cours sous forme d'une maladie hideuse qui fait de votre visage l'image même de votre esprit... vous, Edouard Leeford, allez-vous encore me braver ?

— Non, non, non, répondit le poltron, accablé par cette accumulation de charges.

— Toutes les paroles, s'écria le vieil homme, toutes les paroles échangées entre vous et cet abominable gredin me sont connues ! Les ombres des murs ont recueilli vos murmures et les ont apportés à mes oreilles; la vue des persécutions subies par l'enfant a métamorphosé le vice lui-même et lui a conféré le courage et presque tous les attributs de la vertu. Un meurtre a été commis, dont vous êtes moralement, sinon matériellement, le complice.

— Non, non, dit Monks, intervenant. Je... je... ne suis pas du tout au courant. J'étais sur le point de demander si cette histoire était vraie quand vous m'avez rejoint. Je n'en connaissais pas le mobile. Je croyais qu'il s'agissait d'une banale querelle.

— Ce mobile était la révélation partielle de vos secrets, répondit M. Brownlow. Êtes-vous prêt à tout révéler ?

— Oui.

— A signer une déclaration attestant la vérité des faits, et à la relire devant témoins ?

1. Le texte emploie les mots *gall and bitterness*, par allusion probable au Nouveau Testament (Actes, 8, 23) : « Je vois que tu es dans un fiel amer » (dans la version autorisée de l'Eglise anglicane : « *thou art in the gall of bitterness* »)

— Je m'y engage.

— A rester tranquillement ici, jusqu'à ce que le document soit rédigé, et à m'accompagner ensuite à l'endroit que je jugerai le plus propice, afin d'apporter votre témoignage?

— Si vous y tenez, j'y consens aussi, répondit Monks.

— Il faut faire plus encore, dit M. Brownlow. Il faut rendre son dû à un enfant parfaitement innocent, car il l'est, encore qu'il soit né d'un amour coupable et infortuné. Vous n'avez pas oublié les dispositions du testament. Mettez-les à exécution en ce qui concerne votre frère, puis vous irez où bon vous semblera. Vous n'aurez plus besoin de vous revoir en ce monde.

Tandis que Monks marchait de long en large, méditant d'un air sombre et méchant sur cette offre et sur ses chances de s'y dérober, déchiré entre ses craintes d'un côté et sa haine de l'autre, la porte fut brusquement déverrouillée et un personnage (M. Losberne) entra, dans un état de vive agitation.

— L'homme va être pris, s'écria-t-il. Il va être pris ce soir.

— L'assassin? demanda M. Brownlow.

— Oui, oui, répondit l'autre. On a vu son chien se terrer non loin d'une vieille bicoque, et on ne peut guère douter que son maître, s'il n'y est pas déjà, y viendra sous le couvert de l'obscurité. Des indicateurs circulent de tous côtés. J'ai parlé aux hommes qui sont chargés de le capturer; ils m'ont dit qu'il ne pouvait pas leur échapper. Le gouvernement va proclamer ce soir l'offre d'une récompense de cent livres.

— J'en donne cinquante de plus, dit M. Brownlow, et je vais aller l'annoncer de mes propres lèvres sur les lieux, si j'y peux atteindre. Où est M. Maylie?

— Harry? Dès qu'il a vu que notre ami ici présent était dans votre voiture sous bonne garde, il s'est empressé d'aller recueillir les nouvelles que je vous annonce, répondit le docteur, puis il est monté à cheval pour aller retrouver le premier détachement en un point convenu des faubourgs.

— Et Fagin, dit M. Brownlow. Qu'advient-il de lui ?

— Aux dernières nouvelles, il n'était pas encore pris, mais il va l'être, si ce n'est déjà fait maintenant. On est sûr de l'avoir.

— Êtes-vous décidé ? demanda M. Brownlow à Monks, à mi-voix.

— Oui, répondit-il. Vous... vous... serez discret sur mon cas ?

— Oui. Restez ici jusqu'à mon retour. C'est votre seule chance de salut.

Ils sortirent, et la porte fut refermée à clef.

— Qu'avez-vous fait ? demanda le docteur à voix basse.

— Tout ce que j'espérais, et même davantage. En combinant les renseignements de la pauvre fille avec ce que je savais déjà et avec le résultat de l'enquête menée là-bas par notre excellent ami, je ne lui ai pas laissé la plus petite porte de sortie, et je lui ai dévoilé toutes ses scélératesses, qui, sous un tel jour, devenaient claires comme de l'eau de roche. Écrivez pour fixer le rendez-vous à sept heures après-demain, pour notre réunion. Nous y arriverons quelques heures d'avance, mais nous aurons besoin de nous reposer, surtout la petite demoiselle, car il lui faudra peut-être plus de fermeté que nous ne pouvons le prévoir actuellement, vous ou moi. Mais je bous d'impatience de venger la malheureuse assassinée. Par où sont-ils allés ?

— Allez droit au poste de police, et vous arriverez à temps, répondit M. Losberne. Je reste ici.

Les deux hommes se séparèrent en hâte, tous deux en proie à une agitation fiévreuse qu'il était tout à fait impossible de réprimer.

CHAPITRE L

Poursuite et évasion.

Près du point de la Tamise sur lequel donne l'église de Rotherhithe [1], à l'endroit où les édifices des rives sont les plus sales, et les bateaux du fleuve les plus noircis par la poussière des charbonniers et la fumée des maisons aux toits bas, entassées les unes sur les autres, c'est là que se trouve la plus sordide, la plus étrange, la plus extraordinaire des nombreuses localités qui se cachent dans Londres, absolument inconnues, même de nom, de la grande majorité des habitants.

Pour atteindre cet endroit, le visiteur doit pénétrer dans un dédale de rues étroites, boueuses et malodorantes, surpeuplées de riverains parmi les plus grossiers et les plus pauvres, et consacrées au commerce que leur présence est censée susciter. Les boutiques regorgent des marchandises les moins coûteuses et les moins raffinées; les vêtements les plus grossiers, les plus ordinaires sont pendus à la porte des revendeurs, ou claquent au vent sur les appuis de fenêtre et sur les parapets des maisons. Coude à coude avec les ouvriers sans emploi de la classe la plus basse, débardeurs, déchargeurs de charbon, femmes effrontées, enfants en guenilles, le rebut et le ramassis du fleuve, il se fraie

1. Rotherhithe (dont le nom signifie « Asile pour bêtes à cornes ») est un quartier riverain de la Tamise au sud-est de Whitechapel.

difficilement son chemin, assailli par les odeurs et les visions repoussantes des ruelles étroites qui se détachent à droite et à gauche, et assourdi par le tintamarre des lourdes charrettes qui quittent les magasins entassés dans tous les coins en emportant des monceaux de marchandises. Quand il finit par arriver dans des rues plus écartées et moins fréquentées que celles qu'il vient de suivre, il lui faut marcher sous de branlantes façades en saillie au-dessus du trottoir, des murs démantelés qui paraissent osciller sur son passage, des cheminées dont une moitié s'est déjà effondrée et dont l'autre hésite à tomber, des fenêtres défendues par des barres de fer rouillées que l'âge et la saleté ont presque dévorées, et tous les signes imaginables de la désolation et de l'abandon.

Tels sont les parages, au-delà de Dockhead dans le Borough de Southwark, où s'élève l'Ile de Jacob, entourée d'un fossé de vase, profond de six ou huit pieds et large de dix ou vingt quand la marée est haute; ce fossé s'était jadis appelé l'Étang de l'usine, mais au temps de notre récit il était connu sous le nom de Fossé de la Folie [1]. C'est une crique, ou une sorte de bras détaché de la Tamise, et qu'on peut toujours remplir à marée haute en ouvrant les vannes de l'usine de plomb à laquelle elle devait son ancien nom. En ce cas un nouveau venu, s'il regarde Mill Lane de l'un des ponts de bois qui le traversent, peut voir les habitants des maisons situées de part et d'autre ouvrir leurs portes de service et leurs fenêtres pour plonger des baquets, des seaux et toutes sortes d'ustensiles domestiques afin de puiser l'eau; et s'il détourne son regard

1. Dockhead se trouve actuellement dans le quartier de Bermondsey. Cette zone du sud de la Tamise s'est profondément transformée depuis qu'en 1883 les taudis furent démolis pour faire place à des logements ouvriers. Il reste une Jacob Street à proximité du Dock Saint-Sauveur (St Saviour's Dock) qui forme une profonde entaille dans la rive.

de ces activités pour contempler les maisons elles-mêmes, la scène qu'il aura sous les yeux l'emplira d'une stupeur sans bornes. D'extravagantes galeries de bois courant derrière cinq ou six maisons à la fois et percées de trous permettant d'apercevoir la vase au-dessous; des fenêtres, brisées et plus ou moins rebouchées, dont dépassent des perches destinées à recevoir le linge qu'on n'y fait jamais sécher; des chambres si petites, si sordides, si renfermées, que l'air en paraît trop pestilentiel même pour la crasse et la saleté qu'elles abritent; des pièces aux murs de bois qui font saillie au-dessus de la boue et menacent de s'y précipiter, comme certaines l'ont déjà fait; des murs souillés d'immondices reposant sur des fondations pourrissantes; tous les traits repoussants de la pauvreté, tous les symptômes écœurants de l'abjection, de la décomposition, et de la malpropreté : c'est là tout ce qui pare les rives du Fossé de la Folie.

Dans l'intérieur de l'Ile de Jacob, les magasins sont vides et n'ont plus de toits; les murs sont croulants; les fenêtres ne sont plus dignes de ce nom; les portes s'abattent dans les rues, les cheminées sont noircies, mais aucune fumée ne s'en échappe. Il y a trente ou quarante ans, avant d'être victime de désastres financiers et de procès à la cour de la Chancellerie [1], c'était un endroit prospère; mais aujourd'hui c'est véritablement une île abandonnée. Les maisons n'ont plus de propriétaires; n'importe qui peut y entrer par effraction, s'il en a le courage; il y peut vivre, et il y peut mourir. Il faut avoir des motifs impérieux de rechercher une résidence secrète, ou se trouver réduit à un état d'extrême misère, pour aller se réfugier sur l'Ile de Jacob.

---

1. Les procès devant la cour de la Chancellerie pour les successions contestées étaient interminables et ruineux. Dickens a violemment critiqué cette institution dans *Bleak House* (1852-1853).

A l'étage supérieur de l'une de ces maisons (une maison isolée, de belles dimensions, délabrée à bien des égards. mais solidement gardée par ses portes et fenêtres; une maison dont le dos surplombe le fossé de la manière décrite ci-dessus) trois hommes étaient assemblés; ils se regardaient de temps à autre avec une expression de perplexité et d'attente inquiète, et gardèrent quelque temps un silence sombre et profond.

L'un d'eux était Toby Crackit, un autre M. Chitling, et le troisième un bandit de cinquante ans, dont le nez avait été presque enfoncé dans une bagarre, longtemps auparavant, et dont le visage portait une hideuse cicatrice, datant probablement des mêmes circonstances. Cet homme était un convict en rupture de ban, et s'appelait Kags.

— Je regrette, dit Toby en se tournant vers M. Chitling, je regrette que t'aies pas choisi une autre planque, quand les deux autres ont commencé à sentir mauvais, au lieu de venir ici, mon petit bonhomme.

— Pourquoi que t'es venu ici, espèce de nigaud! dit Kags.

— Ma foi, je croyais pas que ça vous ennuierait tellement de me voir, répondit M. Chitling d'un air mélancolique.

— Mais, mon petit monsieur, comprends-tu, dit Toby, c'est que quand on surveille ses relations aussi soigneusement que moi, et qu'on arrive par ce moyen-là à avoir un toit confortable au-dessus de sa tête, sans que personne vienne fourrer son nez dans le secteur, c'est un peu désagréable d'avoir l'honneur de recevoir la visite d'un petit monsieur placé dans les conditions où tu te trouves (même si ce petit monsieur est très respectable et si à l'occasion ça peut être très agréable de jouer aux cartes avec lui).

— Surtout quand le jeune monsieur qui surveille ses relations a chez lui un ami qu'est rentré de l'étranger plus tôt qu'on l'attendait et qu'est trop modeste pour vouloir se présenter devant les juges à son retour [1].

Il y eut un court silence, jusqu'au moment où Toby Crackit parut renoncer à poursuivre ses vains efforts pour garder son attitude habituelle de forfanterie insouciante, et se tourna vers Chitling pour lui demander :

— Alors, quand c'est qu'il a été pris, Fagin ?

— Juste à l'heure du dîner... à deux heures de l'après-midi ; Charley et moi on s'est tiré des flûtes par la cheminée de la buanderie, et Bolter s'est fourré dans la citerne qu'était vide, la tête la première ; mais il a des jambes sacrément longues, et elles dépassaient par le haut, alors il a été pris aussi.

— Et Bet ?

— La pauvre Bet ! Elle était allée voir le Corps, pour dire un mot à celle qu'est plus, répondit Chitling, dont le visage s'allongeait de plus en plus, et elle est devenue folle ; elle s'est mise à pousser des cris et à divaguer, et à se cogner la tête contre les planches ; alors on y a mis la camisole de force et on l'a emmenée à l'hôpital, et c'est là qu'elle est en ce moment.

— Qu'est-ce qu'est arrivé au petit Bates ? demanda Kags.

— Il s'est caché quelque part, pour pas arriver ici avant la nuit, mais il va pas tarder, répondit Chitling. Y a plus moyen d'aller nulle part ailleurs, parce qu'aux Estropiés ils ont tous été arrêtés, et la buvette de la boutique (j'y suis allé voir de mes propres yeux) elle est pleine de cognes.

— C'est la catastrophe, déclara Toby en se mordant les lèvres. Ça va être la fin pour plus d'un gars.

— Les assises sont en cours, dit Kags ; s'ils arrivent à finir l'enquête, et si Bolter se met à dénoncer tout le monde pour sauver sa peau, comme il va sûrement pas

1. Cette modestie était encouragée par le fait qu'un forçat évadé était passible de la peine de mort (cf. dans *les Grandes Espérances* le cas d'Abel Magwitch).

manquer de le faire, d'après ce qu'il a dit, ils pourront prouver que Fagin était complice dans la préméditation [1], et faire le procès vendredi, et dans six jours il sera au bout de la ficelle. Bon Sang!

— J'aurais voulu que vous entendiez les gens hurler, dit Chitling, les agents de police se sont battus comme des diables, sans ça il aurait été mis en pièces. Il est tombé à un moment, mais ils ont fait cercle autour de lui et ils ont réussi à avancer quand même. J'aurais voulu que vous le voyiez regarder autour de lui, tout couvert de boue et de sang, en s'agrippant à eux comme si c'étaient ses plus chers amis. Je les revois encore, qu'avaient du mal à tenir debout avec la foule qui les pressait tandis qu'ils l'entraînaient avec eux; je revois les gens qui sautaient en l'air, les uns derrière les autres, et qui retroussaient les lèvres et qui se précipitaient vers lui; je revois le sang sur ses cheveux et sur sa barbe, et j'entends encore les cris des femmes qui s'étaient glissées jusqu'au milieu de la foule au coin de la rue, et qui juraient qu'elles allaient y arracher le cœur!

Le témoin horrifié de ce spectacle se boucha les oreilles de ses deux mains, ferma les yeux, et se leva pour se promener de long en large comme un forcené.

Tandis qu'il était occupé de la sorte, et que les deux hommes restaient silencieux, les yeux fixés sur le sol, on entendit dans l'escalier un petit bruit de pas, et le chien de Sikes entra en gambadant dans la pièce. Ils se ruèrent vers la fenêtre, puis au rez-de-chausssée, puis dans la rue. Le chien était entré en sautant par une fenêtre ouverte; il ne tenta pas de les suivre, et ils ne virent pas trace de son maître.

---

1. Pour que Fagin puisse être jugé rapidement, il faut que l'enquête préliminaire du coroner (*inquest*), menée devant le cadavre de Nancy, se termine avant la fin de la session des assises actuellement en cours. Si Bolter se fait dénonciateur de ses complices (ou *King's evidence* : témoin de la couronne) pour sauver sa propre peau, l'affaire sera rondement menée.

— Qu'est-ce que ça veut dire? demanda Toby, quand ils furent de retour. Il va pas venir ici, c'est pas possible. Je... je... j'espère que non.

— S'il venait ici, il serait venu avec le chien, dit Kags, en se baissant pour examiner l'animal, qui s'était couché, tout pantelant, sur le plancher. Allons! Qu'on me donne de l'eau pour lui; il est épuisé d'avoir trop couru.

— Il a tout bu jusqu'à la dernière goutte, dit Chitling après avoir regardé le chien en silence pendant un moment. Couvert de boue... il boite... à moitié aveugle... il doit venir de loin.

— D'où qu'il peut bien venir? s'écria Toby. Naturellement, il a d'abord été aux autres planques, et quand il a vu qu'elles étaient pleines d'inconnus, il est venu ici, où il était déjà venu bien des fois. Mais d'où qu'il venait avant ça, et comment ça se fait qu'il vienne ici tout seul, sans l'autre?

— Lui... (aucun d'eux n'osait appeler l'assassin par son nom familier), lui... il a pas pu se supprimer. Qu'est-ce que vous en dites? demanda Chitling.

Toby hocha la tête.

— Si c'était ça, dit Kags, le chien essaierait de nous entraîner à l'endroit où il l'aurait fait. Non. Je crois qu'il a quitté le pays, et qu'il a laissé le chien derrière lui. Il a dû lui fausser compagnie d'une façon ou d'une autre, sans ça le chien serait plus inquiet.

Cette conclusion paraissant la plus probable fut donc adoptée; le chien se glissa sous une chaise et se mit en boule pour s'endormir sans que quiconque fît attention à lui désormais.

Il faisait nuit maintenant; les volets furent clos, et une bougie allumée et posée sur la table. Les terribles événements des deux derniers jours avaient fait grande impression aux trois hommes, impression renforcée par les périls et les incertitudes de leur propre situation. Ils rapprochèrent leurs sièges, et sursautèrent à chaque bruit. Ils parlaient peu, et toujours à voix basse, gardant un silence aussi craintif et respectueux que si la dépouille de la femme assassinée s'était trouvée dans la pièce d'à côté.

Ils étaient dans cette posture depuis un certain temps quand on entendit soudain frapper quelques coups précipités à la porte d'entrée.

— C'est le petit Bates, dit Kags, qui se retourna d'un air furieux, pour lutter contre la crainte qu'il éprouvait lui-même.

Les coups se répétèrent. Non, ce n'était pas lui! Jamais il ne frappait ainsi.

Crackit alla à la fenêtre, et quand il rentra la tête à l'intérieur, il tremblait de la tête aux pieds. Inutile de leur dire qui arrivait; sa pâleur suffisait. Le chien fut sur ses gardes en un instant, et courut vers la porte en gémissant.

— Faut qu'on lui ouvre, dit Crackit en prenant la bougie.

— Est-ce qu'y a pas moyen de faire autrement? demanda l'autre homme d'une voix rauque.

— Non. Faut qu'il entre.

— Nous laisse pas dans l'obscurité, dit Kags, qui prit une bougie sur la cheminée et l'alluma d'une main si tremblante que les coups se répétèrent encore deux fois avant qu'il eût fini.

Crackit descendit jusqu'à la porte et revint, suivi d'un homme qui avait le bas du visage enfoui dans un mouchoir, et un autre mouchoir noué autour de la tête sous son chapeau. Il les ôta lentement. Visage blême, œil cerné, joue creuse, barbe de trois jours, chair ravagée, souffle court et embarrassé; ce n'était plus que l'ombre de Sikes.

Il mit la main sur une chaise posée au milieu de la pièce, mais eut un frisson au moment de s'y asseoir, fit mine de jeter un coup d'œil par-dessus son épaule, traîna le siège tout contre le mur, le plus près possible du mur, qu'il râcla en poussant la chaise de toutes ses forces, et s'assit.

Personne n'avait encore dit mot. Ses yeux allèrent de l'un à l'autre en silence. Chaque fois qu'un regard, furtivement levé, rencontrait le sien, il se détournait aussitôt. Quand sa voix sourde rompit le silence, ils sursautèrent tous les trois. On eût dit qu'ils n'en avaient encore jamais entendu le son.

— Comment qu'il est venu ici, le chien? demanda-t-il.

— Tout seul. Y a trois heures.

— Le journal de ce soir dit que Fagin s'est fait pincer. C'est vrai, ou c'est des mensonges?

— C'est vrai.

Ils retombèrent dans le silence.

— Bande de vaches! dit Sikes, en passant une main sur son front. Est-ce que vous avez donc rien à me dire?

Un mouvement embarrassé se produisit parmi eux, mais personne ne parla.

— Puisque c'est toi le patron de la boutique, dit Sikes en tournant la tête vers Crackit, est-ce que t'as l'intention de me vendre, ou de me garder ici jusqu'à ce que la poursuite soit finie?

— Tu peux rester ici, si tu crois qu'y a pas de danger, répondit le personnage auquel il s'adressait, non sans hésiter.

Sikes fit aller son regard, lentement, le long du mur qu'il avait derrière lui; mais il fit effort pour tourner la tête plutôt qu'il n'y parvint réellement, et dit : Est-ce que... le... le corps... est enterré?

Ils hochèrent la tête.

— Et pourquoi donc? rétorqua-t-il en jetant de nouveau un regard derrière lui. Pourquoi qu'on garde des horreurs pareilles au-dessus de la surface du sol?... Qui c'est qui frappe?

Crackit lui donna à entendre d'un geste avant de quitter la pièce qu'il n'y avait rien à craindre, et revint aussitôt suivi de Charley Bates. Sikes était en face de la porte, et à l'instant même où le garçon entra il se trouva en face de l'homme.

— Toby, dit le gamin, en reculant quand Sikes tourna les yeux vers lui, pourquoi que tu m'as pas dit ça, en bas?

Il y avait eu quelque chose de si redoutable dans la façon dont les trois autres s'étaient dérobés que le malheureux fut enclin à rechercher la faveur de ce simple gamin. Il lui adressa donc un signe de tête, et fit mine de vouloir lui serrer la main.

— Je veux m'en aller dans une autre pièce, dit le petit, reculant encore.

— Charley! dit Sikes, qui s'avança. Est-ce que... est ce que tu me reconnais pas?

— N'approchez pas de moi, répondit l'enfant, qui reculait toujours, et qui regardait le visage du meurtrier, de ses yeux horrifiés. Monstre!

L'homme s'arrêta à mi-chemin, et leurs yeux se rencontrèrent; mais ceux de Sikes se baissèrent peu à peu vers le sol.

— Je vous prends à témoin tous les trois, dit le garçon, brandissant son poing serré et devenant de plus en plus agité Je vous prends à témoin tous les trois... Je n'ai pas peur de lui... Si on vient ici le chercher, je le livre; oui, j'aime mieux vous le dire tout de suite. Il peut me tuer pour me punir s'il veut, ou s'il ose, mais si je suis ici, je le livre. Je le livrerais même si on devait le faire bouillir à petit feu. A l'assassin! Au secours! Si vous avez tant soit peu de culot à vous trois, vous allez m'aider. A l'assassin! Au secours! Abattez-le!

Tout en proférant ces cris, et en les accompagnant de violentes gesticulations, le gamin alla jusqu'à se jeter, tout seul, sur l'homme vigoureux, et, grâce à l'intensité de son énergie et à la soudaineté de la surprise, le fit tomber par terre comme une masse.

Les trois spectateurs parurent absolument abasourdis. Ils ne firent pas un geste pour intervenir, et l'enfant et l'homme roulèrent à terre ensemble; le premier, sans tenir compte des coups qui pleuvaient sur lui, enlaçait ses mains de plus en plus vigoureusement dans les vêtements que le meurtrier portait sur la poitrine, sans cesser un instant d'appeler à l'aide de toutes ses forces.

Mais la lutte était trop inégale pour durer longtemps. Sikes avait pris le dessus, et posait le genou sur la gorge de l'autre, quand Crackit le tira par la manche d'un air inquiet et lui montra la fenêtre. On voyait des lumières miroiter dans la rue, on entendait des voix converser bruyamment et sur un ton passionné, des pas précipités (il semblait qu'ils fussent en nombre incalculable) traverser le plus proche pont de bois. On avait l'impression qu'il y avait un homme à cheval dans cette foule; car on entendait claquer des sabots sur les inégalités du pavé. Le miroitement des lumières augmenta; les pas se firent plus pressés et plus sonores. Puis vinrent de grands coups frappés à la porte, et la rauque clameur d'une telle multitude de voix qu'il y avait de quoi faire frémir les plus braves.

— Au secours! hurla l'enfant d'une voix qui déchira les airs. Il est ici! Enfoncez la porte!

— Au nom du Roi, crièrent les voix, dans la rue; et la rauque clameur s'éleva de nouveau, encore plus fort.

— Enfoncez la porte! cria l'enfant. Je vous dis qu'on ne vous l'ouvrira jamais. Et montez tout droit dans la chambre où vous voyez de la lumière. Enfoncez la porte!

Des coups lourds et sourds retentirent sur la porte et sur les contrevents du rez-de-chaussée quand il se tut, et une bruyante acclamation jaillit de la foule, donnant pour la première fois à ceux qui l'entendirent une idée de son immense étendue.

— Ouvrez-moi la porte d'un endroit où je puisse enfermer cet infernal braillard [1], dit Sikes avec colère,

1. Le texte contient une expression assez remarquable : « *this screeching Hell-Babe* », dont le *New English Dictionary* ne signale aucun emploi dans l'histoire de la langue anglaise (cf., à propos du diabolisme dans *Olivier Twist*, Introduction, pp. XVII-XVIII).

courant en tous sens, et traînant maintenant l'enfant avec autant de facilité qu'un sac à pommes de terre vide. Cette porte, là. Vite! Il le jeta dans la pièce, mit les verrous et donna un tour de clef. La porte, en bas, elle est bien fermée?

— A double tour, et les chaînes sont mises, répondit Crackit qui, ainsi que les deux autres hommes, restait toujours effaré et impuissant.

— Les panneaux de la porte ... ils sont solides?

— Ils sont doublés de tôle.

— Les fenêtres aussi?

— Oui, les fenêtres aussi.

— Fumiers! s'écria le forcené, qui releva la fenêtre à guillotine pour menacer la foule. Vous pouvez faire ce que vous voudrez! Je vous aurai quand même!

De toutes les clameurs les plus épouvantables qui aient jamais frappé l'oreille humaine, aucune n'aurait pu surpasser les cris de la cohue enragée. Certains criaient aux autres, mieux placés, de mettre le feu à la maison; d'autres hurlaient aux policiers de lui tirer dessus. Et, dans la foule, personne ne montrait autant d'acharnement que le cavalier : il sauta à terre d'un bond, fit une trouée dans la foule comme s'il ne faisait qu'avancer dans de l'eau, et cria, juste au-dessous de la fenêtre, d'une voix plus puissante que toutes les autres : Vingt guinées à quiconque m'apporte une échelle!

Les voix les plus proches répétèrent cet appel, et des centaines d'autres le reprirent en écho. Certains demandaient des échelles, d'autres des marteaux de forgeron; certains couraient en tous sens comme pour aller en chercher, mais revenaient sans cesse et se reprenaient à hurler; certains usaient jusqu'à leur dernier souffle en imprécations et en malédictions impuissantes; certains se pressaient en avant dans les transports d'une sorte de folie, et gênaient ainsi la marche de ceux qui étaient plus bas; certains des plus audacieux essayaient de grimper le long de la gouttière ou par les fissures du mur; et tous agitaient les bras en tous sens, dans l'ombre environnante, semblables à un champ de blé secoué par un vent furieux, et tous se joignaient de temps à autre à une immense clameur de colère.

— La marée, s'écria l'assassin, quand il recula d'un pas chancelant, et referma la fenêtre pour ne plus voir ces visages, la marée était haute quand je suis arrivé. Qu'on me donne une corde, une longue corde. Ils sont tous devant la maison. Je vais pouvoir sauter dans le Fossé de la Folie, et me tirer de ce côté-là. Qu'on me donne une corde, ou j'assassine encore trois personnes avant de me tuer moi-même.

Les autres hommes, frappés de terreur, lui montrèrent l'endroit où étaient rangés tous les objets de ce genre ; l'assassin choisit précipitamment la plus longue et la plus solide des cordes, et se dirigea sans perdre un instant vers le haut de la maison.

Il y avait longtemps que toutes les fenêtres situées derrière la maison avaient été murées, à l'exception d'une petite ouverture pratiquée dans le mur de la pièce où était enfermé le jeune garçon, mais qui était trop petite pour livrer passage même à un corps comme le sien. Pourtant, posté devant cet orifice, il n'avait pas un instant cessé d'inviter à grands cris ceux qui se trouvaient dehors à garder l'arrière de la maison; aussi, quand l'assassin finit par apparaître sur le haut de la maison par la porte pratiquée dans le toit, une énorme clameur annonça le fait à ceux qui étaient sur le devant, et qui commencèrent aussitôt à faire le tour en foule ininterrompue, chacun poussant celui qu'il avait devant lui.

Sikes planta contre la porte une poutre qu'il avait apportée avec lui dans cette intention, si solidement qu'il devait être devenu très difficile de l'ouvrir de l'intérieur; puis il s'avança sur les tuiles, et se pencha par-dessus le petit parapet.

La marée était basse, et le fossé n'était qu'une épaisse couche de vase.

La foule s'était tue depuis quelques instants, car elle observait ses mouvements et se demandait quelle était son intention, mais dès l'instant où elle la comprit et se rendit compte qu'elle était irréalisable, elle poussa une clameur de triomphe haineux en comparaison de laquelle tous les cris antérieurs n'avaient été que des murmures. Cette clameur s'éleva à mainte et mainte reprise. Ceux qui étaient trop loin pour en comprendre le sens reprirent le bruit, qui se propagea d'écho en écho; il semblait que toute la ville eût déversé sa population pour le maudire.

Les gens des premiers rangs s'avançaient toujours, s'avançaient, s'avançaient toujours, en un flot tumultueux de visages irrités, éclairés çà et là par la lueur d'une torche, qui les faisait apparaître dans toute leur colère et leur fureur. Les maisons situées de l'autre côté du fossé avaient été envahies par la populace; les fenêtres étaient levées, ou arrachées complètement; à chaque fenêtre il y avait d'innombrables rangées de têtes; sur tous les toits se pressaient d'énormes grappes de spectateurs. Tous les petits ponts (il y en avait trois à portée de regard) ployaient sous le poids de la foule qui les occupait. Et le flot se déversait toujours, à la recherche d'un recoin ou d'un trou propice pour exhaler ses clameurs ou pour apercevoir le misérable, ne fût-ce qu'un instant.

— On le tient maintenant, s'écria un homme posté sur le pont le plus proche. Hourrah!

La couleur de la foule pâlit quand toutes les têtes se découvrirent; et de nouveau la clameur s'éleva.

— Je donne cinquante livres, cria un vieil homme du haut du même pont, à qui l'attrape vivant. Je reste ici jusqu'à ce qu'on vienne me demander la récompense.

Nouveaux hurlements. A cet instant le bruit se répandit dans la foule que la porte avait été forcée enfin, et que le personnage qui avait été le premier à réclamer une échelle avait pénétré dans la chambre. Quand cette nouvelle commença à circuler de bouche en bouche, le flot changea brusquement de sens, et les gens postés aux fenêtres, voyant les occupants des ponts battre en retraite, quittèrent leurs observatoires et s'élancèrent dans la rue pour rejoindre la foule qui se pressait maintenant, pêle-mêle, vers l'endroit qu'on venait de quitter : chacun bousculant et malmenant son voisin, et tous haletant d'impatience dans l'espoir d'arriver près de la porte et de voir le criminel quand les policiers le feraient sortir. Les cris et les hurlements de ceux qui étaient presque étouffés par la poussée, ou de ceux qui étaient renversés et foulés aux pieds dans la cohue, étaient terribles à entendre; les rues étroites étaient complètement bouchées; et c'est alors qu'avec l'effort précipité de quelques-uns pour revenir à l'espace situé devant la maison, et les vaines tentatives des autres pour se dégager de la masse, l'attention se trouva momentanément détournée de l'assassin, bien que l'impatience unanime de le voir capturer fût, s'il se pouvait, plus grande encore qu'auparavant.

L'homme s'était affalé sur le toit, complètement abattu par la férocité de la foule et l'impossibilité de s'échapper; mais quand il observa ce changement soudain tout aussi rapidement qu'il se produisit, il se leva d'un bond, résolu à faire un dernier effort pour sauver sa vie en se laissant tomber dans le fossé, et, au risque d'y être étouffé, en essayant de s'éloigner furtivement sous le couvert de l'obscurité et du désordre.

Retrouvant soudain de nouvelles forces et une nouvelle résolution, stimulé par le bruit qui venait de la maison, et lui annonçait qu'en effet l'entrée en avait été forcée, il mit le pied contre une cheminée, attacha solidement une extrémité de sa corde autour de celle-ci, et en une seconde à peu près fit à l'aide de ses mains et de ses dents un solide nœud coulant de l'autre bout. Avec cette corde il pouvait se laisser descendre à moins de deux mètres du sol, et il tenait son couteau tout ouvert à la main pour couper alors la corde, et se laisser tomber.

A l'instant même où il passait la boucle par-dessus sa tête avant de se la faire glisser sous les aisselles, et où le vieil homme déjà cité (qui s'était accroché assez solidement à la rambarde du pont pour résister à la poussée de la foule et garder son poste) avertissait ceux qui l'entouraient, d'une voix ardente, que l'homme était sur le point de se laisser descendre... à cet instant même l'assassin, jetant un regard derrière lui sur le pont, leva les bras en l'air, et poussa un hurlement de terreur.

— Les yeux! Encore les yeux! s'écria-t-il, dans un cri inhumain.

Il chancela comme s'il venait d'être frappé par la foudre, perdit l'équilibre et bascula par-dessus le parapet. Il avait le nœud autour du cou. La corde se tendit sous son poids, et devint droite comme une corde d'arc à la vitesse de la flèche qu'elle lance. Il fit une chute de trente-cinq pieds. Il y eut une soudaine secousse, une épouvantable convulsion de tous ses membres; et il resta là pendu, le couteau ouvert à la main.

La vieille cheminée trembla sous le choc, mais résista bravement à la secousse. Le meurtrier était sans vie contre le mur; et le jeune garçon, repoussant le corps inerte qui lui bouchait la vue, implorait les gens de venir le tirer de là, pour l'amour du Ciel.

Un chien, qui était resté caché jusqu'à cet instant, se mit à courir de long en large sur le parapet, en poussant de lugubres hurlements; puis il rassembla ses forces avant de bondir, et visa d'un saut les épaules du cadavre. Il manqua son but, et tomba dans le fossé, après s'être complètement retourné sur lui-même; sa tête heurta une pierre où il se rompit le crâne.

CHAPITRE LI

Où l'on trouvera l'explication de plus d'un mystère, ainsi qu'une demande en mariage, sans qu'il soit un seul instant question de contrat ni d'épingles.

Les événements narrés dans le précédent chapitre ne dataient que de deux jours quand Olivier se trouva, à trois heures de l'après-midi, dans une voiture particulière qui roulait à vive allure en direction de sa ville natale. Mme Maylie, Rose, Mme Bedwin, et le brave docteur, étaient avec lui; et M. Brownlow suivait en chaise de poste, accompagné par une autre personne dont on ne lui avait pas dit le nom.

Il n'y eut guère de conversations chemin faisant; car Olivier était tout bouleversé d'agitation et d'inquiétude au point d'avoir perdu le pouvoir de mettre de l'ordre dans ses pensées, et d'avoir presque perdu la parole; quant à ses compagnons, ils n'avaient pas l'air d'être beaucoup moins affectés, car ils étaient atteints du même mal au moins au même degré. Les deux dames et lui avaient été mis au courant par M. Brownlow, non sans précautions, des aveux arrachés à Monks; et s'ils savaient que leur actuel voyage avait pour objectif d'achever l'ouvrage qui avait si bien commencé, pourtant toute l'affaire restait enveloppée de doutes et de mystères suffisants pour leur laisser endurer l'impatience la plus intense.

Le même généreux ami, avec l'aide de M. Losberne, avait pris grand soin d'empêcher par tous les moyens que la nouvelle des terribles événements récents ne parvînt à eux. Il est certain, avait-il dit, qu'ils l'apprendront avant peu, mais le moment pourra se trouver plus propice que maintenant, et il ne pourra pas l'être moins. Donc le voyage se déroulait en silence; chacun était absorbé par ses propres réflexions touchant le sujet qui les avait tous rassemblés; mais nul n'était enclin à exprimer les pensées qui les envahissaient tous.

Mais si Olivier, pour toutes ces raisons, était demeuré silencieux tandis qu'ils se dirigeaient vers sa ville natale par une route qu'il n'avait jamais vue, comme le cours de ses souvenirs le reporta en arrière, et quelle cohorte d'émotions s'éveilla dans son cœur, quand ils débouchèrent sur la route qu'il avait suivie à pied, en pauvre enfant errant, sans logis, sans un ami pour l'aider, sans un toit pour abriter sa tête!

— Regardez! regardez! s'écria Olivier, en saisissant avec chaleur la main de Rose, et en montrant le paysage par la portière; cet échallier est celui que j'ai franchi; ces haies, celles où je me suis caché, de peur qu'on ne me poursuivît pour me ramener de force! Et là-bas, le chemin à travers champs, qui conduit à la vieille maison où j'étais dans ma petite enfance! Oh, Dick, Dick, cher vieil ami, si seulement je pouvais te revoir aujourd'hui!

— Tu le reverras bientôt, répondit Rose, serrant avec douceur les mains jointes de l'enfant entre les siennes. Tu vas lui dire combien tu es heureux, combien tu es devenu riche, et tu vas lui dire que dans tous tes bonheurs tu n'en as pas de plus grand que celui de revenir pour le rendre heureux à son tour.

— Oui, oui, dit Olivier, et nous allons... nous allons l'emmener loin d'ici et le faire habiller et instruire et l'envoyer à la campagne dans un endroit tranquille où il pourra retrouver ses forces et sa santé, n'est-ce pas?

Rose fit « oui » de la tête, car la vue du sourire de l'enfant à travers ses larmes de bonheur l'empêchait de parler.

— Vous serez bonne et généreuse envers lui, puisque vous l'êtes envers tout le monde, dit Olivier.

Vous pleurerez, j'en suis sûr, en écoutant son récit ; mais peu importe, peu importe, tout sera fini, et vous retrouverez votre sourire, j'en suis sûr également, à la pensée du changement survenu en lui ; c'est ce que vous avez fait dans mon cas. Il m'a dit : « Dieu te bénisse », quand je me suis sauvé, s'écria l'enfant, dans un accès de tendre émotion, et maintenant c'est moi qui vais lui dire : « Dieu te bénisse », à mon tour, et lui montrer comme je l'aime avec gratitude !

Quand ils approchèrent de la ville, et finirent par rouler dans ses rues étroites, il devint fort difficile de faire rester l'enfant dans les limites de la raison. Il y avait là la boutique de Sowerberry, l'entrepreneur de pompes funèbres, exactement comme autrefois, si ce n'est qu'elle était moins grande et moins imposante que dans son souvenir ; il y avait toutes les boutiques et toutes les maisons familières, à chacune desquelles, ou presque, se rattachait tel ou tel petit incident... il y avait la carriole de Gamfield, exactement la même qu'autrefois, arrêtée à la porte du même vieux café... il y avait l'asile, lugubre prison de son jeune âge, avec ses sinistres fenêtres qui regardaient la rue d'un œil rébarbatif... il y avait à la porte le même maigre concierge, à la vue duquel Olivier se fit involontairement tout petit, puis s'en voulut de sa sottise, puis se mit à pleurer, puis à rire à nouveau... il y avait aux portes et aux fenêtres des dizaines et des dizaines de têtes qu'il connaissait très bien... bref, presque tout était tel que s'il l'avait quitté la veille seulement, et que si toute sa vie plus récente n'avait été qu'un rêve de bonheur.

Pourtant c'était la réalité pure, véritable et joyeuse. Ils se rendirent tout droit au meilleur hôtel (vers lequel Olivier jetait jadis des yeux effarés, car il le prenait pour un palais extraordinaire, mais qui paraissait aujourd'hui avoir perdu de sa grandeur et de sa majesté) ; et voilà que M. Grimwig était tout prêt à les accueillir, qu'il embrassait la jeune demoiselle, et qu'il embrassait aussi la vieille dame, à leur descente de voiture, comme s'il était le grand-père de tout le monde; il était tout souriant, tout aimable, et pas une fois il n'offrit de manger sa tête, non, pas même quand il eut un désaccord avec un très vieux postillon touchant le plus court chemin pour aller à Londres, et prétendit que c'était lui qui était le mieux renseigné, quoiqu'il n'eût fait le trajet qu'une fois, et profondément endormi encore. Et le dîner était prêt, et les chambres prêtes, et tout paraissait s'être arrangé comme par enchantement.

Malgré tout, quand la bousculade de la première demi-heure se fut apaisée, le silence et l'atmosphère contrainte qui avaient marqué le voyage d'aller reparurent. M. Brownlow ne vint pas dîner avec eux, mais resta dans une pièce séparée. Les deux autres messieurs ne cessaient d'entrer et de sortir d'un air préoccupé, et, pendant les rares instants où ils étaient présents, conversaient à part. Une fois, Mme Maylie fut appelée dans une autre pièce, et, après être restée absente près d'une heure, revint les yeux gonflés de larmes. Tous ces faits rendirent Rose et Olivier, auxquels n'avaient pas été confiés de nouveaux secrets, fort inquiets et nerveux. Ils restaient silencieux et intrigués; ou bien, s'ils échangeaient quelque mots, c'était à voix basse, comme s'ils avaient peur d'entendre le son de leurs propres voix.

Finalement, quand sonnèrent neuf heures, alors qu'ils commençaient à se dire qu'ils n'en sauraient pas plus long ce soir-là, M. Losberne et M. Grimwig entrèrent dans la salle, suivis de M. Brownlow et d'un homme dont la vue faillit arracher à Olivier un cri de surprise; car on lui annonça que c'était son frère, et voilà que c'était l'homme qu'il avait rencontré près de l'hôtellerie, et qu'il avait vu regarder avec Fagin par la fenêtre de sa petite chambre. Monks jeta sur l'enfant stupéfait un coup d'œil haineux, qu'il ne put réprimer, même à cet instant, puis il s'assit près de la porte. M. Brownlow, qui tenait des papiers à la main, s'avança vers une table auprès de laquelle étaient installés Rose et Olivier.

— C'est un pénible devoir, dit-il, mais il faut que ces déclarations, signées à Londres en présence de plusieurs témoins, soient en substance répétées ici. J'aurais préféré vous épargner cette disgrâce, mais il faut que nous les entendions de vos propres lèvres avant de vous quitter, et vous savez pourquoi.

— Allez-y, dit l'individu auquel il s'adressait, en détournant la tête. Vite. J'en ai presque assez fait, il me semble. Vous n'allez pas me retenir ici.

— Cet enfant, dit M. Brownlow, en attirant vers lui Olivier, et en posant une main sur sa tête, est votre demi-frère; fils illégitime de votre père, mon très cher ami Edwin Leeford, et de la pauvre petite Agnès Fleming, qui mourut en lui donnant le jour.

— Oui, dit Monks, en regardant méchamment l'enfant, qui tremblait et dont il aurait pu entendre battre le cœur. Cet enfant est leur bâtard.

— Le mot que vous venez d'employer, dit M. Brownlow avec sévérité, est un reproche adressé à ceux qui sont depuis longtemps hors d'atteinte des reproches impuissants de notre monde. Il ne déshonore personne d'autre que vous qui l'employez. Passons. Il est né dans cette ville.

— Dans l'asile de cette ville, lui fut-il répondu sur un ton rogue. Vous avez toute l'histoire là-dedans. Il montrait du doigt les papiers d'un air impatient.

— Il me la faut de nouveau ici, dit M. Brownlow, en promenant son regard sur les auditeurs.

— Alors écoutez! Vous tous! répliqua Monks. Son père, tombant malade à Rome, fut rejoint par sa femme, ma mère, dont il s'était séparé depuis longtemps; elle partit de Paris et m'emmena... pour s'occuper de sa fortune, car, autant que je sache, elle n'avait guère d'affection pour lui, ni lui pour elle. Il ne nous reconnut pas, car il avait perdu conscience, et il dormit sans interruption jusqu'au lendemain, jour de sa mort. Parmi les papiers trouvés sur son bureau, il y en avait deux, datés du soir où il était tombé malade, et qui vous étaient adressés (il parlait à M. Brownlow), joints à une courte lettre pour vous; sur le dessus du pli, il était indiqué qu'on ne devait pas vous le faire parvenir avant qu'il fût mort. L'un de ces papiers était une lettre à cette fameuse Agnès, l'autre un testament.

— Parlez-nous de la lettre, dit M. Brownlow.

— La lettre?... Une feuille de papier couverte de lignes écrites en tous sens, et qui contenait des aveux contrits, et priait Dieu de venir en aide à la fille. Il lui avait raconté toute une histoire de secret mystérieux (qu'il devait lui expliquer un jour) et qui l'empêchait de l'épouser pour le moment; elle avait donc continué à se fier à lui patiemment, jusqu'au jour où elle avait été trop confiante et avait perdu ce que nul ne pouvait lui rendre. Elle était, à cette époque, à quelques mois de l'accouchement. Il lui disait tout ce qu'il avait eu l'intention de faire, pour dissimuler sa honte, s'il avait vécu, et l'implorait, s'il mourait, de ne pas maudire sa mémoire, ou de ne pas croire que les conséquences de leur faute retomberaient sur sa tête ou sur celle de leur jeune enfant; car c'était lui seul le coupable; il lui rappelait le jour où il lui avait donné le petit médaillon et l'alliance portant le prénom de la jeune fille, gravé à côté d'un blanc pour le nom qu'il avait espéré lui donner un jour; il l'implorait de garder ce médaillon, de le porter sur son cœur, comme elle le faisait déjà... et ensuite il continuait à divaguer, follement, en répétant les mêmes mots à mainte et mainte reprise, comme s'il avait perdu la raison. Ce qui était, je crois, la vérité.

— Et le testament, dit M. Brownlow, tandis qu'Olivier pleurait à chaudes larmes.

Monks garda le silence.

— Le testament, dit M. Brownlow, parlant à sa place, était écrit dans le même esprit que la lettre. Il parlait des infortunes que lui avait attirées sa femme; du caractère indocile, des vices, de la méchanceté, et des passions précoces de son fils unique (vous-même) qui avait appris à le haïr; il vous laissait, ainsi qu'à votre mère, une annuité de huit cents livres chacun. Du gros de sa fortune il faisait deux parts égales, l'une pour Agnès Fleming, et l'autre pour leur enfant, s'il n'était pas mort-né, et s'il atteignait un jour sa majorité. Si c'était une fille, l'enfant devait hériter de l'argent sans conditions; mais si c'était un garçon, il ne l'aurait que sous réserve de n'avoir jamais, au cours de sa minorité, souillé son nom par un seul acte public de lâcheté, de bassesse, de déshonneur, ou d'injustice. Il agissait ainsi, disait-il, pour marquer qu'il avait confiance en la mère, et qu'il était convaincu (conviction encore renforcée par l'approche de la mort) que cet enfant hériterait de la douceur de son cœur et de la noblesse de sa nature. Si cet espoir ne devait pas se réaliser, alors l'argent devait vous revenir, car alors, mais alors seulement, les deux enfants se valant, il accepterait de reconnaître que vous aviez des titres supérieurs à sa fortune, vous qui n'en aviez aucun à son affection, après l'avoir depuis votre plus tendre enfance repoussé avec froideur et aversion.

— Ma mère, dit Monks d'une voix plus forte, fit ce que n'importe quelle femme aurait fait. Elle brûla ce testament. Et la lettre n'arriva jamais à destination; mais elle la conserva, ainsi que d'autres preuves, pour le cas où l'on tenterait jamais, à force de mensonges, d'effacer cette souillure. Ma mère fit connaître au père de la fille la vérité avec toutes les circonstances aggravantes qu'y put ajouter la violence de sa haine... à laquelle je porte encore une affection reconnaissante. Aiguillonné par la honte et le déshonneur, il se réfugia avec ses enfants dans un coin écarté du Pays de Galles, allant jusqu'à changer de nom pour que ses amis ignorassent toujours sa retraite; et c'est là qu'au bout d'assez peu de temps, on le trouva mort dans son lit. La jeune fille avait quitté le toit paternel en secret quelques semaines plus tôt; il l'avait cherchée, à pied, dans toutes les villes et tous les villages des environs; c'est le soir où il rentrait convaincu qu'elle s'était donné la mort pour cacher sa honte et celle de son père, que le vieil homme mourut de chagrin.

Il se fit alors un bref silence jusqu'au moment où M. Brownlow reprit le fil du récit.

— Quelques années plus tard, dit-il, la mère de cet homme, de cet Edouard Leeford, vint me voir. Il l'avait quittée dès l'âge de dix-huit ans, en lui volant des bijoux et de l'argent; il avait joué, gaspillé, commis des faux, et s'était réfugié à Londres où depuis deux ans il était devenu le compagnon des plus vils rebuts de la société. Elle était minée par une maladie douloureuse et incurable, et elle aurait voulu le retrouver avant de mourir. Une enquête fut lancée, et des recherches méthodiques entreprises. Pendant longtemps elles restèrent vaines, mais elles finirent par aboutir; et il retourna en France avec elle.

— Elle y mourut, dit Monks, après une interminable maladie; et sur son lit de mort elle me légua ces secrets, en même temps que sa haine inextinguible et mortelle de tous ceux qu'ils concernent... mais cette haine, elle n'avait pas besoin de me la léguer, car il y avait déjà longtemps que j'en avais hérité. Elle refusait de croire que la jeune fille se fût donné la mort en même temps qu'à son enfant, et elle ne pouvait se défaire de l'impression qu'un enfant du sexe masculin était né et vivait toujours. Je lui fis serment, si jamais je le trouvais sur mon chemin, de le traquer; de ne lui laisser aucun répit; de le poursiuvre de l'animosité la plus acharnée et la plus implacable; d'assouvir sur lui la haine que je ressentais profondément, et de traîner dans la boue les vaines forfanteries de ce testament insultant en conduisant l'enfant, si possible, jusqu'au pied de la potence. Or elle avait raison. Je finis par le rencontrer. Tout alla d'abord très bien;

et sans les bavardages d'une souillon, tout aurait pu aller très bien jusqu'au bout!

Tandis que le scélérat croisait les bras d'un geste énergique, et grommelait des imprécations contre lui-même sous l'effet d'une malveillance impuissante et dépitée, M. Brownlow se tourna vers les amis terrifiés qui l'entouraient et expliqua que le Juif, ayant été depuis longtemps le complice et le confident de Monks, avait reçu une grosse somme pour garder Olivier dans ses filets; qu'il devait rembourser une partie de cette somme au cas où l'enfant serait sauvé, et qu'une discussion à ce propos avait été cause de leur visite à la maison de campagne pour identifier le petit.

— Le médaillon et l'alliance? demanda M. Brownlow en se tournant vers Monks.

— Je les ai achetés au couple dont je vous ai parlé; et ces gens avaient volé les objets à l'infirmière qui les avait volés sur le corps, répondit Monks sans lever les yeux. Vous savez ce qu'il en est advenu.

M. Brownlow fit un simple signe de tête à M. Grimwig, qui disparut d'un pas très allègre et revint bientôt en poussant devant lui Mme Bumble, tout en traînant derrière lui le réticent époux de la dame.

— Est-ce que mes yeux, ils me trompent pas! s'écria M. Bumble, avec un médiocre simulacre d'enthousiasme, est-ce que c'est bien mon petit Olivier? Ah, Olivier, si tu savais ce que je me suis fait du chagrin pour toi...

— Tiens ta langue, imbécile, lui glissa Mme Bumble.

— Est-ce qu'on peut-il aller contre la nature, madame Bumble? dit le maître de l'asile, protestant. Est-ce que j'ai pas le droit d'être ému, moi que je l'ai élevé monicipalement, quand je le vois installé ici au milieu de messieurs et de dames qui sont dans le genre le plus aimable qui soit! Mais cet enfant, moi, je l'ai toujours aimé comme s'il avait été mon... mon... mon grand-père, dit M. Bumble, après avoir hésité pendant qu'il cherchait une comparaison appropriée. Mon cher petit monsieur Olivier, vous vous souvenez du bon monsieur au gilet blanc? Eh bien! il est monté au ciel la semaine dernière dans un cercueil de chêne avec des poignées en plaqué or, Olivier.

— Allons, monsieur, lui dit M. Grimwig sur un ton acide; faites taire votre émotion.

— Je vais faire de mon mieux, monsieur, répondit M. Bumble. Comment allez-vous, monsieur? J'espère que je vous trouve en bonne santé.

Ces civilités s'adressaient à M. Brownlow, qui s'était avancé à peu de distance du vénérable ménage. Il demanda, en montrant Monks du doigt :

— Connaissez-vous cet individu?

— Non, répondit catégoriquement Mme Bumble.

— Vous non plus, peut-être? dit M. Brownlow à l'adresse de l'époux.

— C'est la première fois de ma vie que je le vois, dit M. Bumble.

— Et ne lui auriez-vous pas vendu quelque chose, par hasard?

— Assurément non, répondit l'intendante. Pourquoi nous fait-on venir ici pour nous poser des questions aussi stupides?

De nouveau M. Brownlow fit un signe à M. Grimwig; et de nouveau celui-ci s'éloigna en clopinant avec une extraordinaire promptitude. Mais cette fois ce ne fut pas pour revenir avec un corpulent ménage; car cette fois ce fut pour ramener deux vieilles femmes agitées d'un tremblement sénile, qui chancelaient sur leurs jambes.

— Vous avez refermé la porte la nuit de la mort de la vieille Sally, dit la première en levant sa main desséchée, mais vous n'avez pas pu enfermer le bruit ni boucher les fissures.

— Non, non, dit l'autre, en regardant autour d'elle et en remuant ses gencives édentées. Non, non, non.

— Nous l'avons entendue qu'essayait de vous dire

ce qu'elle avait fait, et on vous a vue y prendre un papier dans la main, et pis on vous a suivie le lendemain chez le prêteur sur gages, dit la première.

— Oui, ajouta la seconde, et c'était « un médaillon avec une bague ». On a trouvé ça, et on vous a vue les recevoir. On était à côté. Oh! oui, on était à côté.

— Et on en sait même plus long que ça, reprit la première, parce qu'elle nous avait souvent raconté, et depuis longtemps, ce que lui avait dit la jeune maman, qu'elle se rendait bien compte qu'elle s'en remettrait jamais, et qu'elle était en route, au moment qu'elle avait été prise des douleurs, pour aller mourir près de la tombe du papa de l'enfant.

— Voulez-vous voir le prêteur sur gages en personne? demanda M. Grimwig en faisant mine de gagner la porte.

— Non, répondit la femme; si cet homme..., elle désignait Monks, si cet homme a été assez lâche pour avouer, comme je vois bien qu'il l'a fait, et puisque vous êtes allé questionner toutes les vieilles sorcières jusqu'à ce que vous trouviez celles qu'il fallait, je n'ai plus rien à dire. Oui, j'ai vendu ces objets, et ils sont dans un endroit où vous ne les retrouverez jamais. Et après?

— C'est tout, répondit M. Brownlow; si ce n'est qu'il nous reste à nous assurer qu'on ne vous confiera plus désormais, ni à l'un ni à l'autre, aucun poste de confiance. Vous pouvez sortir.

— J'espère, dit M. Bumble, en promenant autour de lui un regard fort contrit, pendant que M. Grimwig disparaissait avec les deux vieilles; j'espère que ce petit incident désagriable va pas me faire perdre ma situation monicipale?

— Mais je vous assure que si, répondit M. Brownlow. Vous pouvez vous y attendre, et estimer que vous vous en tirez à bon compte, encore.

— C'est Mme Bumble qu'a tout fait. Elle a absolument voulu, dit M. Bumble, insistant, non sans s'être d'abord retourné pour s'assurer que sa compagne était sortie de la pièce.

— Ce n'est pas une excuse, répondit M. Brownlow. Vous étiez présent le jour où furent détruits les brimborions en question et, à vrai dire, au regard de la loi, vous êtes le plus coupable des deux; car la loi présume que votre femme agit sur vos instructions.

— Si la loi présume des choses pareilles, dit M. Bumble, serrant énergiquement son chapeau entre ses deux mains, la loi est une ânesse, une idiote. Si c'est comme ça au regard de la loi, c'est que la loi est pas mariée; et tout ce que j'y souhaite, à la loi, c'est que l'expérience, elle y fasse voir clair, oui, l'expérience.

Ayant donné beaucoup de vigueur à la répétition de ce dernier mot, M. Bumble assujettit solidement son chapeau sur sa tête, mit les deux mains dans ses poches, et descendit à la suite de sa moitié.

— Chère mademoiselle, dit M. Brownlow, en se tournant vers Rose, donnez-moi la main. Ne tremblez pas. Vous n'avez pas à craindre d'entendre les quelques mots qu'il reste à dire.

— Si ces quelques mots... je ne sais comment cela pourrait se faire, mais s'il se trouve que ces quelques mots me concernent, dit Rose, permettez-moi, je vous prie, de les écouter un peu plus tard. Je n'ai plus assez de force et d'énergie pour le moment.

— Voyons, répondit le vieil homme en lui prenant le bras, je suis convaincu que vous avez plus de courage que vous ne le dites. Connaissez-vous cette demoiselle, monsieur?

— Oui, répondit Monks.

— C'est la première fois que je vous vois, dit Rose d'une voix faible.

— Je vous ai vue bien souvent, répliqua Monks.

— Le père de la malheureuse Agnès avait deux filles, dit M. Brownlow. Qu'advint-il de l'autre... de l'enfant?

— Cette enfant, répondit Monks, quand son père

mourut dans un endroit où il était inconnu, sous un nom d'emprunt, sans laisser une lettre, un livre, ou un papier qui donnât la moindre indication permettant de retrouver ses amis ou ses parents... l'enfant fut recueillie par d'humbles paysans, qui l'élevèrent comme si elle était à eux.

— Poursuivez, dit M. Brownlow, tout en faisant signe à Mme Maylie d'approcher. Poursuivez!

— Vous n'avez pas réussi à retrouver l'endroit où s'étaient réfugiés ces gens, dit Monks, mais où l'amitié échoue, la haine arrive souvent à se frayer un passage. Ma mère découvrit cet endroit, après une année de recherches adroites... oui, et elle retrouva l'enfant.

— Elle la recueillit, n'est-ce pas?

— Non. Les paysans étaient pauvres et ils commençaient à se lasser... du moins le mari... de leurs beaux gestes humanitaires; elle leur laissa donc l'enfant, et leur remit une petite somme d'argent, qui ne pouvait pas durer bien longtemps, en leur promettant d'en envoyer d'autre, ce qu'elle n'avait pas l'intention de faire. Toutefois elle ne se fiait pas assez à leur mécontentement et à leur pauvreté pour assurer le malheur de l'enfant, et leur raconta l'histoire du déshonneur de la sœur, accommodée à sa guise; elle les invita à prendre bien garde à une enfant qui avait un sang corrompu dans les veines; elle leur dit que c'était une enfant illégitime, et qu'elle finirait sûrement mal un jour ou l'autre. Les circonstances donnaient une apparence de vérité à tout cela, et les pauvres gens la crurent; ainsi l'existence de l'enfant se poursuivit-elle en cet endroit dans des conditions assez misérables pour nous satisfaire, jusqu'au jour où une dame veuve, qui habitait alors à Chester, vit la fillette par hasard, prit pitié d'elle, et l'emmena chez elle. Il devait y avoir un sort malin qui s'acharnait contre nous, je crois; car malgré tous nos efforts elle y resta et y fut heureuse. Je la perdis de vue il y a deux ou trois ans, et ne la revis qu'il y a peu de mois.

— La voyez-vous aujourd'hui?

— Oui. A votre bras.

— Mais elle n'en est pas moins ma nièce, s'écria Mme Maylie, en serrant dans ses bras la jeune fille prise de faiblesse. Elle n'en est pas moins mon enfant bien-aimée. Je ne voudrais pas la perdre aujourd'hui, pour tous les trésors du monde. Ma tendre compagne, ma très chère enfant!

— Vous êtes la seule amie que j'aie jamais eue, s'écria Rose, en se serrant contre elle. La plus généreuse et la meilleure des amies. Mon cœur va se briser. C'en est trop pour moi.

— Tu as supporté de plus rudes épreuves, et tu n'as cessé d'être la plus pure et la plus douce créature qui ait jamais répandu le bonheur sur les êtres de son entourage, dit Mme Maylie en l'étreignant avec tendresse. Allons, allons, mon trésor, rappelle-toi qui est celui qui attend le moment de te serrer dans ses bras, le pauvre petit! Vois... regarde, regarde, ma chérie!

— Non, pas ma tante, s'écria Olivier, en se jetant à son cou; jamais je ne l'appellerai ma tante... ma sœur, ma très chère sœur, que mon cœur m'a fait chérir si tendrement dès le début! Rose, ma chère Rose, ma Rose chérie!

Respectons les larmes qui coulèrent, et les paroles entrecoupées qui furent échangées pendant cette longue et tendre accolade des deux orphelins. En cet unique instant, ils retrouvèrent, et perdirent, un père, une sœur, une mère. C'était un calice mêlé de chagrin et de joie; mais leurs larmes étaient sans amertume, car le chagrin lui-même était tout adouci, revêtu de souvenirs si chers et si délicats qu'il en devenait comme un plaisir grave, et perdait tout caractère de souffrance.

Ils restèrent seuls pendant un très long moment. Un coup discrètement frappé à la porte leur annonça enfin que quelqu'un était là et voulait entrer. Olivier ouvrit la porte, s'éloigna sans bruit, et laissa la place à Harry Maylie.

— Je sais tout, dit-il en s'asseyant à côté de la jolie jeune fille. Chère Rose, je sais tout.

— Ce n'est pas par hasard que je suis ici, ajouta-t-il après un silence prolongé; et ce n'est pas ce soir que j'ai tout appris, car j'ai été mis au courant dès hier... hier seulement. Pressentez-vous que je suis venu vous rappeler une promesse?

— Arrêtez, dit Rose. Vous savez tout, en effet.

— Tout. Vous m'aviez autorisé à revenir sur le sujet de notre dernière conversation à n'importe quel moment de l'année qui venait.

— C'est vrai.

— Non point pour vous presser de modifier votre résolution, poursuivit le jeune homme, mais pour vous l'entendre répéter, si vous le vouliez. Je devais placer à vos pieds toute la fortune et tous les avantages de situation que je posséderais, et si vous restiez fidèle à votre résolution ancienne, je m'étais engagé à ne pas dire un mot, à ne pas faire un geste pour m'efforcer de vous en faire changer.

— Les raisons qui m'avaient déterminée alors continueront à me déterminer aujourd'hui, dit Rose avec fermeté. Si j'ai jamais eu des obligations strictes et rigoureuses envers celle dont la bonté m'a arrachée à une vie de pauvreté et de souffrance, quand y serai-je sensible comme ce soir? Il me faut un effort, dit Rose, mais je suis fière de le faire; c'est une douleur, mais mon cœur la supportera.

— Les révélations de ce soir..., commença Harry.

— Les révélations de ce soir, répondit Rose d'une voix douce, ne modifient en rien la situation où je me trouvais placée en ce qui vous concerne.

— Rose, dit l'amoureux, insistant, ne refermez pas votre cœur contre moi.

— Oh, Harry, Harry, dit la jeune fille, éclatant en sanglots, si j'en étais capable, je souffrirais moins.

— Alors pourquoi vous infligez-vous cette douleur?

dit Harry en lui prenant la main. Songez, ma chère Rose, songez à ce que vous avez appris ce soir.

— Et qu'ai-je donc appris? Qu'ai-je appris? s'écria Rose. Que mon pauvre père fut accablé par le sentiment de sa profonde honte au point de se dérober à tout contact... Voyons, Harry, nous en avons assez dit, nous en avons assez dit.

— Pas encore, pas encore, dit le jeune homme, en la retenant quand elle se leva. Mes espérances, mon avenir, mes ambitions, mon attitude, toutes les pensées de mon esprit, sauf mon amour pour vous, ont subi un changement. Je ne vous offre plus maintenant une situation distinguée dans la foule bruyante; je ne vous demande plus de vous mêler à un monde de méchanceté et de dénigrement qui fait rougir les joues des plus honnêtes pour un tout autre motif que la honte et le déshonneur réels; mais un foyer... un cœur et un foyer... oui, ma chère Rose, c'est cela que j'ai... et rien d'autre... à offrir.

— Que voulez-vous dire! demanda-t-elle, balbutiant.

— Une seule chose : c'est que quand je vous ai quittée la dernière fois, c'était avec la ferme résolution d'aplanir tous les obstacles imaginaires qui nous séparaient; car j'avais décidé que si mon univers ne pouvait devenir le vôtre, je ferais du vôtre le mien; que les gens orgueilleux de leur naissance n'auraient pas à vous regarder de haut, car j'allais me détourner d'eux. Et c'est ce que j'ai fait. Ceux qui se sont éloignés de moi pour ce motif se sont éloignés de vous, et ont donc montré que vous aviez raison jusqu'à un certain point. Tel protecteur puissant, tel parent riche et important qui me regardaient avec faveur me font grise mine aujourd'hui; mais il y a le sourire des champs et le salut des arbres dans le plus riche comté d'Angleterre; et près d'une église de village (la mienne, Rose, la mienne!) s'élève une demeure rustique dont grâce à vous je serai plus fier que de tous les espoirs auxquels j'ai renoncé, eussent-ils été mille fois plus grands. Tels sont aujourd'hui mon rang et ma situation, et c'est cela que je dépose à vos pieds!

— C'est une rude épreuve que d'attendre des amoureux pour souper, dit M. Grimwig, qui s'éveilla et ôta le mouchoir qu'il avait posé sur sa tête.

A dire le vrai, le souper avait attendu depuis un temps scandaleusement long. Ni Mme Maylie, ni Harry ni Rose, qui arrivèrent tous trois ensemble, n'avaient un seul mot à dire pour leur défense.

— Je pensais très sérieusement à manger ma tête ce soir, dit M. Grimwig, car je commençais à me demander si l'on me donnerait autre chose. Je me permets, si vous n'y voyez pas d'inconvénients, d'embrasser la future jeune mariée.

M. Grimwig fit subir sans retard à la jeune fille rougissante le traitement annoncé; et cet exemple contagieux fut suivi tant par le docteur que par M. Brownlow; certains affirment qu'on aurait pu voir Harry Maylie donner un tel exemple le premier, dans l'ombre d'une pièce voisine; mais les meilleures autorités voient dans cette assertion pure calomnie, puisqu'il était jeune et homme d'église.

— Olivier, mon enfant, dit Mme Maylie, où étais-tu, et pourquoi as-tu l'air si triste? Je vois des larmes qui te coulent encore sur la figure en ce moment. Qu'y a-t-il?

Que de déceptions nous réserve le monde! Et souvent pour les espérances qui nous tenaient le plus à cœur, pour celles qui faisaient le plus grand honneur à notre nature.

Le pauvre Dick était mort!

CHAPITRE LII

La dernière nuit de Fagin sur cette terre.

Du plancher jusqu'au plafond, la salle du tribunal était tapissée de figures humaines. Des yeux ardents et curieux dardaient leur regard de chaque pouce carré d'espace. Depuis la grille située devant le banc des accusés jusqu'à l'angle le plus reculé du coin le plus menu des galeries tous les regards étaient fixés sur un seul homme : Fagin. Devant lui, derrière lui; au-dessus, au-dessous, à droite comme à gauche; il avait l'air d'être entouré d'un firmament pailleté d'yeux étincelants.

Il était là, debout, dans tout l'éclat de cette lumière vivante, une main posée sur la plaque de bois qu'il avait devant lui, l'autre placée contre son oreille, et la tête penchée en avant pour lui permettre de saisir plus distinctement chaque mot prononcé par le président du tribunal qui présentait son résumé de l'accusation aux jurés. De temps à autre, l'accusé tournait brusquement vers eux son regard pour observer l'effet produit par un impondérable s'il était en sa faveur; et quand les points accablants pour lui étaient énoncés avec une redoutable netteté, il regardait son avocat, et l'implorait silencieusement de fournir, encore à cet instant, un argument pour sa défense. En dehors de ces manifestations d'anxiété, il ne remuait ni la main ni le pied. C'est à peine s'il avait changé de position depuis le début du procès; et maintenant que le juge se taisait, Fagin restait toujours dans la même attitude tendue, d'intense attention, le regard toujours fixé sur le magistrat, comme s'il l'écoutait encore.

Une certaine animation dans la salle le rappela à lui. Il regarda autour de lui, et vit que les jurés s'étaient rapprochés les uns des autres pour se concerter sur leur verdict. Ses yeux s'égarèrent vers les galeries, et il vit les gens qui se dressaient les uns au-dessus des autres pour apercevoir sa figure; certains chaussant précipitamment leurs lunettes, et d'autres glissant un mot à l'oreille de leurs voisins, d'un air haineux. Il y en avait quelques-uns qui ne paraissaient pas se soucier de lui, et ne regardaient que les jurés, curieux et impatients de savoir comment ils pouvaient hésiter. Mais sur aucun visage, non, pas même chez les femmes, qui étaient en grand nombre dans la salle, il ne put lire la plus petite sympathie pour lui, ni aucun sentiment hormis l'exclusive préoccupation de le voir condamner.

Tandis qu'il observait tout cela d'un seul coup d'œil affolé, le silence de mort recommença à régner et, se retournant, il vit que les jurés regardaient de nouveau le juge. Chut!

C'était seulement pour demander la permission de se retirer.

Il regarda pensivement leurs physionomies, une par une, tandis qu'ils sortaient de la salle, comme s'il cherchait à savoir vers quelle conclusion penchait la majorité; mais ce fut en vain. Le gardien lui mit la main sur l'épaule. Il le suivit machinalement jusqu'à l'extrémité du banc des accusés et s'assit sur une chaise, que l'homme lui avait montrée du doigt, sans quoi il ne l'eût point vue.

Il leva de nouveau les yeux vers la galerie. Certains des spectateurs mangeaient, et d'autres s'éventaient avec leur mouchoir, car il faisait très chaud dans cette salle surpeuplée. Un jeune homme crayonnait son portrait sur un petit carnet d'esquisses. Il se demanda si le portrait était ressemblant, et quand l'artiste cass*e* la pointe de son crayon, et le tailla avec son canif, Fagin le regarda faire avec autant de détachement que n'importe quel badaud.

De même, quand il tourna les yeux vers le juge, son esprit commença à s'intéresser à la coupe de ses vêtements, à leur prix, et à sa façon de les mettre. Il y avait aussi dans le tribunal un corpulent vieillard qui était sorti une demi-heure auparavant, et qui revint alors. Il se demanda en lui-même si cet homme était allé dîner, ce qu'il avait pu manger, et où il était allé; cette suite de réflexions indolentes se poursuivit jusqu'au moment où un objet nouveau attira son regard et en suscita d'autres.

Ce n'est pas que son esprit se fût un seul instant libéré du sentiment unique, écrasant, du tombeau qui s'ouvrait à ses pieds; cette pensée lui était sans cesse présente, mais sous une forme vague et générale, sans qu'il fût en mesure de concentrer sur elle son esprit. Ainsi, au moment même où il tremblait, et brûlait de fièvre à l'idée d'une mort très prochaine, il se mit à compter les pointes de fer qu'il avait sous les yeux, à se demander comment il se faisait que le haut de l'une d'elles eût été cassé, et si on allait la réparer, ou laisser les choses en cet état. Puis il songea à toutes les horreurs de la potence et de l'échafaud... et s'interrompit pour regarder un homme qui rafraîchissait le plancher en l'aspergeant d'eau... puis se reprit à réfléchir à nouveau [1].

Finalement le silence fut réclamé d'un cri, et tous les yeux se tournèrent vers la porte, chacun retenant son souffle. Les jurés rentrèrent et passèrent tout près de lui. Il ne put glaner aucun renseignement sur leurs visages, rien de plus que s'ils avaient été de pierre.

1. Comme pour Olivier au chapitre VIII (cf. n. 2, p. 88) Dickens semble prêter ici à Fagin certaines de ses facultés personnelles (l'enregistrement machinal de nombreux détails matériels).

Un silence absolu s'ensuivit ; plus un bruissement, plus un souffle : Coupable.

L'édifice s'emplit d'une immense clameur, puis d'une seconde, puis d'une troisième, puis il retentit de cris déchaînés, qui prenaient de l'ampleur en s'enflant peu à peu comme un tonnerre irrité. C'était une explosion de joie de la populace massée dehors, accueillant la nouvelle de sa mort le lundi suivant.

Le bruit s'apaisa, et on lui demanda s'il avait quelque raison à signaler pour qu'on ne le condamnât pas à mort. Il avait repris sa posture attentive, et il regarda fixement son interrogateur tandis que la question lui était posée; mais il fallut la répéter deux fois avant qu'il parût l'entendre, et il ne sut alors que murmurer qu'il était vieux... vieux... très vieux... puis, ses paroles étant devenues imperceptibles, il se tut de nouveau.

Le juge se revêtit de son bonnet noir [1], et l'accusé restait toujours debout avec le même air et dans la même attitude. Une spectatrice de la galerie laissa échapper une exclamation provoquée par la solennité imposante des préparatifs; il leva précipitamment les yeux comme s'il se formalisait de cette interruption, et se pencha en avant d'un air encore plus attentif. L'allocution du juge fut solennelle et imposante; la sentence terrible à entendre. Pourtant il demeura comme une figure de marbre, sans bouger un seul muscle. Son visage hâve restait penché en avant, la mâchoire inférieure pendante, les yeux fixés droit devant lui, quand le gardien lui mit la main sur le bras et lui fit signe de sortir. Il promena autour de lui pendant un instant un regard hébété, et obéit.

Il fut conduit dans une salle dallée qui se trouvait sous celle du tribunal et où d'autres accusés attendaient

1. Tous les détails donnés ici par Dickens sur le déroulement du procès sont exacts. La procédure de condamnation à mort était demeurée inchangée jusqu'en février 1956 (date où la Chambre des Communes a voté l'abolition de la peine capitale).

leur tour, tandis que quelques-uns parlaient à leurs amis massés autour d'une petite fenêtre grillagée donnant sur la cour publique. Il n'y avait là personne qui pût lui parler à lui; mais à son passage, les prisonniers s'écartèrent pour le rendre plus aisément visible aux personnes qui s'accrochaient aux barreaux de la fenêtre : et ils l'accablèrent de noms insultants, en hurlant et en sifflant. Il agita le poing, et aurait voulu leur cracher au visage; mais ses guides le firent avancer précipitamment, dans un couloir obscur éclairé par quelques faibles lampes, puis dans l'intérieur de la prison.

Il fut alors fouillé, car on voulait s'assurer qu'il ne gardait pas sur sa personne le moyen de devancer la justice; au terme de cette cérémonie, il fut conduit dans l'une des cellules de condamnés à mort, où on le laissa... seul.

Il s'assit sur un banc de pierre en face de la porte, qui servait à la fois de siège et de lit; il baissa vers le sol ses yeux injectés de sang et essaya de rassembler ses pensées. Au bout d'un moment, il commença à se rappeler des morceaux décousus des paroles prononcées par le juge; et pourtant il avait eu l'impression sur le moment qu'il n'en entendait pas un seul mot. Ces fragments reprirent peu à peu leur place normale, et en évoquèrent progressivement d'autres, si bien qu'au bout de peu de temps il se souvint de tout l'ensemble, presque dans les termes exacts qui avaient été employés. A être pendu par le cou, jusqu'à ce que mort s'ensuive... cela finissait ainsi. A être pendu par le cou, jusqu'à ce que mort s'ensuive.

Quand l'obscurité s'épaissit, il commença à penser à tous les hommes de sa connaissance qui étaient morts sur l'échafaud, dont certains à cause de lui. Ils surgirent, en rangs si pressés qu'il avait peine à les compter. Il en avait vu mourir plusieurs, et il s'en était même gaussé, parce qu'ils avaient des prières aux lèvres en mourant. Quel fracas faisait la trappe en retombant; et comme ces hommes forts et vigoureux avaient tôt fait de se muer en paquets de vêtements inertes!

Peut-être certains d'entre eux avaient-ils occupé cette cellule même... s'étaient-ils assis à cet endroit précis. Il faisait très sombre; que ne lui apportait-on une bougie? La cellule avait été bâtie bien des années auparavant. Des dizaines et des dizaines d'hommes avaient dû y passer leurs derniers moments. Cela faisait l'effet d'être dans un caveau jonché de cadavres : la cagoule, le nœud coulant, les bras ficelés contre le corps, les têtes qu'il reconnaissait malgré ce voile hideux. De la lumière, de la lumière!

Finalement, quand il se fut ensanglanté les mains à force de frapper contre la lourde porte et les murs, deux hommes apparurent : l'un d'eux portait une bougie qu'il posa sur un chandelier de fer scellé dans le mur; l'autre traînait un matelas pour y passer la nuit; car désormais le condamné ne devait plus rester seul.

Puis vint la nuit... la nuit obscure, lugubre et silencieuse. D'autres hommes, parmi ceux qui ne dorment pas, sont heureux d'entendre sonner les horloges, car elles leur parlent de la vie et du jour qui vient. Au condamné elles n'apportaient que le désespoir. Les coups sonnés par chaque cloche métallique arrivaient chargés d'un seul son, sourd et bas : la Mort. A quoi bon le bruit et l'animation du matin enjoué qui pénétraient jusqu'à lui, même en cet endroit? Ce n'était qu'une autre sorte de glas, dont la menace était rendue plus cruelle par l'ironie.

Le jour passa. Un jour? Il n'y en eut pas; il avait disparu aussitôt qu'il eut commencé... et la nuit revint; une nuit si longue, et si courte en même temps; longue par son silence redoutable, et courte par la fuite des heures. Tantôt il délirait et blasphémait; tantôt il hurlait et s'arrachait les cheveux. Des hommes vénérables de sa religion étaient venus prier auprès de lui, mais il les avait chassés avec des imprécations. Ils renouvelèrent leurs charitables tentatives, mais il les roua de coups.

Samedi soir. Il n'avait plus qu'une nuit à vivre. Et à l'instant même où cette pensée lui venait, le jour se leva... le dimanche.

C'est seulement au soir de ce terrible dernier jour que le sentiment désolant de sa condition d'impuissance et de désespoir envahit dans toute son intensité son âme anéantie; non qu'il eût un seul instant nourri le moindre espoir précis ou assuré de miséricorde, mais c'est qu'il n'avait pas su se résoudre à envisager autrement que comme une vague probabilité la perspective d'une mort si prochaine. Il n'avait guère parlé aux deux hommes qui se relayaient pour lui tenir compagnie; eux, de leur côté, n'avaient fait aucun effort pour éveiller son attention. Il restait là, assis, il ne dormait pas, mais il rêvait. Et maintenant il sursautait à chaque instant, marchait de long en large, la bouche ouverte, le corps en feu, en proie à un tel paroxysme de crainte et de colère que, tout habitués qu'ils fussent à de tels spectacles, les deux hommes se détournaient de lui avec horreur. Il finit par devenir si terrible, torturé qu'il était par sa mauvaise conscience, qu'un seul homme ne put plus supporter de rester dans la cellule à le contempler tout seul : aussi montèrent-ils la garde tous les deux ensemble.

Il se recroquevilla sur son lit de pierre, et évoqua le passé. Il avait été blessé par des projectiles lancés par la foule le jour de son arrestation, et il avait la tête bandée d'une toile. Ses cheveux roux retombaient sur son visage livide; sa barbe, en partie arrachée, formait des paquets entremêlés; ses yeux brillaient d'une lueur redoutable; sa peau crasseuse se craquelait sous le feu de la fièvre qui le dévorait. Huit heures... puis neuf... puis dix heures... Si ce n'était pas un artifice inventé pour lui faire peur, et si c'étaient vraiment les heures qui arrivaient sur les talons l'une de l'autre, où serait-il la prochaine fois qu'elles sonneraient!

Onze heures! Une nouvelle heure sonnait avant que la voix de la précédente eût cessé de vibrer. A huit heures du matin, il allait être le seul membre de son propre cortège funèbre; à onze heures...

Jamais les terribles murailles de Newgate, qui ont dissimulé tant de misère et tant d'indicibles souffrances, non seulement aux yeux, mais encore, trop souvent et trop longtemps, à l'esprit des hommes[1], jamais ces murailles n'avaient enfermé de si redoutable spectacle. Les quelques personnes qui ralentissaient l'allure en passant devant la prison, en se demandant ce que faisait l'homme qui devait être pendu le lendemain, auraient bien mal dormi cette nuit-là, si elles avaient pu le voir.

A partir du début de la soirée jusqu'aux environs de minuit, de petits groupes de deux ou trois curieux vinrent se présenter à la porte de la loge, et demander d'un air inquiet si l'on n'avait pas reçu d'ordre de sursis. Ayant reçu une réponse négative, ces gens communiquaient l'agréable nouvelle à d'autres, massés dans la rue, qui se montraient du doigt la porte par laquelle devait sortir le condamné, et l'endroit où allait être édifié le gibet; puis, s'éloignant comme à regret, ils revenaient sur leurs pas, pour essayer de se figurer la scène. Petit à petit ils s'en furent, l'un après l'autre, et pendant une heure, au cœur de la nuit, la rue resta livrée à la solitude et aux ténèbres.

L'emplacement situé en face de la prison venait d'être dégagé et quelques solides barrières peintes en noir d'être plantées en travers de la chaussée pour arrêter la pression de la foule attendue, quand M. Brownlow et Olivier firent leur apparition au guichet, et présentèrent une autorisation de voir le

1. La compétence et la sensibilité toutes particulières de Dickens, chaque fois qu'il est question de prisons, méritent d'être soulignées encore une fois (cf. aussi n. 1, p. 108).

prisonnier, signée de l'un des shérifs [1]. On les fit entrer aussitôt dans la loge.

— Est-ce que ce jeune homme doit venir aussi, monsieur? demanda l'homme chargé de les conduire. C'est pas un spectacle pour des enfants, monsieur.

— Vous avez assurément raison, mon ami, répliqua M. Brownlow; mais ce petit est intimement mêlé à l'affaire qui m'amène auprès de l'homme; et comme l'enfant l'a connu au plus fort de sa scélératesse et de ses succès, je crois qu'il n'est pas mauvais... même s'il doit lui en coûter un peu de crainte et de chagrin... qu'il le revoie aujourd'hui.

Ces quelques mots avaient été prononcés à voix basse, pour qu'Olivier ne les entendît pas. L'homme porta la main à son chapeau, et, tout en jetant sur Olivier un coup d'œil non exempt de curiosité, il ouvrit une autre porte, en face de celle par laquelle ils étaient entrés, et les conduisit, par des voies obscures et contournées, vers les cellules.

— Ici, dit l'homme, en s'arrêtant dans un sombre couloir où deux ouvriers faisaient des préparatifs dans un profond silence, ici, c'est l'endroit où il va passer. Si vous vous poussez un peu de ce côté, vous apercevez la porte par où il sortira.

Il les fit entrer dans une cuisine dallée, équipée de grands baquets destinés à la préparation des repas pour les prisonniers, et leur montra une porte. Elle était surmontée d'un vasistas ouvert par où entrait un bruit de voix, mêlé à celui des coups de marteau et des planches qu'on jetait par terre. L'échafaud était en construction.

De cet endroit, ils gagnèrent plusieurs portes fortifiées que d'autres gardiens leur ouvrirent de l'in-

1. Le *sheriff* est un haut magistrat du comté. Il a peu de fonctions à remplir, mais il devait veiller à l'exécution des condamnations à mort.

térieur; ils débouchèrent sur une cour découverte, montèrent un étroit escalier, et pénétrèrent dans un couloir garni sur la gauche d'une série de portes épaisses. Le gardien leur fit signe de rester où ils étaient, et frappa à l'une de ces portes avec son trousseau de clefs. Les deux surveillants, après une brève conversation à voix basse, sortirent dans le couloir, en s'étirant comme s'ils étaient soulagés de cette relève temporaire, et firent signe aux visiteurs de suivre le gardien dans la cellule. C'est ce qu'ils firent.

Le condamné était assis sur son lit, et il balançait le buste; sa tête faisait penser plutôt à une bête prise au piège qu'à un visage humain. Il était manifeste que son esprit était revenu en arrière vers son passé, car il continuait à grommeler, sans paraître se rendre compte de leur présence, sauf dans la mesure où elle faisait partie de sa vision.

— Brave petit, ce Charley... très bien..., balbutiait-il. Et Olivier, maintenant, ha! ha! ha! Olivier maintenant... un vrai monsieur... un vrai... qu'il aille se coucher!

Le gardien prit la main libre d'Olivier; il lui glissa à l'oreille qu'il n'avait pas lieu d'avoir peur, et assista à la scène sans mot dire.

— Qu'il aille se coucher! s'écria Fagin. Vous m'entendez, vous autres? C'est lui qu'a été le... la... comme qui dirait la cause de toute l'affaire. Ça valait le coup de le former chez nous... Égorgez Bolter, Bill; vous occupez pas de la fille... Tranchez la gorge à Bolter, le plus profond possible. Coupez-lui la tête !

— Fagin, dit le gardien.

— C'est moi, s'écria le Juif, reprenant instantanément la posture attentive qu'il avait adoptée le jour de son procès. Je suis très vieux, Monsieur le Président; je suis très, très vieux!

— Allons, dit le gardien, posant une main sur sa poitrine pour l'empêcher de se lever. Voilà quelqu'un qui voudrait vous voir, pour vous poser des questions, j'imagine. Fagin, Fagin! Etes-vous un homme?

— Oui, mais pas pour longtemps, répondit-il en levant la tête avec une expression où il ne restait aucun autre sentiment humain que la rage et la terreur. Le diable les emporte tous! De quel droit veulent-ils m'assassiner?

Tout en parlant, il aperçut Olivier et M. Brownlow. Il se réfugia au bout du banc, où il se fit tout petit, et demanda ce qu'ils venaient faire.

— Du calme, dit le gardien, qui le maintenait toujours en place. Allons, monsieur, dites-lui ce que vous voulez. Dépêchez-vous, s'il vous plaît, parce que son état empire d'heure en heure.

— Vous avez des papiers, dit M. Brownlow en s'avançant, qui avaient été mis entre vos mains, pour plus de sûreté, par un homme du nom de Monks.

— C'est un pur mensonge, répondit Fagin, je n'en ai pas un... pas un seul.

— Pour l'amour du Ciel, dit M. Brownlow d'une voix grave, ne parlez pas ainsi maintenant, au bord même du tombeau; dites-moi plutôt où sont ces papiers. Vous savez que Sikes est mort, que Monks a tout avoué; que vous n'avez plus aucun profit à attendre. Où sont ces papiers?

— Olivier, s'écria Fagin, en faisant signe à l'enfant. Ici, ici! Que je te parle à l'oreille!

— Je n'ai pas peur, dit Olivier à voix basse, tout en lâchant la main de M. Brownlow.

— Les papiers, dit Fagin, sont dans un sac de toile, dans un trou pratiqué dans la cheminée, pas très haut, dans la chambre sur rue du deuxième étage. J'ai besoin de te parler, mon cher, j'ai besoin de te parler.

— Oui, oui, répondit Olivier. Permettez-moi de réciter une prière. Oui! Permettez-moi de réciter une prière. Récitez-en une seule, vous-même, à genoux, avec moi, et ensuite nous causerons jusqu'au matin.

— Dehors, dehors, répondit Fagin, en poussant l'enfant devant lui vers la porte, et en regardant d'un air égaré par-dessus sa tête. Tu diras que je me suis endormi... on te croira, toi. Tu peux me faire sortir, si tu t'y prends comme ça. Allons-y, allons-y!

— Ah! que Dieu pardonne à ce malheureux! s'écria l'enfant, qui fondit en larmes.

— Très bien, très bien, dit Fagin. Ça va nous aider, ça. D'abord cette porte-là. Si je suis pris de tremblements ou de frissons quand on passera devant le gibet, n'y fais pas attention, et continue à avancer très vite. Allons, allons, allons!

— Vous n'avez rien d'autre à lui demander, monsieur? dit le gardien.

— Je n'ai plus de questions à poser, répondit M. Brownlow. Mais si j'espérais que nous puissions le faire revenir au sentiment de sa situation...

— Pour cela, il n'y a rien à faire, répondit l'homme en hochant la tête. Mieux vaut que vous le quittiez.

La porte de la cellule s'ouvrit, et les surveillants revinrent.

— Dépêche-toi, dépêche-toi, cria Fagin. Discrètement, mais pas si lentement. Plus vite, plus vite!

Les hommes se saisirent de lui, dégagèrent Olivier de son étreinte, et le ramenèrent en arrière. Il se débattit pendant un instant avec l'énergie du désespoir; puis il poussa une série ininterrompue de cris qui percèrent jusqu'à ces murs massifs, et retentirent à leurs oreilles tant qu'ils n'eurent pas atteint la cour découverte.

Il se passa un certain temps avant qu'ils quittassent la prison. Olivier faillit s'évanouir après cette scène épouvantable, et se trouva tellement affaibli que, pendant plus d'une heure, il n'eut pas la force de marcher.

L'aurore allait poindre quand ils ressortirent. Une grande multitude était déjà rassemblée; il y avait des gens à toutes les fenêtres, qui fumaient et jouaient aux cartes pour passer le temps; la foule se bousculait, se disputait, plaisantait. Tout donnait une impression de vie et d'animation, hormis un groupe d'objets sombres placés au centre de tout... l'estrade noire, la poutre transversale, la corde, et tout le hideux appareil de la mort [1].

1. Comme les prisons, mais pour des raisons moins saines, les exécutions capitales exercent sur Dickens une véritable fascination. Il en est question, par exemple, dans les *Esquisses*, dans *Barnabé Rudge* et dans les *Images d'Italie*.

CHAPITRE LIII

Le dernier.

Le destin des êtres qui ont figuré dans notre récit approche de son accomplissement. Les quelques faits que le chroniqueur doit encore relater peuvent être énoncés de façon brève et simple.

Avant trois mois, Rose Fleming et Harry Maylie se marièrent dans l'église villageoise où devait désormais s'exercer l'activité du jeune pasteur; le jour même ils prirent possession de leur nouvelle maison du bonheur.

Mme Maylie s'installa chez son fils et sa bru, pour goûter pendant le paisible reste de ses jours la plus haute félicité que puissent connaître dans leur grand âge les gens vertueux : la contemplation du bonheur de ceux auxquels ont été consacrés sans cesse la tendresse la plus chaleureuse et les soins les plus aimants d'une vie bien employée.

Il apparut, au terme de recherches attentives et complètes, que si l'on partageait également entre Monks et Olivier les débris de la fortune dont le premier avait la charge (fortune qui n'avait jamais prospéré entre ses mains ni entre celles de sa mère), chacun d'eux ne recevrait guère plus de trois mille livres [1]. D'après les clauses du testament de son père, Olivier aurait eu droit à toute la somme; mais M. Brownlow

1. Soit environ quinze mille livres de notre époque (ou quinze millions de francs 1956).

ne voulut pas priver le fils aîné de la chance qui lui était offerte de réparer ses vices passés et d'embrasser une carrière honnête; aussi proposa-t-il le partage égal, auquel son jeune protégé donna son accord de très grand cœur.

Monks, portant toujours son nom d'emprunt, se réfugia avec son patrimoine dans une partie reculée du Nouveau Monde [1]; il eut tôt fait de l'y dilapider, et retomba dans ses habitudes anciennes; après avoir subi un long emprisonnement pour un nouvel acte de fraude et de scélératesse, il finit par succomber à une attaque de son mal habituel, et mourut en prison. Tout aussi loin du pays natal moururent les principaux survivants de la bande de son ami Fagin.

Olivier devint le fils adoptif de M. Brownlow. Ils allèrent s'installer avec la vieille intendante à moins d'un mille de distance du presbytère où résidaient ses chers amis; ainsi se trouva comblé le dernier vœu du cœur aimant et chaleureux d'Olivier, et constituée une petite société qui vécut dans un état de bonheur aussi parfait qu'on en peut connaître dans ce monde d'incertitudes.

Peu de temps après le mariage des jeunes gens, l'estimable docteur revint à Chertsey, où, privé de la présence de ses vieux amis, il se fût senti mécontent si son tempérament lui avait permis de nourrir de tels sentiments, et fût devenu fort grincheux s'il avait eu le talent nécessaire. Pendant deux ou trois mois, il se contenta de donner à entendre que l'air commençait à ne plus très bien lui convenir; puis, se rendant compte qu'en réalité l'endroit n'était plus pour lui ce qu'il avait été dans le passé, il céda sa clientèle à son assistant, s'installa en vieux garçon dans une maison

1. Le Nouveau Monde est principalement utilisé par Dickens pour faciliter la liquidation des comparses gênants. C'était déjà le cas dans *Pickwick*; il en sera encore de même dans *David Copperfield*.

proche du village dont son jeune ami était pasteur, et retrouva instantanément la santé. Il s'y adonnait au jardinage, plantait, bêchait, faisait de la menuiserie et se livrait à diverses autres occupations du même genre, toujours avec la même impétuosité caractéristique. En tous ces domaines, il n'a pas tardé à acquérir dans toute la région la réputation d'être une autorité fort compétente.

Avant de déménager, il avait réussi à contracter une vive amitié pour M. Grimwig, amitié que cet excentrique personnage lui rendait de tout cœur. Il reçoit donc plusieurs fois par an la visite de M. Grimwig. Et chaque fois M. Grimwig s'adonne au jardinage, aux plantations, à la pêche et à la menuiserie avec beaucoup d'ardeur; il fait toute chose selon des méthodes fort inusitées et étranges, mais affirme toujours, avec sa formule favorite à l'appui, que c'est sa façon de faire qui est la bonne. Le dimanche, il ne manque jamais de critiquer le sermon à la barbe du jeune pasteur, et déclare toujours ensuite à M. Losberne, sous le sceau du secret, qu'il le considère comme un fort bon morceau, mais qu'il juge préférable de n'en rien dire. Une plaisanterie traditionnelle et appréciée est pratiquée par M. Brownlow, quand il le prend à partie à propos de sa prophétie de jadis concernant Olivier, et lui rappelle la soirée qu'ils avaient passée de part et d'autre de la montre, à attendre son retour; mais M. Grimwig affirme que dans l'ensemble c'est lui qui avait raison, puisqu'en fait Olivier n'était pas revenu; ce qui ne manque pas de le faire rire, et de renforcer sa belle humeur.

M. Noé Claypole fut entièrement acquitté par le Ministère Public parce que ses dénonciations contre Fagin avaient été acceptées; considérant que sa profession n'était pas tout à fait aussi exempte de risques qu'il l'avait espéré, il fut quelque temps en peine de trouver un moyen d'existence qui ne comportât pas une trop lourde charge de travail. Après avoir bien réfléchi, il s'est fait mouchard, et dans cette carrière il gagne de quoi vivre agréablement. Sa méthode consiste à se promener une fois par semaine avec Charlotte, convenablement habillés, à l'heure de l'office religieux. La jeune personne s'évanouit devant la porte d'un cafetier charitable, qui fournit à son compagnon trois pence d'eau-de-vie pour la ranimer; moyennant quoi il dénonce le cafetier le lendemain et empoche la moitié de l'amende [1]. C'est parfois M. Claypole lui-même qui s'évanouit, mais le résultat est le même.

M. et Mme Bumble, privés de leur emploi, en furent progressivement réduits à la misère et à une grande pauvreté, et finirent par être recueillis à titre d'indigents dans l'asile même où ils avaient naguère fait la loi. On a entendu M. Bumble déclarer qu'au milieu de ses revers et de ses disgrâces, il ne lui reste pas même assez d'énergie pour se féliciter d'être séparé de sa femme.

Quant à M. Giles et à Brittles, ils gardent toujours leurs postes traditionnels, bien que le premier nommé soit chauve, et le jeune gamin tout grisonnant. Ils couchent au presbytère, mais leurs services se partagent de façon si égale entre les occupants de celui-ci, Olivier et M. Brownlow, et M. Losberne, qu'aujourd'hui encore les villageois n'ont pas réussi à découvrir à quelle maison ils sont officiellement attachés.

Le jeune M. Charles Bates, épouvanté par le crime de Sikes, commença à méditer sérieusement et à se demander si après tout il ne valait pas mieux mener une vie honnête. Arrivant à une conclusion affirmative sur ce point, il tourna le dos aux scènes de sa vie passée, et résolut de faire amende honorable sur un nouveau terrain d'action. Pendant quelque temps, il eut de durs efforts à fournir et de rudes souffrances à endurer;

1. Noé a tenu ses promesses. Après avoir vendu ses complices, il va profiter de la législation (*Licensing Laws*) réglementant sévèrement la vente des boissons alcoolisées le dimanche.

mais, comme il avait un caractère facile et un dessein vertueux, il finit par réussir, et, après avoir été journalier dans une ferme, puis employé par un transporteur, il est devenu maintenant le plus joyeux de tous les jeunes herbagers du Northamptonshire.

Et maintenant la main qui écrit ces mots se met à trembler en approchant du terme de ses travaux; elle aimerait continuer encore quelque temps à tisser la trame de ces aventures.

Oui, j'aimerais m'attarder encore parmi ceux qui m'ont si longtemps entouré, et partager leur bonheur en essayant de le décrire. Je montrerais Rose Maylie dans tout l'épanouissement et toute la grâce de sa jeune maturité, et répandant sur son chemin discret dans la vie une lumière tendre et douce, qui éclaire tous ses compagnons de voyage [1], et pénètre jusqu'au fond de leur cœur. Je peindrais en elle la vie et la joie du cercle assemblé au coin du feu ou de la bande animée pendant l'été; je la suivrais à midi dans la chaleur étouffante des champs, et j'écouterais les doux accents de sa chère voix pendant la promenade vespérale au clair de lune; je la contemplerais dans toute sa bonté charitable au dehors, et dans l'accomplissement souriant et infatigable de ses tâches domestiques au foyer; je la peindrais, ainsi que l'enfant de sa sœur défunte, rendus heureux par leur affection mutuelle, et passant des heures entières à essayer de se représenter les êtres chers qui leur ont été si cruellement enlevés; je ferais surgir devant moi, une fois encore, les petits visages joyeux qui s'assemblent autour de ses genoux, et je prêterais l'oreille à leur babillage enjoué; j'évoquerais les accents de son rire si clair, et je ferais surgir de son tendre œil bleu une luisante larme de sympathie. Oui, tous ces traits, et mille

1. Le souvenir et le culte de Mary Hogarth (cf. introduction, pp. XI-XII et XXX-XXXIII) flottent encore sur tout ce chapitre final.

regards encore, mille sourires, mille tours de pensée et d'expression, je voudrais bien les faire tous revivre.

La façon dont M. Brownlow, de jour en jour, s'appliqua à emmagasiner dans l'esprit de son fils adoptif les trésors du savoir, et s'attacha de plus en plus à lui à mesure que sa personnalité se développait et laissait voir en lui le germe de tout ce qu'il pouvait attendre de mieux de sa part... dont il décela en lui de nouveaux traits de son ami de jeunesse, éveillant en son propre cœur de vieux souvenirs, mélancoliques et pourtant doux et apaisants... dont les deux orphelins, mis à l'épreuve par l'adversité, n'en oublièrent pas les leçons et furent miséricordieux envers autrui, s'aimèrent et rendirent grâces avec ferveur à Celui qui les avait protégés et préservés... ce sont là des choses qu'il n'est pas nécessaire de raconter. J'ai dit déjà qu'ils goûtaient un véritable bonheur; or, si l'on n'a pas de vives affections et des sentiments humanitaires dans le cœur, si l'on est dépourvu de gratitude envers l'Être dont la loi est la miséricorde, et dont le plus grand attribut est la bonté pour toutes les créatures vivantes, il est à tout jamais impossible d'atteindre le bonheur.

Près de l'autel de la vieille église du village est posée une plaque de marbre blanc, qui ne porte encore qu'un simple nom : « AGNÈS ». Il n'y a pas de cercueil dans cette tombe; et puisse-t-il s'écouler beaucoup, beaucoup d'années avant qu'un autre nom vienne s'inscrire au-dessus! Pourtant, s'il est vrai que l'esprit des Morts revienne parfois sur la terre, pour rendre visite aux lieux rendus sacrés par l'amour (l'amour posthume) de ceux qu'ils avaient connus de leur vivant, je crois que l'ombre d'Agnès flotte parfois autour de ce coin solennel. Et je ne suis pas moins porté à le croire parce que ce coin se trouve dans une église et qu'elle-même avait failli et s'était égarée.

FIN

APPENDICE

LA PRÉFACE DE 1841

La préface que nous avons traduite en tête de l'ouvrage est la dernière qui ait paru du vivant de l'auteur. Elle résulte d'un remaniement effectué en 1867. *Le dernier paragraphe est une atténuation des attaques portées en* 1850 *contre Sir Peter Laurie, à propos de* Jacob's Island (*cf. chapitre* L). *D'autre part, deux fragments importants du texte écrit en* 1841 *ont été supprimés par Dickens dans les éditions plus tardives. Ce sont ces deux fragments qu'on trouvera ci-dessous.*

Il s'agit tout d'abord du début de la Préface :

> « Quelques-uns des amis de l'auteur s'écrièrent : « Écoutez, messieurs, cet homme « est un scélérat ; mais telle est pourtant la « Nature », et les jeunes critiques de l'époque, les employés et les apprentis, etc., jugèrent l'ouvrage vulgaire et se mirent à geindre. »
>
> FIELDING.

La plus grande partie de ce récit a paru à l'origine dans un magazine. Quand je l'eus achevé, et l'eus présenté sous sa forme actuelle, on éleva contre lui, dans certains milieux graves et moraux, de graves objections morales.

Il était, disait-on, vulgaire et choquant que certains des personnages dépeints dans ce livre fussent choisis parmi les membres les plus criminels et les plus vils de la population londonienne ; que Sikes fût un voleur, et Fagin un receleur ; que les gamins fussent des pick-pockets, et la jeune fille une prostituée.

Jusqu'à nouvel ordre, je ne sache pas qu'on ne puisse tirer de la plus noire vilenie les plus pures leçons du bien. J'ai toujours cru que c'était là une vérité reconnue et établie, exposée par les plus grands hommes qui aient jamais vécu, constamment utilisée en pratique par les meilleurs et les plus avisés des êtres, et confirmée par la raison et par l'expérience de tous les esprits réfléchis. Je ne voyais pas, quand j'écrivis ce livre, pour quelle raison la lie de l'humanité, à condition que son langage n'offensât pas l'oreille, ne servirait pas un dessein moral, tout comme la crème ou la fine fleur. Et il était pour moi hors de doute qu'on pouvait trouver dans la pourriture de Saint-Giles d'aussi bons matériaux qu'à Saint-James pour peindre la vérité.

Dans cette pensée, quand j'ai voulu montrer, chez le petit Olivier, le principe du Bien survivant à toutes les circonstances défavorables et finissant par triompher; quand je me suis demandé parmi quels compagnons je pourrais le mieux le mettre à l'épreuve, en tenant compte du genre d'individus entre les mains desquels il risquait le plus naturellement de tomber, j'ai choisi ceux qui figurent dans ce volume. Quand j'ai pu méditer plus à loisir sur ce sujet, j'ai trouvé nombre de raisons puissantes pour rester fidèle à la ligne de conduite qui avait ma préférence.

Puis viennent les considérations reproduites dans la préface définitive, sur la peinture des bandits dans la littérature. Le second passage omis se situe après la déclaration concernant les lecteurs au goût trop délicat, dont l'auteur n'a cure, nous dit-il :

Je me permets de dire cela sans réserve; car je ne sache pas qu'il se soit trouvé dans notre pays un seul écrivain soucieux de sa dignité ou estimé par la postérité qui ait jamais condescendu à satisfaire le goût de ces raffinés.

Si d'autre part je cherche des exemples et des précédents, j'en trouve dans les sphères les plus hautes de la littérature anglaise. Fielding, De Foe, Goldsmith, Smollett, Richardson, Mackenzie, tous ces écrivains, et surtout les deux premiers nommés, ont mis en scène, à des fins très judicieuses, la lie et le rebut du pays. Hogarth, moraliste et censeur de son temps, dans les chefs-d'œuvre où se refléteront à tout jamais l'époque qu'il a connue et les caractères de tous les âges, a fait de même, sans changer un iota à la réalité. Quelle est aujourd'hui la place de ce géant, dans l'estime de ses compatriotes? Et pourtant, si je me reporte à l'époque où il vécut, ainsi que ces autres artistes, je vois que le même reproche fut adressé à chacun d'eux par d'éphémères insectes qui firent entendre leur petit bourdonnement, puis moururent et sombrèrent dans l'oubli.

Cervantès a tué par le ridicule la chevalerie de l'Espagne, en montrant à l'Espagne ce qu'elle avait d'absurde, d'impossible et d'insensé. De mon côté, et dans mon domaine beaucoup plus humble, je me suis efforcé d'atténuer le faux éclat dont était parée une réalité existante, en la montrant dans toute sa vérité hideuse et repoussante. Me fiant à la fois à mon goût personnel et aux habitudes de mon temps, j'ai essayé, tout en peignant leur aspect déchu et avili, de ne pas laisser les personnages les plus sordides que je mettais en scène proférer une seule expression qui risquât le moins du monde d'être choquante; j'ai essayé de conduire le lecteur à conclure qu'ils menaient une existence infâme et vicieuse, non à le prouver en détail par leurs paroles et par leurs actes. Dans le cas de la fille, en particulier, je n'ai pas un instant perdu de vue cette intention. Quant à savoir si elle transparaît dans mon récit, et comment elle est mise à exécution, je laisse à mes lecteurs le soin d'en juger.

La préface originale contenait encore les deux paragraphes relatifs à l'authenticité profonde des personnages de Sikes et de Nancy, et s'achevait par l'affirmation solennelle qui précède, dans la préface définitive, l'allusion à l'Ile de Jacob.

TABLE DES MATIÈRES

LES AVENTURES D'OLIVIER TWIST

APPENDICE

IMPRIM'VERT®

Achevé d'imprimer par Corlet,
Condé-en-Normandie (Calvados),
en mai 2021
N° d'impression : 21050184 - dépôt légal : mai 2021
Imprimé en France